Von David Morrell sind als
Heyne-Taschenbücher erschienen:

Rambo 2 – Der Auftrag · Band 01/6364
Rambo · Band 01/6448
Totem · Band 01/6582
Testament · Band 01/6682
Blutschwur · Band 01/6760

DAVID MORRELL

DER GEHEIMBUND DER ROSE

Roman

Deutsche Erstausgabe

WILHELM HEYNE VERLAG
MÜNCHEN

HEYNE ALLGEMEINE REIHE
Nr. 01/6850

Titel der amerikanischen Originalausgabe
THE BROTHERHOOD OF THE ROSE
Deutsche Übersetzung von Sepp Leeb

Copyright © 1984 by David Morrell
Copyright © der deutschen Ausgabe 1987
by Wilhelm Heyne Verlag GmbH & Co. KG, München
Printed in Germany 1987
Umschlagfoto: Bildagentur Mauritius/H. Schwarz, Mittenwald
Umschlaggestaltung: Atelier Ingrid Schütz, München
Satz: IBV Satz- und Datentechnik GmbH, Berlin
Druck und Bindung: Pressedruck Augsburg

ISBN 3-453-00243-1

für Donna

*Die Jahre vergehen rascher,
meine Liebe wird stärker.*

Unterweist sie in Politik und Krieg, so daß ihre Söhne Medizin und Mathematik studieren können, um wiederum ihren Kindern zu der Berechtigung zu verhelfen, sich mit Malerei, Dichtung, Musik und Architektur zu befassen.

John Adams

Prolog

DER ABELARD-VERTRAG

Refugium

Paris, September 1118.

Peter Abelard, gutaussehender Domherr von Notre-Dame, verführte seine hübsche Schülerin Heloise. Wütend über die Schwangerschaft seiner Nichte, sann Heloises Onkel Fulbert auf Rache. In den frühen Morgenstunden eines Sonntags fielen drei von Fulbert gedungene Schergen über Abelard her, der auf dem Weg zur Messe war, kastrierten ihn und ließen ihn sterbend am Straßenrand liegen. Aber er überlebte und zog sich aus Angst vor weiteren Überfällen aus Paris zurück. Zuerst floh er ins Kloster Saint Denis, das unweit von Paris gelegen war. Während er dort von seinen Verletzungen genas, erfuhr er, daß gewisse politische Elemente, die maßgeblich auf Fulberts Protektion angewiesen waren, sich erneut gegen ihn verschworen hatten. Er ergriff ein zweites Mal die Flucht – die ihn diesmal nach Quincey, nahe Nogent, führte, wo er eine Zufluchtsstätte gründete, die er zu Ehren des Heiligen Geistes ›Paraklet‹, d. h. Der Tröster, nannte.

Und an dieser Freistatt fand er endlich Schutz vor Verfolgung.

Schutz- und Zufluchtsstätten

Grundregeln

Paris, September 1938.

Am Samstag, dem achtundzwanzigsten, teilte Édouard Daladier, der französische Verteidigungsminister, in einer Rundfunkansprache der Bevölkerung Frankreichs mit:

>»Heute nachmittag ist von der deutschen Regierung eine Einladung an mich ergangen, mich in München mit Reichskanzler Hitler, Monsieur Mussolini und Monsieur Neville Chamberlain zu treffen. Ich habe diese Einladung angenommen.«

Am nächsten Nachmittag, während in München besagtes Treffen stattfand, trug ein Apotheker, der für die Gestapo arbeitete, in sein Tagebuch ein, daß der letzte von fünf schwarzen Mercedes, Baujahr 1938, den Beobachtungsposten, den seine in einem Eckhaus gelegene Apotheke darstellte, passiert hatte und vor der unauffällig wirkenden Steinfassade des Hauses in der Bergener Straße 36 in Berlin eingetroffen war. Aus jedem Fahrzeug stieg ein kräftig gebauter, in Zivil gekleideter Fahrer, der zunächst unauffällig die zahlreichen Passanten auf der belebten Straße beobachtete und dann einem jeweils einzigen Fahrgast, einem gut gekleideten älteren Herrn, die Beifahrertür öffnete. Sobald der Fahrer seinen Fahrgast durch die massive hölzerne Eingangstür des herrschaftlichen Hauses geleitet hatte, fuhr er drei Blocks weiter zu einem Lagerhaus, um dort auf weitere Anweisungen zu warten.

Der letzte Herr, der auf diese Weise in der Bergener Straße eintraf, ließ Hut und Mantel bei einem Wachposten zurück, der rechts hinter der Eingangstür in der Pförtnerloge an einem mächtigen Metallschreibtisch saß. Zwar wurde der Neuankömmling taktvollerweise nicht gefilzt, aber man forderte ihn dennoch höflich auf, auch seine Aktentasche abzugeben. Zudem würde er sie nicht brauchen. Sich Notizen zu machen, war strengstens untersagt.

Der Wachposten kontrollierte die Ausweise des Mannes und drückte dann neben seiner Luger auf einen Knopf unter dem Schreibtisch. Im selben Augenblick trat ein zweiter Gestapoagent aus einem Büro hinter dem Besucher, um diesen zu einem Raum am Ende des Korridors zu geleiten. Der Besucher trat ein. Der Agent blieb zurück und schloß die Tür hinter ihm.

Der Name des Besuchers war John ›Tex‹ Auton. Er war fünfundfünfzig, groß gewachsen und mit seinem grau melierten Schnurrbart von herb männlichem gutem Aussehen. In Erwartung der Dinge, die nun kommen würden, nahm er in dem letzten noch freien Sessel Platz und nickte den vier Männern zu, die vor ihm eingetroffen waren. Einer Vorstellung bedurfte es nicht; die fünf Herren kannten sich bereits. Ihre Namen waren Wilhelm Smeltzer, Anton Girard, Percival Landish und Wladimir Lashensokow. Sie waren die Geheimdienstchefs von Deutschland, Frankreich, England und der Sowjetunion. Auton selbst vertrat das amerikanische Außenministerium.

Mit Ausnahme der fünf Sessel und der Aschenbecher zwischen ihnen war der Raum vollkommen leer. Keinerlei anderes Mobiliar, keine Bilder an den Wänden, keine Bücherregale, keine Vorhänge, kein Teppich, kein Lüster. Smeltzer hatte die Nacktheit des Raums ausdrücklich angeordnet, um die Teilnehmer an dieser Besprechung davon zu überzeugen, daß nirgendwo ein Mikrofon versteckt war.

»Meine Herren«, begann Smeltzer. »Die anschließenden Räume sind leer.«

»München«, erklärte Landish.

Smeltzer lachte. »Für einen Engländer kommen Sie allerdings verdammt rasch zur Sache.«

»Was finden Sie daran zum Lachen?« wandte sich Girard an Smeltzer. »Wir alle wissen, daß Hitler in eben diesem Augenblick fordert, daß mein Land und Großbritannien nicht mehr länger für den Schutz der Tschechoslowakei, Polens und Österreichs garantieren.« Wegen des Amerikaners sprach der Franzose Englisch.

Ohne auf die Frage einzugehen, steckte sich Smeltzer eine Zigarette an.

»Beabsichtigt Hitler, in die Tschechoslowakei einzufallen?« wollte Lashensokow wissen.

Smeltzer zuckte mit den Achseln und blies den Rauch zur Decke hoch. »Ich habe Sie hierher gebeten, damit wir uns als Mitglieder desselben Berufsstandes auf alle Eventualitäten entsprechend vorbereiten können.«

Tex Auton runzelte die Stirn.

Smeltzer fuhr fort: »Wenn wir auch bezüglich unserer ideologischen Grundhaltungen keineswegs einer Meinung sind, sind wir uns doch in einem Punkt sehr ähnlich. Wir haben unsere Freude an den Verwicklungen, die unser Beruf mit sich bringt.«

Die Anwesenden nickten.

»Können Sie mit einer neuen Verwicklung aufwarten?« fragte der Russe.

»Warum können wir hier zur Abwechslung nicht mal sagen, was wir wirklich denken?« brummte Tex Auton.

Die anderen schmunzelten.

»Direktheit würde uns doch zu sehr den Spaß an der Sache verderben«, warf Girard ein, um sich dann abwartend wieder Smeltzer zuzuwenden.

»Ungeachtet des Ausgangs des drohenden Krieges«, ergriff dieser wieder das Wort, »müssen wir uns gegenseitig eine Möglichkeit des Schutzes für unsere Repräsentanten zugestehen.«

»Unmöglich«, erklärte der Russe.

»Wie soll dieser Schutz aussehen?« wollte der Franzose wissen.

»Haben Sie dabei an Geld gedacht?« fiel Tex Auton ein.

»Das wäre zu unsicher. Wenn schon, dann Gold oder Diamanten«, meinte der Engländer.

Der Deutsche nickte. »Um noch deutlicher zu werden: Wir benötigen auch sichere Orte, um sie aufzubewahren. Zum

Beispiel die akkreditierten Banken von Genf, Lissabon und Mexico City.«

»Gold«, schnaubte der Russe. »Und was sollen wir Ihrer Meinung nach mit diesem kapitalistischen Relikt tun?«

»Ein Netz von Zufluchtsstätten einrichten«, erwiderte Smeltzer.

»Aber wozu? Die haben wir doch schon«, entgegnete der Texaner.

Die anderen schenkten ihm keine Beachtung.

»Und vermutlich auch Erholungsstätten?« wandte sich Girard an Smeltzer.

»Das dürfte sich doch wohl von selbst verstehen«, nickte der Deutsche. »Doch vielleicht darf ich das im Interesse unseres amerikanischen Freundes noch einmal ausführlicher erläutern. Jede unserer Organisationen verfügt natürlich bereits über ihre eigenen konspirativen Wohnungen, Häuser usw.; das ist vollkommen richtig. Es handelt sich dabei um geschützte geheime Treffpunkte für unsere Agenten, in die sie sich zurückziehen können, wenn sie Schutz suchen oder einen Auftrag erledigt haben oder einen Informanten vernehmen wollen. Während nun jede Organisation diese Refugien streng geheimzuhalten bestrebt ist, bringen die anderen Geheimdienste zweifellos irgendwann in Erfahrung, wo sie sich befinden, womit die Sicherheit dieser Stätten natürlich erheblich beeinträchtigt wird. Obwohl sie von bewaffneten Männern bewacht werden, könnte ein größeres Einsatzkommando einen solchen Rückzugsort problemlos stürmen und jeden töten, der dort Zuflucht gesucht hat.«

Tex Auton zuckte mit den Achseln. »Dieses Risiko läßt sich nun mal nicht umgehen.«

»In diesem Punkt wäre ich mir nicht so sicher«, entgegnete der Deutsche. »Und deshalb möchte ich Ihnen einen Vorschlag machen; ich denke dabei an eine Erweiterung des bisherigen Konzepts – oder noch besser: eine Verbesserung. Unter Extrembedingungen sollte jedem Agenten unserer Organisation in verschiedenen sorgfältig ausgewählten Großstädten der Erde eine Möglichkeit geboten werden, Asyl zu finden. Ich habe dabei an Buenos Aires, Potsdam, Lissabon und Oslo gedacht. In diesen Städten haben alle von uns zu tun.«

»Und Alexandria«, plädierte der Engländer.

»Dagegen wäre nichts einzuwenden.«

»Montreal«, meldete sich der Franzose zu Wort. »Falls der Kriegsausgang nicht meinen Erwartungen entsprechen sollte, wird diese Stadt vielleicht meine neue Heimat werden.«

»Jetzt aber mal halblang«, fuhr Tex Auton dazwischen. »Wollen Sie mir hier etwa allen Ernstes erzählen, daß irgendeiner *Ihrer* Leute an diesen Orten nicht einen *meiner* Leute eiskalt um die Ecke bringen würde, falls es zum Krieg kommen sollte?«

»Solange dort gegnerische Agenten vertreten sind, sicherlich nicht«, entgegnete der Deutsche. »Wir kennen doch alle die Gefahren und Belastungen zur Genüge, die unser Beruf mit sich bringt. Und ich muß zugeben, daß selbst ein Deutscher hin und wieder etwas Zeit zum Ausspannen braucht.«

»Um seine Wunden zu lecken und sein Nervenkostüm wieder etwas in Ordnung zu bringen«, warf der Franzose ironisch ein.

»Das sind wir uns selbst schuldig«, erklärte der Engländer. »Und wenn sich ein Agent vollständig von seiner Tätigkeit zurückziehen möchte, böte sich ihm die Möglichkeit, von einer Schutzstätte in ein Erholungsheim überzuwechseln, um dort für den Rest seines Lebens in den Genuß derselben Immunität zu gelangen. Mit einem Anteil an dem Gold oder an den Diamanten als Rentenfond.«

»Als Belohnung für treue Dienste«, fiel der Deutsche wieder ein. »Und als Anreiz für neue Bewerber.«

»Falls sich die Lage weiter zuspitzt, wie ich das befürchte«, erklärte der Franzose, »werden wir wohl alle einen gewissen Anreiz dringend nötig haben.«

»Und falls sich die Dinge entwickeln, wie ich das glaube«, meldete sich der Deutsche zu Wort, »werde ich mich über den nötigen Anreiz nicht beklagen müssen. Trotz alldem möchte ich jede Eventualität abdecken. Sind Sie also einverstanden?«

»Welche Garantien haben wir, daß in diesen Schutzstätten niemand von unseren Leuten getötet wird?« wollte der Engländer wissen.

»Das Wort von Berufskollegen.«

»Und Strafen im Falle einer Nichtbefolgung.«

»Absolut.«

»Einverstanden«, nickte der Engländer.

Der Amerikaner und der Russe schwiegen weiter.

»Gehe ich recht in der Annahme, daß unsere jüngeren Nationen mit einer gewissen Skepsis reagieren?« bemerkte der Deutsche ironisch.

»Grundsätzlich bin ich einverstanden«, erklärte der Russe. »Ein gewisses Problem sehe ich allerdings in der Bereitstellung der hierfür nötigen Geldmittel. Zudem kann ich nicht für Stalins Zustimmung garantieren. Er dürfte sich kaum bereit erklären, auf sowjetischem Boden für den Schutz ausländischer Agenten einzutreten.«

»Aber Sie garantieren doch, keinen ausländischen Agenten zu behelligen, solange er sich in einem als solches deklarierten Refugium befindet.«

Der Russe nickte widerstrebend.

»Und wie steht es mit Ihnen, Mr. Auton?«

»Wenn es sein muß, können Sie auf meine Zustimmung zählen. Ich werde einen gewissen finanziellen Beitrag zu dem Vorhaben beisteuern, aber ich möchte nicht, daß eine dieser Zufluchtsstätten auf amerikanischem Boden eingerichtet wird.«

»Demnach sind wir uns also unter Berücksichtigung dieser Modifikationen einig?«

Die anderen nickten.

»Wir brauchen ein Codewort für diese Vereinbarung«, schlug Landish vor.

»Was halten Sie von *Hospiz*«, meldete sich Smeltzer zu Wort.

»Undenkbar«, protestierte der Engländer. »Die Hälfte unserer Krankenhäuser heißen Hospiz.«

»Was halten Sie von diesem Vorschlag?« warf der Franzose ein. »Wir verfügen doch alle über eine gewisse Bildung. Des-

halb kennen Sie auch sicher die Geschichte meines Lands-
mannes Peter Abelard aus dem Mittelalter.«

»*Wie bitte?*« Diese Frage kam von Tex Auton.

Girard ging kurz auf die näheren Umstände der Geschichte
ein.

»Er hat sich also in eine Kirche zurückgezogen?« entgegnete Auton. »Und dort durfte ihm niemand etwas anhaben?«

»Ja, die Kirchen konnten jedem, der sich in ihren Schutz
zurückzog, absolute Unantastbarkeit, Freistatt eben, garantieren.«

»Gut«, fiel Smeltzer ein. »Dann nennen wir das Ganze den
Abelard-Vertrag.«

Zwei Tage später, am Mittwoch, dem 1. Oktober, flog Frankreichs Verteidigungsminister Daladier von dem Treffen mit
Hitler in München nach Paris zurück.

Als er nach der Landung auf dem Flugplatz Le Bourget aus
der Maschine stieg, wurde er von einer jubelnden Menge
empfangen, die ihn mit begeisterten Sprechchören begrüßte:
»Lang lebe Frankreich! Lang lebe England! Lang lebe der
Frieden!«

Fahnen und Blumensträuße schwenkend, durchbrach die
Menge die massiven Polizeibarrikaden. Reporter stürmten
die Aluminiumgangway hinauf, um den zurückkehrenden
Verteidigungsminister mit ihren Fragen zu überhäufen.

Daladier blieb perplex auf der Treppe stehen.

Schließlich wandte er sich Foucault von der Nachrichten-
agentur Reuter zu und murmelte: »Lang lebe der Frieden?
Begreifen diese Dummköpfe denn nicht, was Hitler vorhat?«

Paris, 17 Uhr, Sonntag, 3. September 1939.

Eine Aufführung des Michelin Theaters im Rundfunk
wurde durch die Stimme eines Nachrichtensprechers unterbrochen: »Frankreich ist soeben in den Krieg mit Deutschland eingetreten.«

Daraufhin wurde die Rundfunkübertragung abgebrochen.

In Buenos Aires, Potsdam, Lissabon, Oslo, Alexandria und
Montreal begann man, die internationalen Zufluchtsstätten

der größten Geheimdienste der Welt, die Abelard-Häuser,
einzurichten. Im Jahre 1941 kam noch Japan dazu, 1953 gefolgt von der Volksrepublik China.

Und somit wurde eine neue Form der Freistatt geschaffen.

Erstes Buch

FREISTATT

Ein Mann mit festen Gewohnheiten

1

Vail in Colorado.

Es begann heftiger zu schneien, so daß Saul kaum mehr etwas sehen konnte, als er auf Skiern durch den beständig tiefer werdenden Pulverschnee die Hänge hinunterschwang. Alles – der Himmel, die Luft, der Boden – wurde weiß. Die Sicht nahm immer mehr ab, bis er nur noch ein weißes Stieben vor seinen Augen wahrnahm. Er tanzte ins Ungewisse.

Er konnte gegen einen im Schneegestöber verborgenen Baum krachen oder über einen zu spät erkannten Abgrund hinausschießen. Aber das vermochte seine Euphorie nicht zu dämpfen. Er strahlte übers ganze Gesicht, während ihm der Wind um die Ohren pfiff. Er schwang nach links, dann nach rechts. Als er spürte, daß das Gelände flacher wurde, ließ er es einfach laufen.

Der nächste Hang würde steiler sein. In dem Chaos aus Weiß um sich herum steigerte er durch intensiven Stockeinsatz sein Tempo noch mehr. Sein Magen brannte. Es gab nichts Schöneres. Vakuum. Nichts vor sich und nichts hinter sich. Vergangenheit und Zukunft waren plötzlich bar jeder Bedeutung. Nur das Jetzt zählte – und es war wundervoll.

Eine dunkle Gestalt tauchte vor ihm auf.

Saul riß die Skier heftig herum, um zum Stehen zu kommen. Sein Puls dröhnte in seinem Kopf. Die Gestalt schoß von rechts nach links vor ihm vorbei und verschwand im Schnee.

Angestrengt starrte Saul durch seine Schneebrille in das undurchdringliche Weiß um ihn herum. Als er trotz des Sturms einen Schrei hörte, fuhr er stirnrunzelnd im Schneepflug auf die Stelle zu, aus der er gekommen zu sein schien.

Langsam traten dunklere Schatten aus dem Schneesturm hervor. Eine Baumgruppe.

Ein Stöhnen.

Er entdeckte die Skier, die in wildem Durcheinander vor einem Baumstamm aus dem Schnee ragten. Auch die Blutflekken am Boden entgingen ihm nicht. Saul nagte an seiner Unterlippe. Als er sich bückte, sah er es purpurn von der Stirn des Skifahrers tropfen. Und dazu kam noch der groteske Winkel, in dem sein rechtes Bein vom Körper abstand.

Ein Mann. Dichter Vollbart. Mächtiger Brustkorb.

Es hätte keinen Sinn gehabt, Hilfe zu holen. Vermutlich hätte Saul in dem Schneesturm die Stelle selbst nicht mehr gefunden. Was jedoch noch schlimmer war: Selbst wenn es ihm gelingen sollte, Hilfe zu holen, konnte der Verunglückte bis dahin längst erfroren sein.

Es gab nur diese eine Möglichkeit. Er versuchte erst gar nicht, die Kopfwunde oder das gebrochene Bein zu verarzten. Dazu fehlte ihm die nötige Zeit. Er schnallte seine Skier ab, tat dies auch mit den Skiern des Gestürzten, kämpfte sich durch den tiefen Schnee auf eine Fichte zu und brach einen dicht mit Nadeln bewachsenen Ast ab.

Er legte den Ast neben den Verletzten in den Schnee und wälzte diesen dann darauf, wobei er sorgsam darauf achtete, daß das unversehrte Bein unter das gebrochene zu liegen kam. Dann ergriff er das Ende des Asts und zog ihn, in gebückter Haltung rückwärts durch den Schnee stapfend, in Richtung Tal. Der Sturm blies die Schneeflocken gnadenlos in sein Gesicht, und die Kälte fraß sich durch seine Skihandschuhe. Saul zerrte den Ast weiter den Abhang hinunter.

Der Verletzte stöhnte laut auf, als Saul ihn über eine Kante manövrierte. Das Schneegestöber hüllte die beiden in undurchdringliches Weiß. Der Bärtige krümmte sich vor Schmerzen und wäre fast vom Ast geglitten.

Saul stürzte auf ihn zu, um ihn wieder zurechtzulegen, als er plötzlich eine Hand auf seiner Schulter spürte.

Er fuhr herum und starrte auf eine dunkle Gestalt, die aus dem Schneetreiben aufragte. ›Bergwacht‹ stand in schwarzen Buchstaben quer über einen gelben Anorak geschrieben.

»Den Hang runter! Etwa hundert Meter! Eine Hütte!«, brüllte der Mann. Gleichzeitig schickte er sich an, Saul zu helfen.

Sie manövrierten den Verletzten vorsichtig den Hang hinunter. Saul sah die Hütte gar nicht; er spürte nur, wie er plötzlich mit dem Rücken gegen eine Wellblechwand stieß. Er riß die unverschlossene Tür auf und taumelte ins Innere der Hütte. Das Heulen des Winds ließ nach. Er verspürte plötzliche Ruhe.

Doch sofort verließ er die leere Hütte wieder, um dem Mann von der Bergwacht zu helfen, den verletzten Skifahrer nach drinnen zu schaffen.

»Alles in Ordnung?« wandte sich der Bergwachtmann an Saul, der nur kurz nickte. »Bleiben Sie so lange bei ihm. Ich hole inzwischen Hilfe«, fuhr der Bergwachtmann fort. »In fünfzehn Minuten bin ich mit ein paar Schneekatzen zurück.«

Saul nickte neuerlich.

»Was Sie angeht«, fuhr der Bergwachtmann fort, »haben Sie nichts zu befürchten. Wir holen Sie schon rechtzeitig hier raus.«

Der Mann trat ins Freie und schloß die Tür hinter sich. Saul ließ sich gegen die Hüttenwand sinken und sackte zu Boden. Er starrte auf den stöhnenden Skifahrer, dessen Augenlider zu zucken begannen. Saul holte tief Luft. »Halten Sie Ihr Bein ganz still.«

Der Mann zuckte zusammen und nickte dann. »Danke.«

Saul zuckte mit den Achseln.

Der Verletzte kniff vor Schmerzen die Augen zusammen, als er hervorstieß: »So ein blödes Schlamassel.«

»So was kann jedem mal passieren.«

»Nein. Es war doch völlig simpel.«

Saul verstand nicht. Der Verletzte fantasierte offensichtlich.

»Mit dem Schneesturm hatte ich natürlich nicht gerechnet.« Der Verletzte runzelte die Stirn; an seinen Schläfen war deutlich das Pulsen der Adern zu erkennen. »So was Blödes.«

Saul lauschte in das Heulen des Sturms hinaus, durch das langsam das Knattern der Pistenkatzen näher kam. »Sie kommen.«

»Sind Sie schon mal in Argentinien Ski gefahren?«

Sauls Kehle schnürte sich zusammen. Fantasieren? Wohl kaum. »Einmal. Ich bekam Nasenbluten.«

»Aspirin...«

»...ist gut gegen Kopfschmerzen«, sprach Saul den Codesatz richtig zu Ende.

»Heute nacht zehn Uhr«, stöhnte der Verletzte. »Dieser gottverfluchte Schneesturm. Wer hätte schon damit gerechnet, daß er alles durcheinanderbringen könnte.«

Das Motorengeräusch wurde lauter, als die Pistenkatzen vor der Hütte anhielten. Die Tür wurde aufgerissen. Drei Bergwachtmänner traten in die Hütte.

»Nach wie vor alles in Ordnung?« fragte einer von ihnen Saul.

»Ja. Aber der Verletzte fantasiert.«

2

Saul ging streng nach Schema F vor. Routinemäßig fand er sich Tag für Tag zu denselben bestimmten Zeitpunkten an denselben bestimmten Orten ein. Halb neun: Frühstück im Hotel. Dann ein halbstündiger Spaziergang; immer dieselbe Strecke. Dann zwanzig Minuten Stöbern in einer Buchhandlung. Elf Uhr: fertig zur Abfahrt; auch hier täglich dieselbe Strecke.

Dafür gab es zwei Gründe. Erstens – falls jemand sich mit ihm in Verbindung setzen wollte, wußte der Kurier, wo er jeweils anzutreffen war, obwohl der Zwischenfall von eben bewiesen hatte, daß auch trotz dieser Sicherheitsvorkehrungen etwas dazwischenkommen konnte. Zweitens – falls Saul beschattet wurde, war sein Tagesablauf so vorhersehbar, daß er seinen Schatten so nachhaltig langweilen würde, daß er sich früher oder später zu groben Nachlässigkeiten hinreißen lassen würde.

An diesem Tag durfte er noch weniger als sonst irgendwelchen Verdacht auf sich lenken. Er half den Bergwachtmännern, den Verletzten ins Tal zu schaffen. Er unterhielt sich im Skischulengebäude noch eine Weile mit den Bergwachtmännern in ihrem Bereitschaftsraum und wartete auf eine günstige Gelegenheit, sich davonzustehlen. Dann begab er sich auf sein Hotelzimmer, wo er seine Skisachen auszog und in Jeans und Pullover schlüpfte, so daß er gerade noch rechtzeitig zum gewohnten Zeitpunkt in seiner Stammkneipe erscheinen konnte. Wie immer nahm er auf einem Hocker an der Bar Platz, schlürfte ein Coke und sah sich auf einem riesigen Bildschirm Zeichentrickfilme an.

Um neunzehn Uhr ging er wie immer im Speisesaal seines Hotels abendessen. Um zwanzig Uhr sah er sich einen Autoverfolgungsjagdenfilm mit Burt Reynolds an. Da er den Streifen schon einmal gesehen hatte, wußte er, daß die Vorstellung Viertel vor zehn zu Ende sein würde. Er hatte dieses Kino gewählt, weil es auf der Herrentoilette einen öffentlichen Fernsprecher gab. Nachdem er sich vergewissert hatte, daß sich in der Toilette niemand aufhielt, warf er die nötige Anzahl Münzen ein und wählte Punkt zehn Uhr, wie ihm der Verletzte aufgetragen hatte, eine Nummer, die er auswendig gelernt hatte.

Eine barsche Männerstimme am anderen Ende der Leitung leierte Basketballergebnisse herunter. Saul schenkte den Namen der einzelnen Mannschaften keine Beachtung. Ihn interessierten nur die Ergebnisse, die eine Telefonnummer ergaben, die er sich einprägte.

Nach Verlassen der Herrentoilette sah er sich im Foyer des Kinos unauffällig um, ob er beobachtet wurde.

Er konnte keinerlei Anzeichen entdecken, daß dies der Fall war, obwohl natürlich die Kunst eines guten Beschatters eben darin bestand, nicht bemerkt zu werden.

Voller Zufriedenheit, daß der Schneesturm nicht nachgelassen hatte, verließ Saul das Kino. Durch das Dunkel entfernte er sich über eine Seitenstraße und dann noch eine, wo er in einer Einfahrt wartete, um sich zu vergewissern, daß ihm niemand folgte. Aufgrund der durch das Schneetreiben extrem begrenzten Sichtweite hätte ihm ein Beschatter direkt auf den Fersen folgen müssen, um ihn nicht aus den Augen zu verlieren.

Aber er konnte nichts Verdächtiges entdecken.

Er überquerte die Straße, betrat zwei Blocks weiter eine Bar, in der er noch nie gewesen war. Hinter ein paar Spielautomaten machte er einen Fernsprecher aus. Er wählte die Nummer, die ihm durchgegeben worden war.

Eine anziehende Frauenstimme meldete sich: »Telefonischer Auftragsdienst Triple A.«

»Romulus«, nannte Saul das Kennwort.

»Sie haben eine Verabredung. Dienstag, neun Uhr vormittags. Cody Road achtundvierzig, Denver.«

Saul legte den Hörer auf die Gabel zurück und verließ die Bar. Im Schutz des Schneesturms begab er sich zu Fuß in sein Hotel zurück, wo er zu eben dem Zeitpunkt eintraf, zu dem er dort angekommen wäre, wenn er, wie üblich, seinen halbstündigen Spaziergang nach dem Kino absolviert hätte.

Er erkundigte sich an der Rezeption: »Irgendwelche Anrufe für Grisman, Zimmer zwohundertelf?«

»Bedaure, Sir.«

»Macht nichts.«

Um nicht den Lift nehmen zu müssen, ging er zu Fuß nach oben. Die Haarsträhne unter seiner Zimmertür befand sich noch genau an derselben Stelle, an der er sie plaziert hatte, als er das Zimmer verlassen hatte. Demnach war während seiner Abwesenheit niemand in sein Zimmer eingedrungen. Wieder ein Tag, der routinemäßig verlaufen war.

Mit zwei Ausnahmen.

3

Vorgehen nach Schema F. Am nächsten Morgen kaufte Saul im allerletzten Moment seine Fahrkarte. Er stieg erst in den Bus, als der Fahrer den Motor anließ. Er nahm im hinteren Teil Platz und achtete darauf, ob nach ihm noch jemand einstieg.

Das war jedoch nicht der Fall.

Als der Bus losfuhr, ließ er sich in seinen Sitz zurücksinken. Mit einem zufriedenen Nicken starrte er auf die Feriensiedlungen von Vail hinaus und hoch zu den fernen Punkten der Skifahrer auf den schneebedeckten Bergen.

Er fuhr gern in Bussen. Man konnte nach hinten sehen, ob man verfolgt wurde. Man konnte seine Fahrkarte kaufen, ohne gleich in einem Computer gespeichert zu werden; dies war auch der Grund, weshalb er nie ein Flugzeug oder einen Mietwagen nahm – er wollte keine Papierspur hinterlassen. Darüber hinaus hielt ein Bus unterwegs mehrere Male, so daß er jederzeit aussteigen konnte, ohne irgendwelche Aufmerksamkeit zu erregen.

Obwohl er eine Fahrkarte nach Salt Lake City gekauft hatte, beabsichtigte er nicht, dorthin zu fahren. Er stieg bereits in Placer Springs, eine Stunde westlich von Vail, aus. Nachdem er sich vergewissert hatte, daß sonst kein Fahrgast den Bus verlassen hatte, kaufte er eine Fahrkarte nach Denver, bestieg den nächsten Bus, der in Richtung Osten fuhr, und ließ sich in den Rücksitz sinken. Er ging in Gedanken noch einmal seine bisherigen Schritte durch und gelangte zu der Überzeugung, daß ihm keinerlei Fehler unterlaufen waren. Falls ihn jemand verfolgt haben sollte, würde dieser Jemand inzwischen sicherlich reichlich dumm aus der Wäsche gucken und nervös ein paar Anrufe machen. Doch das konnte Saul jetzt egal sein. Er hatte sich seine Freiheit erkämpft.

Nun war er bereit, seinen Auftrag zu erfüllen.

4

Dienstag, neun Uhr vormittags. Der Denver-Wind trieb ihm die Tränen in die Augen. Die grauen Wolken, die zwischen den Bergen hingen, ließen den Vormittag wie die Dämmerstunde erscheinen. Trotz seines Daunenmantels fröstelte Saul, als er in einem Vorort an einer Straßenecke stand und zu einem Gebäude in der Mitte des Straßenzugs hinüberblinzelte.

Langgezogen, niedrig und unansehnlich. Er zählte die Anzahl der Häuser von der Ecke ab, an der er gerade stand, und schätzte so das Gebäude Cody Road achtundvierzig ab. Durch den Schneematsch stapfte er darauf zu. Obwohl er mit einem Stadtbus hierher gefahren war – zudem war er aus Sicherheitsgründen mehrfach umgestiegen –, sah er sich doch immer wieder um; für alle Fälle. Es kamen nur wenige Autos vorbei, und keines war ihm irgendwie vertraut.

Er wandte seinen Blick wieder nach vorn und blieb überrascht stehen; er starrte auf einen Davidsstern über der Eingangstür. Eine Synagoge? Selbst ein Jude, wunderte er sich, ob er wohl seine Anweisungen falsch verstanden hatte. Andrerseits war er es jedoch gewohnt, daß diese Verabredungen meist an etwas ungewöhnlichen Treffpunkten stattfanden.

Aber in einer Synagoge? In seinem Rücken machte sich ein taubes Gefühl breit.

Argwöhnisch betrat er das Gebäude. Er stand in einem düsteren Vorraum. Staubgeruch drang in seine Nase. Als er die Tür schloß, hallte das Echo des dumpfen Geräusches lange nach.

Stille legte sich über ihn. Er nahm aus einer Schachtel auf einem Tisch eine Yarmulke, setzte sich das kleine, schwarze Käppchen auf und zog, die Lippen angespannt, eine zweite Tür auf.

Der Tempel. Er hatte das Gefühl, einem deutlich spürbaren Druck ausgesetzt zu sein. Die Luft schien schwer und verdichtet. Sie schien gegen ihn zu drücken. Er trat vor.

In der vordersten Sitzreihe starrte ein alter Mann auf den weißen Vorhang, der die Bundeslade verhüllte; sein Käppchen war von den langen Jahren ehrfürchtigen Betens glänzend. Der Alte senkte seine Blicke auf sein Gebetbuch.

Saul hielt den Atem an. Bis auf den alten Mann in der vordersten Reihe war niemand im Tempel. Irgend etwas stimmte nicht.

Der alte Mann drehte sich zu ihm um. Alles in Saul krampfte sich zusammen.

»Shalom«, grüßte der Alte.

Unmöglich. Der Mann war...

25

5

Eliot.

Er stand auf. Wie immer trug er einen schwarzen Anzug mit einer Weste. Ein dazu passender Homburg und Mantel lagen neben ihm auf der Bank. Der sechsundsiebzigjährige Nichtjude war groß gewachsen und hager; er hatte eine graue Haut und dunkle Augen; seine Schultern hingen ständig herab, und sein Gesicht war von Sorgenfalten zerfurcht.

Mit einem freundlichen Lächeln erwiderte Saul: »*Shalom.*« Seine Kehle krampfte sich schmerzhaft zusammen, als er auf den alten Mann zutrat.

Sie umarmten sich. Saul spürte die faltigen Lippen an seiner Wange und erwiderte den Begrüßungskuß. Sie betrachteten sich gegenseitig.

»Gut siehst du aus«, sagte Saul.

»Wenn das keine Lüge ist, aber was soll's. Doch du siehst *wirklich* gut aus.«

»Das macht das Training.«

»Und deine Verletzungen?«

»Alles in Ordnung.«

»In den Bauch.« Eliot schüttelte den Kopf. »Als ich davon erfuhr, wollte ich dich unbedingt besuchen.«

»Das durftest du freilich nicht.«

»Hat man sich gut um dich gekümmert?«

»Das weißt du doch. Du hast mir die beste nur erdenkliche Pflege zukommen lassen.«

»Dem Besten steht auch das Beste zu.«

Saul verspürte leichte Verlegenheit. Vor einem Jahr *war* er der Beste gewesen. Aber nun? »Ebenfalls eine Lüge«, entgegnete er. »Ich verdiene es nicht.«

»Du bist noch am Leben.«

»Aus purem Zufall.«

»Aufgrund deines Könnens. Ein geringerer als du wäre nicht entkommen.«

»Es hätte erst gar nicht soweit kommen dürfen, daß ich fliehen mußte«, erwiderte Saul. »Ich habe die Operation geplant. Ich dachte, ich hätte alle Eventualitäten berücksichtigt.

Ich hatte mich getäuscht. Eine Putzfrau. Mein Gott, sie hätte sich in einem anderen Stockwerk aufhalten sollen. Sie hat sonst nie so früh in diesem Zimmer saubergemacht.«

Eliot breitete die Arme aus. »Genau das ist es doch, was ich sage. Dieser gewisse Unsicherheitsfaktor, gegen den man immer machtlos ist.«

»Mach mir nichts vor«, entgegnete Saul. »Du warst es doch, der immer gesagt hat, das Wort *Zufall* sei von unfähigen Leuten erfunden worden, die damit ihre Fehler entschuldigen möchten. Du hast uns immer dazu angehalten, nach größtmöglicher Perfektion zu streben.«

»Ja. Aber...« Eliots Stirn legte sich in Falten. »...Perfektion läßt sich nie erreichen.«

»Mir war es fast gelungen. Vor einem Jahr. Ich begreife einfach nicht, wie das passieren konnte.« Er hegte jedoch einen gewissen Verdacht. Er war eins achtzig groß, neunzig Kilo Knochen und Muskeln. Aber er war auch schon siebenunddreißig. Ich werde alt, dachte er unwillkürlich. »Ich sollte aufhören. Zumal es nicht nur *dieser* Auftrag war. Davor ist schon bei zwei anderen etwas schiefgegangen.«

»Wieder nur der gewisse Unsicherheitsfaktor«, entgegnete Eliot. »Ich habe die betreffenden Berichte gelesen. Dir ist nicht der geringste Vorwurf zu machen.«

»Du bist zu erheblichen Zugeständnissen bereit.«

»Wegen unserer Beziehung?« Eliot schüttelte den Kopf. »Das ist nicht wahr. Davon habe ich mein Urteil nie trüben lassen. Manchmal kann ein Fehlschlag jedoch auch positive Folgen nach sich ziehen. Er kann uns nämlich dazu anstacheln, uns noch mehr anzustrengen.« Er nahm zwei Zettel aus der Innentasche seines Anzugs.

Saul las die gestochene Handschrift auf dem ersten. Eine Telefonnummer. Er prägte sie sich ein, nickte. Eliot zeigte ihm den zweiten Zettel. Instruktionen, sechs Namen, ein Datum und eine Adresse. Saul nickte neuerlich.

Eliot steckte die Zettel wieder ein. Nachdem er seinen Hut und den Mantel an sich genommen hatte, verließ er den Tempel, um auf die vom Vorraum abgehende Herrentoilette zu gehen. Dreißig Sekunden später hörte Saul, wie die Spülung betätigt wurde. Er nahm an, daß Eliot die Zettel verbrannt und die Asche in der Toilette hinuntergespült hatte. Falls die Synagoge abgehört wurde, hätte ihre Unterhaltung allein keinerlei Aufschluß über den Inhalt der Angaben auf den beiden Zetteln gegeben.

Eliot kehrte zurück und schlüpfte in seinen Mantel. »Ich werde den Hinterausgang benutzen.«

»Warte noch. Du willst schon gehen? Ich hatte gehofft, wir könnten uns noch etwas unterhalten.«

»Das werden wir. Wenn der Auftrag erledigt ist.«

»Was machen deine Blumen?«

»Was heißt hier Blumen? Rosen!« Eliot drohte ihm in spöttischem Tadel mit dem Zeigefinger. »Selbst nach so langer Zeit scheint es dir immer noch Spaß zu machen, meine Rosen bloß einfach Blumen zu nennen, nur um mich zu ärgern.«

Saul grinste.

»Ich habe übrigens eine höchst interessante neue Sorte gezüchtet«, fuhr Eliot fort. »Blau. Bisher hat es keine Rosensorte mit dieser Farbe gegeben. Ich werde sie dir zeigen, wenn du mich besuchen kommst.«

»Gern.«

Sie umarmten sich herzlich.

»Übrigens«, sagte Eliot noch. »Der Auftrag, den du erledigen sollst, dient dem Zweck, all dies zu schützen.« Er deutete auf die Synagoge. »Und noch etwas.« Er griff in seine Manteltasche und zog einen Riegel Schokolade heraus.

Sauls Brust schnürte sich zusammen, als er ihn ergriff. Ein Baby Ruth. »Du denkst immer noch daran.«

»Aber ja.« Über Eliots Augen legte sich ein trauriger Ausdruck. »Wie sollte ich das je vergessen.«

Saul schluckte mühsam, als er Eliot die Synagoge durch den Hinterausgang verlassen sah; noch lange lauschte er dem Echo der Tür nach, als sie mit einem leisen Schnappen ins Schloß fiel. Entsprechend den Routinebestimmungen würde er selbst noch zehn Minuten warten und die Synagoge dann über den Vordereingang verlassen. Eliots mysteriöse Bemerkung über den Zweck des Auftrags beunruhigte ihn, zumal er wußte, daß nur der Umstand, daß es sich um eine wichtige Angelegenheit handelte, Eliot veranlaßt haben konnte, ihm die Anweisungen persönlich zu übermitteln.

Entschlossen ballte Saul die Fäuste. Diesmal würde er keinen Fehler machen. Er konnte es sich nicht leisten, den einzigen Vater, den er, eine Waise, je gekannt hatte, zu enttäuschen.

6

Der Mann mit dem Schnurrbart mampfte einen Taco. Saul erklärte ihm den Auftrag. Natürlich fielen dabei keine Namen. Saul hatte den Mann nie zuvor gesehen und würde ihn auch nicht wieder sehen. Der Mann trug einen Jogginganzug. Er hatte ein Grübchen am Kinn. Mit einer Serviette wischte er sich den Schnurrbart sauber.

Baltimore. Drei Tage später, vierzehn Uhr. Das mexikanische Restaurant war fast leer. Dennoch hatten sie an dem Tisch in der hintersten Ecke Platz genommen.

Der Mann zündete sich eine Zigarette an und sah Saul prüfend ins Gesicht. »Dafür werden wir einige Unterstützung benötigen.«

»Nicht unbedingt«, entgegnete Saul.

»Sie kennen doch die Vorgehensweise in solchen Fällen.«

Saul nickte. Die bewährte Methode. Ein Kommando von vierzehn Mann, von denen der Großteil Überwachungsaufgaben übernahm, während der Rest die erforderliche Ausrüstung beschaffte, Nachrichten weiterleitete, für Alibis sorgte und dergleichen mehr, wobei jedes einzelne Mitglied so wenig wie möglich über die anderen wußte. Zudem würden sie sofort in der Versenkung verschwinden, sobald die Spezialisten ans Werk gingen. Effektiv. Sicher.

»Meinetwegen.« Der Mann zuckte mit den Achseln. »Aber hier haben wir es mit *sechs* Jobs zu tun. Mal vierzehn Helfern. Das macht nach Adam Riese vierundachtzig Mann. Wir könnten genausogut gleich einen Kongreß organisieren, Plakate kleben und Eintrittskarten verkaufen.«

»Nicht unbedingt«, sagte Saul.

»Aha. Und könnten Sie mich vielleicht auch mal einweihen, wie Sie sich das vorstellen?«

»Ganz einfach. Alle auf einmal; zu *einem* bestimmten Zeitpunkt und an *einem* Ort.«

»Wer soll wissen, wann das der Fall ist? Möglicherweise müßten wir das ganze Jahr warten.«

»Heute in drei Wochen.«

Der Mann starrte auf seine Zigarette. Als Saul ihm den Ort nannte, drückte der Mann die Zigarette aus und sagte: »Und weiter?«

»Wir können die Überwachung auf ein Minimum beschränken, indem wir dafür Sorge tragen, daß alle sechs zu dem Treffen erscheinen.«

»Na gut. Trotzdem benötigen wir Kommunikationsmöglichkeiten. Jemanden, der den Stoff besorgt.«

»Das ist Ihre Aufgabe.«

»Nichts dagegen einzuwenden. Aber den Kram in das Gebäude reinzuschaffen, dürfte nicht ganz einfach werden.«

»Das soll nicht Ihre Sorge sein.«

»Wunderbar. Trotzdem gefällt mir das Ganze nicht sonderlich. Aber wenn Sie unbedingt meinen, können wir den Job mit zwanzig Mann durchziehen.«

»Sie haben vollkommen recht«, nickte Saul. »Genau so möchte ich diese Sache durchgeführt haben.«

»Was haben Sie denn plötzlich?«

»Lassen Sie mich dazu nur soviel sagen: Ich habe bei ein paar Aufträgen mit Leuten zusammengearbeitet, die mich im Stich gelassen haben. Langsam verliere ich das Vertrauen in die Menschheit.«

»Das nenne ich einen guten Witz.«

»Was diesen Auftrag betrifft, möchte ich, soweit dies irgendwie möglich ist, einzig und allein auf mich selbst angewiesen sein.«

»Und natürlich auf mich. Wohl oder übel werden Sie auch von mir abhängig sein.«

Saul studierte sein Gegenüber. Die Bedienung brachte die Rechnung.

»Das geht auf meine Rechnung«, sagte Saul.

7

Das Grundstück breitete sich über das ganze Tal aus: ein zweistöckiges Haus, Swimming-pool, Tennisplätze, Stallungen, üppig grüne Weiden, Reitwege durch einen parkartig angelegten Wald, ein See mit Enten. Ein Mann lag in achthundert Metern Entfernung im hohen Gras einer bewaldeten Anhöhe; die warme Frühlingssonne brannte auf seinen Rükken; er achtete sorgsam darauf, daß sich ihre Strahlen nicht im Objektiv seines Fernrohrs brachen; sie hätten die Wachposten vor dem Haus darauf aufmerksam machen können, daß jemand sie beobachtete. Er folgte mit seinen Blicken einer Staubwolke auf dem Kiesweg, der zum Haus führte; sie rührte von einer Limousine her. Vor den sechs Garagen links vom Haus standen bereits vier Autos. Als die Limousine anhielt, trat ein Wachposten auf sie zu; gleichzeitig stieg ein Mann aus dem Wagen.

»Er müßte inzwischen eingetroffen sein«, ertönte aus dem Walkie-talkie neben Saul eine Stimme in dem heiseren Tonfall des Mannes, mit dem er sich in Baltimore getroffen hatte. Das Walkie-talkie war auf eine selten benutzte Frequenz eingestellt worden. Dennoch war nicht auszuschließen, daß zufällig jemand das Gespräch abhörte, weshalb man das Walkie-talkie mit einem Hacker ausgestattet hatte. Nur jemand mit einem auf dieselbe Frequenz eingestellten Hacker konnte das Gespräch klar empfangen. »Das ist der letzte«, fuhr die Stimme fort. »Korrekte Identifizierung. Mit dem Mann, der hier lebt, befinden sich nun alle sechs Zielobjekte innerhalb der Zone.«

Saul drückte auf den Sendeknopf des Walkie-talkie. »Alles weitere werde ich erledigen. Sie können nach Hause gehen.« Er starrte durch das Fernrohr auf das Haus. Der Besucher war inzwischen nach drinnen gegangen. Die Limousine wurde neben den anderen Wagen vor der Garage geparkt.

Saul sah auf seine Uhr. Alles verlief planmäßig. Obwohl das Haus inzwischen strengstens bewacht war, war man vor einer Woche noch sehr nachlässig gewesen. Außer einem Mann am Tor hatte einer den Park abgegangen, und ein dritter war für das Haus zuständig gewesen. Mit einem Starlite-Nachtglas hatte Saul das Haus drei Nächte hintereinander beobachtet, um sich über die Gewohnheiten der Wachen Klarheit zu verschaffen, wann sie abgelöst wurden und wann sie besonders wenig wachsam waren. Als die beste Zeit, in das Gelände einzudringen, hatte er schließlich vier Uhr früh herausgefunden. Im Dunkeln war er durch den Wald zur Rückseite des Parks geschlichen. Punkt vier Uhr hatten zwei Mitglieder seines Teams auf der Straße, die am Eingangstor vorbeiführte, ein Ablenkungsmanöver inszeniert: Sie spielten zwei jugendliche Autofahrer, die in einem nächtlichen Rennen die Motoren ihrer alten Klapperkisten aufheulen ließen. Während die Wachen durch den Lärm abgelenkt waren, hatte Saul das Schloß einer Tür, die in den Keller führte, geknackt und sich dorthin Zutritt verschafft. Wegen einer Alarmanlage hatte er sich weiter keine Sorgen gemacht, da er beobachtet hatte, daß der zuständige Wachposten keinerlei Vorkehrungen traf, eine Alarmanlage auszuschalten, wenn er das Haus betrat. Im Keller versteckte er im Schein einer schwachen Taschenlampe Plastiksprengstoff in einem Heizungsrohr und befestigte daran einen Sprengsatz, der sich über Funk auslösen ließ. Danach packte er seine Sachen zusammen, schloß die Tür wieder ab und schlich in den Wald davon, während er noch hörte, wie das Jaulen der beiden Autos in der Ferne langsam schwächer wurde.

Zwei Tage später war das ganze Gelände von einem umfangreichen Sicherheitsteam hermetisch von der Außenwelt abgeriegelt worden. Sie hätten den Sprengstoff entdecken können, als sie das Haus durchsuchten; Saul jedoch hatte auf seinem Beobachtungsposten nichts bemerkt, was darauf hingedeutet hätte. Die Wachposten schienen voll und ganz damit beschäftigt, die Grenzen des Geländes gegen unbefugte Eindringlinge abzuschirmen.

Er würde gleich wissen, ob der Sprengstoff entdeckt worden war. Ein neuerlicher Blick auf seine Uhr sagte ihm, daß zwanzig Minuten verstrichen waren. Zeit genug für den Mann mit dem Grübchen am Kinn, um sich aus dem Staub zu machen. Saul verstaute Walkie-talkie und Fernrohr in einem

32

Rucksack und konzentrierte sich dann auf einen einzigen Grashalm. Alle seine Sinne waren so ausschließlich auf diesen einen Grashalm fixiert, bis sein ganzes Denken darin aufging. Frei von jeglichen Emotionen, erfüllt von vollkommener Ruhe, griff er nach dem Funkgerät und drückte auf einen Knopf.

Das Haus flog in die Luft, seine Mauern lösten sich von unten her in ihre Bestandteile auf. Steine und Holzbalken flogen in allen Richtungen davon. Das Dach wurde hochgehoben und sank dann zu Boden; gleichzeitig stieg eine gewaltige Staubwolke auf, aus der die ersten Flammen züngelten. Die Druckwelle erreichte ihn. Ohne ihr weitere Beachtung zu schenken, steckte er auch das Funkgerät in den Rucksack. Er ignorierte auch das nun folgende Rumpeln, als er die Anhöhe hinunter auf einen Wagen zurannte, der auf einem von Unkraut überwucherten Weg geparkt stand.

Acht Jahre alt. Der für Transportprobleme zuständige Mitarbeiter hatte ihn zu einem günstigen Preis, gegen Barzahlung und unter einem falschen Namen, von einem Mann erstanden, der ihn in Baltimore in der Zeitung annonciert hatte. Niemand würde ihn also bis hierher verfolgen können.

Er achtete peinlich genau auf die Geschwindigkeitsbegrenzung, war ganz ruhig; er ließ nicht einmal Zufriedenheit in sich aufsteigen, obwohl er in die Tat umgesetzt hatte, was sein Vater von ihm verlangt hatte.

8

EXPLOSION FORDERT SECHS TODESOPFER

COSTIGAN, VIRGINIA (AP) - Eine Explosion, deren Ursachen bisher noch ungeklärt sind, hat am Donnerstagabend den abgelegenen Wohnsitz von Andrew Sage, dem umstrittenen Ölmagnaten und Energieberater des Präsidenten, zerstört. Dabei kamen Sage und fünf bisher nicht identifizierte Gäste ums Leben, bei denen es sich, wie hochgestellte Quellen verlauten lassen, möglicherweise um Vertreter verschie-

dener großer amerikanischer Konzerne handelt, die der von
Sage vor kurzem gegründeten Paradigm Foundation ange-
hören.

»Mr. Sages Familie möchte sich angesichts des nachhalti-
gen Schocks über das Unglück noch nicht zu dem Vorfall äu-
ßern«, erklärte ein Sprecher des FBI anläßlich einer Pressekonferenz. »Soweit wir das feststellen können, hatte Mr.
Sage eine Art industrielles Gipfeltreffen einberufen, das es
sich zum Ziel gesetzt hatte, die wirtschaftlichen Probleme
des Landes zu lösen. Der Präsident ist selbstverständlich zutiefst bestürzt. Er hat nicht nur einen wertvollen Berater verloren, sondern auch einen geschätzten Freund.«

Sages Familie war zum Zeitpunkt der Explosion nicht auf
dem Landsitz anwesend. Mehrere Mitglieder seines Sicher-
heitsstabs erlitten infolge durch die Luft geschleuderter
Trümmer Verletzungen. Ermittlungsbeamte suchen die Un-
glücksstelle weiter nach irgendwelchen Hinweisen auf die
Ursachen der Explosion ab.

9

Saul las den Artikel auf der ersten Seite ein zweites Mal, faltete
dann die Zeitung zusammen und lehnte sich in seinen Stuhl
zurück. Eine Bedienung, Brüste und Hüften durch ihr enges
Kostüm besonders betont, ging an seinem Tisch vorbei. Er ließ
seine Blicke von dem Pianisten in der Bar über das betriebsame
Casino zu den Blackjacktischen wandern, neben denen ein
Casinoangestellter stand und die Spieler beobachtete.

Er fühlte sich nicht recht wohl in seiner Haut. Stirnrunzelnd versuchte er sich über die Gründe klarzuwerden. Es
war doch alles glattgelaufen. Er hatte sich unbemerkt vom
Tatort entfernen können. Nachdem er den Wagen in einer
Geschäftsstraße in Washington abgestellt hatte, war er mit
dem Bus nach Atlantic City gefahren. Er hatte sorgsam darauf geachtet, daß ihm niemand folgte.

Weshalb dann diese Unruhe? Unter dem Geklingel und
Gerassel der Spielautomaten sann er weiter vor sich hin.

Eliot hatte auf den Einsatz von Sprengstoff bestanden. Saul war jedoch klar, daß der Auftrag problemlos auch auf wesentlich weniger dramatische Art und Weise hätte erledigt werden können. Die sechs Männer hätten schon vor dem Treffen zu verschiedenen Zeitpunkten in verschiedenen Teilen des Landes an scheinbar natürlichen Umständen sterben können; Herzinfarkt, Schlaganfall, Selbstmord, Verkehrsunfall, um nur einige Möglichkeiten zu nennen. Die eingeweihten Kreise hätten sich natürlich ihren Reim auf diese Vorkommnisse machen können; aber zumindest wäre nichts davon an die Öffentlichkeit gedrungen. Daraus schloß Saul, daß es in diesem Fall sogar beabsichtigt war, daß der Vorfall die öffentliche Aufmerksamkeit erregte. Aber weshalb? Sauls Instinkt ließ ihm keine Ruhe. Aufmerksamkeit zu erregen, widersprach jeglichen Prinzipien seiner Ausbildung. Eliot hatte immer darauf bestanden, möglichst unauffällig vorzugehen. Weshalb also war Eliot plötzlich von seinen Prinzipien abgewichen?

Und noch etwas beunruhigte ihn – sein gegenwärtiger Aufenthaltsort Atlantic City. Nach einem Auftrag zog er sich immer an einen vorher festgelegten neutralen Ort zurück – in diesem Fall einen Spind in einer Turnhalle in Washington –, wo Geld und die entsprechenden Anweisungen hinterlegt waren, auf welche Weise er untertauchen sollte. Eliot wußte, wohin Saul sich mit Vorliebe zurückzog – in die Berge. Vor allem nach Wyoming und Colorado. Und in der Regel berücksichtigte Eliot diese Vorliebe Sauls. Warum zum Teufel hatte er ihn jedoch diesmal nach Atlantic City geschickt? Hier war er noch nie gewesen. Außerdem hielt er sich nicht gern unter vielen Menschen auf. Er duldete größere Menschenansammlungen nur als notwendiges Übel, wenn er Ski fahren gehen wollte. Hier umschwärmten ihn die Menschen wie bösartige Insekten.

Irgend etwas stimmte nicht. Die Anweisungen, Sprengstoff zu verwenden und nach Atlantic City zu fahren, stellten drastische Verstöße gegen die üblichen Gepflogenheiten dar. Unter dem Rattern der Roulettes kribbelten Sauls Hände von bösen Vorahnungen.

Er verließ die Bar und schlenderte auf die Blackjacktische zu. Er haßte größere Menschenansammlungen, aber in dem Spind in der Turnhalle hatte er neben zweitausend Dollar auch die Anweisung vorgefunden, Blackjack zu spielen.

In Erfüllung seiner Tarnungsvorschriften suchte er sich einen freien Stuhl und kaufte für fünfhundert Dollar Chips. Er setzte fünfundzwanzig Dollar und bekam eine Dame und einen König.

Der Croupier gewann mit einem Blackjack.

10

»*Diese verdammte Bande*«, schimpfte der Präsident. Er hieb mit der Faust in seine Handfläche. Er hatte nicht geschlafen. Die Nachricht hatte ihn wesentlich tiefer getroffen als der jüngste Mordanschlag auf ihn selbst und ließ ihn deutlich gealtert erscheinen. Er zitterte vor Müdigkeit. Sein Gesicht war von Trauer und Ärger verzerrt. »Ich möchte diesen Kerl haben, der meinen Freund auf dem Gewissen hat. Ich werde diese Schweinehunde...« Abrupt brach der Präsident mitten im Satz ab. Im Gegensatz zu seinen Vorgängern war er mit der Weisheit des Schweigens vertraut. Was er nicht sagte, konnte nicht gegen ihn verwendet werden.

Eliot fragte sich, ob der Präsident wußte, daß die Tonbandaufnahmen von seinen Gesprächen im Oval Office noch einmal kopiert wurden.

Der Direktor der CIA saß neben Eliot. »Der KGB hat sich unverzüglich mit uns in Verbindung gesetzt. Sie haben rundum abgestritten, irgend etwas mit dieser Sache zu tun zu haben.«

»Natürlich streiten sie das ab«, entgegnete der Präsident.

»In diesem Fall glaube ich ihnen sogar«, erklärte der Direktor der CIA. »Die Durchführung war eindeutig zu spektakulär, um auf das Konto der Russen gehen zu können. Das ist sonst keineswegs ihre Art.«

»Das wollen sie uns glauben machen. Sie haben plötzlich ihre Taktik geändert, um uns durcheinanderzubringen.«

»Bei allem Respekt, Mr. President, das glaube ich nicht. Zugegebenermaßen paßt den Russen unser verändertes Vorgehen in der Nahostpolitik nicht sonderlich. Sie sehen es nicht gern, daß wir uns plötzlich stärker den Arabern zuwenden, zumal sie immer auf unsere unverbrüchliche pro-israelische Haltung gebaut haben. Schließlich haben sie diese dazu benutzt, die Araber gegen uns aufzubringen. Und jetzt tun wir plötzlich genau das, was sie bisher getan haben. Sie sind begreiflicherweise nicht wenig beunruhigt.«

»Folglich erscheint es für sie angebracht, uns ordentlich Knüppel zwischen die Beine zu werfen«, entgegnete der Präsident. »Unsere Abmachung mit den Arabern ist ganz simpel. Wenn wir uns von Israel abwenden, verkaufen uns die Araber ihr Öl billiger. Die Paradigm Foundation wurde zu dem Zweck gegründet, unsere Verhandlungen mit den Arabern zu tarnen; die Gespräche sollten nicht zwischen offiziellen Regierungsvertretern stattfinden, sondern zwischen Geschäftsleuten. Sabotieren Sie die Paradigm Foundation – und Sie sabotieren die geplanten Verhandlungen. Gleichzeitig dient uns das Ganze als eine Warnung, sie nicht wieder aufzunehmen.«

»Das klingt durchaus einleuchtend«, nickte der CIA-Chef. »Sogar sehr einleuchtend. Die Russen wissen, daß unser Verdacht sofort auf sie fallen wird. Falls sie also beabsichtigt haben sollten, die Verhandlungen zu sabotieren, hätten sie keinerlei Spuren ihres Eingreifens hinterlassen. Sie wären mit Sicherheit wesentlich unauffälliger und behutsamer vorgegangen.«

»Wer zum Teufel soll es dann gewesen sein? Die Leute vom FBI haben Andrews Arm fast einen Kilometer von den Trümmern des Hauses entfernt gefunden. Jedenfalls soll mir das jemand büßen. Sagen Sie mir nur, wer. Khadhafi? Castro?«

»Ich glaube nicht, daß diese Herren dafür in Frage kommen«, entgegnete der CIA-Chef.

»Weil der Anschlag nämlich auf unser Konto geht«, ergriff Eliot zum erstenmal das Wort. Er hatte bis dahin geschwiegen, um den richtigen Augenblick abzuwarten.

Perplex drehte sich der Präsident zu Eliot herum. »*Auf wessen Konto?*«

»Indirekt zumindest. Es war einer unserer Leute. Selbstverständlich war er dazu in keiner Weise ermächtigt.«

»Das möchte ich doch wohl auch nicht hoffen!«

»Wir haben es zufällig herausgefunden«, fuhr Eliot fort.

Der CIA-Chef, der auch Eliots Vorgesetzter war, starrte diesen ärgerlich an. »Warum haben Sie mir davon nichts erzählt?«

»Ich hatte keine Gelegenheit dazu. Ich habe erst unmittelbar vor diesem Treffen davon erfahren. Wir haben den betreffenden Mann mehrere Monate überwacht. Er hat verschiedene Aufträge verpatzt. Sein Verhalten ist unberechenbar. Wir haben schon in Erwägung gezogen, ihn zu entlassen. Doch drei Wochen vor der Explosion ist er plötzlich untergetaucht. Heute ist er wieder auf der Bildfläche erschienen. Es ist uns gelungen, seine einzelnen Schritte nachzuvollziehen. Wir können mit Sicherheit sagen, daß er sich zum Zeitpunkt der Explosion in dem in Frage kommenden Gebiet aufgehalten hat.«

Der Präsident wurde totenblaß. »Reden Sie weiter.«

»Er hält sich zur Zeit in Atlantic City auf. Er scheint über eine Menge Geld zu verfügen. Jedenfalls verliert er beim Blackjack nicht unerhebliche Summen.«

»Woher hat er plötzlich soviel Geld?« Die Augen des Präsidenten verengten sich.

»Er ist Jude. Er wurde mit Unterstützung der Mossad ausgebildet. Unter anderem hat er auch am Oktoberfeldzug dreiundsiebzig teilgenommen. Er führt einen ziemlich aufwendigen Lebenswandel, den er sich nicht mehr hätte leisten können, wenn wir ihn entlassen hätten. Deshalb glauben wir, daß die Israelis ihn gekauft haben.«

»Das leuchtet mir allerdings ein«, knurrte der CIA-Chef.

Der Präsident ballte die Fäuste. »Aber können Sie das auch beweisen? Haben Sie konkrete Anhaltspunkte, mit denen ich Tel Aviv die Hölle heißmachen kann?«

»Ich werde mit ihm sprechen. Es gibt bekanntlich immer Möglichkeiten, jemanden zum Reden zu bringen.«

»Und dann? Verfügen wir über Maßnahmen, mit Doppelagenten fertig zu werden?«

Die vage Ausdrucksweise des Präsidenten ließ in Eliot erneut die Frage aufsteigen, ob er wohl wußte, daß die Bandaufnahmen aus dem Oval Office kopiert wurden.

Eliot nickte taktvoll.

»Dann würde ich vorschlagen, auf sie zurückzugreifen«, ordnete der Präsident an. »Eigentlich tut es nichts zur Sache. Aber wie heißt dieser Mann?«

11

Beim Verlassen des Casinorestaurants fiel Saul ein Mann in der Menge auf, der plötzlich in der anderen Richtung davonging. Ein Mann mit einem Schnurrbart und einem Grübchen am Kinn. *Nein, das konnte doch nicht sein.* Von hinten hatte der Mann denselben schmalen Körperbau. Auch Haarfarbe und Frisur waren dieselbe. Das war der Mann, mit dem Saul in Baltimore gesprochen hatte – der Mann, der Saul bei der Durchführung des Auftrags behilflich gewesen war.

Sauls Muskeln verhärteten sich. Er mußte sich getäuscht haben. Wenn sich ein Team nach Durchführung eines Auftrags auflöste, wurden nie zwei seiner Mitglieder an denselben Ort zum Untertauchen geschickt. Aus Gründen der Sicherheit sollten die einzelnen Mitglieder eines Kommandos niemals wieder in irgendeiner Weise miteinander in Berührung kommen. Was hatte dieser Mann demnach hier verloren?

Beruhige dich erst mal wieder, redete sich Saul gut zu. Du hast dich sicher getäuscht. Folge dem Mann und sieh ihn dir noch einmal genauer an. Damit du beruhigt bist.

Der Mann war in der Menge untergetaucht und ging einen Korridor hinunter, an dessen Ende er hinter einer Tür verschwand. Saul drängte sich an zwei Frauen vorbei, passierte eine Reihe von Spielautomaten. Er rief sich noch einmal den Moment ins Gedächtnis zurück, in dem er den Mann entdeckt hatte; er hatte sich plötzlich in die andere Richtung gewandt, als hätte er etwas vergessen. Möglich. Oder sollte sich der Mann umgedreht haben, weil er nicht wollte, daß Saul ihn erkannte?

Saul öffnete die Tür und betrat einen schwach erleuchteten, leeren Theatersaal. Die Vorstellung würde erst in ein paar Stunden beginnen. Leere Tische. Die Bühne war durch den Vorhang verdeckt.

Doch die rechte Seite des Vorhangs bewegte sich leicht.

Saul rannte die plüschbelegten Stufen hinunter und schwang sich, als er die vorderste Tischreihe erreicht hatte, auf die Bühne. Leise auf sich selbst fluchend, weil er seine Automatik in seinem Zimmer gelassen hatte, kroch er auf den Vorhang zu. Doch er hatte keine andere Wahl gehabt. In Atlantic City gab es keine wirksamere Methode, Aufmerksamkeit zu erregen, als eine Schußwaffe zu tragen, wie gut sie auch verborgen sein mochte.

Der Vorhang hörte auf, sich zu bewegen. Saul erstarrte, als plötzlich eine Tür aufflog – rechts unterhalb der Bühne, hinter den Tischreihen, unter einem Ausgang-Licht. Ein Kellner betrat mit einem Stapel Tischdecken den Saal.

Der Mann blinzelte Saul erstaunt an. »Sie haben hier eigentlich nichts zu suchen.«

Wieder einmal besagter Unsicherheitsfaktor. Eine andere Version der Putzfrau, die plötzlich zu einem Zeitpunkt auftauchte, an dem sie eigentlich ganz woanders hätte sein sollen. Mein Gott.

Saul traf eine Entscheidung. Er ließ sich zu Boden fallen und rollte sich unter dem schweren Vorhang durch.

»Hey!«

Saul hörte die gedämpften Schreie des Kellners durch den Vorhang dringen. Ohne darauf zu achten, rollte er weiter über den Bühnenboden und richtete sich vor einem großen Konzertflügel in die Hocke auf. Die schwache Kulissenbeleuchtung warf lange Schatten auf die Bühne. Ein Schlagzeug, Gitarren, Mikrofone, Notenpulte. Seine Augen gewöhnten sich langsam an das Halbdunkel. Er kroch auf den rechten Bühnenrand zu. Hinter einer Abdeckung erreichte er eine freie Stelle mit einem Tisch und einem Stuhl und einem fahrbaren Garderobenständer; an der Wand dahinter waren zahlreiche Schalter und Knöpfe angebracht.

Niemand.

»Da ist er durch!« hörte er den Kellner hinter dem Vorhang rufen.

Saul trat auf die Feuertür zu. Er hatte trainiert, sich durch nichts ablenken zu lassen – ein Umstand, dem vor allem er es zu verdanken hatte, daß er so lange am Leben geblieben war. Und auch diesmal sollte er ihn wieder retten. Er schenkte den raschen Schritten auf der Bühne hinter dem Vorhang keinerlei Beachtung, als er den Türknopf betastete. Seine Aufmerksamkeit galt etwas ganz anderem – dem leisen Rascheln von Stoff hinter ihm. Er sprang zur Seite, und gleichzeitig prallte unter lautem Scheppern ein Messer von der Metalltür ab. Hinter einer Kiste in der einzigen Ecke, in der Saul ganz bewußt nicht nachgesehen hatte, stürzte eine dunkle Gestalt hervor. Greife deinen Gegner nicht an. Laß ihn selbst kommen.

Seine Instinkte durch das Adrenalin geschärft, duckte sich Saul, um den Angriff mit gebeugten Knien abzufangen. Der Mann schlug zu. Zu Sauls Überraschung tat er dies mit der Handkante, die Finger senkrecht nach oben gerichtet. Ausgebildet, sich auch gegen diese Kampftechniken zur Wehr zu setzen, blockte Saul den Schlag ab. Gleichzeitig konterte er selbst mit einem Handkantenschlag gegen die Rippen seines Angreifers auf Höhe des Herzens.

Knochen brachen. Stöhnend wich der Mann zurück. Saul riß ihn herum, packte ihn von hinten, stieß die Feuertür auf und zerrte ihn nach draußen.

Fünf Sekunden waren vergangen. Beim Schließen der Tür erhaschte er noch einen kurzen Blick auf zwei Kellner, die über die Bühne stürmten. Er wirbelte herum und hatte einen Korridor vor sich, von dem mehrere Türen abgingen. An seinem Ende stand ein Sicherheitsbeamter; er hatte ihm den Rücken zugekehrt und telefonierte.

Saul schleppte den Verletzten in der anderen Richtung davon. Er stieß eine Tür mit der Aufschrift ›Treppenhaus‹ auf, ohne jedoch hindurchzugehen. Statt dessen hastete er zu einer Tür weiter, auf die ein großer roter Stern gemalt war. Er drehte den Türknopf. Sie war nicht abgeschlossen. Er drückte sich in die Garderobe, ließ den Verletzten zu Boden sinken und schloß die Tür. Nachdem er den Riegel vorgelegt hatte, wirbelte er herum, um sich gegen einen möglichen Angreifer zu verteidigen. Der Raum war jedoch leer.

Mit angehaltenem Atem lauschte er an der Tür.

»Hey!« hörte er einen Kellner rufen. »Ist eben jemand den Gang runter?«

Saul konnte die Antwort des Sicherheitsbeamten nicht verstehen.

»Die Tür zum Treppenhaus!« rief ein zweiter Kellner.

Saul hörte das Geräusch rascher Schritte. Es entfernte sich langsam.

Jetzt erst starrte er auf den Mann am Boden hinab. Er war bewußtlos; sein Atem ging flach, und aus seiner Nase und den Mundwinkeln drang rötlicher Schaum. Die gesplitterten Rippen hatten offensichtlich starke innere Blutungen zur Folge. Er konnte in wenigen Minuten an einer Lungenembolie sterben.

Ein Mann mit einem Schnurrbart. Der Mann, mit dem Saul in Baltimore gesprochen hatte. Daran bestand kein Zweifel. Er muß mir hierher gefolgt sein, dachte Saul.

Aber wie? Er war sicher gewesen, daß er nicht beschattet worden war. Einzig mögliche Schlußfolgerung: Der Mann verstand etwas von seinem Geschäft.

Zu viel sogar. Als der Mann sich vor dem Restaurant abrupt in die andere Richtung umgewandt hatte, war dies nicht mit der Absicht geschehen, nicht erkannt zu werden. Im Gegenteil. Der Mann hatte es regelrecht darauf abgesehen, daß Saul auf ihn aufmerksam wurde und ihm folgte — und zwar an einen abgeschiedenen Ort, um...

›Mich zu töten. *Warum?*‹

Noch etwas machte ihn stutzig. Die Vorgehensweise. Das Messer hätte ihm den Garaus gemacht, wenn er nicht auf der Hut gewesen wäre. Aber die Art, wie er auf Saul zugestürzt war, mit der Handkante auf seine Rippen zielend. Das war höchst ungewöhnlich. Nur jemand, der in Israel ausgebildet worden war, verstand so zu kämpfen.

Die Mossad. Der israelische Geheimdienst. Auf der ganzen Welt unerreicht. Auch Saul war dort ausgebildet worden. Und das gleiche galt für den Mann auf dem Boden vor ihm.

Aber weshalb sollten sie...?

Kein professioneller Killer arbeitete allein. Ganz in der Nähe mußten noch andere Angehörige des Todeskommandos lauern.

Er verließ die Garderobe und warf einen kurzen Blick den Korridor hinunter. Der Sicherheitsbeamte war verschwunden. Nachdem Saul seine Fingerabdrücke von den Türgriffen abgewischt hatte, ging er denselben Weg zurück, den er gekommen war – über die Bühne, hinter den Vorhang und durch das leere Theater.

Im Casino brachen die Geräusche der Menge über ihn herein. Die Spielautomaten rasselten und klirrten. Er sah auf seine Uhr. Über die Lautsprecheranlage forderte eine blecherne Ansagerstimme eine Prinzessin Fatima auf, sich an einem Haustelefon zu melden. Übersetzt bedeutete diese Durchsage, daß es im Casino zu einem Zwischenfall gekommen war. Sämtliche Sicherheitskräfte wurden aufgefordert, sich unverzüglich mit der Zentrale in Verbindung zu setzen.

Er gab sich Mühe, keine Eile an den Tag zu legen, als er die hektische Betriebsamkeit des Casinos verließ und auf die Strandpromenade hinaustrat. Seine Augen mußten sich erst an das Zwielicht gewöhnen. Touristen standen gegen das Geländer gelehnt. Die kühle Brise zerrte an ihren Kleidern, während sie über den Strand hinweg auf die schaumgekrönten Wellen hinausblickten. Seine Tritte ließen den Bretterboden der Promenade in einem hölzernen Donner ertönen, als er an ihnen vorbeiging. Er blickte erneut auf seine Uhr.

Inzwischen mußte der Mann tot sein.

12

Die Lichter des Gewächshauses brachen sich an den Glaswänden und verbargen die Nacht dahinter. In den Durchgängen auf und ab schreitend, versuchte Eliot sich mit seinen Rosen abzulenken, deren Duft er genüßlich einsog. Er besaß eine Vielzahl von Sorten in allen Größen und Farben. Anspruchsvoll und empfindlich, erforderten sie perfekte Pflege.

Wie die Männer, über die er gebot, mußte er unwillkürlich denken. Und tatsächlich war er immer überzeugt gewesen, daß seine Männer ebenso sensibel waren wie seine Rosen – und auch genausoschön. Einschließlich der Dornen.

Hin und wieder mußten jedoch sogar seine besten Kreationen aussortiert werden.

Er blieb stehen, um eine Rose zu betrachten, deren Rot so intensiv leuchtete, als wäre sie in Blut getaucht worden. Exquisit.

Er konzentrierte sich auf die Rose, von der er damals in Denver Saul erzählt hatte. Blau.

Stirnrunzelnd sah er auf seine Uhr. Kurz vor Mitternacht. Die Aprilnacht draußen war kalt und trocken. Doch im Gewächshaus war die Luft warm und feucht. Obwohl er schwitzte, trug er seinen schwarzen Anzug samt Weste.

Er schürzte die Lippen. Seine verwelkte Stirn legte sich in Falten. Irgend etwas stimmte nicht. Vor einer Stunde war er über das Fehlschlagen der Mission unterrichtet worden. Saul hatte überlebt. Das Todeskommando hatte die Leiche des Killers erst beseitigen können, nachdem ein Sicherheitsbeamter des Casinos sie entdeckt hatte. Diese Schlamperei auszubügeln war nun Eliots Sache. Um seine Nervosität im Zaum zu halten, stellte er sich das verdutzte Gesicht des Top-Stars jenes Abends vor, wenn er beim Betreten seiner Garderobe eine Leiche auf dem Boden hätte liegen sehen. Nach den zahlreichen Gangsterfilmen, in denen der Starschauspieler bereits mitgewirkt hatte, wäre ihm diese Episode aus dem wirklichen Leben sicher eine lehrreiche Lektion gewesen. Aber wie nur ließ sich diese ärgerliche Schlamperei ungeschehen machen?

Eliots Heiterkeit war schlagartig verflogen, als das Telefon klingelte. Der Spezialapparat – in passendem Grün – stand neben dem schwarzen Normaltelefon auf dem Arbeitstisch. Nur eine Handvoll Leute kannte die Nummer des grünen Telefons. Er hoffte, daß vor allem ein Mann anrufen würde.

Obwohl er es kaum erwarten konnte abzunehmen, ließ er das Telefon noch zweimal klingeln. Endlich räusperte er sich und griff nach dem Hörer. »Hallo?«

»Romulus«, meldete sich eine keuchende Stimme. »Schwarze Flagge.« Der Anrufer klang außer Atem. Eliot ging davon aus, daß das Gewächshaus und das Telefon abgehört wurden. Deshalb benützten er und seine Männer vorher vereinbarte Codes. Romulus war Saul. Schwarze Flagge bedeutete einen Notfall – in diesem Fall, daß seine Tarnung aufgeflogen sei und jemand den Tod gefunden hatte.

»Gib mir die Nummer durch«, erwiderte Eliot. »Ich rufe in einer Viertelstunde zurück.«

»Nein«, platzte Saul heraus.

Eliot biß sich auf die Lippe. »Dann sag mir, wie du es haben möchtest.«

»Ich muß auf Achse bleiben. Gib du mir eine Nummer.«

»Warte einen Augenblick.« Eliot griff in die Innentasche seiner Jacke und holte Stift und Notizblock hervor. Darauf schrieb er eine Nummer, von der er wußte, daß Saul sie auswendig gelernt hatte. Darunter schrieb er die Nummer einer Telefonzelle, von der er wußte, daß sie nicht abgehört wurde. Er subtrahierte die untere Zahl von der oberen. Dann gab er Saul die letzte Nummer durch. Saul wiederum würde diese Nummer von der subtrahieren, die er auswendig wußte.

Damit hatte er die Nummer der Telefonzelle, über die er Eliot später erreichen konnte.

»In dreißig Minuten«, sagte Saul abrupt.

Eliot hörte das Klicken, als Saul einhängte. Er legte ebenfalls den Hörer auf die Gabel zurück. Mühsam zwang er sich, so lange zu warten, bis er sich wieder unter Kontrolle hatte. Sauls Beharren, Eliot selbst anzurufen, und nicht umgekehrt, war zwar unerwartet, aber nicht mit unlösbaren Problemen verbunden. Er hätte in jedem Fall von hier weggemußt;

wenn er ein sicheres Telefon benutzen wollte. Aber wenn Saul ihm eine Nummer durchgegeben hätte, hätte er damit feststellen lassen können, von wo Saul anrief. Und er hätte seine Leute dorthin schicken können.

Doch nun mußte er sich eine andere Möglichkeit einfallen lassen. Er konzentrierte sich auf die Rosen und nickte bedächtig, als ihm die Lösung kam.

Überrascht, daß bereits zehn Minuten seit Sauls Anruf verstrichen waren, sah er auf seine Uhr. Noch immer hatte er genügend Zeit, um zu der Telefonzelle vor einem Supermarkt hinauszufahren, die er zu benutzen gedachte. Nach Mitternacht würde sich dort niemand herumtreiben. Er würde einen kurzen Anruf machen und Saul in die Falle locken. Eine Minute, in der er die Anweisungen durchgab. Dann würde er auf Saul warten, um sich erneut mit ihm in Verbindung zu setzen.

Dennoch zögerte er leicht, als er die Lichter im Gewächshaus ausschaltete. Er stand eine Weile im Dunkeln und dachte, daß Saul so enorm gut war, daß es wirklich ein Jammer war, sich seiner entledigen zu müssen. Andrerseits hatte Eliot viele enorm gute Leute. Angesichts dessen, was auf dem Spiel stand, konnte es dabei auf einen mehr oder weniger nicht ankommen.

Aber etwas anderes machte Eliot mehr Sorgen – die Art, in der Saul in Atlantic City seinen Kopf aus der Schlinge gezogen hatte. Sollte Saul etwa noch besser sein, als Eliot dachte?

13

Die Bowlinganlage war vom Rumpeln der Kugeln und der fallenden Kegel erfüllt. Nur ein Drittel der Bahnen war in Betrieb. Die ›Rickys Auto Parts‹ bauten ihren Vorsprung gegenüber dem ›First-rate Mufflers‹-Team weiter aus.

Saul saß so in seinem Drehstuhl, daß sein Rücken der Imbißtheke zugekehrt war. Er erweckte den Anschein, als wäre er voll und ganz in das Spiel vertieft, während er in Wirklichkeit den Eingang im Auge behielt.

Halte dich von der Straße fern; dort ist das Risiko zu groß, gesehen zu werden. Wähle einen Ort, wo viele Menschen verkehren; dort wird dich die Polizei in Ruhe lassen. Wähle gleichzeitig einen Ort, der nicht zu sehr überfüllt ist; auf diese Weise hast du größere Bewegungsfreiheit. Und ein Ausgang ist wichtig; in diesem Fall der Lieferanteneingang hinter der Theke.

»Noch eine Tasse?« hörte er die Bedienung hinter sich sagen.

Er drehte sich zu der müden Frau in der zerknitterten Uniform um. Sie hielt eine Kanne mit Kaffee in der Hand. »Nein, danke. Ich glaube, mein Freund kommt doch nicht mehr.«

»In fünf Minuten schließen wir.« Sie warf einen kurzen Blick zu der Uhr über der Kaffeemaschine hoch.

»Was bin ich schuldig?«

»Achtzig Cents.«

Er gab ihr einen Dollar. »Stimmt so. Ich rufe besser mal an, wo der Kerl steckt.«

»Da drüben.« Sie deutete auf ein Telefon neben einer Glasvitrine mit Bowlingkugeln.

Innerlich beunruhigt, hoffte er, sein Lächeln würde überzeugend wirken, als er auf das Telefon zutrat. Er hatte Eliot gesagt, er würde in dreißig Minuten noch einmal anrufen. Pünktlich schob er eine Münze in den Schlitz und drückte dann auf den Knopf für die Vermittlung. Als sich eine Frauenstimme meldete, gab er ihr die Nummer durch, die Eliot ihm gesagt hatte. Der Vorwahl nach mußte sie irgendwo in Virginia liegen. Außerdem mußte der Apparat in der Nähe von Falls Church sein, wo Eliot wohnte, da Eliot in dieser kurzen Zeit nicht sehr weit hätte fahren können.

Das Fräulein vom Amt sagte Saul die Kosten für drei Minuten durch. Er warf die entsprechende Anzahl Münzen ein und lauschte den verschiedenen Geräuschen, die sie beim Durchfallen machten, bis ein Summen ertönte.

Eliot ging sehr rasch dran. »Ja?«

Zwar waren die Telefone nicht abgehört, aber das Mädchen vom Amt konnte ihr Gespräch mithören. Deshalb erklärte Saul in verschwommenen Andeutungen kurz, was

47

vorgefallen war. »Das kann nur auf das Konto unserer Freunde aus Israel gehen«, schloß er. »Ihre Vorgehensweise war unverkennbar. Sie wollen nicht, daß ich für diese Zeitung arbeite. Warum?«

»Ich werde mal den Herausgeber fragen. In der Buchhaltung muß der Wurm drin sein.«

»Es hat sicher etwas mit meinem letzten Artikel zu tun. Einer meiner Rechercheure wollte mich daran hindern, einen zweiten zu schreiben.«

»Vielleicht dachte er, Sie würden für die Konkurrenz arbeiten.«

»Oder vielleicht tut er das selbst.«

»Auch möglich. In diesem Geschäft ist bekanntlich so manchen Leuten jedes Mittel recht. Die Konkurrenz ist verdammt stark.«

»Das grenzt an Halsabschneiderei. Ich möchte auf gewisse Sicherheiten in meinem Job nicht verzichten.«

»Und natürlich auch nicht auf einen Zuschuß für Ihre Kur, daß Sie sich wieder ordentlich erholen können. Ich weiß übrigens, wohin Sie sich zur Erholung zurückziehen können. Ein höchst exklusives Etablissement.«

»Ich hoffe nur, es ist nicht zu weit von hier. Schließlich ist es schon spät. Zu Fuß könnte ich außerdem überfallen werden.«

»Es gibt da gleich in der Nähe ein Hotel.« Vermittels eines Codes gab Eliot Saul die Adresse durch. »Ich werde dort schon ein Zimmer für Sie reservieren lassen. Natürlich bin ich bestürzt. Sie können meines Mitgefühls sicher sein. Ich werde gleich mal nachfragen, warum man so wütend ist.«

»Vielen Dank. Ich wußte, daß ich mich auf Sie verlassen kann.«

»Dazu sind Väter schließlich da.«

Saul legte den Hörer auf die Gabel zurück. Er hatte den Eingang keine Sekunde aus den Augen gelassen. Er hörte das Rumpeln einer Kugel. Ein Spieler lachte. Neben einer Tür mit der Aufschrift ›Büro‹ drückte ein Mann auf ein paar Schalter an der Wand. Die Lichter wurden schwächer.

»Wir schließen!« rief die Bedienung in den Saal hinaus.

Saul schaute durch die Glastür auf den Parkplatz hinaus. Hinter dem kalten Licht der Bogenlampen lauerten drohende Schatten. Er hatte keine andere Wahl. Mit einem unguten Kribbeln auf der Haut überquerte er den Parkplatz.

14

Aus dem Dunkel am Ende des verlassenen Häuserblocks stach ihm sein Ziel entgegen. Ein Hotel. Eliot hatte gesagt, er würde ihm dort ein Zimmer reservieren. Allerdings glaubte Saul nicht, daß er das wörtlich hätte auffassen sollen. Eine Art Witz. Fast mußte Saul grinsen.

Das einzige Licht in der ganzen Straße war der Neonschriftzug über der schäbigen Betontreppe, die zu einem nicht minder schäbigen Holzbau hochführte.

AYFARE HOTEL

Saul nahm an, daß es sich bei dem ausgebrannten Buchstaben am Anfang des Neonschriftzugs entweder um ein M oder um ein W handeln mußte. Mayfare. Wayfare. Aber wen kümmerte das schon. Wichtig war nur, daß ein Buchstabe nicht brannte – das Zeichen, daß der Ort sicher war und er nichts zu befürchten hatte. Wären sämtliche Buchstaben intakt gewesen, hätte ihm das als Warnung gegolten, sich von diesem Ort fernzuhalten.

Er ließ seine Blicke prüfend über seine Umgebung wandern. Nachdem er nichts Auffälliges bemerkt hatte, schritt er in Richtung auf das Hotel die Straße hinunter. Er befand sich in einem Elendsviertel. Unzählige zerbrochene Fenster. Müll. Die Wohnungen wirkten verlassen. Perfekt. Ganz allein würde er hier um drei Uhr früh keinerlei Aufmerksamkeit erregen. Kein Polizeiauto würde in den Slums um diese Zeit auf Streife vorbeikommen und ihn anhalten, um sich zu erkundigen, wohin er so spät noch wollte. Und die Leute, die hier wohnten, würden sich um ihren eigenen Kram kümmern.

Seine Schritte hallten von den Häusern wider. Da er nicht das Risiko hatte eingehen wollen, sich in ein Taxi zu setzen, war er mehrere Stunden zu Fuß durch die Stadt gegangen. Seine Beine fühlten sich bleiern an; seine Schultern schmerzten. Immer wieder hatte er auf seinem Weg einen Block umrundet, um sich zu vergewissern, daß er nicht beschattet wurde. Zwar hatte er keinen Schatten entdeckt, was jedoch nicht bedeutete, daß ein solcher tatsächlich nicht existierte.

Aber bald würde es darauf nicht mehr ankommen. Er war schon fast in Sicherheit.

Die Neonschriftzüge wurden größer, je näher er kam. Obwohl die Nacht kühl war, tropfte ihm unter seinem Rollkragenpullover und der kugelsicheren Weste, die er nach Durchführung eines Auftrags immer noch ein paar Tage trug, der Schweiß den Brustkorb hinunter. Seine Hände fühlten sich taub an. Er unterdrückte den Drang, schneller zu gehen.

Erneut warf er einen Blick hinter sich. Niemand zu sehen.

Er näherte sich dem Hotel von der anderen Straßenseite, und er war sogar versucht, noch eine Runde um den Block zu drehen, um sich zu vergewissern, daß auch in der Umgebung alles in Ordnung war. Aber da keine feindliche Partei wissen konnte, daß er hierherkam, hielt er es nicht für nötig, weitere Vorsichtsmaßnahmen zu ergreifen. Er wollte nur noch ausruhen, wieder einen klaren Kopf bekommen und herausfinden, weshalb er gejagt wurde.

Eliot würde sich um ihn kümmern.

Er trat vom Gehsteig, um die Straße zu überqueren. Das schäbige Hotel – alle Fenster waren dunkel – wartete auf ihn. Hinter seiner Eingangstür würde ein Rettungsteam Essen, Trinken und sonstige Annehmlichkeiten bereit haben. Sie würden ihn beschützen.

Obwohl sein Herz wie wild schlug, schritt er ruhig auf den Eingang zu. Er konnte bereits die Risse im Holz der Tür erkennen.

Dennoch beschlich ihn ein ungutes Gefühl. Die Vorschriften. Immer wieder hatte ihm Eliot eingeschärft, unter keinen Umständen die Vorschriften zu verletzen. Sie waren das einzige, was ein Überleben garantieren konnte. Unterlasse es nie, dein Ziel zu umkreisen. Überprüfe das Territorium.

Ziehe auch die unwahrscheinlichsten Gefahrenmomente in Betracht.

Seinem Impuls nachgebend, drehte er sich wieder abrupt zu dem Gehsteig herum, den er eben verlassen hatte. Falls er trotz seiner bisherigen Vorsicht doch beschattet worden sein sollte, würde diese letzte unerwartete Richtungsänderung seinen Verfolger vielleicht so verwirren, daß er sich verriet.

Der Schlag riß ihn zur Seite; seine unvorhergesehene Wucht betäubte ihn fast. Erst verstand er nicht, was geschehen war. Doch im nächsten Augenblick wurde ihm klar, daß auf ihn geschossen worden war – mit einer Waffe mit Schalldämpfer. An seiner linken Seite in Herznähe getroffen, rang er mühsam nach Atem.

Ihm verschwamm alles vor den Augen, als er auf die Straße stürzte, er konnte die Wucht des Aufpralls abschwächen, indem er sich in den Rinnstein abrollte. Der Schuß war von oben auf ihn abgefeuert worden, aus einem Gebäude, das dem Hotel gegenüberlag. Die kugelsichere Weste hätte das Geschoß stoppen müssen. Aber warum blutete er?

Verwirrt rappelte er sich wieder auf und taumelte geduckt auf den mit Müll übersäten Gehsteig zu. Seine Brust brannte entsetzlich. Gegen die Hauswand gepreßt, tastete er sich in eine Hofeinfahrt vor. Angestrengt versuchte er mit seinen Blicken das Dunkel zu durchdringen. Schemenhafte Gegenstände tauchten vor ihm auf. Am anderen Ende konnte er eine zweite Straße erkennen.

Doch er konnte unmöglich in dieser Richtung weiter. Falls man ihm gefolgt war, hatten sie das mit Sicherheit zu mehreren getan. Andere Angehörige des Todeskommandos waren über die nähere Umgebung des Hotels verteilt. Er würde nur von neuem unter Beschuß genommen werden, sobald er die andere Straße erreichte, und diesmal würden sie auf seinen Kopf oder Hals zielen. Er saß in der Falle.

Er stolperte an einer Feuerleiter und dem Gestank überquellender Mülltonnen vorbei. Hinter sich sah er vor den Neonschriftzügen des Hotels die Silhouette eines Mannes, der auf die Hofeinfahrt zutrat; seine Schritte hallten in der Stille gespenstisch von den Wänden wider. Der Mann ging mit gebeugten Knien und vorgeneigtem Oberkörper; in seiner Hand war ganz deutlich die Automatik mit dem Schalldämpferaufsatz zu erkennen.

Die Mossad, dachte Saul erneut. Die typische plattfüßige und scheinbar unbeholfene geduckte Haltung, die es einem Agenten selbst im Fall einer Verwendung erlaubte, sich auf den Beinen zu halten. Auch Saul war darin ausgebildet worden, diese Haltung einzunehmen.

Der Mann erreichte die Hofeinfahrt und preßte sich mit dem Rücken gegen die Wand. Mit dem Dunkel um ihn herum verschmelzend, tastete er sich behutsam vorwärts.

Er ist vorsichtig, dachte Saul. Er weiß nicht, daß ich keine Schußwaffe trage. Deshalb wird er sich Zeit lassen.

Saul wirbelte zum anderen Ende der Hofeinfahrt herum, wo eine zweite Gestalt auftauchte. Nun gab es kein Entkommen mehr.

Doch das durfte nicht sein. Die Feuerleiter? Das hatte keinen Sinn. Sobald er an ihr hochgeklettert wäre, hätten sie ihn unter massiven Beschuß genommen. Er spürte, wie sie näherkamen.

Die Tür neben der Feuerleiter? Er tastete nach dem Türgriff. Verschlossen. Mit dem Ellbogen schlug er statt dessen das Fenster neben der Tür ein. Der Lärm würde seine Verfolger alarmieren. Er spürte Glassplitter durch den Stoff seines Jackenärmels dringen. Blut troff seinen Unterarm hinunter. Seine Schuhe knirschten, als er durch das zerbrochene Fenster hechtete. Der Druck gegen seinen Brustkorb ließ ihn zusammenzucken, während er stürzte.

Er schlug auf dem Boden auf. Dunkel umhüllte ihn. Es kann nicht lange dauern, dachte er. Die Männer im Hotel. Sie werden mir zu Hilfe eilen. Du mußt am Leben bleiben, bis sie kommen.

Er kroch tiefer in den Raum hinein und stieß dabei im Dunkel gegen ein Treppengeländer. Sein Brustkorb schmerzte, sein Gesicht troff von Schweiß. Im Dunkel um sich tastend, erfühlte er zwei Treppen, von denen eine nach oben, die andere nach unten führte. Mühsam ein Stöhnen unterdrückend, richtete er sich auf. Es stank nach Urin. Er legte sich wieder flach auf den Boden und kroch voran, bis er mit dem Kopf gegen die Räder eines Kinderwagens stieß.

Blut floß über seine Arme, als er nach dem Kinderwagen tastete und ihn zur Seite schob. Die Räder quietschten. Er erstarrte. Er durfte keinen Laut von sich geben. Vor dem Fenster schlich eine schemenhafte Gestalt näher.

Saul spürte, was in seinem Verfolger vorging. Der einzige Zugang zu diesem Gebäude war das zerbrochene Fenster. Doch dieses Fenster konnte sich als eine böse Falle entpuppen.

Die dunkle Gestalt blieb stehen.

Aber Saul war angeschossen. Er befand sich auf der Flucht. Sein Verfolger war sich seiner Sache vielleicht etwas zu sicher.

Und so war es auch. Mit verblüffender Schnelligkeit hechtete er durch das Fenster und rollte sich rasch ab, als er auf dem Boden aufschlug. Dann war im Dunkel nichts mehr von ihm zu hören.

Auch der Verfolger würde auf die zwei Treppen stoßen. Welche sollte er nehmen? Die nach oben oder die nach unten? Welche hatte Saul genommen? Die Regel lautete, immer nach oben. Höheres Gelände war leichter zu verteidigen.

Die Frage war nun, ob Saul sich an die Regeln gehalten hatte oder ob er in den Keller hinuntergeschlichen war, in der Hoffnung, seinen Verfolger zu täuschen. Eine Entscheidung, die man nur dem Zufall überlassen konnte.

Es war vollkommen still. Doch plötzlich stürmte Sauls Verfolger die Treppe hinauf. Saul stieß ihm den Kinderwagen ins Gesicht. Der Mann stürzte auf die Treppe, während der Kinderwagen unter lautem Gepolter die Stufen hinunterpolterte. Saul setzte nach und trat seinem Verfolger gegen das Kinn. Er spürte, wie der Knochen nachgab.

Er hörte ein Stöhnen und packte den Mann am Pullover. Während er ihn daran nach unten zog, rammte er ihm seinen anderen Arm gegen den Hals. Der Kehlkopf gab nach. Unter heftigen Krämpfen vergeblich nach Atem ringend, sackte der Verfolger zu Boden. Mit einem dumpfen Schlag fiel seine Pistole auf die Treppe.

Unter heftigen Schmerzen bückte Saul sich, um nach ihr zu tasten. Sie faßte sich vertraut an, genau in seine Handfläche passend. Er hatte diese Waffe oft verwendet – eine Beretta. Dieses Modell hatte einen extra langen Lauf, um mit einem Schalldämpfer ausgestattet werden zu können. Eine gewöhnliche 22er, so präzise gearbeitet, daß sie den Mangel an Durchschlagskraft durch ihre enorme Zielgenauigkeit wettmachte. Die Handfeuerwaffe, wie sie von der Mossad bevorzugt wurde – ein weiterer untrüglicher Hinweis.

Er lugte durch das zerbrochene Fenster nach draußen. Der zweite Verfolger schlich durch die dunkle Einfahrt auf das Fenster zu. Saul drückte ab. Seine Hand zuckte unter den wiederholten Schüssen zurück. Er stellte das Feuer erst ein, als der zweite Mann stöhnend zu Boden sank.

Mühsam sein Gleichgewicht haltend, preßte er sich gegen die Wand. Das waren noch nicht alle Verfolger. Davon mußte er ausgehen. Von solchen Überlegungen hing sein Leben ab. Er mußte fliehen. Hastig rannte er die Treppe hoch.

In einer Wohnung hörte er ein Baby schreien. Am obersten Treppenabsatz angelangt, stieß er eine Metalltür auf und hastete geduckt auf das Dach hinaus. Seine Beretta zuckte zwischen Lüftungsschächten, Wäscheleinen, Schornsteinen und Fernsehantennen hin und her. Niemand da. Weiter. Er schlich durch Schatten, biß sich vor Schmerz auf die Unterlippe, als er sich auf ein niedrigeres Niveau hinabließ. Die Sterne glitzerten kalt.

Plötzlich stand er am Rand des Dachs. Das nächste Gebäude war zu weit entfernt, als daß er es mit einem beherzten Sprung hätte erreichen können. Er sah sich um und entdeckte einen erhöhten Aufbau auf dem Dach. Er riß seine Tür auf und starrte in das undurchdringliche Dunkel eines Treppenhauses hinab. Mein Gott, diese Schmerzen!

Ein Stockwerk; noch eines und noch eines. Endlich unten angelangt, sah er sich nach einem Ausgang um. Möglicherweise wartete draußen jemand auf ihn. Aber dieses Risiko mußte er eingehen. Auf der Straße war es dunkel. Er drückte sich durch die Tür ins Freie. Mit angehaltenem

Atem erreichte er den Gehsteig. Keine Schüsse. Keine schemenhaften Gestalten, die sich auf ihn stürzten.

Er hatte es geschafft. Aber wohin sollte er sich nun wenden? Er wußte nicht, wie stark er verletzt war. Andrerseits mußte er möglichst schnell untertauchen, sonst spürten sie ihn wieder auf.

Er dachte an das Hotel. Seine Verfolger hatten ihn davor abgefangen, um ihn daran zu hindern, dort Unterschlupf zu finden. Er begriff nicht, warum ihm niemand zu Hilfe geeilt war. Seine Verfolger hatten Schalldämpfer benutzt. Möglicherweise hatte das Rettungsteam gar nicht bemerkt, daß er beschossen worden war.

Aber er war doch direkt vor dem Hotel angeschossen worden. Das hätten die Leute des Rettungsteams doch sehen müssen. Warum waren sie daraufhin nicht sofort nach draußen gestürzt, um ihm zu Hilfe zu eilen?

Weil sie nicht wußten, wohin er geflohen war. Sie hatten die Integrität des Hotels nicht aufs Spiel setzen wollen. Sie hatten ihre Stellung in der Hoffnung gehalten, daß er sich zu ihnen durchschlagen würde. Er mußte also versuchen, das Hotel zu erreichen.

Sauls Blicke fielen auf einen klapprigen Plymouth Duster, der am Straßenrand stand; er war das einzige Auto in weitem Umkreis. Wenn er nicht abgeschlossen war. Und wenn er ansprang.

Wenn.

Er versuchte die Tür. Sie ging auf. Die Schlüssel steckten allerdings nicht. Mit schmerzender Brust beugte Saul sich vor, tastete eine Weile unter dem Armaturenbrett herum und fand schließlich, wonach er gesucht hatte. Er schloß die zwei Drähte kurz. Der Duster sprang an.

Die Hände ums Lenkrad gekrampft, trat Saul aufs Gas. Der Plymouth schoß vom Randstein davon und schlidderte mit quietschenden Reifen um die nächste Ecke. Die Häuser links und rechts verschwammen, und die Straße schien immer schmaler zu werden, als er um die nächste Ecke jaulte.

Als vor ihm das Hotel auftauchte, steuerte er auf den Randstein zu. Wegen der Neonreklame konnten seine Verfolger

55

kein Nachtglas verwenden. Das Neonlicht würde in einem Zielfernrohr so hell sein, daß ein Schütze nichts mehr darin erkennen konnte.

Er wurde kräftig durchgerüttelt, als der Plymouth über den Randstein auf den Gehsteig holperte. Während der Wagen vor den bröckeligen Betonstufen zum Stehen kam, schulterte Saul bereits die Tür auf. Der Plymouth stand so, daß er ihm Deckung bot. Er rannte die Treppe hoch und warf sich durch die Eingangstür. Gleichzeitig ließ er sich zu Boden fallen und wirbelte herum, um den Lauf seiner Schußwaffe auf die Straße richten zu können.

Er hatte das Hotel erreicht. Er befand sich in Sicherheit.

Die Stille verdutzte ihn. Das Rettungsteam? Wo steckten die Kerle nur?

Als er sich umblickte, starrte er nur ins Dunkel. »Romulus!« brüllte er schließlich los, erhielt jedoch nur ein schwaches Echo als Antwort.

Er kroch auf dem Boden herum. Es roch nach Staub und Moder. Wo zum Teufel...? Das Gebäude war verlassen. Verwirrt durchsuchte er das dunkle Foyer. Niemand da. Er schaute ins Büro und in sämtliche Zimmer im Erdgeschoß. Gleichzeitig warf er immer wieder besorgte Blicke zum Eingang zurück, angestrengt lauschend, ob jemand sich dem Hotel näherte.

Das Hotel war völlig verlassen. Für seine Ankunft waren nicht die geringsten Vorbereitungen getroffen worden. Das war kein sicherer Ort. Mein Gott, das Hotel hatte nur als Köder gedient, ihn in eine Falle zu locken! Sie hatten keinen Augenblick damit gerechnet, daß er es je erreichen würde.

Nun wurde ihm klar, daß die Männer, die hier auf ihn gewartet hatten, tatsächlich nach draußen gekommen waren. Allerdings nicht, um ihn zu retten, sondern um ihn zu töten. Und nun suchten sie da draußen nach ihm. Und der Wagen würde ihnen verraten, wo er war.

Er stürzte an die Tür. Während er die Treppe hinunterrannte, sah Saul einen Mann an der Ecke auftauchen. Er richtete eine kurzläufige Maschinenpistole, unverkennbar eine Uzi, auf ihn. Saul feuerte im Laufen einen Schuß auf den

Mann ab und sah, wie er sich an den Arm faßte und hinter der Ecke verschwand.

Er hatte sich nicht die Mühe gemacht, die Drähte unter dem Armaturenbrett wieder zu lösen, um den Motor des Plymouth abzustellen. Die Tür auf der Fahrerseite stand noch offen. Er legte den Gang ein, und im nächsten Augenblick schoß der Wagen mit quietschenden Reifen vom Gehsteig und schliddernd die Straße hinunter. Eine Kugelsalve zerschmetterte die hintere Scheibe. Über Saul ging ein Glasregen nieder. Er duckte sich, so weit es ging, um vor weiteren Schüssen in Deckung zu gehen.

An der Ecke vor ihm tauchte plötzlich ein bewaffneter Mann auf. Saul riß das Steuer in seine Richtung herum, drückte aufs Gas und raste auf den Mann zu. Zehn Meter, fünf. Der Mann richtete seine Pistole auf ihn. Drei Meter. Doch plötzlich sprang der Schütze in den Schutz eines Hauseingangs zurück.

Saul riß den Wagen herum, wich mit knapper Not einem Hydranten aus und jagte schließlich über eine Seitenstraße davon. Ein heftiger Kugelhagel ließ den Plymouth erzittern.

Schleudernd bog Saul in eine andere Seitenstraße ein. Jetzt erst sah er keine Verfolger mehr – weder im Rückspiegel noch vor sich.

Er befand sich in Sicherheit. Doch von der Stelle, an der ihn die Kugel getroffen hatte, strömte Blut seinen Brustkorb hinunter. Auch sein Ellbogen, mit dem er das Fenster eingeschlagen hatte, blutete heftig. In Sicherheit. Aber wie lange?

Trotz der Eile nahm er seinen Fuß vom Gas. Er durfte keine Rotlichter überfahren, keine Geschwindigkeitsübertretung begehen. Blutend in einem gestohlenen Wagen mit zerbrochenem Rückfenster und einer Unmenge von Einschußlöchern in der Karosserie sitzend, konnte er es sich nicht leisten, von der Polizei angehalten zu werden. Er mußte seinen Wagen loswerden.

Und zwar schnell.

15

Er fuhr an einer Raststätte vorbei. Die grelle Beleuchtung blendete ihn. Auf dem Parkplatz standen zwei Lastwagen und drei Sattelschlepper. Einen halben Kilometer weiter bog er in einen Wohnwagenstandplatz ein. Halb fünf Uhr früh. In keinem der Wohnwagen brannte Licht. Er parkte zwischen zwei Autos auf einem Kiesstreifen, schaltete die Scheinwerfer aus und trennte die beiden Zündungskabel unter dem Armaturenbrett.

Der Schmerz ließ ihn zusammenzucken. Nachdem er sich vergewissert hatte, daß er keinerlei Aufmerksamkeit erregt hatte, wischte er sich den klammen Schweiß von der Stirn. Mühsam seine Jacke ausziehend, schob er seinen Rollkragenpullover hoch und tastete nach dem Klettverschluß seiner kugelsicheren Weste, um sie zu lösen und die Weste abzulegen.

Eliot hatte immer darauf bestanden, nie gegen die Vorschriften zu verstoßen. Nach Durchführung eines Auftrags mußten immer bestimmte Vorsichtsmaßregeln befolgt werden. Wie zum Beispiel das Tragen der kugelsicheren Weste. Für den Fall, daß es noch zu nachträglichen Komplikationen kam. Diese lang erprobten Methoden halfen einem, am Leben zu bleiben.

Die Weste war etwas sperrig. Einen halben Zentimeter dick und ein gutes halbes Kilo schwer, war sie aus sieben Lagen Kevlar hergestellt, einer nylonähnlichen synthetischen Faser, die fünfmal widerstandsfähiger als Stahl war. Da Saul jedoch sowieso schon sehr grobknochig und kräftig gebaut war, ließ ihn die Weste lediglich übergewichtig erscheinen. Und obwohl er im Casino keine Schußwaffe hatte tragen wollen, war er doch überzeugt gewesen, daß die Weste nicht weiter auffallen würde. Wieder einmal hatte ihm die gewohnheitsmäßige Befolgung der Routinemaßnahmen das Leben gerettet.

Dennoch hätte das Geschoß die Weste nicht durchdringen dürfen. Es hätte ihm keine Verwundung beibringen dürfen. Mit gerunzelter Stirn betastete er das Blut auf seiner Brust, während er nach einem Einschußloch suchte. Er stieß jedoch schließlich auf die Kugel selbst, die etwa einen halben Zentimeter in seine Brust eingedrungen war und noch ein Stück zwischen zwei Rippen hervorstand. Die Weste hatte die Wucht des Aufpralls also nur zum Teil gemildert.

Mit zusammengebissenen Zähnen zog er das Geschoß heraus. Nur mit Mühe konnte er das Bedürfnis unterdrücken, sich auf der Stelle zu übergeben. Für einen Augenblick schien sich der Wagen im Dunkeln zu drehen. Doch das Schwindelgefühl ließ rasch wieder nach, und er schluckte den galligen Geschmack hinunter.

Nachdenklich wischte er das Geschoß sauber. Er konnte sich keinen Reim auf das Ganze machen. Wie hatte die Kugel die Weste durchschlagen können. Das Geschoß war zwar spitz und schlank, aber seine Spitze hätte durch den Aufprall gegen die Weste abgestumpft werden müssen.

Er legte es darauf an und öffnete die Wagentür, so daß er im Schein der Innenbeleuchtung die Kugel näher untersuchen konnte. Was er nun sah, sollte seine Bestürzung nur vergrößern.

Das Geschoß war grün, und zwar rührte diese Farbe von seiner Teflonummantelung her, die es ihm ermöglichte, sogar eine kugelsichere Weste zu durchdringen. Es handelte sich dabei um ein Spezialgeschoß, wie es vor allem von Eliteeinheiten der Geheimdienste verwendet wurde. Unter anderem auch von der Mossad.

Er untersuchte nun den Schalldämpfer der Beretta. Der Besitz eines solchen Aufsatzes war nicht weniger illegal als der Besitz einer Maschinenpistole oder eines Granatwerfers. Anstatt zu riskieren, mit so einem Ding geschnappt zu werden oder auf dem Schwarzmarkt eines zu erstehen, bauten sich die Agenten ihre eigenen zusammen, und zwar aus Teilen, die leicht erhältlich waren und so harmlos aussahen, als wären sie mit einem Selbstbaukasten zusammengebaut worden. In diesem Fall hatte sich der Schütze mit einem Plastikrohr beholfen, das genau auf den Lauf der Beretta paßte und abwechselnd mit Dichtungsringen aus Metall und Steinwolle gefüllt war, deren Öffnungen jeweils groß genug waren, um die Kugeln durchzulassen. Der Durchmesser des Rohrs war gerade so groß, daß die Dichtungsringe nicht herausfallen, die Kugeln jedoch durchkommen konnten. In das Ende, das auf den Lauf gesteckt wurde, waren drei Löcher gebohrt, in denen drei Schrauben steckten, die das Rohr am Lauf festmachten. Diese Vorrichtung ließ sich rasch an einer Schußwaffe anbringen und erfüllte für sieben Schüsse den gewünschten Zweck; danach ließ die dämpfende Wirkung der Dichtungsringe aus Steinwolle allerdings nach. Schließlich konnte man den Schalldämpfer problemlos wieder entfernen und in seine Bestandteile zerlegen, ohne daß jemand mehr erkennen konnte, wofür sie einmal verwendet worden waren. So einfach war das. Jedenfalls griff die Mossad mit Vorliebe auf diese Methode zurück.

Was zum Teufel ging hier nur vor? Woher hatte die Gegenpartei wissen können, daß er jenes Hotel hatte aufsuchen wollen? Er selbst hatte es doch erst wenige Stunden zuvor erfahren. Jedenfalls konnte der Grund hierfür nicht sein, daß er beschattet worden war. Seine Verfolger waren genau über sein Vorhaben informiert gewesen. Sie hatten auf ihn *gewartet*.

Eliot hatte die nötigen Vorbereitungen getroffen. Demnach mußte ihm ein Fehler unterlaufen sein. Vielleicht hatte er ein Telefon benutzt, das doch abgehört worden war.

Aber Eliot machte doch sonst keine Fehler.

Demnach mußte Eliot beschattet worden sein. Seine Gespräche waren über ein Richtungsmikrofon abgehört worden.

Aber das war doch sonst nicht Eliots Art. Er trug doch immer einen Störmechanismus gegen jegliche Mikrofone bei sich.

Vielleicht war einer von Eliots Leuten ein Doppelagent. Aber für wen arbeitete er dann? Für die Mossad?

Saul schloß die Wagentür wieder. Die Innenbeleuchtung ging aus. Er wischte sich mit einem Taschentuch das Blut von der Brust. Es war Nacht, und er fror und war müde.

Er mochte keine Zufälle. Eliot hatte ihn nach Atlantic City geschickt. Bereits der Ort schien etwas ungewöhnlich. Und dann hatte dort auch noch ein Mitglied des aufgelösten Kommandos versucht, ihn zu... Saul durchlief ein Schaudern. Eliot hatte ihn auch in dieses verlassene Hotel geschickt, wo Saul zum zweitenmal um ein Haar getötet worden wäre.

Der gemeinsame Nenner: Eliot.

Doch die daraus erwachsende Schlußfolgerung war undenkbar. Eliot – Sauls Pflegevater – sollte ihn auf die Abschußliste gesetzt haben?

Nein!

Saul zog den Rollkragenpullover wieder nach unten und stieg aus dem Wagen. Er rückte seine Jacke zurecht. Fünf Uhr früh. Im Osten verfärbte sich der Himmel langsam grau.

Er verließ den Wohnwagenstandplatz und ging unter starken Schmerzen am Highway entlang. An der Raststätte wartete er im Schatten eines Sattelschleppers, bis dessen Fahrer das Restaurant verließ.

Der Fahrer erstarrte, als er Saul sah.

»Nehmen Sie mich für fünfzig Dollar mit?« sprach ihn Saul an.

»Das ist gegen die Vorschriften. Sehen Sie das Schild dort? Keine Anhalter. Das könnte mich meinen Job kosten.«

»Hundert.«

»Daß Sie mir eine überziehen, sobald sich Ihnen ohne Gelegenheit dazu bietet? Oder damit Ihre Kumpel den Laster einkassieren können? Nee, ohne mich.«

»Zweihundert.«

Der Fernfahrer deutete auf Saul. »Sie bluten ja. Waren wohl in eine Schlägerei verwickelt? Oder werden Sie gar von der Polente gesucht?«

»Ich habe mich beim Rasieren geschnitten. Dreihundert.«

»Das kann ich nicht machen. Ich habe Frau und Kinder.«

»Vier. Das ist mein letztes Angebot.«

»Leider immer noch nicht genug.«

»Dann warte ich eben auf einen anderen Fahrer.« Saul entfernte sich in Richtung auf einen anderen Laster.

»Hey, Sie.«

Saul drehte sich um.

»Sie scheinen es aber wirklich verdammt eilig zu haben,

aus der Stadt zu verschwinden, wenn Ihnen das soviel Geld wert ist.«

»Mein Vater ist schwer krank.«

Der Fernfahrer lachte. »Mein Bankkonto auch. Ich hatte schon gehofft, Sie würden noch auf fünfhundert hochgehen.«

»Soviel habe ich nicht.«

»Waren Sie schon mal in Atlanta?«

»Nein«, log Saul.

»Dann wird sich das jetzt mal ändern.« Der Fernfahrer streckte seine Hand aus. »Und? Was ist mit dem Geld?«

»Erst die Hälfte.«

»Einverstanden. Und falls Sie auf irgendwelche dummen Ideen kommen sollten, will ich Sie jetzt schon warnen. Ich war bei den Marines. Ich kann Karate.«

»Tatsächlich?«

»Außerdem möchte ich Sie vorher noch durchsuchen. Hoffe nicht, eine Knarre oder ein Messer zu finden.«

Den Schalldämpfer hatte Saul inzwischen weggeworfen. Die Beretta steckte jedoch in seiner Unterhose. Sie war an dieser Stelle zwar nicht sonderlich bequem, aber zumindest hätte der Fernfahrer ihn splitternackt filzen müssen, um die Waffe zu entdecken. Aber vermutlich würde er Sauls Körper nur grob abtasten – Arme, Beine, Rücken. Saul bezweifelte, daß er auch sein Geschlechtsteil abtasten oder gar in seine Unterhose fassen würde. Falls doch...

»Außer den vierhundert Dollar werden Sie bei mir nichts finden«, erklärte Saul. »Und falls in Atlanta plötzlich die Bullen auftauchen und mich abholen sollten, weiß ich ja, wem ich das zu verdanken habe. Dann werde ich allerdings Ihren Boß anrufen und ihm von unserer Abmachung erzählen. Es wäre mir in diesem Fall eine große Genugtuung zu sehen, wie Sie Ihren Job verlieren.«

»Ist das vielleicht eine Art, mit einem Kumpel zu reden?« grinste der Fernfahrer. Wie Saul erwartet hatte, fiel die Durchsuchung reichlich amateurhaft aus.

Während der schwere Sattelschlepper durch den dämmernden Morgen über den Highway brummte, tat Saul, als schliefe er, während er in Wirklichkeit über die jüngsten Vorfälle nachdachte. Seine Gedanken kreisten immer wieder um Eliot. Irgend etwas stimmte ganz und gar nicht. Er konnte doch nicht ständig auf der Flucht bleiben, sich ständig verstecken müssen.

Weshalb trachtet Eliot mir nach dem Leben? Warum die Mossad?

Eines war sicher: Er brauchte dringend Hilfe. Aber wem konnte er jetzt noch vertrauen?

Die Sonne blendete durch die Windschutzscheibe.

Schwitzend preßte er seine Hand wie im Fieber an seine Brust und dachte an Chris.

Seinen Pflegebruder.

Remus.

Die ›Kirche des Mondes‹

1

Irgendwie schaffte es der hochgewachsene Weiße, in der Menge von Asiaten auf der lauten, hektischen Silom Road nicht aufzufallen. Er bewegte sich mit steter, geschmeidiger Zielstrebigkeit und paßte sich ganz dem Rhythmus des Passantenstroms an. Kaum hatte er jemandes Aufmerksamkeit auf sich gelenkt, war er auch schon wieder in der Menge untergetaucht. Ein ungeübter Beobachter hätte Schwierigkeiten gehabt, seine Nationalität festzustellen. Ein Franzose vielleicht, oder ein Engländer. Vielleicht auch ein Deutscher. Sein Haar war braun; ob dunkel oder hell, wäre jedoch schwer zu sagen gewesen. Auch seine Augen waren braun, jedoch mit Schattierungen ins Bläuliche und Grüne. Sein Gesicht war oval und doch auch kantig. Er war nicht dünn, aber auch nicht korpulent. Seine Kleidung bestand aus Jacke, Hemd und Hose in neutralen Farben. Sein Alter hätte man am ehesten irgendwo zwischen dreißig und vierzig angesetzt. Er wies keinerlei Narben oder Bart auf. Das einzig Ungewöhnliche an ihm schien zu sein, daß er irgendwie unsichtbar wirkte.

Im übrigen war der Mann Amerikaner. Zwar nahm er auf seinen Reisen zahlreiche unterschiedliche Identitäten an, aber sein wirklicher Name war Chris Kilmoonie. Er war sechsunddreißig. Seine Narben waren durch Schönheitsoperationen entfernt worden. Sein Gesicht war sogar mehrfach rekonstruiert worden. Er hatte sämtliche Etiketten aus seiner Kleidung entfernt. In das Futter seiner Jacke hatte er Geldscheine verschiedener Währungen im Gegenwert von etwa fünftausend Dollar genäht. Den Rest seines Notfundus in Höhe von fünfzehntausend Dollar hatte er in Gold und Edelsteinen angelegt – unter anderem auch in Form einer achtzehnkarätigen Rolex und einer kostbaren Halskette. Beide Schmuckstücke trug er jedoch so, daß man sie nicht zu sehen bekam. Er mußte ständig in der Lage sein, schnellstens von Land zu Land zu reisen, ohne dabei auf Banken angewiesen zu sein. Er machte sich keine Sorgen, ein Dieb könnte versuchen, ihn seiner Reichtümer zu entledigen. Denn unter seiner Jacke trug er hinten am Rücken im Gürtel seiner Hose eine Mauser HSc 7,65 mm-Automatik. Doch mehr als diese Waffe beugten Chris' Augen einer solchen Begegnung vor. Tief in ihrem Innern, jenseits ihrer changierenden Farben, lauerte ein warnendes Selbstvertrauen, das jeden Fremden sofort auf Abstand gehen ließ.

Auf halbem Weg die Straße hinunter blieb Chris vor einem Verkaufsstand mit einem aus Bambusstäben zusammengezimmerten Vordach stehen. Aufgeregte Souvenirhändler überschrien sich gegenseitig bei dem Versuch, kunstvolle Papierdrachen, Seidenschals und Teakholzstatuen an den Mann zu bringen. Ohne einem fliegenden Händler, der ihm eine Portion gebratenen Affen von seiner fahrbaren Küche anbot, Beachtung zu schenken, beobachtete er das schmale, zweistöckige Kirchengebäude, das sich, umrankt von Kletterpflanzen, hinter dem wild durcheinandertönenden Gewimmel aus Fahrrädern und Mopeds zwischen dem Oriental Hotel und einem Missionsgebäude erhob. Von seinem Standort aus konnte er auch das Pfarrhaus erkennen, das sich hinten an die Kirche anschloß. Dahinter wiederum waren der Friedhof und ein Chiligarten zu erkennen, der zu dem schlammigen, krokodilverseuchten Fluß abfiel. In der Ferne gingen Reisfelder in den Dschungel über. Was Chris jedoch am meisten interessierte, war das zwei Meter hohe Buntglasfenster unter dem Giebel der Kirche. Er wußte, daß vor Jahren infolge eines Sturms ein etwa dreißig Zentimeter großes Glasstück zu Bruch gegangen war. Da die Gemeinde von Sawang Kaniwat in Bangkok arm war, hatte man das fehlende Stück, das in etwa die Form einer Mondsichel hatte, durch ein entsprechendes Stück aus Blech ersetzt. Diese Mondsichel, direkt unter dem

Giebel, hatte der Kirche auch ihren Spitznamen eingetragen: ›Kirche des Mondes‹.

Chris war sich auch im klaren darüber, daß die Kirche 1959 auf Betreiben des KGB in ein dem Abelard-Vertrag unterworfenes Refugium umgewandelt worden war, das Agenten aller Nationen, ungeachtet ihrer politischen Überzeugung, offenstand. Während er auf eine Lücke im Verkehr wartete, um die Straße überqueren zu können, ging er wie selbstverständlich davon aus, daß er von Agenten verschiedenster Geheimdienste aus den Gebäuden der Umgebung beobachtet wurde. Aber darauf kam es jetzt nicht an. Innerhalb der Kirche und ihrer näheren Umgebung war ihm Immunität zugesichert.

Er öffnete ein schief in den Angeln hängendes Holztor und schritt auf einem matschigen Kiesweg an der Seite der Kirche entlang. Im hinteren Teil waren die Straßengeräusche nur noch gedämpft wahrnehmbar. Er zupfte sich das Hemd von seinem schweißnassen Brustkorb; die schwüle Hitze war kaum zu ertragen. Obwohl die Regenzeit erst in einem Monat einsetzen sollte, hingen bereits dicke, schwarze Wolken über dem Dschungel.

Er schritt die knarzenden Stufen des Pfarrhauses hinauf und klopfte an die Tür. Ein asiatischer Diener erschien. In thailändisch verlangte Chris nach dem Pater. Eine Minute verstrich. Der alte Mönch kam an die Tür und taxierte den Besucher.

Chris sagte: »*Eye ba.*«

In thailändisch ist das ein Fluch, der sich auf einen schmutzigen oder großen Affen bezieht. Es konnte auch Guerilla bedeuten. Jedenfalls waren diese zwei Worte alles, was Chris sagen mußte, um hier Asyl zu finden.

Der Pater trat zurück und nickte.

Chris trat ins Pfarrhaus. Blinzelnd mußte er seine Augen erst an die Dunkelheit im Innern gewöhnen. Es roch nach Chili.

»Sprechen Sie…?«

»Englisch«, kam Chris dem alten Mann zuvor.

»Sind Ihnen die Abmachungen bekannt?«

»Ja, ich war schon einmal hier.«

»Daran kann ich mich nicht erinnern.«

»1965.«

»Trotzdem kann ich mich nicht...«

»Damals habe ich anders ausgesehen. Mein Gesicht war arg mitgenommen.«

Der Pater zögerte. »Blinddarmriß? Gebrochene Wirbelsäule?«

Chris nickte.

»Jetzt kann ich mich wieder erinnern«, nickte der alte Mönch. »Die Ärzte, die Sie operiert haben, haben wirklich gute Arbeit geleistet.«

Chris wartete.

»Aber Sie sind selbstverständlich nicht hierhergekommen, um sich mit mir über die alten Zeiten zu unterhalten«, fuhr der Mönch fort. »In meinem Büro können wir sicher ungestörter sprechen.« Er wandte sich nach links und betrat einen Raum.

Chris folgte ihm. Er hatte die Akte des alten Mannes gelesen und wußte daher, daß Pater Gabriel Janin zweiundsiebzig war. Seine weißen Bartstoppeln hatten dieselbe Farbe wie sein kurzgeschorenes Haar. Ausgemergelt, vornübergebeugt und verhutzelt, trug der Pater unter seiner sackförmigen, abgewetzten Kutte schmutzige Stoffschuhe und eine speckige Hose. Doch sein Alter und sein heruntergekommenes Aussehen täuschten. Zwischen 1929 und 1934 hatte er der Französischen Fremdenlegion angehört. Da ihm dies jedoch nicht Herausforderung genug gewesen war, war er 1935 in den Zisterzienserorden eingetreten. Vier Jahre später hatte er den Orden wieder verlassen, um sich während des Kriegs zum Missionar ausbilden zu lassen. Bei Kriegsende war er dann nach Saigon versetzt worden. 1954 wurde er neuerlich versetzt – diesmal nach Bangkok. 1959 wurde er schließlich vom KGB wegen seiner Vorliebe für junge Thai-Mädchen erpreßt, die Führung dieser international anerkannten Zufluchtsstätte zu übernehmen. Chris war sich sehr wohl bewußt, daß der Pater zum Schutz seiner Gäste auch vor Mord nicht zurückschrecken würde.

In dem kleinen, überfüllten Büro roch es modrig. Der Pater schloß die Tür. »Möchten Sie vielleicht etwas trinken? Eine Tasse Tee oder...?«

Chris schüttelte den Kopf.

Der Pater breitete die Hände aus. Er saß hinter seinem Schreibtisch. Im Garten sang ein Vogel.

»Womit kann ich Ihnen dienen?«

»Pater...« Chris sprach gedämpft, als wollte er beichten. »...ich brauche von Ihnen den Namen eines Zahnarztes, der Zähne zieht und den Mund hält.«

Pater Janin machte ein besorgtes Gesicht.

»Was ist denn los?«

»Wozu braucht Ihre Organisation solche Informationen«, entgegnete der alte Pater daraufhin. »Sie haben doch Ihre eigenen Zahnärzte.«

»Ich brauche aber den Namen von Ihrem.«

Stirnrunzelnd beugte sich der Mönch vor. »Weshalb interessiert Sie das? Kommen Sie deshalb zu mir? Sie müssen meine Direktheit verzeihen. Hat dieser Zahnarzt jemandem etwas zuleide getan oder jemandes Tarnung gefährdet? Tun Sie jemandem einen Gefallen, indem Sie ihn beseitigen?«

»Nein«, versicherte ihm Chris. »Meine Auftraggeber sind nur wegen gewisser Informationslecks innerhalb unserer Organisation beunruhigt. Dabei erweist es sich hin und wieder als nötig, auch auf andere Quellen als unsere eigenen zurückzugreifen.«

Pater Janin dachte kurz nach. Seine Stirn lag nach wie vor in Falten, als er schließlich nickend erklärte: »Das ist durchaus verständlich. Dennoch...« Er klopfte mit seinen Fingern auf die Schreibtischplatte.

»Falls Sie sich zu erkundigen beabsichtigen, mein Deckname ist Remus.«

Der Pater hörte auf, mit den Fingern zu trommeln. »In diesem Fall werde ich versuchen, Ihre Frage bis morgen früh zu beantworten, wenn Sie hier übernachten wollen.«

Das ist nicht früh genug, dachte Chris.

2

Er saß an einem Tisch im Speisesaal und aß Hühnchen und Nudeln mit Chili, dem Gewürz, das aus der thailändischen Küche nicht wegzudenken war. Seine Augen tränten; seine Nasenflügel blähten sich. Er trank warmes Coke und sah aus dem Fenster, das sich nach hinten öffnete. Die Wolken hatten inzwischen die Stadt erreicht und entluden ihre Wassermassen wie geschmolzenes Blei, so daß er nicht einmal mehr die Grabkreuze auf dem Friedhof erkennen konnte.

Pater Janins Zögern hatte ihn stutzig gemacht. Er war sicher, daß der Mönch in diesem Augenblick alle möglichen Telefongespräche führte, um sich über sein Umfeld zu informieren. Das Telefon wurde selbstverständlich nicht abgehört. Das galt auch für das ganze Haus hier. Er befand sich auf neutralem Boden. Jeder, der seine Immunität verletzte, würde aus seiner Organisation ausgeschlossen und von sämtlichen Geheimdiensten der Welt gejagt und schließlich liquidiert werden.

Dennoch beschlich Chris leise Unruhe. Sobald seine Organisation erfuhr, daß er sich hier befand, würde sich der Leiter des lokalen Büros natürlich fragen, warum. Er würde sich mit seinem Vorgesetzten in Verbindung setzen. Da die Bedeutung der Decknamen vor allem auf ihren ersten zwei Buchstaben beruhte – AM stand zum Beispiel für Kuba; AMALGAM war demzufolge ein Deckname für eine Operation in diesem Land –, würde besagter Vorgesetzter natürlich als erstes die ersten zwei Buchstaben in Chris' Deckname REMUS einer genaueren Überprüfung unterziehen und in diesem Zusammenhang feststellen, daß RE bedeutete, daß Chris lediglich dem Hauptquartier in Langley, Virginia, und hier wiederum insbesondere Eliot verantwortlich war. Entsprechend würde Eliot unverzüglich davon in Kenntnis gesetzt werden, daß Chris unerwartet im Refugium von Bangkok aufgetaucht war. Eliot würde sicher stutzig werden, da er Chris nicht dorthin beordert hatte.

Darin lag das Problem. Chris wollte unter allen Umständen vermeiden, daß Eliot wußte, wo er sich aufhielt. Angesichts seines Vorhabens wollte Chris nicht, daß Eliot sich hinsichtlich der Konsequenzen im klaren war. Er wollte Eliot keinen Kummer machen oder ihn in Verlegenheit stürzen.

Er gab sich Mühe, sich seine Ungeduld nicht anmerken zu lassen. Bei der frühestmöglichen Gelegenheit würde er den Pater aufsuchen und sich von ihm den Namen des Zahnarztes geben lassen.

Ganz in Gedanken versunken, wandte er sich vom Fenster mit dem trostlosen Regen dahinter ab. Unwillkürlich wischte er sich den Schweiß aus den Augen, als seine Blicke auf einen Mann fielen, den er vor siebzehn Jahren zum letztenmal gesehen hatte.

Der Mann, ein Chinese, hatte eben den Speisesaal betreten. Schlank, rundgesichtig und elegant, trug er einen makellosen Khaki-Anzug, dessen Jacke im Stil Maos bis zum Kragen hochgeknöpft war. Sein jugendlich frisches Gesicht und sein üppiges schwarzes Haar straften seine zweiundsechzig Jahre Lügen.

Der Name des Chinesen war Chin Ken Chan. I. Q.: einhundertachtzig. Außer Chinesisch sprach er fließend Russisch, Französisch und Englisch. Chris wußte über seinen Hintergrund Bescheid. Chan hatte von 1939 bis Kriegsende bei Dame Sahara Day-Wisdom, O. B. E., am Merton College der Oxford University studiert. Während dieser Zeit war er unter den Einfluß kommunistischer Mitglieder angesehener Clubs in Oxford und Cambridge geraten, so daß ihn Maulwurf Guy Burgess hatte problemlos rekrutieren können, sich nach dem Krieg für Mao einzusetzen. Aufgrund seiner Homosexualität war Chan innerhalb des chinesischen Geheimdienstes nie höher als bis zum Oberst aufgestiegen. Andrerseits war er jedoch ein idealistischer Vorkämpfer für die maoistische Sache und, trotz seines seriösen Äußeren, einer ihrer zuverlässigsten Killer, insbesondere mit der Garrotte.

Ohne Chris irgendwelche Beachtung zu schenken, trat Chan an einen anderen Tisch. Dort nahm er steif Platz und holte aus seiner Jacke seine eigenen Eßstäbchen hervor.

Chris kaute und schluckte den letzten Bissen in seinem

Mund hinunter und sagte, ohne sich seine Überraschung anmerken zu lassen: »Der Schneeleopard.«

Chan hob den Kopf.

»Vermißt der Schneeleopard Tiefen Schnee?«

Chan nickte unbeteiligt. »Es ist schon dreizehn Jahre her, daß wir im Fernen Osten Tiefen Schnee hatten.«

»Ich habe eigentlich eher an die Zeit vor *siebzehn* Jahren gedacht. Meines Wissens hat es damals in Laos geschneit.«

Chan lächelte höflich. »In jenem Jahr waren nur zwei Amerikaner im Schnee. Meines Wissens handelte es sich dabei um Brüder – doch nicht von Geburt.«

»Und einer von ihnen ist Ihnen zu ewigem Dank verpflichtet.«

»Chris?« sagte Chan.

Chris nickte; seine Kehle schnürte sich zusammen. »Schön, Sie wiederzusehen, Chan.«

Sein Herz klopfte wie wild, als er grinsend aufstand. Sie kamen durch den Speisesaal aufeinander zu und umarmten sich.

3

Pater Janin ahnte nichts Gutes. Sobald ein Diener den Amerikaner in den Speisesaal geführt hatte, griff er nach dem Telefon auf seinem Schreibtisch und wählte hastig eine Nummer.

»Remus«, sagte er in den Hörer.

Dann hängte er wieder auf, kippte ein Glas Brandy hinunter und stellte sich mit gerunzelter Stirn auf ein längeres Warten ein.

Zufälle erregten seine Besorgnis. Vor zwei Tagen hatte er dem Russen Joseph Malenow Asyl gewährt, dem Leiter des KGB-Opiumhandels in Südostasien. Malenow war auf seinem Zimmer geblieben, wo ihm der Pater vereinbarungsgemäß täglich dreihundert Milligramm des Beruhigungsmittels Dilantin zukommen ließ, um seine Gereiztheit und Überanspannung unter Kontrolle zu bekommen. Die Behandlung hatte Erfolg.

Am Tag zuvor hatte der Pater Oberst Chin Ken Chan, einem Agenten der Volksrepublik China, Asyl gewährt. Informanten hatten dem Pater zu verstehen gegeben, daß Chan in der Kirche des Mondes den Russen hatte treffen wollen und möglicherweise in Erwägung zog, sich als Doppelagent des KGB anwerben zu lassen. Solche Abmachungen waren keineswegs ungewöhnlich. In einem Abelard-Refugium machten sich gegnerische Agenten oft die Neutralität des Territoriums zunutze, um gewisse Vereinbarungen zu treffen oder auch überzulaufen. Allerdings erschienen dem Pater Chans Motive etwas fadenscheinig. Er wußte, daß sich die Chinesen dagegen aussprachen, daß die Russen Opium nach Südostasien schmuggelten; teils, weil ihnen jede Einmischung in dieser Region von sowjetischer Seite ein Dorn im Auge war; teils, weil sie der Überzeugung waren, daß das Opium die allgemeine Moral innerhalb der Bevölkerung untergraben würde. Es schien wenig sinnvoll, daß Chan, der jahrelang die Opiumlieferungen der Sowjets sabotiert hatte, plötzlich zu genau der Partei überlaufen sollte, von der diese Lieferungen ausgegangen waren.

Und nun war heute noch dieser Amerikaner aufgetaucht. Seine Frage nach einem Zahnarzt, der einem die Zähne zog und darüber den Mund hielt, konnte nur eines bedeuten: Er wollte verhindern, daß irgend jemandes Leiche identifiziert werden konnte. Aber wessen Leiche? Die des Russen?

Seine Gedanken wurden durch das Läuten des Telefons unterbrochen.

Der Pater nahm ab und lauschte in den Hörer.

Nach einer Minute hängte er, noch verwirrter als zuvor, wieder auf.

REMUS, hatte er erfahren, war der Deckname für Christopher Patrick Kilmoonie, ehemals Leutnant der amerikanischen Sondereinheiten, die 1965 in Zusammenarbeit mit der CIA eine Operation mit dem Kennwort Tiefer Schnee durchgeführt hatten, die dem Zweck diente, die sowjetischen Opiumlieferungen zu unterbinden. 1966 war Kilmoonie aus dem Militärdienst ausgeschieden und der CIA beigetreten. 1976 war er in ein Zisterzienserkloster eingetreten. 1982 hatte er sich erneut der CIA angeschlossen. Diese Verbindung aus Politik und Religion schien etwas ungewöhnlich, aber da Pater Janin sie selbst eingegangen war, war diese Kombination zumindest für ihn nichts sonderlich Außergewöhnliches. Dennoch weckte der Umstand seine Besorgnis, daß alle drei Männer in irgendeiner Weise mit dem Opiumschmuggel in Berührung standen.

Und es gab noch einen zweiten gemeinsamen Nenner. Als der Amerikaner erwähnt hatte, daß er bereits 1965 mit einem bis zur Unkenntlichkeit zerstörten Gesicht, einem Blinddarmriß und gebrochener Wirbelsäule hier um Asyl gebeten hatte, war dem Pater auch wieder eingefallen, wer ihn damals begleitet hatte – kein anderer als der Chinese, der tags zuvor in der Kirche des Mondes eingetroffen war. Chin Ken Chan.

Solche Zufälle bereiteten ihm Sorgen.

4

Unter dem Prasseln des Regens auf dem Wellblechvordach stand Chris auf der Veranda des Pfarrhauses. Er konnte den Friedhof noch immer nicht sehen. Neben ihm lehnte Chan am Geländer und starrte in den Regen hinaus. Obwohl das Haus nicht abgehört wurde, machten sie sich das Trommeln des Regens zunutze, damit ihre Unterhaltung auf keinen Fall belauscht werden konnte. Zudem hatten sie eine Ecke ausgesucht, in der es kein Fenster gab.

»Da wären zwei Punkte«, erklärte Chan.

Chris wartete.

»Sie müssen sofort weg hier«, fuhr der Chinese fort. »Joseph Malenow hält sich in einem Zimmer im ersten Stock auf.«

Chris verstand. In seinem Beruf wurde selten das gesagt, was gemeint wurde. Diskretion war oberstes Gebot. Für Chan war selbst diese direkte Ausdrucksweise schon ungewöhnlich. Rasch stellte Chris die nötigen Zusammenhänge her, las zwischen den Zeilen von Chans Äußerungen.

Er war schockiert. Grundvoraussetzung ihrer Lebensweise war die strikte Einhaltung bestimmter Grundregeln; und ganz besonders zählte dazu die absolute Unantastbarkeit eines Abelard-Refugiums. Chan beabsichtigte, die unverzeihliche Todsünde, die Sünde wider den Heiligen Geist zu begehen.

»So weit ist es noch nie gekommen«, warf Chris ein.

»Das stimmt nicht. Während Sie im Kloster waren...«

»Sie haben sich wohl ständig genauestens über meinen Verbleib auf dem laufenden gehalten?«

»Ich habe Ihnen das Leben gerettet. Ich bin für Sie verantwortlich. Während Ihres Aufenthalts im Kloster wurde diese Abmachung zweimal übertreten. Einmal in Ferlach in Österreich und einmal in Montreal.«

Chris lief ein eisiger Schauder den Rücken hinunter.

Chan wich seinem Blick nicht eine Sekunde aus.

»Damals stand die Welt ja auch kopf«, hielt Chris dem entgegen.

»War das denn nicht auch der Grund, weshalb Sie ausgestiegen sind? Weil Ihnen das Kloster einen wirklich unverbrüchlichen Ehrenkodex angeboten hat?«

»Nein. Damals hielten sich auch die echten Profis noch an die Spielregeln. Ich bin ausgestiegen, weil ich versagt hatte. Nicht umgekehrt.«

»Das verstehe ich nicht.«

»Das kann ich Ihnen jetzt nicht erklären. Außerdem möchte ich nicht darüber sprechen. Wenn nun sogar der Abelard-Vertrag außer Kraft gesetzt wird, wie können wir dann überhaupt noch auf irgend etwas bauen?« Er schüttelte ärgerlich den Kopf. »Heute ist nichts mehr heilig.«

»Und es wird von Tag zu Tag schlimmer«, stimmte ihm Chan zu. »Vor sechs Jahren wäre es noch vollkommen undenkbar gewesen, was ich vorhabe.«

»Und jetzt?« fragte Chris.

»Da der Präzedenzfall bereits vorliegt, fühle ich mich jeglicher Verantwortung entbunden. Malenow ist psychisch krank. Während der letzten paar Monate hat er den Opiumhandel über jedes akzeptable Maß hinaus weiter ausgebaut. Man muß ihm das Handwerk legen.«

»Dann töten Sie ihn doch außerhalb des Refugiums«, schlug Chris vor.

»In diesem Fall wäre er zu gut bewacht.«

»Aber man wird Sie danach jagen.«

»Ja, und zwar alle.« Chan nickte. »Trotzdem hat auch der Schneeleopard seine Tricks.«

»Na, ich weiß nicht«, hielt Chris dem entgegen. »Ihre Überlebenschancen dürften nicht sonderlich hoch stehen, wenn alle hinter Ihnen her sind. Was ist eigentlich damals passiert? In Ferlach und dann in Montreal?«

»Sie meinen, mit den Übeltätern? Sie wurden aufgespürt und liquidiert. Ebenso werde auch ich liquidiert werden. Allerdings werde ich dafür sorgen, daß das nicht so bald geschehen wird.«

»Ich bitte Sie hiermit, es nicht zu tun.«

»Warum?«

»Weil ich mich Ihnen gegenüber verantwortlich fühle.«

»Nein, ich bin es, der in Ihrer Schuld steht. Ich habe mich dem Schicksal, wie Sie es wohl nennen würden, in den Weg gestellt. Aber nun muß ich meinem eigenen ins Angesicht blicken. Ich werde langsam alt und muß mich darauf einstellen, mit Würde zu sterben, wie ihr im Westen es nennt; oder in Ehren, wie ich es nenne. Ich muß mich meinem Schicksal stellen. Zu lange schon habe ich auf die Gelegenheit hierfür gewartet. Das Opium ist schlecht. Man muß ihm Einhalt gebieten.«

»Aber der KGB wird nur einen neuen Mann schicken, um Malenow zu ersetzen.«

Chan klammerte sich am Geländer fest. »Malenow ist nicht so leicht zu ersetzen. Dieser Mann ist das Böse.« Chans Gesicht war naß von Schweiß. »Er muß sterben.«

Chris versetzte die Direktheit des Chinesen in Unbehagen. »Ich werde morgen früh wieder verschwinden.«

»So lange kann ich nicht warten. Auch der Russe will morgen weg von hier.«

»Ich benötige aber wichtige Informationen von Pater Janin.«

»Dann sehen Sie zu, daß Sie sie so rasch wie möglich be-

75

kommen. Wenn ich zur Tat schreite, wird sicher niemandem unsere Freundschaft entgehen. Unser zufälliges Aufeinandertreffen nach all den Jahren wird sicher so manchen Verdacht wecken. Schicksal, mein Freund. Ich habe damals nicht Ihr Leben gerettet, damit Sie es jetzt meinetwegen verlieren. Verschwinden Sie hier. Ich flehe Sie an.«

Der Regen nahm noch immer zu.

5

Irgend etwas ließ Chris aus dem Schlaf hochschrecken. Er lag im Dunkel seines Zimmers und sah auf die schwach schimmernde Zeitanzeige seiner Armbanduhr. Halb vier Uhr früh. Nachdenklich blieb er reglos liegen und konzentrierte sich. Das Gewitter war vorüber. Nur noch gelegentlich tropfte etwas Regenwasser vom Dach. Das Mondlicht fiel durch das offene Fenster seines Zimmers, und er roch das faulige Wasser des Flusses und die gedüngte Erde des Gartens unter ihm. Er lauschte dem Gezwitscher der Vögel, die langsam wach wurden.

Einen Augenblick dachte er, er wäre aus reiner Gewohnheit aufgewacht. Während der sechs Jahre im Kloster hatte er gelernt, die Stunden vor der Morgendämmerung zur Meditation zu nutzen. Er wäre in jedem Fall in Bälde aufgewacht.

Doch dann fiel sein Blick auf den schwachen Lichtstreifen unter der Tür zum Flur. Ein Schatten bewegte sich vorüber. Wer auch immer der Urheber dieses Schattens sein mochte, dachte Chris, er verstand es, sich wie ein Tier zu bewegen, seine Füße auf der Außenseite zu belasten. Unwillkürlich fühlte er sich an eine Katze erinnert, die sich an ihre Beute heranschleicht.

Es konnte sich dabei um einen Diener handeln, der auf dem Flur auf und ab ging. Oder Chan. Oder jemand, der hinter Chan her war. Oder hinter mir, dachte Chris; wegen meiner Freundschaft zu Chan.

Er griff nach der Mauser neben sich und schlug das Laken zurück, um im Dunkel hinter einem Stuhl Deckung zu suchen. Seine Hoden schrumpften. Er wartete mit angehaltenem Atem, seine Waffe vorsorglich auf die Tür gerichtet.

Von draußen ertönte ein Geräusch, als hiebe jemand mit der Faust in ein Kissen. Trotz seiner Gedämpftheit wies das Geräusch dennoch unverkennbare Anzeichen enormer Kraftentfaltung auf.

Jemand stöhnte auf, und ein schwerer Gegenstand schlug dumpf auf den Boden nieder.

Chris verließ die Deckung seines Stuhls und kroch auf die Wand neben der Tür zu. Das Ohr gegen die Wand gepreßt, hörte er, wie ein Riegel zurückgezogen wurde und draußen auf dem Flur eine Tür aufging.

Jemand sagte in aufgeregtem Russisch: »*Was haben Sie denn da gemacht?*«

Chris hörte den alten Pater, ebenfalls in Russisch, antworten: »Er wollte in Ihr Zimmer. Sehen Sie die Garrotte. Er wollte Sie erwürgen. Ich hatte keine andere Wahl. Ich mußte ihn töten.«

Chris öffnete die Tür. Hätte er das nicht getan, wäre er in seinem Zimmer geblieben, hätte der Pater sich sicher gefragt, weshalb der Lärm ihn nicht geweckt hatte. Und dann hätte der Pater sicherlich sofort Verdacht geschöpft, daß Chris irgendwie in diese Sache verwickelt sein könnte.

Unter der offenen Tür seines Zimmers blinzelte Chris in die Helligkeit des Gangs hinaus.

Der Pater wirbelte in der Richtung des Geräusches, das Chris verursacht hatte, herum und richtete seine Schußwaffe, eine russische Tokarew-Automatik mit einem Schalldämpfer, auf Chris.

Chris erstarrte. Er hob seine Hände – in einer hielt er seine Mauser – hoch über den Kopf. »Ich bin von Ihren Stimmen aufgewacht«, erklärte er achselzuckend. »Aber ich sehe schon, daß mich das Ganze nichts angeht.«

Auf ein Nicken des Paters hin trat Chris wieder in sein Zimmer zurück und schloß die Tür hinter sich.

Er starrte in das Dunkel vor sich und dachte an den Mann, den er in einer anderen Türöffnung hatte stehen sehen. Mitte Sechzig. Eingefallen, blaß. Dunkle Ringe unter den Augen.

Zerzaustes Haar. Das Gesicht von nervösem Zucken befallen. Mit einem verschwitzten Seidenpyjama bekleidet. Joseph Malenow, dachte Chris. Zwar hatte er den Russen nie persönlich kennengelernt, aber er hatte Fotos von ihm gesehen und wußte, daß er dem Opium, das er schmuggelte, selbst verfallen war.

Zwischen dem Pater und Malenow hatte Chris Chans Körper liegen gesehen, seine Schädelbasis von einem 7,62-mm-Geschoß aus der russischen Pistole zerschmettert. Der Boden war dunkel von Blut und Urin gewesen. Es hätte keinen Sinn gehabt, sich zu vergewissern, ob Chan noch am Leben war.

Chris war innerlich extrem aufgewühlt. Andere Schatten verdunkelten den Lichtstrahl unter der Tür seines Zimmers. Er erkannte das Geräusch wieder, das entsteht, wenn jemand eine Decke entfaltet. Er hörte Männer, mehr als zwei, leise, aber nicht so leise, wie Chan gewesen war, die Leiche hochheben, in eine Decke wickeln und wegtragen. Stechender Sandelholzgeruch drang in seine Nase, kurz darauf harziger Fichtennadelduft. Irgend jemand hatte wohl Räucherstäbchen angezündet und Sägemehl ausgestreut, um die Körperflüssigkeiten vom Fußboden aufzusaugen.

Sorgsam darauf bedacht, nicht gesehen zu werden, trat Chris ans Fenster. Von Eindringlingen aufgeschreckt, stoben die Vögel aus den Bäumen im Garten auf. Als Silhouetten gegen das Mondlicht deutlich zu erkennen, verließen zwei asiatische Diener in geduckter Haltung, einen schweren, in eine Decke gehüllten Gegenstand zwischen sich tragend, die Veranda des Pfarrhauses. Ein dritter Diener wies ihnen mit einer Taschenlampe den Weg zwischen den Grabkreuzen des Friedhofs und den Chilipflanzen im Garten hindurch.

Sie gingen die Uferböschung zum Fluß hinunter – um Chan den Krokodilen zum Fraß vorzuwerfen oder um ihn mit einem Boot ans andere Ufer zu schaffen, an das sich unmittelbar der Dschungel anschloß.

Ein Freund, dachte Chris. Seine Kehle schnürte sich zusammen.

Und seine Hand krallte sich um den Griff seiner Mauser.

6

Pater Janin schlug das Kreuzzeichen. Er kniete schon eine ganze Weile an der Kommunionbank vor dem Altar und betete sein Brevier. Eingehüllt in den Duft von Bienenwachs und Weihrauch, starrte er auf die Kerzen, die er entzündet hatte. Sie flackerten im Dunkel.

Fünf Uhr morgens. In der Kirche war es ganz still.

Die Weihe des Gotteshauses.

Sich auf der Kommunionbank abstützend, stand der alte Geistliche auf und machte eine Kniebeuge in Richtung Tabernakel. Er betete um Gottes Vergebung. Da er gelobt hatte, mit allen Mitteln für das Asylrecht seines Hauses einzutreten, war er der festen Überzeugung, der ewigen Verdammnis anheimzufallen, sollte er seiner Verpflichtung nicht nachkommen. Obwohl er durch den KGB rekrutiert worden war, fühlte er sich jeder Geheimdienstorganisation in gleicher Weise verpflichtet. Jeder Geheimdienstagent auf der ganzen Welt stand unter seinem Schutz. Ihre unterschiedlichen Auffassungen hinsichtlich politischer – oder religiöser – Meinungen, beziehungsweise deren Fehlen, interessierten ihn nicht. Selbst Atheisten hatten eine Seele. Abgebrühte, vom Leben gezeichnete Männer suchten bei ihm Zuflucht. Als Geistlicher hatte er ihnen jeden nur erdenklichen Gnadendienst zu erweisen. Wenn er töten mußte, um das geheiligte Asylrecht seines Hauses zu wahren, dann betete er zu Gott, daß er dies verstehen möge. Welche Rechtfertigung könnte überzeugender sein? Die Kerzen flackerten im Dunkel zum Andenken an den Toten.

Eben im Begriff, sich vom Altar abzuwenden, erstarrte der alte Pater, als er im Dunkel eine flüchtige Bewegung gewahr wurde. Von der vordersten Bank hatte sich eine schemenhafte Gestalt erhoben und schritt auf ihn zu.

Der Amerikaner.

Die Hand des Paters glitt durch den Schlitz an der Seite seiner Kutte an die Pistole in seinem Gürtel. Unter den weiten Falten seines Gewandes richtete er sie auf den Näherkommenden.

Der Amerikaner blieb in gebührendem Sicherheitsabstand stehen.

»Ich habe Sie gar nicht hereinkommen gehört«, sagte der Pater.

»Ich habe mir Mühe gegeben, keinen Lärm zu machen, um Sie nicht in Ihrer Andacht zu stören.«

»Sind Sie ebenfalls zum Beten gekommen?«

»Diese Gewohnheit legt man nur schwer wieder ab. Sie werden doch inzwischen sicher wissen, daß ich bei den Zisterziensern war.«

»Und Ihr Freund? Steht Ihnen der Sinn nicht nach Rache?«

»Er hat getan, was er tun mußte. Dasselbe trifft auf Sie zu. Das sind nun mal die Spielregeln.«

Der Pater nickte und verstärkte seinen Griff um die Waffe unter seiner Kutte.

»Haben Sie den Namen des Zahnarztes erfahren?« wollte der Amerikaner wissen.

»Ja, eben erst. Ich habe ihn für Sie aufgeschrieben.«

Der Pater legte sein Gebetbuch auf einer Kirchenbank ab. Dann griff er mit der freien Hand durch den anderen seitlichen Schlitz seiner Kutte und zog einen Zettel heraus. Nachdem er diesen auf das Gebetbuch gelegt hatte, trat er vorsichtig zurück.

In der Kirche war kein Laut zu hören. Mit einem Lächeln nahm der Amerikaner den Zettel an sich. Angesichts der Dunkelheit versuchte er erst gar nicht zu lesen, was darauf stand.

»Der Mann, nach dem Sie suchen, lebt sehr weit von hier«, erklärte der Pater.

»Um so besser.« Der Amerikaner lächelte erneut.

»Wieso sagen Sie das?«

Ohne diese Frage zu beantworten, drehte sich der Amerikaner um und ging leise zwischen den Bänken davon, bis seine Gestalt vollends im Dunkel verschwand. Als er die Tür öffnete, hörte Pater Janin ein leises Quietschen. Draußen konnte er das Grau der Morgendämmerung erkennen. Für einen Moment hoben sich die Umrisse des Amerikaners deutlich gegen den heller werdenden Himmel ab. Im näch-

sten Augenblick fiel die Tür wieder ins Schloß; das dumpfe
Geräusch hallte gespenstisch in der Stille der Kirche wider.

Der Pater hatte die ganze Zeit den Atem angehalten. Jetzt
erst atmete er langsam aus und steckte die Pistole in den Gürtel zurück. Seine Stirn schimmerte von Schweiß. Stirnrunzelnd sah er zu dem Glasfenster unter dem Dach der Kirche
hoch. Das schwache erste Licht des Tages, das dahinter zu erkennen war, hob die Mondsichel aus Blech nur noch stärker
hervor.

7

Der Russe, dachte Chris.

Dem Pater war kein Vorwurf zu machen. Was er zu ihm gesagt hatte, hatte der Wahrheit entsprochen. Er hatte sich lediglich an die Regeln gehalten. Nicht nur, daß er dazu *ermächtigt* war, war der Pater sogar *verpflichtet*, die Sicherheit eines
Gastes zu gewährleisten, selbst wenn er zu diesem Zweck einen anderen Gast töten mußte, der das Asylrecht zu brechen
beabsichtigte.

Der Russe. Trotzdem. Er wollte Chris nicht aus dem Kopf,
als er die Kirche verließ, den im Morgenlicht matt schimmernden Teich umrundete und auf das Pfarrhaus zustrebte.
Er kochte innerlich, ohne daß er sich das hätte anmerken lassen. Aus purer Gewohnheit wirkte er um so entspannter, je
entschlossener er wurde. Sein Gang glich am ehesten einem
gemächlichen Schlendern, als genösse er die Stille des Morgens mit den langsam erwachenden Vögeln.

Der Russe, mußte er immerfort denken.

Als er das Pfarrhaus erreichte, blieb er im morgendlichen
Zwielicht stehen, um nachzudenken, während er nach außen hin den Anschein erweckte, als würde er sich der herrlichen Aussicht auf den Fluß widmen. Jahrelang hatte Chan
gegen den Russen gekämpft, bis dieser Kampf schließlich in
dem Maß von ihm Besitz ergriffen hatte, daß er für die Möglichkeit, ihn zu töten, sein Leben aufs Spiel zu setzen gewillt
war. Damals, im Jahr 1965, hatte auch Chris in einer amerika-

nisch-chinesischen Kampagne zur Unterbindung der Opiumlieferungen von Laos nach Südvietnam gegen den Russen gekämpft. Nach einem fehlgeschlagenen Angriff auf ein Pathet-Lao-Camp, infolge dessen Chris in Gefangenschaft geraten und gefoltert worden war (daher das bis zur Unkenntlichkeit zerstörte Gesicht, der Blinddarmriß, die gebrochene Wirbelsäule), hatte Chan eine Rettungsaktion eingeleitet, der Chris sein Leben zu verdanken hatte. Chan hatte Chris daraufhin in die Kirche des Mondes geschafft und sich um ihn gekümmert, wobei er nicht eher von seiner Seite wich, bis die amerikanischen Ärzte eingetroffen waren.

Und nun war Chan tot.

Und an eben dem Ort, an dem er Chris gesundgepflegt hatte.

Wegen des Opiums.

Der Russe mußte sterben.

Er kannte die Risiken. Er würde vogelfrei sein, von allen gejagt. Wie geschickt er auch vorgehen mochte, eines Tages würden sie ihn doch aufspüren. Er würde ebenfalls bald tot sein.

Aber das zählte im Augenblick nicht. Angesichts der Gründe, weshalb er sich nach diesem Zahnarzt erkundigt hatte, und angesichts dessen, was er vorhatte, würde er sowieso bald tot sein. Was für einen Unterschied hätte es dann noch für ihn gemacht?

Aber auf diese Weise konnte er einem Freund einen ausstehenden Gefallen erweisen, ohne dabei etwas aufs Spiel setzen zu müssen, was er nicht sowieso bald verlieren würde. Das war es, was wirklich zählte, was wichtiger als der Vertrag oder irgend etwas anderes war. Loyalität, Freundschaft. Chan hatte ihm das Leben gerettet. Nach dem Ehrenkodex war Chris verpflichtet, ihm dies zu vergelten. Wenn nicht, würde er für immer in seiner Schuld stehen.

Und nachdem der Vertrag bereits zweimal verletzt worden war, war das einzige, was noch Gültigkeit hatte, sein persönlicher Ehrenkodex.

Mit zusammengekniffenen Augen ließ er seine Blicke vom Fluß zum Friedhof wandern. Er zog den Zettel, den der Pater ihm gegeben hatte, aus seiner Tasche und las Namen und Adresse des Zahnarztes. Seine Augen nahmen einen harten Ausdruck an. Mit einem grimmigen Nicken stieg er die Treppe zur Veranda hoch und betrat das Pfarrhaus.

Auf seinem Zimmer packte er seine Sachen in seine kleine Reisetasche. Er nahm eine Spritze und eine Ampulle aus einem Lederbeutel. Dann verließ er mit seiner Reisetasche den Raum.

Der Flur war verlassen. Er klopfte an die Zimmertür des Russen.

»Wer da?« ertönte eine nervöse Stimme.

Chris antwortete auf russisch: »Sie müssen weg hier. Der Chinese hatte einen Hintermann.«

Er hörte das hektische Klappern des Türriegels. Die Tür ging auf und Malenow, eine Pistole in der Hand, erschien schwitzend und mit glasigen Augen in der Öffnung. Offensichtlich war er bis oben hin mit Rauschgift vollgepumpt.

Er sollte gar nicht mehr bewußt wahrnehmen, wie Chris' Hand sich um seinen Kehlkopf schloß und zudrückte.

Der Russe gab ein zischendes Geräusch von sich und stürzte rücklings zu Boden.

Chris betrat sein Zimmer und schloß die Tür hinter sich. Malenow lag auf dem Boden und rang, unfähig einen Laut hervorzubringen, nach Atem. Sein Körper war von krampfartigen Zuckungen befallen; seine Füße waren nach einwärts gerichtet, seine Arme krümmten sich um seinen Brustkorb.

Chris zog die Spritze auf. Nachdem er dem Russen die Pyjamahose heruntergezogen hatte, injizierte er ihm 155 internationale Millieinheiten Kaliumchlorid.

Das Gesicht des Russen lief bereits blau an, um sich dann ins Gräuliche und schließlich Gelbliche zu verfärben.

Chris packte die Spritze und die leere Ampulle in seine Reisetasche. Dann hob er den zitternden Körper des Russen hoch und lehnte ihn gegen einen Stuhl, so daß der Kopf in einer Linie mit der Armlehne des Stuhls zu liegen kam. Schließlich stieß er den Stuhl um, so daß er über den Russen fiel und den Anschein erweckte, als wäre die Verletzung am Hals eine Folge seines Sturzes.

Für Chan, dachte er.

Er ergriff seine Reisetasche und verließ den Raum.

Der Flur war leer. Nachdem er mit dem Schlüssel des Russen die Tür abgeschlossen hatte, ging er nach unten und in den Friedhof.

Ihm war klar, daß er von den Agenten verschiedenster Geheimdienste beschattet werden würde, wenn er das Haus nach vorn über die Straße verließ. Deshalb ging er die Uferböschung hinunter. Der faulige Geruch des träg dahinströmenden Flusses stach ihm in die Nase, als er schließlich ein Boot fand, das weniger leck zu sein schien als zwei andere. Ohne den klaffenden, zahnbewehrten Mäulern der Krokodile Beachtung zu schenken, paddelte er auf den Fluß hinaus.

8

Zwei Stunden später, nachdem er wiederholte Male an die Zimmertür des Russen geklopft hatte, forderte der Pater seine Diener auf, die Tür aufzubrechen. Sie warfen sich mit aller Kraft dagegen und stolperten fast über den leblosen Körper unter dem umgestürzten Stuhl, bevor sie den Schwung ihres Ansturms abfangen konnten. Dem Pater stockte der Atem. Als Leiter des Refugiums war er den Vorgesetzten seiner Gäste für deren Sicherheit verantwortlich. Den Mord an Chan hätte er rechtfertigen können, aber nun hatte auch der Russe den Tod gefunden. Das war zu viel auf einmal.

Falls der KGB zu der Überzeugung gelangen sollte, er hätte versagt...

Entsetzt untersuchte der Pater die Leiche und betete insgeheim, der Russe möchte eines natürlichen Todes gestorben sein. Er konnte keinerlei Spuren von Gewaltanwendung entdecken, wenn man von der Schramme am Hals absah, die jedoch von dem umgestürzten Stuhl herrühren konnte.

Er überlegte fieberhaft. Malenow war vollkommen aufgelöst hier angekommen, um sich auszuruhen. Außerdem hatte er um Medikamente für die Behandlung seiner Hyperaktivität und Anspannung gebeten. Dann wäre er um ein Haar ermordet worden. Möglicherweise hatte die zusätzliche Belastung, in Verbindung mit dem Rauschgift, einen Herzinfarkt zur Folge gehabt.

Aber der Amerikaner war inzwischen verschwunden.

Die Ereignisse überstürzten sich.

Der Pater eilte an das nächste Telefon und rief die lokale KGB-Dienststelle an. Deren Leiter setzte sich mit seinem Vorgesetzten in Verbindung. Ein unerklärlicher Todesfall in einem Abelard-Haus galt als Notfall, der eine sofortige Überprüfung erforderte.

Eine Stunde, nachdem der Pater die Leiche entdeckt hatte, startete in Hanoi in Nordvietnam eine sowjetische IL-18-Transportmaschine, um die tausend Kilometer nach Thailand trotz heftigen Gegenwinds in knapp zwei Stunden zurückzulegen. Ein Ermittlungsoffizier des KGB untersuchte zusammen mit einem Ärzteteam die Lage der Leiche und machte zahlreiche Fotos davon. Dann schafften sie Malenows sterbliche Überreste eilends in die Transportmaschine und starteten in Richtung Hanoi, wo sie infolge starken Rückenwinds nach neunzig Minuten zur Landung ansetzen konnten.

Die Autopsie dauerte sieben Stunden. Zwar war es bei Malenow zu keinem Herzverschluß gekommen, wohl aber zu einer Gehirnblutung. Todesursache: ein Schlaganfall. Aber warum? Keinerlei Embolien. Blutuntersuchungen deuteten auf Spuren von Dilantin hin, das der Russe eingenommen hatte; auch Opium ließ sich in seinem Blut feststellen; Malenow war bekanntlich süchtig gewesen. Sonst keine ungewöhnlichen Chemikalien. Nach einer mikroskopisch genauen Untersuchung der Leiche entdeckte der Arzt die Einstichstelle in der distalen Vene des Penis. Obwohl er dies nicht beweisen konnte, vermutete er einen Mord. Er hatte bereits eine Reihe ähnlicher Fälle gesehen. Kaliumchlorid. Die Spaltung der Verbindung in ihre beiden Grundelemente rief einen Schlaganfall hervor. Da Kalium und Chlor normale Bestandteile des Körpers waren, ließen sich die Rückstände nicht nachweisen. Der Arzt teilte dem

85

mit den Ermittlungen betrauten KGB-Offizier seinen Verdacht mit.

Eine Stunde später wurde der Leiter des KGB-Büros in Bangkok in die ›Kirche des Mondes‹ beordert. Er unterzog den Pater einer langen Vernehmung. Dieser gab zu, daß ein Amerikaner sich im Pfarrhaus aufgehalten hatte.

»Sein Name und sonstige besondere Kennzeichen?« verlangte der Dienststellenleiter zu wissen.

Verängstigt beantwortete der Pater seine Frage.

»Was wollte der Amerikaner?« fragte der Russe weiter.

Der alte Pater sagte es ihm.

»Wo lebt dieser Zahnarzt?«

Nachdem der Russe auch darauf eine Antwort erhalten hatte, betrachtete er den Pater über den Schreibtisch hinweg eingehend. »So weit weg? Unser Arzt in Hanoi hat den Zeitpunkt des Todes auf sechs Uhr früh festgesetzt.« Der Dienststellenleiter deutete in das nächtliche Dunkel hinter dem Bürofenster hinaus und dann auf seine Uhr. »Das war vor fünfzehn Stunden. Warum haben Sie uns nicht gleich von dem Amerikaner erzählt?«

Der Pater schenkte sich ein weiteres Glas Brandy ein und trank es mit einem Schluck aus. Ein Teil der Flüssigkeit tropfte sein stoppeliges Kinn hinunter. »Weil ich Angst hatte. Heute morgen konnte ich noch nicht wissen, daß der Amerikaner etwas damit zu tun hatte. Wenn ich ihn vorsichtshalber im voraus getötet hätte, hätte ich mich der CIA gegenüber rechtfertigen müssen. Ich hatte jedoch keinerlei Beweise gegen ihn vorliegen.«

»Also haben Sie es vorgezogen, sich uns gegenüber rechtfertigen zu müssen.«

»Ich muß zugeben, daß ich einen Fehler gemacht habe. Ich hätte ihn sorgfältiger bewachen sollen. Allerdings hatte er mich überzeugen können, daß er nicht vorhatte, etwas gegen Ihren Agenten zu unternehmen. Als ich deshalb die Leiche entdeckte, hoffte ich, der Mann wäre eines natürlichen Todes gestorben. Es hätte keinen Sinn gehabt, meinen Fehler zuzugeben, solange dazu noch kein Grund bestand. Das können Sie doch sicher verstehen.«

»Allerdings.«

Der Russe griff nach dem Telefon. Nachdem er gewählt und eine Weile gewartet hatte, sprach er mit seinem Vorgesetzten. »Der Abelard-Vertrag ist verletzt worden. Ich wiederhole: verletzt. Christopher Patrick Kilmoonie. Deckname: Remus. CIA.« Der Dienststellenleiter wiederholte die Personenbeschreibung, die ihm der Pater gegeben hatte. »Er ist unterwegs nach Guatemala.« Der Russe gab die Adresse durch. »Zumindest hat er behauptet, dorthin unterwegs zu sein. Doch angesichts der jüngsten Vorfälle wage ich zu bezweifeln, daß er so offensichtlich vorgehen wird. Ja, ich weiß – er hat fünfzehn Stunden Vorsprung.«

Nachdem er eine Minute in den Hörer gelauscht hatte, hängte der Russe ein.

Dann wandte er sich dem Pater zu und erschoß ihn.

9

»Sind Sie sicher?« platzte der CIA-Chef heraus.

»Absolut«, drang die Stimme des KGB-Leiters über den heißen Draht aus dem Hörer. Da der Amerikaner kein Russisch sprach, wurde das Gespräch in Englisch geführt. »Ihnen ist hoffentlich klar, daß ich nicht angerufen habe, um Ihre Genehmigung einzuholen. Da der Übeltäter auf Ihrer Seite zu suchen ist, halte ich mich lediglich an das Protokoll, indem ich Sie über meine Absicht in Kenntnis setze.«

»Ich versichere Ihnen hiermit, daß der Mann nicht auf meinen Befehl gehandelt hat.«

»Selbst wenn dem so wäre, würde das keinen Unterschied machen. Ich habe bereits die nötigen Anweisungen verschicken lassen. Die an Sie gerichtete dürfte eben in diesem Augenblick in Ihrer Kommunikationszentrale eintreffen. Gemäß der Bestimmungen des Abelard-Vertrags habe ich jede Geheimdienstorganisation alarmiert. Ich werde Ihnen die letzten drei Sätze vorlesen. ›Finden Sie Remus. Weltweiter Auftrag. Liquidierung nach Ihrem Gutdünken.‹ Ich nehme doch an, daß Ihre Organisation sich noch unerbittlicher als alle anderen Geheimdienste an Remus' Fersen heften wird, nachdem Sie durch seine Handlungsweise aufs nachhaltigste kompromittiert worden sind.«

»Ja... darauf haben Sie mein Wort.« Der CIA-Chef schluckte schwer und hängte ein.

Dann drückte er auf den Knopf seiner Sprechanlage und forderte die Akte Christopher Patrick Kilmoonie an.

Dreißig Minuten später erfuhr er, daß Kilmoonie der paramilitärischen Abteilung für Geheimaufträge angehörte und als GS-13 zu den am höchsten eingestuften Agenten seiner Organisation zählte.

Der CIA-Chef konnte ein leises Stöhnen nicht unterdrükken. Es war schon schlimm genug, durch die Verletzung des Abelard-Vertrags in Verlegenheit gestürzt zu werden; aber nun entpuppte sich der Schuldige auch noch als ein Weltklassekiller. Das Protokoll – und der gesunde Menschenverstand – erforderten, daß der CIA-Chef ein Kommando von anderen aus der GS-13 auf diesen Mann würde ansetzen müssen.

Und noch etwas entnahm der CIA-Chef der Akte über Remus. Er stand wütend auf und stürmte aus seinem Büro.

Für Remus war kein anderer verantwortlich als Eliot.

10

»Davon weiß ich absolut nichts«, erwiderte Eliot.

»Zumindest sind Sie für ihn verantwortlich! Also finden Sie ihn auch gefälligst!« stieß der CIA-Chef hervor, machte dem Streitgespräch damit ein Ende und stürmte aus Eliots Büro.

Eliot lächelte der offenen Tür hinterher. Dann steckte er sich eine Zigarette an, entdeckte dabei ein paar Aschenreste auf seinem schwarzen Anzug und wischte sie mit der Hand weg. Seine alten Augen blitzten vor Zufriedenheit, daß der Direktor ihn aufgesucht hatte, anstatt ihn zu sich zu beordern. Der wutschnaubende Besuch war nur ein weiterer Beweis für die Schwäche des Chefs – und für die Macht, die Eliot genoß.

Er schwang auf seinem Schreibtischsessel zum Fenster herum und ließ sich das Gesicht von der Sonne bescheinen. Unter ihm breitete sich ein weitflächiger Parkplatz aus, der weit hinten von einem Zaun und hohen Bäumen begrenzt war, welche den Bürokomplex vom Highway nach Langley abschirmten. Von seinem Blickwinkel aus sah er nur einen Teil der zehntausend Autos, die den gigantischen, H-förmigen Gebäudekomplex umgaben.

Sein Lächeln verflog. Die Jagd auf Chris würde noch genügend Probleme aufwerfen; schon gestern hatte ihm die Nachricht Kopfschmerzen bereitet, daß Chris, Sauls Pflegebruder, im Abelard-Haus in Bangkok eingetroffen war. Eliot hatte ihm keinen Auftrag erteilt, sich dorthin zu begeben. Seit Chris vor mehreren Wochen seinen Stationierungsort in Rom verlassen hatte, hatte er sich nicht mehr gemeldet, was Eliot verleitet hatte, den Tod von Chris anzunehmen.

Aber nun war er plötzlich wieder aufgetaucht. Hatte er sich die ganze Zeit über auf der Flucht befunden, um jetzt erst Asyl zu finden? Mit Sicherheit hätte es für ihn Mittel und Wege gegeben, sich schon vorher mit Eliot in Verbindung zu setzen. Oder zumindest hätte er sich unmittelbar nach seiner Ankunft in der ›Kirche des Mondes‹ bei ihm melden können. Er wurde nicht recht klug aus seinem Vorgehen. Nach einem Zahnarzt zu fragen, der keinerlei Geheimdienstkontakte hatte? Den Abelard-Vertrag zu verletzen, indem er den Russen tötete? Was zum Teufel ging hier eigentlich vor? Chris kannte doch die Spielregeln. Die besten Agenten sämtlicher Geheimdienste der Welt würden nun Jagd auf ihn machen. Wie hatte er so eine Dummheit begehen können?

Eliot spitzte seine faltigen Lippen.

Zwei Ersatzbrüder, beide auf der Flucht. Diese Übereinstimmung übte einen unverkennbaren Reiz auf Eliot aus. Das Sonnenlicht brach sich auf den schimmernden Dächern der Autos auf dem Parkplatz, und Eliots Lächeln kehrte auf seine Lippen zurück. Er hatte die Lösung seines Problems gefunden.

Saul und Chris. Saul mußte getötet werden, bevor er den Grund, weshalb er gejagt wurde, auch nur ahnen konnte.

Wer würde demnach eher herausfinden können, wo er sich versteckt hielt, als sein Gegenstück?

Aber dieser Zahnarzt... Eliot schauderte. Irgend etwas an diesem Detail beunruhigte ihn. Weshalb hatte Chris sich nach diesem Zahnarzt erkundigt, bevor er den Russen getötet hatte?

Eliots Rückgrat fühlte sich kalt an.

11

»Nach Mexico City«, sagte Chris. »Den nächsten Flug.«

Die hawaiianische Frau hinter dem Flugschalter tippte ein paar Daten in den Computer ein. »Wie viele Plätze, Sir?«

»Einen.«

»Erste Klasse oder Touristen?«

»Das ist egal.«

Die Frau studierte den Bildschirm schräg vor ihr.

In der Schalterhalle herrschte hektisches Getriebe; aus der Lautsprecheranlage krächzte eine blecherne Durchsage. Chris war sich der wartenden Passagiere hinter sich bewußt.

»Für Flug Nummer zwohundertelf wäre in der Touristenklasse noch ein Platz frei. Die Maschine startet in fünfzehn Minuten. Wenn Sie sich beeilen, können wir Sie noch an Bord bringen. Ihr Name?«

Chris sagte ihr den falschen Namen in seinem Paß und zahlte bar, als er nach seiner Kreditkarte gefragt wurde. Er wollte jegliche Papierspuren vermeiden, so weit dies möglich war.

»Haben Sie Gepäck?«

»Nur diese Reisetasche.«

»Ich werde gleich die Bodenstelle verständigen, den Start noch so lange zu verzögern. Ich wünsche Ihnen einen guten Flug, Sir.«

»Danke.«

Obwohl er lächelte, als er sich vom Schalter abwandte, um durch das Flughafengebäude zu eilen, spannten sich seine Muskeln an. Sorgsam ließ er seine Blicke über die Menge gleiten, ob er beobachtet wurde. Als er durch die Sperre ging, mußte er durch einen Metalldetektor treten und sich von einem Sicherheitsbeamten nach Waffen abtasten lassen. Doch er hatte sich seiner Mauser bereits in Bangkok entledigt, da er wußte, daß die Schußwaffe entdeckt würde, sobald er sich an Bord eines Flugzeugs begab. Er hätte die Mauser in einem Koffer am Abfertigungsschalter einchecken lassen können, so daß sein Gepäck nicht durchsucht worden wäre. Aber er konnte es sich nicht leisten, bei der Ankunft so lange zu warten, bis ihm der Koffer wieder ausgehändigt wurde. Er mußte sofort weiter. Er nahm seine Reisetasche an sich, als das Durchleuchtungsgerät sie wieder ausspuckte, und eilte zu dem auf seiner Bordkarte angegebenen Flugsteig.

Eine Stewardeß sah ihm aus der offenen Luke seiner Maschine entgegen, als er den Teleskopgang entlangrannte. Seine Schritte hallten von den Wänden wieder.

»Danke fürs Warten«, stieß er atemlos hervor.

»Keine Ursache. Wir mußten sowieso noch etwas warten, weil sich das Essen verspätet hat.« Sie nahm seine Bordkarte an sich.

An den Passagieren der ersten Klasse vorbei begab er sich in den hinteren Teil der Maschine. Es waren noch mehrere Sitze frei. Am Abfertigungsschalter war er gefragt worden, ob er einen Raucher- oder Nichtraucherplatz haben wollte. Chris rauchte zwar nicht, aber da die Plätze für die Raucher ganz hinten lagen, hatte er sich für den hintersten Sitz entschieden, der noch frei war. Er wollte möglichst viele Passagiere im Auge haben; und vor allem galt dies für die Durchgänge und die Einstiegsluken.

Sein Sitz befand sich zwischen einem übergewichtigen Mann und einer älteren Frau, in der Nähe der Toiletten. Er quetschte sich an dem Mann vorbei und nahm auf dem mittleren Sitz Platz. Dann lächelte er der Frau zu und verstaute seine Reisetasche unter dem Vordersitz. Er schnallte sich an und sah, scheinbar gelangweilt, den Mittelgang hinunter.

Er mußte das Schlimmste befürchten – daß nämlich das Einstichloch in Malenows Leiche entdeckt worden war und er fortan weltweit gesucht wurde. Obwohl sein Vorhaben

nach wie vor das gleiche war – einen Zahnarzt zu finden –
konnte er dennoch gerade den nicht aufsuchen, dessen
Adresse ihm der Pater gegeben hatte. Sicher hatte der Pater
dem KGB verraten, wohin er zu reisen vorgehabt hatte. Folglich würde das zuständige KGB-Büro in Guatemala verständigt werden, nach ihm Ausschau zu halten. Er mußte in ein
anderes Land reisen – ein Land, das er gut kannte und in dem
er problemlos untertauchen und auf eigene Faust einen ver-
trauenswürdigen Zahnarzt finden konnte. Mexiko schien
ihm hierfür der geeignete Ort. Beim Abflug von Bangkok und
dann Singapur war es jedoch zu ärgerlichen Verzögerungen
gekommen, so daß seine Maschine in Honolulu mit vierzig
Minuten Verspätung gelandet war. Er hatte den Anschluß-
flug nach Mexico City verpaßt und hatte deshalb auf diesen
warten müssen. Anfangs hatte er noch auf einen Vorsprung
von zwölf Stunden gehofft. Inzwischen waren jedoch bereits
sechzehn Stunden vergangen, seit er den Russen getötet
hatte.

Er war nervös. In Bangkok war es inzwischen längst
Nacht, aber in Honolulu, dreizehntausend Kilometer weiter
östlich, war bereits der Tag angebrochen. Die Sonne schien
durch die Fenster ins Flugzeuginnere und brachte ihn zum
Schwitzen, während er dem leisen Summen der Klimaanlage
lauschte. Er konnte den Rumpf von der Gewalt der mächtigen Triebwerke vibrieren spüren. Unter sich hörte er ein
dumpfes Poltern. Vermutlich wurde im Frachtraum noch die
letzte Ladung verstaut. Durch das Fenster beobachtete er,
wie sich zwei motorisierte Gepäckkarren vom Flugzeug entfernten.

Er warf erneut einen Blick den Mittelgang hinunter. Eine
Stewardeß zog die Einstiegsluke zu und verriegelte sie. In einer Minute würde die Maschine auf die Startbahn rollen.

Er atmete tief aus und entspannte sich. Doch im nächsten
Augenblick breitete sich ein ungutes Brennen in seinem Magen aus; er versteifte sich. Die Stewardeß öffnete die Luke
noch einmal. Zwei Männer betraten die Maschine. Während
die Stewardeß die Luke wieder verriegelte, kamen die beiden
den Mittelgang herunter.

Chris taxierte sie sorgfältig. Mitte zwanzig. Muskulös, aber schlank. Hemden und Hosen in gedämpften Farben. Sie schienen entschlossen, die anderen Passagiere nicht anzusehen, sondern waren voll und ganz auf ihre Bordkarten und die Nummern und Buchstaben der Sitzreihen konzentriert. Schließlich nahmen sie, zehn Reihen voneinander entfernt, auf verschiedenen Sitzen Platz.

Er hatte mit dem Kauf seines Tickets so lange wie möglich gewartet, um möglichst als letzter Passagier an Bord gehen zu können. Und auch dann noch hatte er darauf geachtet, ob jemand versuchte, noch später an Bord des Flugzeugs zu kommen.

Als die beiden sich von ihm abwandten, um sich auf ihre Plätze zu setzen, beugte er sich über seinen dicken Nebenmann auf den Mittelgang hinaus, um einen Blick auf ihre Schuhe zu erhaschen. Er hielt jedoch nicht nach besonders dicken Sohlen oder verstärkten Spitzen Ausschau, die Schuhe zu einer gefährlichen Waffe machen können. Trotz des weitverbreiteten Karate-Mythos traten Agenten selten mit ihren Füßen zu. Ein Fußtritt war zu langsam. Er hielt nach einem charakteristischeren Merkmal Ausschau. Diese Männer trugen Schuhe, die bis über ihre Knöchel hinaufreichten. Diese Stiefel wurden von allen Agenten bevorzugt, da man darin auf der Flucht oder bei einem Kampf einen besonders festen Stand hatte. Auch Chris trug solche hohen Schuhe.

Er war also bereits aufgespürt worden, ohne daß er hätte sagen können, von wem – von den Russen, den Engländern, den Franzosen; vielleicht sogar von seinen eigenen Leuten. Jedenfalls mußte in diesem Moment jemand bereits dringende Telefongespräche mit Mexico City führen. Wenn die Maschine dort landete, würde er von einem Kommando von gedungenen Killern – vielleicht sogar von mehreren Kommandos – erwartet werden.

Das Flugzeug setzte sich in Bewegung. Nachdem es vom Einstiegstunnel abgelegt hatte, schwoll das Geräusch der Triebwerke merklich an, und die Maschine rollte auf ihre Startposition zu.

Ein Glockenzeichen ertönte. Gleichzeitig schritt eine Stewardeß den Mittelgang ab, um sich zu vergewissern, daß alle Passagiere ihre Sicherheitsgurte angelegt hatten.

Chris klammerte sich an den Seitenstützen seines Sitzes fest und schluckte schwer, um sich dann der Frau links neben ihm zuzuwenden. »Entschuldigen Sie. Haben Sie vielleicht ein Kleenex.«

Leicht ärgerlich holte die Frau ein paar Papiertücher aus ihrer Handtasche und reichte sie ihm.

»Danke.« Er zerriß die Papiertücher, knüllte sie zu kleinen Bällchen zusammen und schob sie sich in die Ohren. Die Frau blinzelte ihn verdutzt an.

Die Geräusche im Flugzeuginnern waren plötzlich nur noch gedämpft wahrnehmbar. Auf der anderen Seite des Mittelgangs sah Chris zwei Männer miteinander sprechen. Ihre Lippen bewegten sich, aber ihre Worte waren nicht zu hören.

Die Maschine stoppte. Durch das Fenster war jetzt die Startpiste zu erkennen. Ein anderes Flugzeug schoß für einen kurzen Augenblick durch Chris' begrenztes Blickfeld. Eine andere Maschine nahm ihren Platz ein. Jetzt waren es nur noch zwei Flugzeuge, bevor dieses an die Reihe kam.

Chris schloß die Augen. Er spürte das Vibrieren des Rumpfs. Sein Brustkorb schnürte sich zusammen.

Die Maschine setzte sich wieder in Bewegung. Als Chris die Augen aufschlug, war nur noch ein Jet vor ihnen.

Plötzlich riß er seinen Sicherheitsgurt auf. Er sprang hoch und drängte sich an dem dicken Mann vorbei auf den Mittelgang. Eine Stewardeß stürzte auf ihn zu, um ihn zurückzuhalten. »Sie müssen jetzt unbedingt sitzen bleiben, Sir! Schnallen Sie sich wieder an!«

Er stieß sie zur Seite. Verdutzt wandten sich ihm verschiedene Mitpassagiere zu. Er hörte einen unterdrückten Schrei.

Die zwei Männer sahen sich erstaunt nach ihm um. Einer von ihnen versuchte sich aufzurichten.

Chris bekam den Griff des Notausgangs neben ihm zu fassen und zog daran.

Die Tür flog auf. Kurz entstand ein heftiger Luftzug. Er konnte das tiefere Dröhnen der Triebwerke spüren.

Die Maschine schwenkte auf die Startbahn ein. Als ihn die Stewardeß erneut zurückzuhalten versuchte, krallte er sich am unteren Rand der Lukenöffnung fest und schwang sich in die Leere hinaus. Er hing in der Luft und spähte angestrengt ins Innere des Flugzeugs, auf die bestürzten Passagiere und den Killer, der auf ihn zueilte.

Chris ließ sich fallen. Er schlug auf dem Asphalt auf und rollte sich mit gebeugten Knien und angezogenen Armen, wie er es bei einem Fallschirmspringerlehrgang gelernt hatte, seitlich ab. Trotz des Kleenex in seinen Ohren ließ ihn das schrille Aufheulen der Triebwerke schmerzlich zusammenzucken. Die glühende Hitze der Auspuffgase schoß über ihn hinweg, während bereits der nächste Jet näherrollte.

Er rannte los.

12

Der Raum war hermetisch abgeriegelt, antiseptisch, vollklimatisiert. Die Wände waren von Computern gesäumt. Fluoreszierende Lichter erleuchteten leise summend den Raum.

Eliots faltige Stirn zog sich vor Konzentration noch enger zusammen. »Flugzeugpassagiere«, wandte er sich an einen Angestellten.

»In welcher Stadt?«

»Bangkok. Abflüge. Während der letzten sechzehn Stunden.«

Der Mann nickte und tippte ein paar Daten ein.

Eliot steckte sich eine frische Zigarette an, während er dem Rattern des Druckers lauschte. Das Problem stimulierte ihn. Es bestand immerhin die Möglichkeit, daß Chris in Thailand geblieben war und sich dort irgendwo versteckt hielt, auch wenn Eliot dies bezweifelte. Er hatte seinen Agenten im Zuge ihrer Ausbildung eingeschärft, die Gefahrenzone stets so rasch wie möglich zu verlassen. Chris hatte sicher einen beträchtlichen Vorsprung gehabt, bevor die Leiche des Russen entdeckt worden war. Er hatte sich vermutlich eines Decknamens und eines unabhängig erworbenen Passes bedient.

Andrerseits sprach dagegen, daß unabhängige Fälscher ein erhebliches Sicherheitsrisiko darstellten. Eher hatte Chris einen Paß benutzt, den er von Eliot zur Verfügung gestellt bekommen hatte, da er angesichts seines beträchtlichen Vorsprungs berechtigten Grund zu der Hoffnung haben konnte, in einem anderen Land aus dem Flugzeug zu steigen, bevor seine Fährte entdeckt würde.

Als der Angestellte mit einem Stapel Papieren zurückkam, beugte Eliot sich über einen Arbeitstisch und fuhr mit seinem knochigen Finger über die Liste. Als er in der Passagierliste eines United-Flugs von Bangkok nach Singapur auf einen von Chris' Decknamen stieß, richtete er sich aufgeregt auf. Er wandte sich an den Angestellten. »Abflüge von Singapur. Während der letzten dreizehn Stunden.« Er wartete neuerlich.

Als der Angestellte die zweite Liste brachte, steckte sich Eliot eine frische Zigarette an und konzentrierte sich. Chris hatte vermutlich denselben Paß benutzt. Zumindest durfte er nicht riskieren, daß im Zuge einer Zollkontrolle ein zweiter Paß auf einen anderen Namen in seinem Gepäck entdeckt wurde. Er stieß deutlich hörbar den Atem aus. Da – derselbe Deckname auf einem Transworld-Flug von Singapur nach Honolulu. »Abflüge von Honolulu«, wandte Eliot sich an den Angestellten. »Für die letzten fünf Stunden.«

Als der Mann die dritte Liste brachte, hörte Eliot, wie sich die Tür des Computerraums mit einem leisen Zischen schloß. Er wandte sich nach dem Geräusch um und sah seinen Assistenten auf sich zukommen.

Der Assistent war ein Yale-Absolvent, Jahrgang 70, mit weißem Hemd, Krawatte und Clubring. Wie Eliot trug auch er einen schwarzen, dreiteiligen Anzug. Seine Augen strahlten vor Freude. »MI-6 hat eben angerufen. Sie glauben Remus aufgespürt zu haben. Auf dem Flughafen von Honolulu.«

Eliot beugte sich über die Passagierliste. Es dauerte nicht lange bis er den Namen neuerlich entdeckt hatte. »Er ist unterwegs nach Mexico City.«

»Nicht mehr«, entgegnete der Assistent. »Er muß wohl

seine Babysitter an Bord entdeckt haben. Eine halbe Minute vor dem Start hat er einen Notausstieg aufgerissen und ist aus der Maschine gesprungen.«

»Auf der Startbahn?«

Der Assistent nickte.

»Das sieht ihm ähnlich.«

»Die Leute von der Überwachung konnten ihn nicht fassen.«

»Das hätte mich auch gewundert. Er ist einer unserer besten Leute. Immerhin habe ich ihn persönlich ausgebildet.« Eliot lächelte. »Demnach befindet er sich jetzt in Honolulu auf der Flucht. Die Frage ist nun, was würde ich an Remus' Stelle tun? Eine Insel ist nicht gerade der beste Ort, um unterzutauchen. Ich glaube, ich würde zusehen, daß ich so schnell wie möglich von dort wegkäme.«

»Aber wie? Und wohin? Immerhin wissen wir, wohin er nicht fliehen wird. Mexiko und Guatemala kommen für ihn wohl kaum mehr in Frage. Er muß doch damit rechnen, daß wir dort auf ihn warten.«

»Oder er geht davon aus, daß wir dort nicht mehr mit ihm rechnen, weil dies die beiden offensichtlichsten Fluchtpunkte sind«, hielt Eliot dem entgegen. »Das Ganze läuft wieder mal auf die höchst interessante Frage hinaus, um wie viele Ecken jeder von uns denkt. Ein uraltes Geheimdienstproblem. Doch wie würde ich an Chris' Stelle Hawaii verlassen? Ein Lehrer sollte doch eigentlich imstande sein, die Gedanken seines Schülers zu durchschauen.«

Sein Lächeln erstarb, als ihm plötzlich der Gedanke durch den Kopf zuckte: Warum habe ich dann Sauls Gedankengänge nicht vorwegnehmen können?

13

In Atlanta standen die Azaleen in voller Blüte, obwohl Saul sie nur im grellen Licht der Scheinwerfer des Sattelschleppers zu sehen bekam, als dieser an einem Park entlang in die Stadt fuhr. Ihre rosa Blüten mit dem Weiß des Hartriegels dazwischen sahen aus wie unzählige Augen am Straßenrand. Die Schußwunde in seiner Brust hatte aufgehört zu bluten, schmerzte aber immer noch. Sein Fieber hatte nicht nachgelassen.

»Da wären wir«, verkündete der Fahrer und hielt mit zischender Bremse unter einer Überführung. »Einen Kilometer weiter ist das Lager meiner Firma. Die dürfen Sie natürlich nicht sehen. Ich habe Ihnen ja gesagt, daß es mich meinen Job kosten könnte, einen Anhalter mitzunehmen.«

»Ist schon in Ordnung.« Saul öffnete die Tür. »Und nochmals vielen Dank.«

Der Fernfahrer schüttelte den Kopf. »So einfach kommen Sie mir nicht davon. Sie haben noch was vergessen.«

Stirnrunzelnd stieg Saul aus. »Nicht, daß ich wüßte.«

»Denken Sie doch mal kurz nach. Das Geld. Wissen Sie noch? Die erste Hälfte zu Beginn der Fahrt, und die andere, wenn wir angekommen sind. Sie schulden mir noch zweihundert Dollar.«

Saul nickte. In Gedanken ganz mit dem Problem beschäftigt, weshalb sein Vater hinter ihm her war, hatte er seine Abmachung mit dem Fernfahrer vergessen. Sie war ihm völlig belanglos erschienen.

Die Hand des Fahrers glitt unter seinen Sitz.

»Kein Grund zur Aufregung«, beschwichtigte ihn Saul. Zwar hätte er das Geld dringend selbst gebraucht, aber der Mann hatte sich an ihre Abmachung gehalten. Also gab Saul ihm mit einem Achselzucken das Geld.

»So ist es brav.« Die Hand tauchte wieder unter dem Sitz auf.

»Sie sind schon zu lange unterwegs. Ihre Nerven könnten eine kleine Ruhepause vertragen.«

»Das liegt an der verdammten Geschwindigkeitsbegrenzung.«

»Kaufen Sie Ihrer Frau einen Pelzmantel.«

»Klar. Und mit dem Wechselgeld hauen wir uns dann bei McDonalds noch ordentlich voll.« Grinsend steckte der Fernfahrer das Geld ein.

Unter dem lauten Zischen der Druckluftbremse fuhr der

Sattelschlepper vom Straßenrand los. Saul sah ihm noch eine Weile hinterher, bis im Dunkel hinter der Überführung seine Rücklichter allmählich verschwanden. Über ihm dröhnte der erste Morgenverkehr über die Überführung, während Saul zu Fuß weiterging.

Als er das letzte Mal in Atlanta gewesen war, hatte er sich verschiedene Hotels angesehen, falls er einmal auf eines angewiesen sein sollte. Seine Verletzung mußte unbedingt behandelt werden. Außerdem sehnte er sich nach einer heißen Dusche – und nach frischen Kleidern. Jedenfalls konnte er nicht riskieren, ein Hotel aufzusuchen, wo nicht unbedingt jeder Aufnahme fand, auch wenn er das Zimmer im voraus bezahlte. Er mußte also mit etwas anderem vorliebnehmen als den Luxusabsteigen in der Peachtree Street. Er wußte genau, wohin er sich zu wenden hatte.

In der Ferne heulte ein Zug vorüber. Alte Häuser säumten die Straße. Er ging vornübergebeugt, da auf diese Weise seine Wunde weniger schmerzte. Gleichzeitig spürte er, wie sie ihn einkreisten. Vier, wenn das Fieber sein Gehör nicht beeinträchtigt hatte.

Er überquerte eine Brücke. Unter sich konnte er das Plätschern der Strömung hören. Hinter einem ausgebrannten Gebäude, an das sich ein leerstehendes Grundstück anschloß, machte er sich bereit. Mit seiner blutverschmierten Kleidung und seiner zusammengekrümmten Haltung mußte er bei seinen Verfolgern den Eindruck erweckt haben, daß sie leichtes Spiel mit ihm haben würden.

Plötzlich waren sie aus dem Dunkel aufgetaucht und umrundeten ihn. Für einen Augenblick erinnerten sie ihn an die Jugendbande, die ihm und Chris vor vielen Jahren vor dem Waisenhaus einmal eine ordentliche Abreibung erteilt hatten.

»Ich bin gerade nicht sonderlich in Stimmung«, sprach er sie an.

Der größte von ihnen grinste.

»Ich warne euch«, setzte Saul nach.

»Hey, wir wollen doch nur dein Geld. Wir tun dir nichts. Ehrenwort.«

Die anderen Jugendlichen kicherten.

»Ich meine es ernst«, erklärte Saul ruhig. »Zieht Leine.«

Sie kamen amüsiert kichernd näher.

»Aber wir brauchen die Moneten«, erklärte ihr Anführer.

»Dann holt sie euch von jemand anderem.«

»Aber sonst ist doch niemand da. Oder siehst du vielleicht sonst noch jemanden, der sich hier herumtreibt?« Der größte Jugendliche ließ die Klinge seines Klappmessers herausschnalzen.

»Du mußt noch einiges lernen. Du hältst das Messer vollkommen falsch.«

Der Jugendliche runzelte die Stirn. Für einen Augenblick schien er Verdacht zu schöpfen. Doch dann warf er den anderen einen kurzen Blick zu. Der Stolz ließ ihn zum Angriff übergehen.

Saul brach ihnen Arme und Beine.

»Ich habe euch gewarnt.«

Fast hätte er sich schon zum Gehen gewandt. Einem plötzlichen Impuls nachgebend, durchsuchte er sie jedoch vorher noch.

Siebzig Dollar.

14

»Dieser Platz ist besetzt«, brummte der Mann mit dem vierschrötigen Kinn und deutete gleichzeitig auf das Glas Bier auf dem Tresen vor dem Barhocker.

Achselzuckend setzte Chris sich trotzdem und trommelte mit den Fingern zum Rhythmus von *The Gambler* von Kenny Rogers. »Ihr Freund braucht ihn ja nicht, solange er auf dem Klo ist.«

Auf einer Bühne im hinteren Teil der Bar verrenkte sich eine Stripperin langsam zum Rhythmus des Country-Western-Songs. »Sie wird sich dabei noch wehtun«, bemerkte Chris.

Der untersetzte Mann sah ihn von der Seite an. »Da ist sie nicht die einzige. Sind Sie Masochist? Ist das Ihr Problem?«

»Keineswegs. Ich bin für Diskriminierung. Ich gehe nur mit Frauen ins Bett.«

»Ach, so ist das also.« Der Mann trug ein geblümtes Hemd, das lose über seine ausgeblichene Jeans hing. Er drückte seine Zigarette aus, stand auf und starrte auf Chris herab. »Sie sind wohl auf diesen Stuhl so scharf, daß Sie ihn Ihren Arsch hochgeschoben haben wollen, was?«

»Das haben Sie in Saigon schon mal versucht. Und es hat nicht geklappt.«

»Aber hier sind wir in Honolulu. Ich könnte Sie auf der Stelle einkassieren.«

»Ich habe nicht genügend Zeit, um Sie das ausprobieren zu lassen.« Chris wandte sich dem Mann hinterm Tresen zu. »Noch ein Bier für meinen Kumpel. Und für mich ein Coke.«

»Sie trinken nicht?« erkundigte sich der Mann im geblümten Hemd.

»Zumindest heute nicht.«

»Wieso? Haben Sie noch was Unangenehmes vor?«

»Es tut mir einfach nicht gut. In dem Hemd sehen Sie übrigens reichlich lächerlich aus.«

»Na, wenigstens mal was anderes als diese ewige Uniform. Im Außendienst geht nichts über Farbe. Sie würden sich wundern. Die Weiber fliegen auf mich.«

»Erzählen Sie Ihnen lieber, daß Sie Major sind. Das dürfte sie mehr beeindrucken als das Hemd.«

»So was ist doch absolut peinlich.«

Chris zahlte die Getränke.

Der stämmige Mann nahm einen Schluck Bier. »Sie machen wohl in den Bars der Sondereinheiten die Runde?«

Chris nickte.

»Auf der Suche nach Freunden?«

Chris nickte.

»Die Ihnen einen Gefallen schuldig sind?«

Mit einem Achselzucken sah Chris zur Tür. »Sie sind wohl eine argwöhnische Natur.«

»Außerdem ist Ihnen wohl der Boden unter den Füßen plötzlich verdammt heiß geworden?«

»Ja, deshalb habe ich mich auch schleunigst nach einem anderen Standort umgesehen.«

»Hier sind Sie in Sicherheit. Mit mehreren A-Teams im Rücken wird Ihnen hier kein Mensch etwas zuleide tun.«

»Aber sobald ich auch nur einen Fuß vor die Tür setze... Ich habe übrigens vor zu verreisen. Auf Hawaii wird es mir allmählich etwas langweilig.«

»Und wohin soll die Reise gehen?«

»Ich hatte gehofft, Sie könnten mir einen Flug verschaffen. Zumindest, solange er nicht in die Staaten geht.«

Der stiernackige Mann warf einen kurzen Blick zu der Stripperin hinüber. »Wir fliegen morgen hier raus.«

»Ein Militärtransport?«

»In die Kanalzone.« Der Mann sah wieder Chris an. »Okay?«

»Können Sie mich an Bord schaffen?«

»Kein Problem. Es gibt da ein paar Jungs, die mir einen Gefallen schuldig sind.«

»Ich glaube, daß vor allem ich jetzt Ihnen einen schuldig bin.«

»Na, wer wird denn hier so genau Buch führen.«

Chris lachte.

»Ich hätte da noch ein anderes Problem«, meinte der Major.

»Und das wäre?«

»Der Kerl, mit dem ich hier bin, der eben noch hier saß. Er sollte schon längst wieder zurücksein. Er ist so sturzbesoffen, daß er entweder in eine Kloschüssel gefallen oder ohnmächtig geworden ist.«

Eine Waylon-Jennings-Platte plärrte aus den Lautsprechern. Die Stripperin zog ihre Sachen wieder an.

15

Schwitzend warf Chris mehr Erde zur Seite. Auf seine Schaufel gestützt, ließ er mit zusammengekniffenen Augen seine Blicke über den subtropischen Wald gleiten – süß duftende Zedern, dornige Lorbeerbäume. Bunte Vögel, die sich inzwischen an seine Gegenwart gewöhnt hatten, flatterten in den Zweigen herum oder zwitscherten fröhlich. Moskitos umschwirrten Chris, ohne sich je auf ihn niederzulassen. Wegen der Malaria machte er sich keine Gedanken, da ihn der Major für den Flug nach Panama mit den nötigen Zäpfchen versorgt hatte. Sie gehörten zur Standardausrüstung der Sondereinheiten und hatten eine ganz spezielle Körperausdünstung zur Folge, welche sämtliche Moskitos vertrieb. Als sich sein Urin grün verfärbte, wußte Chris, daß das Mittel zu wirken begonnen hatte.

In der schwülen Hitze ging er wieder an die Arbeit und schaufelte das Loch größer. Die Idee war ihm von den berüchtigten Fallgruben des Vietkong gekommen. Sie bestanden aus einer tiefen Grube, über die eine Metallplatte gelegt wurde, die wiederum mit Erde und Farnen getarnt wurde. Sorgfältig ausbalanciert, kippte die Platte, sobald ein nichtsahnender Soldat auf sie trat, um in der Folge seinen Körper auf den darunter angebrachten *pungi*-Spitzen aufzuspießen. Obwohl Chris nicht vorhatte, auf dem Grund der Grube Spitzen anzubringen, würde die Grube dennoch ihren tödlichen Zweck erfüllen.

Er hatte schon den ganzen Vormittag mit dem Ausheben des Lochs verbracht. Die Grube war inzwischen zwei Meter lang, einen Meter breit und einen Meter zwanzig tief. Sie ähnelte einem Grab. »Noch einen halben Meter«, sagte er sich, um sich den Schweiß von der Stirn zu wischen und weiterzuschaufeln.

Als er fertig war, trat er von der Lichtung in den Wald, um dort nach vier kräftigen Stöcken zu suchen, von denen jeder einen Meter zwanzig lang war. Er wischte sich von neuem den Schweiß von der Stirn, trat wieder auf die Lichtung hinaus und ließ sich in die Grube hinab. Verglichen mit der Sonnenhitze oben, war es in der Grube kühl. Er griff nach der Sperrholzplatte, die er gegen die Grubenwand gelehnt hatte. Sie war gut einen Zentimeter dick und maß zwei auf einen Meter. Er hatte sie mühsam durch den Dschungel hierher geschleppt. Diese Region war nur sehr dünn besiedelt. Er hatte sorgsam darauf geachtet, daß ihm niemand folgte.

Mit den Stäben stützte er die Sperrholzplatte so ab, daß sie die Grube bedeckte. Dann kroch er durch eine Furche, die er ausgespart hatte, wieder aus dem Loch heraus und deckte die Sperrholzplatte sorgfältig mit der ausgehobenen Erde ab, in die er zum Schluß noch mehrere ausgegrabene Farne pflanzte.

Er trat zurück und begutachtete sein Werk. Die frisch ausgehobene Erde hob sich dunkel von der hellbraunen Oberfläche des übrigen Geländes ab. Doch am nächsten Tag würde davon nichts mehr zu sehen sein. Zufrieden legte er einen Felsbrocken über das ausgesparte Einstiegsloch der Grube.

Er war fast fertig. Nun galt es nur noch eines zu erledigen. Eigentlich hatte er erst zum Zahnarzt gehen wollen, aber er war nicht sicher, ob er in seinem leicht benebelten Zustand nach der Behandlung noch die Kraft gehabt hätte, die Sperrholzplatte an Ort und Stelle zu schaffen und die Grube auszuheben. Er mußte alles gründlich vorbereiten. Sobald er vom Zahnarzt aus Panama City zurückkam, würde er die Zäpfchen, die ihm der Major gegeben hatte, nicht mehr brauchen. Die Malaria würde dann kein Problem mehr darstellen.

16

»Mr. Bartholomew?« fragte die Sprechstundenhilfe Chris. Sie war eine Einheimische, gut aussehend. Ihre dunkle Haut hob sich reizvoll von ihrem weißen Kittel ab. »Der letzte Termin hat etwas länger gedauert als erwartet. Wenn Sie sich bitte noch ein paar Minuten gedulden würden.«

Chris dankte ihr mit einem Nicken. In Panama wurden Spanisch und Englisch gesprochen. Chris sprach neben drei anderen Sprachen auch fließend Spanisch. Dennoch war es ihm bei seinem ersten Besuch vor zwei Tagen leichter gefallen, dem Zahnarzt auf englisch zu erklären, was er wollte.

»Aber das ist doch in keiner Weise nötig«, hatte der Zahnarzt erwidert.

»Überlassen Sie das lieber mir. Sie bekommen dafür meine Uhr.« Chris nahm seine Rolex ab und reichte sie dem Zahnarzt. »Sie ist viertausend Dollar wert. Außerdem bekommen Sie natürlich noch Geld. Und das hier auch noch.« Chris zeigte ihm die kostbare Halskette. »Aber erst, wenn Sie fertig sind.«

In den Augen des Zahnarztes leuchtete ein habgieriges Funkeln auf. Doch plötzlich legte sich seine Stirn in Falten. »Ich lasse mich auf nichts Illegales ein.«

»Was soll daran illegal sein, wenn Sie mir als Zahnarzt die Zähne herausnehmen?«

Der Zahnarzt zuckte mit den Achseln.

»Sie müssen verstehen, ich bin nun mal ein unverbesserlicher Exzentriker«, fuhr Chris fort. »Ich komme in zwei Tagen wieder. Sie hinterlassen keinerlei schriftliche Aufzeichnungen über meinen Besuch. Und Sie werden auch keine Röntgenaufnahmen machen.«

»Ohne Röntgenaufnahmen kann ich aber nicht für den Erfolg der Behandlung garantieren. Es könnte Komplikationen geben.«

»Lassen Sie das mal meine Sorge sein.«

Der Zahnarzt runzelte von neuem die Stirn.

Nun saß Chris also im Wartezimmer und ließ seine Blicke über die billigen Holzstühle und das klapprige Sofa mit dem Plastiküberzug wandern. Sonst waren keine Patienten anwesend. Eine Neonlampe brabbelte unruhig vor sich hin. Chris warf einen prüfenden Blick auf den Stapel spanischer Zeitschriften auf dem Tisch. Anstatt jedoch eine zu ergreifen, schloß er die Augen und konzentrierte sich.

Nicht mehr lange, dachte er. Heute abend, bevor er in den Wald zurückkehrte, würde er noch einmal hierher kommen und die Praxis zerstören. Schließlich bestand trotz der gegenteiligen Versprechungen des Zahnarztes die Möglichkeit, daß er doch irgend welche Aufzeichnungen über die Behandlung oder Röntgenaufnahmen von ihm machte, während er unter Narkose stand. Es war extrem wichtig, daß er keinerlei Spuren hinterließ.

Danach würde er in den Wald zurückkehren und zu fasten beginnen. Das würde vermutlich sechzig Tage dauern. Doch sobald die Moskitos einmal über ihn herfielen, würde er zweifellos Malaria bekommen, und das würde den Prozeß beschleunigen. Vielleicht genügten schon dreißig Tage. Sechzig wären das höchste.

Er würde meditieren und um die Vergebung seiner Sünden zu Gott beten. Zahllose Menschen hatte er im Gegensatz zu dem Russen, dessen Tod das Opium und sein Freund Chan rechtfertigen, aus keinem anderen Grund als dem getötet, daß sie einfach existiert hatten. In schmerzlicher Erinnerung stiegen ihre Namen, ihre Gesichter wieder vor ihm auf, und wie fast alle von ihnen um Gnade gefleht hatten. Nun würde er für sich selbst um Gnade flehen. Er würde versuchen, sich von der Schande, der Krankheit seiner Seele, seinen anklagenden Gefühlen zu läutern.

Er würde fasten, bis er in Verzückung fiel. Während seine körperliche Substanz schrumpfte, würde er halluzinieren, seine Gedanken vollkommen ungehemmt fließen lassen. Als seine letzte bewußte Handlung in seinem fortwährenden Zustand der Ekstase würde er durch das ausgesparte Loch in sein Grab hinabkriechen. In seinem Dunkel würde er dann die Stäbe lostreten, welche die Sperrholzplatte an Ort und Stelle hielten. Sie würde auf ihn herabfallen und mit ihr die Erde auf ihr. Und er würde darunter begraben werden.

Von seinem Körper würde nichts mehr zu sehen sein. Entweder würde er vergessen, oder aasfressende Tiere würden ihn ausscharren. Sie würden seine Knochen zerstreuen. Vermutlich würde nur sein Schädel intakt bleiben. Aber ohne Zähne würde es den Behörden nicht möglich sein, ihn zu identifizieren.

Darauf kam es an. Er mußte namenlos sterben. Um Sauls und Eliots willen. Sie würden sicher aufs äußerste schockiert sein, daß er den Vertrag verletzt hatte. Doch ihre Verlegenheit würde durch die bewundernde Anerkennung gemildert werden, daß er sich nicht hatte fassen lassen. Natürlich würden sie sich fragen, wohin er verschwunden sein könnte. Es würde ihnen ein ewiges Rätsel bleiben. Aber das würde in jedem Fall besser sein als ihre Trauer und Bestürzung über die Nachricht, daß er Selbstmord begangen hatte. Er wollte diese Angelegenheit sauber zum Abschluß bringen. Er wollte die beiden Menschen, denen er am nächsten stand – seinen Ersatzbruder und seinen Ersatzvater –, nicht unnötig belasten.

Fasten war die einzige Art der Selbsttötung, welche die Katholische Kirche zuließ. Alle anderen Methoden hätten von einem Zustand der Verzweiflung gezeugt, einem Mangel an Vertrauen in Gottes Weisheit und einem Mangel an Bereitschaft, die Prüfung über sich ergehen zu lassen, mit denen Gott seine Kinder auf die Probe stellte. Selbstmord galt als Todsünde, für die man mit der ewigen Verdammnis im Höllenfeuer büßte. Dagegen diente Fasten der Buße, der Meditation und der spirituellen Ekstase. Es läuterte den Geist, indem es den Körper verneinte. Es brachte die Seele Gott näher.

In Anbetracht seiner Sünden war dies in Chris' Augen die einzige Möglichkeit, in den Himmel zu kommen.

»Mr. Bartholomew, wenn Sie sich bitte ins Behandlungszimmer begeben würden«, riß die Sprechstundenhilfe Chris aus seinen Gedanken.

Er nickte, stand auf und schritt durch eine offene Tür in einen Raum, in dem ein Behandlungsstuhl stand. Den Zahnarzt sah er nicht, aber hinter einer geschlossenen Tür, die in einen angrenzenden Raum führte, konnte er das Geräusch von fließendem Wasser hören.

»Ich werde Ihnen gleich die Narkose geben«, erklärte die Sprechstundenhilfe.

Chris nahm auf dem Stuhl Platz. Sie zog eine Spritze auf.

»Welches Mittel nehmen Sie?« erkundigte sich Chris.

»Atropin und Vistaril.«

Er nickte. Er hatte befürchtet, sie könnte Sodium Amytal, das sogenannte Wahrheitsserum, verwenden. Dieses Mittel versetzte jede Person, der man es injizierte, in einen hypnoseartigen Zustand, in dem der Wille so weit ausgeschaltet war, daß man selbst die intimsten Fragen beantwortete.

»Wenn Sie jetzt bitte rückwärts zählen würden«, forderte ihn die Sprechstundenhilfe auf.

Als Chris bei fünfundneunzig angelangt war, begann es sich ihm vor den Augen zu drehen. Er mußte an das Kloster denken, an seine sechs stummen Jahre bei den Zisterziensern, bei denen als einziges Mittel der Verständigung die Zeichensprache zugelassen war, bei denen jeder Tag gnädig durch dieselben Verrichtungen gekennzeichnet gewesen war – durch Arbeit und stilles Gebet. Er dachte an die weiße Kutte, die er damals getragen hatte und deren Weiß ihn an das Wirbeln in seinem Kopf erinnerte.

Wenn er nicht zum Ausscheiden aus dem Orden aufgefordert worden wäre, wenn er nicht schon sechsunddreißig gewesen wäre, ein Jahr über dem Höchstalter für einen Neueintritt in den Orden, hätte er immer noch bei den Zisterziensern Trost und Erlösung finden können.

Doch nun, nachdem das weltliche Leben für ihn nicht mehr vertretbar und das geistliche nicht mehr möglich war, blieb ihm keine andere Wahl mehr als das Fasten – der Tod, die Läuterung, der Weg zu höchster Vervollkommnung.

Doch das Wirbeln in seinem Kopf wurde stärker. Sein Mund fühlte sich trocken an. Er rang mühsam nach Atem. »Sie haben mir kein Atropin gespritzt«, murmelte er. »Das muß ein anderes Mittel sein.«

Verzweifelt versuchte er sich aus dem Zahnarztstuhl hochzukämpfen. Die Sprechstundenhilfe hielt ihn zurück – mit starker Hand. »Nein«, murmelte er verzweifelt.

Doch das wirbelnde Weiß wandelte sich in eine andere Art von Weiß. In dem verschwommenen Kreisen ging eine Tür auf. Gespenstisch schwebend kam eine Gestalt in Weiß auf ihn zu. Ein Gesicht näherte sich dem seinen – alt, faltig, grau.

Chris stierte es ungläubig an. Der Zahnarzt. Das konnte nicht sein. Doch bevor sein Denken endgültig in undurchdringliches Dunkel versank, durchzuckte es noch ein letzter Gedanke von leuchtender Klarheit.

Unmöglich. Der Zahnarzt war Eliot.

Zweites Buch

SUCHEN UND VERNICHTEN

›Meine Schwarzen Prinzen‹

1

Eliots Falten vertieften sich noch, als er nachdenklich Chris'
Puls fühlte. Schließlich wandte er sich mit einem Nicken der
Sprechstundenhilfe zu. »Der Doktor ist in der Bar um die
Ecke.« Seine Stimme war leicht belegt. »Ich würde vorschla-
gen, Sie leisten ihm dort Gesellschaft.«

Mit weit aufgerissenen Augen zog sie sich rückwärts zur
Tür zurück.

»Noch etwas.« Sie erstarrte, als er in die Tasche seines weißen Kittels griff und einen Umschlag hervorholte. »Ihr Geld.
Vergessen Sie nicht, die andere Tür abzuschließen, wenn Sie
gehen.«

Schwer schluckend verließ sie den Behandlungsraum; sie
durchquerte das Wartezimmer, floh.

Eliot horchte auf das Schnappen des Türschlosses. Dann
schloß er die Tür zwischen dem Behandlungsraum und dem
Wartezimmer und wandte sich dem Tablett mit dem Zahn-
arztbesteck zu.

Chris' Atem ging flach. Von Sodium Amytal betäubt, saß
er zusammengesunken im Behandlungsstuhl. Das Mittel
baute jegliche natürlichen Hemmschranken ab und erlaubte
es dem Vernehmenden, seinem willenlosen Opfer jede Information zu entreißen. Damit der Vernommene jedoch noch zu
antworten in der Lage war, durfte er nicht ganz bewußtlos
sein; vielmehr mußte er sich dazu in einem Zustand kontrol-
lierten Halbschlafs befinden, in dem er sich zwar seiner Umgebung nicht bewußt war, aber doch der Tatsache, daß eine
Frage an ihn gerichtet wurde. Da Eliot der Sprechstundenhilfe aufgetragen hatte, Chris erst vollständig zu betäuben,
mußte Eliot nun eine Weile warten, bis die Wirkung des Mittels nachließ.

Er setzte einen Schlauch mit einer Kanüle an einem Ende in

eine Vene an Chris' Arm ein und öffnete dann eine Schublade, der er zwei bereits aufgezogene Spritzen entnahm, die neben der Ampulle lagen. Er steckte eine Spritze in den Schlauch an Chris' Arm; die zweite Spritze legte er griffbereit neben sich, falls er sie noch benötigen sollte.

Wie Eliot erwartet hatte, begannen fünf Minuten später Chris' Lider zu zucken. Eliot öffnete das Ventil im Schlauch, so daß ein Teil des Mittels in die Vene fließen konnte. Sobald Chris zu undeutlich zu sprechen begann, würde Eliot das Ventil wieder schließen, bis Chris wieder Anzeichen zu deutlicher Klarheit zeigte, was ein neuerliches Öffnen des Ventils erforderlich machen würde, um ihn entsprechend zu betäuben. Das Ganze erforderte also höchst sorgfältiges Vorgehen.

Am besten war es, ganz einfach zu beginnen. »Weißt du, wer ich bin?« Als er keine Antwort erhielt, wiederholte Eliot die Frage.

»Eliot«, flüsterte Chris.

»Sehr gut. Richtig. Ich bin Eliot.« Als er Chris nun prüfend betrachtete, wurde Eliot an das erste Mal erinnert, da er ihn gesehen hatte; das war vor einunddreißig Jahren gewesen. Er konnte sich noch ganz deutlich an den fünfjährigen Jungen erinnern – schmutzig, abgemagert, in Lumpen gekleidet, sein Vater tot, seine Mutter eine Prostituierte, die ihn verlassen hatte. Das Reihenhaus in den Slums von Philadelphia war voll von Tischen gewesen. Auf jedem Tisch hatte der Junge in ordentlichen Haufen die Fliegen aufgereiht, die er mit seinem Gummi erlegt hatte. »Vergiß nicht«, sagte Eliot. »Ich habe mich deiner angenommen. Ich bin wie ein Vater für dich. Und du bist für mich wie ein Sohn. Wiederhole das.«

»Vater. Sohn«, murmelte Chris.

»Du liebst mich.«

»Liebe dich«, echote Chris monoton.

»Du vertraust mir. Niemand sonst war je so gut zu dir. Du befindest dich in Sicherheit. Du hast nichts zu befürchten.«

Chris seufzte.

»Möchtest du mich glücklich machen?«

Chris nickte.

Eliot lächelte. »Natürlich möchtest du das. Du liebst mich. Jetzt hör mir gut zu. Ich möchte, daß du mir ein paar Fragen beantwortest. Sag mir die Wahrheit.« Plötzlich wurde er sich des Pfefferminzgeruchs in der Zahnarztpraxis bewußt. »Hast du etwas von Saul gehört?«

Chris brauchte zum Antworten so lange, daß Eliot schon dachte, er würde die Frage nicht beantworten. Er seufzte kaum hörbar, als Chris schließlich sagte: »Nein.«

»Weißt du, wo er ist?«

»Nein.«

»Ich sage dir jetzt einen Satz. Was bedeutet er?« Vor vier Tagen war besagte Nachricht von Atlanta nach Rom telegrafiert worden; sie war an den Mittelmeer-Blumenladen, das dortige CIA-Büro, zu Händen von Chris adressiert gewesen. Bis zu seinem Verschwinden war Chris probeweise die Leitung der Dienststelle anvertraut worden; Eliot hatte währenddessen noch die möglichen negativen Auswirkungen des Klosteraufenthalts auf Chris' Tauglichkeit studieren wollen. Die Nachricht war nicht mit einem Absender versehen gewesen, was jedoch nicht weiter ungewöhnlich war. Dennoch fiel ihr Eintreffen mit Sauls Verschwinden zusammen. Ausgehend von der Annahme, daß Saul sich mit Chris in Verbindung zu setzen versuchen würde, hatte Eliot feststellen müssen, daß diese Nachricht im Gegensatz zu vielen anderen, die Chris zugeschickt bekommen hatte, keinerlei Bezug zu gängigen Geheimdienstcodes enthielt.

»›Im Korb befindet sich ein Ei‹«, sagte Eliot.

»Eine Nachricht von Saul«, antwortete Chris mit geschlossenen Augen, benommen.

»Weiter.«

»Er steckt in der Klemme. Er braucht meine Hilfe.«

»Ist das alles, was die Nachricht bedeutet?«

»Ein Schließfach.«

Eliot beugte sich tiefer zu Chris herab. »Wo?«

»In einer Bank.«

»Wo?«

»In Santa Fé. Wir haben beide einen Schlüssel. Allerdings haben wir sie versteckt. In dem Schließfach wartet eine Nachricht auf mich.«

»Verschlüsselt?« Eliots knochige Finger krallten sich um den Behandlungsstuhl.

Chris nickte.

»Würde ich den Code entschlüsseln können?«

»Privat.«

»Dann bringe ihn mir bei.«

»Verschiedene.«

Sein Brustkorb vor Frustration zusammengeschnürt, richtete Eliot sich auf. Natürlich konnte er Chris auffordern, ihm die verschiedenen Codes zu erklären, aber es bestand immer die Möglichkeit, daß er versäumte, eine entscheidende Frage zu stellen, und damit nicht alle nötigen Details in Erfahrung brachte. Zweifellos hatte Chris die entsprechenden Sicherheitsvorkehrungen getroffen, um zu verhindern, daß ein Fremder sich für ihn ausgab und sich Zutritt zu dem Schließfach verschaffte. Wo befand sich zum Beispiel der Schlüssel? Gab es ein Kennwort? Diese Fragen lagen auf der Hand. Dagegen machten Eliot eher die Fragen Sorgen, die er sich *nicht* vorstellen konnte. Chris und Saul waren Freunde, seit sie sich vor einunddreißig Jahren im Waisenheim kennengelernt hatten. Sie mußten über Hunderte von privaten Geheimzeichen verfügen. Und Eliot brauchte nur eines davon zu übersehen, und es würde ihm nicht gelingen, Saul zu fassen. Selbstverständlich ließ sich der Code durch die Computer in der Zentrale entziffern, aber das konnte sehr lange dauern.

Eliot mußte *auf der Stelle* etwas unternehmen.

Er rieb sich sein runzliges Kinn, als ihm plötzlich eine andere Frage in den Sinn kam. »Weshalb wolltest du dir deine Zähne ziehen lassen?«

Chris' Antwort ließ Eliot erschaudern. Er hatte gedacht, ihn könnte nichts mehr aus der Fassung bringen.

Aber *das*?

2

Chris strahlte vor Freude, als seine Finger sich um den Schokoladenriegel legten. »Ein Baby Ruth. Du denkst immer noch daran.«

»Natürlich.« Über Eliots Augen legte sich ein trauriger Ausdruck.

»Aber wie hast du mich gefunden?« Chris' Zunge war noch schwer von dem Amytal.

»Berufsgeheimnis.« Als Eliot grinste, spannten seine Lippen sich mit einer Straffheit, die an einen Totenschädel denken ließ.

Chris sah aus dem Flugzeugfenster. Er hörte das gedämpfte Dröhnen der Triebwerke, als er, mühsam gegen die Sonne blinzelnd, die an verschneite Berge erinnernden Wolken unter ihm betrachtete. »Ich will es trotzdem wissen.« Seine Stimme war belegt, als er seinen Pflegevater anstarrte.

Eliot zuckte mit den Achseln. »Du weißt doch, was ich immer wieder sage. Um sich über den nächsten Zug eines Gegenspielers Klarheit zu verschaffen, muß man denken, wie er in der jeweiligen Situation denken würde. Du darfst nicht vergessen, daß ich dich ausgebildet habe. Ich weiß alles über dich.«

»Nicht ganz.«

»Zu diesem Punkt werden wir gleich kommen. Ich habe einfach so getan, als wäre ich du. Und da ich alles über dich weiß, wurde ich du.«

»Und?«

»Wer war dir einen Gefallen schuldig? Auf wen konntest du dich auf Gedeih und Verderb verlassen? Auf wen *hattest* du dich verlassen? Sobald ich mir im klaren darüber war, welche Fragen ich zu stellen hatte, konnte ich mir auch die Antworten zusammenreimen. Eine davon bestand darin, die Sondereinheitenbars in Honolulu durch meine Leute überwachen zu lassen.«

»Nicht übel.«

»Du hast dich aber auch wacker geschlagen.«

»Trotzdem nicht wacker genug. Schließlich bin ich in dieser Bar gesehen worden. Und ich nehme auch an, daß ich beschattet worden bin.«

»Du darfst nicht vergessen, daß du gegen deinen Lehrer gespielt hast. Ich bezweifle, daß sonst jemand deine Züge vorhersehen hätte können.«

»Warum hast du mich dann in Honolulu nicht aufgreifen lassen? Immerhin habe ich den Vertrag verletzt. Die anderen Geheimdienste machen Jagd auf mich. Es wäre dir doch sicher zugute gekommen, wenn du mich fassen hättest können. Ich denke dabei vor allem an die Russen.«

»Ich war mir nicht sicher, ob du dich lebend in unsere Hände begeben hättest.«

Während Chris ihn prüfend ansah, brachte Eliots Assistent, auch diesmal mit Yale-Ring und Krawatte, ein Tablett mit Perrier, Gläsern und Eiswürfeln und stellte es auf dem Tisch ab, der in dem abgetrennten Bereich des Flugzeugs zwischen ihnen stand.

Eliot sprach erst weiter, als sein Assistent das Abteil wieder verlassen hatte. »Außerdem...« Er schien seine Worte sorgfältig zu wählen, während er gleichzeitig zwei Gläser vollschenkte. »Ich war einfach neugierig. Ich wollte wissen, wozu du einen Zahnarzt brauchtest.«

»Aus privaten Gründen.«

»Nicht mehr länger.« Eliot reichte ihm ein Glas. »Während du bewußtlos im Behandlungsstuhl des Zahnarztes lagst, habe ich dir ein paar Fragen gestellt.« Er machte eine Pause. »Ich weiß, daß du die Absicht hattest, dich selbst zu töten.«

»Wieso die Vergangenheitsform?«

»Um meinetwillen, möchte ich doch hoffen. Weshalb wolltest du so etwas tun? Du wußtest doch, wie sehr mich dein Tod schmerzen würde. Und wie viel mehr wäre dies noch der Fall gewesen, wenn du durch Selbstmord aus dem Leben geschieden wärst.«

»Deshalb wollte ich mir die Zähne ziehen lassen. Sollte meine Leiche je gefunden werden, hätte sie sich nicht identifizieren lassen.«

115

»Aber weshalb hast du den Pater nach einem Zahnarzt gefragt? Warum hast du die ›Kirche des Mondes‹ aufgesucht?«

»Ich wollte mich nach einem Zahnarzt erkundigen, der es gewohnt war, mit Agenten zu arbeiten, und deshalb keine Fragen gestellt hätte.«

Eliot schüttelte den Kopf.

»Was hast du?«

»Das ist nicht wahr. Es wäre wesentlich einfacher gewesen, auf eigene Faust einen Zahnarzt zu finden. Du hättest keinen gebraucht, der Einblick in unsere Welt hat. Du hättest nur genügend Geld gebraucht, um dir sein Schweigen zu erkaufen. Nein, du mußt einen anderen Grund gehabt haben, den Pater zu fragen.«

»Da du sämtliche Antworten kennst...«

»Du hast den Pater aufgesucht, weil du wußtest, daß er seine Nachforschungen anstellen würde, bevor er dir die gewünschte Information erteilte. Ich sollte erfahren, wo du dich aufhieltst. Ich hätte mich über dein Ersuchen gewundert und dich abfangen lassen.«

»Wozu hätte ich so etwas beabsichtigen sollen? Ich wollte doch nicht an der Durchführung meines Vorhabens gehindert werden.«

»Tatsächlich nicht?« Eliot sah ihn mit verengten Augen an. »Deine Frage an den Priester war im Grunde genommen ein verkappter Hilferuf. Ein Abschiedsbrief, bevor es zum äußersten kam. Du wolltest mir zu verstehen geben, wie schlimm es um dich stand.«

Chris schüttelte den Kopf.

»Das alles spielt sich natürlich auf einer unterbewußten Ebene ab? Was bedrückt dich so?« Stirnrunzelnd beugte Eliot sich vor. »Was hast du denn? Ich begreife dich nicht.«

»Ich weiß auch nicht so recht. Ich kann das so schwer erklären. Sagen wir einfach mal...« Chris' Miene spiegelte den inneren Kampf wider, der sich in ihm abspielte. »Mir reicht's. Und zwar von Grund auf.«

»Das Kloster hat dich verändert.«

»Nein. Dieser Überdruß war schon vor dem Eintritt ins Kloster da.«

»Trink erst ein bißchen von dem Perrier. Dein Mund ist von dem Amytal sicher ganz trocken.«

Automatisch gehorchte Chris.

Eliot nickte. »Was quält dich denn so?«

»Ich schäme mich einfach.«

»Für das, was du tust?«

»Für das, was ich fühle. Das schlechte Gewissen. Ich sehe Gesichter, höre Stimmen. Die Toten. Sie verfolgen mich auf Schritt und Tritt. Ich kann sie nicht abschütteln. Du hast mich eiserne Disziplin gelehrt, aber das klappt inzwischen nicht mehr. Ich kann diese Schuldgefühle einfach nicht mehr ertragen...«

»Hör mir gut zu«, redete Eliot auf ihn ein.

Chris massierte sich die Stirn.

»Du übst einen Beruf aus, der höchste Anforderungen an den Ausübenden stellt und ebenso mit erheblichen Risiken verbunden ist, wobei ich damit keineswegs nur auf die rein physischen Gefahren anspiele. Wie du sehr wohl gemerkt hast, bringt diese Tätigkeit auch enorme psychische Belastungen mit sich. Die Pflichterfüllung kann uns manchmal dazu zwingen, unmenschliche Taten zu begehen.«

»Warum müssen wir sie dann tun?«

»Sei doch nicht so naiv. Du kennst die Antwort auf diese Frage ebensogut wie ich. Weil wir für den Schutz der Lebensweise kämpfen, die wir für die angemessene und richtige halten. Wir opfern uns, damit andere ihr normales Leben führen können. Du brauchst dir keine Vorwürfe zu machen für das, was du tun mußtest. Das geht viel eher zu Lasten der Gegenseite. Und um auf das Kloster zurückzukommen. Wenn dein Bedürfnis spiritueller Natur war – warum konnten dir die Zisterzienser dann nicht helfen? Weshalb haben sie dich aufgefordert, den Orden zu verlassen? Und das Schweigegelübde? Nach sechs Jahren – wurde es dir einfach zu viel?«

»Es war herrlich. Sechs Jahre des Friedens.« Chris runzelte die Stirn. »Zu viel Frieden.«

»Das verstehe ich nicht.«

»Aufgrund der strikten Ordensregeln wurden wir alle sechs Monate von einem Psychiater untersucht. Er hielt nach Spuren – oft kaum merklichen Anzeichen – unproduktiven Verhaltens Ausschau. Schließlich glauben die Zisterzienser auch an die Arbeit. Wir konnten uns durch unsere Landwirtschaft selbst versorgen. Keinem, der seinen Anteil von der hierfür nötigen Arbeit nicht leisten konnte, wurde gestattet, von den Früchten der Arbeit anderer zu leben.«

Eliot nickte – und wartete.

»Katatonische Schizophrenie.« Chris atmete schwer. »Daraufhin hat uns der Psychiater untersucht. Fixe Ideen. Trancezustände. Er stellte uns Fragen. Er untersuchte unsere Reaktionen auf verschiedene Farben und Klänge. Er studierte unser Alltagsverhalten. Als er mich eines Tages entdeckte, wie ich vollkommen reglos im Garten saß und einen Felsbrocken anstarrte – eine Stunde lang –, meldete er das dem Abt. Der Felsen war wirklich faszinierend. Ich kann mich jetzt noch an sein Aussehen erinnern.« Chris' Augen verengten sich. »Allerdings hatte ich damit den psychiatrischen Test nicht bestanden. Das nächste Mal, als mich jemand in diesem Zustand – katatonisch – entdeckte, wurde ich gefeuert. Frieden. Mein Vergehen bestand darin, daß ich zu viel Frieden wollte.«

Neben den Perrierflaschen stand eine Vase mit einer langstieligen roten Rose auf dem Tablett. Eliot griff nach ihr. »Du hattest deinen Felsbrocken. Ich habe meine Rosen. In unserem Beruf brauchen wir eben die Schönheit.« Er roch an der Blüte, um sie dann Chris zu reichen. »Hast du dich eigentlich je gefragt, wie ich ausgerechnet auf Rosen kam?«

Chris zuckte mit den Achseln. »Ich ging davon aus, daß du eben Blumen mochtest.«

»Aber wieso ausgerechnet Rosen?«

Chris schüttelte den Kopf.

»Weil sie das Emblem unseres Berufs sind. Dieser Hintersinn übt einen unwiderstehlichen Reiz auf mich aus. In der griechischen Mythologie hat die Göttin der Liebe den Gott des Schweigens mit einer Rose bestochen, um ihn davon abzuhalten, die Schwächen der anderen Götter zu enthüllen. Und so wurde die Rose im Lauf der Zeit zum Symbol der Verschwiegenheit und Geheimhaltung. So war es zum Beispiel im Mittelalter Brauch, an der Decke einer Ratskammer eine Rose aufzuhängen. Die Ratsmitglieder verpflichteten sich damit, strengstens geheimzuhalten, was sie *sub rosa*, unter der Rose, in diesem Raum besprochen hatten.

»Du hast schon immer deine Freude daran gehabt, mit Worten zu spielen.« Chris gab Eliot die Rose zurück. »Mein Problem ist, daß ich nicht mehr an sie glauben kann.«

»Laß mich erst zu Ende erzählen. Teil meines Interesses für Rosen ist auf die Vielzahl der verschiedenen Sorten zurückzuführen. Die unterschiedlichen Farben und Formen. Ich habe auch meine Lieblingssorten – ›Lady X‹ und ›Engelsgesicht‹. Ich habe diese Bezeichnungen zwei Agentinnen als Decknamen gegeben. Meine Ladies.« Eliot lächelte. »Auch die Namen anderer Sorten finde ich reizvoll. Die American Pillar. Die ›Gloria mundi‹. Ziel eines jeden Rosenliebhabers ist es jedoch, eine neue Sorte zu züchten. Wir veredeln, ziehen Setzlinge und okulieren, oder wir kreuzbefruchten die Samen. Dann wird der reife Samen bis zum Frühling in Sand gelagert, um schließlich in Pfannen ausgesät zu werden. Das erste Jahr bringt nur Farbe hervor. Erst danach gelangt man in den Genuß der vollen Blüte, des Erfolgs seiner Bemühungen. Es handelt sich bei der neuen Züchtung um eine Hybride. Eine einzige große, schön geformte, einzeln gewachsene Blüte, höher als der Rest. Um die Qualität dieses einzelnen Triebs noch zu verbessern, müssen die Seitentriebe entfernt werden. Du und Saul, ihr seid meine Hybriden. Ohne Familie im Waisenhaus groß geworden. Jedoch hattet ihr keine Seitentriebe, die entfernt werden hätten müssen. Das hatte bereits die Natur vorgenommen. Durch rigoroses Training und strengste Disziplin seid ihr zu voller Blüte herangewachsen. Um euren Charakter zu festigen, mußten euch bestimmte Gefühle ausgemerzt werden. Vaterlandsliebe wurde eurem Charakter aufgepfropft. Militärische Erfahrung und natürlich der Krieg wurden euch aufokuliert.

Meine Hybriden – ihr seid höher aufgeschossen als der Rest. Falls eure Konditionierung fehlgeschlagen hat und ihr nun Gefühle verspürt, dann solltet ihr jetzt keine Schuldgefühle haben, sondern Stolz verspüren. Du bist wunderbar. Ich hätte dir den Namen einer neuen Sorte geben können. Statt dessen bringe ich dich mit dieser speziellen Rose in Verbindung, die ich hier in meiner Hand halte. Ihr Rot ist so tief, daß es fast schwarz ist. Sie heißt ›Schwarzer Prinz‹. Und so denke ich an dich und Saul – als meine Schwarzen Prinzen.«

»Aber Saul hat nicht versagt. Er...« Der Ausdruck in Chris' Augen veränderte sich. »Einen Augenblick mal. Du erzählst mir das alles doch nicht, um...«

Eliot breitete die Hände aus. »Du hast also richtig vermutet.«

»Was ist passiert? Was ist mit Saul?«

Eliot betrachtete ihn prüfend. »Um deines Bruders willen bitte ich dich, nicht wieder zu versuchen, dich umzubringen.«

»Was ist passiert?« Angespannt beugte Chris sich vor. *Was ist los mit Saul?«*

»Vor fünf Tagen hat er einen Auftrag für mich durchgeführt. Danach hat ihn ein Mitglied seines Teams zu töten versucht. Er hat sich mit mir in Verbindung gesetzt. Ich habe alles Nötige in die Wege geleitet, daß er Unterschlupf finden konnte. Als er an besagtem Ort eintraf, mußte er feststellen, daß diese Zufluchtsstätte aufgeflogen war. Ein anderes Team hat ihn zu töten versucht. Er befindet sich auf der Flucht.«

»Aber wieso hilfst du ihm dann nicht?«

»Wie sollte ich. Er hat Angst, sich mit mir in Verbindung zu setzen.«

»Mit *dir*?«

»Der Maulwurf. Ich habe schon immer gesagt, daß es bei uns einen gibt, und zwar schon seit Bestehen unseres Geheimdiensts. Jemand, der uns schon von Anfang an infiltriert hat und uns nun ständig in die Quere kommt. Jemand, der mir nahe steht, verwendet das, was Saul mir mitteilt, gegen Saul; er versucht Saul auszuschalten.«

»Aber weshalb?«

»Ich weiß nicht, weshalb er so wichtig ist, daß er liquidiert werden soll. Was er herausgefunden hat, oder für wen er eine Bedrohung darstellt. Ich werde das so lange nicht wissen, bis ich den Maulwurf nicht gefaßt habe. Das wird nicht einfach werden. Ich versuche ihm schon seit 1947 auf die Schliche zu kommen. Außerdem muß ich Saul finden. Ich bin für seine Sicherheit verantwortlich.«

»Wie willst du das machen, wenn er sich aus Angst, der Maulwurf könnte seine Nachricht abfangen, nicht mit dir in Verbindung zu setzen wagt.«

Eliot steckte die Rose in die Vase zurück. »Im Korb befindet sich ein Ei.«

Chris spürte, wie sich die Maschine leicht zur Seite neigte.

»Vor vier Tagen ist diese Nachricht in Rom eingetroffen«, fuhr Eliot fort. »Sie war an dich adressiert. Und ich glaube, daß sie von Saul stammt.«

Chris nickte.

»Ich weiß nicht, was diese Nachricht zu bedeuten hat.« Eliot sah Chris eindringlich an. »Um Himmels willen, sag es mir nicht. Selbst diese Rose könnte Ohren haben. Aber falls die Nachricht von Saul stammt und dir hilft, ihn aufzuspüren, dann tu das. Mach dich auf die Suche nach ihm. Aber sei vorsichtig. Bring ihn in Sicherheit.«

»Ein Schwarzer Prinz, der den anderen rettet?«

»Ganz richtig. Dein Ersatzvater bittet dich, deinen Ersatzbruder zu retten. Wenn du also nach einem Grund suchst, dich nicht selbst zu töten, dann hast du jetzt einen.«

Als Chris sich dem Fenster zuwandte, verengten sich seine Augen. Nicht nur der Sonne wegen. Er dachte nach. Alle Gedanken waren in der Sorge um seinen Bruder wie weggeblasen. Sein Herz schlug rascher. Saul brauchte Hilfe. Etwas anderes zählte nun nicht mehr. Sein Bruder war auf seine Hilfe angewiesen. Er hatte den einzigen Grund gefunden, der es ihm ermöglichte, weiter am Leben bleiben zu wollen.

Als er sich Eliot wieder zuwandte, klang seine Stimme entschlossen. »Du kannst auf mich zählen.«

»Komisch«, entgegnete Eliot. »Ein Todeskommando jagt Saul, und alle anderen sind hinter dir her.«

»Mit Sicherheit wirst du der Verworrenheit der Lage einen gewissen Reiz abgewinnen können.«

»Das dürfte erst der Fall sein, wenn Saul in Sicherheit ist. In welches Land soll ich den Piloten fliegen lassen?«

»Nach Hause.«

»Welche Stadt?«

Chris dachte nach. Das Schließfach befand sich in Santa Fé. Doch er konnte sich nicht direkt dorthin begeben. Er mußte irgendwo in der näheren Umgebung der Stadt landen, aber auch weit genug entfernt, um mögliche Verfolger abschütteln zu können. Er nahm bei einer gewissen Vagheit Zuflucht, für den Fall, daß dieses Gespräch aufgezeichnet wurde. »Albuquerque.«

Eliot straffte sich; seine alten Augen blitzten wissend auf. Er hatte das Täuschungsmanöver durchschaut und stimmte ihm zu.

»Was hältst du eigentlich davon?« sagte Chris schließlich.

Eliots Stirn legte sich in Falten. »Wovon? Ich begreife nicht, worauf du hinauswillst.«

»Daß Hybriden in der Regel steril sind.«

Das Flugzeug trat seinen Abstieg durch die Wolken an.

3

In der Ferne ragten die Berge des Sangre de Cristo-Gebirges auf. Ihre Gipfel waren noch schneebedeckt, ihre Hänge grün von dichtem Eichen- und Kiefernbestand. Trotz der sengenden Sonne fühlte sich die Luft trocken an.

Chris ging eine schmale Straße entlang, gesäumt von ummauerten Gärten mit flachen Adobehäusern dahinter. Durch ein schmiedeeisernes Tor fiel sein Blick auf einen Springbrunnen. Piñonbäume spendeten Schatten; das

Grün ihrer Nadeln stand in auffallendem Kontrast zu den Erdtönen des Hauses.

Er blieb am Ende des Blocks stehen und blickte die Straße zurück. Er hatte diese exklusive Wohngegend von Santa Fé ausgewählt, weil er wußte, daß es hier ruhig sein würde – wenig Verkehr, kaum Fußgänger. Die Abgeschiedenheit erlaubte es ihm, jeden, der ihm folgte, unter die Lupe zu nehmen. Er ging davon aus, daß man ihn unter keinen Umständen so lange auf freier Straße hätte herumlaufen lassen, falls ihn KGB, MI-6 oder sonst irgendein Geheimdienst bereits entdeckt hätten. Sie hätten ihn vielmehr ohne große Umschweife auf der Stelle erledigt. Demzufolge waren sie ihm also noch nicht auf der Spur.

Für Saul war er dieses Risiko bereitwillig eingegangen. Seine Augen leuchteten. Für seinen Bruder wäre er jedes Risiko eingegangen. Mit Freuden würde er sich als Zielscheibe anbieten, um außer seinen Verfolgern noch jemanden aus seiner Deckung hervorzulocken.

Der Maulwurf. Die Person, die Eliots Nachrichten an Saul abfing. Die Saul den Tod wünschte. Bohrende Fragen quälten Chris. Was hatte Saul getan? Oder was wußte er? So viel war klar. Da Chris aus Angst vor einem Durchsickern geheimer Informationen Eliot nicht Meldung erstatten sollte, konnte der Maulwurf Sauls nur habhaft werden, indem er sich an Chris' Fersen heftete. Bisher waren Chris jedoch noch keinerlei Anzeichen aufgefallen, daß er beschattet wurde.

Von neuem hinter sich blickend, passierte er ein Haus, dessen Vorplatz und Veranda zum Teil durch Wacholdersträucher verdeckt waren. Nach einem kurzen Blick auf die Berge überquerte er die Straße und ging auf eine spanische Kirche zu. Er stieg die hohen Steinstufen hinauf, zog die mächtige Eichentür an einem eisernen Ring auf und betrat einen dunklen, kühlen Vorraum. Zum letztenmal war er 1973 hier gewesen. In jenem Jahr war die Kirche anläßlich ihres hundertjährigen Bestehens von Grund auf renoviert worden. Seitdem war jedoch, wie Chris gehofft hatte, nichts mehr an ihr verändert worden. Die Deckengewölbe, die Glasfenster und die Kreuzwegstationen waren noch genau wie damals. Er trat auf das marmorne Weihwasserbecken zu, tauchte seine Fingerspitzen ein und machte eine Kniebeuge in Richtung auf den goldenen Tabernakel über dem fernen Altar. Nachdem er sich bekreuzigt hatte, schritt er auf die Beichtstühle zu, die sich an das Chorgestühl im hinteren Teil der Kirche anschlossen. Seine Schritte hallten von dem glattgetretenen Steinfußboden wider.

Seine Aufmerksamkeit galt dem Beichtstuhl in der Ecke. In den Kirchenbänken in seinem Umkreis war niemand zu sehen. Da er auch aus dem Innern des Beichtstuhls keine Stimmen hörte, öffnete er die reich verzierte Tür, trat ein und schloß die Tür wieder hinter sich.

In der Kirche hatte dämmriges Zwielicht geherrscht, aber in der Enge im Innern des Beichtstuhls war es vollkommen finster. Leichter Modergeruch drang in seine Nase. Rein gewohnheitsmäßig begann Chris stumm zu beten: »Ich bitte um Ihren Segen, Pater, denn ich habe gesündigt. Meine letzte Beichte war...« Er mußte an das Kloster denken, an seine Sünden und sein Vorhaben, sich selbst zu töten; und er hielt inne. Er biß die Zähne zusammen. Er durfte sich nicht ablenken lassen. Nun zählte einzig und allein Saul. Anstatt vor dem Gitterrost, hinter dem normalerweise der Geistliche saß, niederzuknien, drehte er sich rasch um und griff in die rechte, obere Ecke hoch. Behutsam tasteten seine Finger im Dunkel. All diese Jahre. Schwitzend fragte er sich, ob er nicht vielleicht doch eine Riesendummheit begangen hatte. Was war, wenn ein Handwerker beim Ausbessern des Beichtstuhls entdeckt hatte, daß...? Er zog das lose Gesimsstück aus der Kante zwischen Wand und Decke heraus und mußte grinsen, als seine Finger den Schlüssel ertasteten, den er vor Jahren in der Vertiefung dahinter versteckt hatte.

4

Die Bank war im Stil eines Pueblo erbaut worden – kubisch
und mit einem Flachdach, unter dem die hölzernen Stützbalken aus den imitierten Sandsteinmauern hervorragten. Den
Eingang flankierten zwei Yucca-Palmen. Auf der Straße
herrschte hektisches Verkehrsgewimmel. In einem Restaurant auf der anderen Straßenseite saß ein Geschäftsmann an
einem Tisch, von dem man durch das Fenster die Bank beobachten konnte. Er zahlte und ging, ohne einem anderen Geschäftsmann Beachtung zu schenken, der an demselben
Tisch Platz nahm, von dem aus man die Bank im Auge behalten konnte. Auch sonst waren die Straße entlang Mitglieder
des Überwachungsteams verteilt, die sich unauffällig in das
Straßenbild einzufügen versuchten. Ein junger Mann ver-
teilte Reklamezettel. Ein Lastwagenfahrer trug Kartons in ein
Haus. Eine Frau stöberte in einem Schallplattenladen in der
Nähe des Fensters in den Regalen. Nachdem sie sich so lange
wie möglich in der Umgebung der Bank aufgehalten hatten,
ohne Aufsehen zu erregen, entfernten sie sich, um von anderen abgelöst zu werden...

Der Geschäftsmann im Restaurant steckte sich eine Zigarette an. Er hörte das gedämpfte Piepen des Funkgeräts in
seiner Tasche – das Zeichen, daß Remus in der Straße gesichtet worden war. Er spähte durch den Hitzedunst zum Eingang der Bank hinüber, in dem gerade eine Frau erschien; sie
schirmte mit der Hand ihre Augen gegen die Sonne ab. Ein
Mann in einem braunen Anzug trat an ihr vorbei in die Bank.
Während ihm die Bedienung die Speisekarte brachte, griff
der Geschäftsmann in seine Tasche und drückte zweimal auf
den Sendeknopf seines Funkgeräts.

Remus war in der Bank.

5

Chris ging an einem Sicherheitsbeamten und einer Reihe von Büroabteilen mit Hinweisschildern für Sparguthaben und Darlehen vorbei und stieg eine Treppe im hinteren Teil der Bank hinab. An den Wänden hingen indianische Sandbilder. Er trat an einen Schalter, reichte dem Mann dahinter seinen Schlüssel und schrieb den Namen John Higgins auf ein Formular. 1973 hatten er und Saul hier ein paar tausend Dollar hinterlegt. Die Miete für das Schließfach sollte von den Zinsen für die Einlage bezahlt werden. Chris war seitdem nicht mehr hier gewesen, aber er wußte, daß Saul sich jedes Jahr mit der Bank in Verbindung setzte, um sich zu vergewissern, daß das Konto und das Schließfach nicht aufgelöst wurden. Der Bankangestellte stempelte das Formular ab, versah es mit seinem Zeichen und holte ein Verzeichnis von Schließfachinhabern hervor, um die Unterschriften zu vergleichen.

»Würden Sie mir bitte das Kennwort nennen, Mr. Higgins.«

»Camelot«, erwiderte Chris.

Der Bankangestellte nickte und machte ein Kreuz neben den Namen auf der Liste. Dann öffnete er eine Durchgangssperre und führte Chris durch die massive Tür des Gewölbes in einen langgezogenen Korridor, in dessen Wänden die Schließfächer untergebracht waren. Die grelle Deckenbeleuchtung blendete. Während der Bankangestellte das Schließfach mit Chris' Schlüssel und einem Schlüssel der Bank aufschloß, warf Chris einen kurzen Blick in den riesigen Spiegel am Ende des Korridors. Er mochte keine Spiegel. Oft waren sie gleichzeitig Fenster. Er wandte dem Spiegel den Rücken zu, als er aus der Hand des Bankangestellten einen verschlossenen Behälter entgegennahm und damit in eine Kabine ging.

Sobald er die Tür hinter sich geschlossen hatte, suchte er die Decke nach einer verborgenen Kamera ab. Zufrieden öffnete er den Behälter. Die handschriftliche Nachricht war verschlüsselt. Sinngemäß besagte sie: *Santa Fé Telefonzelle. Sherman und Grant.* Er prägte sich eine Nummer ein. Nachdem er

126

den Zettel mit der Nachricht zerrissen und die Fetzen in den Behälter zurückgelegt hatte, entnahm er ihm eine Mauser und steckte sie sich unter seiner Jacke am Rücken in den Hosenbund. Die zweitausend Dollar, die er für den Notfall in dem Behälter hinterlegt hatte, steckte er in seine Hosentasche.

6

Während der Geschäftsmann seinen Salat aß, ließ er den Eingang der Bank nicht eine Sekunde aus den Augen. Das Roquefort-Dressing schmeckte lasch. Ein Ford-Lieferwagen hielt genau vor dem Fenster und versperrte ihm die Sicht. Die Sonne brach sich in seiner Windschutzscheibe.

Der Geschäftsmann schluckte krampfhaft. Los, mach schon. Beeil dich ein bißchen. Hau endlich ab mit deiner Scheißkiste.

Er stand auf, um an dem Lieferwagen vorbeisehen zu können. Seine Hand fuhr in seine Tasche und drückte dreimal auf den Sendeknopf.

Remus verließ die Bank.

7

Chris steckte den Stadtplan von Santa Fé in seine Jackentasche zurück, als er die Telefonzelle an der Kreuzung von Sherman und Grant Street betrat. Auf der Straße herrschte reger Verkehr. Vor den Schaufenstern der exklusiven Boutiquen flanierten zahlreiche Passanten auf und ab. Kaum hatte er die Tür der Zelle hinter sich zugezogen, waren die Straßengeräusche nur noch gedämpft wahrnehmbar. Obwohl er nicht lächelte, fand er es doch einen guten Witz von Saul, daß er diesen Ort wohl wegen der Kombination der zwei Straßennamen – sie waren auf zwei Generale aus dem Bürgerkrieg zurückzuführen – gewählt hatte. Bald werden wir uns wiedersehen, dachte Chris. Seine Brust weitete sich, aber er durfte sich durch seine Vorfreude nicht ablenken lassen. Er steckte ein paar Münzen in den Schlitz und wählte die Nummer, die er sich eingeprägt hatte. Eine auf Band gesprochene Stimme teilte ihm mit, daß es zwei Uhr sechsundvierzig war. Falls ein Gegner Chris überwältigt und gezwungen haben sollte, ihm den Inhalt der Nachricht im Schließfach mitzuteilen, würde der Betreffende nicht verstehen, was die Zeitansage zu bedeuten hatte. Wenn er Chris nicht am Leben gelassen haben sollte, um ihm weitere Fragen stellen zu können, würde er nie erfahren, daß die jeweilige Zeit nicht das geringste zu bedeuten hatte. Der Umstand, daß auf den Anruf hin die Zeit durchgesagt wurde, war für Chris ein geheimes Zeichen, die Wände der Telefonzelle näher zu untersuchen. Unter den zahlreichen Schmierereien würde er dort eine Nachricht an Roy Palatsky finden – einen Jungen, den er und Saul aus dem Waisenhaus kannten. Chris wandte sofort seinen Blick ab. Falls er trotz aller Vorsichtsmaßnahmen beschattet wurde, wollte er sich sein Interesse für die Kritzeleien an der Wand der Telefonzelle nicht anmerken lassen. Die an Roy Palatsky gerichteten Obszönitäten stellten einen verschlüsselten Hinweis dar, wo Chris Saul treffen würde.

8

»Er hat telefoniert«, gab der Geschäftsmann über das abhörsichere Telefon durch. »Sicher ist ihm jetzt der genaue Ort durchgegeben worden. Jetzt könnten wir ihn uns schnappen.«

»Warten Sie noch. Ein Anruf ist zu offensichtlich.« Eliots Stimme klang dünn und zerbrechlich aus seinem Treibhaus in Falls Church, Virginia. »Diese beiden Männer verfügen über Privatcodes, die in die Zeit zurückreichen, als sie fünf Jahre alt waren. Dieser Anruf war eher ein Bluff, um Sie dazu zu verleiten, sich frühzeitig zu zeigen. Was ist, wenn er dort nur neue Ortsangaben erhalten hat, um sich noch einmal andere Ortsangaben durchgeben lassen zu können? Kommen Sie ihm nicht in die Quere. Die einzige Möglichkeit, Romulus zu schnappen, ist, Remus zu folgen. Lassen Sie sich also unter keinen Umständen von ihm sehen.«

9

Chris flog höher, umrundete eine Wolkenbank und betrachtete die Berge unter sich. So weit er sehen konnte, erstreckten sich schneebedeckte Gipfel, verbunden durch sattelartige Grate, von denen sich ein Geäder von Schluchten ins Tal hinab verzweigte. Er stellte die gemietete Cessna auf Autopilot, während er die topographische Karte studierte und ihre Konturen mit dem zerklüfteten Gelände unter sich verglich. Täler wechselten sich mit Bergen ab. Wasserläufe schossen in die Tiefe.

Die verschlüsselte Nachricht an der Wand der Telefonzelle hatte genaue Längen- und Breitenangaben beinhaltet sowie detaillierte Anweisungen, wie er den angegebenen Ort erreichen konnte. Er hatte sich in die Bibliothek von Santa Fé begeben, wo er herausgefunden hatte, daß die Koordinaten sich auf ein Stück verlassener Bergwildnis in Colorado nördlich von Santa Fé bezogen. Am Flughafen von Santa Fé ein Flugzeug zu mieten, war nicht weiter schwer gewesen. Er hatte seinen auf einen falschen Namen ausgestellten Flugschein vorgezeigt, eine Kaution hinterlegt und sich versichern lassen. Er hatte angegeben, daß er nach Denver zu fliegen und in drei Tagen wieder zurückzukehren beabsichtigte. Aber einmal in der Luft, war er mehr und mehr von seiner offiziellen Flugroute abgewichen und nach Nordwesten abgedreht, wo ihn die durch die Koordinaten bezeichnete Wildnis erwartete.

Der Himmel war strahlend blau. Er fühlte sich gut. Die Cockpitabdeckung dämpfte das Dröhnen des Motors. Er verglich ein tief eingeschnittenes, langes Tal mit einem ähnlichen Eintrag auf der Karte und sah dann in der Ferne vor ihm ein zweites Tal auftauchen, in dessen ovalem Grund ein See lag. Seine Koordinaten kreuzten sich unweit des Sees. Er war fast am Ziel. Nachdem er den Himmel ringsum abgesucht hatte, stellte er zufrieden fest, daß nirgendwo ein Flugzeug zu sehen war. Er mußte lächelnd an Saul denken.

Doch im nächsten Augenblick konzentrierte er sich bereits wieder voll auf sein Vorhaben. Er schnallte sich den sperrigen Fallschirm um. Das Flugzeug rauschte näher auf das Tal zu. Er steuerte auf einen Berg hinter dem See zu, arretierte die Bedienungselemente und öffnete die Ausstiegsluke, so daß das Dröhnen des Motors abrupt lauter wurde und der gewaltige Luftzug an ihm zerrte. Er hatte Mühe, die Luke gegen den Luftwiderstand aufzustemmen.

Sich mit den Schuhen von der Maschine abstoßend, sprang er an den Tragflächenverstrebungen vorbei in die Tiefe. Der Luftzug zog und zerrte an ihm. Sein Magen stieg nach oben. Heftige Windstöße preßten ihm die Brille gegen das Gesicht. Inzwischen konnte er die Maschine schon nicht mehr hören. Das einzige Geräusch, das er noch wahrnahm, war das Sausen seines Falls – und ein Dröhnen in seinen Ohren. Sein Helm drückte gegen seinen Schädel. Die Kleider schnalzend, Arme und Beine der Balance wegen weit von sich gestreckt, stürzte er, waagrecht in der Luft liegend, in die Tiefe, so daß die Landschaft unter ihm zunehmend vergrößert erschien. Der See unter ihm wuchs an. Doch bald verfiel er in einen beglückenden, fast betäubenden Zustand von Stagnation. Wenn er die Augen schloß, kam ihm jedes Gefühl dafür ab, daß er fiel. Es war eher, als hinge, schwebte er vollkommen entspannt in der Luft. Während der Fallschirmspringerausbildung hatten ihn seine Ausbilder vor diesem trügerischen, höchst gefährlichen Gefühl gewarnt. Durch die fast sexuelle Massage des Windes in Hypnose versetzt, warteten manche Fallschirmspringer zu lange, bis sie die Reißleine zogen.

Chris konnte den Reiz des Schwebens durchaus verstehen. Während er seinem ersten Sprung noch mit gemischten Gefühlen entgegengesehen hatte, hatte ihn danach die Faszination des Fallschirmspringens gepackt. Nun wurde allerdings seine Freunde durch sein Verlangen, bei Saul zu sein, gedämpft. Begierig zog er die Reißleine und wartete, bis er spürte, wie der Fallschirm aufging und ein plötzliches, heftiges Rucken ihm anzeigte, daß die gewaltigen Stoffbahnen sie zu voller Blüte entfaltet hatten und sein Gewicht trugen. Der Fallschirm hatte ihm keine Sorge bereitet. Am Abend zuvor, nachdem er ihn im örtlichen Fallschirmspringerclub gekauft hatte, hatte er ihn noch einmal sorgfältig ausgebreitet und selbst zusammengelegt. Es gab keinen Menschen, dem er diese Aufgabe anvertraut hätte; ebensowenig hätte er jemand anderen eine Waffe für sich reinigen und laden lassen. Im Wind schaukelnd, sah er zu dem Berggipfel hinter dem See hinüber, auf den die Autopilotanlage nun sein Flugzeug zusteuerte. Er zog an den Fallschirmleinen und neigte sich nach rechts hinüber, um sich weg vom See auf eine Wiese zuzumanövrieren. Von zwei steilen Felswänden eingerahmt, entdeckte er auf der Anhöhe eines von Fichten bestandenen Abhangs eine Blockhütte.

Die Wiese unter ihm wurde abrupt größer. Als er darauf aufsetzte, schien sie mit einemmal auf ihn zuzuschwappen. Die Wucht des Aufpralls fuhr durch seine gebeugten Knie, und im nächsten Augenblick ließ er sich auch schon seitlich abrollen, um den Stoß gleichmäßig auf Hüfte, Oberkörper und Schulter zu verteilen. Der Fallschirm bauschte sich im Wind und zerrte ihn noch ein Stück über die Wiese. Er sprang auf und zog die Fallschirmleine zu sich heran, während er gleichzeitig auf die im Wind schnalzende Nylonleinwand zurannte, um den Fallschirm zu Boden zu drücken und die Angriffsfläche des Winds zu verringern.

»Du scheinst nicht mehr so ganz in Übung zu sein«, ertönte eine rauhe Stimme unter den Fichten hervor.

Chris erkannte sie sofort. In gespieltem Ärger drehte er sich herum. »Bilde dir bloß nichts ein! Glaubst du etwa, du könntest es besser?«

»Na, das möchte ich wohl meinen. So eine miese Landung habe ich schon lange nicht mehr gesehen.«

»Der Wind war gegen mich.«

»Faule Ausreden«, ließ die Stimme nicht locker. »Typisches Kennzeichen eines Amateurs.«

»Und diese blöde Rumkrittelei ist das typische Kennzeichen eines undankbaren Dreckskerls. Wenn du nicht ständig am Quatschen wärst, könntest du vielleicht mal rauskommen und mir helfen.«

»Das ist eindeutig nicht der harte Bursche, den ich mal kannte.«

»Hart oder nicht hart – jedenfalls bin ich noch das beste, was du je als so eine Art Bruder kriegen wirst.«

»Wer wird denn gleich streiten. Ich liebe dich doch auch trotz all deiner Fehler und Schwächen.«

Chris' Kehle schmerzte vor Zuneigung. »Wenn du schon so verdammt sentimental bist, warum zeigst du dich dann nicht?«

»Weil ich eben immer meinen großen Auftritt haben muß.«

Ein stämmiger, dunkelhaariger Mann trat gemächlich unter den Bäumen hervor. Eins achtzig groß, muskelbepackt, markante Gesichtszüge. Seine dunklen Augen strahlten, als er grinste. Er trug hochgeschnürte Stiefel, verblichene Jeans und ein grünes Wollhemd, dessen Farbe hervorragend zu den Fichten paßte. Außerdem hielt er eine Springfield-Büchse in der Hand. »Acht Jahre ist es nun schon her, daß wir uns das letzte Mal gesehen haben, Chris. Mein Gott, was ist nur mit uns los? Wir hätten uns nie trennen lassen sollen.«

»Tja, der Beruf.«

»Der Beruf?« entgegnete Saul bitter. »Wir lassen uns nur davon ruinieren.«

Im Laufen seinen Fallschirm zusammenfaltend, eilte Chris auf Saul zu. Es gab so viel zu fragen, so viel zu fragen. »Was ist passiert? Warum wollen sie dich aus dem Weg räumen?«

»Der Beruf«, sagte Saul von neuem. »Nur hat er sich diesmal gegen mich gewendet.«

»Wer steckt dahinter?« Chris hatte ihn fast erreicht.

»Kannst du dir das nicht denken? Der Mann, von dem wir es am letzten erwartet hätten.«

»Aber das ist doch vollkommen unmöglich!«

»Ich werde es dir beweisen.«

Aber plötzlich war nur eines von Bedeutung. Chris ließ den Fallschirm fallen und starrte in Sauls kantiges, schönes Gesicht. Kaum mehr fähig zu atmen, breitete er seine Arme aus und schlang sie um ihn. Beide drückten sich so fest, als wollten sie des anderen Brust und Rücken und Muskeln zerquetschen, als könnten sie dadurch das Leben des anderen in sich aufnehmen.

Fast hätte er losgeweint.

Ihre Umarmung wurde unterbrochen. Abrupt drehten beide sich herum und spähten durch eine Öffnung zwischen den Fichten zu der Explosion hinüber, deren Krachen das Tal erfüllte. Das Flugzeug, mit dem Chris hierher geflogen war, war an dem Berg zerschellt.

10

»Nein, du täuschst dich! Er hat nichts gegen dich!« Seinen Fallschirm, den Helm und die Brille an sich gepreßt, rannte Chris den Pfad durch die Fichten den Abhang hinauf. »Er hat mich gebeten, dich zu suchen!«

»Warum?«

»Um dir zu helfen! Um dich in Sicherheit zu bringen!«

»Warum?« wollte Saul neuerlich wissen.

»Das ist doch ganz klar. Der Maulwurf hat immer wieder Eliots Anweisungen an dich abgefangen.«

»Der Maulwurf«, schnaubte Saul verächtlich. »Ist es das, was Eliot dir gesagt hat?«

»Er hat gesagt, die einzige Möglichkeit, dich in Sicherheit zu bringen, bestünde darin, wenn ich ganz allein vorginge.«

»Er hätte es nicht geschafft, mich zu finden, aber er wußte, daß ich mich mit dir in Verbindung setzen würde. Du solltest ihn auf meine Spur bringen.«

Aus dem schattigen Dunkel des Waldes sah Chris die von der Sonne hell beschienene, kleine Hütte auftauchen; ihre Wände waren mit Lehm beworfen, ihr Dach neigte sich den V-förmig dahinter aufsteigenden Felswänden zu. »Wie hast du diesen Platz ausfindig gemacht?«

»Ich habe die Hütte selbst gebaut. Du hast dich ins Kloster zurückgezogen. Ich habe meine Hütte.«

»Aber dazu mußt du doch...«

»Ja, sie hat mich Monate harter Arbeit gekostet. Und natür-

133

lich über die Jahre verteilt. Nach jedem erledigten Auftrag, wenn Eliot mich nach Wyoming oder Colorado geschickt hat, habe ich mich davongestohlen und bin hierher gekommen. Man könnte das hier mein Zuhause nennen.«

Chris folgte ihm über die grasbewachsene Lichtung. »Bist du auch sicher, daß niemand von deiner Hütte weiß?«

»Absolut.«

»Woher willst du diese Sicherheit nehmen?«

»Weil ich noch am Leben bin.« Saul warf einen Blick ins Tal hinunter. »Beeil dich. Wir haben nicht viel Zeit.«

»Wofür? Ich verstehe nicht recht, was du eigentlich meinst.« Verwirrt trat Chris aus der hellen Sonne in das schattige Halbdunkel der Hütte. Er fand keine Gelegenheit, die einfache, selbstgemachte Einrichtung zu bewundern. Saul führte ihn an dem Schlafsack auf dem Boden vorbei zu einer grob zusammengezimmerten Tür in der Rückwand. Als Saul sie öffnete, drang Chris die kühle, feuchte Luft eines unterirdischen Gangs entgegen.

»Ein Bergwerksschacht.« Saul deutete in das Dunkel. »Deshalb habe ich die Hütte genau hier gebaut. Ein Fuchsbau sollte zwei Löcher haben.« Er wandte sich der Feuerstelle zu. Mit einem Streichholz zündete er das Reisig unter den Holzscheiten an. Das Reisig war trocken, aber die Scheite standen noch in vollem Saft. Die Flammen breiteten sich aus und ließen dicken Qualm den Kamin hochsteigen. »Vermutlich wird der Rauch gar nicht nötig sein. Aber sicher ist sicher. Laß deinen Fallschirm hier. Da ist eine Taschenlampe.« Saul führte Chris in den Schacht.

Im Lichtschein der Taschenlampe konnte Chris seinen beschlagenen Atem sehen. Schwere Holzbalken stützten die Decke des Gangs. Gegen die Wand zu ihrer Linken waren eine alte Spitzhacke und eine Schaufel gelehnt. Daneben stand ein rostiger Schubkarren. Saul fuhr mit der Hand über eine metallisch schimmernde Stelle in dem feuchten, kalten Gestein. »Silber. Allerdings ist nicht mehr viel davon übrig.«

Der Schein der Taschenlampe fiel auf das Ende des Gangs. »Hier. Jetzt werden wir ein wenig klettern müssen.« Saul quetschte sich durch einen Spalt im Fels. Dann faßte er mit den Händen nach oben, stemmte seinen Fuß gegen einen kleinen Vorsprung und zog sich nach oben.

Chris folgte ihm. Er schürfte sich in der schmalen Felsspalte den Rücken auf. Das Gestein fühlte sich glitschig an. Er mußte die Taschenlampe in die Hosentasche stecken. Doch gleichzeitig wurde ihm bewußt, daß er sie nicht mehr länger brauchen würde. Über ihm stach ihm ein schmaler Lichtstreifen in die Augen – hoch über ihm. Saul lehnte sich gegen einen Felsvorsprung über ihm und verdeckte das Licht. Als Saul seine Stellung veränderte, konnte Chris das Licht wieder sehen. »Glaubst du, daß mir jemand gefolgt ist?«

»Natürlich.«

Chris tastete nach einem Felsvorsprung. »Ich bin sicher, daß mir niemand gefolgt ist.«

»Das Überwachungsteam setzt sich bestimmt aus Eliots besten Leuten zusammen.«

Der Felsbrocken, an dem Chris Halt gefunden hatte, löste sich und polterte in die Tiefe. Er erstarrte für einen Moment. »Aber es weiß doch niemand, daß ich nach dir suche.«

»Doch. Eliot weiß es.«

»Wie kannst du von Eliot nur so etwas denken. Außer dir ist er der einzige Mensch, dem ich vertraue.«

»Genau das ist dein Fehler. Und auch meiner.« Saul klang bitter. Seine Silhouette verschwand unter dem schmalen Lichtstreifen.

Chris kletterte höher. Der Lichteinfall wurde stärker, intensiver. Schwitzend wand er sich aus dem Spalt und blieb auf einer trichterförmigen Felsplatte liegen, deren verwitterte, geglättete Oberfläche die Sonne aufgewärmt hatte. Er beobachtete Saul, der, verdeckt von einem Salbeibusch, über ihm kauerte und in das Tal hinabspähte. »Aber ich habe kein anderes Flugzeug gesehen.«

»Hast du auch nach oben geschaut?« hielt ihm Saul entgegen. »Was wäre zum Beispiel mit einer Aufklärungsmaschine in zwölftausend Metern Höhe? Deine Verfolger hätten dir in gebührendem Sicherheitsabstand außer Sicht-

135

weite folgen können, bis sie die entsprechenden Anweisungen erhalten hätten.«

Chris kroch dichter an Saul heran und verbarg sich ebenfalls hinter dem Salbei. »Du hast mich doch eigens hierher kommen lassen«, platzte er wütend heraus. »Genauso gut hätten wir uns an jedem anderen Ort treffen können.«

»Natürlich. Aber hier kann ich dich mit Hilfe der entsprechenden Sicherheitsvorkehrungen vielleicht endlich überzeugen. Ich mußte es dir einfach beweisen.«

»Was?«

»Ich glaube, das weißt du sehr wohl.«

Chris vernahm ein fernes Brummen, gefolgt von einem zweiten, einem dritten und einem vierten. Verstärkt durch das von den steilen Felswänden widerhallende Echo, wurde das Geräusch zunehmend lauter. Über einen Paß in der Ferne sah er blitzende kleine Punkte näher schweben. Hubschrauber. Hueys. Vier insgesamt. Unwillkürlich an Vietnam erinnert, stieß er hervor. »Mein Gott.«

Unter ihnen stieg dicker Rauch aus dem Schornstein der Hütte auf. Die Hubschrauber schwebten in Angriffsformation näher. Der erste feuerte eine Rakete ab. Unter lautem Zischen schoß das Geschoß auf die Hütte zu, um kurz davor auf der Lichtung zu explodieren. Unter ohrenbetäubendem Krachen spritzten Gesteinsbrocken und Erdklumpen davon. Auch die anderen Hubschrauber feuerten im Näherkommen Raketen ab.

Über ihrem Zischen konnte Chris das wiederholte Knattern von Maschinengewehren hören. Die Hütte flog in die Luft. Das Krachen der gewaltigen Explosionen hallte von den Wänden des Tals wider. Die Hubschrauber schwebten näher und nahmen den Krater, wo eben noch die Hütte gestanden hatte, unter schweren Beschuß. Selbst hier oben auf dem Felsen dröhnten Chris' Ohren von dem Getöse.

Die Hubschrauber schwenkten von den brennenden Trümmern der Hütte ab und flogen dicht über die Wipfel der Fichten hinweg auf die Wiese am Ufer des Sees zu. Ihre Rotoren blitzten in der Sonne, als sie fünf Meter über der Wiese zum Stillstand kamen. Aus jedem Hubschrauber senkte sich ein Seil zum Boden hinab. In jeder Ausstiegluke erschien ein Mann in einem Tarnanzug, ein automatisches Gewehr um die Schulter geschlungen. Wie Spinnen ließen sich darauf mehrere Männer von den Hubschraubern an einem Seil auf die Wiese hinab. Dort angelangt, nahmen sie ihre Gewehre von der Schulter und bildeten, ihre Rücken dem See zugewandt, einen Halbkreis. »Wie im Lehrbuch«, bemerkte Chris bitter.

»Sie sind nicht sicher, ob wir auch tatsächlich in der Hütte waren. Sie können nicht wissen, ob wir nicht doch noch eine Bedrohung für sie darstellen. Wie viele sind es?«

»Sechzehn.«

»Schau mal.« Saul deutete auf einen Mann, der aus einem der Hubschrauber einen Hund zu Boden ließ. Kurz darauf wurde aus einem anderen Hubschrauber ein zweiter Hund zu Boden gelassen. Auf der Wiese hängten zwei Männer ihre Gewehre wieder um und nahmen sich der Hunde an. Nachdem die Hubschrauber ihre Fracht abgesetzt hatten, zogen sie sich in das hintere Ende des Tals zurück.

Jede Elitetruppe bevorzugte eine andere Rasse. Die Navy Seals setzten zum Beispiel Jagdhunde ein. Die Rangers hatten Dobermänner. »Schäferhunde. Eine Sondereinheit.« Chris' Kehle fühlte sich wie ausgedörrt an.

Gefolgt von ihren Führern, rannten die Hunde auf die Bäume zu. Die anderen beiden Männer gaben ihnen mit ihren Gewehren Feuerschutz. Dann rannte eine Vierergruppe auf den Waldrand zu, gefolgt von einer Fünfergruppe und noch einer Fünfergruppe.

Chris behielt die Bäume im Auge und wartete, daß die Männer dort auftauchten. »Wir haben keine Chance. Ich habe nur diese Mauser und du nur die Springfield. Doch selbst wenn wir angemessen bewaffnet wären...«

»Es wird nicht zum Kampf kommen.«

»Aber die Hunde werden im Schacht auf unsere Fährte stoßen.« Chris drehte sich nach der trichterförmigen abfallenden Felsplatte hinter ihnen um und beobachtete die Öffnung, durch die sie geklettert waren. »Die Männer werden herausfinden, wohin wir geflohen sind. Sie werden die Hubschrauber verständigen, damit sie uns hier oben unter Beschuß nehmen. Dann werden sie selbst hochklettern und uns den Rest geben.«

»Glaub mir, wir haben nichts zu befürchten.«

Chris wollte eben den Mund aufmachen, um Einspruch zu erheben, erstarrte dann aber, als Saul abrupt auf die Bäume deutete. Ein Mann war unter ihnen hervorgetreten. Vermutlich wollte er sie dazu verführen, ihn zu beschießen, damit die anderen wußten, aus welcher Richtung die Gefahr drohte. Während der Lockvogel sich den rauchenden Trümmern der Hütte näherte, zeigte sich ein zweiter Mann, gefolgt von einem dritten. »Sie scheinen sich ihrer Sache sehr sicher zu sein. Die Hunde müssen unserer Spur direkt bis zur Hütte gefolgt sein.« Saul beobachtete, wie der erste Mann auf die Felswand hinter den verkohlten Balken der Hütte deutete. »Er hat den Schacht entdeckt.«

»Wir müssen weg von hier.«

»Noch nicht.«

»Um Himmels willen...«

Fünf Männer schlossen sich dem ersten an. Vorsichtig näherten sie sich der Felswand. Chris konnte sie nun vom oberen Rand der Felswand nicht mehr sehen. Knatternd schwebten die Hubschrauber in sicherer Entfernung weiter über dem Tal. Saul kroch zurück. An der Einstiegsöffnung in den Felsspalt angekommen, hielt er inne und lauschte hinab, wobei er sorgsam darauf achtete, daß er von unten nicht gesehen werden konnte. Chris beobachtete ihn stirnrunzelnd.

Plötzlich grinste ihm Saul zu und deutete auf die Geräusche, die aus der Felsspalte drangen. Chris konnte Sauls Zufriedenheit erst nicht verstehen. Doch als Saul einen kleinen Sender aus seiner Tasche zog und auf einen Knopf drückte, begriff er.

Seine Arme um seinen Oberkörper geschlungen, spürte Chris den Fels erzittern. Ein lautes Dröhnen schoß aus dem Schacht hoch. Er wirbelte herum und spähte zu den Trümmern der Hütte hinunter. Felsbrocken flogen über die Lichtung. Staub wirbelte auf.

»Sechs sind erledigt. Also haben wir es nur noch mit zehn zu tun«, triumphierte Saul.

»Du hast mehrere Sprengstoffladungen im Schacht angebracht.«

»Eliot hat uns immer eingeschärft, den Fluchtweg gut abzusichern. Jetzt wende ich seine eigenen Regeln gegen ihn. Habe ich dich nun endlich überzeugt, daß er es auf mich abgesehen hat?«

Chris nickte gequält und starrte auf die Bäume unter ihnen hinab. Die anderen Männer stürzten vom Waldrand über die von Gesteinsbrocken übersäte Lichtung auf den Eingang des Schachts zu. »Außer ihm wußte niemand, daß ich dich gesucht habe. Er hat mich hintergangen.« Sein Magen fühlte sich plötzlich wie aus Eis an. »Er hat auch mich zu töten versucht. Aber warum nur, verdammt noch mal? Er ist doch wie ein...«

»Ich weiß. Er ist fast wie ein Vater für uns.«

Auf der Lichtung gab ein Mann über Funk Anweisungen durch. Die Hubschrauber verließen plötzlich ihre Position im hinteren Ende des Tals und schwebten auf die Lichtung zu. Das Knattern ihrer Rotoren wurde rasch lauter. Am Waldrand standen die Schäferhunde bereit.

»Gut«, sagte Saul. »Jetzt sind diese Männer nahe genug am Schachteingang. Los, hauen wir ab von hier.« Er kroch zurück. Chris folgte ihm und beobachtete, wie Saul erneut auf einen Knopf seines Senders drückte. »Ich habe noch eine Überraschung für sie parat.« Chris hörte in der unvermittelten Explosion von der Felswand hinter ihm seine Worte kaum mehr. Die Druckwelle stieß ihn nach vorn und preßte gegen sein Trommelfell. Unter lautem Getöse stürzten nun die Erd- und Gesteinsmassen der Felswand auf die Männer auf der Lichtung hinab. Gleichzeitig hörte er ihre gellenden Schreie.

»Damit dürften wir uns auch den Rest vom Hals geschaffen haben«, erklärte Saul grimmig. Im Laufen ließ er den Sender fallen.

»Was ist mit den Hubschraubern?«

»Das wirst du gleich sehen.«

Sie rannten durch die Salbeibüsche. Chris' Speichel vermengte sich mit Staub; die Sonne ließ ihn die Augen zusammenkneifen. Während das Knattern der Hubschrauber unaufhaltsam näherrückte, fragte er sich, ob das kleine Plateau, auf dem sie sich befanden, auch auf der anderen Seite in einem Steilabfall enden würde. Statt dessen führte ihn Saul jedoch einen bewaldeten Abhang in ein anderes Tal hinunter. Im schattigen Schutz der Bäume spürte Chris den Schweiß auf seiner Stirn kühler werden.

»Die Hubschrauber werden sich erst noch über ihr Vorgehen klarwerden müssen«, stieß Saul keuchend hervor. »Einer wird vermutlich auf der Lichtung unten landen, um nach Überlebenden zu suchen.«

»Blieben also noch drei.« Der von Fichtennadeln übersäte Waldboden dämpfte Chris' Schritte.

»Sie werden davon ausgehen, daß wir uns auf das Plateau zurückgezogen haben. Deshalb werden sie jetzt in dieses Tal fliegen.«

»Zu Fuß können wir unmöglich weg, bevor sie Verstärkung angefordert haben. Sie werden noch mehr Hunde einfliegen, um uns aufzuspüren.«

»Ganz richtig.« Saul hatte die Talsohle erreicht, durchquerte spritzend einen Bach und stürmte auf der anderen Seite die Böschung hinauf. Chris folgte ihm. Seine nassen Hosenbeine klebten kalt an seinen Schenkeln. Vor ihm blieb Saul im dichten Unterholz stehen. Er zerrte an ein paar kreuz und quer übereinandergetürmten Baumstämmen und Ästen. »Schnell. Hilf mir.«

Chris stemmte die schweren Stämme zur Seite. »Aber wozu das Ganze?« Und dann plötzlich begriff er. Er zerrte einen vermoderten Stamm beiseite, so daß darunter ein Stück Plastikfolie zum Vorschein kam, unter dem er einen sperrigen Gegenstand ausmachte. Bevor er fragen konnte, was unter der Plane war, zog Saul sie beiseite.

Fast hätte Chris laut losgelacht. Eine Geländemaschine mit dicken Reifen und hoher Federung. »Aber wie hast du die...?«

»Damit bin ich immer hierhergekommen. Ich wollte sie

140

nicht in der Nähe der Hütte abstellen.« Saul befreite das Motorrad endgültig von den tarnenden Ästen. Er deutete zwischen den Fichten hindurch. »Dort drüben ist ein Pfad, der quer durch das Tal führt.« Er blickte sich in der Richtung um, aus der das Knattern der Hubschrauber näherkam. »Sie werden sich aufteilen, um verschiedene Abschnitte des Tals abzusuchen.«

Chris half Saul mit dem Motorrad. »Wegen des Rotorenlärms werden sie uns selbst mit dem Motorrad nicht hören können. Solange wir unter den Bäumen bleiben, werden sie uns also nicht entdecken.«

»Steig auf.« Saul steckte den Zündschlüssel ins Schloß und trat auf den Kickstarter. Der Motor spuckte ein paarmal. Als Saul den Anlasser neuerlich trat, röhrte der Motor ohne Stottern los. »Hier, nimm das Gewehr.«

»Gegen einen Hubschrauber kommt man damit aber nicht an.«

Saul gab keine Antwort. Er zog die Kupplung, trat auf den Schalthebel und gab Gas. Das Motorrad schoß holpernd über das unebene Gelände davon. Dicht an Sauls Rücken gedrängt, konnte Chris sich ein Grinsen nicht verkneifen, als sie durch das Bäumelabyrinth kurvten. Schatten zuckten an ihnen vorbei. Auf dem Pfad fuhr Saul schneller. Der Fahrtwind im Gesicht erinnerte Chris unwillkürlich an seine Kindheit, und er hätte fast laut losgelacht.

Als er plötzlich direkt über sich ein lautes Dröhnen hörte, erstarrte er unwillkürlich. Als er einen kurzen Blick nach oben warf, sah er gerade noch einen grotesken Schatten über eine freie Stelle zwischen den Bäumen hinwegschießen. Der Pfad führte eine Böschung hinauf. Oben angelangt, raste Saul über eine winzige Lichtung. Chris warf einen Blick zurück auf das Tal. Er sah zwei Hubschrauber, die gerade voneinander abschwenkten, um den mittleren und hinteren Abschnitt des Tals abzusuchen. Der Hubschrauber, der gerade über sie hinweggerauscht war, hatte sie offensichtlich übersehen.

Der Pfad führte nun wieder nach unten. Sicher lenkte Saul die Maschine durch die zahlreichen Kurven und Biegungen.

Chris hörte den Hubschrauber zurückkommen. »Sie haben umgedreht. Offensichtlich ist ihnen irgend etwas aufgefallen.«

Der Pfad mündete in einen Wiesenstreifen, der sich von einer Seite des Tals zur anderen erstreckte.

Saul hielt an. »Wenn wir da rüber wollen, sehen sie uns. Trotzdem können wir nicht hierbleiben. Wenn wir warten, bis es dunkel wird, haben sie in der Zwischenzeit ein weiteres Team mit Hunden eingeflogen.«

Über ihnen peitschte der Luftzug von den Rotoren des Hubschraubers die Baumwipfel. Chris bereitete sich unwillkürlich auf die ersten Maschinengewehrsalven vor.

Saul nahm ihm die Springfield ab. »Ich war mir nicht sicher, wie sie mich jagen würden. Zu Fuß oder mit Hubschraubern.« Er ließ die Ladung des Gewehrs herausschnellen und ersetzte sie durch ein Magazin, das er aus seiner Tasche holte. Dann lud er durch.

Als nächstes gab er Gas und raste unter den Bäumen hervor über den Grasstreifen. Chris blickte sich um und sah, wie der Hubschrauber wendete und auf sie zukam. »Sie haben uns entdeckt!«

Saul riß den Lenker herum und steuerte die Maschine wieder in den Schutz der Bäume zurück. Maschinengewehrsalven durchpflügten den Boden. Der Hubschrauber schwebte direkt über ihnen, so daß er mit seinen obszönen Umrissen die Sonne verdeckte. Doch einen Augenblick später stach die Sonne wieder auf sie herab. Saul raste in den Wald zurück, sprang ab und richtete das Gewehr durch die Zweige der Fichten hindurch auf den Hubschrauber, als dieser über dem Grasstreifen zu einer scharfen Kehre ansetzte.

»Mit einer Springfield holst du doch keinen Hubschrauber runter«, brüllte Chris verzweifelt.

»Mit der schon.«

Mit entblößtem Bauch schoß der Hubschrauber, einen tödlichen Geschoßhagel vor sich her sendend, auf die Bäume zu. Saul drückte den Abzug der Springfield und fing den gewaltigen Rückstoß auf. Verdutzt sah Chris den Treibstofftank des Hubschraubers explodieren. Seine Augen abschirmend,

142

sprang er in Deckung. Trümmer des Rumpfs und der Kanzel, Streben und Rotorenteile stoben aus einem röhrenden Feuerball unter lautem Krachen in allen Richtungen über den Grasstreifen davon. Die Masse des Rumpfs hing einen Moment bedrohlich schräg in der Luft, um dann abrupt auf dem Boden aufzuschlagen.

»Ich habe den Kern des Geschosses entfernt«, erklärte Saul. »Dann habe ich es mit Phosphor gefüllt und das Loch verstopft, damit es nicht durch die Luft in Brand gerät.«

»Die anderen Hubschrauber...«

»Sie werden in dieser Richtung weitersuchen. Wir fahren in die andere Richtung zurück, wo sie bereits nach uns gesucht haben.«

Saul richtete das Motorrad wieder auf. Chris stieg rasch auf. Sie fuhren den Pfad wieder zurück. Zwanzig Sekunden später kamen die restlichen zwei Hubschrauber auf die Überreste des brennenden Wracks auf der Wiese zugeschossen.

11

Eliots Finger krampften sich um den Hörer des Telefons in seinem Treibhaus. Sein hoch aufgeschossener, hagerer Körper sank noch stärker vornüber; seine Stirn schmerzte. »Ich habe verstanden«, stieß er ungeduldig hervor. »Nein, ich möchte keine Entschuldigungen hören. Sie haben versagt. Das ist das einzige, was zählt; nicht, warum Sie versagt haben. Sehen Sie zu, daß Sie Ihren Fehler wieder gutmachen. Bringen Sie weitere Teams zum Einsatz. Und bleiben Sie ihnen weiter auf den Fersen.« Er trug auch jetzt seinen schwarzen Anzug mit der Weste. Allerdings hatte er sich noch eine Arbeitsschürze umgebunden. »Natürlich, aber ich habe Ihr Team gleich stark eingeschätzt. Offensichtlich habe ich mich in diesem Punkt jedoch getäuscht. Glauben Sie mir, es tut auch mir leid.«

Nachdem er aufgehängt hatte, lehnte er sich gegen den Arbeitstisch im Treibhaus. Er war plötzlich so erschöpft, daß er fürchtete, seine Knie könnten jeden Augenblick unter ihm nachgeben.

Alles ging schief. Der Anschlag auf die Paradigm Foundation war erst so einfach erschienen. Es gab nur einen Mann, dem man die Schuld hierfür in die Schuhe schieben konnte. Und dieser Mann hätte nie mehr aussagen können, daß er auf Befehl gehandelt habe, sobald er bei dem Versuch, sich seinen Verfolgern zu entziehen, ums Leben gekommen wäre. Absolut simpel, dachte Eliot. Bis ins kleinste Detail vorbereitet und geplant. Seine Wahl war auf Saul gefallen, weil er Jude war und weil der Anschlag jemand anderem als Eliot zur Last gelegt werden mußte. Warum also nicht den Israelis? Er hatte Sorge getragen, daß bei Sauls vorhergehenden Aufträgen immer etwas schiefgegangen war – zum Beispiel tauchte plötzlich eine Putzfrau in einem Raum auf, in dem sie nichts zu suchen gehabt hätte –, um den Anschein zu erwecken, als stimmte mit Saul etwas nicht. Ihn zum Spielen nach Atlantic City zu beordern, hatte ebenfalls dem Zweck gedient, Saul zu kompromittieren. Saul sollte das Verhalten eines Agenten an den Tag legen, der den Belastungen seines Jobs nicht mehr standhielt und deshalb schleunigst aus den Reihen des Geheimdienstes entfernt werden hätte müssen. Ein sorgfältig ausgearbeiteter, genau durchdachter Plan.

Und doch war er schiefgegangen. Habe ich nach meiner langen Laufbahn ohne jeden Fehlschlag doch angefangen, nachlässig zu werden, dachte Eliot. Werde ich langsam doch alt? Habe ich mir fälschlicherweise eingeredet, Saul könnte tatsächlich nicht mehr auf der Höhe seines Könnens sein, weil ich seine letzten drei Aufträge sabotiert habe?

Was die Gründe hierfür auch sein mochten, sein Vorhaben war aufs ernsthafteste gefährdet. Mit Sauls Entkommen stand das Gelingen des Unternehmens auf Messers Schneide. Ständig erwuchsen neue Probleme, die mehr und mehr Aufmerksamkeit auf den Paradigm-Anschlag lenkten. Erst vor einer Stunde hatte das Weiße Haus angerufen – kein Adjutant, sondern der Präsident persönlich hatte ihm seinen Ärger zu verstehen gegeben, daß der Mord an einem seiner besten Freunde noch immer nicht gerächt war. Wenn alles nach Plan verlaufen wäre, wenn Saul zum Schweigen gebracht worden wäre, wäre der Präsident zufrieden gewesen und hätte seinen Groll den Israelis zugewendet, um sie für den Anschlag verantwortlich zu machen. Anstatt nun jedoch die Antworten zu bekommen, die er haben wollte, stellte der Präsident nur neue Fragen. Und diese Fragen wurden immer eindringlicher, bohrender. Sollte er je erfahren, wer den Anschlag tatsächlich angeordnet hatte...

Eliot entging die Ironie, die all dem zugrundelag, keineswegs. Indem er gegen den Vertrag verstoßen hatte, hatte Chris die unverzeihliche Todsünde begangen. Doch Saul, ohne dies zu wissen, hatte eine noch viel schlimmere Sünde auf sich geladen.

Doch ihr Geheimnis mußte unter allen Umständen gewahrt bleiben. Eliot griff erneut nach dem Hörer und wählte die Nummer seines Assistenten in Langley. »Geben Sie sofort folgende Nachricht an sämtliche Geheimdienste durch. KGB, MI-6 und so weiter. ›Betrifft: Abelard-Vertrag. Kirche des Mondes, Bangkok. Der in dieser Angelegenheit gesuchte Remus vom CIA in Colorado, USA, gesichtet.‹« Eliot gab seinem Assistenten die Koordinaten durch. »›Remus hat sich Liquidierung entzogen. Fordern Unterstützung an. Remus wird unterstützt von abtrünnigem CIA-Agenten Saul Grisman, Deckname Romulus. Bitte um Liquidierung von Romulus wie Remus.‹«

»Perfekt«, entgegnete der Assistent.

Während er den Hörer auflegte, nagten jedoch deutliche Zweifel an Eliot, ob dem wirklich so war. Seit die jüngsten Nachrichten aus Colorado eingetroffen waren, wurde er zum erstenmal von düsteren Vorahnungen beschlichen. Nicht nur, daß Saul entkommen war. Nun war auch noch Chris bei ihm. Eliot erbleichte. Da sonst niemand gewußt hatte, was Chris' Auftrag war, werden sie mich verdächtigen, dachte er. Sie werden wissen wollen, weshalb ich plötzlich hinter ihnen her bin.

Ich muß mich vor ihnen in acht nehmen!

Seine Hand zitterte, als er von neuem eine Nummer wählte. Es läutete so oft, daß er bereits befürchtete, niemand könnte an den Apparat kommen. Das Piepen im Hörer wurde unterbrochen; statt dessen meldete sich eine rauhe Stimme.

»Castor«, sagte Eliot. »Komm mit Pollux ins Treibhaus.« Er schluckte schwer. »Euer Vater braucht euch.«

12

Als der Mond aufging, verließen sie die Schlucht, in der sie die Geländemaschine unter Erde, Steinen und Zweigen vergraben hatten. Sie würden das Motorrad nicht mehr brauchen. Während die Dämmerung allmählich in Dunkel überging, hatten sie damit noch problemlos zwischen den Bäumen hindurchsteuern können. Selbstverständlich würden die Spürhunde eines neuen Suchteams die Maschine finden, aber bis dahin waren Chris und Saul längst über alle Berge. Im Mondlicht schlichen sie geduckt über eine Wiese, damit ihre Silhouetten nicht so leicht zu entdecken waren. Dahinter erreichten sie den Wasserlauf, den sie auf der Karte entdeckt hatten, als sie in der Dämmerung ihre weitere Fluchtroute geplant hatten. Ohne ein Wort zu sprechen, kletterten sie das felsige Gelände hoch. Sie blickten sich zwar kein einziges Mal um, lauschten jedoch ständig in das Tal hinter ihnen hinab, ob dort irgendwelche verdächtigen Geräusche zu hören waren. Seit dem Angriff auf Sauls Hütte hatten sie gut dreißig Kilometer zurückgelegt. Chris' Rückgrat schmerzte von der holpernden Fahrt auf der Geländemaschine. Die Anstrengung beim Klettern trug nun dazu bei, seine verspannten Muskeln wieder zu lösen.

Oben angelangt, legten sie sich zum Ausruhen in eine Felsmulde, in der sie nicht zu sehen waren. Nur der Mond beschien ihre schweißnassen Gesichter.

»Wenn wir hier in Vietnam wären, hätten wir keine Chance.« Saul sprach leise, um langsam wieder zu Atem zu kommen. »Sie würden uns ein Aufklärungsflugzeug mit einem Wärmesensor nachschicken.«

Chris war klar, daß das Problem mit einem Wärmesensor

war, daß er sowohl die Körpertemperatur von Menschen wie von Tieren registrierte. Um deshalb einen Wärmesensor sinnvoll einsetzen zu können, hatte man in Vietnam von Flugzeugen aus Gift versprüht, um sämtliche Tiere im Dschungel zu töten. Deshalb mußte es sich um einen Menschen handeln, wenn der Sensor eine Wärmequelle anzeigte. Chris mußte an die unnatürliche Stille eines Dschungels ohne Tiere denken. Doch hier gab es zum Glück zu viele Tiere, um einen Wärmesensor sinnvoll zum Einsatz bringen zu können. Um sie herum herrschte ein steter Geräuschpegel, der durchaus beruhigend auf Chris und Saul wirkte – das Rascheln von Laub, das Aneinanderstreifen von Zweigen. Rehe ästen. Stachelschweine und Dachse durchstreiften den Wald. Sollten diese Geräusche plötzlich verstummen, hatte das zu bedeuten, daß irgend etwas sie gewarnt hatte.

»Sie werden andere Suchteams einfliegen«, sagte Chris.

»Aber nur, um uns hier rauszutreiben. Sie werden uns am Fuß der Berge auflauern. Sie werden das ganze Gebiet im näheren Umkreis überwachen, jede Straße und jede Ortschaft. Früher oder später müssen wir schließlich diese Wildnis hier verlassen.«

»Aber sie können doch nicht das ganze Gebirge umzingeln. Sie müssen sich auf bestimmte Stellen konzentrieren. Die nächsten Ausläufer des Gebirges liegen südlich und westlich von hier.«

»Also schlagen wir uns nach Norden durch.«

»Wie weit?«

»So weit dies nötig ist. Schließlich fühlen wir uns hier in den Bergen wie zu Hause. Falls wir dem Frieden dort oben nicht trauen, können wir immer noch weiter nach Norden gehen.«

»Wir können das Gewehr nicht für die Jagd benutzen. Ein Schuß könnte ihnen unseren Standort verraten. Aber wir können Fische fangen. Und es gibt hier auch genügend Pflanzen – Mauerpfeffer, Bergsauerampfer und Knollengrenseln.«

Saul verzog das Gesicht. »Uh, Knollengrenseln. Na ja, ich

wollte sowieso etwas abnehmen. Zumindest können uns die Hunde keine Felswände hoch verfolgen.«

»Bist du auch sicher, daß du dich nicht übernimmst?« grinste Chris.

»Hey, was ist denn mit dir los? Du bist doch im Kloster nicht etwa verweichlicht?«

»Ich verweichlicht?« lachte Chris. »Bei den Zisterziensern? Das ist der radikalste katholische Orden.«

»Reden die eigentlich wirklich nichts?«

»Nicht nur das. Sie glauben auch an härteste tägliche Arbeit. Genauso gut hätte ich bei der Sondereinheit bleiben können.«

Saul schüttelte den Kopf. »Das Leben in Gemeinschaften. Hast du dir darüber eigentlich schon mal Gedanken gemacht? Erst das Waisenhaus, dann das Militär und schließlich der Geheimdienst und das Kloster. Alle diese Organisationen lassen sich auf einen gemeinsamen Nenner bringen.«

»Und der wäre?«

»Streng von der Außenwelt abgekapselt, äußerst disziplinierte Kader. Du bist abhängig.«

»Das trifft wohl auf uns beide zu. Der einzige Unterschied ist darin zu sehen, daß du nie diesen zusätzlichen Schritt unternommen hast. Oder hast du etwa auch mal in Erwägung gezogen, einem jüdischen Mönchsorden beizutreten?«

»Hast du denn bei den Zisterziensern gar nichts gelernt? So etwas wie einen jüdischen Mönchsorden gibt es nicht. Wir halten nicht viel von einem Rückzug aus der Welt.«

»Deswegen bist du auch vermutlich beim Geheimdienst geblieben. Schließlich ist das für dich die Lebensform, die einem Leben im Kloster noch am nächsten kommt.«

»Das Streben nach Vollkommenheit.« Saul runzelte angewidert die Stirn. »Wir machen uns besser wieder auf den Weg.« Er holte einen Kompaß aus seiner Tasche hervor und studierte seine schwach leuchtende Anzeige.

»Warum möchte dich Eliot umbringen?«

Selbst im Dunkel entging Chris das wütende Blitzen in den Augen seines Bruders nicht. »Glaubst du etwa nicht, daß ich mich das vielleicht auch selbst fragen könnte? Er ist der einzige Vater, den ich habe, und nun fällt mir dieses Schwein plötzlich in den Rücken. Das Ganze ging los, nachdem ich einen Auftrag für ihn durchgeführt hatte. Aber warum?«

»Er will sich bestimmt ordentlich absichern. Wir können ihn also nicht einfach aufsuchen und fragen.«

Saul biß die Zähne zusammen. »Dann werden wir eben um ihn herumgehen.«

»Wie?«

Ein fernes Rumpeln ließ sie abrupt herumfahren. »Klingt, als wäre etwas in die Luft geflogen«, murmelte Saul.

»Blödmann«, lachte Chris.

Verdutzt wandte sich ihm Saul zu.

»Das war ein Donner.«

Dreißig Minuten später, sie hatten gerade den Fuß eines zerklüfteten Felsgrats erreicht, jagten schwere Gewitterwolken über sie hinweg und verdeckten den Mond. Abrupt kam ein scharfer Wind auf. Kaum hatte Saul einen schützenden Felsüberhang entdeckt, unter den sie sich beide drängten, ging ein schwerer Wolkenbruch nieder.

»Wie willst du ihn umgehen?« fragte Chris noch einmal.

Doch Sauls Antwort ging in lautem Donnerrollen unter.

Castor und Pollux

1

Angespannt kauerte Saul im Dunkel der Nacht auf einem Dach und spähte auf die Straße unter ihm hinab. Autos säumten den Straßenrand; in zahlreichen Wohnungen brannte hinter zugezogenen Vorhängen Licht. Er beobachtete, wie sich in einem Gebäude auf der anderen Straßenseite eine Tür öffnete. Eine Frau trat ins Freie – Mitte dreißig, groß gewachsen, schlank, elegant; sie hatte langes, dunkles Haar und trug eine marineblaue Hose, eine burgunderrote Bluse und eine braune Wildlederjacke. In dem Schein der Lampe über der Tür studierte Saul ihre Gesichtszüge. Ihre straffe Haut war gebräunt, ihre hohen Backenknochen wurden durch ein schön geschwungenes Kinn akzentuiert, und dazu eine hohe Stirn, ein sinnlicher Hals. Sicher hätten sie viele für ein Fotomodell gehalten.

Doch Saul wußte, daß dem nicht so war. Er kroch von der hüfthohen Brüstung am Rand des Flachdachs zurück, stand dann auf und öffnete die Tür, von der eine Klappleiter ins Treppenhaus hinabführte. Für einen Augenblick fühlte er sich an seine Flucht aus dem Haus in Atlantic City erinnert, als er vom Dach die Treppe hinunter und auf die Straße hinaus geflohen war, wo er den Plymouth gestohlen hatte. Nachdem er diesmal die Treppe des luxuriösen Wohnhauses hinuntergeeilt war, warf er auf der Straße einen kurzen Blick in beide Richtungen, um dann der Frau zu folgen.

Sie hatte sich nach links gewandt, passierte den nächsten Lichtschein einer Straßenbeleuchtung und bog um die nächste Ecke. Saul hörte das Echo ihrer hochhackigen Schuhe, als er die Straße überquerte und ihr um die Ecke folgte. Ein langsam am Straßenrand entlanggleitendes Taxi machte ihn nervös. Ein alter Mann, der einen Hund spazierenführte, erweckte seinen Argwohn.

Etwa in der Mitte des Straßenzugs trat die Frau in einen Hauseingang. Saul folgte ihr und warf einen kurzen Blick durch das Fenster eines kleinen italienischen Restaurants – Tische mit rotkarierten Decken. Er blieb stehen, als wollte er die Speisenkarte neben dem Eingang studieren. Er hätte in der Nähe warten können, bis sie das Lokal wieder verließ, aber er konnte kein passables Versteck ausmachen. Es handelte sich in dieser Straße um eine reine Geschäftsgegend. Falls er sich in eine Hofeinfahrt zurückzog oder ein Schloß aufbrach, um sich wieder auf ein Dach zurückzuziehen, wurde vielleicht die Polizei auf ihn aufmerksam. Zudem wollte er ihr nicht auf offener Straße gegenübertreten. Das war zu gefährlich. In gewisser Weise hatte sie ihm ein Problem abgenommen, indem sie das Restaurant aufgesucht hatte.

Beim Eintreten drangen die Klänge eines Akkordeons an sein Ohr. Kerzenlicht brach sich an blank poliertem Eichenholz. Leise Unterhaltungen, durch das schwache Klimpern von Besteck untermalt. Seine Blicke wanderten durch das gut besuchte Lokal. Der Geruch von Knoblauch und Butter stieg in seine Nase. An einem Kellner mit einem voll beladenen Tablett vorbeispähend, konzentrierte er sich vor allem auf die Ecken im hinteren Teil des Restaurants. Wie erwartet, saß sie mit dem Rücken zur Wand. Sie hatte den Eingang im Auge und einen Durchgang zur Küche neben sich. Ihr Kellner hatte die anderen Gedecke weggeräumt. Gut, dachte Saul; sie hatte vor, allein zu essen.

Der Oberkellner trat auf ihn zu. »Haben Sie einen Tisch reservieren lassen, Sir?«

»Ich bin mit Miß Bernstein verabredet. Dort drüben in der Ecke.« Lächelnd ging Saul an ihm vorbei und durchquerte das Lokal. Doch sein Lächeln war verflogen, als er vor ihrem Tisch stehenblieb. »Erika.«

Überrascht sah sie auf. Gleichzeitig zog sie besorgt ihre Brauen zusammen.

Er zog einen Stuhl heraus und setzte sich neben sie. »Es gehört sich doch nicht, jemanden so anzustarren. Und behalte bitte deine Hände auf dem Tisch. Nicht zu nahe bei Gabel und Messer!«

»Du!«

»Und außerdem solltest du deine Stimme im Zaum halten.«

»Bist du verrückt, hierher zu kommen. Du wirst von allen gejagt.«

»Genau darüber wollte ich mit dir sprechen.« Saul studierte ihr Gesicht. Die glatten Wangen, die tiefbraunen Augen und die vollen Lippen. Er mußte mühsam gegen das Bedürfnis ankämpfen, mit der Hand über ihre Haut zu streichen. »Du wirst immer noch schöner.«

Fassungslos schüttelte Erika den Kopf. »Wie lange ist das nun schon her? Zehn Jahre? Und jetzt tauchst du plötzlich aus dem Nichts auf. Außerdem steckst du fürchterlich in der Klemme. Und angesichts dessen hast du mir nichts anderes zu sagen?«

»Würdest du lieber hören, daß du häßlicher wirst?«

»Herr Jesus...«

»Sagt ein jüdisches Mädchen so etwas?«

Sie hob ärgerlich die Hand.

Seine Muskeln spannten sich unwillkürlich an. »Behalte bitte deine Hände an der Tischkante«, wiederholte er.

Sie gehorchte, schwer atmend. »Das kann doch kein Zufall sein. Du bist sicher nicht zufällig in dieses Lokal gekommen.«

»Ich bin dir von deiner Wohnung hierher gefolgt.«

»Warum? Du hättest mich doch besuchen können.«

»Um dort die Bekanntschaft eines Mitmieters zu machen – oder von jemandem, der dort auf der Lauer liegt, falls ich mich mit dir in Verbindung setzen sollte?« Er schüttelte den Kopf. »Ich hielt es für besser, uns auf neutralem Gelände zu treffen. Warum sind sie hinter mir her?«

Sie runzelte überrascht die Stirn. »Weißt du das tatsächlich nicht? Wegen Bangkok natürlich. Chris hat den Vertrag verletzt.« Sie sprach leise, aber angespannt. Die Geräusche aus der Küche übertönten ihre Stimme, so daß die anderen Gäste nicht hören konnten, was sie sagte.

»Aber das mit Bangkok war doch schon längst danach. Was soll das mit mir zu tun haben?«

»Längst nach was? Ich verstehe dich nicht recht?«

»Erzähle es mir einfach.«

»Chris hat einen Russen getötet. Der KGB hat ihn daraufhin auf die Abschußliste gesetzt. Aufgrund der Bestimmungen in Zusammenhang mit dem Vertrag müssen die anderen Geheimdienste mit ihnen zusammenarbeiten.«

»Das weiß ich bereits. Aber was soll das alles mit *mir* zu tun haben? Atlantic City war bereits *vor* Bangkok.«

»Wovon redest du eigentlich? Vor fünf Tagen haben wir von deiner Agentur eine Nachricht erhalten – eine Modifizierung des Auftrags. Chris war in Colorado gesichtet worden. Du hättest ihm geholfen, hieß es in der Nachricht. Die CIA hat dich für abtrünnig erklärt und angeordnet, dich zusammen mit Chris zu liquidieren.«

»Eliot«, stieß Saul kam hörbar hervor.

»Um Himmels willen, würdest du mir vielleicht endlich einmal erklären, was...?« Nervös nahm sie zur Kenntnis, daß ihnen ein paar andere Gäste neugierige Blicke zuwarfen. »Hier können wir unmöglich reden.«

»Wo dann?«

2

Im Dunkel spähte Saul durch das Fenster zu den fernen Lichtern des Washington Monuments hinaus. »Keine üble Aussicht.«

»Nur zehn Blocks von unserer Botschaft entfernt«, sagte Erika hinter ihm.

Die Aussicht interessierte ihn einen feuchten Dreck. Er schaute nur aus dem Fenster, um sie auf die Probe zu stellen. In höchster Alarmbereitschaft wartete er nur darauf, daß sie versuchen würde, ihn zu töten. Als sie das nicht tat, zog er die Vorhänge zu, knipste eine Lampe in der Ecke des Raums an und stellte ihren Schirm so, daß sie nicht seinen und Erikas Schatten gegen die Vorhänge werfen konnte.

Mit einem anerkennenden Nicken taxierte er den Wohnraum mit dem schlichten, aber sorgfältig zusammengestellten eleganten Mobiliar. Schlafzimmer, Küche und Bad hatte er bereits durchsucht. Wie Erika ihm versichert hatte, war er auf keinen Mitbewohner oder sonst jemanden gestoßen, der ihm auflauerte. »Wie sieht es mit Mikrofonen aus?«

»Ich habe heute morgen nachgesehen.«

»Aber jetzt haben wir heute abend.« Er schaltete den Fernsehapparat nicht ein, weil er ihre Unterhaltung übertönen sollte, sondern weil er für den Test ein konstantes Geräusch brauchte. In der Küche hatte er ein Kofferradio gesehen. Er holte es und schaltete es ebenfalls ein. Dann teilte er den Raum in lauter Quadrate ein und suchte jeden Abschnitt sorgfältig nach Wanzen ab, indem er langsam am Knopf für die Senderwahl drehte. Ein verstecktes Mikrofon war in der Regel auf eine Mittelwellenfrequenz eingestellt, die von keinem Sender in der näheren Umgebung besetzt war. Ein Abhörspezialist brauchte also nur an einem sicheren Ort in der Nähe warten, sein Funkgerät auf die Mittelwellenfrequenz der Wanze einstellen und sich anhören, was in der Nähe des von ihm postierten Mikrofons gesprochen wurde. Entsprechend konnte natürlich auch Saul mit einem Radio besagte Frequenz abhören. Wenn er nun also die Fernsehgeräusche plötzlich aus dem Radio hörte – oft als kreischende Rückkopplung –, während er an der Senderwahl drehte, bedeutete dies, daß der Raum abgehört wurde. Doch welche Frequenz er diesmal auch probierte, er bekam den Soundtrack des Fernsehers nicht herein. Er überprüfte die Decke, die Wände, das Mobiliar, den Boden. Zufrieden schaltete er Radio und Fernseher aus. Die Wohnung schien mit einemmal merkwürdig still.

»Der Vertrag«, sagte er, als wäre ihre Unterhaltung im Restaurant nie unterbrochen worden. »Das soll der einzige Grund sein, weshalb deine Leute hinter mir her sind? Weil ich Chris helfe?«

»Welchen anderen Grund sollte es hierfür geben?« Erika hob verwundert die Augenbrauen. »Wir helfen den Russen natürlich nur sehr ungern, aber wir müssen uns an die Abmachungen des Vertrags halten. Wenn wir das nicht mehr tun, dann tritt endgültig das Chaos ein.«

»Demnach würdest du mich also töten, wenn du eine Gelegenheit dazu fändest? Mich, einen jüdischen Glaubensbruder, einen verflossenen Liebhaber?«

Erika antwortete nicht. Sie nahm ihre Jacke ab. Die zwei obersten Knöpfe ihrer Bluse standen offen, von der Rundung ihrer Brüste geteilt. »Diese Gelegenheit hättest du mir vor ein paar Minuten geboten, als du aus dem Fenster geschaut hast. Ich habe sie jedoch nicht genutzt.«

»Weil du wußtest, daß ich es absichtlich tat – um zu sehen, wie du reagieren würdest.«

Sie lächelte.

Das amüsierte Funkeln in ihren Augen ließ auch ihn lächeln. Sie zog ihn noch ebenso sehr an wie vor zehn Jahren. Er hätte sie nur zu gern gefragt, wie es ihr ging, was mit ihr gewesen war, seit sie sich zum letztenmal gesehen hatten.

Doch das durfte er nicht zulassen. Er durfte niemandem vertrauen außer seinem Bruder. »Wie dem auch sei – Chris ist ganz in der Nähe. Wenn du mich umgebracht hättest...«

»Ich habe angenommen, daß du Verstärkung bei dir hast. Er hätte Rache an mir geübt. Es wäre dumm von mir gewesen, es zu versuchen, solange ich nicht euch beide vor mir gehabt hätte.«

»Andererseits hättest du vielleicht doch die Gelegenheit nutzen können. Wie dem auch sei – für derlei Spitzfindigkeiten fehlt mir im Augenblick die Zeit. Ich benötige dringend ein paar Antworten auf meine Fragen. Eliot läßt mich jagen, aber nicht Chris' wegen. Das ist nur ein Vorwand. Mein Gott, er hat Chris gebeten, mich zu suchen – *nachdem Chris den Vertrag verletzt hatte.*«

»Das ist doch Wahnsinn.«

»Natürlich.« Saul machte eine Geste der Frustration. »Wenn die Russen gewußt hätten, daß Eliot Chris um Hilfe gebeten hat, anstatt ihn zu liquidieren, hätten sie einen anderen Steckbrief ausgegeben. Eliot hat sein Leben aufs Spiel gesetzt, indem er mich aufzuspüren versucht hat.«

»Warum?«

»Um mich zu töten.«

»Und das soll ich glauben? Eliot ist doch wie ein Vater für dich.«

Saul rieb seine schmerzende Stirn. »Irgend etwas muß ihm wichtiger sein als seine Beziehung zu mir, wichtiger auch als der Vertrag. Diese Sache muß für ihn so vorrangig sein, daß er sich ihretwegen sogar meiner entledigen würde. Aber verdammt noch mal, ich habe nicht die geringste Ahnung, um was es sich dabei handeln könnte. Das ist der Grund, weshalb ich dich aufgesucht habe.«

»Woher soll ich . . . ?«

»Atlantic City«, schnitt ihr Saul das Wort ab. »*Bevor* Chris den Vertrag verletzt hat. Damals schon war die Mossad hinter mir her. Ich muß davon ausgehen, daß deine Leute Eliot unterstützen.«

»Ausgeschlossen!«

»Keineswegs! Es ist nämlich tatsächlich so!«

Erikas Augen blitzten auf. »Wenn wir Eliot unterstützen würden, wüßte ich das. Seit ich dich das letzte Mal gesehen habe, hat sich einiges geändert. Nach außen hin bin ich eine Angestellte bei der Botschaft, aber in Wirklichkeit bin ich zum Oberst der Mossad aufgestiegen. Ich bin für unseren Nachrichtendienst an der Ostküste zuständig. Ohne meine Genehmigung wäre keiner unserer Leute ermächtigt gewesen, dich zu liquidieren.«

»Dann hat irgend jemand, der es angeordnet hat, dir etwas vorgemacht, so daß du nichts davon gemerkt hast. Einer eurer Leute muß für Eliot arbeiten.«

Erika starrte ihn weiter wütend an. »Das kann nicht sein! Wenn wahr wäre, was du sagst . . .« Ein leichter Schauder durchlief ihren Körper; sie hob ihre Hände. »Was soll eigentlich der ganze Unsinn? Ich streite hier mit dir herum, ohne über die genaueren Einzelheiten informiert zu sein. Erzähl mir erst einmal schön der Reihe nach, was passiert ist.«

Saul ließ sich in einen Sessel sinken. »Vor zehn Tagen bat mich Eliot, einen Auftrag durchzuführen. Die Paradigm Foundation.«

Erikas Augen weiteten sich. »Andrew Sages Verein. Der

Freund des Präsidenten. Das warst du? Euer Präsident schiebt den Anschlag *uns* in die Schuhe.«

»Aber wieso?«

»Die Paradigm Foundation arbeitete für den Präsidenten. Eine Gruppe von amerikanischen Milliardären verhandelte mit den Arabern; gegen eine Senkung des Ölpreises sollte sich das amerkanische Außenministerium verstärkt von Israel distanzieren. Euer Präsident ist der Auffassung, wir hätten zur Wahrung unserer Interessen die Bemühungen der Paradigm Foundation sabotiert.«

»Womit er ausnahmsweise einmal logisch gedacht hätte.«

»Erzähl weiter. Was ist dann passiert?«

»Soll das heißen, daß ich mich nun doch deiner geschätzten Aufmerksamkeit erfreuen kann? Begreifst du nun endlich? Indem du mir hilfst, hilfst du auch deiner Organisation.«

»Du hast von Atlantic City gesprochen.«

»Nach dem Auftrag hat Eliot mich dorthin geschickt, um unterzutauchen.«

»Vollkommen absurd. Atlantic City ist doch kein Ort zum Untertauchen.«

»Genau das habe ich mir auch gedacht. Aber ich habe immer getan, was Eliot von mir verlangt hat. Ohne Widerrede. In einem der Casinos hat jemand von der Mossad mich zu töten versucht. Als ich daraufhin mit der Bitte um Hilfe Eliot anrief, hat er mich in ein Hotel geschickt, wo mir ein weiteres Mossad-Kommando auflauerte. Nur Eliot konnte wissen, wohin ich unterwegs war. Das Team muß für Eliot gearbeitet haben.«

»Das ist vollkommen ausgeschlossen.«

»Weil du nichts davon wußtest? Du bist reichlich naiv.«

»Nein, aus einem anderen Grund. Wer Eliot geholfen hat, hat auch den Leuten geholfen, die die Gruppe um Sage ausgeschaltet wissen wollten. Wir wären doch nie so dumm, einen Freund des Präsidenten zu töten, auch wenn wir noch so sehr daran interessiert gewesen wären, die bevorstehenden Verhandlungen zu unterbinden. Uns hätte euer Präsident doch als erste als die Schuldigen bezeichnet, was im übrigen

157

dann ja auch eingetroffen ist. Dieser Anschlag war für uns in keiner Weise von Vorteil – im Gegenteil, er hat uns schwer geschadet. Welches Mossad-Kommando würde also etwas tun, das Israel zum Schaden gereichen könnte?«

»Vielleicht wußten sie gar nicht, weshalb Eliot meinen Kopf wollte. Vielleicht wußten sie gar nichts von dem Zusammenhang, der zwischen mir und diesem Anschlag bestand.«

»Ich begreife noch immer nicht, weshalb du so sicher bist, daß es sich dabei um Mossad-Angehörige gehandelt hat?«

»Ganz einfach. Sie haben im Nahkampf Handkantenschläge ausgeteilt. Sie hatten Berettas und Uzis. Sie gingen in dieser typischen plattfüßigen, halbgeduckten Haltung, in der man einen besseren Stand hat. Kein Geheimdienst der Welt ist sonst hierfür ausgebildet. Sogar ihre Schalldämpfer hatten sie sich genau so zusammengebaut, wie eure Leute das in der Ausbildung lernen.«

Sie starrte ihn ungläubig an.

3

Die dicken Gummisohlen seiner Schuhe streiften behutsam über den Beton, als Chris die Treppe hochschlich. Dicht an die Wand gepreßt, so daß ihn niemand, der sich über das Treppengeländer beugte, hätte sehen können, näherte er sich vorsichtig jeweils dem nächsten Treppenabsatz. Er vernahm nur das leise Summen der Neonbeleuchtung, als er nach anderen Geräuschen lauschte. Nachdem er alle fünf Stockwerke überprüft und niemanden bemerkt hatte, schlich er wieder eine Etage tiefer und öffnete die Feuertür, um auf den Flur im vierten Stock hinauszuspähen. Von beiden Seiten des Korridors gingen numerierte Wohnungstüren ab. Unmittelbar zu seiner Rechten befand sich der Lift. Er drückte auf den Knopf und wartete. Ein Licht über der Lifttür zeigte erst eine Fünf, dann eine Vier an. Ein Gong ertönte, und die Tür glitt auf. Der Lift war leer. Der Zugriff um die Mauser unter seiner Jacke lockerte sich wieder.

Sehr gut, dachte er. Das Gebäude war, soweit dies möglich war, abgesichert, obwohl ihm das keineswegs sonderlich schwer zu knackende Schloß an der Eingangstür und das Fehlen eines Türstehers nicht sehr behagten. Er überlegte, ob er das Gebäude noch länger von der Straße aus beobachten sollte. Das Problem war, daß er von seinem Standort die Rückseite nicht sehen noch feststellen konnte, ob es sich bei einer Peson, die das Haus betrat, nur um jemanden handelte, der hier wohnte, oder ob es einer seiner Verfolger war. Zudem konnte er nicht wissen, ob ihm bereits im Innern des Gebäudes Gefahr drohte. Er mußte davon ausgehen, daß Agenten verschiedener Geheimdienste – und vor allem natürlich Eliots Leute – all die Personen überwachten, die er und Saul möglicherweise um Hilfe bitten würden, wobei Erika mit Sicherheit in die engere Wahl der hierfür in Frage kommenden Personen kam, obwohl sie sich seit 1973 nicht mehr gesehen hatten. Es bestand zwar durchaus die Möglichkeit, daß niemand wußte, wie eng ihre Freundschaft gewesen war, aber da sie nun einmal auf ihre Unterstützung angewiesen waren, wollte Chris sich auf keinen Fall eine Nachlässigkeit zuschulden kommen lassen. Nachdem er das Gebäude durchsucht hatte, war er sich seiner Sache sicherer; er wußte, daß Erikas Wohnung – sie lag ein Stück den Flur hinunter auf der linken Seite – ausreichend gesichert war. Kein Verfolger hätte zum vierten Stock vordringen können – weder über den Lift noch über das Treppenhaus –, ohne daß Chris dies bemerkt hätte. Er begab sich ins Treppenhaus zurück, ließ die Tür zum Flur leicht offen und lauschte auf das Geräusch von Schritten oder den Gong des Lifts.

Unwillkürlich hatte er in seinem Versteck auf einem nahe gelegenen Dach grinsen müssen, als er Erika das Haus verlassen und die Straße hinuntergehen gesehen hatte. Ihr Anblick hatte die Erinnerung an ihr erstes Zusammentreffen wachgerufen, als er und Saul 1966 zu einem Sonderlehrgang nach Israel gegangen waren. Damals wie heute erwies sich ihre Eleganz als trügerisch. Eine Veteranin des Sechs-Tage-Krieges von 1967 und des Oktober-Feldzugs von 1973, stand sie, was ihre kämpferischen Qualitäten und ihre Gefährlichkeit betraf, einem Mann in nichts nach. Komisch, dachte Chris. In Amerika wurden starke Frauen als eine Bedrohung angesehen, während sie in Israel hoch geschätzt wurden, da man sich dort keine geschlechtsspezifischen Vorurteile leisten konnte.

Das Quietschen einer Tür, die irgendwo unter ihm geöffnet wurde, ließ ihn gespannt aufmerken. Er spähte vorsichtig über das Geländer und bemerkte ein paar Schatten am Fuß der Treppe. Als die Tür dort unten wieder mit einem leisen Klicken zufiel, machte er sich das Echo zunutze, um sich ein Stockwerk höher zurückzuziehen, wo er sich mit gezogener Mauser bäuchlings auf den kühlen Beton niederließ.

Die Schatten mochten von Bewohnern des Hauses herrühren, die lieber die Treppe hochgingen, anstatt mit dem Lift zu fahren. Falls sie ganz nach oben kamen, durften sie ihn auf keinen Fall mit seiner Mauser zu Gesicht bekommen.

Das Summen der Treppenhausbeleuchtung übertönte fast das Geräusch der zusehends weiter nach oben kommenden Schritte auf der Treppe.

Jetzt sind sie im zweiten Stock, dachte er. Nein, im dritten. Sie bleiben stehen. Fast begann er, sich wieder langsam zu entspannen, als er seine Vermutung korrigieren mußte.

Sie waren im vierten Stock. Direkt unter ihm. Die Schritte verstummten. Seine rechte Hand um den Griff der Mauser gekrampft, spähte er auf die verzerrten Schattenumrisse hinab.

Er zielte. Waren es Hausbewohner? Sie schienen weiter nach oben zu kommen. Jeden Augenblick würde er ihre Gesichter zu sehen bekommen. Sein Finger legte sich um den Abzug, bereit, jeden Augenblick abzudrücken.

Die Schatten bewegten sich nicht mehr weiter. Ein Stockwerk tiefer ging unter leisem Quietschen die Tür auf und fiel wenige Augenblicke später wieder zu.

Chris richtete sich in die Hocke auf und zielte mit der Mauser die Treppe hinab. Als er niemanden sah, eilte er nach unten. Vorsichtig öffnete er die Tür und spähte auf den Flur hinaus.

Auf der Höhe von Erikas Wohnung standen zwei Männer

im Gang. Einer von ihnen hielt eine Maschinenpistole, bei der es sich unverkennbar um eine Uzi handelte; der andere machte gerade eine Handgranate scharf.

Chris sah sie zu spät. Der erste Mann feuerte. Unter stetem, ohrenbetäubendem Rattern zerfetzte ein Geschoßhagel aus dem Lauf der Uzi Erikas Wohnungstür. Die leeren Patronenhülsen stoben davon und schlugen auf dem Boden blechern scheppernd gegeneinander. Beißender Korditgeruch erfüllte den Flur. Der Mann mit der Maschinenpistole nahm nun, ohne den Finger vom Abzug zu nehmen, die Wand neben der Tür unter Beschuß. Gleichzeitig trat der zweite Mann die zerschossene Tür auf und schickte sich an, die Handgranate in die Wohnung zu werfen.

Chris schoß zweimal. Von der Wucht des Geschosses an Schädel und Schultern herumgerissen, ließ der zweite Mann die Handgranate fallen. Der Mann mit der Uzi wirbelte herum und nahm nun Chris unter Beschuß. Trotz des ohrenbetäubenden Krachens hörte Chris den Gong des Lifts. Er zog sich ins Treppenhaus zurück. Im nächsten Augenblick hörte er jemanden aus dem Lift stürmen. Der Mann mit der Uzi stellte das Feuer nicht ein. Das Krachen der Schüsse wurde von lauten Schreien übertönt. Zerfetzte Körper sackten zu Boden.

Die Handgranate explodierte, die Detonation wurde durch das Echo verstärkt. Schrapnell schoß unter bedrohlichem Pfeifen durch die Luft. Korditgeruch stach in Chris' Nase. Er kämpfte verzweifelt gegen das Dröhnen in seinen Ohren an, um auf die Geräusche im Flur zu lauschen.

Vorsichtig spähte er auf den Korridor hinaus. Rechts von ihm lagen zwei Männer mit Uzis reglos in einer Blutlache vor dem Lift.

Natürlich. Zwei Zweierteams hatten die beiden Zugangsmöglichkeiten zu dem in Frage kommenden Stockwerk abgedeckt. Aber bei der zeitlichen Koordination war ihnen ein Fehler unterlaufen. Der Lift war zu spät nach oben gekommen. Das zweite Team hörte die Schüsse und stürmte aus dem Lift, um von den Männern des anderen Teams, denen sie zu Hilfe hatten eilen wollen, erschossen zu werden.

Chris wandte sich nach links. Der Mann, der auf Erikas Wohnung gefeuert hatte, lag, alle Viere von sich gestreckt, neben seinem toten Begleiter auf dem Boden. Sein Gesicht war eine zur Unkenntlichkeit zerstörte, blutige Masse.

Während aus verschiedenen Wohnungen bereits entsetztes Stimmengewirr ertönte, stürzte Chris den Gang hinunter. Die Tür zu Erikas Wohnung war zerschmettert. Der Kugelhagel der Uzi hatte die Einrichtung zerfetzt, den Fernsehapparat zertrümmert. Die Vorhänge hingen in Fetzen herab.

»*Saul?*« Doch er sah keine Leichen.

Wo zum Teufel waren sie?

4

Sobald die ersten Kugeln krachend die Tür durchschlugen, hatte Saul sich zu Boden geworfen; er hörte, wie Erika seinem Beispiel gefolgt war. Instinktiv hatte er erst in die Küche oder ins Schlafzimmer kriechen wollen. Aber dann waren die Kugeln nicht mehr durch die Tür, sondern durch die Wand gedrungen – erst in Hüfthöhe, dann langsam tiefer wandernd. Der Teppich, über den er hätte kriechen müssen, um in einen der beiden Räume zu gelangen, erzitterte unter dem Aufprall der Geschosse. Teppichfetzen flogen in einem systematischen Muster durch die Luft; sie wanderten zwischen dem hinteren Ende des Raums und seine Mitte, wo er lag, hin und her. Er und Erika mußten sich also in der entgegengesetzten Richtung davonrollen, um sich vor dem Geschoßhagel in Sicherheit zu bringen – also auf die Wand neben der Tür zu. Er spürte, wie sie über ihm erzitterte. Putzbrocken hagelten auf ihn nieder. Der Teppich schob sich auf ihn zu. Falls der Schütze wesentlich tiefer zielte...

Die Tür flog auf. Saul richtete seine Beretta auf die Öffnung, hörte gleichzeitig zwei Pistolenschüsse fallen, einen Körper zu Boden sacken, Schreie, eine Explosion, Stille.

Dicht an die Wand gepreßt, richtete er sich auf; er spürte, wie Erika dasselbe tat. Er hörte Rufe auf dem Flur und zielte auf einen Schatten, der in der Tür erschien.

»Saul!« brüllte jemand. Der Schatten trat ein.

Saul nahm seinen Finger vom Abzug.

Chris wandte sich ihm zu und sah ihn besorgt an. »Hast du was abgekriegt?«

Saul schüttelte den Kopf. »Was ist passiert?«

»Dazu ist die Zeit zu knapp. Wir müssen sofort weg von hier.«

Auf dem Gang gingen mehrere Türen auf. Eine Frau kreischte. Eine Männerstimme rief: »Wir müssen die Polizei verständigen!«

Plötzlich erstarrte Chris und blickte entsetzt an Paul vorbei.

»Was hast du denn?«

In Sorge, sie könnte getroffen worden sein, wirbelte Saul zu Erika herum. Die beiden unverwandt anblickend, zog sie sich gerade rückwärts von einem Sessel zurück, unter dem sie eine verborgene Pistole, eine weitere Beretta, hervorgezogen hatte.

»Nein!«

Sie zielte auf Chris. Saul fiel ein, was sie ihm vorher erzählt hatte. Es wäre dumm von ihr, Saul umzubringen, solange sich ihr nicht gleichzeitig auch die Gelegenheit bot...

»Nein!«

Zu spät. Sie feuerte. Saul hörte den entsetzlichen dumpfen Aufprall eines Geschosses auf menschlichem Fleisch. Ein Stöhnen. Er wirbelte herum. Hinter Chris taumelte ein Mann mit einer Pistole rücklings gegen die Wand des Flurs; aus seiner Kehle spritzte Blut.

Chris hielt sich die Seite seines Kopfes. »Mein Gott!«

»Das war knapp«, nickte Erika.

»Da hat höchstens ein Zentimeter gefehlt! Die Kugel hat mir das Haar versengt!«

»Hätte ich ihn lieber dich erschießen lassen sollen?«

Durch die zerschmetterten Fenster drang von draußen das Heulen von Sirenen durch die Nacht.

Erika eilte auf die Tür zu. Saul folgte ihr auf dem Fuß. »Wo kam denn der plötzlich her?«

Als er auf dem Flur an den Leichen auf dem Boden vorbeihastete, sah er die Antwort auf seine Frage. In der Tür der Wohnung neben der von Erika stand ein Mann mit einer Uzi. Erika feuerte einen Schuß ab. Saul und Chris taten den Bruchteil einer Sekunde später das gleiche. Unter einem lauten Aufschrei kippte der Mann vornüber; seinen Finger immer noch am Abzug der Maschinenpistole, durchlöcherte er den Boden des Flurs, bis ihm die Waffe durch den Rückstoß aus den Händen gerissen wurde.

Erika rannte auf den Lift zu.

»Nein«, rief Saul ihr hinterher. »Dort sitzen wir nur in der Falle.«

»Keine Widerrede, verdammt noch mal!« Sorgsam darauf achtend, daß sie nicht in die Blutlache vor dem Lift trat, drückte sie auf den Knopf. Die Tür ging auf. Erika stieß Saul und Chris hinein und drückte auf den Knopf für den fünften Stock. Die Tür glitt zu.

Sauls Magen sank tiefer, während der Lift nach oben fuhr.

»Wir können nicht nach unten«, erklärte Erika. »Gott weiß, wer sich unten in der Eingangshalle inzwischen rumtreibt. Die Polizei oder...« Sie griff nach oben und entfernte eine Platte aus der Deckenabdeckung des Liftgehäuses.

Saul richtete sich auf, als er die Klapptür über der Öffnung sah. »Aha, ein Notausgang.«

»Das habe ich gleich am ersten Tag, als ich die Wohnung gemietet habe, herausgefunden«, erläuterte Erika dazu. »Falls ich mal einen Notausgang brauchen sollte.«

Saul stieß die Klapptür auf. Der Lift hielt an. Während sein Magen sich langsam wieder beruhigte, sah er, wie Chris auf den Knopf drückte, der die Tür geschlossen hielt. Saul sprang hoch, bekam den Rand der offenen Luke zu fassen und zog sich durch die schmale Öffnung hindurch nach oben. Im Dunkel neben der Öffnung kniend, streckte er seine Arme Erika entgegen, um sie hochzuziehen. Er roch den Geruch des Schmieröls an den Liftkabeln neben ihm.

»Sie hatten es gar nicht nötig, meine Wohnung abzuhören oder das Gebäude von außen überwachen zu lassen.« Sie zwängte sich durch die Öffnung. »Ihr habt ja selbst gesehen. Sie hatten zwei ihrer Leute in der Wohnung direkt neben meiner postiert. Sobald du aufgetaucht bist, haben sie Verstärkung angefordert.«

Chris reichte ihnen die Platte hoch. Dann kletterte er selbst durch die Öffnung, beugte sich wieder nach unten und brachte die Platte wieder im Liftdach an. Schließlich schloß er auch noch die Klapptür. »Und was nun? Gütiger Gott, dieser Staub. Ich kann kaum noch atmen.«

»Weiter nach oben. Auf dem Hausdach befindet sich ein Aufbau für den Lift. Dort ist die Mechanik untergebracht.« Erikas Stimme hallte im Dunkel des Liftschachts wider. Ihre Schuhe scharrten leise über die Betonwand, als sie nach oben kletterte.

Saul griff nach oben, bekam eine Eisenstange zu fassen. Kaum hatten seine Füße sich vom Dach des Lifts gelöst, hörte er ein leises Rumpeln. Nein! Der Lift fuhr nach unten! Er hing in der Luft. »Chris!«

»Keine Sorge. Ich bin neben dir.«

Fast wären Sauls Finger von der öligen Stange abgeglitten. Wenn er stürzte, wenn der Lift ganz nach unten fuhr... Er stellte sich vor, wie sein Körper durch das Liftdach schlug, und wand sich angestrengt, um besseren Halt zu bekommen. Plötzlich legte sich Erikas Hand um sein Handgelenk. Er zog sich hoch.

»Kopf runter«, warnte sie ihn. »Das Gestänge ist direkt über dir.«

Saul spürte die schneller laufenden Kabel, den Lufthauch der wirbelnden Mechanik des Lifts. Er kauerte sich auf einen schmalen Sims.

»Meine Jacke«, fluchte Chris. »Sie hat sich im Räderwerk verfangen.«

Das leise Klicken und Surren der Mechanik wurden durch das Echo im Liftschacht bedrohlich verstärkt. Hilflos, blind, wirbelte Saul zu ihm herum. Das Geräusch verstummte. Erzitternd standen die Kabel still. Die Stille lastete schwer auf ihnen.

Er hörte das Reißen von Stoff. »Mein Ärmel«, zischte Chris. »Ich muß meinen Arm freibekommen, bevor...«

Das leise Klicken setzte erneut ein; es übertönte Chris'

Worte. Saul verlor fast das Gleichgewicht, als er seine Hand nach Chris ausstreckte, und wäre um ein Haar in die Tiefe gestürzt.

»Geschafft«, stieß Chris erleichtert hervor. »Ich habe meine Jacke freibekommen.«

Der Lift hielt wieder direkt unter ihnen. In der danach eintretenden Stille hörte Saul, wie die Tür aufging. Eine gequälte Stimme stöhnte; irgend jemand würgte entsetzlich. »Es ist noch viel schlimmer, als sie uns gesagt haben! Ein regelrechtes Blutbad! Ruft im Revier an! Wir brauchen Verstärkung!« Rasche Schritte entfernten sich vom Lift. Die Tür glitt zu. Das Klicken setzte wieder ein, während der Lift nach unten fuhr.

»Sie werden das Haus hermetisch abriegeln«, flüsterte Erika.

»Dann sehen wir zu, daß wir so schnell wie möglich hier wegkommen.«

»Das versuche ich doch gerade. Es gibt eine Tür, die aufs Dach führt. Aber sie ist verschlossen.«

Saul hörte ein leises Klappern, als sie an einem Türriegel rüttelte. »Sitzen wir fest hier drinnen?«

Der Lift hielt wieder an. Er hörte ein metallisches Kratzen.

»Die Angelbolzen. Einer von ihnen ist lose.« Erika dämpfte ihre Stimme. Saul hörte ein weiteres Kratzen. »So. Ich habe ihn raus.«

»Und der andere? Da, nimm mein Messer.«

»Er bewegt sich schon. Ich habe ihn.« Sie zog die Tür ein Stück auf. Durch den schmalen Spalt drang Saul der Lichterglanz der nächtlichen Stadt entgegen. Dankbar drückte er sich näher heran und sog begierig die frische Luft ein.

»Sie werden auch das Dach absuchen«, zischte Erika. »Wir müssen warten, bis sie damit fertig sind.« Obwohl Saul es kaum abwarten konnte, von hier wegzukommen, wußte er doch, daß sie recht hatte; entsprechend erhob er keine Einwände. »Ich kann die Tür, die aufs Dach führt, sehen«, fuhr Erika fort. »Wenn sie aufgeht, bleibt mir noch genügend Zeit, die Tür zuzuziehen und die Bolzen wieder reinzustecken.«

Der Lift setzte sich von neuem nach oben in Bewegung. Gedämpft drang eine Männerstimme zu ihnen hinauf. »Der

166

Arzt ist bereits unterwegs. Wir müssen das ganze Haus durchsuchen. Wer wohnt in dieser Wohnung?«

»Eine Frau. Erika Bernstein.«

»Wo steckt sie eigentlich? Ich habe die Wohnung durchsucht. Es war keine Leiche zu sehen.«

»Falls sie sich noch im Haus aufhält, werden wir sie schon finden.«

Zehn Minuten später kamen zwei Polizisten durch die Tür aufs Dach. Mit gezogenen Revolvern suchten sie im Schein ihrer Taschenlampen jeden Winkel und jede Ecke ab. Erika hatte gerade noch rechtzeitig die Tür zuziehen und die Bolzen zurückstecken können. Saul hörte Schritte und Stimmen.

»Niemand oben hier.«

»Was ist mit der Tür zum Liftgehäuse.«

Eine Taschenlampe blendete durch den Rost in der Tür. Saul, Chris und Erika quetschten sich ins Dunkel zurück.

»Da, ein Schloß.«

»Mal sehen, ob es aufgebrochen ist.«

Die Schritte kamen näher.

»Sei vorsichtig. Ich bleibe hinter dir und gebe dir Feuerschutz.«

Saul hörte ein lautes Scheppern, als jemand an dem Vorhängeschloß riß.

»Zufrieden?«

»Der Captain hat gesagt, wir sollen gründlich vorgehen.«

»Das sagt er doch immer. Außerdem prüft er dann noch einmal selbst alles nach. Und dann läßt er uns alles noch einmal ein drittes Mal nachprüfen.«

Die Schritte entfernten sich. Quietschend wurde der Zugang zum Dach wieder geschlossen.

Saul atmete scharf aus. Der Schweiß brannte in seinen Augen. Zweimal und dreimal nachprüfen? Das konnte ja sauber werden, dachte er ärgerlich. Wir sitzen hier in der Falle.

5

Die ganze Nacht hindurch fuhr der Lift rauf und runter und wirbelte dabei Unmengen von Staub auf, der ihre Gesichter verdreckte und ihre Nasenlöcher verklebte, so daß sie kaum mehr atmen konnten. Nachdem Erika die Tür wieder einen Spalt geöffnet hatte, wechselten sie sich davor ab, um etwas frische Luft zu schnappen. Saul sah immer wieder auf seine Uhr. Kurz nach sechs konnte er dann Erikas und Chris' zermürbte Gesichtszüge allmählich immer deutlicher erkennen, als das Licht der Morgendämmerung durch den Gitterrost zu dringen begann.

Erst begrüßte er die zunehmende Helligkeit, doch gleichzeitig begann er stärker zu schwitzen, je mehr der Schacht und der Aufbau auf dem Dach durch die Sonne aufgeheizt wurden. Die Luft war zum Schneiden dick. Saul zog seine Jacke aus und zupfte sein schmutziges Hemd von seinem verschwitzten Oberkörper los. Bis elf Uhr hatte er auch sein Hemd abgestreift. Nur in ihrer Unterwäsche kauerten sie halb betäubt in ihrem stickigen Gefängnis. Erikas fleischfarbener BH klebte an ihren Brüsten, unter denen sich kleine Schweißrinnsale bildeten. Saul studierte besorgt ihr Gesicht, gelangte aber schließlich zu dem Schluß, daß sie es vermutlich länger hier ausgehalten hätte als er oder Chris.

Gegen Mittag fuhr der Lift nicht mehr so häufig auf und ab. Die Sanitäter und die Gerichtsmediziner hatten ihre Arbeit erledigt. Die Leichen waren bereits in der Nacht fortgeschafft worden. Verschiedenen Gesprächsfetzen, die Saul aus dem Lift aufgeschnappt hatte, entnahm er, daß sowohl Erikas Wohnung wie die Eingangshalle von je zwei Polizisten bewacht wurden. Dennoch konnten sie noch nicht riskieren, ihr Versteck zu verlassen. In ihrem verschmutzten Zustand hätten sie sofort Aufmerksamkeit erregt, wenn sie sich bei Tageslicht in der Öffentlichkeit gezeigt hätten. Also warteten sie, mühsam um Atem ringend, weiter. Als die Sonne unterging, sah Saul alles nur noch verschwommen vor sich. Seine Arme fühlten sich bleiern schwer an. Sein Magen krampfte sich infolge des Wasserentzugs zusammen. Endlich hatten sie das äußerste Zeitlimit erreicht, auf das sie sich geeinigt hatten – vierundzwanzig Stunden nach dem Angriff.

Müde und erschöpft drängten sie sich durch die Tür aufs Dach hinaus. Mit matten Fingern streiften sie ihre Kleider wieder über und sogen in tiefen Zügen, jedoch unter trockenem Schlucken die kühle Nachtluft ein. Benommen starrten sie zum Capitol hinüber, das in der Ferne hell angestrahlt wurde.

»So, vorerst gibt es noch einiges zu tun«, seufzte Chris.

Saul war klar, was er damit meinte. Sie brauchten ein Auto, Wasser, Lebensmittel und einen Ort, wo sie sich säubern und ausruhen konnten. Sie brauchten frische Kleider, und vor allem mußten sie dringend schlafen.

Und wenn sie geschlafen hatten, galt es ebenso dringend, die Antworten auf einige Fragen herauszufinden.

»Ich kann uns einen Wagen beschaffen.« Erika warf ihr langes, dunkles Haar über ihre Schultern zurück.

»Deinen eigenen oder einen von der Botschaft?« Chris wartete ihre Antwort erst gar nicht ab, sondern schüttelte nur den Kopf. »Kommt nicht in Frage. Zu riskant. Die Polizei weiß über dich Bescheid. Da sie deine Leiche nicht gefunden haben, werden sie davon ausgehen, daß du in die ganze Sache verwickelt bist. Sie werden sicher deinen Garagenstellplatz im Keller überwachen. Außerdem wissen sie inzwischen sicher schon, wo du arbeitest. Folglich werden sie auch die Botschaft überwachen.«

»Ich habe einen Ersatzwagen.« Ihre Brüste wölbten sich vor, als sie die Bluse überstreifte und an den Ärmeln zuknöpfte. »Ich habe ihn unter einem anderen Namen gekauft. Da ich ihn außerdem bar bezahlt habe, kann der Wagen nicht mit mir in Verbindung gebracht werden. Ich habe ihn in einer Garage am anderen Ende der Stadt untergestellt.«

»Damit bliebe nach wie vor ein Problem ungelöst: Wohin sollen wir uns zurückziehen?« Chris sah Erika nachdenklich an. »Von deinen Wohnungsnachbarn, die uns auf dem Gang gesehen haben, verfügt die Polizei über unsere Personenbeschreibungen. Wir können auf keinen Fall in ein Hotel gehen. Zwei Männer und eine Frau – das wäre eindeutig zu auffällig.«

»Und unsere Verfolger, wer auch immer sie sein mögen«, fiel Saul ein, »werden mit Sicherheit ein scharfes Auge auf unsere Freunde werfen.«

»Also kein Hotel und keine Freunde«, erwiderte Erika mit einem spöttischen Unterton.

»Was also dann?«

»Macht doch nicht so kummervolle Gesichter. Mögt ihr denn keine Überraschungen?«

6

Der Captain der Mordkommission preßte den Hörer gegen sein Ohr und starrte konsterniert auf den halb gegessenen Hamburger auf dem von Papieren übersäten Schreibtisch vor sich. Die gebieterische Stimme am anderen Ende der Leitung hatte ihm schlagartig den Appetit verdorben. Sein Magengeschwür begann sich bemerkbar zu machen. Hinter dem Fliegengitter des offenen Bürofensters jaulten die Sirenen durch die Washingtoner Nacht. »Natürlich.« Der Captain seufzte. »Ich werde unumgänglich dafür Sorge tragen, Sir. Ich versichere Ihnen, daß wir das erledigen werden.«

Angewidert seine Lippen schürzend, hängte er auf und wischte sich seine verschwitzte Hand am Hosenbein ab, als wäre der Hörer verseucht. In der offenen Tür seines Büros erschien ein Mann. Der Captain beobachtete seinen Lieutenant, wie er sich, Jacke abgelegt, Krawatte lose vom Hals baumelnd, Hemdsärmel hochgekrempelt, eine Zigarette ansteckte.

Hinter dem Lieutenant mit dem hageren Gesicht ertönte eine hektische Geräuschkulisse aus klingelnden Telefonen und klappernden Schreibmaschinen. Erschöpfte Detektive wühlten in Akten und vernahmen Festgenommene.

»Sie machen ja ein Gesicht«, bemerkte der Lieutenant, »als hätten Ihnen die vom Präsidium angeraten, schon wieder an einem von diesen Fortbildungslehrgängen teilzunehmen.«

»Verdammte Scheiße.« Der Captain ließ sich in seinen quietschenden Stuhl zurücksinken..

»Wieso? Was ist denn?«

»Dieses Massaker gestern abend. Sechs Mann mit ausreichend Waffen, um eine mittlere Invasion zu veranstalten, und alle in einem scheinbar völlig harmlosen Wohnblock abgeknallt.«

»Es fehlt Ihnen wohl an den nötigen Anhaltspunkten?«

»Das kann man wohl sagen. So etwas ist mir noch nie passiert.«

Der Lieutenant brach von seinem eigenen Qualm in einen Hustenanfall aus. »Was soll das heißen?« An den langen Reihen von Aktenschränken vorbei stakste er weiter in den Raum.

»Ich habe eben einen Anruf bekommen.« Der Captain deutete in einer angewiderten Geste auf das Telefon. »Von ziemlich hoch oben. Das heißt, von so hoch oben, daß ich Ihnen nicht mal sagen darf, von wem genau. Allein der Gedanke daran bereitet mir schon Übelkeit. Wenn ich in dieser Angelegenheit einen Fehler mache, gondle ich schleunigst wieder in einer Funkstreife durch die Gegend.« Mit einem gequälten Gesichtsausdruck hielt der Captain sich den Bauch. »Diese verfluchte Scheißstadt – manchmal könnte man wirklich denken, wir wären hier am Arsch der Welt.«

»Jetzt sagen Sie schon endlich, was los ist.«

»Die Männer, die gestern getötet wurden. Die Regierung hat ihre Leichen in Beschlag genommen.« Der Captain brauchte sich nicht näher dazu auszulassen, was in diesem Fall ›Regierung‹ bedeutete. Sowohl er wie der Lieutenant hatten lange genug in Washington Dienst getan, um zu wissen, daß damit Geheimdienststellen gemeint waren. »Aus Sicherheitsgründen sind diese Leichen nicht zur Identifizierung freigegeben. Hochoffizielle Angelegenheit. Keine Presse. Die Regierung kümmert sich um fast alles selbst.«

»Um fast alles?« Der Lieutenant drückte in einem überquellenden Aschenbecher seine Zigarette aus. »Das verstehe ich nicht ganz.«

»Zwei Männer und eine Frau. Den Namen der Frau haben

171

wir – Erika Bernstein. Wir verfügen außerdem über detaillierte Personenbeschreibungen. Falls wir sie aufspüren, soll ich eine bestimmte Nummer anrufen. Aber sie dürfen auf keinen Fall merken, daß wir sie entdeckt haben, und wir sollen sie auch unter keinen Umständen festnehmen.«

»Was soll das denn? Sie haben sechs Männer abgeknallt, und wir dürfen sie nicht festnehmen?«

»Ich habe Ihnen doch gesagt, daß die Regierung die Leichen in Beschlag genommen hat. Diese Toten existieren also gar nicht. Wonach wir also suchen, sind drei Nichtmörder, die ein Blutbad angerichtet haben, das es gar nicht gibt.«

7

Erika verließ das Gebäude als erste. Einer nach dem anderen folgten ihr Chris und Saul in kurzen Abständen, wobei sie verschiedene Ausgänge benutzten und auch erst das Dunkel in ihrer Umgebung sorgsam absuchten, bevor sie sich auf schwach erleuchteten Straßen davonmachten. Nachdem sie sich vergewissert hatten, daß niemand ihnen folgte, nahm jeder von ihnen in entsprechendem Abstand von Erikas Haus ein Taxi und ließ sich in unterschiedliche Gegenden am anderen Ende von Washington fahren. Während Erika ihren Wagen aus der Tiefgarage holte, wartete Chris wie vereinbart vor einer Pizzeria. Saul wiederum suchte einen Spielsalon auf, wo er sich scheinbar in ein Videospiel vertiefte, während er in Wirklichkeit ständig durch das Fenster die Straße, auf die sie sich geeinigt hatten, im Auge behielt.

Kurz bevor der Spielsalon um Mitternacht schloß, sah er einen blauen Camaro mit laufendem Motor am Straßenrand halten. Als er Erika am Steuer erkannte, ging er nach draußen und suchte automatisch die Straße nach irgend etwas Verdächtigem ab, bevor er die Tür auf der Beifahrerseite öffnete.

»Ich hoffe, ihr beide habt es auf dem Rücksitz nicht zu unbequem.«

Erst verstand er nicht recht, was sie damit meinte. Doch dann sah er Chris, der zusammengekauert im Fond saß, so daß er von außen nicht gesehen werden konnte. »Erst dieser Liftschacht, und jetzt das noch.« Stöhnend stieg Saul ein und ging neben Chris auf dem Rücksitz in Deckung, während Erika losfuhr.

»Zum Glück werdet ihr da hinten bald erlöst«, tröstete sie die beiden.

Saul bemerkte, wie sie beim Fahren in regelmäßigen Abständen durch die Straßenbeleuchtung erhellte Straßenabschnitte durchquerten. »Wie bald genau?«

»In einer Stunde.«

Neuerlich stöhnend rempelte er Chris kurz an. »Hey, nimm mal deine Riesenlatschen etwas zur Seite.«

Erika lachte. »Die Polizei sucht nach zwei Männern und einer Frau. Wenn sie uns also zusammen sähen, könnten sie uns durchaus auf gut Glück an den Straßenrand winken.«

»Na, ich weiß nicht«, brummte Chris.

»Wieso ein unnötiges Risiko eingehen?«

»Das habe ich nicht gemeint. Während ich in dieser Pizzabude gewartet habe, habe ich mal einen Blick in eine Zeitung geworfen. Die Morde waren mit keinem Wort erwähnt.«

»Dann muß es eine Zeitung von gestern gewesen sein«, entgegnete Erika.

»Nein, sie war von heute. Sechs Tote. Deine Wohnung in Fetzen geschossen. Ich hatte eigentlich mit einer Riesenschlagzeile gerechnet, einschließlich einer genauen Personenbeschreibung von uns dreien. Ich habe mir auch ein paar andere Zeitungen vorgenommen. Nichts dergleichen.«

»Vielleicht war es schon zu spät, um noch in der heutigen Ausgabe darüber zu berichten.«

»Die Schießerei hat gestern nacht um viertel nach zehn stattgefunden. Das hätte noch dicke gereicht.«

Sie bog um eine Ecke. Scheinwerfer zuckten am Camaro vorbei. »Irgend jemand muß die Presse überredet haben, nicht darüber zu berichten.«

»Eliot«, meldete sich Saul zu Wort. »Vermutlich hat er die Leichen einkassiert und die Polizei gebeten, aus Gründen der nationalen Sicherheit den Mund zu halten. Die Presse kann auf diese Weise also nie von der Sache Wind bekommen.«

173

»Aber wieso?« fragte Chris. »Er ist doch hinter uns her. Er könnte unsere Fotos auf den Titelseiten sämtlicher Zeitungen des Landes haben. Wenn so viele nach uns suchen würden, stünden seine Chancen, uns zu finden, eindeutig günstiger.«

»Es sei denn, er möchte das Ganze nicht publik werden lassen. Was auch hinter dieser Sache stecken mag, er möchte nicht, daß irgend etwas davon an die Öffentlichkeit dringt.«

»Aber was steckt nun eigentlich dahinter?« Chris ballte seine Fäuste. »Was ist hier so verdammt wichtig?«

8

Saul spürte, wie der Camaro scharf nach rechts bog. Die glatte Asphaltoberfläche des Highways machte im Dunkel der Nacht plötzlich einer holprigen Seitenstraße Platz. Er klammerte sich am Rücksitz fest. »Hat diese Kiste denn keine Federung?«

Erika grinste. »Wir sind fast da. Ihr könnt euch jetzt gefahrlos aufsetzen.«

Erleichtert rappelte Saul sich vom Boden hoch und ließ sich in den Rücksitz sinken. Er streckte seine schmerzenden Beine aus und spähte nach draußen. Die Scheinwerfer des Camaro zuckelten über dichtes Buschwerk zu beiden Seiten eines schmalen Feldwegs. »Wo sind wir?«

»Südlich von Washington. In der Nähe von Mount Vernon.«

Saul tippte Chris auf die Schulter und deutete auf eine Baumgruppe. Dahinter wurde im Mondlicht ein beeindruckender, aus roten Ziegeln erbauter Herrschaftssitz sichtbar.

»Kolonialstil?« erkundigte sich Chris.

»Etwas später. Es wurde achtzehnhundert erbaut.« An der Stelle, wo die Zufahrt hinter den Bäumen die Rasenfläche vor der ausgedehnten Veranda erreichte, hielt Erika an. Die Scheinwerfer waren auf den Wald hinter dem Haus gerichtet.

»Weißt du, wer hier wohnt?« sagte Chris. »Wir waren uns doch einig, daß wir keine Freunde aufsuchen wollten.«

»Das ist kein Freund.«

»Wer dann?«

»Dieser Mann ist Jude. Ich habe in Israel an der Seite seines Sohnes gekämpft. Ich war erst einmal hier – und zwar um ihm mitzuteilen, daß sein Sohn tapfer in den Tod gegangen war.« Sie schluckte. »Ich habe ihm ein Foto seines Grabs gegeben. Und die Tapferkeitsmedaille, die sein Sohn nicht mehr lebend in Empfang nehmen konnte. Er hat mir gesagt, falls ich je Hilfe benötigen sollte...« Ihre Stimme klang leicht belegt.

Saul erspürte instinktiv, was sie nicht mehr gesagt hatte. »Hast du den Sohn gut gekannt?«

»Ich hätte es gern. Vielleicht wäre ich mit ihm in Israel geblieben, wenn er überlebt hätte.«

Tröstend legte ihr Saul seine Hand auf die Schulter.

Das Haus blieb dunkel. »Entweder schläft er«, meinte Chris, »oder er ist nicht zu Hause.«

»Er ist nur vorsichtig. Unerwartete Besucher zu so später Stunde – er würde in diesem Fall unter keinen Umständen Licht machen.«

»Hört sich ja fast wie wir an«, warf Chris ein.

»Er war in Dachau. Und so etwas vergißt man nicht so schnell. In diesem Augenblick späht er vermutlich gerade aus dem Fenster und fragt sich, wer wir wohl sind.«

»In diesem Fall sollten wir ihn vielleicht lieber nicht zu lange auf die Folter spannen.«

Erika stieg aus und ging im Lichtschein der Scheinwerfer auf das Haus zu. Vom Rücksitz des Wagens aus konnte Saul sie hinter einem blühenden Hartriegelbusch in der Nacht verschwinden sehen. Er wartete fünf Minuten. Schließlich wurde er doch nervös und griff nach dem Türgriff.

Im selben Augenblick tauchte Erikas schlanke Gestalt aus dem Dunkel auf. Sie stieg wieder ein.

Erleichtert stieß Saul hervor: »Ist er zu Hause? Hilft er uns?«

Nickend fuhr Erika am Haus vorbei. Ein Feldweg schlängelte sich auf den düsteren Wald dahinter zu. »Ich habe ihm gesagt, daß ich für zwei Freunde und mich einen Platz zum

175

Bleiben bräuchte. Außerdem gab ich ihm zu verstehen, daß es für ihn besser wäre, wenn er den Grund hierfür nicht wüßte. Das hat er verstanden. Er hat mir keine weiteren Fragen gestellt.« Der Camaro holperte über den Feldweg.

Saul drehte sich um und starrte aus dem Rückfenster. »Aber wieso fahren wir vom Haus weg?«

»Wir werden nicht hier bleiben.« Die Scheinwerfer leuchteten zwischen den Bäumen hindurch.

Durch die offenen Fenster konnte Saul bereits das erste Gezwitscher der erwachenden Vögel hören. Nebelschwaden zogen an ihnen vorbei. Fröstelnd schlang er seine Arme um den Oberkörper.

»Ich höre Frösche«, bemerkte Chris.

»Der Potomac ist nicht mehr weit.« Sie erreichten eine Lichtung, auf der ein von Kletterpflanzen überwuchertes Cottage stand. »Das ist sein Gästehaus, hat er gesagt. Es gibt dort Strom und Wasser.« Sie hielt an und stieg aus. Nachdem sie das Häuschen kurz begutachtet hatte, nickte sie zustimmend.

Während sie das Cottage mit Saul betrat, begab sich Chris, instinktiv das Terrain sondierend, auf die Rückseite, wo hölzerne Stufen eine steile Böschung hinab zum nebelverhangenen Fluß führten. Im Dunkeln hörte er die Wellen gegen das Ufer schwappen. Ein leises Platschen im Wasser. Es roch nach Fäulnis.

Hinter ihm ging in einem der Fenster des Cottage ein Licht an. Er wandte sich um und sah Saul und Erika in den Schränken der rustikalen Küche stöbern. Wegen des geschlossenen Fensters konnte er nicht hören, was sie sagten. Dennoch erstaunte ihn die Selbstverständlichkeit, mit der sie miteinander umgingen, obwohl sie schon zehn Jahre kein Liebespaar mehr waren. Er selbst hatte noch nie das Glück gehabt, eine solche Beziehung zu erfahren. Seine Hemmungen machten ihm zu schaffen. Unwillkürlich schnürte sich ihm die Kehle zusammen, als Saul ganz dicht an Erika herantrat und sie zärtlich küßte. Beschämt, daß er sie dabei beobachtete, wandte er sich ab.

Er kündigte sich mit einem Geräusch an, als er das Haus

betrat. Der Wohnraum war geräumig; er hatte einen Holzfußboden und eine hölzerne Wandvertäfelung; über die
Decke spannten sich mächtige Stützbalken. Zu seiner Linken
stand ein Tisch, und vor dem Kamin auf der rechten Seite war
ein Sofa aufgestellt. Alle Möbel waren mit Schonbezügen
überzogen. Ihm gegenüber befanden sich zwei Türen und
der Zugang zur Küche. Es roch nach Staub.

»Wir sollten mal lieber ordentlich lüften«, schlug Erika vor,
als sie mit Saul den Wohnraum betrat. Sie nahm die Schonbe-
züge von den Möbeln. Überall wirbelte Staub auf. »In der Küche gibt es ein paar Konserven.«

Chris überfiel ein wahrer Heißhunger. Er öffnete ein Fenster und sog in gierigen Zügen die frische Luft ein. Dann öffnete er die Türen auf der anderen Seite des Wohnraums. »Ein
Schlafzimmer. Ein Bad. Wißt ihr was? Ich mache uns schon
mal was zu essen. Währenddessen könnt ihr das Bad benutzen.«

»Nichts dagegen einzuwenden.« Erika strich sich übers
Haar und machte sich bereits daran, ihre Bluse aufzuknöp-
fen, während sie ins Bad ging und die Tür hinter sich schloß.

Sie hörten das Rauschen der Dusche und gingen in die Küche, wo sie drei Dosen Rinderstew kochten. Der Essensge-
ruch brachte Chris' Magen zum Knurren.

Das Rauschen der Dusche verstummte. Als Erika in der
Küchentür erschien, trug sie einen Bademantel, den sie im
Badezimmerschrank gefunden hatte; um den Kopf hatte sie
sich ein Handtuch geschlungen.

»Gut siehst du aus«, erklärte Saul bewundernd.

Erika machte einen spöttischen Knicks. »Und du siehst
aus, als müßtest du dringend unter die Dusche.«

Saul rieb sich den Schmutz aus dem Gesicht und lachte.
Aber eigentlich gab es nichts zu lachen. Während sie die er-
sten Löffel von dem Stew aßen, sprach niemand ein Wort.
Schließlich legte Saul seinen Löffel beiseite.

»Die Männer in der Wohnung neben deiner müssen doch
gewußt haben, daß ich es war, der mit dir nach Hause kam –
und nicht Chris. Trotzdem haben sie das Killerkommando
gerufen. Natürlich helfe ich Chris, aber schließlich ist doch er

derjenige, der den Vertrag mißachtet hat. Demnach sollten sie es doch vor allem auf ihn abgesehen haben. Aber das war nicht der Fall. Sie hatten es auf *mich* abgesehen. *Warum?*«

»Und diese Geschichte in Colorado hatte ebenfalls nichts mit dem Vertrag zu tun«, entgegnete Chris. »Was auch immer sie vorgehabt haben mögen, sie griffen erst an, nachdem ich dich aufgespürt hatte. Sie hatten es nicht auf mich abgesehen, sondern auf *dich*.«

Saul nickte besorgt. »Atlantic City. Die Mossad.«

»Diese Männer in meiner Wohnung waren nicht von der Mossad«, erklärte Erika bestimmt. »Ich hätte sonst von dem Anschlag wissen müssen. Unsere Leute hätten erst dafür gesorgt, daß ich in Sicherheit wäre, bevor sie euch getötet hätten.«

»Aber sie sind doch ganz wie Israelis vorgegangen.«

»Nur, weil sie Uzis und Berettas hatten?« hielt dem Erika entgegen.

»Das ist natürlich richtig. Selbst die Russen verwenden manchmal diese Waffen. Aber das ist noch nicht alles. Zum Beispiel die Handkantenschläge im Nahkampf.«

»Und die Art, wie sie ihre Schalldämpfer bauen; der plattfüßige Gang, wenn sie sich an einen heranschleichen. Ich weiß«, kam Erika ihren Einwänden zuvor. »Das habt ihr mir ja bereits erzählt. Dennoch beweist das noch gar nichts.«

Sauls Gesicht lief vor Ungeduld rot an. »Was soll das heißen? Niemand sonst ist auf diese Art ausgebildet.«

»Das stimmt nicht.«

Sie starrten sie ungläubig an.

»Wer sonst noch?« wollte Chris wissen.

Sie warteten.

»Ihr habt doch selbst gesagt, sie schienen für Eliot zu arbeiten«, fuhr Erika schließlich fort. »Aber sie waren von der Mossad ausgebildet.«

Sie nickten.

»Dann laßt euch das mal doch etwas durch den Kopf gehen«, forderte sie die beiden auf.

»Mein Gott«, hauchte Chris. »Diese Beschreibung trifft ja genau auf *uns* zu.«

178

Die Konsequenzen ließen Chris keinen Schlaf finden. Er lag auf dem Sofa und starrte durch das Fenster in den dämmernden Morgen hinaus. Hinter der geschlossenen Schlafzimmertür hörte er ein leises Stöhnen – Saul und Erika, die sich liebten. In dem angestrengten Versuch, sich nicht von den Geräuschen ablenken zu lassen, schloß Chris die Augen und wandte sich seinen Erinnerungen zu.

1966. Nachdem er und Saul aus Vietnam zurückgekommen und eine Weile bei der Sondereinheit gedient hatten, hatte Eliot ihnen zu einem Sonderlehrgang geraten, der ihnen den ›letzten Schliff‹ beibringen sollte, wie er es nannte. Nachdem sie getrennt zum Heathrow Airport außerhalb Londons geflogen waren, hatten sie sich an der Gepäckausgabe getroffen. Mit speziellen Schlüsseln, die sie bereits mit sich führten, hatten sie dann zwei Koffer mit teurer französischer Kleidung aus zwei Schließfächern abgeholt. Jeder Koffer enthielt auch eine Yarmulke.

Während des Flugs nach Tel Aviv hatten sie sich dann in der Toilette umgezogen. Eine Stewardeß packte ihre alten Sachen in ein paar Einkaufstüten und verstaute sie in einem leeren Lebensmittelcontainer im Heck des Flugzeugs. Nachdem sie auf dem Flughafen von Tel Aviv die Paßkontrolle passiert hatten, nahm sie eine mollige Frau mittleren Alters in Empfang. Sie sprach die beiden immer wieder mit zärtlichen Kosenamen an. Mit ihren Käppchen und der eleganten französischen Kleidung sahen sie aus wie typische Pariser Juden, die zum erstenmal in einem Kibbuz arbeiten wollten. Infolgedessen erschien es auch ganz natürlich, daß sie in einem öffentlichen Bus aus der Stadt fuhren.

Wenige Stunden später wurden ihnen in einer Art Jugendherberge zwei Zimmer zugeteilt. Sie wurden aufgefordert, sich zusammen mit zwanzig anderen Studenten unverzüglich in den Versammlungsraum zu begeben, wo sie ein alter Mann, der sich ihnen als Andre Rothberg vorstellte, begrüßte. Sein lockeres Auftreten strafte den tödlichen Ruf, den er sich erworben hatte, eindeutig Lügen. Kahlköpfig und runzlig, mit weißem Hemd, weißer Hose und weißen Schuhen bekleidet, glich er eher einem in Ehren ergrauten Sportsmann. Doch seine Vergangenheit erzählte eine andere Geschichte. Sein Vater, Fechtlehrer des letzten russischen Zaren, hatte Andre die Schnelligkeit und Koordination von Hand und Auge gelehrt, die ihm stets wertvolle Dienste leisten sollte – in den dreißiger Jahren bei seinen sportlichen Aktivitäten an der Universität Cambridge, während des Zweiten Weltkriegs im britischen Flottengeheimdienst und nach dem Waffenstillstand von 1948 schließlich in den Reihen des israelischen Geheimdienstes. Obwohl er Jude war, hatte er die britische Staatsbürgerschaft nie abgelegt, weshalb ihm auch der Zutritt zu den höchsten Kreisen der Macht in Israel beharrlich verweigert blieb. Davon unbeeindruckt, lieferte er dennoch seinen eigenen unschätzbaren Beitrag zum Wohlergehen des jungen Staates, indem er eine Methode des Selbstverteidigungstrainings entwickelte, die in ihrer Effektivität unübertroffen bleiben sollte. Rothberg nannte seine Methode ›Killer-Instinkt-Training‹. Und die Demonstrationsvorführung, deren Zeuge Chris und Saul an jenem ersten Tag wurden, raubte ihnen tatsächlich den Atem.

Auf einem Wagen, der mit Hilfe einer Kette an der Decke des großen Raums aufgehängt war, schob ein Assistent die nackte Leiche eines etwa zwanzigjährigen Mannes herein; eins achtzig groß, kräftig gebaut, vor kurzem verstorben. Die Füße auf dem Boden, wurde die Leiche in aufrechter Haltung neben Rothberg aufgehängt. Rothberg nahm ein großes Skalpell und brachte an beiden Seiten des Brustkorbs einen fünfundzwanzig Zentimeter langen Schnitt an, gefolgt von einem Querschnitt über den Bauch. Mit ein paar zusätzlichen Schnitten legte er die Knochen frei. Er ließ die Lehrgangsteilnehmer die Leiche dann genau inspizieren, wobei er sie besonders auf die unbeschädigten Rippen aufmerksam machte. Er klappte den Hautlappen wieder zurück und befestigte ihn über den Schnittstellen mit Klebstreifen.

Chris sollte nie vergessen, was nun kam. Rothberg postierte sich so, daß sein Rücken der Leiche zugewandt war. Er stand mit gespreizten Beinen plattfüßig da und streckte die

Arme, Handflächen nach unten, waagrecht von sich. Sein Assistent legte ihm auf jeden Handrücken eine Münze. Dann zählte der Assistent bis drei. In einer blitzschnellen, mit den Augen nicht wahrnehmbaren Bewegung drehte Rothberg die Hände herum und fing die Münzen auf. Gleichzeitig schnellte jedoch auch die Leiche zurück. Rothberg zeigte die Münzen, die er gefangen hatte. Nachdem er sie in seine Hosentasche gesteckt hatte, wandte er sich wieder der Leiche zu, entfernte den Klebstreifen und zog den Hautlappen ab. Auf beiden Seiten waren mehrere Rippen gebrochen. Rothberg hatte nicht nur in Sekundenbruchteilen seine Hände herumschnellen lassen, um die Münzen aufzufangen. Gleichzeitig hatte er auch noch seine Ellbogen nach hinten gegen den Brustkorb des Toten gestoßen, ohne daß diese Bewegung mit bloßen Augen wahrzunehmen gewesen wäre. Diese Beweglichkeit wäre in jedem Fall erstaunlich gewesen; sie war dies um so mehr bei einem Mann über sechzig. Während durch die versammelten Lehrgangsteilnehmer ein erstauntes Raunen ging, blickte Chris sich um. Und bei dieser Gelegenheit fiel ihm zum erstenmal Erika auf.

»Wie Sie sehen«, erläuterte Rothberg dazu, »hätten unserem Freund hier, wenn er noch am Leben gewesen wäre, seine gebrochenen Rippen die Lunge durchbohrt. Er wäre an dem Schaum, der sich in seiner Lunge aus der Vermengung von Blut und Luft gebildet hätte, gestorben. Zyanotisch in drei Minuten, tot in sechzehn – ausreichend Zeit, um gegebenenfalls eine Droge zu injizieren. Aber was das Wichtigste ist: Es handelt sich dabei um eine irreparable Verletzung, die Ihre Fähigkeiten, sich gegen andere zur Wehr zu setzen, minimal beeinträchtigt. Zu den drei wichtigsten Waffen, die Ihnen Ihr Körper bietet und die ihre Funktionsfähigkeit selbst unter extremsten Bedingungen nicht verlieren, gehören die Ellbogenspitze, die Haut zwischen Daumen und Zeigefinger und die Handkante. Künftig werden Sie lernen, diese Waffen schnell und koordiniert sowie aus der angemessenen Haltung heraus anzuwenden. Doch vorerst wollen wir uns zum Abendessen zurückziehen. Danach werde ich Ihnen noch den korrekten Gebrauch von Garrotte und Messer demonstrieren. Während der nächsten paar Tage werden Sie also mit einer Unmenge von Informationen überhäuft werden.«

Aus diesen ›paar Tagen‹ sollten sieben Wochen werden. Jeden Tag mit Ausnahme des Sabbat wurden Chris und Saul von Sonnenaufgang bis Sonnenuntergang dem intensivsten Training unterzogen, das sie je mitgemacht hatten. Auf die praktischen Demonstrationen folgten Trainingsstunden unter Aufsicht eines Lehrers und schließlich endlose Stunden unermüdlichen Übens. Sie wurden auch im Fechten und im Ballettanz unterrichtet.

»Um Sie beweglicher zu machen«, erläuterte Rothberg dazu. »Sie werden die Notwendigkeit dieses Übungsprogramms sicher bald einsehen. Es kommt weder auf Kraft an noch auf Ausdauer. Ganz gleich, wie kräftig gebaut und wie stark Ihr Gegner im Verhältnis zu Ihnen auch sein mag. Reflexe – das ist der entscheidende Faktor; daher auch der Fecht- und Ballettunterricht. Sie müssen lernen, Ihren Körper unter Kontrolle zu bekommen, sich in ihm vollkommen zu Hause zu fühlen, Verstand und Muskeln zu einer Einheit zu verschmelzen. Ihre Gedanken müssen unmittelbar in Aktion umgesetzt werden. Zögern, falsches Timing und schlecht plazierte Schläge versetzen Ihren Gegner in die Lage, Sie zu töten. Schnelligkeit, Reflexe und die entsprechende Koordination – diese Fähigkeiten sollen Sie sich ebenso wie Ihren Körper als Waffen zunutze machen. Üben Sie, bis Sie sich vor Erschöpfung nicht mehr rühren können, bis Ihnen Ihre bisherige Ausbildung, wie hart sie auch gewesen sein mag, eher wie ein Zuckerlecken erscheint. Und dann üben Sie noch mehr.«

Wenn sie sich nicht in den Unterrichtsräumen oder in der Turnhalle aufhielten, trainierten Saul und Chris noch stundenlang auf ihren Zimmern weiter. In Nachahmung Rothbergs streckte Chris seine Arme, Handflächen nach unten, von sich. Saul legte ihm jeweils eine Münze auf den Handrücken. Chris riß seine Hände weg und versuchte, die fallenden Münzen aufzufangen. Dann war Saul an der Reihe. Nach der ersten Woche hielten sie den Trick noch immer für undurchführbar. Die Münzen fielen entweder zu Boden, oder sie bekamen sie nur ganz spät oder nicht richtig zu fassen. »Eben bist du gekillt worden«, zogen sie sich nach jedem fehlgeschlagenen Versuch gegenseitig auf. Gegen Ende der zweiten Woche hatten sich ihre Reflexe so weit verbessert, daß sie die Münzen in einer einzigen, zügigen Bewegung auffangen konnten. Die Münzen schienen, wie durch einen Zauber festgehalten, in der Luft zu hängen, bevor sie zu Boden fielen.

Doch das Auffangen der Münzen stellte selbstverständlich nur ein Zwischenstadium dar. Sobald Saul und Chris das Problem, sie aufzufangen, gemeistert hatten, wurde der Schwierigkeitsgrad weiter erhöht. Rothberg hatte ihnen erklärt, daß sie nicht nur mit den Ellbogen Schläge nach hinten auszuteilen lernen sollten, sondern auch nach vorn – mit den Handkanten, und zwar mit unverminderter Schnelligkeit. Um diese zweite Angriffstechnik zu üben, stellten Chris und Saul zwei Bleistifte auf einen Tisch vor sich. Wenn sie nun die Hände unter den Münzen wegrissen, mußten sie erst die Bleistifte vom Tisch schlagen, bevor sie die Münzen auffingen. Erneut schien dieses Kunststück ein Ding der Unmöglichkeit. Entweder erwischten sie die Münzen nicht mehr, oder sie verfehlten die Bleistifte, oder sie bewegten sich überhaupt so ungelenk, daß sie sich nur gegenseitig zurufen konnten: »Eben bist du gekillt worden.«

Wunderbarerweise waren sie nach Beendigung der dritten Woche in der Lage, beide Tricks gleichzeitig auszuführen. Doch auch die Bleistifte vom Tisch zu stoßen, war nicht der Endzweck. Neben Schnelligkeit und Koordination kam es nun noch auf die Treffgenauigkeit an. Zu diesem Zweck bestrichen sie ihre Handflächen mit Tinte, um damit dann einen auf ein Blatt Papier an der Wand gemalten Kreis zu treffen, bevor sie die Münzen auffingen. Erst gelang es ihnen entweder nicht, einen Tintenabdruck auf dem Papier an der Wand zu hinterlassen, oder sie konnten die Münzen nicht auffangen. Aber zu Beginn der fünften Woche hinterließen sie dann bereits gut plazierte Handabdrücke an der Wand und konnten gleichzeitig die Münzen in ihren Handflächen aufblitzen sehen, wenn sie ihre Fäuste öffneten. Diesmal lau-

tete der Kommentar dazu: »Der andere ist gekillt worden.«
Schließlich war Rothberg der Überzeugung, daß sie weit genug fortgeschritten waren, um an Leichen trainieren zu können. In der letzten Woche bestand er dann auf einer Abschlußprüfung. »Stecken Sie die Münzen in Ihre Hosentaschen und ziehen Sie sich diese gepolsterten Westen über«,
forderte er sie auf. »Und jetzt üben Sie mal an sich selbst.«

Chris lag auf dem Sofa im Wohnraum des Cottage und beobachtete das Spiel der Sonnenstrahlen auf dem Fenster. Der
Potomac floß sanft plätschernd dahin. Eine leichte Brise rieb
die Zweige aneinander, Vögel sangen. Dabei fiel ihm wieder
ein, daß es in diesem Kibbuz keine Vögel gegeben hatte. Nur
Hitze und Sand und sieben Wochen voller Schmerz und
Schweiß und angestrengten Übens. Aber nach Abschluß seines Killer-Instinkt-Trainings war er dem Ziel seiner Vervollkommnung, das Eliot ihm unablässig vor Augen gehalten
hatte, so nahe wie nur möglich gekommen. Er zählte nun zu
den wenigen Auserwählten, den Besten, den Diszipliniertesten, Fähigsten, Tödlichsten – ein Weltklasse-Agent am Beginn seiner Karriere. Das war 1966 gewesen, dachte Chris.
Als ich noch jung war.

Nach all den Erfolgen, Fehlschlägen und Verraten wandte
Chris sich nun den Jahren zu, die seitdem verflossen waren.
Geheimdienst, Kloster, wieder Geheimdienst, seine Bewährungsprobe in Rom, die ›Kirche des Mondes‹, das Grab, das
er in Panama ausgehoben hatte. Der Ablauf schien vorherbestimmt. Im Alter von sechsunddreißig Jahren zog er alles in
Betracht, was er gelernt hatte. Er analysierte jene sieben Wochen in Israel und rief sich Erikas Bemerkung wieder ins Gedächtnis zurück, daß nämlich die Beschreibung der Männer,
die Saul in Atlantic City gejagt hatten, auch auf Saul und ihn
selbst zutraf. Sie hatten es also mit Männern zu tun, die für
Eliot arbeiteten, aber von der Mossad ausgebildet worden
waren. Dennoch konnte Chris sich beim besten Willen an
keine anderen Amerikaner erinnern, die bei Rothberg ausgebildet worden waren. Diese Schlußfolgerung schnürte ihm
den Magen zusammen. Hatte Eliot ihn auch in diesem Punkt
belogen? Hatte er zu einem anderen Zeitpunkt doch Agenten

zu Rothberg geschickt, obwohl er Chris und Saul versichert hatte, daß sie völlig einzigartig wären? Weshalb hätte ihnen Eliot diesbezüglich etwas vormachen sollen?

Chris fiel noch etwas anderes ein. Während Erika hinter der geschlossenen Schlafzimmertür stöhnend einen sexuellen Höhepunkt erlebte, erinnerte er sich noch einmal an den Augenblick, als er sie vor sechzehn Jahren in Israel zum erstenmal gesehen hatte. Kurz danach war Saul von Chris' Gruppe versetzt worden; er kam in Erikas Team. Trotz ihres dichtgedrängten Zeitplans hatten sie doch irgendwie die Zeit gefunden, ein Liebespaar zu werden. Chris spürte ein schweres Gewicht auf seiner Brust. Damals war sein Verlangen, Eliots Ansprüchen gerecht zu werden, so groß gewesen, daß er keine Emotionen außer seiner absoluten Loyalität seinem Vater und Bruder gegenüber in sich zugelassen hatte. Er hatte sich von jeglichem Verlangen nach Befriedigung und Erfüllung geläutert – es sei denn, sein Vater ließ es zu. Sex war zu therapeutischen Zwecken erlaubt. Aber eine Liebesaffäre wäre undenkbar gewesen. »So etwas kompromittiert einen nur«, hatte Eliot dazu erklärt. »Gefühle lenken nur ab. Sie hindern dich daran, dich voll und ganz auf eine Sache zu konzentrieren. Das kann bei der Durchführung eines Auftrags tödliche Folgen haben. Zudem könnte sich eine Geliebte plötzlich gegen dich kehren. Oder eine gegnerische Partei könnte sie zur Geisel nehmen und dich dadurch zwingen, gegen deine eigene Seite zu arbeiten. Nein, die einzigen Menschen, die du lieben kannst, denen du vertrauen und auf die du dich verlassen kannst, sind Saul und ich.« Das Gewicht drückte schwerer auf seine Brust nieder. Bitterkeit stieg in ihm auf. Trotz seiner Konditionierung hatte Chris schließlich doch so etwas wie Emotionen verspürt – zwar nicht Liebe für eine Frau, aber Schuldgefühle für seine Taten und Scham darüber, daß er seinen Vater enttäuscht hatte. Er wurde von widersprüchlichen Gefühlen hin und her gerissen. Um seinem Vater zu gefallen, hatte er, wie ihm jetzt klar wurde, seine grundlegendsten menschlichen Bedürfnisse hintangestellt. Und nun hatte sich sein Vater gegen ihn gewandt. Hatte ihm Eliot etwa unter anderem auch, was die Liebe be-

traf, etwas vorgemacht? Chris' ganzer Körper brannte vor Bedauern über das Leben, das er hätte kennenlernen können –
ein Leben, das zu führen ihm seine Scham und seine Schuldgefühle nun nicht mehr gestatteten. Wäre da nicht die Verpflichtung gewesen, Saul zu helfen, hätte er sich umgebracht, nur um diese Qualen des Selbstekels zu beenden. All
die Dinge, die Eliot mich tun ließ, dachte er grimmig. Er ballte
die Fäuste. Und die Normalität, die mir nie gestattet wurde.
Unfähig, Ärger über Saul zu verspüren, beneidete er ihn
doch; denn Saul hatte es zuwege gebracht, sowohl Eliot treu
zu bleiben als auch persönliche Erfüllung zu finden. Allerdings war er nun auch dazu imstande, so etwas wie Wut über
Eliot zu empfinden. Schaudernd schloß er krampfhaft die
Augen, sein ganzer Körper von Bedauern durchpulst. Wenn
es damals anders gelaufen wäre, fragte er sich unter heftigem
Kopfschütteln, wenn er und nicht Saul in Erikas Gruppe versetzt worden wäre – seine Kehle schnürte sich krampfhaft zusammen –, wäre dann vielleicht er derjenige gewesen, der
nun ihren bebenden Körper in seinen Armen hielt?

10

Erika betrachtete sich im Spiegel der Umkleidekabine. Durch
die Klapptür konnte sie die zwei Verkäuferinnen sich unterhalten hören. Um zehn Uhr, als sie das Kaufhaus betreten
hatte, gab es dort noch kaum Kundinnen, so daß sie in ihrem
verdreckten Aufzug nicht weiter auffiel. Sie war rasch in die
Damenbekleidungsabteilung gegangen und hatte sich dort
ein paar BHs und Slips, eine Cordjacke, eine Paisley-Bluse,
Jeans und hohe Lederstiefel ausgesucht. Dann hatte sie sich
in der Umkleidekabine umgezogen.

Ihre alten Sachen unter den Arm geklemmt, öffnete sie die
Tür der Kabine einen Spalt und spähte vorsichtig nach draußen. Außer ihr waren keine anderen Kundinnen zu sehen.
Die Verkäuferinnen wandten sich ihr zu, als Erika auf sie zutrat.

»Versuchen Sie nur nicht, in nagelneuen Sachen einen

platten Reifen zu wechseln«, sagte Erika. »Ich hätte lieber die Straßenwacht verständigen sollen.«

»Oder Ihren Freund«, bemerkte die jüngere der beiden Verkäuferinnen, der offensichtlich aufgefallen war, daß Erika keinen Ehering trug.

»Von dem habe ich mich gerade getrennt. Ehrlich gesagt, hat er auch nichts getaugt.«

Die ältere Verkäuferin lachte.

»Das kenne ich«, schmunzelte ihre junge Kollegin. »Mein Freund taugt auch nichts. Außer im...«

Sie lachten neuerlich.

»Ihre Figur hätte ich gern«, meinte die ältere Verkäuferin sehnsüchtig. »Diese Sachen passen Ihnen großartig.«

»Nach diesem Platten mußte doch schließlich wieder etwas klappen. Könnte ich Ihnen meine alten Sachen gleich dalassen?« Sie hielt ihre verdreckte Hose und die Bluse hoch.

»Selbstverständlich. Ich weiß auch schon, was wir damit machen werden.« Damit warf die jüngere der beiden Verkäuferinnen die Sachen in einen Abfalleimer hinter dem Ladentisch. Während die ältere Verkäuferin die Preisschilder entfernte, zahlte Erika. Sie mußte verstohlen grinsen, als sie den Namen auf der Quittung las. Goldbloom's. Da kann ich ja auch gleich noch koscher essen, dachte sie.

In der Herrenabteilung warf sie einen kurzen Blick auf den Zettel, auf dem ihr Saul und Chris ihre Konfektionsgrößen notiert hatten. Sie wählte für beide eine Popelinehose aus, sowie ein Tennishemd und eine leichte Windjacke für Saul und ein braunes Sporthemd und eine hellblaue Sommerjacke für Chris. Ihr Timing war perfekt. Punkt halb elf blieb sie vor dem Münzfernsprecher neben dem Fundbüro am Ausgang stehen. Sie gab dem Fräulein vom Amt eine Washingtoner Nummer durch und warf dann den angegebenen Betrag ein, während die Verbindung hergestellt wurde. Das Telefon läutete einmal an. Dann meldete sich eine Frauenstimme: »Guten Morgen, hier ist die israelische Botschaft.«

»*Ma echpat li?*«

Übersetzt bedeutete dieser Satz in etwa: »Was geht das mich an?« Er stammte von der hebräischen Aufschrift auf einem Poster einer jüdischen Waschfrau mit entweder resigniert oder angewidert erhobenen Händen, das direkt über der Telefonzentrale der Botschaft aufgehängt war. Die Telefonistin wußte sofort, daß sie den Anruf an die Alarmbereitschaft im Keller weiterzuleiten hatte.

Misha Pletz, ein ausgemergelter fünfunddreißigjähriger Mann mit einem Schnurrbart und einem erbarmungslos zurückweichenden Haaransatz, Chef der Logistikabteilung der Mossad an der amerikanischen Ostküste, steckte seinen Stecker ein. »Einen Augenblick bitte.« Er schaltete ein Meßgerät neben sich ein und beobachtete seine Anzeige. Mit dem Instrument wurde die Stromspannung gemessen, unter der die Telefonleitung stand. Wäre die Leitung angezapft gewesen, wäre der Zeiger von seiner üblichen Position abgewichen. Doch die Anzeige stand auf normal. »*Shalom*«, sagte Pletz schließlich.

Aus dem Hörer drang eine rauchige, sehr frauliche Stimme. Langsam gab sie ihm durch: »Nehmen Sie keine Anrufe von außen entgegen. Vierzehn Uhr dreißig.«

Ein Klingelzeichen zeigte an, daß die Verbindung unterbrochen war.

Pletz zog den Stecker heraus. Dann fuhr er mit dem Finger über eine Liste, die links von seinem Arbeitsplatz an der Wand hing. Nachdem er die Karte für diesen Tag herausgezogen hatte, überflog er die darauf vermerkten Nummern. Der Anruf war um halb elf hereingekommen. Neben dieser Zeitangabe stand der Name des Agenten, der in einem Notfall um diese Zeit anrufen sollte: Bernstein, Erika.

Pletz runzelte die Stirn. Seit den letzten sechsunddreißig Stunden – seit dem fehlgeschlagenen Anschlag auf ihre Wohnung – wußte in der Botschaft niemand, wo Erika sich aufhielt oder ob sie überhaupt noch am Leben war. Tags zuvor war die Polizei in der Botschaft erschienen, um den zuständigen Stellen zu berichten, was vorgefallen war, und ihre Erkundigungen über die Vermißte einzuziehen. Sie waren vom Personalchef empfangen worden, der ihnen sein Bedauern über die Morde ausdrückte und sich gleichzeitig bereit erklärte, der Polizei in jeder erdenklichen Weise behilflich zu sein. Diese Hilfe bestand dann darin, daß er der Polizei Einblick in Erikas Personalakte gewährte, die sich lediglich auf ihre Funktion als Botschaftsangestellte bezog und keinerlei Hinweise auf ihre Tätigkeit als Oberst der Mossad beinhaltete. Sie lebe sehr zurückgezogen, erklärte der Personalchef. Sie habe kaum Freunde. Er nannte ihre Namen. Nachdem sie also dem Anschein nach eine Menge, in Wirklichkeit jedoch nichts erfahren hatten, verabschiedeten sich die Detektive wieder; sie waren sichtlich unzufrieden. Pletz ging davon aus, daß sie für den Fall, daß Erika dort auftauchte, die Botschaft überwachen lassen würden, obwohl ihm am Abend zuvor aus zuverlässiger Quelle mitgeteilt worden war, daß die Ermittlungen unerklärlicherweise eingestellt worden waren. Seitdem hatte Pletz gewartet. Da sie ihn zum baldmöglichsten Zeitpunkt hätte anrufen sollen, verleitete ihn ihr sechsunddreißigstündiges Schweigen zu der Annahme, daß sie tot war.

Doch nun hatte sie sich gemeldet. Pletz' Erleichterung machte jedoch binnen kurzem gesteigerter Alarmbereitschaft Platz. Sie hatte gesagt: »Nehmen Sie keine Anrufe von außen entgegen.« Diese verschlüsselte Nachricht bedeutete, daß er jegliche Zusammenarbeit mit anderen Geheimdiensten, auch dem der Vereinigten Staaten, unterlassen sollte. Die Zeitangabe ›vierzehn Uhr dreißig‹ bezog sich auf den Zeitpunkt ihres nächsten Anrufs. Vermutlich von einem abhörsicheren Telefon. Noch vier Stunden. Pletz haßte Warten.

Was zum Teufel war hier eigentlich los?

12

»Sie werden zusammenbleiben«, sagte Eliot. »Die beiden und die Frau.«

»Glaube ich auch«, nickte sein Assistent. »Zu dritt können sie sich besser verteidigen.«

»Und außerdem können sie sich ihrer Kontakte bedienen.« Aus Sicherheitsgründen hielt sich Eliot so wenig wie möglich in seinem Büro auf. Er hatte sich in sein Gewächshaus zurückgezogen, um sich etwas abzulenken. Er untersuchte den Anflug von Mehltau auf den Blättern einer ›American Beauty‹. »Wir müssen davon ausgehen, daß sie in ihrer Botschaft anrufen wird. Das Hackersystem der Israelis ist allerdings zu raffiniert, als daß wir versuchen könnten, ihre Gespräche abzufangen.«

Sein Assistent sah zu dem finster blickenden, muskulösen Wachposten an jedem Eingang des Gewächshauses hinüber. Eliot hätte sich für seinen Schutz die besten Leute seiner Dienststelle aussuchen können. Statt dessen hatte er auf zwei Männer zurückgegriffen, von denen sein Assistent noch nie etwas gehört hatte. Eliot hatte sie ihm mit Castor und Pollux vorgestellt – zwei Decknamen, die dem Assistenten nicht vertraut waren. Dennoch war Eliot offensichtlich entschlossen, die Bewachung dieses Allerheiligsten nur diesen beiden Männern anzuvertrauen. Der Assistent war sich nicht recht im klaren darüber, was er davon halten sollte.

»Es dürfte jedoch nicht allzu schwer zu erraten sein, was sie ihrer Botschaft mitteilen wird.« Eliots Hand zitterte ganz leicht. »Ich würde mir an ihrer Stelle Geld und die nötigen Ausweise besorgen – Pässe, Führerscheine, Kreditkarten, vermutlich auf verschiedene falsche Namen ausgestellt. Die Israelis verlassen sich bei so etwas nicht auf fremde Hilfe. Derlei Angelegenheiten erledigen sie ausschließlich innerhalb der Mauern ihres Botschaftsgebäudes.«

Der Assistent reichte Eliot ein Tuch, an dem dieser sich die Hände abwischte. »Demnach werden sie ihr eine Lieferung zukommen lassen müssen.«

Eliot betrachtete seinen Assistenten mit ungewohntem

Wohlwollen. »Ganz richtig. Genau darauf wollte ich hinaus. Sorgen Sie dafür, daß jede Person, welche die Botschaft verläßt, beschattet wird.«

»Dazu werden wir einige Leute benötigen.«

»Reden Sie sich auf den Vertrag heraus. Sagen Sie dem KGB und den anderen Organisationen, daß sie der Kurier zu Remus führen wird. Geben Sie ihnen außerdem zu verstehen, daß wir kurz davor stehen, den Übeltäter zu schnappen.«

Nun war der Assistent an der Reihe, anerkennend zu nikken. »Gute Idee.«

»Erstaunlich, wie einem die Dinge aus der Hand gleiten können. Wenn Romulus in Atlantic City beseitigt worden wäre, hätte sich keines der anderen Probleme für uns erhoben.«

»Remus hätte den Vertrag trotzdem verletzt.«

»Auf ihn kommt es hier nicht an. Im Augenblick zählt nur Romulus. Die Paradigm Foundation mußte vernichtet werden. Und der Präsident mußte in dem Glauben gelassen werden, dies ginge auf das Konto der Israelis.« Eliot zuckte zusammen; der Mehltau hatte auf eine andere Rose übergegriffen. »Nach Colorado, sobald wir annehmen konnten, an welche ihrer Freunde sie sich wenden würden, hätten wir uns diesen Schnitzer in der Wohnung der Frau nicht erlauben dürfen. Sie sind uns immer einen Schritt voraus. Das dürfte eigentlich nicht sein. Ich habe Saul ausgewählt, weil er das Alter der maximalen Leistungsfähigkeit bereits überschritten hat – ähnlich einem Sportler, bei dem sich die ersten Alterserscheinungen bemerkbar machen. Ich hätte mir nie träumen lassen, daß er...«

»...ein Comeback schaffen würde?«

Eliot zuckte mit den Achseln. »Das gleiche gilt für Chris. Ich war sicher, daß es ihm gelingen würde, Saul zu finden. Aber nach dem Kloster und vor allem nach dem Vorfall in Bangkok hätte ich nie gedacht, daß er so lange am Leben bleiben würde. Es sieht schlecht für uns aus.« Eliots Stirn legte sich noch mehr in Falten. »Wenn sie die Wahrheit erfahren sollten...«

191

»Wie könnten sie das?«

»Vor zwei Wochen hätte ich das noch für vollkommen ausgeschlossen gehalten. Aber bei ihrem bisherigen Glück...« Eliot schien das Gesicht zusammenzukneifen. »Wenn es nicht etwas mehr als Glück ist.«

13

»Ich kann Sie bis morgen nach Israel schaffen lassen«, teilte Pletz über das abhörsichere Telefon in seinem Büro Erika mit. »Sie wären also in Sicherheit, während wir der Sache auf den Grund gehen.«

»Das geht nicht.« Erikas rauchige Stimme klang besorgt. »Ich muß bei Chris und Saul bleiben.«

»Wir können Ihre Freunde unmöglich schützen. Wenn die anderen Geheimdienste herausfänden, daß wir jemandem helfen, der den Vertrag verletzt hat...«

»Darum geht es hier doch gar nicht. Ja, sie sind Freunde von mir, aber sie sind in eine Sache verwickelt, die nichts mit dem Vertrag zu tun hat und die immerhin so wichtig sein muß, daß man auch meinen Tod in Kauf genommen hätte, nur um sie aus dem Weg zu räumen. Ich möchte herausfinden, was hinter dieser ganzen Geschichte steckt. Eines jedenfalls kann ich Ihnen jetzt schon sagen. Irgendwie ist daran auch die Mossad beteiligt.«

Pletz erstarrte unwillkürlich. »Aber Sie wissen doch ganz genau, daß wir nicht versucht haben, Sie zu töten.«

»Aber irgend jemand möchte den Anschein erwecken, als wäre das der Fall.«

»Aber das ist doch Wahnsinn. Warum?«

»Genau das möchte ich herausfinden. Ich muß jetzt Schluß machen. Vermutlich wird man festzustellen versuchen, von wo ich anrufe. Besorgen Sie mir die Papiere, um die ich Sie gebeten habe – die Führerscheine und Kreditkarten. Und noch etwas.«

»Ich weiß. Das Geld.«

»Nein, etwas Wichtigeres.«

»Und das wäre?« Pletz stockte der Atem, als er Erikas Antwort hörte.

14

Als der gut gekleidete Mann, gegen die Sonne anblinzelnd, mit einem Aktenkoffer die Botschaft verließ, ging er davon aus, daß er beschattet werden würde. Den ganzen Tag über hatte das Überwachungsteam der Botschaft eine auffallend rege Beobachtungstätigkeit im Umkreis des Botschaftsgeländes festgestellt. Jeder, der die Botschaft verließ – sei es zu Fuß oder in einem Wagen –, wurde ohne Ausnahme beschattet. Entsprechend hatte das Sicherheitsteam, das mit Pletz zusammenarbeitete, veranlaßt, daß eine ungewöhnlich hohe Anzahl von Kurieren die Botschaft verließ. Angesichts der umfangreichen Kurieraktivitäten konnte sich dieser Kurier nun eine berechtigte Chance ausrechnen, seine Mission erfolgreich zum Abschluß zu bringen.

Zuerst suchte er eine Buchhandlung auf und kaufte sich dort Stephen Kings neuesten Roman. Einen Block weiter betrat er ›Silverstein's Kosher Market‹, wo er Mazzen und Hühnerleberpastete kaufte. Darauf erstand er in einer Weinhandlung eine Flasche Weißwein. Wieder einen Block weiter betrat er ein Wohnhaus, wo er in seiner Wohnung von seiner Freundin zärtlich in Empfang genommen wurde.

In dem koscheren Lebensmittelgeschäft hatte er seinen Aktenkoffer gegen einen anderen eingetauscht, der genau gleich aussah. Der Lebensmittelhändler entnahm dem Original ein kleines Päckchen, um den Aktenkoffer dann sofort sorgfältig zu verstecken. Eingewickelt in Verpackungspapier mit der Aufschrift ›Räucherlachs‹ lag das Päckchen inzwischen unter koscherem Fleisch und Delikateßkonserven auf dem Boden eines Pappkartons. Während die Frau des Lebensmittelhändlers den Laden im Auge behielt, trug Silverstein selbst den Karton zu seinem Lieferwagen im Hinterhof, wo er ihn mit einer Reihe anderer Schachteln verstaute, um damit dann zum Marren-Gold-Lieferservice loszufahren.

Am nächsten Morgen lieferte Golds Firma die Schachteln an Dr. Benjamin Schatner in Georgetown aus, der an diesem Tag illustre Gäste erwartete, um das Bar Mitzvah seines Sohnes gebührend zu feiern. Nach der Feier beschloß Bernie Keltz, einer der geladenen Gäste, mit seiner Familie zu George Washingtons Besitz am Mount Vernon zu fahren. Das herrschaftliche Haus lag nur fünfunddreißig Kilometer weit entfernt, Keltz' Kinder hatten es noch nie gesehen, und überhaupt würde es dort mit all den blühenden Blumen herrlich sein.

Keltz stellte seinen Wagen auf dem Besucherparkplatz ab. Dann ging er mit seiner Frau und seinen zwei Töchtern einen Weg entlang, bis sie an ein Tor gelangten. Lächelnd schauten sie in der sanften Brise über die weitläufigen Rasenflächen auf den Herrschaftssitz im hinteren Teil des Grundstücks. Während sie dann unter leise rauschenden Bäumen an farbenfrohen Blumenbeeten vorbeispazierten, erklärte Keltz seinen Töchtern die Funktionen der einzelnen Gebäude – das Spinnhaus, das Räucherhaus, das Lagerhaus. »Das Gut war wie ein kleines Dorf. Vollkommen autark.« Die beiden Mädchen spielten auf dem verwitterten Ziegelweg ein Hüpfspiel.

Um halb vier Uhr stellte Keltz' Frau ihre große Umhängetasche vor einer Vitrine des ›Washingtons-Zuhause-ist-auch-Ihr-Zuhause‹-Souvenirladens auf den Boden. Neben ihr war Erika in die Betrachtung von Diaserien versunken. Während Keltz eine gußeiserne Nachbildung des Washington-Monuments kaufte und sich noch in Geschenkpapier einpacken ließ, nahm Erika die Handtasche an sich und verließ damit den Laden.

15

Neben den Führerscheinen und Kreditkarten waren mehrere Computerausdrucke über den Eßtisch in dem Cottage am Potomac ausgebreitet. Während hinter dem durch den Sonnenuntergang in den verschiedensten Rottönen erstrahlenden Fliegengitter vor dem offenen Fenster der Fluß leise dahin-

plätscherte, waren Saul, Chris und Erika über eine Papier-
rolle mit einer Liste all der Personen gebeugt, die, obwohl
Amerikaner und nicht in den Diensten der Mossad stehend,
dennoch an Andre Rothbergs Killer-Instinkt-Trainingslehr-
gängen in Israel teilgenommen hatten. Obwohl ihn diese An-
frage Erikas verwundert hatte, hatte Misha Pletz die gewünschte Information doch von den Computern der Botschaft angefordert.

1965 Sgt. First Class Kevin McElroy, U. S. A., S. F.
     Sgt. First Class Thomas Conlin, U. S. A., S. F.
1966 Lt. Saul Grisman, U. S. A., S. F.
     Lt. Christopher Kilmoonie, U. S. A., S. F.
1967 Staff Sgt. Neil Pratt, U. S. A., Rangers
     Staff Sgt. Bernard Halliday, U. S. A., Rangers
1968 Lt. Timothy Drew, U. S. A., S. F.
     Lt. Andrew Hicks, U. S. A., S. F.
1969 Gunnery Sgt. James Thomas, U. S. M. C., Recon
     Gunnery Sgt. William Fletcher, U. S. M. C., Recon
1970 Petty Officer Arnold Hackett, U. S. N., Seals
     Petty Officer David Pews, U. S. N., Seals

Die Liste ging noch weiter – neun Jahre, achtzehn Namen.
    »Ist doch nicht zu fassen«, stieß Chris hervor.
    Erika warf ihm einen kurzen Blick zu. »Ihr habt euch für
vollkommen einzigartig gehalten.«
    »Zumindest hat uns das Eliot glauben gemacht. Er sagte, er
wollte, daß wir etwas ganz Besonderes wären. Die einzigen
Agenten auf der ganzen Welt, die über diese spezielle Kombination von Fähigkeiten verfügen sollten.«
    Erika zuckte mit den Achseln. »Vielleicht fand er, daß ihr
euch so gut gemacht habt, daß er das Experiment wiederholen wollte.«
    Saul schüttelte den Kopf. »Dieser Liste zufolge wurden be-
reits ein Jahr vor uns zwei Leute nach Israel geschickt. Eliot
hat also von Anfang an gelogen, als er behauptete, wir wären
völlig einzigartig.«
    »Und auch später«, fuhr Chris fort. »In den siebziger Jah-

ren, nachdem bereits eine Reihe von Männern auf ähnliche Weise wie wir ausgebildet worden waren, hat er uns immer noch erzählt, wir wären die einzigen unserer Art.«

Erika wandte sich wieder der Liste zu. »Vielleicht war er daran interessiert, daß ihr euch einzigartig fühltet.«

»So zartbesaitet bin ich nun wirklich nicht«, schnaubte Chris. »Es hätte mir nicht das geringste ausgemacht, wenn ich gewußt hätte, daß auch noch andere auf dieselbe Weise ausgebildet worden sind. Ich wollte doch nichts weiter, als meine Arbeit gut zu machen.«

»Und Eliot zufriedenzustellen«, fiel Saul ein.

Chris nickte. »Deshalb haben wir versucht, immer unser Bestes zu geben. Warum also hat er uns belogen, was diese anderen Männer betrifft?«

»Wir wissen doch gar nicht mit Sicherheit, ob es tatsächlich Eliot war, der diese anderen Männer bei Andre Rothberg ausbilden ließ«, warf Erika ein.

»Wir müssen aber davon ausgehen, daß dem so war.«

»Das dürfen wir im Augenblick noch keineswegs«, entgegnete Erika. »Wir können uns gegenwärtig noch keine Vermutungen leisten. Vielleicht hatte jemand anderer dieselbe Idee wie Eliot. Augenblicklich wissen wir nur, was auf dieser Liste steht. Und was können wir dem entnehmen?«

»Gewisse durchgängige Strukturen«, erklärte Saul. »Die Männer wurden immer paarweise nach Israel geschickt.«

»Wie wir.«

»Die beiden Männer jeweils eines solchen Paars bekleideten stets den gleichen Rang. McElroy und Conlin im Jahr 1965 waren Sergeants. Saul und ich waren Lieutenants. Pratt und Halliday nach uns waren Staff Sergeants.« Saul fuhr mit dem Zeigefinger über die Liste mit den restlichen Dienstgraden – Gunnery Sergeants und Petty Officers.

»Die beiden Angehörigen eines Paars gehörten jeweils demselben militärischen Bereich an«, fuhr Chris fort. »McElroy und Conlin waren bei den Special Forces.«

»Wie wir«, fügte Saul hinzu.

»Pratt und Halliday gehörten den Rangers an. Thomas

196

und Fletcher dem Marine-Nachrichtendienst. Hackett und Pews waren Navy Seals.«

»Aber dieses Schema läßt sich nicht durchgehend verfolgen«, wandte Erika ein. »In dieser Hinsicht unterscheiden sich die vier Paare voneinander. Sie gehören unterschiedlichen militärischen Einheiten an – Special Forces, Rangers, Recon und Seals.«

»Natürlich unterscheiden sie sich dadurch«, entgegnete Chris. »Aber gleichzeitig haben sie doch etwas gemeinsam.«

Erika runzelte verwirrt die Stirn.

»Es handelt sich dabei ausschließlich um Angehörige von Eliteeinheiten«, erklärte ihr Saul. »Sie gehören zu unseren am besten ausgebildeten Truppeneinheiten.«

»Natürlich«, nickte Erika.

Saul brauchte ihr das Ganze nicht näher zu erläutern. Sie wußte ebensogut wie er, daß das amerikanische Militär wie eine Pyramide aufgebaut war. Je besser die Ausbildung, desto weniger Soldaten wurde sie zuteil. Die dem Heer zugehörigen Rangers und die Aufklärungseinheit des Marine Corps waren kleine, hervorragend ausgebildete Einheiten. Über ihnen kamen jedoch noch die Special Forces des Heeres, die noch kleiner und noch besser ausgebildet waren. Die absolute Spitze bildeten jedoch die Navy Seals. Diese hierarchische Gliederung diente der amerikanischen Regierung, das Militär unter Kontrolle zu halten. Falls die Rangers oder Recon einen Coup planten, wurden die Special Forces herangezogen, um sie zu stoppen. Wenn umgekehrt die Special Forces aufmüpfig wurden, schritten die Seals ein. Blieb nur die Frage: Wer würde die Seals aufhalten, falls *sie* einen Coup planten?

»Es kommt in diesem Zusammenhang nicht darauf an, inwieweit diese Einheiten sich voneinander unterscheiden«, erklärte Chris. »Im Vergleich mit den konventionellen militärischen Einheiten bilden sie eine Klasse für sich. Die Elite.«

»Na gut, das leuchtet mir ein«, nickte Erika. »Man nimmt also ein paar Soldaten der exklusivsten amerikanischen Eliteeinheiten und unterzieht sie in Israel einer noch gründlicheren Ausbildung. Aber wozu das Ganze?«

»Und warum ausgerechnet diese Männer?« fragte Saul. »Warum nur so wenige? Nach welchen Kriterien wurden sie ausgewählt?«

Erika runzelte die Stirn. »Ich weiß zwar, daß ich eben selbst gesagt habe, wir sollten uns hier nicht auf Vermutungen stützen. Trotzdem möchte ich genau das nun selbst tun. Diese Männer wurden zwischen 1965 und 1973 in Israel ausgebildet. Glaubt ihr...« Sie studierte ihre Gesichter. »Vielleicht haben sie sich im Kampf ausgezeichnet.«

»Wo? In Vietnam?« fragte Chris. »Wie wir?«

»Zeitlich läge diese Schlußfolgerung zumindest nahe. Seit '65 war Amerika nachhaltig in den Vietnamkrieg verwickelt. 1973 traten die Amerikaner dann den Rückzug an. Vielleicht handelt es sich bei diesen Männern um Kriegshelden. Die besten der Besten. Wieviel besser hätten sie noch werden können, nachdem sie ihr Können einmal an der Front unter Beweis gestellt hatten? Die einzige Steigerung wäre danach nur noch das Killer-Instinkt-Training gewesen.«

»Du hast eben Männer geschildert, deren Ausbildungsstand sogar den der Seals überträfe.«

»Ich habe nur Männer wie euch selbst beschrieben«, erwiderte Erika ernst.

Chris und Saul starrten sich gegenseitig an.

»Irgendein Glied der Kette fehlt noch«, erklärte Chris schließlich. »Das habe ich im Gefühl. Jedenfalls ist dieses fehlende Glied äußerst wichtig. Wir müssen noch mehr über diese Männer herausfinden.«

16

Sam Parker trat aus dem Bau aus blitzendem Glas und Chrom in die angenehme, smogfreie Sonntagsbrise hinaus. Als Chefprogrammierer der National Defense Agency (NDA) verbrachte er den größten Teil seiner Tage in fensterlosen, exakt temperierten, antiseptischen Räumen. Nicht, daß ihm das etwas ausgemacht hätte. Schließlich mußten die Computer geschützt werden. Doch trotz des hohen geistigen Anreizes, den ihm seine Arbeit bot, kam er sonntags nicht gern hierher. Eines der Probleme eines Expertendaseins bestand darin, daß man ständig für die Fehler seiner untergeordneten Mitarbeiter geradestehen mußte.

Er blickte von Washington über den Fluß nach Virginia und zum Pentagon hinüber. Dessen Parkplatz war wie der der NDA fast völlig verlassen. Die sitzen jetzt sicher alle zu Hause über ihren Martinis zusammen und grillen ein paar saftige Steaks, wie auch ich das jetzt gern hätte, dachte er, als er auf seinen unscheinbaren braunen amerikanischen Wagen zuschritt, der sich vor allem durch extrem niedrigen Treibstoffverbrauch auszeichnete. Martinis? In Wirklichkeit trank Parker nicht, obwohl er nichts dagegen hatte, wenn andere, zumindest in Maßen, dem Alkohol zusprachen. Selbst sonntags war er mit Jackett und Krawatte zur Arbeit erschienen. Da er nicht gern aus der Rolle fiel, waren ihm seine Sommersprossen und sein rotes Haar ein ständiges Ärgernis. Bereits fünfundfünfzig, hoffte er inständig, daß sich das Rot endlich zu einem distinguierten Grau verfärben würde.

Ihm fiel der Pinto, der ihm vom Parkplatz weg folgte, nicht auf. Ebensowenig bemerkte er fünf Minuten später einen anderen Wagen, einen Toyota, bis dieser ihn leicht rammte, als er zu dicht vor ihm von der Überholspur auf die seine überwechselte. Verdammte Sonntagsfahrer, tobte er los. Vermutlich irgendein dämlicher Tourist. Er hielt am Straßenrand. Seine Wut sollte sich jedoch rasch abkühlen, als er eine absolut atemberaubende Frau aus dem Toyota steigen sah. Groß und schlank, mit langem, dunklem Haar, in Jeans und Stiefeln, kam sie lächelnd auf ihn zu. Na gut, dachte er, wenn er schon in einen Unfall verwickelt werden mußte, dann wollte er zumindest das Beste aus der Sache machen.

Er stieg ebenfalls aus und gab sich alle nur erdenkliche Mühe, eine strenge Miene aufzusetzen. »Ich hoffe, Sie sind ausreichend versichert, meine Teuerste.«

Sie legte ihre Hand auf seine Schulter. »Ich bin vollkommen durcheinander. Ich weiß gar nicht, wie das passieren konnte.« Sie umarmte ihn. Während er ihre Brüste durch sein Jackett spürte, hörte er einen Wagen anhalten. Plötzlich standen zwei Männer neben ihm – ein muskulöser Jude und, mein Gott, der andere sah doch tatsächlich aus wie ein Ire.

»Irgend jemand verletzt?« fragte der Ire.

Der Jude rückte dichter an ihn heran. Parker zuckte zusammen, als er unvermutet einen Stich in seinem Arm spürte.

Gleichzeitig begann ihm vor den Augen alles zu verschwimmen.

17

Im Nu war alles vorbei. Saul ließ Parkers reglosen Körper in seinen Wagen zurücksinken, setzte sich dann neben ihn und ordnete sich in die erste Verkehrslücke auf dem Highway ein, bevor irgendein anderer Autofahrer Zeit zum Anhalten gehabt hätte. Erika folgte ihm im Toyota, Chris im Pinto. Dann trennten sie sich; jeder nahm eine andere Ausfahrt. Nachdem sie sich vergewissert hatten, daß niemand ihnen folgte, fuhren sie nach Süden, um sich vor dem Cottage zu treffen.

Bis dahin war Parker wieder bei Bewußtsein. Er setzte sich zur Wehr, als Saul ihn im Wohnzimmer an einen Stuhl fesselte.

»Ich habe Ihre Gesichter gesehen«, bemerkte Parker einfältig. »Ich habe auch aufgepaßt, welche Straßen Sie benutzt haben, um hierher zu kommen. Für Entführung wandern Sie ins Gefängnis, und zwar lange.«

Saul sah ihn mit zusammengekniffenen Augen an.

»Oh«, stieß Parker hervor; seine Augen waren in plötzlichem Begreifen entsetzt aufgerissen. »Bitte lassen Sie mich am Leben. Ich verspreche Ihnen, daß ich kein Wort sagen werde.«

Chris trat auf ihn zu.

»Meine Frau erwartet mich um vier Uhr zu Hause«, fuhr Parker warnend fort. »Wenn ich um diese Zeit nicht dort erscheine, verständigt sie sofort die Sicherheitsabteilung.«

»Das hat sie bereits. Es ist schon nach vier Uhr. Aber wie sollen die Sie finden?«

»Oh«, stöhnte Parker neuerlich. Er wand sich unter seinen Fesseln. »Was wollen Sie von mir?«

»Das liegt doch auf der Hand, oder nicht? Informationen.«

»Wenn Sie mir versprechen, daß Sie mir nichts antun, sage ich Ihnen alles, was Sie wollen.«

»Sie werden uns nichts als Lügen erzählen.«

»Nein, das werde ich bestimmt nicht.«

»Machen Sie uns nichts vor.« Chris schob Parkers Ärmel hoch. Dieser beobachtete Chris mit weit aufgerissenen Augen, wie er ihm erst den Arm mit Alkohol einrieb und dann eine Spritze aufzog. »Fühlt sich ein bißchen wie Valium an«, erklärte ihm Chris. »Da Sie keine andere Wahl haben, würde ich Ihnen empfehlen, das Beste daraus zu machen, als sich unnötig dagegen zur Wehr zu setzen.« Er stach die Nadel in Parkers Arm.

Das Verhör dauerte dreißig Minuten. Die israelische Botschaft hatte ihnen sämtliche verfügbaren Informationen überlassen. Dennoch brauchte Chris noch eine weitere Informationsquelle. Da die Männer, an denen er interessiert war, alle dem amerikanischen Militär angehört hatten, war ihm klar, daß er die gewünschten Hintergrundinformationen am ehesten über die Computer der National Defense Agency bekommen würde. Das Problem war nun freilich, sich Zugang zu diesen Computern zu verschaffen, und dazu bedurfte es vor allem der entsprechenden Kenntnisse über die Codes, mit denen die Datenspeicher gesichert waren. Hätte ein Unbefugter einen Computer unter Eingabe eines falschen Codes abzufragen versucht, wäre sofort ein Alarm ausgelöst worden, der den Sicherheitsdienst der Computerzentrale darauf aufmerksam gemacht hätte, daß jemand sich unerlaubten Zugang zu geheimen Informationen zu verschaffen versuchte.

Die Folter war eine veraltete Befragungsmethode. Sie nahm zu viel Zeit in Anspruch, und selbst wenn scheinbar der Widerstand des Verhörten gebrochen war, konnte er immer noch überzeugend lügen oder zumindest nur einen Teil der Wahrheit erzählen. Dagegen wirkte Sodium Amy-

tal, das Mittel, das Eliot im Behandlungszimmer des Zahn-
arzts in Panama auch Chris injiziert hatte, rasch und zuverlässig.

In leicht lallendem Tonfall erzählte Parker Chris alles,
was er wissen wollte. Die Codes wurden wöchentlich geändert. Es gab insgesamt drei – eine Zahlenfolge, eine
Buchstabenfolge und ein Kennwort. Die Zahlenfolge entbehrte nicht einer gewissen Komik; sie stellte eine Varia-
tion von Parkers Versicherungsnummer dar. Zufrieden,
daß sie nun ungestörten Zugang zu den Computern hatten, fuhr Chris Parker nach Washington zurück.

Als Parker unterwegs aufwachte, beklagte er sich, daß
sein Mund sich so trocken anfühlte.

»Hier, nehmen Sie einen Schluck Coke.« Chris reichte
ihm eine Dose.

Parker trank in gierigen Zügen. Danach erklärte er, nun
ginge es ihm schon besser, obwohl er noch immer leicht
benebelt klang. »Lassen Sie mich jetzt frei?«

»Natürlich. Sie haben getan, was wir von Ihnen wollten.«

Das Coke hatte etwas Scopolamin beigemengt gehabt.
Als sie in Washington eintrafen, begann Parker in einem
hysterischen Anfall wie wild um sich zu schlagen. Er bil-
dete sich ein, von Spinnen umgeben zu sein, die ihn zu er-
sticken versuchten. Chris warf ihn im Pornoviertel aus dem
Wagen. Die Prostituierten traten vor Parkers Geheul und
seinem verrückten Gebaren vorsichtig den Rückzug an.

18

Das Haven-Motel lag in einem Außenbezirk Washingtons
halb hinter einem Steak House, einem Kino und einer Bar
verborgen. »Hier werden einem alle nur erdenklichen Annehmlichkeiten geboten«, bemerkte Saul sarkastisch, als er
vor dem Büro hielt. Er und Erika hatten diese Absteige ausgewählt, weil sie hier keinerlei Aufsehen erregen würden,
wenn sie nur für ein paar Stunden ein Zimmer mieteten.

Andererseits war das Motel nicht verrufen genug, um möglicherweise einer Polizeikontrolle unterzogen zu werden.

Erika wartete im Wagen, während Saul das Büro betrat. Am Getränkeautomaten hing ein ›Defekt‹-Schild. Das Kunstledersofa war durchgesessen, die Plastikzimmerpflanzen verstaubt. Die Frau hinter der Bürotheke konnte sich kaum von einem Clint-Eastwood-Film im Fernsehen losreißen. Saul trug sich als Mr. und Mrs. Harold Cain ein. Ein gewisses Interesse zeigte die Frau nur, als sie das Geld entgegennahm.

Saul ging wieder nach draußen zum Wagen und fuhr damit vor ihr Zimmer. Als er den Pinto wendete, fiel ihm auch eine Zufahrt zu einer Seitenstraße auf. Das Zimmer war mit einem Schwarzweißfernseher, einer fleckigen Kommode und einem Bett mit zerkrumpelten Laken ausgestattet. Der Hahn für die Badewanne tropfte.

Sie brachten mehrere Kartons vom Auto in das Zimmer. Mit einer von Misha Pletz' Kreditkarten hatten sie in einem Elektronik-Markt einen Computer, einen Drucker und einen Telefonadapter gekauft. Sie packten die Instrumente rasch aus, bauten sie zusammen und testeten sie. Dann ging Saul nach draußen und postierte sich hinter den Mülltonnen, von wo er sämtliche Zufahrten zum Parkplatz des Motels im Auge hatte, ohne selbst gesehen zu werden. Falls also Gefahr im Anzug war, konnte er Erika über ein Walkie-Talkie, das er ebenfalls in dem Elektronik-Markt gekauft hatte, rechtzeitig warnen.

Erika griff inzwischen nach dem Telefon in ihrem Zimmer und wählte eine Nummer, die Parker ihnen genannt hatte. Es war die Nummer der NDA. Aus dem Hörer drang regelmäßiges Tuten. Der Computer hatte den Anruf entgegengenommen und wartete nun auf die entsprechende Anweisungen. Erika tippte nun eine Buchstabenfolge ein – ›Sunshine‹, der Name von Parker Cockerspaniel – und hörte ein neuerliches Tuten; der Computer war bereit, Daten aufzunehmen. Diese Bedienungsmethode des Computers diente dem Zweck, ihn auch aus großer Entfernung telefonisch abfragen zu können. Parkers Kollege in San Diego zum Beispiel mußte also nicht extra nach Washington kommen, um den

Zentralcomputer benutzen zu können, noch mußte er sich erst mit Parker in Verbindung setzen und diesem sein Anliegen vortragen. Er mußte nur den Computer direkt anrufen. Diese Methode war einfach und sicher; allerdings mußte man die entsprechenden Codes kennen, um sich ihrer bedienen zu können.

Erika koppelte das Telefon mit dem Adapter und tippte dann in das Computerterminal die Instruktionen ein. Über den Adapter und das Telefon wurden die Anweisungen nun an den Zentralcomputer weitergeleitet. Parker hatte ihnen außerdem verraten, daß sein Computer nur gegen Eingabe des Kennworts ›Holen‹ seine Information freigeben würde. Dieses Wort tippte Erika nun ein. Unmittelbar darauf begann der Drucker neben ihr loszurattern; er übersetzte die elektronischen Signale aus dem Telefon in Schriftzeichen. Sie wartete eine Weile gespannt, ob die Sicherheitsabteilung festzustellen versuchen würde, von woher der Anruf erfolgte.

Der Drucker verstummte. Nickend tippte Erika nun ›Braver Hund‹ ein; das war der Abschlußcode, den Parker ihnen gesagt hatte. Danach schaltete sie den Computer wieder aus, legte den Telefonhörer auf die Gabel zurück und sah sich die Ausdrucke an.

19

Chris lag mutlos auf der Couch. Der nächtliche Regen, der unablässig auf das Dach des Cottage niederprasselte, trug noch zusätzlich zu seiner düsteren Stimmung bei. Ein paar vereinzelte Rinnsale troffen den Schornstein herunter, vermengten sich mit den verkohlten Balken im Kamin und ließen den bitteren Geruch feuchter Asche aufsteigen. Seine Kleider fühlten sich klamm an. »Falls tatsächlich noch irgendeine andere Gemeinsamkeit bestehen sollte, dann sehe ich sie zumindest nicht.«

Saul und Erika standen stirnrunzelnd über die Ausdrucke auf dem Tisch gebeugt. Erika hatte nur essentielle Daten abgefragt – Geburtsdatum und -ort, Religionszugehörigkeit,

Schulbildung, besondere Fähigkeiten, Vorgesetzte, militärische Auszeichnungen.

»Keiner von diesen Männern wurde zum selben Zeitpunkt oder am gleichen Ort geboren«, erklärte sie. »Außerdem gehören sie allen möglichen Religionen an. Sie sind auf sehr unterschiedlichen Gebieten Spezialisten. Sie hatten verschiedene Vorgesetzte und dienten an verschiedenen Kriegsschauplätzen Südostasiens. Worin besteht dieses verbindende Element? Wenn wir uns nicht täuschen, muß es doch ein gemeinsames Verbindungsglied geben.«

Chris stand träge auf und trat ebenfalls an den Tisch, wo er neben Erika stehenblieb, um die Ausdrucke von neuem zu überfliegen. »Da.« Er deutete auf den linken Rand der Seite. »Jedes Paar ist in derselben Stadt in die Schule gegangen; allerdings immer in verschiedenen Städten. Omaha, Philadelphia, Johnstown, Akron. Das verstehe ich nicht. Und hier.« Er deutete auf den rechten Rand. »Sie hatten alle Decknamen, hinter denen ich jedoch kein spezielles System erkennen kann. Butes und Erechtheus. Was zum Teufel das wohl heißen soll?«

Ohne den bereits eliminierten Daten Beachtung zu schenken, konzentrierte er sich nun voll und ganz auf diejenigen, die ihm Kopfzerbrechen bereiteten.

Omaha, Neb. Kevin McElroy. Castor.
Omaha, Neb. Thomas Conlin. Pollux.

Philadelphia, Pa. Saul Grisman. Romulus.
Philadelphia, Pa. Christopher Kilmoonie. Remus.

Johnstown, Pa. Neil Pratt. Cadmus.
Johnstown, Pa. Bernard Hailey. Cilix.

Akron, Ohio. Timothy Drew. Amphion.
Akron, Ohio. Andrew Wilks. Zethus.

Gary, Ind. Arnold Hackett. Atlas.
Gary, Ind. David Pews. Prometheus.

Die Liste ging noch weiter so – neun Paare, achtzehn Namen.

»Pennsylvania kommt häufig vor«, bemerkte Saul.

»Aber kannst du mir vielleicht sagen, was es mit Nebraska, Ohio und Indiana zu tun haben soll?«

»Versuchen wir es doch mal mit den Decknamen«, schlug Erika vor. »Es handelt sich dabei ausschließlich um griechische oder römische Namen, nicht wahr? Aus der Mythologie.«

»Das ist eine zu weitläufige Gemeinsamkeit. Das ist ungefähr dasselbe, als wenn wir sagen würden, Omaha und Philadelphia liegen in den Vereinigten Staaten«, wandte Chris ein. »Wir müssen einen spezifischeren Zusammenhang finden. Cadmus und Cilix? Amphion und Zethus? Ich habe keine Ahnung, wer diese Kerle waren oder was sie getan haben – geschweige denn, was sie miteinander zu tun gehabt haben sollen.«

»Dann fangen wir doch mit dem Paar an, das ihr kennt«, schlug Erika vor. »Ihr selbst. Romulus und Remus.«

»Das weiß doch jeder mit einem Fünkchen Allgemeinbildung. Das sind die beiden Brüder, die Rom gegründet haben«, erklärte Saul.

»Aber wir haben nie etwas gegründet und sind auch keine Brüder«, hielt Chris dem entgegen.

»Wir könnten aber fast welche sein.« Saul wandte sich Erika zu. »Castor und Pollux. Die Namen kommen mir noch am ehesten bekannt vor. Ist das nicht ein Sternbild am Himmel?«

Erika nickte. »Als ich in Nachtnavigation ausgebildet wurde, hat mir mein Lehrer damals immer eingeschärft, mich von den antiken Kriegern leiten zu lassen. Castor und Pollux. Sie werden auch die Zwillinge genannt – der Morgen- und der Abendstern.«

»Zwillinge«, echote Chris nachdenklich.

»Welche anderen Namen klingen noch bekannt?« fragte Saul. »Hier, ganz unten. Atlas.«

»Der starke Mann, der das Himmelsgewölbe auf seinen Schultern trägt.«

»Prometheus.«

»Er hat den Göttern das Feuer gestohlen und den Menschen gebracht.«

»Aber zwischen den beiden besteht doch keine Verbindung.«

»Mal sehen«, erwiderte Erika.

Chris und Saul sahen sie erstaunt an.

»Wir brauchen jetzt vor allem ein mythologisches Lexikon«, fuhr Erika fort. »Ich glaube langsam zu wissen, worum es sich bei diesem gemeinsamen Nenner handelt, aber ich muß erst Gewißheit haben, wer Cadmus und Cilix und die anderen waren.«

»Dort drüben steht ein Lexikon.« Chris deutete auf die Bücherwand neben dem Kamin. »Ein Haufen alter Schwarten.« Er griff nach dem ersten Band und schlug ihn auf. »Atlas«, murmelte er und begann zu blättern, um schließlich nach einer Weile zu lesen anzufangen. »Nicht zu fassen.« Er sah abrupt auf.

»Was ist denn?« fragte Saul aufgeregt.

»Wie war doch dieser andere Deckname gleich wieder, der mit A anfing?«

Saul überflog hastig die Liste. »Amphion. Er gehört zu Zethus.«

Chris blätterte aufgeregt weiter, las. »Mein Gott, das ist vielleicht ein Ding. Wie waren die anderen Namen gleich noch?«

»Alphabetisch? Butes gehört zu Erechtheus, Cadmus zu Cilix.«

Chris blätterte hastig weiter, las. »Jetzt ist mir alles klar. Ich weiß, wie sie zusammengehören.«

Im Raum wurde es totenstill. »Sie gehören auf die elementarste Weise zusammen, die man sich nur denken kann«, erklärte Erika ernst.

»Du hast es dir also bereits gedacht.«

»Ich war mir erst sicher, als ich vorhin dein Gesicht sah.«

»Atlas und Prometheus waren Brüder. Amphion und Zethus waren Zwillinge.«

»Wie Castor und Pollux«, fügte Saul hinzu.

»Butes und Erechtheus? Ebenfalls Brüder. Cadmus und Cilix? *Brüder*. Romulus und Remus . . .«

»Aber worin soll nun die Parallele bestehen?« Saul wandte sich den Computerausdrucken zu. »Castor und Pollux waren Zwillinge. Aber die Männer mit diesen Decknamen heißen McElroy und Conlin. Sie können also kaum Zwillinge sein.«

»Das ist richtig«, warf Erika ein. »Und hier, weiter unten, Pratt und Halliday klingen ebenfalls nicht verwandt, obwohl sie die Decknamen von Brüdern tragen. Genau dasselbe gilt für alle anderen Namen auf dieser Liste. Drew und Wilks, Thomas und Fletcher, Hackett und Pews. Warum erhielten sie die Decknamen von Brüdern, wenn sie nicht miteinander verwandt waren?«

»Vielleicht kamen sie alle aus zerrütteten Familien«, schlug Chris als eine Erklärungsmöglichkeit vor. »Ihre Eltern ließen sich scheiden, um dann wieder zu heiraten. Demnach könnten McElroy und Conlin trotz ihrer unterschiedlichen Namen verwandt sein.«

»In einem Fall könnte ich mir das vielleicht vorstellen«, wandte Erika dagegen ein. »Aber daß alle diese Männer Kinder aus zerrütteten Ehen sein sollten, deren Eltern dann wieder geheiratet haben?«

»Ich weiß, das klingt etwas arg an den Haaren herbeigezogen«, stimmte ihr Chris zu.

»Abgesehen davon, stammt ihr beide nicht aus einer zerrütteten Familie. Ihr sagt doch selbst, daß ihr nicht verwandt seid.« Plötzlich blitzten ihre Augen auf. Sie wandte sich Saul zu. »Du hast vorhin gesagt: ›Wir könnten aber fast welche sein.‹ Brüder – hast du damit gemeint. Wieso hast du das gesagt?«

Saul zuckte mit den Achseln. »Wir kennen uns schon fast so lange, als wären wir Brüder. Seit wir fünf sind. Stimmt's, Chris?«

Chris lächelte. »Du bist mein bester Freund.«

»Aber weshalb?« wollte Erika leicht verwirrt wissen. »Ich meine damit nicht, warum ihr befreundet seid. Ich möchte wissen, weshalb ihr euch schon so lange kennt. Seid ihr im selben Viertel aufgewachsen?«

»In gewisser Weise, ja. Wir haben uns in der Schule kennengelernt«, erklärte Saul.

»Was war das für eine Schule?« Erika runzelte die Stirn.

»Die Franklin-Knabenschule in Philadelphia, wo wir auch aufgewachsen sind. Wir kamen nicht aus zerrütteten Verhältnissen. Wir kamen aus gar keinen Verhältnissen. Wir waren Waisen.«

Chris starrte in den Regen hinaus.

»Das ist das andere unerklärliche Detail in diesem Zusammenhang«, fuhr Erika fort. »Jedes Agentenpaar ging in derselben Stadt zur Schule. McElroy und Conlin in Omaha. Du und Chris in Philadelphia. Die anderen in Akron, Shade Cap und so weiter. Da sich alle ihre Decknamen auf einen gemeinsamen Nenner bringen lassen, glaubt ihr, daß das auch auf diese Städte zutrifft?«

»Allerdings«, stieß Chris zornig hervor, während er sich gleichzeitig vom Fenster abwandte. »Das sind doch lauter Heime.«

»Was?« Saul starrte ihn verdutzt an.

Zitternd vor Wut schritt Chris auf Saul und Erika zu. »Die Männer auf dieser Liste haben noch etwas mit Saul und mir gemeinsam. Sie alle sind in Waisenheimen aufgewachsen. Wie wir kannte sich jedes dieser Paare seit frühester Kindheit – aus dem Heim, in dem sie groß wurden. Deshalb deuten ihre Decknamen auch darauf hin, daß sie Brüder sind, auch wenn sie nicht denselben Nachnamen tragen.« Chris atmete schmerzlich ein. »Aufgrund ihrer Einsamkeit und Verlassenheit gehen zwei solche Waisenjungen eine extrem enge Bindung ein, die man am ehesten mit so etwas wie Blutsbrüderschaft vergleichen könnte. Mein Gott, Saul, begreifst du nun, was dieser Satan uns angetan hat?«

Saul nickte. »Eliot hat uns auf die fundamentalste und schamloseste Weise, die ich mir nur denken kann, belogen. Er hat uns nie geliebt. Er hat uns immer nur – und zwar von Anfang an – benutzt.«

Erika packte Saul und Chris an den Armen. »Würdet ihr mir vielleicht endlich mal erklären, wovon ihr da eigentlich die ganze Zeit redet.«

»Dazu würde selbst ein ganzes Menschenleben nicht ausreichen«, entgegnete Chris und sank mit einem tiefen Seufzer auf die Couch nieder.

20

Der Regen wurde stärker und ließ die frühen Vormittagsstunden wie die Abenddämmerung erscheinen. Nachdenklich stand Eliot am Fenster seines Büros, ohne freilich der verregneten Szenerie irgendwelche Beachtung zu schenken. Seine Haut wirkte so grau wie der Regen. Hinter ihm klopfte jemand an die Tür. Er wandte sich nicht um, als die Tür aufging und jemand in den Raum trat.

»Ich habe da etwas reinbekommen, Sir. Ich weiß nicht, was ich davon halten soll. Aber ich hielt es doch für angebracht, Sie in jedem Fall darüber in Kenntnis zu setzen.« Die Stimme gehörte Eliots Assistent.

»Demnach handelt es sich also um keine gute Nachricht«, erwiderte Eliot.

»Drüben bei der National Defense Agency ist es zu einem kleinen Zwischenfall gekommen. Der Chefprogrammierer wurde gestern in einem Pornoviertel aufgegriffen. Halluzinationen, Anfälle. Nach Auffassung der Polizei war er von irgendeiner Droge high; deshalb haben sie ihn vorerst in eine psychiatrische Klinik eingeliefert, bis er wieder einigermaßen zu sich kam. Tja, und heute morgen war er also wieder ganz normal, aber er konnte sich nicht erinnern, in das Strichviertel gegangen zu sein oder irgendwelche Drogen genommen zu haben. Er könnte natürlich gelogen haben, aber...«

»Scopolamin«, sagte Eliot und wandte sich vom Fenster ab. »Kommen Sie endlich zur Sache.«

»Gestern nacht, als er in der psychiatrischen Klinik war, hat jemand mit Hilfe seines Codes die Datenbank der NDA angezapft. Sie haben dort ein bestimmtes System, um feststellen zu können, wer die Daten abgefragt hat. Und nun wird das Ganze für uns interessant. Die Person, die sich des Codes dieses Mannes bedient hat, war an keinerlei spezifischen Informationen interessiert. Sie wollte nur die allgemeinsten Daten über achtzehn Männer. Da diese Männer während der Ausbildung unter Ihrer Supervision standen, dachte man bei der NDA, Sie sollten auf jeden Fall über diesen Vorfall informiert werden. Die Sache ist nämlich, daß unter diesen achtzehn Agenten auch Romulus und Remus sind.«

Eliot hatte erschöpft hinter seinem Schreibtisch Platz genommen. »Und Castor und Pollux. Und Cadmus und Cilix.«

»So ist es, Sir.« Der Assistent klang sichtlich verblüfft. »Woher wußten Sie das?«

Unwillkürlich fühlte sich Eliot an Castor und Pollux erinnert, die vor seinem Büro Wache hielten. Dann dachte er an Saul und Chris. »Sie kommen der Lösung des Problems gefährlich nahe. Nachdem sie inzwischen schon richtig geraten haben, wonach sie zu suchen haben, werden sie sicher auch bald den ganzen Zusammenhang aufgedeckt haben.«

Niedergeschlagen wandte er sich wieder dem Fenster zu, gegen das der Regen klatschte. »Gott steh mir bei, wenn sie so weit sind.«

Und stillschweigend fügte er für sich hinzu: *Gott steh uns allen bei.*

Drittes Buch

VERRAT

Die reguläre Ausbildung
eines Agenten

1

Am 23. Dezember 1948 um siebzehn Uhr fing der amerikanische Nachrichtendienst in Nome, Alaska, den abendlichen Wetterbericht aus den russischen Häfen Wladiwostok, Ochotsk und Magadan auf. Zusammen mit den Wettervorhersagen von japanischen Häfen bediente sich die Air Force dieser Meldungen, um die nächtlichen Testflüge ihrer B-50 zu planen. In den russischen Meldungen war von unverhältnismäßig warmer Witterung die Rede. Es gab also nichts zu befürchten.

Sieben Minuten später waren sämtliche Frequenzen durch ein verstärktes Signal von dem sowjetischen Flottenstützpunkt in Wladiwostok an ein russisches U-Boot auf See blockiert. Verschlüsselt und für einen sowjetischen Funkspruch extrem lang, erschien die Nachricht dem amerikanischen Geheimdienst in Nome ungewöhnlich genug, sich lieber mit ihrer Dechiffrierung zu beschäftigen, als die japanischen Wettervorhersagen abzuhören. Man gab routinemäßig vier B-50 für einen Höhentestflug frei, in dessen Verlauf die Enteisungsanlagen der Maschinen überprüft werden sollten.

Um neunzehn Uhr wurden alle vier Maschinen von einer sibirischen Kaltfront mit böigen Winden von über siebzig Knoten überrascht. Sämtliche Enteisungsanlagen versagten. Keine der Maschinen kehrte zu ihrem Bodenstützpunkt zurück. Der Pilot einer solchen B-50, der *Suite Lady*, war Major Gerald Kilmoonie gewesen. Als die Nachricht von dem Unglück bei der Eighth Air Force Base (SAC) in Tucson, Arizona, eintraf, rief General Maxwell Lepage den katholischen Kaplan Hugh Collins in Philadelphia an, er möchte Mrs. Dorothy Kilmoonie und ihrem dreijährigen Sohn Chris die traurige Nachricht überbringen. Er sagte dem jungen Geistlichen, er sollte Gerrys Frau mitteilen, das Land hätte einen der besten Tontaubenschützen verloren, den er je gekannt hatte.

2

Zwei Jahre später – 1950. Die Calcanlin Street in Philadelphia säumten dreißig Reihenhäuser. Für ein Kind ein erbärmlicher Ort, um dort aufzuwachsen. Die Straße war schmal und düster. Die Schlackenhügel und freien Sandflächen bargen unzählige rostige Nägel, Glasscherben und Rattenköttel. Die unkrautüberwucherten Risse im Gehsteig weiteten sich zu tiefen Spalten im Randstein und zu häßlichen Schlaglöchern im Straßenbelag. In der Mitte des Straßenzugs, an seiner düstersten Stelle, stand das heruntergekommene Haus von Dorothy Kilmoonie.

Das Haus war voll von Tischen – ein Kartentisch mit Perlmutteinlagearbeiten; Nachttische; dreibeinige Salontische; ein Couchtisch, der von Zigarettenbrandlöchern übersät war; ein hoher Teetisch, der gegen die Waschmaschine im Bad gestützt war; ein Eßtisch; ein Küchentisch mit Chromumrandung und Resopalplatte, auf dem eine Plastikschale mit Plastikobst stand. Neben den Plastikfrüchten lagen mehrere Haufen toter Fliegen. Außerdem lagen auf jedem Tisch neben den Fliegen kleine Stückchen von uraltem, vertrocknetem Käse, die sich wie Zederholzspäne aufkrümmten.

Chris' erste Handlung an jenem schwülen Augustmorgen bestand darin, das Fliegengitter vor dem Wohnzimmerfenster beiseitezuschieben und eine dicke, kopflose Ölsardine aufs Fensterbrett zu legen. Als seine Mutter ihn im Juli allein im Haus zurückgelassen hatte, um den Sommer in Atlantic City zu verbringen, hatte sie ihm einen Laib Käse in den Eisschrank gelegt; außerdem hatte sie einen kleinen Konservenvorrat mit Suppen und Ölsardinen für ihn bereitgestellt und mehrere Packungen Cracker gekauft. Zwar hatte sie auch

215

den Nachbarn Geld gegeben, damit sie sich um Chris kümmerten, aber Ende Juli hatten die Nachbarn das Geld für sich selbst ausgegeben, so daß Chris sich von dem ernähren mußte, was noch im Haus war. Er haßte Käse. Schon seit Tagen hatte er ihn nur dazu benutzt, die Fliegen ins Haus zu locken. Aber sie mochten den Käse ebensowenig wie er. Und die Rattenkötel von der Straße, für die die Fliegen schon wesentlich mehr übrig hatten, trockneten sogar noch schneller als das Fleisch. Die Sardinen stellten allerdings ideale Köder dar. Bereits um neun Uhr an diesem Morgen konnte Chris mit zufriedenem Nicken auf einen stattlichen Haufen frisch getöteter Fliegen auf dem Couchtisch herabblicken. Er hatte sie alle mit einem langen Gummi von einem der Strapse seiner Mutter erlegt.

Im aufregendsten Moment seiner Jagd, als er, mühsam das Gleichgewicht haltend, auf einem Nachttisch stand und seinen Gummi auf eine besonders schlaue Fliege richtete, die immer genau dann aufflog, wenn er auf sie schoß, fiel ihm draußen auf der Straße plötzlich eine ominöse, schwarze Limousine auf, die direkt vor dem Haus hielt. Bereits im Alter von fünf Jahren kannte Chris sehr genau den Unterschied zwischen einem Hudson Hornet oder Wasp, zwischen einem Studebaker, einem Willy oder einem Kaiser-Frazer. Bei diesem Wagen handelte es sich um einen 49er Packard, der so breit war, daß er fast die ganze Straßenbreite für sich in Anspruch nahm. Ein kräftig gebauter Mann in einer militärischen Uniform und einem Oberkörper wie ein Punchingball schien mehr aus dem Wagen zu rollen als zu steigen, als dessen Fahrertür aufging. Er richtete sich zu voller Größe auf, ließ seine Blicke über die schäbige Umgebung wandern und strich sich den Hosenboden glatt. Mit gekrümmten Schultern und leicht vorgeneigtem Oberkörper ging er um den Packard herum und riß den Wagenschlag auf. Ein großer, schlanker, graugesichtiger Mann in einem fürchterlich zerknautschten Trenchcoat stieg langsam aus. Der Mann hatte eingefallene Wangen, schmale Lippen und eine gekrümmte Nase.

Chris konnte nicht hören, was die beiden Männer sprachen, aber die Art, wie sie auf das Haus seiner Mutter starrten, beunruhigte ihn. Er stieg vom Nachttisch am Fenster. Während die beiden Männer sich von dem Packard lösten und über den rissigen Gehsteig auf das Haus zuschritten, wirbelte Chris herum und stürzte Hals über Kopf davon. An einem Teetisch und dem Küchentisch vorbei rannte er auf die Kellertür zu. Sie quietschte leise, als er sie gerade so weit zuzog, daß er durch einen schmalen Spalt noch durch die Küche ins Wohnzimmer sehen konnte. Im Dunkel auf der Kellertreppe, wo es nach verfaulten Kartoffeln roch, plagte ihn schreckliche Angst, die Fremden könnten ihn entdecken, weil sein Herz so laut pochte.

Die Eingangstür klapperte, als sie daran klopften. Er hielt den Atem an und ergriff das Seil, das vom Wohnzimmer durch die Küche verlief und auf der Kellertreppe endete. Zwar hatte er nicht mehr genügend Zeit gehabt, um die Eingangstür abzuschließen, aber er hatte auch andere Möglichkeiten, sich zu verteidigen. Er umklammerte das Seil. Quietschend ging die Eingangstür auf. Eine tiefe Männerstimme fragte: »Irgend jemand zu Hause?« Schwere Schritte bewegten sich über den Flur. »Ich habe doch den Jungen am Fenster gesehen.« Ihre Schatten erreichten das Wohnzimmer. »Was sollen denn alle diese Tische? Mein Gott, die Fliegen!«

Chris kauerte auf der Treppe und spähte durch den Spalt in der Tür über den schmutzigen Linoleumboden auf das Netz auf dem Wohnzimmerboden. Wenn er nicht damit beschäftigt gewesen war, Fliegen zu erlegen, hatte er dieses Netz geknüpft, nachdem seine Mutter verreist war. Er hatte dazu Drachenleinen aus dem Kensington Park verwendet; Schnurreste, die er auf der Straße gefunden hatte; Seilstücke und Schnürsenkel aus Mülltonnen; Wolle und Faden aus den Kommoden von Nachbarn; Spagat von der Fabrik am Ende der Straße und Wäscheleinen von den Hinterhöfen der näheren Umgebung. Er hatte alle diese Reste – kurze Stücke, lange Stücke, dicke und dünne – zu einem riesigen, netzartigen Gebilde zusammengeknüpft. Seine Mutter hatte ihm versprochen, daß sie wiederkommen und ihm Karamellen, Muscheln und Fotos, viele Fotos mitbringen würde. Und an dem Tag, an dem sie zurückkamen, wollte er sie in dem Netz fangen und sie erst wieder freilassen, wenn sie ihm versprach, daß sie nun nie wieder fortgehen würde. Er spürte ein Stechen in seinen Augen, als er die zwei Männer das Wohnzimmer betreten sah. Sie blieben auf dem Netz stehen. Wenn er damit seine Mutter fangen konnte . . .

»Und was sollen alle diese Schnüre und Fäden auf dem Boden?«

Chris riß an dem Seil. Er hatte es an verschiedenen Stühlen befestigt, die auf die Tische im Wohnzimmer gestellt waren. Wenn sie zu Boden fielen, zogen sie gleichzeitig einen Bindfaden durch die Kette der Deckenlampe, der wiederum die Ecken des Netzes hob.

Die zwei Männer übertönten mit ihren aufgeregten Rufen das Scheppern der fallenden Stühle. »Was zum . . . Gütiger Gott!«

Chris wollte schon eben mit stolz geschwellter Brust in lauten Jubel ausbrechen, als sich plötzlich seine Miene verdüsterte. Die beiden Männer bogen sich vor Lachen. Durch den Spalt in der Tür konnte er sehen, wie der Mann in Uniform die Maschen des Netzes packte und einfach zerriß. Binnen weniger Sekunden hatte er sich aus dem Schnurgeflecht befreit.

Tränen brannten auf Chris' Wangen. Wütend kroch er die Kellertreppe hinunter, bis er ganz vom Dunkel verschluckt wurde. Seine Hände zitterten vor Zorn. Das würden sie ihm büßen. Ihn einfach auszulachen.

Die Kellertür ging quietschend auf. Ein schwacher Lichtstrahl kämpfte sich bis an den untersten Treppenabsatz vor. Durch ein Astloch in der Kohlenkiste beobachtete Chris, wie die beiden Männer die Treppe herunterkamen. Sie lachten immer noch. Irgend jemand mußte ihnen alles über ihn erzählt haben, dachte er – daß er die Wäscheleine, den Bindfaden, die Schnüre gestohlen hatte; und selbst, wo er sich versteckt hatte. Der Schalter für das Kellerlicht funktionierte nicht. Aber selbst das schienen sie gewußt zu haben. Sie hatten nämlich eine Taschenlampe dabei, deren Lichtschein sich nun durch den modrigen Keller direkt auf ihn zubewegte.

Er verkroch sich in die hinterste Ecke der Kohlenkiste, die

im Sommer leer war. Dennoch knirschten einzelne Kohlenreste unter den Sohlen seiner Turnschuhe. Der Lichtkegel der Taschenlampe schwang genau in Richtung des Geräusches herum. In dem Versuch, ihm auszuweichen, trat er auf ein Stück Kohle. Sein Knöchel knickte um; er verlor das Gleichgewicht und fiel gegen die Wand der Kiste.

Der Lichtschein der Taschenlampe kam näher. Leise Schritte. Nein! Er riß sich von der Hand, die ihn packte, noch einmal los. Aber während er aus der Kohlenkiste zu klettern versuchte, packte ihn eine andere an der Schulter. Nein! Weinend trat er um sich. Doch er stieß mit seinen Füßen nur gegen Luft, als ihn ein kräftiges Händepaar herumdrehte und hochhob.

»So, jetzt bringen wir dich erst mal nach oben ins Helle.«

Er wehrte sich verzweifelt, aber die Hände legten sich mit eisernem Griff um seine Arme und Beine, so daß er sich nur verzweifelt winden und mit dem Kopf gegen den Brustkorb des Mannes stoßen konnte, der ihn nun die Kellertreppe hinauftrug. Nach der Dunkelheit im Keller blendete ihn das helle Sonnenlicht, das durch das Küchenfenster fiel; er weinte.

»Nimm's doch nicht so schwer«, tröstete ihn der dicke Mann in der Uniform, der vor Anstrengung ganz außer Atem geraten war.

Sein Begleiter im Trenchcoat studierte stirnrunzelnd Chris' von Kohlenstaub verdreckte Turnschuhe, Kleider und Haare. Dann nahm er ein Taschentuch und wischte Chris damit die Tränen und den Schmutz aus dem Gesicht.

Chris stieß seine Hand zurück und richtete sich zu voller Größe auf, so weit dies seine kleine Gestalt zuließ. »Das ist überhaupt nicht lustig!«

»Was?«

Chris starrte auf das Netz im Wohnzimmer.

»Ach so.« Trotz seiner kalten Augen und seines kränklichen Gesichts war seine Stimme freundlich. »Du hast uns lachen gehört.«

»Nicht lustig!« schmollte Chris mit Nachdruck.

»Nein, natürlich nicht«, pflichtete ihm der Mann in Uniform bei. »Du hast das mißverstanden. Wir haben nicht über dich gelacht. Wieso hätten wir das auch tun sollen? Das mit dem Netz ist eine prima Idee. Du hättest dafür natürlich etwas besseres Material verwenden können, und ein paar Unterrichtsstunden in Bauweise und Tarnung hätten dir auch nicht schaden können. Aber die Idee an sich... Das ist nämlich der Grund, weshalb wir gelacht haben. Nicht über dich, sondern mit dir. Wir haben dich eher bewundert. Du hast wirklich Mumm, mein Junge. Selbst wenn du nicht wie er aussiehst, ist für mich allein aufgrund der Art, wie du dich durchs Leben zu schlagen versuchst, eindeutig klar, daß du Gerrys Sohn bist.«

Chris verstand nicht gerade viel von all diesen Worten. Seine Stirn legte sich in Falten, als wollte ihn der Mann in Uniform irgendwie reinlegen. Er konnte sich zwar vage erinnern, daß ihm vor langer Zeit mal jemand gesagt hatte, daß er einen Vater gehabt hatte, aber von einem Gerry hatte er noch nie etwas gehört.

»Wie ich sehe, traust du mir nicht«, fuhr der Mann fort. Er pflanzte sich breitbeinig, die Hände wie ein Polizist in die Hüften gestemmt, vor ihm auf. »Vielleicht sollte ich mich besser mal vorstellen. Ich bin Maxwell Lepage.«

Wie ›Gerry‹ sagte Chris dieser Name nicht das geringste. Er starrte den Uniformierten weiter argwöhnisch an.

Der Mann wirkte leicht durcheinander. »*General* Maxwell Lepage. Du weißt doch. Der beste Freund deines Vaters.«

Chris starrte ihn nur noch verschlossener an.

»Soll das heißen, daß du noch nie von mir gehört hast?« Erstaunt wandte sich der General dem Mann mit dem grauen Gesicht zu. »Ich sehe schon. Irgendwie gehe ich wohl etwas verkehrt an die Sache heran. Vielleicht können Sie ja mal versuchen, den Jungen...« Er fuhr in einer hilflosen Geste durch die Luft.

Der Mann in Zivil nickte und trat lächelnd vor. »Ich bin Ted Eliot, mein Junge. Aber du kannst mich ruhig Eliot nennen, wie das alle meine Freunde tun.«

Chris begegnete ihm mit keineswegs geringerem Argwohn.

Dann zog der Mann, der Eliot hieß, etwas aus der Tasche seines Trenchcoats. »Ich glaube, jeder Junge mag gern Schokolade. Und vor allem Baby Ruth. Ich möchte dein Freund werden.« Er streckte seine Hand aus.

Nervös spielte Chris den Gleichgültigen und zwang sich mühsam, den Schokoladenriegel keines Blickes zu würdigen.

»Nimm doch«, forderte ihn der Mann auf. »Die sind wirklich gut. Ich habe auch schon einen gegessen.«

Chris wußte nicht, was er tun sollte. Ihm fiel dazu nur ein, daß ihm seine Mutter des öfteren eingeschärft hatte, von Fremden keine Süßigkeiten anzunehmen. Er traute diesen Männern nicht. Andrerseits hatte er die ganze Woche außer alten Crackers nichts mehr gegessen. Ihm war leicht schwindlig im Kopf, und sein Magen machte sich mit einem deutlich hörbaren Knurren bemerkbar. Bevor er sich dessen bewußt wurde, hatte er den Schokoladenriegel an sich genommen.

Der Mann, der Eliot hieß, lächelte.

»Wir sind gekommen, um dir zu helfen«, meldete sich Lepage wieder zu Wort. »Wir haben erfahren, daß deine Mutter von zu Hause weg ist.«

»Sie kommt wieder zurück!«

»Wir sind gekommen, um uns deiner anzunehmen.« Lepage warf einen angewiderten Blick auf die Fliegenhaufen.

Chris begriff nicht, weshalb Eliot die Fenster schloß. Es sah doch nicht nach Regen aus. Als Lepage Chris am Arm packte, merkte er, daß er seine Waffe, das Gummiband, fallen gelassen hatte. Sie führten ihn auf die Veranda hinaus, wo ihn Lepage festhielt, während Eliot die Tür abschloß. Chris sah Mrs. Kelly, die aus dem Fenster nebenan spähte und sich dann hinter den Vorhang zurückzog. Das hatte sie früher nie getan, stellte Chris fest – und plötzlich beschlich ihn Angst.

3

Er saß zwischen den beiden Männern auf dem Vordersitz des Wagens und starrte erst auf Lepages schwere Schuhe, dann auf Eliots grau gestreifte Krawatte und schließlich auf den Türgriff. Doch ließ er den Gedanken an Flucht rasch fallen, sobald der Wagen sich in Bewegung gesetzt hatte. Fasziniert beobachtete er nun Lepages Hand am Schalthebel. Er war noch nie zuvor in einem Auto gefahren. Die Instrumente des Armaturenbretts und der Verkehr um ihn herum hielten ihn vollkommen gefangen, bis, ohne daß ihm das erst bewußt geworden wäre, der Wagen vor einem riesigen Gebäude mit Pfeilern vor dem Eingang hielt, die Chris an das Postamt erinnerten. Lepages Hand fest auf seiner Schulter, schritt Chris zwischen den beiden Männern durch lange, mit Marmor verkleidete Korridore, die von Bänken gesäumt waren. Überall waren Männer und Frauen unterwegs, die wie für den sonntäglichen Kirchgang gekleidet waren; sie hatten Stapel von Papieren oder kleine Koffer bei sich.

Hinter einer Milchglasscheibe saß eine junge Frau an einem Schreibtisch. Sie sprach in einen Kasten neben dem Telefon und öffnete dann eine andere Tür, durch die Chris und die zwei Männer gingen. In dem dahinterliegenden Büro saß ein alter Mann mit weißem Haar und einem bleistiftdünnen Schnurrbart hinter einem weiteren Schreibtisch. Dieser war jedoch wesentlich größer, und außerdem hing an der Wand dahinter eine amerikanische Flagge. Die übrigen Wände waren von Regalen mit dicken, ledergebundenen Büchern gesäumt.

Der Mann sah auf, als Chris vor dem Schreibtisch stehen blieb. Er wühlte in einem Stapel Papiere. »Mal sehen. Da haben wir's.« Er räusperte sich. »Christopher Patrick Kilmoonie.«

Verängstigt gab Chris keine Antwort. Lepage und Eliot sagten beide. »Ja.« Chris runzelte verwirrt die Stirn.

Der Mann betrachtete Chris eine Weile prüfend und wandte sich dann an Lepage und Eliot. »Seine Mutter hat ihn allein zurückgelassen...« Er fuhr mit dem Finger über ein

Blatt Papier. Sein Tonfall klang ungläubig, mißbilligend. »Vor einundfünfzig Tagen?«

»So ist es«, nickte Eliot. »Seine Mutter hat zusammen mit einem männlichen Begleiter für das vierte Juli-Wochenende das Haus verlassen und ist dort seitdem nicht wieder aufgetaucht.«

Chris sah von einem Mann zum nächsten und wartete, was sie als nächstes sagen würden.

Der Mann warf einen kurzen Blick auf seinen Wandkalender und kratzte sich dann an der Backe. »Und jetzt haben wir schon bald Labor Day. Hat der Junge ältere Geschwister oder sonst irgendwelche Verwandte, die sich um ihn kümmern könnten?«

»Nein«, antwortete Eliot.

»Den ganzen Sommer? Wie hat er das überlebt?«

»Er hat sich von Ölsardinen und Käse ernährt und hat Fliegen getötet.«

Der Mann setzte eine verdutzte Miene auf. »Getötet...? Seine Mutter? Hat sie eine Stelle?«

»Sie ist eine Prostituierte, Euer Ehren.«

Das war auch so ein Wort, das Chris nicht verstand. Das weckte seine Neugier. Zum erstenmal seit Betreten des Büros sagte er etwas. »Was ist eine Prostituierte?«

Die Männer wandten sich von ihm ab, ohne seine Frage zu beantworten.

»Was ist mit seinem Vater?« erkundigte sich der Mann weiter.

»Er ist vor zwei Jahren gestorben«, antwortete Lepage. »Das steht alles in seiner Akte. Sie werden sicher verstehen, weshalb die Wohlfahrt empfiehlt, den Jungen in ein städtisches Heim einzuliefern.«

Der Mann klopfte mit den Fingerspitzen auf die Schreibtischplatte. »Aber ich bin es, der die entsprechende Entscheidung zu fällen hat, und mir ist nicht ganz klar, weshalb die Wohlfahrt anstelle eines ihrer Vertreter Sie beide zu mir geschickt hat. Weshalb zeigt die Regierung Interesse an dieser Angelegenheit?«

»Der Vater des Jungen war Luftwaffenmajor und kam bei

einem Flugzeugabsturz ums Leben«, meldete sich Lepage zu
Wort. »Außerdem waren wir Freunde. Mr. Eliot und ich,
wir... nun, wir haben den Jungen sozusagen inoffiziell adoptiert. Abgesehen von seiner Mutter, sind wir die Personen,
die ihm noch am ehesten einen Ersatz für eine Familie bieten
könnten. Da es unsere Berufe mit sich bringen, daß wir den
Jungen nicht selbst aufnehmen können, möchten wir zumindest dafür Sorge tragen, daß dies jemand anderer auf bestmögliche Weise unternimmt.«

Der Mann hinter dem Schreibtisch nickte. »Sie wissen, wo
der Junge Aufnahme finden wird?«

»Jawohl«, erwiderte Eliot. »Und wir sind damit einverstanden.«

Der Mann betrachtete Chris noch einmal und seufzte. »Na
gut.« Er unterschrieb ein Schriftstück, steckte es mit einer
Menge anderer in einen großen, braunen Umschlag und
reichte diesen Lepage. »Chris...« Der Mann hinter dem
Schreibtisch schien hilflos nach Worten zu ringen.

»Ich werde ihm alles erklären«, kam ihm Eliot zu Hilfe.
»Sobald wir da sind.«

»Was erklären?« Chris begann zu zittern.

»Danke«, nickte Lepage dem Mann hinter dem Schreibtisch zu. Bevor Chris wußte, wie ihm geschah, hatte Lepage
ihn zur Tür herumgedreht. Und dann gingen sie wieder diesen langen Gang mit den grünen Glastüren hinunter, die ihn
an die Bank und das Telegrafenamt gleich um die Ecke beim
Supermarkt erinnerten. Aber wo befanden sie sich hier wirklich, fragte er sich. Und wohin gingen sie?

4

Das Eisentor war hoch und breit und schwarz. Seine Gitter-
stäbe waren so dick wie Chris' Unterarm und die Abstände
zwischen ihnen so schmal, daß ihm sofort klar war, daß er
sich auf keinen Fall zwischen ihnen hindurchzwängen
konnte. Links davon war eine große Eisentafel angebracht,
auf der stand:

BENJAMIN FRANKLIN-KNABENSCHULE

Auf einer zweiten Tafel rechts vom Tor stand:

LEHRT SIE POLITIK UND KRIEG
DAMIT IHRE SÖHNE MEDIZIN UND MATHEMATIK
STUDIEREN KÖNNEN
JOHN ADAMS

Unter letzterer Tafel, eingelassen in eine hohe Steinmauer, die sich in beiden Richtungen ins Unendliche zu erstrecken schien, führte eine schwere Tür in eine Art Wachraum, der voll von Zeitungsstapeln, Postsäcken und Paketen war. Ein Mann in einer Strickjacke tippte lächelnd gegen den Schirm seiner Schaffnermütze und sortierte dann weiter seine Pakete. Ohne ein Wort zu sagen, durchquerten Lepage und Eliot, Chris an den Händen haltend, den Raum, um durch eine zweite Tür ins Freie zu treten und über eine sonnenbeschienene Rasenfläche auf einen großen, roten Ziegelbau zuzuschreiten.

»Eines Tages wird das deine High School sein«, wandte sich Lepage Chris zu. »Aber im Augenblick wirst du bis auf weiteres nur hier essen und schlafen.«

In Stein gemeißelt, standen über dem Eingang des Gebäudes folgende Worte zu lesen:

WEISHEIT DURCH GEHORSAM
VOLLKOMMENHEIT DURCH DEMUT.

Da es erst halb eins war, warteten sie auf einer alten Refektoriumsbank, deren schweres Eichenholz dick lackiert und kräftig poliert war. Die Bank fühlte sich hart an, und die Konturen ihrer Sitzfläche veranlaßten Chris, möglichst weit nach hinten zu rutschen, so daß seine Beine in der Luft baumelten. Ängstlich starrte er auf die Wanduhr; mit jedem weiteren Vorrücken des Sekundenzeigers nahm seine innere Anspannung zu. Das dumpfklickende Geräusch, das dabei jedesmal entstand, schien zunehmend lauter zu werden; es erinnerte ihn so an die Geräusche im Metzgerladen.

Um ein Uhr kam eine Frau. Sie trug flache Schuhe, einen schlichten Rock und einen Pullover. Im Gegensatz zu seiner Mutter hatte sie keinen Lippenstift aufgetragen, und ihr Haar war nicht gelockt, sondern streng nach hinten gekämmt und zu einem Dutt zusammengeknotet. Sie würdigte Chris kaum eines Blickes und forderte lediglich Lepage auf, ihr in ein Büro zu folgen.

Eliot blieb bei Chris zurück. »Ich möchte wetten, daß du von den zwei Hamburgern, die wir dir gekauft haben, noch nicht einmal halbwegs satt geworden bist.« Er lächelte. »Iß doch noch eines von den Baby Ruths, die ich dir gegeben habe.«

Chris starrte jedoch mit hochgezogenen Schultern weiter stumm auf die Uhr an der Wand.

»Ich weiß«, ließ sich Eliot nicht beirren. »Du hältst es wohl für klüger, sie aufzuheben, bis du wieder Hunger bekommst. Aber du wirst hier regelmäßig zu essen bekommen – dreimal am Tag. Und was die Schokoladenriegel betrifft, werde ich dir nächstes Mal, wenn ich dich wieder besuchen komme, welche mitbringen. Magst du auch andere Süßigkeiten?«

Chris wandte sich langsam dem Mann mit dem grauen Hut und den traurigen Augen zu, aus dem er nicht so recht klug wurde. »Ich kann dir leider nicht versprechen, daß ich dich oft besuchen kommen werde«, fuhr Eliot fort. »Aber du sollst trotzdem wissen, daß ich dein Freund bin. Ich fände es schön, wenn du mich als deinen... sagen wir mal, als deinen Ersatzvater betrachten könntest; als jemanden, auf dessen Hilfe du zählen kannst, wenn du Probleme hast; jemanden, der dich mag und nur dein Bestes will. Gewisse Dinge lassen sich nur schwer erklären. Aber glaube mir. Eines Tages wirst du verstehen.«

Chris' Augen brannten. »Wie lange werde ich hier bleiben?«

»Ziemlich lange.«

»Bis meine Mutter mich abholen kommt?«

»Ich glaube nicht...« Eliot schürzte die Lippen. »Deine

Mutter hält es für besser, wenn die Allgemeinheit sich um dich kümmert.«

Chris' Augen fühlten sich geschwollen an. »Wo ist sie?«

»Das wissen wir nicht.«

»Ist sie tot?« Chris war so darauf erpicht, eine Antwort auf seine Frage zu bekommen, daß er im ersten Augenblick gar nicht merkte, daß er von neuem weinte.

Eliot legte seinen Arm um ihn. »Nein. Aber du wirst sie nie mehr sehen. Soweit wir wissen, ist sie noch am Leben, aber du wirst dich daran gewöhnen müssen, sie als tot zu betrachten.«

Chris brach in würgendes Schluchzen aus.

»Aber du bist nicht allein.« Eliot schloß ihn in die Arme. »Ich bin doch da. Ich werde immer für dich sorgen. Ich werde dich immer besuchen kommen. Ich bin nun die einzige Familie, die du hast.«

Chris riß sich aus Eliots Armen los, als die Tür aufging. Lepage kam aus dem Büro und schüttelte der Frau, die inzwischen eine Brille trug und Chris' Akte an sich genommen hatte, die Hand. »Wir wissen Ihre Bemühungen durchaus zu schätzen.« Dann wandte er sich Eliot zu. »Damit wäre alles geregelt.« Und an Chris gewandt: »Wir lassen dich jetzt bei Miß Halahan zurück, mein Junge. Sie ist sehr nett, und ich bin mir sicher, daß du sie bald ins Herz schließen wirst.« Er schüttelte Chris die Hand. Chris zuckte unter dem Druck seiner mächtigen Pranke zusammen. »Sei gehorsam deinen Vorgesetzten gegenüber. Und mach deinem Vater keine Schande.«

Eliot beugte sich zu Chris herab und legte ihm die Hände auf die Schultern. »Und mach vor allem *mir* keine Schande, mein Junge. Das ist ab jetzt das wichtigste.« Seine Stimme war sanft.

Als die beiden Männer sich über den Korridor entfernten, blinzelte ihnen Chris durch seine Tränen verwirrt hinterher, während er sich gleichzeitig der Geborgenheit bewußt wurde, welche die Schokoladenriegel in seiner Tasche darstellten.

5

Es gab unendlich viel zu erkunden. Das zwanzig Hektar umfassende Gelände, auf dem das Heim stand, wurde durch eine einzige Straße in zwei Hälften geteilt. Miß Halahan erklärte Chris, daß es von den Schlafsälen zum Schulgebäude ziemlich weit wäre. Er hatte Mühe, mit ihr Schritt zu halten. Die Straße war völlig menschenleer, als würde dort jeden Augenblick eine Parade abgehalten; nur fehlten die Absperrungen und die Zuschauer am Straßenrand. Die Straße war lediglich von hohen Bäumen gesäumt, die Chris wie Schirme vor der Sonne schützten.

Trotz Miß Halahans Erklärungen konnte sich Chris nicht ganz zurechtfinden. Dem Schulgebäude gegenüber lagen mehrere Bauten, in denen die ›Aufenthaltsräume und der Speisesaal‹ untergebracht waren, wie Miß Halahan ihm zu verstehen gab. Links davon stand die riesige ›Kapelle‹, und ihr gegenüber auf der anderen Straßenseite befand sich die ›Krankenstation‹. Der Wind war nicht sonderlich stark gewesen, da er durch die umstehenden Bauten abgehalten wurde. Aber als Chris nun Miß Halahan an der ›Turnhalle‹ vorbei in das Zentrum des Geländes folgte, wurde er plötzlich von einer heftigen, heißen Bö erfaßt, die über die Spielplätze zu beiden Seiten der Straße hinwegfegte. Er sah Fußballtore, Hürden und Baseballmarkierungen. Doch zu seiner Verwunderung konnte er nirgendwo auch nur ein Fleckchen Grün entdecken. Die gesamte, riesige Fläche vor ihm war von Beton überzogen.

Die Sonne brannte inzwischen erbarmungslos vom Himmel herunter, als Chris die ›Exerzierhalle‹ und das ›Kraftwerk‹ mit seinen hohen Schornsteinen und den Kohlenhalden passierte. Seine Beine schmerzten bereits, als sie schließlich ihr Ziel erreicht hatten. Böse Vorahnungen beschlichen Chris, als er auf das triste, graue Gebäude starrte, in dem Miß Halahans Angaben zufolge die ›Schlafsäle‹ untergebracht waren. Sie mußte ihn widerstrebend eine hallende Treppe hinunterzerren, die zu einem großen Kellerraum führte, in dem es nach Bohnerwachs roch. Chris' Blick fiel auf etwa ein

Dutzend anderer Jungen, die teils älter, teils jünger als er waren, aber ausnahmslos nicht minder heruntergekommen als er selbst aussahen.

»Du bist gerade noch rechtzeitig für die wöchentliche Initiation gekommen«, erklärte Miß Halahan. »Sonst hätten wir extra für dich das Ganze noch einmal von vorn machen müssen.«

Das verstand Chris nicht. ›Initiation‹ war auch so ein Wort, das er noch nie gehört hatte. Jedenfalls gefiel ihm sein Klang nicht sonderlich. Aufgeregt nahm er auf einem knarzenden Stuhl Platz. Und jetzt erst wurde ihm bewußt, daß sich auch die anderen Jungen instinktiv so weit wie möglich von den anderen fernhielten. Es war unnatürlich still im Saal.

Ein alter Mann in khakifarbenem Hemd und Hose und einer etwas dunkleren Krawatte im gleichen Farbton stieg auf eine Bühne am Ende des Saals und postierte sich hinter einem Rednerpult, hinter dem Chris erneut die amerikanische Flagge auffiel. Der alte Mann hatte sich einen Stock unter den Arm geklemmt und stellte sich als Colonel Douglas Dolty vor, Leiter der Aufnahmeabteilung und Aufseher über die Schlafsäle. Er begann seine Ansprache mit Tier- und Sportwitzen. Ein paar Jungen lachten. Unter anderem wies der Colonel auch darauf hin, daß zahlreiche Sportgrößen diese Schule kannten und bei Gelegenheit den Jungen einen Besuch abstatten würden. Obwohl Chris alles andere als wohl in seiner Haut zumute war, mußte er doch feststellen, daß ihn die Worte des Colonel fesselten. Seine Backen spannten von den inzwischen getrockneten Tränen. Der Colonel erzählte dann eine Geschichte (die Chris nicht verstand) über einen Ort, der das antike Griechenland hieß, wo dreihundert Soldaten, die Spartaner genannt, bei dem Versuch, an einem Paß namens Thermopylen das Heer der Perser aufzuhalten, heldenhaft in den Tod gingen. »Und nun, meine Herren«, schloß der Colonel, »werde ich euch zeigen, was es mit dieser Schule auf sich hat.«

Er ließ die Jungen in Zweierreihen antreten und führte sie dann nach draußen zu einem Gebäude, in dem die Räume für den freiwilligen Werkunterricht untergebracht waren. Dort bekamen die Neuen, wie sie nun hießen, die Gießerei gezeigt, wo andere Jungen Gußformen füllten. In der Druckerei setzten wieder andere Jungen die nächste Ausgabe der Schülerzeitung. Chris sah auch die Zimmerei und die Autoreparaturwerkstatt. Danach wurden sie in die Schneiderei, die Schusterwerkstatt und die Wäscherei geführt. Und selbst hier zeigten sich die Neuen durch den Lärm und das geschäftige Treiben, an dem Jungen wie sie beteiligt waren, sichtlich beeindruckt. Sie wollten selbst die Maschinen ausprobieren.

Aber der Colonel hatte das Beste für den Schluß aufgespart. Mit einem stolzen Lächeln führte er sie in die Exerzierhalle, wo er Chris und den anderen die auf Hochglanz polierten 1917er Enfield-Büchsen zeigte, die sie bald selbst tragen würden dürfen, und auch die Säbel, die Uniformen in metallischem Grau und die anheftbaren weißen Kragenspiegel, die sie in ihren Schülerabteilungen tragen würden. Vor allem hier verfiel Chris in ehrfürchtiges Staunen. Keiner der anderen Jungen sprach ein Wort oder machte irgendwelche Faxen. Der beißende Geruch von Waffenöl, Brasso und Reinigungsmittel stach in Chris' Nase. Der Respekt, den er und die anderen Jungen diesem alten Mann entgegenbrachten, war derselbe Respekt, mit dem sie ihm am Tag ihrer Entlassung aus der Anstalt begegnen sollten, wenn sie sich freiwillig für die Army Airborne oder die Second Marine Division meldeten. Ihr Respekt sollte sich sogar in Liebe wandeln. In einer reinen Männergesellschaft und in dem spartanischen Geist der Franklin High School erzogen, würde sich die Liebe dieser Jungen in Vaterlandsliebe und Stolz wandeln. Die Angst würde für sie aufgrund strengster Strafen bald zum täglichen Leben gehören, um irgendwann ganz zu verfliegen. Das Blitzen der Säbel und die unwiderstehliche Anziehungskraft von Gewehren, militärischen Insignien und Rangabzeichen würden die nötige Begeisterung in den Jungen wecken, in der all die erforderlichen Eigenschaften wie Heroismus und Loyalität zu einer Legierung verschmelzen würden, welche alle Franklin-Schüler nach Abschluß dieser harten Schule in ganz besonderem Maße auszeichnen sollte.

»Aber wir können natürlich nicht die ganze Zeit hier bleiben, wo ihr euch im Augenblick wohl am liebsten aufhalten würdet, was, Jungs?« erklärte der Colonel schließlich. Den Jungen weiter aufmunternd zulächelnd, führte er sie darauf in ein anderes Gebäude, wo er jedem von ihnen ein Paar hoher Schnürstiefel aushändigte, die an die Kampfstiefel von Soldaten erinnerten. Außerdem erhielt jeder Junge vier Hemden (eines weiß, drei in verschiedenen Farben), vier Hosen, Socken und Unterwäsche und vier Taschentücher – alles zu einem festen Bündel in einem langen, öden Nachthemd verschnürt. Mit den an den Schnürsenkeln von ihren Hälsen baumelnden Stiefeln und den vor die Brust gepreßten Kleiderbügeln erinnerten die Jungen an die Miniaturausgabe eines Fallschirmspringerkommandos, als sie wieder in den heißen, böigen Wind hinaustraten und im Gleichschritt zu den Schlafsälen zurückmarschierten.

6

Der Friseur erwartete sie. Als er fertig war, waren über Chris' Ohren fünf Zentimeter Kopfhaut zu sehen. Mit seinem kahl geschorenen Hinterkopf sah er aus wie ein Rekrut in der Grundausbildung. Er sah sich verlegen unter den anderen Jungen um. Doch dann straffte er sich unmerklich und betrachtete sich im Spiegel. Mit seinen neu erworbenen kantigen Gesichtszügen fühlte er sich unerwarteterweise mit einem Mal athletisch und seltsam selbstbewußt.

Dann ging es unter die Dusche, in einem kleinen, gefliesten Raum, in dem sich das Wasser weder regulieren noch an- oder abstellen ließ. Das übernahm eine Anstaltsangestellte, die ständig durch ein Sichtfenster spähte und an verschiedenen Armaturen drehte. Ein männlicher Aufseher forderte sie auf, sich auszuziehen und ihre Sachen in einen großen Leinwandsack im hinteren Ende des Raums zu werfen. Chris schämte sich. Er hatte sich noch keinem Menschen außer seiner Mutter nackt gezeigt. Seine Augen begannen wieder zu brennen, als er an sie erinnert wurde. Er bedeckte sich mit den Händen und sah, daß es andere Jungen ähnlich machten. Allerdings verwunderte es ihn, daß der Aufseher und die Frau gar nicht zu registrieren schienen, daß sie nackt waren.

In die enge Duschkabine getrieben, gaben sie sich alle nur erdenkliche Mühe, sich ja nicht gegenseitig zu berühren, was sich freilich als vollkommen unmöglich herausstellte, da sie zur Genüge mit ihren glitschigen Seifenstücken und dem mächtigen Wasserstrahl aus den zahlreichen Duschköpfen beschäftigt waren. Der Dampf war so dicht, daß Chris die anderen Jungen kaum mehr erkennen konnte. Abrupt hörte das Wasser auf. Verwirrt verließ Chris mit den anderen die Duschkabine. Tropfend standen sie auf dem gefliesten Boden eines Raums, dessen Wände lauter Spinde säumten. Langsam wurde ihnen kalt. Der Aufseher reichte jedem ein Handtuch und deutete auf einen großen Metallbehälter, der mit etwas süßlich Riechendem, Schmierigem gefüllt war, das er als Cold Cream bezeichnete. Sie wurden aufgefordert, sich damit am ganzen Körper und vor allem an wunden Stellen einzureiben. Mit einem Mal fiel Chris ein, daß der Sack, in den er und die anderen Jungen ihre Sachen geworfen hatten, weg war. Er sollte seine verdreckten Turnschuhe und sein schmutziges Hemd nie wieder zu Gesicht bekommen.

Und auch seine Schokoladenriegel nicht.

Er fühlte sich hintergangen und betrogen und hätte am liebsten laut losgebrüllt. Die Baby Ruths waren das einzige gewesen, auf das er sich wirklich gefreut hatte.

Aber ihm blieb nicht viel Zeit für Selbstmitleid. Der Aufseher nahm ihnen die Handtücher wieder ab und führte sie, immer noch nackt und fröstelnd, aus dem Ankleideraum eine Treppe hinauf und in einen Saal, dessen Wände von Betten gesäumt waren. Zu jedem Bett gehörten zwei Regalbretter und ein Nachtkästchen. Die Fenster waren vergittert. Niedergeschlagen schlüpfte Chris in die grauen Wollsocken, Hemd und Hose. Obwohl ihm in den kratzenden neuen Sachen nicht sonderlich wohl war, beobachtete er nun doch erstaunt die anderen Jungen. Mit Ausnahme ihrer unterschiedlichen Gesichtszüge und Haarfarben sahen sie nun alle gleich aus. Ohne daß er hätte sagen können, warum, ermutigte ihn dieser Umstand.

Darauf erklärte ihnen der Aufseher den Zeitplan. Wecken um sechs Uhr. Frühstück um sieben. Schule von acht bis zwölf. Bis halb eins Mittagessen, bis eins Pause und dann von eins bis fünf wieder Unterricht. Bis sechs Spielstunde, dann Abendessen und Studiersaal. Acht Uhr Schlafenszeit. »Wenn ihr irgendwelche Beschwerden habt – Jucken, Zahnfleischbluten oder sonst irgend etwas –, dann meldet mir das sofort. Morgen werde ich euch beibringen, eure Betten zu machen, daß man nicht eine Falte auf dem Laken sieht. Die ersten Wochen werdet ihr noch mit einer Gummimatte schlafen – für alle Fälle.«

Dann marschierten sie hinter dem Aufseher her vom Schlafsaal in den Speisesaal, wo sich Hunderte anderer Jungen zu ihnen gesellten, die zwar unterschiedlich groß und alt waren, aber alle dieselbe graue Kleidung trugen und denselben kurzen Haarschnitt hatten. Sie kamen eben aus dem Unterricht. Es war für so viele Kinder ungewohnt still im Raum, als sich die Jungen mit ihren Tabletts an den Essensausgabestellen anstellten.

Chris begann unwillkürlich zu würgen, als er die Mahlzeit sah, die er nun gleich essen sollte. Ein Junge hatte von Thunfischauflauf gesprochen. Ein anderer nörgelte wegen des Rosenkohls. Chris hatte noch nie von solchem Essen gehört. Für ihn stand nur fest, daß dieses grüne Zeug mit einer weißen Pampe überzogen war, die nicht nur wie Kotze aussah, sondern auch noch so roch. Er saß eine Weile mit den Jungen seiner Gruppe an einem Tisch mit einer Wachstuchtischdecke und starrte, nicht bereit, auch nur einen Bissen zu essen, den Salzstreuer an, als er hinter sich einen Schatten aufragen spürte. »Jeder ißt seinen Teller leer, oder alle werden bestraft«, knurrte eine tiefe Stimme. Erst langsam dämmerte Chris, was der Mann damit meinte. Er bemerkte, wie ihn die anderen Jungen anstarrten. Sie würden dafür büßen müssen, wenn er seinen Teller nicht leeraß. Mühsam gegen den Widerwillen ankämpfend, der ihm die Kehle zusammenschnürte, griff Chris nach der Gabel. Er starrte auf die eklige, weiße Pampe. Er wagte nicht zu atmen, als er den ersten Bissen vorsichtig kaute und hinunterschluckte. Es schien tatsächlich leichter zu gehen, wenn er beim Essen den Atem anhielt.

Dann wurde ihnen mitgeteilt, daß sie nach dem Essen einen Film ansehen dürften. Ebenso wie Chris noch nie in einem Auto gefahren war, hatte er auch noch keinen Film gesehen. Seine Augen weiteten sich vor Begeisterung, als er sich mit den anderen Jungen in den Vorführsaal drängte. Wie durch einen Zauber tanzten die schwarz-weißen Bilder über die Leinwand. Er beobachtete wie gebannt den Hauptdarsteller, der John Wayne hieß; die anderen Jungen schienen ihn bereits zu kennen, da sie ihm begeistert applaudierten. Es handelte sich um einen Kriegsfilm. Chris' Herz klopfte wie wild. Schüsse und Explosionen. Die anderen Jungen waren ganz bei der Sache. Und auch Chris war begeistert.

Als er in jener Nacht im Dunkel des Schlafsaals in seinem Bett lag, dachte er darüber nach, wo wohl seine Mutter sein könnte. Er versuchte zu begreifen, weshalb er an diesem Ort war. Dabei fiel ihm wieder ein, wie Lepage gesagt hatte, daß sein Vater bei einem Flugzeugabsturz ums Leben gekommen war. Verdutzt stellte er plötzlich fest, daß ein paar Betten weiter ein Junge zu weinen begann. Chris spürte seine eigenen Tränen heiß und salzig in den Augenwinkeln, als ein älterer Junge losbrüllte: »Hör auf zu flennen! Ich will schlafen.«

Unwillkürlich erstarrte Chris. Kaum war ihm bewußt geworden, daß der ältere Junge den weinenden Neuen gemeint hatte, schluckte er seinen Kummer hinunter, kniff krampfhaft die Augen zusammen und beschloß, künftig auf keinen Fall Aufmerksamkeit zu erregen. Er wollte nicht zu denen gehören, die weinten. Trotzdem bedauerte er, daß er Lepage nicht noch einmal gefragt hatte, weshalb er seine Mutter eine Prostituierte genannt hatte. Und er wünschte sich vor allem nichts sehnlicher, als daß seine Mutter von Atlantic City zurückkäme und ihn hier wegbrächte. Heimweh schnürte ihm die Kehle zu. Aber in seinem Traum in jener ersten Nacht gab ihm Eliot einen Baby-Ruth-Schokoladenriegel.

7

»Ich helfe zu den Phillies«, erklärte ein Junge neben Chris.

Chris kauerte mit den Jungen seiner Gruppe im hinteren Teil der ersten Klasse auf dem Boden und setzte Puzzles zusammen; meistens handelte es sich dabei um Landkarten der Vereinigten Staaten mit Zeichnungen von Maiskolben und Äpfeln, Fabriken, Bergwerken und Ölfördertürmen, die an verschiedenen Stellen der Karte eingefügt waren. Es waren jedoch auch ein paar Karten von Ländern wie zum Beispiel China, Korea und Rußland darunter, von denen Chris noch nie gehört hatte. Die Puzzles waren sehr bunt, und Chris lernte rasch, sie zusammenzusetzen. Obwohl er vorher nie zur Schule gegangen war und immer nur von älteren Jungen gehört hatte, daß es dort schrecklich war, fand er den Unterricht gar nicht so übel. Zumindest für eine Weile. Trotz allem, was Eliot ihm gesagt hatte, war Chris sicher, daß seine Mutter ihn eines Tages holen kommen würde.

Der Junge, der gesagt hatte, daß er zu den Phillies half, war sogar noch schmächtiger als Chris; sein Gesicht war so schmal, daß seine Augen unnatürlich weit daraus hervortraten. Als der Junge in Erwartung der Anerkennung von seiten der anderen breit grinste, kamen eine Menge Zahnlücken zum Vorschein. Als ihm jedoch niemand Beachtung schenkte, verflog sein Lächeln sehr rasch und machte einem Ausdruck der Enttäuschung Platz.

Nun meldete sich ein anderer Junge, links von Chris, zu Wort. Obwohl er ebenso alt wie die anderen Jungen in der Klasse war, war er größer und kräftiger als der Rest. Er hatte das dunkelste Haar, die bräunste Haut, das kantigste Gesicht, die tiefste Stimme. Er hieß Saul Grisman, und letzte Nacht hatte Chris im Schlafsaal einen anderen Jungen flüstern gehört, daß Grisman Jude war. Chris hatte nicht verstanden, was das bedeuten sollte. »Wo kommst du denn her?« hatte der andere Junge auf Chris' diesbezügliche Frage erwidert. »Hast du nicht gehört? Ein Jude.« Dies war nicht gerade eine Antwort, aus der Chris viel schlauer wurde. »Das hätte ich auch nicht gedacht«, fuhr der andere Junge verächlich fort, »daß Micks dermaßen belämmert sind.« Als Chris wissen wollte, was ein Mick wäre, hatte sich der ältere Junge nur mit einem geringschätzigen Lächeln abgewandt.

Und nun platzte also Saul heraus: »Ich helfe zu *allen* Mannschaften! Und das werde ich euch auch beweisen. Ich habe nämlich von allen Kaugummibilder.« Er griff unter sein Hemd und zog einen Packen mit etwa zwei Dutzend Abbildungen verschiedener Baseballmannschaften hervor.

Die anderen Jungen wandten sich erstaunt blinzelnd von ihren Puzzles ab. Nachdem sie sich mit verstohlenen Blicken vergewissert hatten, daß die Aufseherin in ihre Lektüre vertieft war, beugten sie sich schuldbewußt vor, um die Kaugummibilder zu betrachten. Saul zeigte ihnen die Bilder eines nach dem anderen – Männer im Baseballdreß, die einen Schläger schwangen, übers Spielfeld rannten oder einen Ball fingen und Namen hatten wie Yogi Berra, Joe DiMaggio oder Jackie Robinson. Und auf der Rückseite der Bilder waren die Lebensdaten und die sportlichen Erfolge dieser Männer aufgeführt, deren Namen Chris noch nie gehört hatte. Saul ließ die anderen Jungen seine Schätze genüßlich bewundern. Eine Karte, die er ehrfurchtsvoll in die Höhe hob, ließ er sie jedoch nicht anfassen. »Er hat schon vor all den anderen auf den Bildern gespielt. Aber er war trotzdem der beste von allen«, erklärte Saul.

Chris betrachtete den stämmigen Mann auf dem Foto. Und dann fiel sein Blick auf den Namenszug darunter. Babe Ruth. Chris fühlte sich nicht ganz wohl in seiner Haut, weil er nichts über diese Baseballspieler wußte. Deshalb überlegte er fieberhaft, was er sagen könnte, um sich bei den anderen Jungen Anerkennung zu verschaffen. »Klar«, nickte er also weise. »Sie haben ja auch die Schokolade nach ihm benannt.« Für einen Moment dachte er an den graugesichtigen Mann, der Eliot hieß.

Saul runzelte die Stirn. »Was haben sie nach ihm benannt?«

»Diese Schokoladenriegel. Babe Ruth.«

»Das sind doch *Baby* Ruth.«

»Das habe ich doch gesagt.«

»Das ist nicht dasselbe. Er heißt *Babe*. Nicht Baby.«

»Na und?«

»Diese Schokolade ist nach dem Baby von jemand benannt, das Ruth heißt.«

Chris errötete. Die anderen Jungen bedachten ihn mit hämischen Blicken, als hätten sie das schon immer gewußt. Als die Aufseherin von ihrem Buch aufsah, verursachte dies einige Aufregung unter den Jungen. Saul klaubte hastig seine Kaugummibilder zusammen, um sie wieder unter seinem Hemd verschwinden zu lassen, während die anderen Jungen sich mit wahren Unschuldsmienen wieder ihren Puzzles zuwandten. Die Aufseherin stand auf und kam mit unheilvoller Miene auf sie zu. Drohend blieb sie eine Weile über ihnen stehen, so daß Chris schon ganz nervös wurde; doch schließlich kehrte sie an ihr Pult zurück.

»Wo hast du denn all die Kaugummibilder her?« fragte ein Junge Saul, als die Klasse in Zweierreihen in den Speisesaal marschierte. Angestrengt lauschten die anderen auf Sauls Antwort. Saul befand sich nicht nur im Besitz von etwas, das sie nicht hatten, sondern er hatte es auch noch geschafft, es ins Heim zu schmuggeln. Chris fiel ein, daß den Jungen alles, was ihnen gehört hatte, am ersten Tag abgenommen worden war, was ihn wieder einmal schmerzlich an seine Schokoladenriegel erinnerte, die er lieber doch gleich hätte essen sollen, anstatt sie sich für später aufzuheben. Wo hatte also Saul diese Baseballbilder her?

»Ja, wie bist du an die Bilder gekommen?« hakte ein anderer Junge nach.

Statt einer Antwort lächelte Saul nur.

»Darf ich mich beim Mittagessen neben dich setzen?« fragte ein dritter Junge.

»Ich möchte auch neben dir sitzen. Darf ich? Und darf ich mir die Bilder dann noch mal ansehen?« meldete sich ein vierter zu Wort. Obwohl sie in Zweierreihen gingen, schienen sich alle um Saul zu drängen, als sie den Speisesaal betraten.

Als Chris sich mit seinem Teller mit Wiener Würstchen und Bohnen seinem Tisch näherte, mußte er feststellen, daß nur noch der am weitesten von Saul entfernte Platz frei war. Die anderen drängten sich um Saul und bestürmten ihn sogar mit leise geflüsterten Fragen über die Kaugummbilder, bis ein Aufseher an ihrem Tisch stehen blieb und sie mit einem warnenden Blick verstummen ließ.

Als sie nach dem Essen in den Aufenthaltsraum gingen, durften sie sprechen, aber Chris kam kein einziges Mal zu Wort. Die anderen Jungen interessierte nur noch, wie Saul an die Bilder gekommen war. Aufgrund von Chris' folgenschwerer Bemerkung über Babe Ruth und die Schokoladenriegel behandelten ihn die anderen Jungen wie den Klassentrottel, so daß Chris sich nur um so sehnlicher wünschte, seine Mutter möchte endlich kommen und ihn wieder nach Hause holen. Er gelangte zu der Überzeugung, daß ihm die Schule doch nicht so gut gefiel.

Sein Widerwille gegen sie wurde sogar noch stärker, als sie am späten Nachmittag hinter der Aufseherin ins Hallenbad im Keller der Turnhalle hinuntermarschierten. Ein Lehrer forderte sie auf, sich auszuziehen und unter die Dusche zu gehen, worauf sich Chris auch diesmal wieder schämte, nackt vor so vielen anderen Leuten zu stehen. Seine Scham machte jedoch rasch entsetzlicher Angst Platz, als der Lehrer sie aufforderte, in das Becken zu springen. Chris hatte noch nie so viel Wasser gesehen. Er hatte Angst, er könnte untergehen und keine Luft mehr kriegen, wie ihm das einmal passiert war, als ihn seine Mutter in der Badewanne gebadet hatte. Aber der Lehrer drängte ihn unerbittlich an den Rand des Beckens, und schließlich sprang Chris sogar bereitwillig ins Wasser, um seine Blöße zu verdecken. Das kalte, ätzend riechende Wasser spritzte hoch auf, doch zu seiner Verwunderung hatte Chris sofort wieder festen Boden unter den Füßen, und das Wasser reichte ihm nur bis zur Hüfte. Dennoch sprangen auch die anderen Jungen nur widerstrebend in das Becken. Lediglich Saul betrachtete das Ganze als eine aufregende Herausforderung und tauchte sogar mit dem Kopf unter Wasser.

»Du!« Der Lehrer deutete auf ihn. »Wie heißt du?«

»Saul Grisman, Sir.« Das ›Sir‹ war absolut unerläßlich. Sie

hatten gelernt, immer ein ›Sir‹ oder ›Madam‹ anzuhängen, wenn sie mit einem Erwachsenen sprachen.

»Sieht ganz so aus, als wärst du schon früher mal schwimmen gewesen.«

»Nein, Sir«, erwiderte Saul.

»Hast du nie Schwimmunterricht gehabt?«

»Nein, Sir.«

Der Lehrer rieb sich beeindruckt das Kinn. »Na, vielleicht bist du ein Naturtalent.«

Nachdem Saul durch die Anerkennung von seiten des Lehrers noch zusätzlich in der Achtung der anderen Jungen gestiegen war, versuchte jeder, so nahe wie möglich bei Saul zu sein, als sie sich am Beckenrand festhielten und der Lehrer ihnen zeigte, welche Beinbewegungen sie machen sollten.

»So ist es richtig. Seht euch an, wie Grisman es macht«, sagte der Lehrer. »Er hat es bereits heraus, wie man das macht.«

Am weitesten von Saul entfernt, spuckend und mühsam den Kopf über Wasser haltend, hatte Chris sich noch nie in seinem Leben so einsam gefühlt wie jetzt, während er verzweifelt mit seinen Beinen im Wasser strampelte. Zwar hatte er in der Calcanlin Street den ganzen Sommer allein auf seine Mutter gewartet, aber dort waren ihm zumindest das Haus und die Umgebung vertraut gewesen, und er hatte seine Freunde zum Spielen gehabt, so daß er sich nicht wirklich einsam gefühlt hatte. Zudem war dies nicht das erste Mal gewesen, daß ihn seine Mutter allein gelassen hatte. Er war es schon fast gewohnt gewesen, allein zu leben, obwohl er seine Mutter natürlich immer sehr vermißte, wenn sie weg war. Doch jetzt in dieser fremden Umgebung, frierend im kalten Wasser plantschend, von den anderen Kindern ausgeschlossen und voller Neid gegen Saul, überkam ihn der bittere Schmerz der Einsamkeit, und er merkte, daß er diese Anstalt haßte.

Er sollte erst am nächsten Abend, einem Samstag, wieder aus seiner trübseligen Stimmung gerissen werden, als sie wieder einen Film ansehen durften, nachdem sie den ganzen Tag damit verbracht hatten zu lernen, wie man das Bett

machte, seine Schuhe band und putzte und seine Krawatte
korrekt knotete. Chris hatte den ersten Film noch lebhaft in
Erinnerung. Auch dieser war wieder ein Kriegsfilm. Die Jungen jubelten, als er begann. Die Handlung war furchtbar
spannend, und es wurde ständig geschossen. Chris gefiel die
Geschichte, die von einer Gruppe von amerikanischen Soldaten handelte, die im Krieg durch dick und dünn gingen. Von
der Musik – schmetternde Trompeten und rasselnde Trommeln – wurde ihm ganz warm ums Herz.

Doch nach dem Film wollte keiner aus seiner Klasse wissen, was er über den Film dachte. Alle interessierten sich nur
für Sauls Meinung dazu. Fast hätte Chris seinen eigenen
Grundsatz gebrochen und sich in den Schlaf geweint. Statt
dessen biß er im Dunkeln die Zähne zusammen und beschloß
wegzulaufen.

8

Um sechs Uhr weckte ihn das abrupte, grelle Aufleuchten
der Schlafsaalbeleuchtung. Irgend jemand sagte, daß Sonntag war. Verschlafen blinzelnd, schlurfte Chris mit den anderen in den Waschraum, wo er, die Zahnbürste in der linken
Hand, dem Aufseher seine rechte Hand entgegenstreckte,
um sich etwas Zahnpulver daraufstreuen zu lassen. Als er
sich die Zähne putzte und dabei, wie ihm der Aufseher eingeschärft hatte, sorgsam darauf achtete, auch die hintersten
Zwischenräume sauber zu bekommen, wurde ihm von dem
Pfefferminzgeschmack leicht übel. Er hörte das Rauschen der
Klospülungen und gab sich Mühe, seinen Blick von den Jungen abzuwenden, die sich von den Toiletten erhoben. Die
Toiletten waren durch keinerlei Zwischenwände oder Türen
den Blicken der Anwesenden entzogen, so daß Chris es immer so lange hinauszögerte, bis er es sich absolut nicht mehr
verkneifen konnte. Zu seiner eigenen Überraschung hockte
er sich dann aber einfach auf die Schüssel, ohne sich darum
zu kümmern, ob ihn jemand dabei beobachtete; so stark war
sein Drang. Im übrigen schien ihm auch tatsächlich niemand

Beachtung zu schenken. Und die Erleichterung, die er danach verspürte, ließ ihn zusammen mit dem neu gewonnenen Selbstbewußtsein, daß er es geschafft hatte, seine Scham zu überwinden, dem Tag sogar mit einem gewissen Optimismus entgegenblicken. Beim Frühstück schmeckten ihm diesmal sogar die milchigen Rühreier, die er mit Orangensaft hinunterspülte. Und als er dann sein steifes Uniformhemd und seine Kadettenkleidung anzog, bevor sie hinter dem Aufseher in die Kapelle marschierten, fühlte er sich ein wenig wie die Soldaten in dem Kriegsfilm vom Abend zuvor.

Die Kapelle hatte zwar bunte Glasfenster, aber sonst waren keinerlei Kreuze oder sonstige religiöse Symbole zu sehen. Nachdem alle Jungen auf ihren zugeteilten Plätzen Platz genommen hatten, trat der Kaplan, Mr. Applegate, an ein Rednerpult und stimmte ›The Star-Spangled Banner‹ an. Die Jungen fielen ebenfalls ein, und dann sangen sie noch ›God Bless America‹. Danach zog der Kaplan einen Dollarschein heraus (womit er Chris' uneingeschränktes Interesse gewonnen hatte) und las die Worte auf der Rückseite von George Washingtons Abbild vor. »Die Vereinigten Staaten von Amerika!« verkündete er laut genug, so daß seine Worte auch in der hintersten Bank deutlich vernehmbar waren. »In Gott vertrauen wir! Merkt euch diese beiden Sätze! In Gott vertrauen wir! Und er vertraut in uns! Aus diesem Grund ist dieses Land die größte, reichste und mächtigste Nation der Welt! Weil Gott in uns vertraut! Wir müssen stets bereit sein, als seine Soldaten gegen seine Feinde zu kämpfen, um unsere gottgewollte Lebensweise zu schützen! Ich kann mir keine größere Ehre vorstellen, als für unser Land, für seine Größe und für seinen Ruhm zu kämpfen! Gott segne Amerika!« In Erwartung einer Reaktion hob der Kaplan beide Hände. Die Jungen brüllten zurück: »Gott segne Amerika!« Der Kaplan wiederholte den Satz neuerlich, und wieder schallte das Echo, verstärkt von unzähligen Kinderstimmen, zurück. Als es in der Kapelle allmählich wieder still wurde, konnte Chris die drei Worte noch eine Weile in seinen Ohren nachhallen hören. Er war auf eine etwas beängstigende Weise ganz aufgeregt. Zwar verstand er nicht, was der Ka-

241

plan gemeint hatte, aber er sprach doch auf die Emotionen an, die hinter diesen Worten mitschwangen.

»Der Bibeltext des heutigen Morgens«, begann der Kaplan mit seiner Predigt, »stammt aus dem Buch Exodus. Moses, der Gottes auserwähltes Volk aus Ägypten führt, wird von den Soldaten des Pharaos verfolgt. Mit Gottes Hilfe teilt Moses die Wasser des Roten Meeres, so daß es sein Volk ungestört durchqueren kann. Doch als die Soldaten des Pharaos ihnen folgen, läßt Gott die Fluten des Roten Meeres über ihnen zusammenschlagen, so daß sie elendiglich darin umkommen.« Der Kaplan schlug die Bibel auf, holte tief Atem und wollte eben zu lesen beginnen, als er sich eines anderen besann. »Angesichts der heutigen politischen Verhältnisse halte ich das Rote Meer nicht unbedingt für das angemessene Bild, um den Kampf unseres Landes gegen die Kommunisten zu verdeutlichen. Das Rot-Weiß-Blaue Meer wäre in diesem Fall vielleicht angebrachter.« Chris verstand nicht, was damit gemeint war, aber die Lehrer und Aufseher in der vordersten Reihe lachten verstohlen; schließlich befanden sie sich in einer Kapelle. Der Kaplan setzte seine Brille auf und begann endlich zu lesen. Zum Abschluß des Gottesdienstes sangen sie neuerlich ›God Bless America‹ und dann ›The Battle Hymn of the Republic‹, gefolgt von einer anderen Strophe von ›The Star-Spangled Banner‹.

Chris hatte gehofft, daß sie nach dem Gottesdienst spielen dürften, doch zu seiner Enttäuschung wurden die Jungen nach dem, wie es hieß, konfessionsgebundenen Gottesdienst entsprechend ihrer Religionszugehörigkeit in einzelne Gruppen aufgeteilt – Lutheraner zu Lutheranern, Anglikaner zu Anglikanern, Presbyterianer zu Presbyterianern. Chris wußte nicht, welcher Konfessionsgruppe er sich anschließen sollte, da er nicht wußte, welcher Religion er angehörte. Als er beim Verlassen der Kapelle seine Blicke unsicher über die anderen Jungen wandern ließ, spürte er plötzlich eine kräftige Hand auf seiner Schulter. Als er erschreckt herumwirbelte, blickte er in das sommersprossige Gesicht eines rothaarigen Aufsehers auf, der aussah, als hätte er einen Sonnenbrand. »Kilmoonie, du kommst mit mir.« Der Aufseher

242

sprach sehr melodiös. Er stellte sich als Mr. O'Hara vor. »Ja, Kilmoonie, ich bin wie du Ire. Wir sind beide r.-k.« Als Chris ihn verständnislos ansah, erklärte er ihm, was es bedeutete, römisch-katholisch zu sein. Bei dieser Gelegenheit erfuhr Chris auch zum erstenmal, was es bedeutete, Jude zu sein. Als die verschiedenen konfessionellen Gruppen auf mehrere wartende Busse zugingen, die sie zu den verschiedenen Kirchen bringen sollten, warf Chris einen Blick über die riesige Betonfläche des Spielplatzes, über die sich gerade ein einzelner Junge entfernte. Ohne lange zu überlegen, platzte Chris heraus: »Aber warum darf Saul nicht mitkommen?«

Offensichtlich war dem Aufseher entgangen, daß Chris das ›Sir‹ vergessen hatte. »Was? Ach so, das ist Grisman. Der ist Jude. Sein Sonntag ist am Samstag.«

Stirnrunzelnd bestieg Chris einen Bus. Sonntag am Samstag? Das verstand er nicht. Er dachte auch noch über dieses Problem nach, als der Bus bereits das Eisentor am Eingang der Anstalt passiert hatte. Er war erst wenige Tage hier, und doch hatte er bereits die Orientierung verloren. Und obwohl er erst in der letzten Nacht vor dem Einschlafen Fluchtpläne geschmiedet hatte, wirkte die Außenwelt inzwischen fremd und bedrohlich auf ihn. Mit großen Augen starrte er auf die von Autos und Passanten wimmelnden Straßen hinaus. Die Sonne stach in seine Augen. Von allen Seiten ertönte lautes Hupen. Die Jungen hatten strikte Anweisung, kein Wort zu sprechen, solange sie im Bus saßen; und vor allem durften sie keine Gesichter schneiden oder sonst etwas tun, was die Aufmerksamkeit der Leute auf den Straßen auf sie hätte lenken können. In der seltsamen Stille des Busses, die nur durch das stete Brummen des Motors durchbrochen wurde, starrte Chris wie die anderen Jungen stur geradeaus. Er fühlte sich nicht wohl in seiner Haut und sehnte sich nach der Anstalt und ihrem gewohnten Trott zurück.

Schließlich hielt der Bus vor einer Kirche, die mit ihren hohen Türmen wie eine Burg aussah. Über dem Giebel ragte ein riesiges Kreuz in den Himmel. Glocken läuteten. Zahlreiche Männer und Frauen in Anzügen und Festtagskleidern strömten auf den Eingang zu. Mr. O'Hara ließ die Jungen in Zweierreihen antreten und marschierte dann an ihrer Spitze in die Kirche. Im Innern war es kühl und düster. Als Mr. O'Hara sie einen Seitengang entlangführte, hörte Chris eine Frau flüstern: »Sehen sie nicht schnuckelig aus in ihren Uniformen? Sieh dir doch den Kleinen an. Ist der nicht süß?« Chris war sich nicht sicher, ob die Frau ihn meinte. Jedenfalls war ihm das Ganze peinlich. Er wollte möglichst unbemerkt in der Gruppe untertauchen.

Die Kirche ließ ihn sich noch kleiner fühlen, als er sowieso schon war. Er sah zu dem hohen Dach mit den Querverstrebungen und den mächtigen Kandelabern hinauf; das war das höchste Dach, das er je gesehen hatte. Dann zog ein flackerndes rotes Licht über dem Altar seine Aufmerksamkeit auf sich. Zahlreiche Kerzen erstrahlten in warmem Schein. Der Altar war mit einem steifen, weißen Tuch bedeckt. Eine kleine, goldene Tür im Altaraufsatz sah aus, als bärge sie ein Geheimnis.

Doch am meisten verwirrte Chris, was hinter dem Altar hing. Seine Brust schnürte sich zusammen, so daß er kaum mehr Luft bekam. Kniend mußte er sich an der Rückenlehne der Bank vor ihm festhalten, um nicht die Kontrolle über seine zitternden Hände zu verlieren. Noch nie zuvor hatte er solche Angst verspürt. Hinter dem Altar hing eine Figur – ein schmaler, sich im Todeskampf windender Mann, der an Händen und Füßen an ein Kreuz genagelt war, dessen Seite aufgeschlitzt war und dessen Kopf, wie es schien, von zahllosen Dornen durchbohrt war. Und der ganze Körper des Mannes war von Blut überströmt.

Entsetzt blickte Chris um sich. Wieso schien die Figur die anderen Jungen nicht im geringsten zu beeindrucken? Oder auch die anderen Leute, die er bereits als die ›Außenseiter‹ zu betrachten begann, warum ließ auch sie dieser Anblick vollkommen kalt? Wo war er hier überhaupt? Mühsam um Beherrschung ringend, brachte er sich dazu, erst einmal in Ruhe nachzudenken. Plötzlich hörte er Mr. O'Hara mit dem Finger schnippen, worauf sich die anderen Jungen sofort auf ihre Plätze setzten. Chris folgte ihrem Beispiel. Seine Angst nahm noch zu, als eine gewaltige Orgel zu ertönen begann

244

und mit ihren schaurigen Akkorden das Innere der Kirche erfüllte. Ein Chor begann in einer fremden Sprache zu singen, die Chris nicht verstand. Dann trat ein Priester in einem langen, farbigen Gewand an den Altar; er wurde von zwei Jungen in langen, weißen Gewändern gefolgt. Sie hatten den Gläubigen den Rücken zugekehrt und standen der goldenen Tür zugewandt. Sie begannen zu der Figur zu sprechen. Chris hoffte, daß ihm irgend jemand erklären würde, weshalb dieser Mann dort oben angenagelt war.

Er verstand auch nicht, was der Priester sagte. Seine Worte klangen ziemlich eigenartig und ergaben keinen Sinn. »*Confiteor Deo omnipotenti...*«

Auch auf der Fahrt zurück zur Schule war Chris noch ganz durcheinander. Der Priester hatte sich irgendwann einmal kurz in Englisch an die versammelte Gemeinde gewandt und über Jesus Christus gesprochen, bei dem es sich offensichtlich um den ans Kreuz genagelten Mann handelte. Allerdings hatte Chris aus seinen Worten nichts über Jesus erfahren. Mr. O'Hara hatte eine Bemerkung fallengelassen, daß Chris ab der nächsten Woche die Sonntagsschule besuchen würde – vielleicht werde ich dort mehr erfahren, hatte Chris gedacht. Inzwischen seufzte er erleichtert auf, als der Bus durch das offene Tor auf das Anstaltsgelände der Franklin School fuhr und vor dem Gebäude, in dem sich die Aufenthaltsräume befanden, hielt. Nach dem seltsamen Erlebnis in der Welt draußen und vor allem in dieser unheimlichen Kirche mit der seltsamen Figur war Chris froh, wieder zurück im Heim zu sein. Hier kannte er bereits einen Großteil der Jungen. Er freute sich darauf, auf seinem Bett sitzen zu dürfen. Der Umstand, daß er wußte, was er hier zu tun hatte und wann er es zu tun hatte, verlieh ihm ein gewisses Gefühl der Geborgenheit. Und das Mittagessen wurde pünktlich ausgeteilt. Hungrig schlang er mächtige Bissen Hamburger und Kartoffelchips hinunter und trank dazu mehrere Gläser Milch. Es war schön, wieder zu Hause zu sein, dachte er, um dann aber abrupt im Kauen innezuhalten, als ihm bewußt wurde, in welchem Zusammenhang er eben das Wort ›Zuhause‹ benutzt hatte. Aber was war mit dem Haus in der Calcanlin Street? Und mit seiner Mutter? In neuerliche Verwirrung gestürzt, wurde ihm dennoch klar – ohne daß er die Gründe hierfür hätte angeben können –, daß er hier noch lange bleiben würde. Und mit einem neiderfüllten Blick auf Saul auf seinem begehrten Mittelplatz sagte er sich, daß er sich am besten so gut wie möglich hier einrichten sollte, nachdem dies nun einmal in nächster Zukunft sein Zuhause sein würde. Er brauchte Freunde. Am liebsten wäre er Sauls Freund geworden. Aber wie sollte er das anstellen, da Saul doch größer und stärker und schneller war als er. Und außerdem hatte er noch diese Baseballbilder.

9

Die Lösung dieses Problems kam ihm am nächsten Tag beim Schwimmunterricht. Inzwischen schämte er sich nicht mehr so sehr, nackt vor die anderen Jungen zu treten. Und als der Schwimmlehrer die Klasse aufforderte, wie Saul mit den Beinen zu treten, begann Chris' Herz voller Genugtuung wie wild zu pochen. Ich werde es einfach wie er machen, dachte er. Ich werde es ihm einfach nachmachen!

»So ist es schön, Kilmoonie«, bemerkte der Schwimmlehrer anerkennend. »Schön die Beine strecken. Und immer kräftig nach hinten stoßen. Genau so, wie Grisman das macht.«

Erstaunt sahen die anderen Jungen zu Chris herüber, als fiele ihnen erst jetzt, als der Schwimmlehrer ihn lobte, auf, daß er überhaupt existierte. Errötend vollführte Chris seine Schwimmbewegungen nur noch eifriger, und seine Brust füllte sich mit Stolz. Als er einen Blick zur Seite auf den Rest seiner Kameraden warf, fiel ihm auf, daß Saul neugierig zu ihm herüber sah. Offensichtlich wollte er sich vergewissern, wer dieser Kilmoonie war und ob er sich tatsächlich so geschickt anstellte, wie der Schwimmlehrer behauptet hatte. Für einen Augenblick, während die anderen Jungen weiter im Wasser strampelten, sahen sich Chris und Saul unverwandt in die Augen. Chris mochte sich vielleicht täuschen, aber Saul schien ihn auf eine Art und Weise anzugrinsen, als teilten sie beide ein Geheimnis.

Nach der Stunde rannten sie alle bibbernd in den Ankleideraum, wo sie ihre graue Anstaltskleidung an Wandhaken aufgehängt hatten. Chris hatte sich die Arme um den Oberkörper geschlungen und hüpfte auf dem kalten, gefliesten Boden von einem Bein aufs andere, bis er schließlich an die Reihe kam, ein Handtuch von einem Stapel in der Ecke zu nehmen, mit dem er sich dann abtrocknete. Eine wütende Stimme ließ ihn zusammenzucken.

»*Wo sind meine Bilder?*«

Chris drehte sich verdutzt herum und beobachtete, wie Saul hektisch in seinen Sachen wühlte. Die anderen Jungen standen mit offenem Mund da.

»Sie sind weg!« Saul pflanzte sich anklagend vor den anderen auf. »Wer hat meine...?«

»Hier wird nicht geredet«, fuhr der Schwimmlehrer dazwischen.

»Aber meine Bilder sind weg! Sie waren in meiner Hosentasche! Irgend jemand muß sie...«

»Grisman! Ich habe gesagt, hier wird nicht geredet.«

Aber in seiner Wut verlor Saul die Beherrschung. »Ich möchte meine Bilder zurück!«

Der Schwimmlehrer schritt auf ihn zu und pflanzte sich mit gespreizten Beinen, die Hände bedrohlich in die Hüften gestemmt, vor ihm auf. »Ich möchte meine Bilder zurück, *Sir*!«

Sichtlich durcheinander öffnete und schloß Saul seinen Mund, ohne einen Ton hervorzubringen.

»Los, Grisman, sag schon: *Sir*!«

Ratlos und gleichzeitig wütend senkte Saul den Blick zu Boden. »Sir!«

»So ist es schon besser. Von welchen Bildern redest du überhaupt?«

»Von meinen Baseballbildern.« Und Saul beeilte sich, rasch hinzuzufügen: »Sir. Sie waren in meiner Hosentasche und...«

»Baseballbilder?« Der Schwimmlehrer spitzte die Lippen. »Wo hast du diese Bilder her?«

Sauls Augen wirkten verquollen und trüb. »Ich habe sie in die Schule mitgebracht.« Er schluckte. »Sir. Sie waren in meiner Hosentasche und...«

»Eigentlich hättest du doch nichts behalten dürfen, was du hierher mitgebracht hast. Hier hat keiner Spielsachen, Grisman. Niemand *besitzt* hier etwas. Alles, was du haben darfst, sind die Dinge, die du im Heim bekommst.«

Chris' Magen beschlich ein ungutes Gefühl. Saul, der nickend zu Boden starrte und dann zu weinen begann, tat ihm leid. Die anderen hielten den Atem an.

»Und außerdem, Grisman, woher willst du so sicher wissen, daß einer deiner Klassenkameraden deine kostbaren Baseballbilder gestohlen hat? *Verbotene* Baseballbilder. Woher willst du wissen, daß ich sie dir nicht weggenommen habe?«

Dicke Tränen flossen Sauls Wangen hinab, als er vorsichtig aufsah und schniefend nach Worten rang. »Waren Sie es, Sir?«

In der darauf eintretenden Stille wäre Chris vor Verlegenheit am liebsten aus der Haut gefahren.

»Eigentlich sollte ich sagen, daß ich es war«, erklärte der Schwimmlehrer. »Nur um hier keine unnötige Aufregung zu verursachen. Aber ich war es nicht. Jedenfalls würde ich dir diese lächerlichen Kaugummibilder sicher nicht zurückgeben, wenn ich sie hätte. Es war einer deiner Kameraden.«

Unter seinen geröteten Lidern hervorblinzelnd, wandte Saul sich mit haßverzerrter Miene den anderen Jungen zu. Obwohl Chris die Bilder nicht gestohlen hatte, fühlte er sich dennoch schuldig, als Sauls Blicke eine Weile bohrend auf ihm haften blieben, um dann zu seinem Nachbarn weiterzuwandern. Sauls Lippen zitterten.

»Du hast gleich gegen mehrere Vorschriften verstoßen«, erklärte der Schwimmlehrer streng. »Zuallererst hättest du die Baseballbilder gar nicht haben dürfen. Aber nachdem du dich schon mal an diese Regel nicht gehalten hast, hättest du dich zumindest an eine andere halten sollen – wenn du schon ein Geheimnis hast, wenigstens niemanden sonst davon wissen zu lassen. Doch wäre da noch eine wichtigere Grundregel, und die gilt für jeden von euch. Bestehlt nie einen Kameraden. Wenn ihr euch selbst nicht trauen könnt, wem wollt ihr dann überhaupt trauen?« Seine Stimme senkte sich. »Einer von euch ist ein Dieb. *Und ich werde herausfinden, wer der Betreffende ist.* Los!« fuhr er sie an. »Antreten! Und zwar alle.«

Zitternd standen sie in Reih und Glied und beobachteten, wie der Schwimmlehrer ihre Sachen durchsuchte.

Er fand die Bilder jedoch nicht. »Wo sind sie, Grisman? Keiner von deinen Kameraden hat sie. Du hast völlig grundlos dieses ganze Theater verursacht. Du mußt sie irgendwo draußen verloren haben.«

Saul konnte nicht zu weinen aufhören. »Aber ich weiß ganz sicher, daß sie in meiner Hosentasche waren.«

»Rede mich gefälligst mit *Sir* an.« Saul zuckte zusammen. »Und sollte ich noch einmal von diesen Baseballbildern hören oder sie zu Gesicht bekommen, dann kannst du dich auf was gefaßt machen. Was ist mit euch anderen? Steht nicht herum wie die Ölgötzen! Zieht euch schon an!«

Die Jungen kamen dieser Aufforderung hektisch nach. Während Chris in seine Hose schlüpfte, beobachtete er, wie Saul sich das Hemd zuknöpfte und die anderen böse anstarrte. Chris ahnte, was Saul tat; er hielt nach Ausbuchtungen in ihren Kleidern Ausschau, als wäre er der Auffassung, daß der Schwimmlehrer sie nicht gründlich genug durchsucht hatte. Als der Schwimmlehrer die Tür zur Schwimmhalle abschloß, trat Saul neben einen Jungen, dessen Hemdtasche sich weit vorwölbte. Doch der Junge zog ein Taschentuch aus dieser Tasche und putzte sich damit die Nase.

Der Schwimmlehrer wandte sich von der Tür ab und brüllte: »Bist du noch immer nicht angezogen, Grisman?«

Saul schlüpfte hastig in seine Hose und band sich die Schuhe. Tränen tropften auf sein Hemd.

»In Zweierreihe antreten!« ordnete der Schwimmlehrer an.

Die Jungen stellten sich wie befohlen auf. Seinen Gürtel zuschnallend, rannte Saul auf seinen Platz zu. Auf dem Weg zurück in den Schlafsaal schien sich mit einem Mal ein deutlicher Wandel zu vollziehen. Ein paar Jungen zeigten sich mitfühlend. »So eine Gemeinheit! Wie kann man nur so etwas tun – Saul seine Bilder zu klauen?« Allerdings waren die anderen Jungen plötzlich nicht mehr so erpicht darauf, in Sauls Nähe zu sein und sich bei ihm Liebkind zu machen.

Umgekehrt war auch Saul darauf bedacht, eine gewisse Distanz zu wahren. Im Studiersaal blieb er für sich. Und beim Abendessen verzichtete er auf seinen Ehrenplatz in der Mitte und nahm statt dessen am Tischende Platz, wo er mit niemandem sprach. Das konnte Chris gut verstehen. Wenn sie Saul schnitten, dann schnitt er vorher sie. Nur ein Junge konnte seine Baseballbilder gestohlen haben. Aber da er nicht herausfinden konnte, wer es gewesen war, blieb ihm nur eines – alle anderen dafür verantwortlich zu machen. Umgekehrt hatten nun die anderen Jungen feststellen müssen, daß auch Saul verletzlich war. Er hatte sogar geweint, womit er plötzlich wieder nur einer unter vielen war. Seine Kaugummibilder hatten ihn als etwas Besonderes erscheinen lassen. Ohne sie war er zwar immer noch größer und stärker als die anderen – aber Macht hatte er keine. Und was noch schlimmer war – indem er sich so hatte gehen lassen, hatte er sie sichtlich in Verlegenheit gestürzt.

Bald hatte sich die Klasse andere Vorbilder erkoren. Beim Schwimmunterricht taten es bald auch andere Saul gleich, was vielleicht auch daran lag, daß es ihm plötzlich an der nötigen Begeisterung fehlte. Ihm war der Spaß an der Sache vergangen. Chris konnte von nun an nicht mehr ins Hallenbad gehen, ohne unangenehm berührt an diesen Vorfall im Umkleideraum zurückdenken zu müssen. Wer hatte die Baseballbilder gestohlen? Gleichzeitig fiel Chris jedesmal von neuem das wütende Aufblitzen in Sauls Augen auf, wenn sie sich nach dem Schwimmen wieder ankleideten, als durchlebte Saul seinen schmerzlichen Verlust und die damit verbundene Erniedrigung jedesmal wieder von neuem.

Und eine zweite Frage sollte Chris in gleicher Weise beschäftigen. Wie hatten die Bilder gestohlen werden können? Der Schwimmlehrer hatte doch die Kleider von allen durchsucht. Wie also hatten die Bilder verschwinden können? Er war ganz aufgeregt, als ihm plötzlich eine Idee kam.

Am liebsten hätte er Saul auf der Stelle davon erzählt. Aber dann fiel ihm ein, wie es ihm ergangen war, als er Babe Ruth mit dem Schokoladenriegel verwechselt hatte. Er wollte nicht schon wieder ausgelacht werden. Dennoch wartete er geduldig auf eine Gelegenheit, seinen Verdacht unter Beweis zu stellen. Und als seine Klasse am nächsten Tag in den Studiersaal marschierte, ließ er sich ein Stück zurückfallen. Als die anderen außer Sichtweite verschwunden waren, rannte er in den Umkleideraum im Keller der Turnhalle. Nachdem er unter den Bänken und hinter dem Schrank für die Sportgeräte gesucht hatte, entdeckte er die Bilder; sie waren unter einem Waschbecken zwischen Abflußrohr und Wand geklemmt. Er zitterte, als er sie an sich nahm. Wer auch immer die Bilder gestohlen haben mochte, mußte befürchtet haben, die Klasse könnte durchsucht werden. Deshalb hatte der Dieb die Bilder im Umkleideraum versteckt, um sie dort bei Gelegenheit zu holen. Chris steckte die Bilder in seine Tasche und rannte atemlos in den Studiersaal, um sie Saul auszuhändigen. Er malte sich bereits aus, wie Saul sich freuen würde. Außerdem würde er nun bestimmt sein Freund werden.

Im Gegensatz zu den anderen war Chris auch jetzt noch daran interessiert, Saul näher zu kommen. Er war von Anfang an unwiderstehlich von ihm angezogen worden. Wie von einem Bruder. Und er sollte nie diesen Nachmittag im Hallenbad vergessen, als der Schwimmlehrer ihn wegen seiner Fortschritte gelobt und Saul ihm darauf diesen verschwörerischen Blick zugeworfen hatte. Doch inzwischen hatte Saul sich zunehmend von den anderen isoliert, und Chris wußte nicht, wie er diese Isolation ohne die wiederbeschafften Baseballbilder hätte durchbrechen sollen.

Je näher er nun jedoch dem Studiersaal kam, desto unsicherer wurde er. Die Bilder waren vor einer Woche gestohlen worden. Warum hatte sie der Junge, der sie gestohlen hatte, nicht schon längst aus seinem Versteck geholt? Chris blieb nachdenklich auf der Treppe stehen. Und dann wurde ihm plötzlich alles klar. Dem betreffenden Jungen war klar geworden, daß er die Bilder unter keinen Umständen den anderen zeigen durfte. Sonst hätte Saul früher oder später davon erfahren, und dann... Plötzlich war Chris gar nicht mehr wohl in seiner Haut. Obwohl er die Bilder nicht gestohlen hatte, würden nun alle denken, daß er es getan hatte. Saul würde ihm die Schuld in die Schuhe schieben. Woher hätte Chris schließlich auch wissen sollen, wo die Bilder versteckt waren?

Mit wachsender Panik wurde Chris bewußt, daß er die Bilder so schnell wie möglich loswerden mußte. Er zog bereits in Erwägung, sie im Waschraum des Schlafsaals unter einem Waschbecken zu verstecken, wie der Dieb das getan hatte. Aber was war, wenn sie ein Hausmeister beim Saubermachen dort fand oder wenn ein Junge seinen Kamm fallen ließ und zufällig die Bilder entdeckte, wenn er sich bückte, um ihn aufzuheben? Nein, er mußte ein sicheres Versteck für die Bilder finden. Er sah nach oben, wo verdreckte Leitungsrohre an der Decke entlangführten. Er kletterte auf ein Schuhregal und von dort über die gußeisernen Handtuchhalter an der Wand, so daß er die Bilder zwischen ein Rohr und die Decke klemmen konnte. Nervös hangelte er sich wieder zu Boden, um schließlich erleichtert aufzuseufzen, daß er nicht erwischt worden war. Jetzt mußte er sich nur noch eine Möglichkeit ausdenken, Saul die Baseballbilder zurückzugeben, ohne gleichzeitig verdächtigt zu werden, sie gestohlen zu haben.

Der Gedanke daran ließ ihn die ganze Nacht keinen Schlaf finden. Es mußte doch eine Möglichkeit geben.

Am nächsten Tag schmollte Saul immer noch vor sich hin, als Chris nach dem Mittagessen beim Verlassen des Speisesaals auf ihn zutrat und sagte: »Ich weiß, wer deine Bilder gestohlen hat.«

»Wer?« wollte Saul aufgebracht wissen.

»Der Schwimmlehrer.«

»Aber er hat doch gesagt, er hätte sie nicht genommen.«

»Er hat gelogen. Ich habe gesehen, wie er sie unserer Lehrerin gegeben hat, und ich weiß auch, wo sie die Bilder versteckt hat.«

»Wo?«

Ein Aufseher kam an ihnen vorüber. »Ihr solltet doch schon längst im Studiersaal an euren Plätzen sitzen.« Er folgte ihnen in den Studiersaal.

»Ich sage es dir später«, flüsterte Chris Saul zu, als der Aufseher gerade nicht hinsah.

Nach dem Nachmittagsunterricht eilte Saul auf Chris zu. »Sag schon! Wo sind die Bilder?«

Chris forderte Saul auf, im Flur aufzupassen, während er ins Klassenzimmer zurückschlich. »Sie hat sie in ihr Pult gelegt.«

»Aber das ist doch abgeschlossen«, entgegnete Saul.

»Ich weiß, wie man es aufkriegt.« Chris ließ Saul auf dem Gang Schmiere stehen. Da er die Lehrerin nach draußen gehen gesehen hatte, nahm er an, daß er im Klassenzimmer nichts zu befürchten hatte. Er versuchte keineswegs, das Pult zu öffnen, sondern wartete nur lange genug, um den Anschein zu erwecken, als hätte er dies versucht. Schließlich ging er wieder zu Saul nach draußen auf den Flur.

»Hast du sie?« fragte Saul aufgeregt.

Statt einer Antwort forderte Chris Saul auf, ihm in den Keller zu folgen. Als niemand zu sehen war, griff er rasch in seine Hosentasche und zog die Bilder heraus, die er bereits zuvor aus ihrem Versteck im Waschraum geholt hatte.

Saul strahlte vor Freude. Doch dann zog er nachdenklich die Brauen zusammen. »Aber wie hast du es geschafft, ihr Pult zu öffnen?«

»Das werde ich dir ein andermal zeigen. Jedenfalls hast du deine Bilder wieder. Und ich bin derjenige, der sie gefunden hat. Vergiß nicht, wer es war, der dir geholfen hat. Das wär's.« Damit wandte Chris sich dem Ausgang zu.

»Danke«, hörte er Saul hinter sich sagen.

»Ist doch selbstverständlich.« Er zuckte mit den Achseln.

»Warte.«

Chris drehte sich um. Saul runzelte nachdenklich die Stirn, als er auf Chris zukam. Es schien ihn offensichtlich einige Überwindung zu kosten, als er schließlich seine Bilder noch einmal aus der Hosentasche holte und Chris eines davon gab. Da.«

»Aber...«

»Nimm es.«

Chris sah das Bild an. Babe Ruth. Seine Knie wurden weich.

»Warum hast du mir geholfen?« wollte Saul wissen.

»Weil...« Das Zauberwort sagte alles. Er brauchte gar nicht noch hinzuzufügen: ›... ich dein Freund werden möchte.‹

Verlegen senkte Saul den Blick zu Boden. »Ich glaube, ich könnte dir einen Trick zeigen, wie du die Schwimmbewegungen besser hinkriegst.«

Chris' Herz klopfte wie wild, als er nickte. Und nun war er an der Reihe, sich zu einer schweren Entscheidung durchzuringen. Er faßte in seine Hosentasche. »Da.« Und damit reichte er Saul einen Schokoladenriegel. Ein Baby Ruth.

Saul riß verdutzt die Augen auf. »Wir dürfen doch hier keine Süßigkeiten haben. Wo hast du die her?«

»Wie hast du deine Baseballbilder ins Heim geschmuggelt, ohne erwischt zu werden?«

»Das ist ein Geheimnis.«

»Genau so ist es mit dem Baby Ruth.« Chris trat verlegen auf der Stelle. »Aber ich verrate es dir, wenn du mir deines auch verrätst.«

Sie sahen sich an und mußten grinsen.

10

Chris hatte tatsächlich ein Geheimnis. Als ihn an diesem Vormittag die Aufseherin aus dem Klassenzimmer geholt und in den Verwaltungstrakt geführt hatte, hatte er erst befürchtet, er würde für irgend etwas bestraft werden. Mit zitternden Beinen betrat er einen Büroraum, der erst leer erschien. Doch dann bemerkte Chris in seiner Verwirrung einen Mann, der am Fenster stand und hinausschaute. Der Mann war groß und schlank. Er trug einen schwarzen Anzug, und als er sich umdrehte, erkannte Chris, erst erstaunt blinzelnd, das fahle Gesicht des Mannes wieder, der ihn hierher gebracht hatte.

»Hallo, Chris«, begrüßte ihn der Mann mit einem freundlichen Lächeln. »Schön, dich wiederzusehen.«

Chris hörte, wie sich hinter ihm die Tür wieder schloß, als die Aufseherin den Raum verließ. Angespannt blickte er zu dem Mann auf, der noch immer lächelte.

»Du kannst dich doch noch an mich erinnern? Eliot?«

Chris nickte.

»Natürlich. Ich bin gekommen, um mich zu erkundigen, wie es dir hier geht.« Eliot trat auf ihn zu. »Ich kann mir gut vorstellen, daß hier noch vieles für dich sehr neu ist, aber du wirst dich schon daran gewöhnen.« Er schmunzelte. »Zumnindest das Essen muß dir gut bekommen. Sieht ganz so aus, als hättest du ein paar Pfunde zugelegt.« Immer noch schmunzelnd, kauerte er sich vor Chris nieder, damit er nicht immer zu ihm aufblicken mußte. »Ich hatte allerdings auch noch einen anderen Grund, dich zu besuchen.« Er sah Chris direkt in die Augen.

Verlegen trat Chris von einem Bein aufs andere.

»Ich habe dir doch versprochen, daß ich dich hin und wieder besuchen kommen würde.« Eliot legte Chris die Hände auf die Schultern. »Und ich möchte, daß du siehst, daß ich mein Versprechen halte.« Er griff in seine Jackentasche. »Und ich habe dir auch versprochen, dir mehr davon zu bringen.« Er hielt Chris zwei Schokoladenriegel entgegen.

Chris' Herz schlug schneller. Inzwischen wußte er, wie wertvoll so ein Schokoladenriegel in der Anstalt war. Allerdings würde er sie erst hineinschmuggeln müssen. Er betrachtete sie eingehend.

Langsam, fast förmlich, reichte Eliot sie Chris schließlich. »Und ich verspreche dir noch etwas. Ich werde dir jedesmal, wenn ich dich besuchen komme, welche mitbringen. Darauf kannst du dich verlassen. Du sollst wissen, daß du einen Freund hast. Mehr als einen Freund sogar. Ich bin wie ein Vater für dich. Du kannst mir vertrauen und dich auf mich verlassen.«

Während Chris einen der beiden Schokoladenriegel in seine Tasche steckte, kam ihm bereits eine vage Idee, was er damit machen könnte. Dann blickte er von dem anderen Baby Ruth zu Eliot auf, der ihn weiter anlächelte. »Tu dir keinen Zwang an, mein Junge. Iß ihn ruhig.« Um seine Augen bildeten sich kleine Fältchen.

Hastig riß Chris das Papier ab, und das Wasser lief ihm bereits im Mund zusammen, bevor er in die Schokolade biß. Dennoch überkam Chris plötzlich ein unerklärliches Gefühl der Leere. Seine Brust schmerzte. Und ohne zu wissen, wie ihm geschah, brach er, seine Arme um Eliot geschlungen, abrupt in heftiges Schluchzen aus.

11

Manchmal besuchte ihn Eliot zweimal in der Woche. Dann kam er wieder ein halbes Jahr lang nicht. Aber immer brachte er Chris, wie versprochen, Baby-Ruth-Schokoladenriegel mit. Chris lernte, daß es trotz der unnachgiebigen Strenge, mit der er im Heim behandelt wurde, einen Erwachsenen in seinem Leben gab, der ihm in jeder Hinsicht wohlgesonnen war. Hin und wieder nahm Eliot den Jungen mit, um einen Boxkampf oder ein Tennismatch mit ihm anzusehen. Oder sie gingen in eine Eisdiele, wo Chris einen Eisbecher bekam. Eliot brachte Chris Schachspielen bei. Und er nahm ihn auch in sein großes Haus in Falls Church, Virginia, mit, wo Chris die ausladenden Sofas und Sessel, das geräumige Speisezimmer und die schönen Schlafzimmer bestaunte. Eliot zeigte ihm auch die herrlichen Rosen im Gewächshaus. Der Name von Eliots Wohnort – Falls Church – übte einen unwiderstehlichen Zauber auf Chris' Fantasie aus, und wenn er an den Rosen roch, fühlte er sich unwillkürlich an die Weihrauchdüfte des Ostergottesdienstes erinnert, so daß ihm das Gewächshaus tatsächlich wie eine Kirche erschien.

Gleichzeitig mit seiner Beziehung zu Eliot wurde auch seine Freundschaft mit Saul intensiver. Die zwei Jungen schienen unzertrennlich. Chris teilte seine Baby Ruths mit Saul, und dieser wiederum ließ Chris an seinen Tricks teilhaben, mit deren Hilfe er sich in den verschiedenen Sportarten wie Baseball, Football und Basketball auszeichnete. Andrerseits hatte Saul, der geborene Sportler, mit Mathematik und

Sprachen Schwierigkeiten, wo ihm freilich Chris, der geborene Gelehrte, mit Rat und Tat zur Seite stand, so daß Saul die Prüfungen in diesen Fächern erfolgreich bestand. Die Jungen ergänzten sich auf ideale Weise gegenseitig. Da die Schwäche des einen die Stärke des anderen ausmachte, waren sie zu zweit unschlagbar. Langsam begann Sauls Ansehen in der Klasse wieder zu wachsen. In gleichem Maße traf dies nun jedoch auch auf Chris zu.

Nur eines fehlte noch, um die Sache perfekt zu machen.

Eliot kam wieder einmal zu Besuch. Es war das erste Wochenende im Juli. »Morgen ist der vierte Juli, Chris. Weißt du was? Wir sehen uns das große Feuerwerk in der Stadt an.«

Chris war sofort Feuer und Flamme.

Doch Eliot schien etwas zu bedrücken. »Ich habe mir so meine Gedanken gemacht. Du kannst mir ruhig die Wahrheit sagen. Du brauchst keine Rücksicht auf mich zu nehmen.«

Chris verstand nicht, worauf Eliot hinauswollte.

»Die Ausflüge, die wir zusammen machen.«

Chris beschlich plötzliche Angst. »Willst du mich nicht mehr besuchen kommen?«

»Um Himmels willen, nein. Wie kannst du nur so etwas denken.« Lachend fuhr Eliot Chris durchs Haar. »Ich habe mir nur gedacht, daß es dich vielleicht langweilt, wenn du immer nur mit einem Erwachsenen sprechen kannst. Du mußt es doch langsam satthaben, immer nur dasselbe alte Gesicht zu sehen. Deshalb habe ich mir gedacht – na ja, was hältst du davon, wenn wir auf diese Ausflüge noch jemanden mitnähmen? Hast du einen Freund – ich meine, einen ganz speziellen Freund, den du gern mal auf einen unserer Ausflüge mitnehmen würdest? Jemand, der dir wirklich nahe steht, der sozusagen schon fast zur Familie gehört? Ich jedenfalls hätte nichts dagegen.«

Chris konnte sein Glück gar nicht fassen. Da bot sich ihm nun eine Gelegenheit, mit den zwei Menschen, an denen ihm auf der ganzen Welt am meisten lag, gleichzeitig zusammenzusein. Er hatte schon immer ein schlechtes Gewissen gehabt, sein Glück nicht mit Saul teilen zu dürfen. Zudem war er so stolz auf seine Freundschaft mit Saul, daß er sich

257

nichts sehnlicher wünschte, als daß Eliot Saul kennenlernen möchte. Voller Begeisterung leuchteten seine Augen auf. »Na, und ob!«

»Worauf wartest du also noch?« grinste Eliot.

»Und du gehst inzwischen nicht weg?«

»Wo denkst du hin. Ich bleibe so lange hier und warte.«

In überschwenglicher Freude sprang Chris von der Bank in der Nähe der Exerzierhalle auf, auf der sie gesessen hatten. »Saul! Stell dir mal vor!« Hinter sich hörte er Eliot leise lachen.

Seitdem kam Saul immer mit ihnen. Chris war überglücklich, daß Eliot seinen Freund ebenfalls mochte. »Du hast recht, Chris. Er ist wirklich etwas Besonderes. Ich kann dir zu deiner Wahl nur gratulieren. Ich bin stolz auf dich.« Von nun an brachte Eliot beiden Süßigkeiten mit. An Thanksgiving lud er sie zu sich nach Hause ein. Sie durften sogar einen Rundflug in einem Flugzeug machen. »Chris, da ist nur eines, was mir Sorgen macht. Ich hoffe, du bist nicht eifersüchtig, wenn ich auch Saul Süßigkeiten mitbringe und mich um ihn kümmere. Ich möchte nicht, daß du denkst, ich vernachlässige dich oder schenke ihm mehr Beachtung als dir. Du bist wie ein Sohn für mich. Ich liebe dich. Wir werden uns immer nahe sein. Und wenn ich auch zu Saul nett bin, dann will ich doch auch, daß es dadurch dir gutgeht; schließlich ist er dein Freund; schließlich gehört er auch zur Familie.«

»Aber wie sollte ich auf Saul eifersüchtig sein.«

»Dann verstehst du es also. Ich wußte, daß du es verstehen würdest. Du hast Vertrauen zu mir.«

In den vielen nachfolgenden Jahren sollten sie jeden Samstagabend einen anderen Film sehen dürfen. Doch alle diese Filme waren sich insofern ähnlich, als es sich dabei ausschließlich um Kriegsfilme handelte. Im Geschichtsunterricht erfuhren sie von den Eroberungen Alexanders des Großen und Cäsars Gallischem Krieg. In amerikanischer Geschichte behandelten sie den Unabhängigkeitskrieg, den Krieg von 1812 und den Bürgerkrieg. Im Literaturunterricht lasen sie ›Das Blutmal‹, ›Wem die Stunde schlägt‹ und ›Verdammt in alle Ewigkeit‹. Den Jungen machte die ständige

Wiederholung des ewig gleichen Themas nichts aus, denn alle diese aufregenden Geschichten hatten Heldentaten und spannende Kämpfe zum Gegenstand. Nicht weniger Spaß hatten sie an der intensiven militärischen Ausbildung, die ihnen in der Anstalt zuteil wurde. Die Kriegsspiele gefielen ihnen. Im Unterricht wie im Sport wurden sie angehalten, sich an den anderen Jungen zu messen und zu beweisen, wer der klügste, stärkste, schnellste, beste war. Bei dieser Gelegenheit entgingen ihnen auch die, teils uniformierten, Fremden nicht, die des öfteren stillschweigend in den Klassenzimmern oder am Rand des Sportplatzes oder in der Turnhalle auftauchten und sie mit zusammengekniffenen Augen beobachteten, taxierten, verglichen.

12

Süßigkeiten. Ihretwegen sollte Saul Chris 1959 das Leben retten. Die beiden waren damals vierzehn. Obwohl ihnen das damals nicht bewußt war, standen sie doch am Abschluß eines Lebensabschnitts, bereit, sich in eine neue, abenteuerliche Lebensphase zu stürzen. Sie hatten begonnen, mit dem Geld, das sie von Eliot bekamen, Geschäfte zu machen. Sie schmuggelten Süßigkeiten in die Anstalt, und dafür mußten die anderen sie vertreten, wenn sie zum Putz- oder Küchendienst eingeteilt waren. Am 10. Dezember, nachdem in den Schlafsälen die Lichter gelöscht waren, schlichen sie über das verschneite Anstaltsgelände zu einem schlecht einsehbaren Abschnitt der hohen Steinmauer. Saul stieg auf Chris' Schultern und kletterte von dort auf die Mauer. Dann reichte er Chris seine Hand und zog ihn ebenfalls nach oben. In der eisigen Kälte sahen sie im Sternenlicht ihren Atem beschlagen, als sie von der Mauerkrone die verlassene Straße unter ihnen beobachteten.

Als sie niemanden sahen, ließen sie sich auf der anderen Seite hinunter. Saul hatte sich als erster nach unten fallen gelassen. Chris, der noch vom Mauerrand baumelte, hörte ihn jedoch plötzlich kurz aufschreien und spähte erschreckt nach unten. Saul war auf seinem Rücken gelandet und rutschte auf die Straße hinaus.

Verwundert sprang Chris rasch hinterher, um Saul zu helfen. Um den Aufprall abzuschwächen, ging er wie gewohnt in die Knie. Aber sobald er auf dem Boden aufkam, merkte er, daß etwas nicht stimmte. Wie Saul glitten ihm die Beine unter dem Oberkörper weg. Im Fallen schlug er sich am Gehsteig den Kopf auf, um ebenfalls auf die Straße hinunterzurutschen. Im selben Moment kam ihm verschwommen zu Bewußtsein, daß nach dem Tauwetter während des Tages die Temperaturen nun wieder unter Null gesunken waren, so daß die tauende Schneeoberfläche zu einer gefährlich glatten Eisschicht geworden war. Verzweifelt versuchte Chris, Halt zu finden, während er weiter unaufhaltsam auf Saul zuschlidderte. Seine Stiefel stießen gegen Saul und trieben ihn noch weiter der Straßenmitte zu.

Ein plötzliches metallisches Rattern lähmte ihn. Eine Straßenbahn kam um eine Ecke direkt auf sie zu. Der Lichtkegel ihres Scheinwerfers hatte sie bereits erfaßt. Die Räder rollten knirschend über die vereisten Geleise. Chris konnte den Fahrer hinter der Windschutzscheibe schreien sehen. Er zog am Seil für die Warnglocke und riß an einem Hebel. Bremsen quietschten auf, aber die Räder glitten weiter unaufhaltsam auf sie zu. Chris versuchte aufzustehen. Von seiner Kopfverletzung noch ganz benommen, verlor er jedoch das Gleichgewicht und fiel erneut hin. Die Scheinwerfer der Straßenbahn blendeten ihn.

Saul hechtete auf ihn zu, packte ihn am Mantel und zog ihn auf den Gehsteig zu. Chris durchlief ein eisiger Schauer, als er den Fahrtwind der dicht an ihm vorüberrauschenden Straßenbahn spürte. »Verdammte Bengel!« brüllte sie der Fahrer durch das Fenster an. Die Warnglocke bimmelte weiter, während die Straßenbahn sich entfernte.

Schwer atmend, den Kopf zwischen den Knien, hockte Chris auf dem vereisten Randstein. Saul untersuchte seine Kopfverletzung.

»Blutet ganz ordentlich. Wir müssen dich auf jeden Fall zurück in die Anstalt schaffen.«

Diesmal schaffte es Chris nur mit Mühe, über die hohe Mauer zu klettern. Als sie dann die Treppe zum Schlafsaal hochschlichen, hätte sie um ein Haar der Aufseher entdeckt. Im Waschraum säuberte Saul, so gut es ging, Chris' Kopfwunde, und als ihn am nächsten Morgen ein Lehrer daraufhin ansprach, erklärte er, er wäre die Treppe hinuntergefallen. Damit war die Sache dann erledigt, wenn man einmal davon absah, daß die Tatsache, daß Saul Chris das Leben gerettet hatte, die beiden noch stärker zusammenschweißte. Aber keiner der beiden sollte sich der Nachwirkungen dieses einschneidenden Erlebnisses so recht bewußt werden.

Als sie zehn Tage darauf zum erstenmal wieder ausbrachen, stellte sich ihnen auf dem Weg zu den Geschäften auf der anderen Seite des Fairmont Parks eine Bande von Jugendlichen in den Weg.

Ihr Anführer verlangte, sie sollten ihm ihr Geld aushändigen. Er streckte seine Hand nach Chris' Tasche aus.

Wütend stieß Chris den anderen zurück, ohne dabei die Faust zu sehen, die sich mit brutaler Wucht in seinen Magen grub. Verschwommen bekam er noch mit, wie zwei andere Jungen Saul von hinten an den Armen packten. Ein vierter schlug Saul ins Gesicht, daß das Blut spritzte.

Unfähig zu atmen, versuchte Chris, Saul zu Hilfe zu kommen. Eine Faust ließ seine Unterlippe platzen. Im Fallen wurde er an der Schulter von einem Stiefel getroffen. Weitere Stiefeltritte trafen Brust, Seiten und Rücken.

Zusammengekrümmt vor Schmerzen, wurde er von den Tritten über den Boden getrieben, bis gedämpfte Schläge Saul auf ihn niedergehen ließen.

Zum Glück blieben die Tritte und Schläge nun aus. Die Jugendlichen nahmen ihnen das Geld ab. Der Schnee, auf dem er lag, hatte sich rot gefärbt, als Chris den Bandenmitgliedern hinterhersah, die in die Nacht verschwanden. Trotz seiner Benommenheit, kam ihm irgend etwas an dem Ganzen spanisch vor.

Er war sich nicht sicher, was es war. Vielleicht...

Er kam erst darauf, als eine Funkstreife sie auf dem Rückweg in die Anstalt aufgriff und erst einmal in die Unfallsta-

261

tion des Krankenhauses einlieferte, von wo sie dann in die Krankenanstalt der Anstalt gebracht wurden.

Die Bandenmitglieder hatten eigentlich eher wie Erwachsene ausgesehen und nicht wie Jugendliche. Ihre Haare waren kurz und ordentlich geschnitten gewesen, und sie hatten auffallend neue Stiefel, Jeans und Lederjacken getragen. Außerdem waren sie in einem teuren Wagen davongefahren.

Woher hatten sie so sicher gewußt, daß wir Geld haben, fragte sich Chris. Er erinnerte sich an das letzte Mal, als er und Saul über die Mauer geklettert waren und er fast von der Straßenbahn überfahren worden wäre. Ob die Bande sie damals schon beobachtet hatte?

Er wurde abrupt aus seinen Gedanken gerissen. Trotz seiner Schmerzen und seiner geschwollenen Lippen mußte er in seinem Krankenbett lächeln, als er Eliot in den Raum eilen sah.

»Ich bin so schnell wie möglich hergekommen«, stieß Eliot außer Atem hervor, während er seinen schwarzen Mantel und den Homburg, auf dem die Schneeflocken bereits zu schmelzen begannen, ablegte. »Ich habe es erst erfahren, als... mein Gott, eure Gesichter!« Er blickte entsetzt von Chris zu Saul. »Wie seht ihr denn aus? Sind die mit Knüppeln über euch hergefallen? Ein Wunder, daß ihr diese Behandlung überhaupt überlebt habt.«

»Sie haben nur mit ihren Fäusten zugeschlagen«, antwortete Saul schwach. Sein Gesicht war zerschrammt und verquollen. »Und mit ihren Stiefeln. Sie hätten gar keine Knüppel gebraucht.«

»Mein Gott, und eure Augen. Die Veilchen werden euch sicher wochenlang bleiben.« Eliot zuckte zusammen. »Ihr könnt euch nicht vorstellen, wie leid ihr mir tut.« Doch dann nahm seine Stimme einen strengeren Tonfall an. »In gewisser Weise seid ihr wohl aber auch selbst daran schuld. Der Direktor hat mir erzählt, was ihr vorhattet – einfach über die Mauer klettern, um Süßigkeiten zu kaufen. Wißt ihr mit dem Geld, das ich euch gebe, etwa nichts Besseres anzufangen?«

Chris schwieg verlegen.

»Ist ja auch nicht so schlimm. Außerdem habt ihr in eurem

gegenwärtigen Zustand eher Trost als Vorwürfe nötig. Aber ich will doch hoffen, daß ihr euch kräftig zur Wehr gesetzt habt. Ihr habt es diesen Kerlen doch ordentlich gezeigt, oder nicht?«

»Wir haben sie nicht mal berührt«, murmelte Saul kleinlaut.

Eliot sah sie überrascht an. »Aber ich dachte, ihr hättet in der Schule Boxunterricht. Ihr seid doch hart im Nehmen. Ich habe euch doch beim Football beobachtet. Wollt ihr damit allen Ernstes behaupten, daß ihr nicht einen Schlag gelandet habt?«

Chris wollte nicken, zuckte aber sofort von den Schmerzen zusammen. »Sie haben mich niedergeschlagen, bevor ich überhaupt gemerkt habe, was los ist. Ich bin nicht mal dazu gekommen, meine Faust zu heben. Sie hatten uns sofort niedergemacht.«

»Sie waren einfach zu schnell für uns«, fügte Saul hinzu. »Mit unseren Boxkenntnissen konnten wir gegen die nicht ankommen. Die waren einfach besser als wir. Das waren...« Er suchte nach dem passenden Wort.

»Echte Profis?« kam ihm Eliot zu Hilfe.

Unter Schmerzen nickte Saul.

Eliot sah die beiden stirnrunzelnd an. Er schien nachzudenken. »Ich hoffe, das war euch eine Lehre, nicht mehr heimlich auszusteigen.« Er wartete ihre Antwort nicht ab. »Dennoch solltet ihr auf solch einen Notfall vorbereitet sein. Ihr solltet in der Lage sein, euch angemessen zur Wehr zu setzen. Jedenfalls sähe ich es nicht gern, wenn eure hübschen Gesichter noch einmal zu Brei geschlagen würden.« Dazu nickte er nachdenklich, als träfe er gerade eine wichtige Entscheidung.

Chris hätte gern gewußt, was es damit auf sich hatte.

Am 20. Januar 1960 war Sauls fünfzehnter Geburtstag. Zu diesem Anlaß kam Eliot von Washington hoch, um die Jungen in die Stadt auszuführen. Nachdem sie in einem Automatenrestaurant gegessen hatten, sahen sie sich einen Elvis-Presley-Film an. Bevor Eliot sie wieder vor der Anstalt absetzte, gab er den beiden ein paar Bücher mit vielen Momentaufnahmen von Männern in weißer Kleidung, die aufeinander einschlugen oder -traten. Zum damaligen Zeitpunkt wußte man in Amerika über die asiatischen Kampfkünste kaum mehr als ein paar abstruse Geschichten über japanische Soldaten im Zweiten Weltkrieg. Die Jungen dachten, die Abbildungen stellten eine spezielle Ringkampfart dar. Als Eliot sie eine Woche später erneut besuchen kam, hatten sie die Bücher bereits gründlich studiert. Er sprach von Vaterlandsliebe und Tapferkeit und bot ihnen an, künftig nicht mehr am schulischen Turnunterricht teilzunehmen und statt dessen bis zum Abschluß ihrer Schulzeit sieben Tage die Woche und täglich drei Stunden unter privater Anleitung zu trainieren.

Beide waren sofort Feuer und Flamme. Zum einen war dies eine willkommene Gelegenheit, dem Alltagstrott in der Anstalt zu entgehen. Zum anderen, und dieser Umstand spielte wohl eine wesentliche Rolle bei ihrer Entscheidung, wiesen sie immer noch Spuren ihrer Abreibung auf, weshalb sie fest entschlossen waren, es auf keinen Fall noch einmal so weit kommen zu lassen. Keinem der beiden Jungen sollte bewußt werden, welche Ausmaße diese Entschlossenheit annehmen sollte.

Während des zweiten Februarwochenendes stellte Eliot sie ihren Ausbildern vor. Die Jungen wußten schon seit einiger Zeit, daß Eliot für die Regierung arbeitete, so daß es sie nicht weiter überraschte zu erfahren, daß die CIA vor sieben Jahren, 1953, den ehemaligen japanischen Judoweltmeister Yukio Ishiguro und Major Soo Koo Lee, einen ehemaligen Karate-Lehrer der südkoreanischen Armee, in ihre Dienste genommen hatte. Beide Männer waren nach Amerika gekommen, um CIA-Agenten in unbewaffneten Kampftechniken auszubilden, die in späteren Jahren nur noch durch die Methoden des Killer-Instinkt-Trainings an Wirksamkeit übertroffen werden sollten. Abgehalten wurde dieses Training in einer großen Turnhalle, *dojo* genannt, die im fünften Stock eines Lagerhauses in der Innenstadt von Philadelphia, eineinhalb Kilometer von der Anstalt entfernt, lag.

Der Lift zum fünften Stock sah aus wie eine verrostete Duschkabine. Er bot kaum für drei Personen Platz und stank nach Urin und Schweiß. Die Wände waren über und über mit Graffitis übersät. Der *dojo* selbst bestand aus einem riesigen Loft mit Stahlträgern in der Decke und mehreren Reihen starker Flutlichtlampen. Der Boden war zum größten Teil mit grünen, knapp zehn Zentimeter dicken *tatami*-Matten ausgelegt. Darunter befand sich ein blank polierter Parkettboden. Die Wände waren mit Spiegeln verkleidet.

Als Chris und Saul in Eliots Begleitung den *dojo* betraten, fielen ihnen in dem Bereich zwischen den Umkleidekabinen und den Matten mehrere Spieltische auf. An einem dieser Tische waren Lee und Ishigura in ein asiatisches Spiel mit weißen und schwarzen Steinen vertieft, bei dem es sich, wie Eliot den Jungen erklärte, um Go handelte. Beide Ausbilder trugen Anzüge; Ishiguro aus blauer Seide, Lee aus einem leichten, grauen Baumwollstoff. Sie hatten keine Schuhe an. Ihre Socken waren weiß und sauber, ihre Hemden sorgfältig gestärkt und gebügelt, ihre gestreiften Krawatten geknotet.

Mit seinem vollkommen kahlen Kopf und dem mächtig gewölbten Bauch sah Ishiguro wie ein überdimensionaler Buddha aus. Aber im Stehen bot er mit seinen knapp einsneunzig Größe und seinen zwei Zentnern fünfzehn Lebendgewicht einen imposanten Anblick. Im Gegensatz dazu war Lee nur einssechzig groß und zierlich gebaut; und er hatte dichtes, glänzendes schwarzes Haar und einen schmalen Schnurrbart. Seine Muskulatur weckte Assoziationen an gespannte Stahlfedern.

Sie hielten sofort in ihrem Spiel inne. Nachdem sie Eliot mit einer kurzen, ehrerbietigen Verbeugung begrüßt hatten, schüttelten sie den Jungen die Hand.

»Ich hoffe, unser beidseitiger Freund, Mr. Eliot, hat euch klargemacht, daß wir euch hier nicht in einer Sportart ausbilden«, begann Ishiguro in makellosem Englisch. »Sensei Lee und ich hoffen, daß ihr unsere Dienste in Anspruch nehmen werdet. Falls ihr das tut, versprechen wir euch beizubringen, schnelle Bewegungen so wahrzunehmen, als würden sie ganz langsam ausgeführt. Allein diese Fähigkeit wird euch Überlegenheit über die meisten Menschen verleihen. Alles, was ihr hier lernt, wird euch zur zweiten Natur werden. Und das muß auch so sein. Denn wenn sich der Tod euch naht, werdet ihr keine Zeit haben, lange nachzudenken. Vielmehr wird euch nur ein kurzer Augenblick zur Verfügung stehen, um den Beweis zu erbringen, daß ihr überleben sollt. Ihr könnt euren Schulkameraden selbstverständlich erzählen, was ihr hier lernt, aber gleichzeitig werdet ihr sicher bald feststellen müssen, daß sie nichts verstehen werden. Was ihr jedoch unter keinen Umständen tun dürft, ist, es ihnen zu *zeigen*. Da man nie wissen kann, wen man sich in der Zukunft zum Feind machen wird, ist es besser, wenn niemand über das Wissen verfügt, über das ihr verfügt.«

Lee sagte nichts. Er lächelte nicht, noch zog er seine Stirn in Falten. Als Ishiguro Wasser für einen Tee aufsetzen ging, wandte Eliot sich an Lee, um ihm eine Frage über Go zu stellen.

»Das äußere Erscheinungsbild ist nur Trug«, erklärte der Koreaner mit einem Lächeln. »Wie Sie sehen, besteht das Brett aus kleinen Quadraten. Die Flächen sind ohne jede Bedeutung; alles kommt auf die Linien an. Ich setze einen Stein auf das Brett und versuche dann von diesem Punkt aus eine möglichst große Fläche zu umgrenzen. Mein Vorhaben ist also ganz einfach – in meinem Gegenspieler den Verdacht zu wecken, daß ich ein Netz aufbauen will, um ihn darin einzusperren. Und das ist es natürlich auch, was ich beabsichtige.« Lee lachte. Er demonstrierte die Handhabung eines Steins, indem er zwei Finger zu einer Klaue formte. Ishiguro kam mit dem Tee zurück, und die Besprechung konnte fortgeführt werden. Zum Schluß forderten die beiden Asiaten die Jungen auf, sich das Gesagte noch einmal in Ruhe durch den

Kopf gehen zu lassen, bevor sie zu einer endgültigen Entscheidung gelangten.

Es war alles viel zu rasch wieder vorbei. Verwirrt lauschten sie Eliots zusätzlichen Ausführungen, als sie in dem klapprigen Lift wieder nach unten fuhren.

»Als ihr noch klein wart, habt ihr euch vor allem für Sport interessiert. Mit zunehmendem Alter habt ihr dann die Helden in den Kriegsfilmen angehimmelt. Nun habt ihr eben in einem heruntergekommenen Lagerhaus zwei auf den ersten Blick völlig normale Männer kennengelernt. Allerdings verfügen diese beiden Männer, zumindest in den Augen von über zwei Dritteln der Menschheit, über ganz außergewöhnliche Fähigkeiten. Möglicherweise ist Bescheidenheit das einzige äußere Merkmal von Weisheit. Ich weiß es nicht. Jedenfalls haben diese beiden Männer die Aufgabe übernommen, in bestimmten Sicherheitsbereichen Agenten unserer Regierung auszubilden. Sie werden dafür gut bezahlt, obwohl ich nicht der Ansicht bin, daß ihnen viel an Geld gelegen ist. Meiner Meinung nach liegt ihnen mehr an der Gelegenheit, junge, begeisterungsfähige Männer zu den besten Kämpfern der Welt auszubilden. Heute habt ihr nur eine kurze Einführung erhalten, um euch ein ungefähres Bild von dem machen zu können, was euch hier erwartet. Falls ihr euch entschließen solltet, diese Ausbildung zu machen, so gibt es keine Möglichkeit mehr, sie mittendrin abzubrechen. Ein Versprechen darf man nicht brechen. Sie betrachten euch als erwachsene Männer. Von kleinen Jungen, die mit offenem Mund staunend herumstehen oder gleich das Handtuch schmeißen, wenn es ein bißchen anstrengend wird, wollen diese beiden Männer nichts wissen. Überlegt euch also reiflich, wie ihr euch entscheiden wollt, und ruft mich bis nächsten Sonntag an. Ach, bevor ich's vergesse – solltet ihr euch zur Teilnahme entschließen, werdet ihr nicht mehr im Heim abendessen. Aber glaubt nicht, daß ihr hier Hamburger und Steaks und ähnliche Leckereien bekommt. Ihr werdet euch nach einem speziellen Diätplan ernähren – Lende, Herz und Fisch wegen des Proteins, Reis zum Füllen, ab und zu Tee und immer Grapefruitsaft. Ich fürchte auch, daß ihr einige Zeit auf eure Baby Ruths verzichten müßt. Haltet euch an den Speisezettel, den euch diese Männer vorschlagen. Es wird euch gut tun. Solltet ihr das Essen wirklich mal satt bekommen, hört auf keinen Fall auf, den Saft zu trinken. Lee und Ishiguro schwören darauf. Sie behaupten, er wirkt Krampfbildung entgegen und löst Verspannungen. Das ist hier nicht das Marine Corps – ihr werdet euch für diese Männer halb zu Tode schuften müssen.«

Als die beiden Jungen Eliot anriefen, um ihm mitzuteilen, daß sie mitmachen wollten, sagte er ihnen, er würde sie am Sonntag abholen kommen. »Zieht euch ordentlich an – auch frische Unterwäsche. Ihr werdet an einer kleinen Zeremonie teilnehmen. Stellt euch das am besten wie eine Bar-Mitzvah-Feier oder eine Konfirmation vor.«

Bei ihrem zweiten Besuch im *dojo* wurden Chris und Saul einem *gempuku* genannten Initiationsritus unterzogen, durch den sie in die Männergemeinschaft aufgenommen wurden. Statt des traditionellen Kurz- und Langschwerts bekamen sie einen Judo-*gi* und einen Karate-*gi* überreicht. Die ungewohnten Kleidungsstücke weckten ihre Neugier. Das erste war aus kräftigem Baumwollstoff, das zweite aus leichter Serge. Die *haori* genannten Jacken reichten bis auf die Knie herab. Die Hosen hießen *hakama* und waren vor allem deshalb so weit geschnitten, um einem Gegner keinerlei Aufschlüsse über den Körperbau ihres Trägers zu vermitteln.

Ishiguro bemerkte das Interesse der Jungen. »Mr. Lee und ich haben beschlossen, euch als *shizoku* anzunehmen; das bedeutet Abkömmlinge der Samurai. Für uns und euren Freund Eliot hat dies ganz besondere Bedeutung. Diese Entscheidung erlegt euch die zusätzliche Verantwortung auf, euch selbst gegen jede Demütigung zu schützen. Wenn ihr diese Verantwortung auf euch nehmen wollt, kann das zur Folge haben, daß ihr euch eines Tages selbst werdet töten müssen. Aus diesem Grund werdet ihr in diesem Initiationsritus lernen, das Schwert richtig zu gebrauchen. Wenn eine derartige Entscheidung vonnöten ist, bedarf es wahrer Mannhaftigkeit. Ich muß euch also in *jijin* unterweisen, dem korrekten Gebrauch des Schwertes, wenn man seinem Leben ein Ende setzen muß.«

Ishiguro setzte sich mit überkreuzten Beinen auf den Boden. Er nahm das kurze Schwert, dessen Klinge nur fünfunddreißig Zentimeter lang war, und führte es von rechts nach links über seinen Bauch.

»Die Schmerzen werden extrem sein. Eure letzte Handlung wird darin bestehen, den Schmerz zu überwinden und mit gesenktem Kopf still sitzen zu bleiben. Euer Helfer wird den Rest erledigen.«

Lee, der neben ihm stand, ergriff ein Schwert, dessen Klinge einen Meter lang war und spielte den abschließenden Akt der Enthauptung. »Achtet jedoch darauf, den Kopf nicht vollständig abzuschlagen. Er soll zumindest noch durch ein Stückchen Haut mit dem Körper verbunden bleiben.«

Ishiguro sah auf und lächelte. »Das ist *seppuku*, was man in etwa mit Entleibung übersetzen könnte. So stirbt man in Ehren. Bei allen anderen Todesarten handelt es sich um *jisai*, simplen Selbstmord. All dies ist Teil einer ehrenwerten Tradition. Leider wird diese Initiation in eine höhere Stufe des Mannestums in diesem Jahrhundert kaum mehr praktiziert. Die Anweisungen, die ihr erhaltet, sind bar jeden Geheimnisses, bar jeder Mystifikation. Sie werden euch lediglich befähigen, zu töten oder, falls ihr dabei versagt, in Ehren zu sterben.«

»Von nun an ist in eurem Leben keine Zeit und kein Platz mehr, andere zu bewundern«, fuhr Ishiguro fort. »Jetzt gibt es nur noch das Selbst – ohne jede Anerkennung durch andere. Das ist sehr wichtig. Denn der Wunsch, andere mit euren Fähigkeiten zu beeindrucken, gleicht eure Persönlichkeit deren stereotyper Vorstellung von euch an – eine Vorstellung, die einmal akzeptiert, ein andermal abgelehnt wird, und zwar je nach dem momentan gerade herrschenden Zeitgeist. Doch ihr sollt euch darüber erheben. Wenn eure Ausbildung bei uns abgeschlossen ist, wird euer schwarzer Gürtel nichts weiter besagen, als daß ihr ernsthaft bemüht seid. Offiziell werdet ihr nie über *shodan*, die erste Stufe, hinausgelangen, auch wenn ihr in Wirklichkeit wesentlich weiter kommen werdet. Den wahren Stand eurer Ausbildung zu enthüllen, würde euch nur dem nationalen und internationalen Wettkampfsport aussetzen. Aber der Weg der Samurai macht euch zu mehr als nur zum bloßen Spezialisten im Schwert- oder Messerkampf zur Unterhaltung der Massen. Eure Bestimmung dient höheren Zielen.«

Die Jungen lernten, richtig zu sitzen, sich richtig zu verbeugen, Respekt zu bezeigen und einen in Bedrängnis geratenen Gegner loszulassen. Ishiguro nahm sich Chris' an; Lee arbeitete mit Saul. Am nächsten Tag wechselten sie. Während der ersten zwei Wochen lernten sie die *katas*, Tanzschritte, die Möglichkeiten, einen Gegner aus dem Gleichgewicht zu bringen, und die Methoden, sich richtig fallen zu lassen. Sobald die beiden Jungen diese Grundbegriffe ausreichend beherrschten, unterwiesen sie Ishiguro und Lee in den Techniken, wie sie in der Regel nur Schwarzgürtelträgern vorbehalten sind. Sie lernten, einen Gegner zu würgen, seine Arme festzuhalten, seine Extremitäten zu brechen.

»Für Männer, deren Sinne so geschärft sind wie inzwischen auch die euren«, erklärte Lee den Jungen, »werdet ihr einen gegen euch gerichteten Schlag oder Tritt wie in Zeitlupe sehen. Ihr braucht dann nichts weiter zu tun, als zurückzuweichen oder beiseite zu treten und zu beobachten, wie euer Gegner das Gleichgewicht verliert. Laßt euch nie in die Enge treiben. Bewegt euch immer vorwärts, um euren Gegner in die Enge zu treiben. Wartet aber gleichzeitig, daß er angreift. Verteidigt euch so gekonnt, daß euer erster und einziger Schlag seinen Zweck erfüllt. Kommt nie innerhalb Reichweite seiner Beine an ihn heran. Laßt nie zu, daß er euch von vorne packt. Sonst laßt ihr euch lediglich auf einen Ringkampf, auf eine sportliche Auseinandersetzung mit ihm ein. Ich werde euch zeigen, wie man sich gegen einen Angreifer von hinten zur Wehr setzt, wenn dieser sich um euren Hals klammert oder eure Arme festhält. Ihr werdet lernen, in die Knie zu gehen, den Drehpunkt eurer Hüfte einzusetzen. Alle diese Techniken müssen jedoch vollkommen automatisch angewendet werden.«

Sie begannen allmählich zu begreifen, daß es bei der Überwältigung eines Gegners nicht auf Jugendlichkeit, Kraft und Beweglichkeit ankam, sondern in erster Linie auf dieses geheime Wissen. Die Fähigkeiten, die sie sich erwarben, verliehen ihnen das Selbstvertrauen, sich zu entspannen und der Gefahr ruhig ins Auge zu blicken. Gleichzeitig machte ihre Macht sie bescheiden.

Lee erzählte ihnen alle möglichen Geschichten. »Ich bin bei den Missionaren in die Schule gegangen. Ich bin von ihnen in der Bibel unterrichtet worden – im Alten und im Neuen Testament. Wißt ihr, was mich darin schon immer fasziniert hat? Im Alten Testament, im Buch Jesaias, sagt euer Gott: ›Ich schuf den Tag; ich schuf die Nacht. Ich schuf Gut; ich schuf Böse. Ich, der Herr, euer Gott, bin der Schöpfer aller Dinge.‹ Nun habe ich mich immer schon gefragt, wie ein Mann aus dem Westen das Böse als falsch betrachten kann, obwohl sein Gott es doch selbst geschaffen hat und es durch Luzifer beschützen ließ. Seltsam, daß der Krieger, der Tod und Wundertaten gesehen hat, entweder beim Militär bleibt oder in ein Kloster eintritt – um der Disziplin willen. Währenddessen sprechen diejenigen, die in der Geborgenheit ihrer Heime geblieben sind und nichts wissen, vom Bösen, vom Falschen, vom Sündigen. Wie wunderbar, daß die Geschichte des Kriegers nicht die Betrachtung von Gut und Böse zuläßt, sondern nur von Pflichterfüllung, Ehre und Loyalität.«

Ishiguro ließ die Jungen ein Spiel *shinigurai* spielen. Auf japanisch bedeutet dieses Wort ›verrückt nach dem Tod‹. Er hoffte, dieses Spiel würde die Jungen eines Tages befähigen, sich ohne zu zögern in den Rachen des Todes zu stürzen. Bei dem Spiel ging es darum, über sich selbst oder irgendwelche Gegenstände zu springen, aus großer Höhe zu Boden zu fallen und dann flach auf der Brust zu landen.

»Es gibt nichts Aufregenderes«, erklärte Lee dazu, »als zu wissen, daß irgendwo im Dunkel ein Freund ist, der dem Tod ins Antlitz blickt. Welch eine überschwengliche Freude!«

»Ich werde euch aus dem *Hugakure* vorlesen«, fügte Ishiguro hinzu. »Dieser Buchtitel bedeutet ›Zwischen Blättern verborgen‹. Der Text erläutert den klassischen Ehrenkodex der Samurai. Der Weg der Samurai ist der Tod. In einer Krisensituation, in der es um Leben und Tod geht, müßt ihr euch der Herausforderung einfach stellen und darauf vorbereitet sein, notfalls zu sterben. Daran ist überhaupt nichts Kompliziertes. Wappnet euch innerlich und handelt. Ein Krieger, der seinen Auftrag nicht zu erfüllen vermag und dennoch weiter zu leben beschließt, wird als Feigling und Versager mit Verachtung gestraft werden. Zu einem echten Samurai gehört die Bereitschaft, sich morgens wie abends, tagaus, tagein, dem Tod zu stellen. Für uns besteht die Hölle darin, in ereignislosen Zeiten zu leben, in denen man keine andere Wahl hat, als auf eine Bewährungsprobe zu warten.«

An dem Tag, an dem sie ihre Ausbildung abschlossen, erteilte ihnen Ishiguro die letzte Unterrichtsstunde. »Über lange Jahre der japanischen Geschichte hinweg stand an der Spitze des Volkes ein Führer. Er wurde Shogun genannt und entsprach in etwa eurem Präsidenten. Ihm waren verschiedene Minister unterstellt, welche die einzelnen Ressorts leiteten, wie in den Vereinigten Staaten das Pentagon oder die CIA. Diesen Ministern wiederum waren die *hatamoto* unterstellt, die ihren Herren als Samurai im Feldlager des Shogun dienten. Die Minister hatten eine Mittlerfunktion inne; sie garantierten dem Führer Ehre und ihren Männern Gerechtigkeit. Umgekehrt gelobten die Samurai Dankbarkeit, Tapferkeit und Gefolgstreue. Ihr Verantwortungsbereich wurde als *giri* bezeichnet. Wollte ein Samurai in ein Kloster eintreten oder wurde er im Kampf verkrüppelt, wurde er aus dem Dienst des Shogun entlassen. Wenn ein Minister starb, entließ der Shogun dessen Samurai aus ihrem Dienst. Diese Samurai durchstreiften darauf allein das Land – sie gingen Frauen gegenüber keine Verpflichtungen ein –, wurden aber aufgrund ihrer außergewöhnlichen und tödlichen Fähigkeiten häufig verfolgt und zumindest ständig provoziert. Daher schlossen sich viele dieser Samurai zu Gruppen zusammen. Einige wenige wurden Räuber, aber die meisten wurden Mönche. Ist es nicht eigenartig, wie die Macht zu töten einen Krieger einem Mönch sehr ähnlich werden läßt? In eurem Fall ist jedoch nicht der Präsident euer Shogun. Ein Mann, der dieses Amt bekleidet, steigt und fällt oft recht willkürlich in der Gunst der Öffentlichkeit. Nein, euer Shogun ist Eliot. Er mag euch in den Ruhestand entlassen. Er mag auch vorher sterben. Jedenfalls seid ihr ohne ihn nur Wanderer.«

14

Der Regen prasselte weiter auf das Dach des Cottage herab. Der Tag draußen war grau und trüb.

Erika ließ ihre Blicke erstaunt zwischen Chris und Saul hin und her wandern, die ihr abwechselnd die ganze Geschichte erzählt hatten. »Wie lange, sagt ihr, hat diese Ausbildung gedauert?«

»Drei Jahre«, antwortete Saul. »Täglich drei Stunden.«

Sie sog deutlich hörbar die Luft ein. »Aber ihr wart doch damals noch halbe Kinder.«

»Du meinst, wir waren jung«, entgegnete Chris. »Wie wir aufgewachsen sind, weiß ich nicht, ob wir je Kinder waren.«

»Der Unterricht hat uns Spaß gemacht. Außerdem hat es uns schon immer große Befriedigung verschafft, Eliot zufriedenzustellen«, warf Saul ein. »Alles, was wir wollten, war seine Anerkennung.«

Chris deutete auf die Computerausdrucke auf dem Tisch. »Unter Berücksichtigung der übrigen Übereinstimmungen würde ich sagen, daß die Männer auf dieser Liste unter ähnlichen Bedingungen aufgewachsen sind wie wir.«

»Von klein auf konditioniert«, nickte Erika nachdenklich.

Sauls Augen funkelten zornig. »Ich muß sagen, das Ganze hat wirklich reibungslos funktioniert. In dem Frühjahr, in dem wir die High School abschlossen, tauchten pünktlich Anwerber der Special Forces und der 82. Airborne in der Anstalt auf. Eine Woche lang haben diese Burschen sich gegenseitig zu übertrumpfen versucht, welche Einheit nun mehr zu bieten hätte.« Sein Tonfall wurde bitter. »Genau, wie IBM und Xerox ihre Leute an der Universität rekrutieren. Die Jungen aus meiner Klasse entschieden sich zwar zwischen der einen Einheit und der anderen, aber insgesamt haben sie sich alle für den Militärdienst gemeldet. Damit führten sie eine lange Tradition fort. Es hat keinen einzigen Franklin-Absolventen gegeben, der nicht zum Militär gegangen wäre. Sie waren so darauf versessen, ihre Tapferkeit unter Beweis zu stellen, daß sechs Jahre später, als es 1968 in Vietnam zu der großen Ted-Offensive kam, bereits achtzig Prozent unserer Klassenkameraden gefallen waren.«

»Gütiger Gott«, hauchte Erika.

»Für uns war diese Entwicklung jedoch noch immer nicht abgeschlossen«, fuhr Chris fort. »Eliot nannte das veredeln. Nach der Schule und dem *dojo,* nach den Special Forces und Vietnam, unterzogen wir uns noch Rothbergs Killer-Instinkt-Training. Danach gingen wir in das Lager der CIA in Virginia. Eliot hatte uns schon längst dafür rekrutiert. In gewisser Weise war mit unserer Ausbildung bereits im Alter von fünf Jahren begonnen worden. Aber nach dem Lager waren wir endgültig imstande, für ihn zu arbeiten.«

»Er hat euch zu den absolut Besten herangezüchtet.«

»Gezüchtet dürfte in diesem Fall tatsächlich der angemessene Ausdruck sein«, nickte Chris bitter. »Und nicht weniger gilt dies auch für die anderen Männer auf dieser Liste. Er hat uns so konditioniert, daß wir ihm bedingungslos ergeben waren.«

»Und nie etwas in Frage stellten. Wie im Fall des Paradigm-Auftrags«, fiel Saul ein. »Mir wäre nicht im Traum eingefallen, Eliot zu fragen, weshalb er das getan haben wollte. Wenn er etwas anordnete, dann war das für uns Begründung genug.«

»Er muß sich wohl mehrfach über unsere Naivität kaputtgelacht haben. Zum Beispiel, als wir damals ausgestiegen sind, um Süßigkeiten zu kaufen, und wir von dieser Jugendbande verprügelt wurden...« Chris' Augen blitzten böse auf. »Das ist mir erst jetzt klargeworden. Irgend etwas war mir an diesem Vorfall schon immer spanisch vorgekommen. Irgendwie wirkten sie zu ordentlich. Sie trugen ganz neue Lederjacken. Und sie fuhren einen teuren Wagen.« Er schauderte. »Das müssen Agenten gewesen sein. Er hat sie eigens damit beauftragt, uns eine gehörige Abreibung zu erteilen, damit wir uns sofort begeistert auf die Gelegenheit stürzen würden, im *dojo* ausgebildet zu werden. Ich möchte nicht wissen, in wie vielen anderen Fällen er uns noch auf ähnliche Weise manipuliert hat.«

»Diese Baby Ruth-Schokoladenriegel zum Beispiel. Er hat mir einen gegeben, als er mich damals in Denver in den Hinterhalt geschickt hat, dem ich nicht lebend entkommen hätte sollen.«

»Genau das gleiche hat er getan, als er mich aufgefordert hat, dich zu jagen«, setzte Chris nach. »Wir sind wie Pawlowsche Hunde. Diese Schokoladenriegel sind der adäquate symbolische Ausdruck seiner Beziehung zu uns. Er hat sie gezielt eingesetzt, um sich unserer Zuneigung zu versichern. Und natürlich war das nicht weiter schwierig. Wir wurden von niemandem geliebt. Ein alter Mann, der kleinen Kindern Süßigkeiten schenkt.«

Das Prasseln des Regens nahm noch zu.

»Und nun müssen wir feststellen, daß alles, was er gesagt hat, falsch war. Er hat uns auf der ganzen Linie hintergangen und belogen«, stieß Saul bitter hervor. »Er hat uns nie geliebt. Er hat uns immer nur benutzt.«

»Und nicht nur das«, fiel Chris ein. »Auch diese anderen Männer müssen überzeugt gewesen sein, daß er sie geliebt hat. Möglicherweise sind sie es immer noch. Er hat uns alle belogen. Wir waren lediglich Angehörige einer größeren Gruppe. Fast könnte ich ihm seine Lügen verzeihen – wenn ich nur daran denke, was er uns in seinem Auftrag ausführen ließ! –, wenn ich zumindest noch glauben könnte, daß wir doch etwas Besonderes für ihn waren. Aber das sind wir nie gewesen.« Er lauschte dem Rauschen des Regens, das von seinen Worten wie Donnergrollen untermalt wurde. »Und das wird er mit dem Tod büßen.«

Nemesis

1

Der Laden hatte keine zwei Minuten geöffnet, als Hardy, zwei Flaschen Whisky in einer Papiertüte unter den Arm geklemmt, bereits wieder auf die Straße trat. Er tat sich einiges auf die Wahl dieser speziellen Whiskymarke zugute. Obwohl ihm seine bescheidene Pension keine großen Sprünge erlaubte, hätte er sich dennoch nie dazu herabgelassen, billigen, nicht genügend abgelagerten Whisky zu trinken. Noch war er je in Versuchung gekommen, es mit den miesen Weinverschnitten oder dem widerlich süßen Rumfusel zu versuchen, mit denen sich die anderen Säufer in dem Haus, in dem er wohnte, vollaufen ließen. Er hatte gewisse Prinzipien. Und die waren unverrückbar. So aß er einmal täglich eine Mahlzeit – ob er nun Hunger hatte oder nicht. Ebenso wusch und rasierte er sich täglich und trug immer saubere Kleider. Das war auch nötig. In der schwülen Hitze von Miami war er ständig am Schwitzen, wobei sich auch noch der Alkohol sofort durch seine Poren verflüchtigte, kaum daß er ihn in sich hineingeschüttet hatte. Selbst jetzt, vormittags fünf Minuten nach acht, war die Hitze bereits unverschämt. Seine Sonnenbrille hielt das grelle Sonnenlicht ab und verbarg seine blutunterlaufenen Augen. Sein geblümtes Hemd klebte an seinem Oberkörper, so daß die Papiertüte mit dem Whisky im Nu aufgeweicht war. Ein kurzer Blick auf seinen Bauch ließ ihn, unangenehm berührt, feststellen, daß ein Knopf seines Hemds offenstand und aus dem Spalt ein bleich aufgedunsenes Stück Haut sich unangebracht weit vorschob. Würdevoll knöpfte er sein Hemd zu. Gleich, noch zwei Blocks die Straße hinunter, würde er wieder die dunkle Geborgenheit seines Zimmers erreicht haben. Bei zugezogenen Jalousien und laufendem Ventilator würde er sich im Fernsehen die letzte halbe Stunde von ›Guten Morgen, Amerika‹ ansehen und David Hartman zuprosten.

Der Gedanke an den ersten Schluck des Tages ließ ihn erzittern. Vorsichtig um sich blickend, ob kein Polizist in der Nähe war, bog er in eine Hauseinfahrt ein, wo er unter der Feuerleiter stehen blieb. Während draußen auf der Straße der dichte Morgenverkehr vorbeirauschte, griff er in die Papiertüte, löste den Verschluß einer der Flaschen, zog ihren Hals ein Stück heraus und führte ihn dann an seine Lippen. In der Wärme des Bourbon schwelgend, der seine Kehle hinabträufelte, schloß er die Augen. Sein Körper entspannte sich. Das Zittern hörte auf.

Doch im nächsten Augenblick sollte ihn das laute, rhythmische Stampfen von Musik unwillkürlich zusammenzucken lassen. Verdutzt schlug Hardy die Augen auf und starrte auf den gigantischsten Kubaner, den er je gesehen hatte. Der Mann trug ein purpurn schimmerndes Hemd und eine Spiegelsonnenbrille und wiegte sich im Rhythmus der Musik aus dem gewaltigen Kassettenrekorder, den er lässig über seine Schulter geschwungen hatte. Unerbittlich, mit grausamen Lippen, drängte ihn der Kubaner gegen die Wand unter der Feuerleiter zurück.

Hardy begann wieder zu zittern – diesmal aus Furcht. »Ich habe zehn Dollar einstecken. Nur bitte tun Sie mir nichts. Und lassen Sie mir den Whisky.«

Der Kubaner runzelte nur die Stirn. »Was faseln Sie da eigentlich? So ein Typ hat mir gesagt, ich sollte Ihnen das geben.« Damit stopfte er Hardy einen Umschlag in seine Papiertüte und schlenderte davon.

»Was? Hey, warten Sie mal. Wer war das? Wie hat er ausgesehen?«

Der Kubaner zuckte mit den Achseln. »Einfach so 'n Typ. Ich meine, was soll's. Ihr seht doch alle gleich aus. Er hat mir zwanzig Dollar gegeben. Der Rest interessiert mich nicht.«

Während Hardy noch verdutzt blinzelte, war der Kubaner bereits in dem Gedränge auf der Straße verschwunden, die Klänge seines Kassettenrekorders langsam schwächer wer-

dend. Hardy leckte sich die Lippen, auf denen er noch einen
Rest Bourbon schmeckte. Aufgeregt griff er nach dem Kuvert
in seiner Tüte. Er ertastete einen länglichen, schmalen Gegenstand darin. Schließlich riß er den Umschlag vorsichtig
auf und ließ einen Schlüssel in seine aufgehaltene Handfläche gleiten.

Er sah aus wie der Schlüssel zu einem Schließfach. Und er
hatte auch eine Nummer. 113. Kombiniert mit mehreren
Buchstaben. USPS. Benommen versuchte er sich zu konzen-
trieren. Und nach einer Weile kam er sogar darauf, was die
Buchstaben zu bedeuten hatten. United States Postal Service.
Ein Postfach also.

Wie in den alten Zeiten. Dieser Gedanke beunruhigte ihn.
Er hatte schon seit 1973 nicht mehr für den Geheimdienst gearbeitet. Damals war es infolge der Watergate-Affäre zu einer
umfangreichen Säuberungsaktion innerhalb der Reihen der
CIA gekommen. Obwohl er auch damals schon getrunken
hatte, hatte er sich dennoch durchaus berechtigte Hoffnun-
gen machen können, seinen Posten als Leiter der Abteilung
für südamerikanische Operationen bis zum Zeitpunkt seiner
Pensionierung beibehalten zu können. Aber infolge des
weite Kreise ziehenden politischen Skandals hatte man natürlich eine Reihe von Sündenböcken gebraucht, und wer
hätte sich hierfür besser geeignet als ein notorischer Säufer.
So war ihm mit zweiundsechzig angetragen worden, seinen
Abschied zu nehmen. Zumindest wurde ihm jedoch seine
volle Pension ausgezahlt. Und angesichts seines für einen Al-
koholiker typischen Abscheus vor der Kälte, hatte er sich in
Miami niedergelassen.

Doch der erste Gedanke, der ihm nun kam, war: Verdammt noch mal, für so etwas bin ich doch schon längst zu
alt. Erst servieren sie mich einfach ab, und dann bilden sie
sich ein, sie bräuchten mir nur den Schlüssel eines Schließ-
fachs zuzuspielen, und der gute, alte Hardy leckt sich nur
seine Finger danach, wieder für sie arbeiten zu dürfen. Er
steckte den Schlüssel in die Papiertüte und trat aus der Einfahrt. So hätten sie sich das gedacht.

Einen halben Block weiter kam ihm zum erstenmal der Gedanke, der Schlüssel wäre gar nicht von der CIA. Stirnrunzelnd blieb Hardy stehen. Vielleicht war er ihm von der anderen Seite zugespielt worden. Aber von welcher anderen Seite? Sein Kopf schmerzte. Und was noch wichtiger war: aus welchem Grund? Wer braucht schon einen alten Säufer? Selbst wenn er nicht getrunken hätte, wäre er inzwischen eindeutig aus der Übung gewesen. Was wußte er nach neun Jahren noch über die Vorgänge in Geheimdienstkreisen?

Die unerbittlich vom Himmel herabbrennende Sonne ließ ihn sogar hinter den dunklen Gläsern seiner Brille die Augen zusammenkneifen. Er hatte das Gefühl, beobachtet zu werden, und unwillkürlich verspürte er ein leichtes Jucken am Rückgrat entlang. Er blickte um sich. Verrückt, dachte er. Mannomann, du bist wirklich aus der Übung. Eine auffällige Bewegung wie diese eben hätte damals bereits deinen Tod bedeuten können.

Nicht, daß ihm das etwas ausgemacht hätte. Welches Spielchen man ihm da auch anbieten mochte, er war nicht gewillt, darauf einzusteigen. Irgend jemand hatte seine kostbare Zeit vergeudet und zwanzig Dollar zum Fenster hinausgeworfen. Er wollte nichts weiter, als nach Hause gehen, den Ventilator anschalten und David Hartman zuprosten. Und danach würde er auch noch seinem Spezi Phil Donahue zutrinken.

Wenig später näherte er sich dem Eingang des Hauses, in dem er wohnte. Dem Besitzer zufolge beherbergte es lauter Luxuswohnungen, obgleich die Bezeichnung Hasenställe zutreffender gewesen wäre. Die Bruchbude war fünfzehn Stockwerke hoch und der Beton so miserabel, daß er von der salzigen Seeluft bereits zu zerbröckeln begann, ganz zu schweigen von den Fenstern, die schon bei der leisesten Erschütterung klapperten. Auf den Fluren roch es nach Kohl. Die Leitungen waren brüchig. Und wenn Hardys Wohnungsnachbarn pinkeln gingen, konnte er das durch die dünnen Wände jedesmal in aller Deutlichkeit hören. Ein Heim für den Lebensabend, stand auf dem Schild vor dem Eingang. Vorstufe zum Grab wäre zutreffender gewesen, dachte Hardy.

Er starrte auf den mit Federn vermischten Möwenkot auf dem Gehsteig vor der gesprungenen Eingangstür aus Glas. Es stieß ihm säuerlich auf, als er an seinen routinemäßigen Tagesablauf dachte – der Bourbon, die Vormittagsshows, die Seifenopern, die Abendnachrichten, wenn er sich so lange wachhalten konnte, die Mitternachtsalpträume und schließlich die Spätfilme. David Hartman kann mich mal, dachte er und ging weiter die Straße hinunter, anstatt das Haus zu betreten. Ihm war klar, daß er eine Mordsdummheit machte. Das Problem war nur, daß er trotz seiner Verbitterung über die CIA und seiner keineswegs guten Vorahnung seine Neugier einfach nicht im Zaum zu halten vermochte. Seit dem letzten Hurrikan hatte er kein solches Interesse mehr für irgend etwas aufgebracht, das um ihn herum geschah.

Welches Postamt? Da er nun mal irgendwo beginnen mußte, entschied er sich für das nächstgelegene. Unterwegs machte er immer wieder in einer Hauseinfahrt halt, um sich Mut anzutrinken. Das niedrige, langgezogene Postamt war ganz aus Glas und Chrom erbaut und von Palmen gesäumt, die in der Hitze einzugehen schienen. Er schritt durch die Eingangstür, die sich unter leisem Zischen automatisch öffnete. Dahinter stach ihm der ätzende Geruch des Putzmittels in die Nase, mit dem der Hausmeister dem Betonfußboden zu Leibe rückte. Die Postfächer waren zu beiden Seiten eines Korridors untergebracht. Schließlich entdeckte er die 113 auf einer größeren Tür in der rechten untersten Reihe. Natürlich gab es aller Wahrscheinlichkeit in jedem Postamt der Stadt ein Schließfach mit der Nummer 113. Der Schlüssel mußte also keineswegs passen. Aber nachdem er ihn aus seiner Papiertüte geholt hatte, mußte er feststellen, daß er sich widerstandslos im Schloß drehen ließ. Das Fach war so tief angebracht, daß er niederknien mußte, um hineinschauen zu können. Aufgrund der Größe des Postfachs hatte er mit einem Päckchen gerechnet. Aber es war leer. Enttäuscht und zugleich wütend, daß er sich hereinlegen hatte lassen, hätte er sich schon fast wieder aufgerichtet. Instinktiv unterließ er dies dann aber doch. Warum ein Fach in der untersten Reihe? Weil man selbst im Knien die obere Seite nicht sehen konnte.

Um das ganze Innere des Fachs überblicken zu können, mußte man sich fast auf den Boden legen. Falls also etwas an der Oberseite befestigt war, konnte es ein Postbeamter beim Verteilen der Post nicht sehen. Es sei denn, er beugte sich fast bis auf den Boden herab, wie Hardy das nun tat. Und tatsächlich, von einem Magnet festgehalten, hing ein kleiner, flacher Plastikbehälter von der Oberseite des Postfachs.

Sein Gesicht vom Bücken ganz rot angelaufen, zog Hardy den Behälter ab, um sich dann auf etwas wackligen Beinen aufzurichten. Er sah den Korridor hinunter. Niemand zu sehen. Anstatt erst einen unbeobachteten Ort aufzusuchen, öffnete er den Behälter auf der Stelle.

Stirnrunzelnd starrte er auf einen weiteren Schlüssel. Was zum Teufel...?

Diesmal handelte es sich jedoch nicht um einen Schlüssel für ein Postfach. Allerdings hatte auch dieser Schlüssel eine Nummer: 36.

Er drehte ihn um. Atlantic Hotel.

2

Saul zuckte zusammen, als er den Schlüssel sich im Schloß drehen hörte. Er ging hinter einem Sessel in Deckung und starrte, seine Hand fest um die Beretta gelegt, auf die langsam sich öffnende Tür.

Um das Zimmer möglichst zu verdunkeln, hatte er die Vorhänge zugezogen. Ein schmaler Lichtstreifen aus dem Flur fiel auf den Boden vor dem Eingang. Er wurde von einem Schatten verdunkelt. Langsam, unsicher, trat ein übergewichtiger Mann in den Raum. In einem Arm hielt er eine Papiertüte.

»Schließen Sie die Tür und sperren Sie sie von innen ab«, forderte Saul den Mann auf.

Der Mann gehorchte. Im Dunkeln knipste Saul eine schwenkbare Schreibtischlampe an und richtete sie auf den Besucher, der bisher kein einziges Wort gesagt hatte. Hinter der Lampe hervor, deren Schein ihn deckte, erkannte Saul

Hardy, der eben seine Sonnenbrille abnahm und schützend seine Hand an die Augen hob. Saul hatte ihn dreizehn Jahre nicht mehr gesehen. Selbst damals hatte Hardy schon schlimm ausgesehen. Und nun, inzwischen immerhin zweiundsiebzig, war es keineswegs aufwärts mit ihm gegangen – aufgedunsen, fahle Gesichtshaut, rote Flecken auf den Backen, eine unübersehbare Säuferwampe. Sein Haar wirkte matt, grau, leblos; aber zumindest war es gekämmt. Rasiert hatte er sich auch. Er gab keinen Geruch von sich, wenn man von dem Bourbon absah. Seine Kleidung – ein schreckliches geblümtes Hemd und eine elektrikblaue Polyesterhose – war sauber und gebügelt, seine weißen Schuhe frisch geputzt.

Na, ich weiß nicht, dachte Saul, ob ich bei dem Alkoholkonsum noch soviel Wert auf mein Äußeres legen würde. »Schön, Sie wiederzusehen, Hardy. Der Lichtschalter ist übrigens links von Ihnen.«

»Wer...?« Hardys Stimme zitterte, als er nach dem Schalter tastete. Zwei Lampen – eine auf der Kommode, die andere über dem Bett – gingen an. Stirnrunzelnd kniff Hardy die Augen zusammen.

»Sie erkennen mich nicht? Ich muß gestehen, ich bin zutiefst enttäuscht.«

Hardy runzelte weiter die Stirn. »Saul?« Er blinzelte verdutzt.

Die Linke immer noch am Griff der verborgenen Beretta, streckte ihm Saul über den Sessel hinweg seine Rechte entgegen, um ihm die Hand zu schütteln. »Wie geht's? Was haben Sie denn in der Tüte?«

»Ach...« Hardy zuckte verlegen mit den Achseln. »Nur ein paar Einkäufe. Ich war eben noch ein paar Sachen erledigen.«

»Schnaps?«

»Nun ja, äh...« Hardy fuhr sich verlegen mit der Hand über die Lippen. »Ich habe unerwarteten Besuch bekommen, und bei dieser Gelegenheit mußte ich feststellen, daß ich nichts mehr zu trinken zu Hause hatte.«

»Sieht ja furchtbar schwer aus. Stellen Sie das Ganze doch ruhig mal auf der Kommode ab. Schonen Sie Ihren Arm.«

Verwirrt kam Hardy seiner Aufforderung nach. »Ich...
was soll dieses Theater eigentlich?«

Saul hob die Schultern. »Eine Art Wiedersehen, würde
ich sagen.«

Das Telefon klingelte. Hardy zuckte unwillkürlich zusammen und starrte auf den Apparat. Es klingelte ein zweites
Mal. »Wollen Sie denn nicht drangehen?« Saul rührte sich
jedoch nicht von der Stelle. Das Telefon hörte auf zu klingeln. »Um Himmels willen«, stieß Hardy aufgeregt hervor.
»Was soll denn das alles? Dieser Kubaner...«

»Echt beeindruckend, dieser Bursche, fanden Sie nicht
auch? Ich habe eine Weile gesucht, bis ich schließlich auf ihn
gestoßen bin. Genau der Richtige für so etwas.«

»Aber wozu das Ganze?«

»Dazu werden wir noch kommen. Sind Sie bewaffnet?«

»Wollen Sie mich verarschen? Bei all den kubanischen
Flüchtlingen hier?«

Saul nickte. Hardy war berühmt dafür gewesen, immer
eine Handfeuerwaffe bei sich zu haben; selbst in der Badewanne. Einmal hatte er sehr zum Mißfallen des Secret Service sogar bei einer Konferenz im Weißen Haus mit dem
Präsidenten einen Revolver getragen. Ein andermal war er
während einer vornehmen Dinner-Party von zu reichlichem
Alkoholgenuß auf seinem Stuhl eingeschlafen, und dabei
war ihm seine Schußwaffe aus dem Schulterhalfter gerutscht und zwei Kongreßmitgliedern und drei Senatoren
vor die Füße gepoltert. »Legen Sie sie neben den Whisky auf
die Kommode.«

»Warum?«

Saul hob die Beretta über den Sessel. »Einfach nur so.«

»Jetzt machen Sie aber mal einen Punkt, Saul.« Hardys
Augen weiteten sich. Gleichzeitig versuchte er zu lachen,
als wollte er sich selbst davon überzeugen, daß es sich dabei
nur um einen Scherz handeln konnte. »Das ist doch nicht
nötig.«

Saul lachte jedoch nicht.

Hardy schürzte die Lippen. Dann bückte er sich mühsam,
um sein rechtes Hosenbein hochzuziehen. Darunter kam

ein gedrungener 38er Colt in einem Knöchelhalfter zum Vorschein.

»Immer noch die alte Vorliebe für diese Dinger, was?«

»Sie kennen ja sicher noch meinen alten Spitznamen.«

»Wyatt Earp.« Saul behielt ihn scharf im Auge. »Nur mit zwei Fingern.«

»Ich weiß, ich weiß«, entgegnete Hardy leicht verärgert, um den Colt dann auf die Kommode zu legen. »Zufrieden?«

»Noch nicht ganz.« Saul nahm die Waffe an sich. »Ich muß Sie noch filzen.«

»Also wirklich!«

»Ich werde Sie schon nicht kitzeln.« Als Saul mit der Prozedur fertig war, befaßte er sich noch besonders ausführlich mit Hardys Knöpfen.

Hardy erbleichte. »Deswegen also das ganze Theater? Wegen eines Mikrofons? Dachten Sie, ich hätte eine Wanze bei mir? Weshalb sollte ich...?«

»Aus demselben Grund haben wir uns des Kubaners bedient. Wir sind nicht sicher, ob Sie nicht beschattet werden.«

»Beschattet? Aber weshalb sollte mich jemand... Augenblick mal. Wir? Sagten Sie eben wir?«

»Ja. Chris arbeitet mit mir.«

»Kilmoonie?« Hardy klang verblüfft.

»Wie ich sehe, hat der Alkohol Ihr Gedächtnis noch nicht ruiniert.«

»Wie könnte ich je vergessen, was ihr beide in Chile für mich getan habt. Wo...?«

»Der Anruf eben kam von Chris; er ist unten im Foyer. Zweimal läuten bedeutet, daß er nicht glaubt, daß Sie beschattet werden. Wenn ihm irgend etwas verdächtig vorkommt, läutet er einmal an – um mich zu warnen.«

»Aber ich hätte Ihnen doch gleich sagen können, daß ich nicht beschattet werde.« Ihm fiel auf, daß Saul seinem Blick auswich. »Jetzt begreife ich.« Er nickte grimmig. »Sie denken, ich wäre nicht mehr in der Lage festzustellen, ob ich beschattet werde oder nicht.«

»Einmal aus der Übung, lassen die hierfür nötigen Fähigkeiten rasch nach.«

»Vor allem wenn man auch noch säuft.«

»Das habe ich nicht gesagt.«

»Wäre ja auch nicht nötig gewesen.« Hardy starrte ihn gekränkt an. »Wieso waren Sie eigentlich so sicher, daß ich überhaupt kommen würde?«

»Das waren wir ja gar nicht. Sie hätten den Schlüssel, den Ihnen der Kubaner ausgehändigt hat, genausogut in den nächstbesten Gully werfen können.«

»Und dann?«

»Hätten wir Sie in Ruhe gelassen. Sie mußten erst den Beweis erbringen, daß Sie gewillt sind, sich auf etwas einzulassen – nicht nur in Zusammenhang mit uns, sondern überhaupt. Wir wollten erst sehen, ob Sie grundsätzlich anbeißen würden.«

»Das will ich nicht.«

»Dessen bin ich mir nicht so sicher.«

»Sie müssen noch einen anderen Grund gehabt haben.«

Saul schüttelte den Kopf.

»Der Kubaner«, fuhr Hardy fort. »Ich sehe ein, weshalb Sie ihn gebraucht haben. Auch das mit dem Schlüssel leuchtet mir ein.«

»Na also.«

»Aber dann auch noch dieses Postfach und der zweite Schlüssel?«

»Zusätzliche Sicherheitsvorkehrungen.«

»Nein, Sie wollten mir ausreichend Zeit lassen – für den Fall, daß ich noch schnell heimlich einen Anruf machen wollte. Chris hätte mich dabei gesehen. Dann hätte er Sie angerufen und gewarnt.« Hardy redete sich richtig in Rage. »Und für wen, dachten Sie also, sollte ich inzwischen arbeiten?«

Saul dachte nach. Es war nicht auszuschließen, daß ein anderer Geheimdienst an Hardy herangetreten war. Andrerseits wußte Saul nicht, an wen er sich sonst hätte wenden sollen. Er wog die verschiedenen Möglichkeiten gegeneinander ab.

Und dann erzählte er ihm alles.

Hardy schien eine Weile nicht zu begreifen. Er starrte ihn

fassungslos an. Plötzlich lief sein Gesicht puterrot an, und die Adern an seinem Hals traten hervor. »*Was?*« stieß er mit überschnappender Stimme hervor. »Eliot? Sie dachten, ich würde mit diesem Gauner zusammenarbeiten? Nach allem, was er mir angetan hat, dachten Sie, ich würde ihm helfen?«

»Wir waren uns nicht sicher. Das liegt nun immerhin schon einige Jahre zurück. Vielleicht hatten Sie inzwischen vergessen. Manchmal wächst schneller Gras über eine Sache, als man denkt.«

»Da sind Sie bei mir an der falschen Adresse. Diesem Schwein habe ich es zu verdanken, daß ich gefeuert wurde. Wenn ich den mal zwischen die Finger kriege, dann...«

»Wollen Sie's mal ausprobieren?«

Hardy lachte.

3

Saul beendete seine Ausführungen. Hardys Gesicht wurde beim Zuhören nur noch röter. Aus seinen Augen fieberte der Haß. Schließlich nickte er. »Natürlich. Jetzt hat er auch euch hereingelegt. Das wundert mich keineswegs. Manchmal frage ich mich nur, wie dieser Dreckskerl sich so lange hat halten können, obwohl er schon so viele Leute hintergangen hat.«

»Reden Sie ruhig weiter.«

»Ich weiß nicht, was...«

»Eliot hat immer gesagt, wenn man etwas über die Geheimnisse eines Mannes erfahren wollte, bräuchte man nur jemanden fragen, der ihn haßt.«

»Sie wissen doch mehr als jeder andere über ihn.«

»Das dachte ich bisher auch. Aber ich habe mich getäuscht. Sie waren sein Rivale. Sie haben Nachforschungen über ihn angestellt.«

»Das wußten Sie?«

Saul gab keine Antwort.

Hardy sah zu der Papiertüte auf der Kommode hinüber. Schließlich trat er darauf zu, entnahm ihr die halbleere Flasche Bourbon, schraubte den Verschluß ab und führte sie an seine Lippen. Plötzlich hielt er jedoch abrupt inne und wandte sich mit verlegener Miene Saul zu. »Sie haben nicht zufällig ein Glas?«

»Im Bad.« Saul nahm ihm die Flasche aus der Hand. »Aber ich habe was anderes für Sie zu trinken.«

»Was?«

»Holen Sie das Glas.«

Argwöhnisch gehorchte Hardy. Seine Finger krallten sich krampfhaft um das Glas, als er aus dem Bad zurückkehrte. Er stierte fassungslos auf die Flaschen, die Saul aus einer Schublade geholt hatte, und schluckte würgend. »Nein.«

»Ich brauche Sie in nüchternem Zustand. Wenn Sie schon unbedingt was trinken müssen...«

»Wermut? Soll das ein Witz sein?«

»Lache ich etwa?«

»Das Zeug ist doch widerlich.«

»Na, vielleicht trinken Sie dann auch nicht so viel. Falls Sie dennoch in Versuchung kommen sollten...« Saul ging mit den Whiskyflaschen ins Bad und leerte sie ins Waschbecken.

»Sechzehn Dollar einfach so wegzukippen!« stöhnte Hardy.

»Hier haben Sie einen Zwanziger. Der Rest ist für Sie.«

»Sie Sadist!«

»Betrachten Sie das Ganze doch von der Seite: Je eher wir hier fertig sind, desto eher können Sie sich neuen Bourbon kaufen.« Saul trat an die Kommode, öffnete beide Wermutflaschen – eine rote und eine weiße – und schenkte damit das Glas voll. »Für den Fall, daß Ihr Magen mehr aushalten sollte, als ich dachte.«

Hardy bedachte die rosarote Mischung mit einem angewiderten Blick. Er streckte seine Hand danach aus, zog sie zurück, streckte sie neuerlich aus – und stürzte dann den Inhalt des Glases in drei Schlucken hinunter. Keuchend hielt er sich dann an der Kommode fest. »Mein Gott.«

»Schmeckt wie Limonade.« Hardy erschauderte. »Das werde ich Ihnen nie vergeben.« Dennoch schenkte er sich ein zweites Glas ein. »Also gut, ich muß alles wissen. Wie haben

Sie herausgefunden, daß ich Nachforschungen über ihn angestellt habe?«

»Das habe ich nicht.«

»Aber Sie haben doch gesagt...«

»Ich hatte nur einen gewissen Verdacht – angesichts Ihres Hasses gegen ihn. Aber ich war mir nicht sicher. Außerdem befürchtete ich, Sie könnten es mit der Angst zu tun bekommen und es abstreiten, wenn ich Sie direkt darauf angesprochen hätte. Also tat ich so, als wüßte ich bereits darüber Bescheid, und hoffte, Sie würden mir meine Vermutung bestätigen.«

»Ich bin nun tatsächlich schon zu lange in Pension«, seufzte Hardy. »Also gut, es stimmt. Aber für einen Moment haben Sie mir echt einen gehörigen Schrecken eingejagt. Kein Mensch hätte davon wissen dürfen. Glauben Sie mir, ich bin mit äußerster Vorsicht vorgegangen. In solch einer prekären Angelegenheit hätte ich es nicht gewagt, mich einem anderen Menschen anzuvertrauen. Mal hier ein bißchen gewühlt, mal da. Immer ganz zufällig.« Hardy schüttelte betrübt den Kopf. »Na ja, und dann mußte bei meinem sprichwörtlichen Glück gleich die Watergate-Affäre dazwischenkommen. Ich hatte mit der Sache nichts zu tun. Aber Eliot und ich, wir waren schon lange Rivalen. Er hat also den Leiter überzeugen können, mich zu feuern. Um ein Exempel zu statuieren. Die Logik, die dahinter stand, leuchtet mir durchaus ein. Ich meine, ich war schließlich damals schon dem Alkohol verfallen. Trotzdem werde ich den Eindruck nicht los, daß er das Ganze als eine Gelegenheit betrachtete, es mir endgültig zu zeigen.«

»Sie meinen, er wußte, daß Sie über ihn Nachforschungen anstellten?«

»Nein, dem war mit Sicherheit nicht so.«

»Woher wollen Sie das wissen?«

»Er hätte mich umbringen lassen.«

Saul starrte Hardy fassungslos an. »So viel hatten Sie schon herausgefunden?«

»Ich war ihm schon verdammt dicht auf den Fersen. Da war etwas. Ich hatte das im Gefühl. Noch ein fehlendes Faktum, dachte ich, und eines Tages würde sich das Bild von selbst zusammensetzen. Nur noch ein...« Hardy zuckte mit den Achseln. »Aber am Ende hat er doch die Oberhand behalten. Einmal entlassen und ohne jede Möglichkeiten, meine Nachforschungen weiter zu betreiben, habe ich mich endgültig dem Suff verschrieben.« Er hob sein Glas. »Das ist wirklich entsetzlich.«

»Möchten Sie vielleicht lieber einen Kaffee?«

»Um Himmels willen, nein. Ich habe nicht den Wermut gemeint, sondern den Ruhestand.« Hardy verfiel in Nachdenken. »Man wird faul und träge hier unten. Wie hätte ich mein Vorhaben zu Ende führen sollen? Ich hatte keinen Zugang zu den Computern.«

»Außerdem wollten Sie am Leben bleiben.«

»Vielleicht habe ich es tatsächlich verdient, gefeuert zu werden. Wenn ich wirklich Mumm in den Knochen gehabt hätte, hätte ich mich nicht so leicht unterkriegen lassen.« Ihm brach der Schweiß auf der Stirn aus. »Verdammt heiß hier.«

Saul trat ans Fenster und stellte die Klimaanlage an. Ratternd blies sie modrige Luft in den Raum. »Weshalb haben Sie eigentlich Nachforschungen über ihn angestellt?«

Hardy trank angewidert. »Wegen Kim Philby.«

4

1951 war Kim Philby ein hochstehendes Mitglied des britischen Auslandsnachrichtendienstes MI-6 gewesen. Während des Zweiten Weltkriegs war er als Ausbilder der unerfahrenen Rekruten für den noch in den Kinderschuhen steckenden amerikanischen Spionagedienst OSS tätig gewesen. Er stand auch mit Rat und Tat zur Seite, als 1947 aus dem OSS die CIA wurde. 1949 war er nach Washington gekommen, um den FBI bei seinen Ermittlungen gegen sowjetische Spionageringe zu unterstützen, und er war auch tatsächlich maßgeblich daran beteiligt, daß ein angesehener britischer Diplomat, Donald Maclean, als kommunistischer Agent überführt werden konnte. Bevor Maclean jedoch verhaftet werden konnte, war er von Guy Burgess, ebenfalls einem britischen Diplomaten, gewarnt worden. Auch Burgess war für die Sowjets tätig und flüchtete zusammen mit Maclean in die Sowjetunion.

Diese nachhaltige Infiltration westlicher Geheimdienste durch die Sowjets bedeutete für den Westen einen enormen Schock. Nicht minder trug zu dieser Beunruhigung die Frage bei, wie Burgess von Macleans bevorstehender Festnahme hatte wissen können. Mit diesem Problem beschäftigt, war Hardy, damals ein am Beginn seiner Laufbahn stehender CIA-Angehöriger, auf einem Parkplatz in Washington in seinem Wagen gesessen, um das Ende eines unerwartet über ihn hereingebrochenen Gewitters abzuwarten und danach trockenen Fußes in sein Lieblingslokal zu gelangen. Doch während es noch regnete, kam Hardy plötzlich eine Idee. Seinen unleugbaren Durst hintenanstellend, war er eilends zu seinem Büro in einem der Quonset-Gebäude zurückgefahren, die sich seit dem Krieg entlang Washingtons Mall zu drängen begonnen hatten. Er warf seinen regendurchnäßten Mantel über einen Stuhl in seinem Büroabteil und stöberte in verschiedenen Akten. Dabei machte er sich eifrig Notizen, um seine Verdachtsmomente zu dokumentieren.

Burgess hatte Maclean gewarnt. Burgess kannte Philby, den Mann, der Maclean beschuldigt hatte. Burgess war auch tatsächlich einmal in Philbys Haus zu Gast gewesen. Hatte Philby bei dieser Gelegenheit eine unachtsame Äußerung gemacht, aus der Burgess schließen hatte können, daß Maclean in Gefahr schwebte?

Diese Erklärungsmöglichkeit klang nicht gerade sonderlich plausibel. Philby war erfahren genug, um einem Freund des Mannes, den er zu beschuldigen beabsichtigte, keine Hinweise in dieser Richtung zu geben.

Wo war das Verbindungsglied also dann zu suchen? Burgess, Maclean und Philby. Hardy vollzog einen drastischen logischen Schritt. Und wenn Philby ebenfalls kommunistischer Agent war? Wenn Philby Maclean zwar beschuldigt, ihn aber dann durch Burgess noch rechtzeitig warnen hatte lassen?

Aber warum? Weshalb sollte Philby einen verbündeten Agenten verraten? Dafür fiel Hardy nur ein Grund ein – um einen wichtigeren kommunistischen Agenten zu decken, der enttarnt zu werden drohte. Aber wer hätte noch wichtiger als Maclean sein können? Hardys Atem ging rascher. Philby selbst? Indem er Maclean beschuldigte, stellte Philby sich selbst als über jeden Tadel erhaben hin. Vielleicht hatte Philby im Zuge seiner Zusammenarbeit mit dem FBI entdeckt, daß er kurz vor seiner Überführung als Spion stand.

Alles nur Vermutungen, dachte Hardy. Aber wo ist der Beweis? Plötzlich erinnerte er sich wieder an einen kommunistischen Überläufer namens Krivitsky, der schon vor Jahren auf drei sowjetische Agenten im britischen diplomatischen Corps hingewiesen hatte. Einen von ihnen hatte Krivitsky namentlich nennen können – einen gewissen King, der in der Folge auch festgenommen werden sollte; hinsichtlich der anderen beiden hatte Krivitsky jedoch keine genaueren Angaben machen können; bei dem einen sollte es sich um einen Schotten handeln, der in den dreißiger Jahren mit dem Kommunismus sympathisiert hatte; der andere war ein britischer Journalist, der am Spanischen Bürgerkrieg teilgenommen hatte. Der Schotte war inzwischen als Maclean identifiziert worden. Doch wer war der britische Journalist?

Hardy überprüfte die spärlichen Angaben in Philbys Dossier. Fast hätte er lauthals losgelacht, als er auf die Information stieß, die er gesucht hatte: Philby war früher Journalist gewesen und hatte sich während des Bürgerkriegs in Spanien aufgehalten. Mit einem Schlag fügten sich alle Details ineinander. Philby und Burgess kannten sich aus ihrer Studienzeit in Cambridge. Auch Maclean hatte in Cambridge studiert. Alle drei hatten in den dreißiger Jahren mit dem Kommunismus sympathisiert, um dann jedoch einen drastischen Gesinnungswandel zu vollziehen. Plötzlich waren sie voll und ganz für den Kapitalismus und traten dem britischen diplomatischen Dienst bei.

Natürlich, dachte Hardy. Die Russen waren an sie herangetreten, und sie hatten sich bereiterklärt, als Agenten für sie zu arbeiten.

5

»Auf diese Weise habe ich mir einen Namen gemacht«, nickte Hardy, der inzwischen eine unangenehme Wermutfahne hatte. »Heute weiß kaum mehr jemand, daß ich es war, der Philby überführt hat.«

»Einige wissen trotzdem noch, wer die ganz Großen waren«, entgegnete Saul.

»Ich und Eliot.« Hardy nahm einen kräftigen Schluck. »Die Stars. Eliot verdiente sich seine Meriten, indem er ehemalige Nazis und Faschisten zum Einsatz brachte, die nach dem Krieg die Geheimdienste ihrer Länder aufbauten und diesmal für uns arbeiteten. Man hätte denken können, wir könnten nichts falsch machen.«

»Wie sieht sein Hintergrund aus?«

»Hat er euch nicht mal so viel erzählt? Boston. Sein Vater hatte in Yale studiert, arbeitete dann fürs State Department. Allerdings kam er 1915, kurz nach Eliots Geburt, um, als die Deutschen die ›Lusitania‹ versenkten. Seine Mutter fiel der Grippeepidemie von 1918 zum Opfer. Verstehen Sie, was ich damit sagen will?«

»Eliot war Vollwaise?« Saul lief ein kalter Schauder den Rücken hinunter.

»Wie Sie und Chris. Vielleicht erklärt das sein Interesse an Ihnen beiden.«

»Er wurde auch in ein Heim gesteckt?«

»Nein. Er hatte keine Großeltern oder Onkel und Tanten, aber entfernte Verwandte, die sich seiner annehmen hätten können, zumal er genügend geerbt hatte, so daß für seinen Lebensunterhalt gesorgt war. Aber ein Freund seines Vaters, der eine einflußreiche Stellung beim State Department innehatte, erbot sich, sich Eliots anzunehmen. Eliots Verwandte waren einverstanden. Nicht zuletzt würde dieser Mann Eliot so erziehen, wie Eliots Vater sich das gewünscht hätte. Er verfügte über Macht und Reichtum.«

»Wer war dieser Mann?«

»Tex Auton.«

Sauls Augen weiteten sich.

»Ganz richtig«, nickte Hardy. »Einer der Urheber des Abelard-Vertrags. Eliot erhielt seine Ausbildung von Auton, der maßgeblich an der Konzeption der Grundzüge der modernen Spionage beteiligt war. Man könnte also sagen, daß Eliot von Anfang an unmittelbar am Geschehen beteiligt war. Natürlich hatte Amerika vor dem Krieg noch keinen eigenen Geheimdienst; das fiel damals noch in den Aufgabenbereich des Militärs und des State Department. Aber nach Pearl Harbour wurde der OSS gegründet, und Auton ermutigte Eliot, dieser Organisation beizutreten. Eliot ging nach England, um sich ausbilden zu lassen. Er sollte dann in Frankreich ein paar erfolgreiche Missionen durchführen. Da ihm diese Tätigkeit Spaß machte, blieb er weiter dabei, als der OSS in die CIA umgewandelt wurde. Auton war inzwischen in den Ruhestand getreten, aber Eliot wandte sich dennoch regelmäßig mit der Bitte um Rat an ihn. Eines der wichtigsten Dinge, die Auton ihm in diesem Zusammenhang einschärfte, war, auf keinen Fall eine Führungsposition innerhalb des Geheimdienstes anzustreben.«

»Demnach hat Eliot Autons Rat beherzigt.«

Hardy nickte. »Er stieg so weit auf, wie er das für vertretbar hielt. Immerhin hat ihm ein Präsident sogar die Leitung der Organisation angeboten. Aber Eliot hat abgelehnt. Er wollte seine Position ausreichend abgesichert. Gleichzeitig wollte er jedoch auch mehr Macht, weshalb er seine Basis ausbaute und mehr und mehr Agenten von sich abhängig machte, so daß er schließlich auf Operationen in allen Teilen der Welt seinen Einfluß geltend zu machen verstand. Chef der Spionageabwehr. Dieser Titel wurde ihm 1955 verliehen. Aber er bewegte sich auch schon in den vierziger Jahren in führenden Positionen. Senatoren, Kongreßmitglieder, Präsidenten – sie alle sind von Wahlen abhängig. Und irgendwann müssen sie alle ihr Amt wieder abgeben. Aber darüber brauchte sich Eliot den Kopf nicht zerbrechen. Als Nummer vier innerhalb des Geheimdienstes saß er fest im Sattel – ganz gleich, ob nun die Demokraten oder die Republikaner am Ruder waren. Ich kenne nur einen Mann, der sich ähnlich lange an der Macht halten konnte.«

»J. Edgar Hoover.«

»Ganz richtig. Da Hoover inzwischen jedoch tot ist, halte ich es nicht für übertrieben zu behaupten, daß seit den vierziger Jahren innerhalb der amerikanischen Regierung kein Mann seinen Einfluß beständiger zur Geltung gebracht hat als Eliot. Selbstverständlich drohte Eliot ständig Gefahr, von einem anderen ehrgeizigen Mann von seiner Nummer-vier-Position verdrängt zu werden. Um sich dagegen abzusichern, stellte er über jeden, der ihm diese Stellung streitig machen hätte können, seine Nachforschungen an. Präsidenten, Kabinettsmitglieder, die verschiedenen Leiter des Geheimdiensts, niemand war davon ausgenommen. Möglicherweise hat er das von Hoover gelernt – oder auch von Auton. Jedenfalls hat er die bestdokumentierteste Kollektion von Skandalen zusammengestellt, die Sie sich vorstellen können. Sex, Alkohol, Drogen – jedes nur erdenkliche Laster. Steuerhinterziehung, Interessenkonflikte, Bestechung, Korruption. Wenn jemand Eliot seine Macht streitig zu machen drohte, zeigte Eliot ihm lediglich die Akte, die er über den Betreffenden zusammengetragen hatte, was diesen unweigerlich den Schwanz einziehen ließ. Das ist auch der Grund, weshalb er sich noch immer in der Organisation halten kann, obwohl er längst übers Rentenalter hinaus ist. Alles nur wegen dieser Akten.«

»Wo befinden die sich?«

»Tja, wenn ich das wüßte. Vielleicht in einem Bankschließfach in Genf. Vielleicht auch nur in einem abschließbaren Spind in der örtlichen Jugendherberge. Schwer zu sagen. Jedenfalls können Sie mir glauben, daß schon genügend Leute versucht haben, sie zu finden. Er ist schon weiß Gott wie oft beschattet worden, aber es ist ihm immer gelungen, seine Verfolger abzuschütteln.«

»Trotzdem haben Sie mir noch immer nicht erzählt, weshalb Sie Nachforschungen über ihn angestellt haben.«

Hardy überlegte kurz. »Auch so ein Gefühl. Sie wissen sicher selbst, wie Eliot immer darauf bestand, daß es außer Philby, Burgess und Maclean noch andere kommunistische Agenten geben mußte, und zwar eine ganze Menge, die unsere und die britische Regierung infiltriert hatten. Vor allem behauptete er immer wieder mit Nachdruck, daß es in den Reihen unserer Organisation einen sowjetischen Spion gäbe. Diese Theorie zog er heran, um den U2-Zwischenfall, die Schweinebucht-Affäre und die Ermordung von John F. Kennedy zu erklären. Jedesmal, wenn wir eine neue Operation durchführten, schienen die Sowjets bereits im voraus darüber informiert zu sein. Eliots Theorie war damals paranoid erschienen. Inzwischen klingt sie durchaus überzeugend. Jeder hatte plötzlich jeden im Verdacht. Der Geheimdienst war so sehr damit beschäftigt, sich selbst nachzuspionieren, daß wir sonst zu nichts kamen. Allerdings haben wir nie einen Spion entdeckt. Darauf kam es aber auch gar nicht an. Eliots Theorie hatte mindestens so viel Schaden angerichtet, wie das ein Spion hätte tun können. Er hatte es tatsächlich geschafft, den Geheimdienst lahmzulegen, und dieser Umstand brachte mich zum Nachdenken. Vielleicht unkte Eliot ein bißchen zu lautstark. Vielleicht war Eliot selbst dieser Spion, der die Geheimdienstarbeit erfolgreich behinderte, indem er darauf beharrte, daß sich in unseren Reihen ein Spion befand. Das war ja schon Kim Philbys Taktik gewesen. Indem er einen anderen beschuldigte, wurde er selbst nicht verdächtigt.«

»Sie hatten aber doch Verdacht geschöpft.«

Hardy zuckte mit den Achseln. »Sagen wir lieber, ich war eifersüchtig. Wir beide hatten etwa zur gleichen Zeit beim Geheimdienst angefangen. Zu Beginn taten wir uns etwa gleich stark hervor. Doch dann begann Eliot allmählich größere Erfolge vorweisen zu können. Er stieg immer höher auf, während ich blieb, wo ich war. Wenn alles anders gelaufen wäre, hätte ich ihm vielleicht durchaus das Wasser reichen können.« Er hob sein Glas. »Ich glaube, ich wollte ihn einfach nur zu Fall bringen, um mich dadurch selbst nach oben zu katapultieren. Immer wieder rief ich mir meinen ersten großen Erfolg ins Gedächtnis zurück. Vielleicht gelang es mir, ihn zu wiederholen – auf die genau gleiche Weise. Ich habe Ihnen schon gesagt, daß Eliot während des Krieges im Zuge seiner OSS-Ausbildung nach England gegangen ist. Wir wußten damals nicht viel über Spionage – im Gegensatz zu den Briten. Und nun raten Sie mal, wer der Mann von der MI-6 war, der Eliot damals ausgebildet hat.«

Saul wartete.

Hardy stürzte den Inhalt seines Glases hinunter. »Kim Philby.«

6

Saul stockt der Atem. »*Eliot ist ein Maulwurf?*«

»Das habe ich nicht gesagt.«

»Warum erwähnen Sie dann Philby, wenn Sie ihn nicht beschuldigen...?«

»Das ist nur, was ich vermutet habe. Bekanntlich kann man jedoch Vermutungen anstellen, so viel man will; solange man sie nicht beweisen kann...»«

»Und Sie haben keine Beweise.«

»Ich habe Ihnen bereits gesagt, daß ich nicht so weit gekommen bin. Nachdem Eliot mich gefeuert hatte, wurde mein Büro versiegelt. Meine Wohnung, mein Wagen, mein Schließfach in der Bank wurden durchsucht. Jeder Papierschnipsel, der auch nur entfernt etwas mit der Organisation zu tun hatte, wurde mir abgenommen.«

»Einschließlich Ihrer Untersuchungsergebnisse?«

»Die habe ich zum Glück nie auf Papier festgehalten. Falls Eliot eine Akte über sich zu Gesicht bekommen hätte, falls er zu der Auffassung gelangt wäre, daß ich ihm gefährlich werden könnte... nun ja, er hätte mit einem alten Säufer kurzen Prozeß gemacht. Ich wäre einem plötzlichen Herzinfarkt erlegen oder irgendwie aus dem Fenster gefallen.«

»Wissen Sie noch, was Sie damals herausgefunden haben?«

Hardy richtete sich unwirsch auf. »Natürlich. Ich bin doch kein... Sie wissen doch, Eliot ist ein Gewohnheitstier, und so wurde ich argwöhnisch, als ich gewisse Unregelmäßigkeiten innerhalb seiner Routine bemerkte. So unternahm er zum Beispiel 1954 – seine Reisekostenbelege aus dieser Zeit sind in dieser Hinsicht wirklich höchst interessant – mehrere unerklärliche Reisen nach Europa. Im August war er für eine Woche sogar vollständig von der Bildfläche verschwunden.«

»Urlaub?«

»Ohne eine Adresse oder Telefonnummer zu hinterlassen, unter der man ihn in einem Notfall unter Umständen hätte erreichen können?«

»Das ist allerdings richtig.«

»Ich weiß zumindest so viel, daß er nach Belgien gereist ist. Danach...« Hardy steckte sich eine Zigarette an und blies den Rauch aus.

»Und niemand hat sich um sein Verschwinden gekümmert?«

»Nicht im geringsten. Im Jahr darauf wurde Eliot sogar befördert. Soviel ich weiß, war er mit der Durchführung einer Mission betraut worden, und die Beförderung war die Belohnung für deren erfolgreichen Abschluß. Dennoch ist mir diese fehlende Woche...«

»Falls er tatsächlich ein Maulwurf ist, könnte er sich mit seinen KGB-Kontaktleuten getroffen haben.«

»Dieser Gedanke ist auch mir damals gekommen. Aber ein so schlampiges Vorgehen hätte ich Eliot eigentlich nicht zugetraut. Dazu fallen mir einfach zu viele unauffälligere Möglichkeiten ein, wie er mit dem KGB Kontakt hätte aufnehmen können. Weshalb sollte er auf sich aufmerksam machen, indem er einfach für eine Woche von der Bildfläche verschwand? Was auch immer die Gründe für sein Untertauchen gewesen sein mögen, es muß notwendig gewesen sein. Es muß sich dabei um eine Angelegenheit gehandelt haben, die nicht anders zu erledigen war.«

Saul runzelte die Stirn. Er schauderte – allerdings nicht von der kühlen Luft aus der ratternden Klimaanlage.

»Und noch etwas«, fuhr Hardy fort. »1973 ist er erneut verschwunden – diesmal für die letzten drei Junitage.«

»Wieder nach Belgien.«

»Nein, diesmal war es Japan.«

»Und worin soll hier der Zusammenhang bestehen?«

Hardy zuckte mit den Achseln. »Ich habe keine Ahnung,

was er auf diesen Reisen getan hat. Aber ich kann nur immer wieder zu meiner ursprünglichen Annahme zurückkehren. Sagen wir mal, während des Krieges, als er nach England ging, hat er sich Philby, Burgess und Maclean angeschlossen und wurde ebenfalls ein sowjetischer Doppelagent.«

»Oder ein Dreifachagent.«

»Auch möglich.« Hardy kratzte sich am Kinn. »Daran habe ich noch gar nicht gedacht. Er könnte vorgegeben haben, für Philby zu arbeiten, während er in Wirklichkeit vorhatte, sein Wissen über die Sowjets den Amerikanern zugute kommen zu lassen. Eliots Devise lautete ja schon immer: je komplizierter, desto lieber. Und was gäbe es schließlich komplizierteres als die Rolle eines Dreifachagenten. Ob nun freilich Doppel- oder Dreifachagent, er wäre in jedem Fall in Kontakt mit dem KGB gestanden. Irgend jemand mußte ihm regelmäßig Nachrichten überbringen, und dieser Jemand mußte in seinem Arbeitsumfeld angesiedelt sein, so daß niemand Verdacht geschöpft hätte, wenn Eliot sich mit dem Betreffenden regelmäßig getroffen hätte. Es mußte jemand sein, der über die nötige Bewegungsfreiheit und möglichst auch über Beziehungen zu Europa verfügte.«

»Und sind Sie ihm auf die Schliche gekommen?«

»Die Rosen.«

»Was?«

»Nicht weniger als die Kompliziertheit liebt Eliot Rosen. Sein ganzer Tagesablauf ist nach ihnen ausgerichtet. Er steht in regem Briefverkehr mit anderen Rosenzüchtern. Er verschickt und erhält seltene Sorten.«

Saul durchzuckte es wie ein Blitz. »Und er besucht regelmäßig Blumenausstellungen.«

»In Europa. Vor allem eine spezielle Ausstellung, die jedes Jahr im Juli in London stattfindet. Seit sechsundvierzig, unmittelbar nach dem Krieg, ist er jedes Jahr nach London gefahren, um sich diese Ausstellung anzuschauen. Ein idealer Treffpunkt. Er wohnt während dieser Zeit immer bei einem Freund, der in der Nähe von London einen Landsitz hat – Percival Landish Junior.«

Saul sog scharf die Luft ein.

»Sie kennen den Namen also?« fragte Hardy.

»Sein Vater vertrat bei der Abelard-Konferenz im Jahr 1938 den britischen Geheimdienst.«

»Eine interessante Übereinstimmung, finden Sie nicht auch? Auton, der ebenfalls an dieser Konferenz teilnahm, befreundete sich mit Landish Senior. Eliot – Autons Adoptivsohn – befreundete sich mit Landishs Sohn. Übrigens war der alte Landish Philbys Supervisor.«

»Gütiger Gott«, hauchte Saul.

»Das bringt mich nun auf die Frage«, fuhr Hardy fort, »ob vielleicht auch Landish Senior ein Maulwurf war. Das Problem mit so einer Verschwörungstheorie ist, daß man nach einer Weile alles zu ihrer Untermauerung heranziehen kann. Ist nur meine Fantasie mit mir durchgegangen? Drücken wir es mal so aus: Falls Eliot tatsächlich für die Sowjets arbeiten sollte, käme für mich vor allem Landish Junior als Kurier für die Nachrichtenübermittlung in Frage. Er böte sich hierfür doch geradezu ideal an. Er hat innerhalb von MI-6 dieselbe Position inne wie Eliot bei der CIA. Wie Eliot weist er beharrlich darauf hin, daß es in MI-6 einen Maulwurf geben muß. Falls Landish Senior für die Sowjets gearbeitet hat, könnte Landish Junior nach dessen Tod durchaus seine Nachfolge angetreten haben.«

»Die Frage ist nur, wie das zu beweisen ist.«

7

Erika blieb im Mittelgang stehen und beugte sich zu einem Fluggast auf einem Fensterplatz hinab. »Wenn Sie sich bitte anschnallen würden, Sir.« Sie trug die elegante Uniform einer El-Al-Stewardeß. Aufgrund der Eile war nur eine begrenzte Zahl von Frauen in Frage gekommen, für die sie einspringen konnte. Ihre Körpergröße, Haarfarbe und ihr Gesicht waren dem eines für diesen Flug eingeteilten Besatzungsmitglieds sehr ähnlich gewesen. Aber das Mädchen, das Erika ersetzt hatte und das nun im Zuge eines willkommenen Kurzurlaubs von Miami nach Key West fuhr, war etwas kleiner als Erika, so daß ihr die Uniform etwas zu eng war und die Konturen ihrer Brüste verstärkt betonte. Dies wiederum nahmen die männlichen Fluggäste eher genüßlich als erstaunt zur Kenntnis.

Sie ging weiter den Mittelgang hinunter, um sich zu vergewissern, daß alle Passagiere angeschnallt waren. Nachdem sie eine beleibte Frau gebeten hatte, ihre sperrige Handtasche unter dem Sitz vor ihr zu verstauen, ließ sie ihre Blicke über die Fluggäste wandern. Niemand rauchte. Die Rücklehnen der Sitze befanden sich in aufrechter Position. Die Klapptische waren hochgestellt und gesichert. Sie nickte einer anderen Stewardeß zu und ging nach vorn, wo sie sich umdrehte und die Passagiere von neuem ins Auge faßte. Soweit sie dies feststellen konnte, schien sich niemand in irgendeiner Weise auffällig zu verhalten. Kein Augenpaar wurde zusammengekniffen, wenn ihre Blicke es streiften. Kein Passagier wich ihrem Blick aus. Einem guten Agenten wäre ein solcher Fehler selbstverständlich auch nicht unterlaufen. Dennoch unterließ sie diese Sicherheitsvorkehrungen nicht; alles andere wäre grober Nachlässigkeit ihrerseits gleichgekommen.

Sie klopfte an die Tür zum Cockpit und öffnete sie. »Darf ich irgend jemandem Kaffee bringen?«

Der Pilot drehte sich um. »Nein, danke. Sie sind eben mit dem Laden des Gepäcks fertig geworden. Wir begeben uns gleich in Startposition.«

»Was macht das Wetter?«

»Könnte nicht besser sein. Ringsum strahlend blauer Himmel«, antwortete Saul neben ihr. Er und Chris sahen wirklich gut aus in ihren Pilotenuniformen. Die beiden trugen Papiere bei sich, die sie als Supervisoren für diesen Flug auswiesen. Sie hatten im hinteren Teil des Cockpits Platz genommen und beobachteten die Besatzung, die nicht daran zweifelte, daß die beiden auch tatsächlich waren, was sie zu sein vorgegeben hatten. Zusammen mit Erika hatten sie sich schon sehr früh über den Personalzugang in der Gangway an Bord begeben, um jede Kontrolle im Flughafengebäude zu umgehen. Ihre Papiere waren vorzüglich gefälscht. Auch diesmal wieder hatte Misha Pletz von der israelischen Botschaft Wunder gewirkt.

Als der Jet sich von der Gangway löste, wandte Erika sich wieder den Passagieren zu, ob nicht vielleicht doch in irgend jemandes Augen Wiedererkennen aufblitzte. Ein Mann schien ganz hingerissen von ihrer Figur. Eine Frau harrte mit sichtlich gemischten Gefühlen dem Start entgegen. Sie glaubte nicht, daß von ihnen eine Bedrohung ausgehen könnte, zumal es jetzt, nachdem die Maschine sich einmal in Bewegung gesetzt hatte, nichts mehr zur Sache getan hätte, wenn sich ein Killer-Team an Bord befunden hätte. Die El Al war für ihre extremen Sicherheitsvorkehrungen berühmt. Bei drei Fluggästen – jeweils einem im vorderen, mittleren und hinteren Teil der Maschine – handelte es sich um Sicherheitspersonal in Zivil. Auf dem Rollfeld kamen plötzlich zwei schwere Limousinen näher, welche die Maschine auf ihrer Fahrt zur Startbahn auf beiden Seiten begleiteten. Im Inneren der beiden Wagen bemerkte Erika die kräftig gebauten, grimmig blickenden Männer, die befugt waren, die automatischen Waffen zu tragen, die sie so hielten, daß man sie nicht sehen konnte – Routinesicherheitsvorkehrungen dieser Fluggesellschaft, die so häufig von Terroristen heimgesucht wurde. Wenn die Maschine in London landete, würden zwei ähnliche Limousinen auf der Landebahn erscheinen und sie zum Flughafengebäude eskortieren. Auch im Innern des Flughafens wurde der El-Al-Bereich diskret, aber deswegen keineswegs weniger wirkungsvoll überwacht. Unter diesen Umständen hätte es für ein Killer-Team glatten Selbstmord bedeutet, einen Anschlag auf Erika, Saul und Chris zu unternehmen.

Ihre Erleichterung sollte jedoch rasch verfliegen. Während sie überprüfte, ob die Essenscontainer ordnungsgemäß verschlossen waren, wurde ihr mit einem Mal nicht ohne gewissen Widerwillen bewußt, daß sie gleich Cocktails und Mahlzeiten servieren und auch sonst die Passagiere für die Dauer des Fluges würde bemuttern müssen.

Die Chefstewardeß griff zum Mikrofon. »Guten Abend.«

Rauschen. »Willkommen an Bord des El-Al-Fluges 755 nach...«

8

London. Trotz des vom Wetterbericht vorhergesagten strahlend blauen Himmels hingen düstere graue Wolken über der Stadt. Obwohl Erika während des Fluges hinreichend mit ihren Pflichten beschäftigt gewesen war, hatte sie doch noch genügend Zeit gefunden, über die Konsequenzen dessen nachzudenken, was sie erfahren hatte.

Die Geschichte, die Chris und Saul ihr über ihre Kindheit in der Anstalt erzählt hatten, wollte ihr nicht aus dem Kopf. Sie selbst war in einem israelischen Kibbuz aufgewachsen und auf ähnliche Weise konditioniert worden. Doch obwohl sie wie die beiden eine hervorragend ausgebildete Soldatin und Agentin war, spürte sie doch einen deutlichen Unterschied.

Zwar war auch sie von ihrer Mutter und ihrem Vater getrennt und von Pflegeeltern aufgezogen worden. Dennoch war ihr die gesamte Gemeinschaft voller Liebe begegnet. Jeder Israeli war Mitglied ihrer Familie. In einem Land, das so zahlreichen Angriffen von außen ausgesetzt war, daß viele Kinder neben ihren richtigen Eltern auch noch ihre Pflegeeltern verloren, wurde dieser Verlust nur erträglich, wenn die Nation als Ganzes Elternfunktionen übernahm.

Dagegen hatten Saul und Chris keine Liebe gekannt, wenn man einmal von der Liebe absah, die Eliot ihnen entgegengebracht hatte. Und diese Liebe war eine einzige Lüge gewesen. Anstelle der gesunden Atmosphäre in einem Kibbuz hatten sie nichts als die unerbittliche Disziplin und Strenge der Erziehungsanstalt gekannt – und das alles nur um der undurchschaubaren Vorhaben des Mannes willen, der sich als ihr Wohltäter ausgegeben hatte. Was für eine Sorte Mensch konnte sich nur solch einen Plan ausdenken?

Abartig. Pervers.

Wie Saul und Chris war auch Erika zum Töten ausgebildet

worden. Doch sie tat es für ihr Land, für das Überleben ihres Volkes; und vor allem tat sie es voller Trauer und Bedauern für ihren Gegner. Dagegen waren Saul und Chris von allen störenden Emotionen geläutert worden; Eliot hatte sie zu willen- und würdelosen Robotern gemacht, die einzig und allein nach seinem Befehl handelten. Kein noch so heiliger Zweck konnte rechtfertigen, was ihnen angetan worden war.

Doch nun war ihre Konditionierung durchbrochen worden. Obwohl Erika froh darüber war, wieder mit ihnen zusammenzuarbeiten – dies galt insbesondere für Saul, für den ihre alte, längst für tot gehaltene Zuneigung nun von neuem und sogar noch stärker entfacht worden war –, waren ihre vornehmlichsten Absichten doch rein idealistischer Natur – ihrem Land zu helfen und den Schaden wiedergutzumachen, den Eliot angerichtet hatte, indem er den Anschein zu erwecken versuchte, Israel wäre für die Ermordung des Freundes des amerikanischen Präsidenten verantwortlich zu machen. Dagegen hatten Saul und Chris etwas anders geartete Motive – persönliche und, was unter diesen Umständen keineswegs einer gewissen Ironie des Schicksals entbehrte, gefühlsmäßige. Sie hatten sich ein Leben lang hintergehen und betrügen lassen. Doch damit war nun Schluß.

Sie sannen nur noch auf Rache.

9

Im Londoner Flughafen passierten die drei die separate Zoll- und Paßkontrolle für die Besatzungen. Hinter der Sperre erwarteten sie bereits unauffällig ein paar Begleiter, für deren Erscheinen ebenfalls Misha Pletz Sorge getragen hatte. Um nicht die überfüllte Abfertigungshalle durchqueren zu müssen, verließen sie das Gebäude durch einen Flughafenangestellten vorbehaltenen Hinterausgang. Ihre Beschützer vergewisserten sich erst, daß die Luft rein war, und bildeten dann eine Phalanx, durch die Erika, Chris und

Saul sich zu einem kugelsicheren Wagen begaben. An einem Sicherheitsbeamten vorbei passierten sie ein offenes Tor und reihten sich in den dichten Verkehr in Richtung London ein.

Chris stellte seine Uhr auf Londoner Ortszeit um. Es war ein verregneter Vormittag. Leicht fröstelnd, warf er einen kurzen stirnrunzelnden Blick aus dem Rückfenster. »Wir werden beschattet.«

»Meinen Sie den blauen Wagen hundert Meter hinter uns?« fragte der Fahrer. Er sah Chris im Rückspiegel nicken. »Der gehört zu uns. Aber da ist etwas anderes, das mir Sorgen macht.«

»Und das wäre?«

»Die Anweisungen, die wir erhalten haben – von Misha in Washington.«

»Was ist mit ihnen?«

»Ich werde nicht ganz schlau aus dem Ganzen. Wir sollen dafür sorgen, daß Sie am Leben bleiben, aber dann sollen wir Leine ziehen. Das verstehe ich nicht. Was immer Sie auch vorhaben mögen, selbst zu dritt werden Sie Unterstützung brauchen. Da kann doch irgend etwas nicht stimmen.«

»Nein, nein; das ist genau, worum wir gebeten haben.«

»Aber...«

»Es ist schon richtig so«, nickte Saul.

Der Fahrer zuckte mit den Achseln. »Wie Sie meinen. Ich habe Auftrag, ihnen eine sichere Wohnung zu besorgen. Die Ausrüstung, die Sie angefordert haben, befindet sich im Kofferraum.«

10

Nachdem sie so getan hatten, als richteten sie sich gleich häuslich in der Wohnung ein, hörten sie sofort mit dem Auspacken auf, sobald ihre Begleiter gegangen waren. Saul warf Chris einen kurzen Blick zu. Wie auf ein geheimes Kommando begannen sie, den Raum zu durchsuchen. Die Wohnung war klein, aber gemütlicher als ähnliche Unterkünfte in den Staaten – Zierdeckchen, Gardinen, sogar Blumen in einer Vase. Wie im Wagen war die Feuchtigkeit allgegenwärtig. Obwohl die Männer sich für die Sicherheit der Wohnung verbürgt hatten, wußte Saul nicht, ob er ihnen trauen durfte. Einerseits hätte nichts dagegen gesprochen. Andrerseits waren in diese Sache inzwischen schon zu viele Personen verwickelt, als daß nicht die Möglichkeit eines weiteren Verrats bestanden hätte.

Als hätte Saul seine Verdachtsmomente laut geäußert, nickten Chris und Erika. Da die Wohnung vielleicht abgehört wurde, sprachen sie kein Wort, sondern zogen nur rasch ihre Uniformen aus. Dabei schenkten die Männer Erikas Nacktheit keineswegs mehr Beachtung als sie umgekehrt der ihren. Nachdem sie in unauffällige Straßenkleidung geschlüpft waren, die sie von ihren Begleitern erhalten hatten, nahmen sie ihre Waffen auseinander, um sie zu testen und dann wieder zusammenzusetzen. Die restliche angeforderte Ausrüstung funktionierte hervorragend. Nichts in der Wohnung zurücklassend, schlichen sie die modrige Hintertreppe des Wohnblocks nach unten. Dann machten sie sich über ein komplexes Gewirr von Hinterhöfen davon, sorgsam darauf bedacht, selbst den hartnäckigsten und geschicktesten Schatten abzuschütteln. Nicht einmal Misha Pletz wußte, weshalb sie nach London geflogen waren. Wieder ganz allein auf sich selbst angewiesen, würden sie neuerlich untertauchen und sämtliche Spuren hinter sich verwischen, so daß kein Mensch ahnen konnte, was sie vorhatten.

Mit einer Ausnahme, dachte Saul leicht beunruhigt. Es gab noch eine Person, die wußte, was sie vorhatten – der Mann, der ihnen die Adresse und Personenbeschreibung ihres Opfers gegeben hatte. Die strikte Befolgung der Sicherheitsvorkehrungen hätte es eigentlich erfordert, Hardy zum Schweigen zu bringen. Aber wie hätte er das vor sich rechtfertigen können, fragte Saul sich. Hardy hatte ihm geholfen. Und außerdem war ihm dieser verrückte, alte Säufer einfach zu sympathisch.

Trotzdem ließ ihn dieser Gedanke nicht in Ruhe. Eigentlich war er sonst immer dafür, sich hundertprozentig abzusichern.

11

Sie warteten, und er hatte nicht einmal die elementarste Vorsichtsmaßregel eingehalten, seine Wohnung zu meiden. Natürlich hatte er viel getrunken – die übliche Entschuldigung. Nicht nur, daß dadurch sein Urteil getrübt war, der Alkohol hatte auch seine Reflexe beeinträchtigt, so daß er nicht mehr rasch genug den raschen Schritten hinter ihm ausweichen konnte, als er in seine Wohnung taumelte und sich umdrehte, um die Tür zu schließen. In nüchternem Zustand wäre es ihm vielleicht gelungen, die Tür noch einmal aufzureißen und auf den Gang hinauszustürzen, aber statt dessen hätte er sich am liebsten nur übergeben, als ihm der Mann, der sich im Einbauschrank im Flur versteckt hatte, den Arm herumdrehte, ihn unsanft gegen die Wand preßte und ihm die Beine spreizte, um ihn besser filzen zu können.

Ein zweiter Mann kam aus dem Bad und tastete sorgfältig seinen Körper ab, einschließlich der Pobacken und Geschlechtsteile. »Eine Achtunddreißiger. Am rechten Knöchel«, gab er seinem Partner zu verstehen, während er die Waffe in seine Jackentasche gleiten ließ.

»Sofa«, fuhr der Partner Hardy an.

»Schaukelstuhl«, erwiderte Hardy.

»Was . . .?«

»Wenn ihr fleißig übt, werdet ihr vielleicht noch mal bis zu den Verben kommen.«

»Reden Sie hier nicht dumm herum. Tun Sie lieber, was ich Ihnen sage.«

Hardys Stirn schmerzte von dem Aufprall gegen die Wand. Er setzte sich. Sein Herz ließ einen Schlag aus, aber sein Verstand arbeitete weiter mit überraschender Ruhe – zweifellos die Folge eines langen Tages, den er in der Bar an der Ecke verbracht hatte. Und tatsächlich hatte er seit Sauls Verschwinden mehr denn je getrunken. Trotz seiner Entschlossenheit, auch im Suff die Würde nicht zu verlieren, war seine Hose diesmal doch verknittert, seine Schuhe abgescheuert. Obwohl er darum gebeten hatte, mitmachen zu dürfen, hatte Saul abgelehnt. »Sie haben uns schon genug geholfen.« Aber Hardy hatte trotzdem verstanden. Er denkt, ich wäre zu alt. Er glaubt, er könnte sich nicht auf mich verlassen – auf einen...

Säufer? Hardy hatte sich unerbittlich betäubt, um zu vergessen, daß er das, was Saul nun vorhatte, bereits vor Jahren selbst hätte tun sollen – wenn er nur genügend Mumm in den Knochen gehabt hätte.

Die zwei Männer waren Anfang dreißig. Ihr süßliches Rasierwasser stach Hardy unangenehm in die Nase. Er sah in ihre amerikanischen Einheitsgesichter. Kurzer, sauberer Haarschnitt, Brooks-Brothers-Anzüge. Die Sorte kannte er. Nicht, daß er die beiden schon mal gesehen hätte, aber in seiner Glanzzeit hatte er sich ihrer Äquivalente ausgiebig bedient.

GS-7. Die Drohnen der Organisation. Ihr niedriger Rang erboste ihn. Sie hielten ihn also nicht einmal für gefährlich genug, um ihm ein erstklassiges Team auf den Hals zu hetzen. Selbst in seinem Suff wurde er sich der Geringschätzung bewußt, die in der Abkommandierung dieser beiden von der GS-7 lag.

Obwohl er innerlich kochte, ließ er sich nichts anmerken. Der Alkohol machte ihm Mut. »So. Nachdem wir es uns also schön gemütlich gem...«

»Halten Sie bloß Ihr blödes Maul!« fuhr ihn der erste Mann an.

»Na, was habe ich gesagt?«

»Was?«

»Na, daß Sie's noch bis zu den Verben schaffen würden.«

Die beiden Drohnen sahen sich an. »Ruf jetzt an«, sagte der erste schließlich. Der andere griff nach dem Telefon, und selbst in seinem Dusel konnte Hardy erkennen, daß der Mann eine elfstellige Nummer wählte.

»Was? Ein Ferngespräch? Dann will ich wohl hoffen, daß Sie ein R-Gespräch anmelden.«

»Warten Sie erst mal ab, Sie Witzbold«, entgegnete der zweite Mann, um dann in den Hörer zu sprechen. »Wir haben ihn. Nein, kein Problem. Klar.« Er starrte Hardy an. »Raten Sie mal.« Er grinste. »Der Anruf ist für Sie.«

Widerstrebend griff Hardy nach dem Hörer. Obwohl er wußte, was nun kommen würde, spielte er den Ahnungslosen. »Hallo?«

Die Stimme am anderen Ende der Leitung war spröde wie Kreide – alt, brüchig, seelenlos. »Ich nehme an, meine Mitarbeiter haben Sie gut behandelt.«

»Wer...?«

»Kommen Sie schon.« Schleim belegte die Stimme. »Diese Spielchen sind doch wirklich nicht nötig.«

»Ich sagte...«

»Na gut. Dann mache ich das Spiel eben mit.«

Hardy ging hoch, als er den Namen hörte. »Ich hatte eigentlich gehofft, nie wieder von Ihnen zu hören, Sie Blutsauger.«

»Beschimpfungen?« Eliot schnalzte mit der Zunge. »Was ist denn plötzlich aus Ihren guten Manieren geworden?«

»Sie sind mir zusammen mit meinem Job abhanden gekommen, Sie Wichser.«

»Na, in meinem Alter«, lachte Eliot. »Mir scheint, Sie haben Besuch gehabt.«

»Meinen Sie, außer Dick und Doof hier? Besuch? Wer sollte mich schon besuchen kommen?«

»Zwei schrecklich unartige Buben.«

»Meine beiden Söhne sprechen nicht mal mehr mit mir.«

»Sie hatte ich ja auch nicht gemeint. Ich hatte dabei eher an Saul und Chris gedacht.«

»Denken Sie, so viel Sie wollen. Ich jedenfalls habe die beiden schon seit ewigen Zeiten nicht mehr zu Gesicht bekommen. Und selbst wenn dem so wäre, würde ich es Ihnen nicht sagen.«

»Genau das ist das Problem, nicht wahr?«

»Nein, das würde ich woanders suchen. Was ist eigentlich passiert?«

»Sehr gut. Eine Frage immer mit einer Gegenfrage beantworten. Auf diese Weise verplappert man sich nicht so leicht.«

»Sie sind zum Kotzen. Ich hänge jetzt auf.«

»Halt, warten Sie noch. Ich bin nicht sicher, was sie Ihnen erzählt haben. Sie stecken in der Klemme.«

»Sie haben mir nichts erzählt, weil sie nämlich gar nicht hier waren. Haben Sie noch immer nicht kapiert? Ich möchte meinen Lebensabend genießen. Lassen Sie mich also mit Ihren Drohnen gefälligst in Frieden.«

»Sie begreifen noch immer nicht. Es handelt sich um Chris. Er hat den Vertrag verletzt. Und Saul hilft ihm bei der Flucht.«

»Und die beiden sollten also nichts Besseres zu tun haben, als gleich mal mich aufzusuchen? Aber sicher. Und wozu? Weil ich ihnen eine so verdammt große Hilfe wäre. Gegen die Russen? Den Unsinn können Sie einem anderen erzählen.« Hardy zuckte zusammen.

»Vielleicht haben Sie sogar recht. Dürfte ich kurz mit einem meiner Mitarbeiter sprechen?«

Hardy war zu übel, um darauf zu antworten. Wortlos reichte er Nummer eins den Hörer.

»Was ist? Jawohl, Sir, verstehe.« Er reichte Hardy den Hörer.

»Eben ist Ihnen ein Fehler unterlaufen«, fuhr Eliot fort.

»Das brauchen Sie mir nicht zweimal zu sagen.«

»Ich muß zugeben, daß Sie sich bis eben sehr gut gehalten haben. Dies um so mehr, wenn man berücksichtigt, daß Sie aus der Übung sind.«

»Der Instinkt.«

»Gewöhnung und Übung sind zuverlässiger. Also wirklich – die Russen. Warum mußten Sie das sagen? Ich hatte gehofft, Sie würden einen besseren Gegenspieler abgeben.«

»Tut mir leid, Sie enttäuschen zu müssen.«

»Sie hätten die Russen sicher nicht zur Sprache gebracht, wenn Sie nicht gewußt hätten, daß sie die Verletzung des Vertrags eingeklagt haben. Ich hatte also, von unseren persönlichen Differenzen einmal ganz abgesehen, durchaus recht, Sie feuern zu lassen. Schlampige Arbeit. Wenn man vernommen wird, sollte man eigentlich wissen, keinerlei Informationen herauszurücken, wie unwichtig sie auch erscheinen mögen.«

»Sparen Sie sich Ihre guten Ratschläge. Woher wußten Sie eigentlich, daß sie zu mir kommen würden?«

»Ich wußte es doch gar nicht. Genau genommen, habe ich
– nichts für ungut – erst heute morgen an Sie gedacht, nachdem ich es bereits bei allen anderen Kontaktpersonen der beiden versucht hatte. Und Sie waren die letzte in Frage kommende Möglichkeit.«

Möglicherweise war es diese Beleidigung, die Hardy endgültig in seinem Entschluß bestärkte.

Nummer zwei legte einen Aktenkoffer auf den Couchtisch
und entnahm ihm eine Spritze mit einer Ampulle.

»Wieso haben sie das Serum eigentlich nicht schon früher
eingesetzt«, wollte Hardy wissen.

»Ich wollte erst noch mit Ihnen sprechen. Um in Erinnerungen zu schwelgen.«

»Sie meinen wohl, um sich an meiner Niederlage zu weiden.«

»Für so etwas fehlt mir die Zeit. Jetzt bin ich an der Reihe.
Hängen Sie auf.«

»Halt, warten Sie. Da ist noch etwas, von dem ich gerne
möchte, daß Sie es zu hören bekommen.« Hardy wandte sich
Nummer eins zu. »In diesem Schrank.« Er deutete auf ein
häßliches Möbelstück aus kunststofflaminiertem Sperrholz.
»Ich habe da noch eine halbvolle Flasche Jim Beam stehen.
Könnten Sie mir die bitte bringen?«

Nummer eins sah ihn unschlüssig an.

»Stellen Sie sich schon mal nicht so an. Ich habe Durst,
Herrgott noch mal.«

»Alte Rauschkugel.« Mit angewidertem Gesichtsausdruck
trat der Mann an den Schrank und nahm die Flasche heraus.

Nachdem er sie Hardy gereicht hatte, schraubte dieser behutsam, als liebkoste er eine geliebte Frau, den Verschluß ab.
Dann nahm er einen kräftigen Schluck, um ihn erst noch einen Moment genüßlich zu schmecken. Genau genommen,
war das das einzige, was ihm fehlen würde. »Hören Sie noch
zu?«

»Was soll das Ganze?«

»Einen Moment Geduld noch, wenn ich bitten darf.«

Ich bin jetzt zweiundsiebzig, dachte er. Daß mich meine
Leber nicht schon längst ins Grab gebracht hat, ist sowieso

ein Wunder. Ich bin nichts weiter als ein Überbleibsel aus längst verflossenen Zeiten – ein Fossil. Dreißig Minuten, nachdem ihm die beiden Agenten das Mittel gespritzt hatten, würde er ihnen alles erzählt haben, was Eliot wissen wollte. Saul und Chris würden getötet werden, und Eliot hätte wieder einmal die Oberhand behalten.

Dieser Dreckskerl schien das Glück gepachtet zu haben.

Aber damit war jetzt Schluß.

Ein Säufer? Saul wollte mich nicht mitnehmen, weil er sich nicht auf mich verlassen zu können glaubte. Eliot hat nur zwei Drohnen geschickt, weil er mir nichts mehr zutraut.

»Ich muß Ihnen ein Geständnis machen«, erklärte Hardy.

»Trotzdem werden wir das Mittel einsetzen.«

»Das macht nichts. Sie hatten recht. Saul hat mich tatsächlich aufgesucht. Er hat mir verschiedene Fragen gestellt, die ich ihm beantwortet habe. Ich weiß, wo er ist. Ich möchte, daß Ihnen das klar ist.«

»Wozu plötzlich diese Direktheit? Sie wissen doch, daß ich mich auf keinen Handel einlasse.«

»Sie wollen mich umbringen lassen?«

»Ich werde es Ihnen so angenehm wie möglich machen. Alkoholvergiftung. Ich glaube kaum, daß Ihnen das viel ausmachen wird.«

»Bleiben Sie weiter dran.«

Er legte den Hörer auf den Couchtisch und sah an den zwei Drohnen vorbei zum Fenster hinüber. Er wog zwei Zentner. In seiner Jugend hatte er für Yale Football gespielt. Unter einem lauten Aufschrei sprang er von der Couch auf und stürzte an den beiden vorbei auf das Fenster zu. Einen Moment lang befürchtete er, die heruntergelassenen Jalousien könnten seinen Schwung bremsen, obwohl er sich eigentlich hätte denken können, daß sie genauso mies waren wie auch sonst alles in dieser Bruchbude.

Sein Kopf schlug gegen die Scheibe und zertrümmerte sie. Allerdings blieb er infolge seiner Leibesfülle am Fensterrahmen hängen; sein Bauch senkte sich auf spitze Glassplitter herab. Er stöhnte laut auf – jedoch nicht vor Schmerz, sondern weil die Drohnen ihn an den Füßen gepackt hatten und zurückzuzerren versuchten. Er hörte die Jalousie laut scheppern, als er wie wild strampelnd um sich trat, während die Glassplitter sich tiefer in seinen Bauch bohrten. Sich verzweifelt nach vorn neigend, bekam er seine Beine schließlich doch frei und stürzte plötzlich blutend ins Nichts. Dabei wurde er von einem Schwall weiterer Glassplitter begleitet, die in der Sonne glitzerten. Er konnte sie ganz deutlich erkennen, während er zu schweben schien. Doch die Schwerkraft forderte ihren Tribut. Senkrecht in die Tiefe stürzend, ließ er die funkelnden Splitter hinter sich.

Vorausgesetzt, die Masse ist dieselbe, fallen alle Gegenstände gleich schnell. Doch Hardy verfügte über enorme Masse. Und so stürzte er mit größerer Geschwindigkeit als die Glassplitter dem Gehsteig entgegen, gleichzeitig betend, daß er auf keinen Passanten fallen würde. Fünfzehn Stockwerke. Durch den Fall drückte sein Bauch gegen seine Hoden. Schließlich fiel er kopfüber. Vor dem Aufprall verlor er das Bewußtsein. Doch ein Augenzeuge sagte später aus, sein Körper hätte im Moment des Aufpralls ausgeatmet.

Fast, als hätte er gelacht.

12

Der Landsitz war riesig. Im Dunkel kauerte Saul auf einer bewaldeten Anhöhe und spähte zu den Lichtern eines englischen Herrschaftssitzes unter ihm hinab. Mit seinen drei Stockwerken wirkte der Bau aufgrund seiner rechteckigen Umrisse sogar noch höher. Lang und schmal, war sein umfangreicher Mittelteil zu beiden Seiten von zwei kleineren Flügeln flankiert. Seine klaren, geraden Linien wurden nur durch eine Reihe von Mansardenfenstern in der Dachschräge und das Gewirr aus Schornsteinen durchbrochen, deren Silhouetten sich deutlich gegen den aufgehenden Mond abhoben.

Saul richtete sein Nachtglas auf die Umfassungsmauer des Grundstücks. Ursprünglich hatte die Funktionsweise eines Nachtglases auf der Projektion eines Infrarotstrahls basiert, welcher das umgebende Dunkel erhellte. Für das bloße menschliche Auge unsichtbar, ließ sich dieser Strahl mit den Speziallinsen des Nachtglases problemlos erkennen. Diese Methode funktionierte vorzüglich, nur waren natürlich sämtliche Gegenstände notgedrungen rot gefärbt. Allerdings war damit auch ein entscheidender Nachteil verbunden. Wenn die feindliche Seite ebenfalls über ein solches Nachtglas verfügte, konnte sie mit dessen Hilfe jederzeit den von einem selbst ausgesendeten Infrarotstrahl ausmachen und somit genau feststellen, wo sich der gegnerische Beobachter aufhielt.

Um diesbezüglich Abhilfe zu schaffen, wurde schließlich Ende der sechziger Jahre in Zusammenhang mit der Eskalation des Vietnam-Krieges ein Nachtglas entwickelt, dessen Einsatz nicht feststellbar war. Unter der Markenbezeichnung Starlite bekannt geworden, erhellte dieses neuartige Nachtglas das Dunkel, indem es die schwächste nur verfügbare Lichtquelle, wie zum Beispiel das Sternenlicht, extrem verstärkte. Da dabei kein Infrarotstrahl ausgesendet wurde, konnte der Benutzer eines solchen Glases auch nicht mit einem konventionellen Nachtglas gesehen werden. In den siebziger Jahren waren diese Gläser dann in den Handel gekommen – sie wurden vornehmlich in Geschäften für Jagdartikel angeboten –, so daß es nicht weiter schwierig gewesen war, an dieses Starlite heranzukommen.

Saul benutzte es allerdings nicht, um das Haus selbst zu beobachten, da das Licht in den Fenstern durch das Nachtglas so extrem verstärkt worden wäre, daß er davon geblendet worden wäre. Die Umfassungsmauer lag jedoch im Dunkeln, weshalb er sie ganz deutlich erkennen konnte. Sie war etwa dreieinhalb Meter hoch. Er nahm ihre verwitterten Gesteinsbrocken, verbunden durch jahrhundertealten Mörtel, unter die Lupe.

Irgend etwas ließ ihm keine Ruhe. Er konnte sich des Gefühls nicht erwehren, als wäre er bereits einmal an dieser Stelle gekauert und hätte die Mauer beobachtet. Angestrengt seine Erinnerungen sortierend, kam es ihm schließlich. Der Landsitz in Virginia. Andrew Sage und die Paradigm Foundation. Wo der Alptraum seinen Anfang genommen hatte. Doch er sollte sich noch im selben Atemzug korrigieren. Denn die Mauer dort unten erinnerte ihn noch an etwas anderes. An das Waisenhaus. Und dort hatte der Alptraum eigentlich wirklich begonnen. Mit gespenstischer Deutlichkeit konnte er sich plötzlich wieder vorstellen, wie er damals mit Chris über die Mauer geklettert war. Vor allem erinnerte er sich jedoch an die Nacht...

Die Grillen verstummten. Im Wald wurde es beunruhigend still. Seine Haut überzog ein leichtes Prickeln, als er geräuschlos zu Boden glitt und sein Messer zog. Seine dunkle Kleidung verschwamm mit dem Dunkel rings um ihn herum. Seinen Atem kontrollierend, preßte er sein Gesicht zu Boden und lauschte angestrengt in die Nacht hinaus.

Ein Vogel sang eine kurze Melodie, verstummte, wiederholte sie ein zweites Mal. Erleichtert aufatmend, richtete Saul sich wieder halb auf. Immer noch auf der Hut, drückte er sich gegen den Stamm einer Eiche und spitzte die Lippen, um den Gesang des Vogels nachzumachen.

Unmittelbar darauf trat aus dem Dunkel Chris auf ihn zu. Wie das Rascheln des Winds in den Büschen tauchte hinter ihm eine zweite Gestalt auf. Erika. Sie warf noch einen kurzen Blick hinter sich und kauerte dann neben Saul und Chris nieder.

»Die Sicherheitsvorkehrungen sind höchst primitiv«, flüsterte Chris.

»Stimmt«, nickte Erika. Die beiden hatten sich am Fuß des Abhangs getrennt, um dann in jeweils verschiedenen Richtungen um das Grundstück zu schleichen. »Die Mauer ist nicht hoch genug. Außerdem sollten sie Kameras angebracht haben. Die Mauerkrone ist auch nicht durch einen elektrisch geladenen Zaun gesichert.«

»Du klingst ja fast etwas enttäuscht«, bemerkte Saul.

»Eher beunruhigt«, entgegnete Erika. »England befindet sich in einer Phase der Rezession, wodurch sich die Fronten zwischen Arm und Reich weiter verhärten. Ich an Landishs Stelle würde mich hier ausreichend absichern. Angesichts seiner Stellung innerhalb der MI-6 sollte er außerdem wissen, wie man so etwas macht.«

»Es sei denn, er möchte den Eindruck erwecken, als gäbe es hier nichts zu schützen«, warf Chris ein.

»Oder zu verbergen«, fügte Erika hinzu.

»Glaubt ihr demnach, die Sicherheitsvorkehrungen sind keineswegs so primitiv, wie es auf den ersten Blick erscheinen mag?«

»Ich weiß nicht so recht, was ich davon halten soll. Und du?« Erika wandte sich Saul zu.

»Ich habe das Gelände beobachtet. Obwohl sich im Haus auf jeden Fall welche befinden müssen, habe ich im Freien keine Wachen entdeckt. Wir hatten uns allerdings nicht getäuscht.«

»Hunde?«

Saul nickte. »Drei. Vielleicht auch ein paar mehr, die ich nicht gesehen habe. Sie laufen frei auf dem Gelände herum.«

»Was für eine Rasse?«

»Dobermänner.«

»Jeder Marine würde sich wie zu Hause fühlen«, bemerkte Chris. »Gott sei Dank sind es wenigstens keine Schäferhunde.«

»Bleibt es dabei?«

»Aber natürlich.« Erika nickte entschlossen.

Die beiden Männer lächelten.

»Dann los. Wir haben uns wegen der Wahl des Zeitpunkts Sorgen gemacht – wie wir seiner am besten habhaft werden könnten. Möglicherweise hat er uns dieses Problem selbst abgenommen. Seht mal.« Saul drehte auf eine Stelle hinter dem Haus. »Seht ihr das Gewächshaus?«

»Es brennt sogar Licht.«

Der längliche Glasbau leuchtete aus dem Dunkel.

»Wie Eliot ist er passionierter Rosenzüchter. Würde er da wohl einen Hausangestellten rein lassen? Oder einen Wächter? In sein Allerheiligstes? Wohl kaum. Das darf nur der Hohepriester persönlich betreten.«

»Vielleicht zeigt er gerade einem Gast seine Rosen«, warf Chris ein.

»Vielleicht auch nicht. Das festzustellen, gibt es nur eine Möglichkeit.«

Die zwei Männer lächelten sich neuerlich an.

13

Durch Nebel und Gestrüpp schlichen sie den Anhang hinunter, bis sie die Rückseite des Grundstücks erreichten. Wolken schoben sich vor den Mond. Die Nacht war feucht und kühl. Chris stemmte seine Hände gegen die Wand und ging in die Knie, so daß Erika auf seine Schultern steigen konnte. Sie bekam den Mauerrand zu fassen und zog sich hoch. Als nächster kletterte Saul auf Chris' Schultern, ließ sich aber dann vom Mauerrand baumeln, anstatt Erika zu folgen, um Chris als eine Art Strickleiter dienen zu können. Chris und Erika zogen ihn schließlich auf die Mauer hoch.

Geduckt beobachteten sie das Gelände. Hinter verschiedenen Fenstern brannte Licht. Im Dunkel unter ihnen verschwommen dunkle Gegenstände.

Chris hob ein kleines Röhrchen an seine Lippen und blies hinein. Obwohl der Pfeifton, der dadurch entstand, so hoch war, daß er für ein menschliches Ohr nicht wahrnehmbar war, würden ihn die Hunde doch hören. Und wenn sie dazu abgerichtet waren, nicht auf das Pfeifen zu reagieren?

Dem war jedoch nicht so. Die kräftigen Dobermänner kamen mit so trügerischer Geräuschlosigkeit näher, daß Saul sie auf keinen Fall bemerkt hätte, wenn er nicht auf ihr Nahen vorbereitet gewesen wäre. Ihre Pfoten schienen den Boden gar nicht zu berühren. Ihre dunklen Umrisse schossen durch die Nacht, um sich unvermutet am Fuß der Mauer zu materialisieren. Und auch jetzt noch war Saul nicht sicher, ob er sich das alles nicht nur einbildete, bis er mit einem Mal ihre blitzend weißen, bedrohlichen Zähne im Mondlicht aufleuchten sah. Trotz ihrer hämisch gebleckten Lefzen gaben sie jedoch nicht das leiseste Knurren von sich.

Dazu wären sie auch gar nicht imstande gewesen, stellte Saul fest. Ihre Stimmbänder waren durchtrennt. Ein bellender Hund war kein guter Wachhund. Sein Knurren hätte einen Eindringling alarmiert und ihm noch Zeit gelassen, sich zur Wehr zu setzen. Diese Dobermänner sollten jedoch keine Einbrecher abhalten. Ihre Aufgabe bestand einzig und allein darin, einen Eindringling zu überraschen.

Und zu töten.

Erika griff in ihren Rucksack und entnahm ihm einen faustgroßen Flüssigkeitsbehälter. Sie schraubte seinen Verschluß ab und warf ihn zu den Hunden hinab.

Der Behälter begann zu zischen, worauf die Hunde darauf zustürzten, um jedoch gleich darauf unter verdutzten Blinzeln zurückzuweichen und betäubt zu Boden zu sinken.

Mit angehaltenem Atem kletterte Saul von der Mauer und ließ sich fallen, um sich wie ein Fallschirmspringer im Gras abzurollen. Er entfernte sich möglichst rasch von den betäubenden Dämpfen aus dem Behälter und wartete im Schutz einer Hecke, bis Erika und Chris nachkamen. Er ließ seine Blicke über die mondbeschienene Rasenfläche vor dem Haus wandern. Sämtliche Sträucher waren zu geometrischen Formen zurechtgetrimmt – zu Pyramiden, Kugeln und Würfeln, die im Mondlicht groteske Schatten warfen. »Dort drüben«, deutete Saul.

Chris sah in die angegebene Richtung und flüsterte. »Ja, der Lichtschein unter dem Baum. Eine Lichtschranke.«

»Das ist sicher nicht die einzige.«

»Aber die Hunde sind doch frei auf dem Gelände herumgelaufen«, flüsterte Chris. »Sie müßten doch längst einen Alarm ausgelöst haben.«

»Demnach sind die Lichtschranken so hoch angebracht, daß sie die Hunde nicht erfassen.«

Saul ließ sich bäuchlings zu Boden und robbte auf dem vom Tau feuchten Rasen unter dem schwachen Lichtstrahl der Lichtschranke hindurch.

Wie ein kostbares Juwel glomm das Gewächshaus vor ihnen auf. Noch spektakulärer waren jedoch die Rosen mit ihren leuchtenden Farben. Saul beobachtete eine hagere, vornübergebeugte Gestalt in einem weißen Kittel, die zwischen ihnen auf und ab ging. Nach Hardys Beschreibung mußte das Landish sein; vor allem die eingefallenen Gesichtszüge waren unverkennbar. »Er sieht wie mumifiziert aus«, hatte Hardy ihn geschildert. »Fast so, als wäre er bereits tot. Nur sein Haar ist auffallend lang, als wüchse es immer noch.«

Während Chris und Erika hinter zwei Büschen zu beiden Seiten des Wegs vom Gewächshaus zum Haus in Deckung gingen, falls sich unvermutet jemand nähern sollte, schlich Saul weiter auf das Gewächshaus zu. Kurz davor richtete er sich zu voller Größe auf und trat ein.

14

Das Licht schmerzte in seinen Augen.

Die Rosen rochen so stark, daß ihn ein leichtes Würgen überkam. Landish stand an einem Tisch und mischte, Saul den Rücken zugekehrt, in mehreren Sandbehältern Samen. Er hatte sich auf das Geräusch der Tür hin umgedreht, doch da an seinen Bewegungen nichts Schreckhaftes war, mußte er wohl vermutet haben, es handle sich um einen Hausangestellten. Erst als er sah, wer eingetreten war, zeigte er eine Reaktion. Den Mund überrascht aufgerissen, wich er gegen den Tisch zurück.

Saul war drei Meter von ihm entfernt. Aus dieser Nähe sah Landish kränklich aus; seine runzlige Haut wirkte wächsern, gelblich. Dennoch war das Feuer in seinen tief liegenden Augen unverkennbar, sobald er sich von dem ersten Schock erholt hatte. »Ich hatte eigentlich nicht mit einem Besucher gerechnet.« Seine Stimme klang brüchig, aber seine deutliche Aussprache verlieh ihr dennoch etwas Weltmännisches.

Saul richtete seine Pistole auf ihn. »Keine Bewegung. Lassen Sie Ihre Hände und Füße, wo sie sind, damit ich sie sehen kann.«

»Sie glauben doch nicht etwa, ein alter Mann wie ich könnte Ihnen etwas zuleide tun.«

»Ich mache mir eigentlich mehr deswegen Sorgen.« Saul deutete auf ein Kabel, das unter dem Tisch hervorkam. Er trat darauf zu, holte eine Zange aus seiner Tasche und zwickte damit das Kabel durch. Dann tastete er kurz nach dem Alarmknopf unter der Tischplatte und riß ihn los.

»Nicht übel.« Landish deutete eine Verbeugung an. »Falls Sie Einbrecher sind, muß ich Ihnen leider sagen, daß ich kein Geld bei mir trage. Selbstverständlich werden Sie im Haus teures Geschirr und Silberbesteck finden.«

Saul schüttelte den Kopf.

»Wollen Sie mich etwa entführen und dann Lösegeld fordern?«

»Nein.«

»Da Sie nicht den irren Blick eines Terroristen haben, muß ich gestehen, daß ich...«

»Ich will Informationen. Da ich nicht viel Zeit habe, stelle ich jede Frage nur einmal.«

»Wer sind Sie?«

Saul schenkte seiner Frage keine Beachtung. »Wir haben in Erwägung gezogen, ein Serum zu verwenden.«

»*Wir?*«

»Aber Sie sind schon zu alt. Wir haben befürchtet, Sie könnten der Belastung nicht mehr gewachsen sein und sterben.«

»Wie rücksichtsvoll.«

»Wir haben auch an Folter gedacht. Diese Möglichkeit brächte jedoch dieselben Probleme mit sich. Sie könnten uns unter den Händen wegsterben, bevor Sie uns verraten, was wir wissen wollen.«

»Weshalb solche Umstände? Vielleicht sage ich Ihnen einfach so, was Sie wissen wollen.«

»Wohl kaum. Zudem hätten wir keine Gewißheit, daß Sie auch die Wahrheit gesagt haben.« Saul griff nach einer Gartenschere auf dem Arbeitstisch. »Doch schließlich konnten wir uns doch auf eine Methode einigen.« Er trat auf ein Rosenbeet zu und warf einen kurzen Blick auf die Bänder mit den Auszeichnungen von Gartenschauen aus aller Welt. Dann schnitt er den Stiel einer herrlichen ›Gelben Prinzessin‹ durch.

Landish stöhnte deutlich hörbar auf und verlor fast das Gleichgewicht. »Diese Rose war...«

»Unbezahlbar. Sicher. Aber nicht unersetzlich. Sie haben noch vier andere. Dagegen hat diese rote ›Tear Drop‹ dort drüben schon etwas höheren Seltenheitswert.«

»Nein!«

Saul schnitt auch diese Rose ab und beobachtete, wie ihre Blüte auf die Plakette niedersank, die sie gewonnen hatte.

Landish mußte sich am Tisch abstützen. »Sind Sie wahnsinnig geworden? Ist Ihnen eigentlich klar, was...?«

»Ich töte Ihre Kinder. Diese rosa ›Aphrodite‹ hier zum Beispiel. Herrlich. Wirklich. Wie lange dauert es, solche Vollkommenheit zu erreichen? Zwei Jahre? Fünf?« Saul zerstückelte die Blüte, so daß die einzelnen Blütenblätter auf einen Pokal niederschwebten.

Landish faßte sich an die Brust. Seine Augen traten vor Entsetzen weit aus ihren Höhlen.

»Ich habe Ihnen bereits gesagt, daß ich jede Frage nur einmal stellen würde. Eliot.«

Auf die zerstörten Blüten starrend, schluckte Landish seine Tränen hinunter. »Was soll mit ihm sein?«

»Er arbeitet für die Sowjets.«

»*Was sagen Sie da?*«

Saul schnippte den Stiel einer ›Gabe Gottes‹ mitten entzwei, deren Purpurton eigentlich theoretisch unmöglich war.

Landish kreischte. »Hören Sie endlich auf damit!«

»Er ist ein Maulwurf. Und Sie sind ihr Kurier.«

»Nein! Ja! Ich weiß nicht!«

»Können Sie mir vielleicht erklären, was das bedeuten soll?«

»Ich habe bestimmte Botschaften übermittelt. Das stimmt. Aber das war vor zehn Jahren. Ich bin nicht sicher, ob er ein Maulwurf war.«

»Weshalb hat sich der KGB dann mit ihm in Verbindung gesetzt?«

»Ich habe keine...«

Saul trat auf die Krönung von Landishs Sammlung zu. Eine ›Künderin der Freude‹. Unglaublicherweise war ihre Blüte blau. »Eliot hat also doch nicht rechtgehabt. Als ich ihn letztes Mal in Denver gesehen habe, hat er behauptet, es hätte noch nie eine blaue Rose gegeben.«

»Nicht!«

Saul hob die Schere und wartete dann, den Stiel zwischen den gekreuzten Schneiden. Die Lichter brachen sich in ihrem blank polierten Stahl. »Wenn er kein Maulwurf war, was war er dann? Was stand in diesen Nachrichten?«

»Ich habe sie nicht gelesen.«

Saul drückte die Schneiden gegen den Stiel.

»Das ist die Wahrheit!«

»Seit wann spielt der MI-6 den Laufburschen für die CIA?«

»Ich habe Eliot nur einen Gefallen tun wollen!« Landishs Blicke zuckten verzweifelt zwischen Saul und den verstümmelten Rosen hin und her. »Ich schwöre es Ihnen!« Er schluckte schwer. »Er hat mich gebeten, für ihn Vermittlerdienste zu übernehmen.«

»Nicht so laut.«

Landish schauderte. »Hören Sie. Eliot hat behauptet, durch diese Nachrichten könnte ein Spion innerhalb seiner Organisation überführt werden.« Seine Stimme klang gepreßt. »Aber dem Informanten war der Boden etwas zu heiß unter den Füßen geworden. Daher bestand er auf einem Kurier, dem er vertrauen konnte. Da ich besagten Kurier kannte, kam logischerweise ich als erster als Vermittler in Frage.«

»Und das haben Sie tatsächlich geglaubt?«

»Er ist mein Freund.« Landish machte eine verzweifelte Gebärde. »Unsere Organisationen arbeiten häufig zusammen. Wenn Sie wissen wollen, was diese Nachrichten enthielten, dann fragen Sie den Mann, der Sie mir gegeben hat.«

»Klar. Dazu bräuchte ich mich ja auch nur mal kurz in eine Maschine nach Moskau zu setzen.«

»Nein. Keineswegs.«

»Wo dann?«

»In Paris. Er arbeitet für die sowjetische Botschaft dort.«

»Sie lügen.« Saul schnippte ein Blatt ab.

»Nein! Begreifen Sie denn nicht, wie kostbar diese Rose ist? Auch nur ein Blatt zu verletzen, kann...!«

»Dann versuchen Sie lieber, mich zu überzeugen, daß Sie die Wahrheit sagen, weil ich nämlich eben dabei bin, noch eines abzuschneiden.«

»Diese Rose ist einzigartig auf der ganzen Welt.«

Saul drückte die Schneiden der Schere näher zusammen.

»Viktor Petrowitsch Kotschubeij.«

»Ein Name sagt gar nichts.«

»Er ist ihr Kulturattaché. Er organisiert Konzertreisen für russische Orchester und Ballettruppen in Frankreich. Außerdem ist er selbst ein hervorragender Geiger. Manchmal wirkt er als Solist an diesen Konzerten mit. Oder er tritt auch in Solokonzerten auf.«

»Aber er arbeitet selbstverständlich für den KGB.«

Landish breitete die Hände aus. »Er will nichts damit zu tun haben. Vor fünfzehn Jahren wurde er bei dem Versuch, in den Westen zu fliehen, geschnappt. Natürlich war klar, daß er es wieder versuchen würde. Die Sowjets einigten sich schließlich folgendermaßen mit ihm: Er durfte in Paris leben, vorausgesetzt, er stellte seine Talente zum Wohle des Vaterlands zur Verfügung. Natürlich vergaß man nicht, ihn daran zu erinnern, daß seine Kinder in Moskau bleiben würden, wo ihre hohen beruflichen Positionen und sonstigen Vergünstigungen ganz von seiner Kooperationsbereitschaft abhängig sein würden.«

»Das beantwortet meine Frage nicht. Arbeitet er für den KGB?«

»Natürlich. Sein Fluchtversuch war nur fingiert. Dennoch erzielte er den gewünschten Effekt. Seine Tarnung ist vorzüglich.«

»Und ich möchte wetten, daß Sie eine Menge Konzerte besucht haben.«

»In letzter Zeit nicht mehr so häufig.« Landish zuckte mit den Achseln, um seine Blicke jedoch gleich wieder nervös zu seinen Rosen weiterschweifen zu lassen. »Vor zehn Jahren... damals war es allerdings nicht sonderlich schwierig, sich privat mit ihm zu treffen. Während wir über die Feinheiten russischer Musik diskutierten, übermittelte er mir gewisse Nachrichten. Bei einer Gelegenheit habe auch ich eine an ihn weitergereicht. Diese Nachrichten waren stets versiegelt. Ich habe sie nie gelesen. Wenn Sie wissen wollen, was sie beinhalteten, müssen Sie mit Kotschubeij sprechen.«

Die Schere gegen die hellblaue Rose zückend, betrachtete Saul den alten Mann prüfend.

»Ich habe Ihnen alles erzählt, was ich weiß.« Landish klang niedergeschlagen. »Mir ist natürlich klar, daß Sie mich werden töten müssen, um mich daran zu hindern, ihn warnen. Aber ich bitte Sie, keine weitere Rose mehr zu zerstören.«

»Angenommen, Sie haben mich von Anfang an belogen? Was ist, falls Ihre Informationen wertlos sind?«

»Welche Garantien könnte ich Ihnen bieten?«

»Das können Sie nicht. Und wenn Sie tot sind, kann ich keine Rache mehr an Ihnen üben. Wieso sollte ich also noch mehr Rosen zerstören? Was würde das einen Toten kümmern?«

»Demnach haben wir uns in eine Sackgasse manövriert.«

»Keineswegs. Sie kommen mit mir. Sollte sich herausstellen, daß Sie gelogen haben, werden Sie sehen, was etwas Benzin und ein Streichholz aus diesem Gewächshaus machen könnten. Lassen Sie sich das noch mal durch den Kopf gehen, während wir uns auf den Weg machen. Falls Sie doch noch ein paar Korrekturen an Ihrer Geschichte anzubringen haben sollten.«

»Sie werden mich nie an den Wachen am Tor vorbeischaffen.«

»Das wird gar nicht weiter nötig sein. Wir werden das Grundstück auf demselben Weg wieder verlassen, auf dem wir hereingekommen sind. Über die Mauer.«

Landish runzelte die Stirn. »Sie trauen mir einiges zu.«

»Wir werden Sie hinüberheben.«

»Dazu bin ich zu gebrechlich. Sie würden mir Arme und Beine brechen.«

»Na gut, dann eben anders.«

»Wie wollen Sie das machen? Das ist unmöglich.«

Saul deutete in das hintere Ende des Gewächshauses. »Im Gegenteil. Nichts einfacher als das.«

Landish starrte ihn fragend an.

»Wir werden die Leiter dort hinten nehmen.«

15

Vor dem offenen Fenster bauschten sich die Vorhänge. Chris blickte mit zusammengekniffenen Augen zu dem metallisch grauen Himmel hoch. Salzige Meeresluft stach in seine Nase; von der feuchten Kälte hatte er die Schultern hochgezogen. Ein wütender Wind peitschte die Wellen über den Kanal. Er klang besorgt. »Laß mich das machen.«

»Kommt gar nicht in Frage«, erwiderte Saul. »Wir sind uns doch einig geworden, daß einer von uns hier bei Landish bleiben muß, während sich die anderen zwei Kotschubeij vornehmen. Wir haben die Entscheidung dem Los überlassen. Du hast gewonnen. Also bleibst du.«

»Aber ich will nicht.«

»Was ist denn in dich gefahren, daß du hier plötzlich den Helden spielen willst.«

»Das will ich keineswegs.«

»Was ist es dann? Ich kann mir jedenfalls nicht vorstellen, daß du nur unbedingt mit Erika zusammensein willst.« Saul drehte sich nach der Stelle um, wo sie Landish an einen Stuhl gefesselt hatte. »Nichts für ungut. Aber dein Humor ist wirklich unschlagbar.« Sie streckte ihre Zunge heraus.

Saul wandte sich wieder Chris zu. »Also, was ist?«

»Eigentlich ist es verrückt.« Chris schüttelte nachdenklich den Kopf. »Es ist nur so ein Gefühl. Mir ist natürlich klar, daß das nichts zu besagen hat. Das Problem ist nur, daß es mich einfach nicht losläßt.«

»Und worauf bezieht sich dieses Gefühl?«

Chris wandte sich vom Fenster ab. »Auf dich. Ich habe so ein komisches Gefühl... du kannst es meinetwegen eine Vorahnung nennen. Dir wird irgend etwas zustoßen.«

Saul betrachtete ihn prüfend. Weder er noch Chris waren abergläubisch. Das konnten sie sich auch gar nicht leisten. Sonst hätten sie in allem irgendwelche Vorzeichen gesehen, so daß sie schließlich völlig handlungsunfähig gewesen wären. Scharfes Kalkül und Können waren die Grundvoraussetzung ihrer Berufsausübung, auf die sie sich verließen. Dennoch hatten sie in Vietnam verschiedene Erlebnisse gehabt, die sie solche ›komischen Gefühle‹ nicht einfach so abtun ließen. Es hatte immer wieder Fälle gegeben, wo Kameraden, die kurz davor standen, in die Heimat zurückgeschickt zu werden, noch einen Brief an ihre Frau oder Freundin oder Mutter schrieben und ihn einem Kameraden mit der Bitte überreichten: »Sieh bitte auf jeden Fall zu, daß sie den Brief bekommt. Ich werde hier nicht lebend zurückkommen.« Und dann bekamen sie tatsächlich am Tag vor ihrer Entlassung eine Kugel in den Kopf. Oder sie brachen zu einer Routinepatrouille auf, ein reines Honiglecken, wie sie es zuvor schon Hunderte Male hinter sich gebracht hatten, und dann traten sie auf eine Mine.

Saul überlegte kurz. »Wann hat das angefangen?«

»Auf Landishs Landsitz.«

»Als du die Mauer gesehen hast?«

Chris nickte. »Woher wußtest du das?«

»Weil es mir ähnlich ging.«

»*Was?*«

»Ich war mir sicher, an diesem Ort schon mal gewesen zu sein. Und nach einer Weile habe ich auch herausgefunden, warum. Es war wegen der Mauer. Begreifst du denn nicht? Genauso eine Mauer hatten wir auch im Heim. Weißt du noch, wie wir immer ausgestiegen sind, um Süßigkeiten zu kaufen? Und wie wir dann eines Nachts verprügelt worden sind? Oder wie ich auf dem Eis ausgeglitten bin und du dir den Kopf angeschlagen hast, als du hinterher gesprungen bist, um mir zu helfen? Die Straßenbahn? Kannst du dich nicht mehr erinnern?«

»Doch. Du hast mich gerade noch im letzten Moment zurückgezogen. Du hast mir das Leben gerettet.«

»Das erklärt doch alles. Wir beide müssen an diese Nacht erinnert worden sein. Jedenfalls fing ich mir draußen auf Landishs Landsitz plötzlich Gedanken über dich zu machen an. Ich dachte plötzlich, ich müßte dich vor irgend etwas beschützen. Und dir ist es umgekehrt genauso ergangen. Vielleicht wolltest du mir schon die ganze Zeit auch mal das Leben retten.«

»Das stimmt.« Chris mußte grinsen. »So ist es mir tatsächlich schon wiederholte Male gegangen.«

»Na, siehst du. Und jetzt hat diese Mauer von neuem diesen Wunsch in dir geweckt. Keine Sorge. Irgend etwas wird sicher passieren. Ich werde mit Erika nach Paris fahren, um uns Kotschubeij vorzunehmen. Genau das wird passieren.«

»Wenn ich das nur glauben könnte.«

»Sieh das Ganze doch einfach von der Seite. Falls ich in Schwierigkeiten geraten sollte, was könntest du tun, wozu Erika nicht genauso in der Lage wäre?«

Sie trat auf die beiden zu. »Ich hoffe, du überlegst dir deine Antwort darauf reichlich.«

»Und außerdem«, fuhr Saul fort. »Angenommen, ich ließe dich an meiner Stelle gehen. Angenommen, dir würde etwas zustoßen. Ich würde mir ebensosehr Vorwürfe machen, wie du das tätest, wenn mir etwas zustieße. Diese Überlegungen haben doch alle keinen Sinn. Wir haben es so abgemacht. Du hast das kürzere Los gezogen. Du hast die einfachere Aufgabe zugeteilt bekommen. Also bleibst du zurück.«

Chris zögerte.

»Und was deine Vorahnung betrifft, so würde ich sie am besten mit einer Steinschleuder in den Wind schießen.« Saul wandte sich Erika zu. »Können wir?«

»Auf nach Paris. Und noch dazu mit einem so gutaussehenden Begleiter!«

Chris ließ nicht locker. »Es ist jetzt kurz vor zehn. Ihr müßtet es eigentlich bis heute abend nach Paris schaffen. Ruft mich um achtzehn Uhr an. Und von da an alle vier Stunden. Greift euch Kotschubeij auf keinen Fall, bevor ihr nicht mit mir gesprochen habt. Wenn Landish noch eine Weile Gelegenheit findet, über seine Rosen nachzudenken, kommt er vielleicht doch noch auf die Idee, er könnte uns ein paar falsche Informationen gegeben haben.«

»Ich habe die Wahrheit gesagt«, insistierte Landish von seinem Stuhl aus.

»Kümmern Sie sich vorerst nur noch um die einzige blaue Rose auf der ganzen Welt.«

Endlich war es soweit. Der Abschied ließ sich nicht mehr länger aufschieben. Sie grinsten sich verlegen an, als sie sich die Hände schüttelten.

Saul griff nach seiner Reisetasche. »Mach dir keine Sorgen. Ich passe schon auf mich auf. Schließlich möchte ich noch dabei sein, wenn die Stunde der Rache kommt...« Seine Augen blitzten gefährlich auf.

»Und ich werde für dich auf deinen Bruder aufpassen«, fügte Erika hinzu. »Für uns beide.« Sie küßte Chris auf den Hals.

Sein Herz fühlte sich schwer an. Er meinte, was er sagte. »Viel Glück.«

Ungewiß trennten sie sich. Besorgt blickte ihnen Chris noch durch die offene Tür nach. Seine Kehle schnürte sich zusammen, als sie in den Leihwagen, einen Austin, stiegen und den unkrautbewachsenen Feldweg davonfuhren, um schließlich auf die von Hecken gesäumte Landstraße einzubiegen. Sein Bruder und seine Schwester waren fort.

Als er den Motor des Austin nicht mehr länger hören konnte, starrte er noch eine Weile auf die Felsen auf der Weide, bevor er ins Haus zurückging und die Tür schloß.

»Man wird nach mir suchen«, bemerkte Landish.

»Nur haben sie keine Ahnung, wo sie damit anfangen sollen. Wir sind hier hundert Kilometer von Ihrem Landsitz entfernt. Und London liegt genau dazwischen. Genau dort werden sie uns nämlich vermuten.«

Landish neigte den Kopf zur Seite. »Ich kann die Brandung hören. Das Cottage muß auf einer Felsklippe liegen.«

»Ja, wir sind hier in Dover. Ich habe das Häuschen für eine Woche gemietet. Dem Makler habe ich gesagt, ich möchte diesmal in meinem Urlaub richtig ausspannen. Wunderbar, hat er darauf gemeint. Das nächste Haus wäre fast einen Kilometer von hier entfernt. Wenn Sie also um Hilfe rufen sollten, wird Sie niemand hören.«

»Erweckt meine Stimme den Eindruck, als könnte ich damit noch schreien?«

»Ich werde mir Mühe geben, Ihnen den Aufenthalt hier so angenehm wie möglich zu machen. Damit Sie sich also nicht langweilen, werden wir uns über Rosen unterhalten.« Chris biß die Zähne zusammen. »Wenn Saul etwas zustößt...«

16

Ihre Wahl war auf Dover gefallen, weil man von hier per Schiff bequem nach Frankreich gelangen konnte. In einem riesigen Abfertigungsgebäude, das Saul mit seinem hektischen Getriebe an einen Flughafen erinnerte, kauften er und Erika getrennt ihre Fahrkarten und gingen danach auch mit mehreren Minuten Abstand an Bord des Hovercraft.

Mit einem etwas unguten Gefühl im Magen begab er sich in den Salon im Heck. Er hoffte, dort am ehesten in der Menge untertauchen zu können. Er wußte, daß der MI-6 und andere Geheimdienste die Hovercrafts nicht weniger überwachten als alle größeren Flughäfen und Bahnhöfe. Theoretisch konnten seine Gegner freilich nicht wissen, daß er sich außerhalb der Vereinigten Staaten aufhielt. Nachdem sich die Bemühungen, ihn aufzuspüren, demnach also vor allem auf Amerika konzentrieren dürften, konnte er sich durchaus eine Chance ausrechnen, unerkannt nach Frankreich zu gelangen.

Dennoch war er sich dessen keineswegs sicher. Falls ihn hier jemand entdeckte, blieben ihm an Bord kaum Möglichkeiten, sich zu verbergen oder gar zu fliehen. Es würde zu einem Kampf kommen. Und selbst wenn er ihn überleben sollte, würde er bei der Ankunft nur von weiteren Teams erwartet werden. Ihm würde keine andere Wahl bleiben, als den verzweifelten Sprung ins kalte Wasser des Ärmelkanals zu wagen. Falls er nicht schon durch den Luftsog des Hovercraft den Tod fand, würde die eisige, rauhe See bald das letzte Fünkchen Körperwärme aus ihm gesaugt haben, so daß er an Erschöpfung sterben würde.

Doch dazu sollte es nicht kommen. Über die Wogen hinwegfegend, hatte der Hovercraft Calais nach zweiundzwan-

zig Minuten Fahrtzeit erreicht. Saul spürte, wie sich das Luft-
kissenfahrzeug aus dem Wasser die Betonrampe des Termi-
nals hinaufschob. Beim Verlassen des Luftkissenboots
tauchte er unter den übrigen Passagieren unter. Obwohl er
schon jahrelang kein Französisch mehr gesprochen hatte,
verstand er doch das meiste, was er hörte und las. Niemand
schien nach ihm Ausschau zu halten. Auch Zoll- und Paßkontrolle brachte er ohne Zwischenfall hinter sich. Da er
seine Handfeuerwaffe jedoch sicherheitshalber bei Chris zurückgelassen hatte galt es nun als erstes, sich Ersatz hierfür
zu beschaffen.

Er traf sich mit Erika in einem Café am Meer, auf das sie
sich bereits vor ihrer Abreise geeinigt hatten. Darauf suchten
sie unverzüglich einen Schwarzmarktwaffenhändler auf, mit
dem Saul 1974 zusammengearbeitet hatte. Die Preise für ihre
Einkäufe waren mindestens zweihundert Prozent überhöht.
»Ein Freundschaftspreis«, hatte der Waffenhändler gesagt.
»Für einen alten Freund.« Sie mieteten einen Leihwagen und
fuhren in Richtung Paris los. Noch zweihundert Kilometer.

»Nein«, sagte Chris ins Telefon. »Wir haben uns so lange
über Rosen unterhalten, daß mir schon allein bei dem Gedanken an sie übel wird. Aber Landish behauptet nach wie vor
steif und fest, es wäre die Wahrheit.«

»Dann werden wir uns Kotschubeij heute nacht vornehmen.« Sauls Stimme war durch das Rauschen in der Leitung
leicht verzerrt.

»Habt ihr alles Nötige vorbereitet?«

»Mit Hilfe von Erikas Verbindungen war das kein Problem.«

»Einen Moment noch.« Chris wandte sich Landish zu, der
an den Stuhl gefesselt war. »Das ist Ihre letzte Chance. Sie
sind sich über die Konsequenzen im klaren, falls etwas
schiefgehen sollte?«

»Wie oft soll ich es Ihnen noch sagen? Er hat mir die Nachrichten gegeben.«

»Na gut«, sprach Chris wieder in den Hörer. »Kassiert ihn
euch. Aber ruf mich sofort an, sobald ihr alles Nötige erledigt
habt.«

329

»Das dürfte so gegen Morgengrauen sein.«

»Jedenfalls brauchst du dir keine Sorgen zu machen, du könntest mich aufwecken. Ich werde mit Sicherheit kein Auge zudrücken können, solange ich nicht weiß, daß dir nichts zugestoßen ist.«

»Plagen dich diese Vorahnungen noch immer?«

»Mehr denn je.«

»Das erledigen wir doch mit links.«

»Um Himmels willen. Nimm das Ganze bloß nicht auf die leichte Schulter.«

»Ich versuche doch nur, dich zu beruhigen. Warte noch. Erika möchte dir noch etwas sagen.«

Eine Weile Rauschen, dann Erikas Stimme. Sie neckte ihn. »Es geht uns hier blendend. Das Essen ist einfach umwerfend.«

»Erspar mir bitte die Einzelheiten. Ich habe mir eben einen Erdnußbuttersandwich reingewürgt.«

»Wie geht's deinem Zimmergenossen?«

»Großartig. Wenn wir uns nicht über seine idiotischen Rosen unterhalten, lege ich für ihn Patiencen. Da er seine Arme nicht bewegen kann, sagt er mir, welche Karte ich wohin legen soll.«

»Und? Schummelt er?«

»Er nicht. Aber ich.«

Erika lachte. »Ich mache jetzt lieber mal Schluß. Ich wollte dir eigentlich nur sagen, daß du dir keine Sorgen zu machen brauchst. Alles läuft bestens. Ich passe schon auf Saul auf. Darauf kannst du dich verlassen.«

»Und vergiß vor allem auch dich selbst nicht, ja?«

»Keine Sorge. Bis morgen also.«

Die Zuneigung für die beiden schnürte ihm die Kehle zusammen, als er ein leises Klicken aus dem Hörer hörte. Erika hatte eingehängt. Als darauf auch er den Hörer auf die Gabel zurücklegte, vernahm er von der Tür ein leises Knarzen.

18

Er erstarrte.

Er hatte die Türen doch abgeschlossen. Die Läden waren zu. Es fiel also kein Licht nach draußen, das im Dunkel einen Fremden hätte anlocken können. Falls jemand, der das Cottage kannte, gekommen war, um ihn zu begrüßen, hätte der Betreffende sicher geklopft, anstatt sich leise hereinzuschleichen.

Sie hatten ihn also gefunden. Er konnte sich nicht vorstellen, wie ihnen das gelungen war. Aber sich darüber den Kopf zu zerbrechen, war jetzt nicht die Zeit. Er riß den Sender vom Tisch und drückte auf den Knopf, während er sich zu Boden warf.

Die Druckwellen ließen ihn zusammenzucken. Ringsum das Cottage ertönten mächtige Explosionen, welche die Mauern des Häuschens erzittern ließen. Er hatte die Sprengladung an strategisch wichtigen Punkten im Umkreis des Cottage angebracht, wo jemand, der sich unbemerkt heranzuschleichen versuchte, am ehesten Deckung gesucht hätte. Er hatte dafür Sorge getragen, daß die Sprengladungen ordentlich Krach machten und mit der entsprechenden Schrapnell-, Flammen- und Rauchentwicklung verbunden waren. Ihre Anbringung war reine Gewohnheitssache gewesen; nicht umsonst hatte ihnen Eliot immer wieder eingeschärft, alles in ihrer Möglichkeit Stehende zu ihrem Schutz zu unternehmen, auch wenn sie sich noch so sicher fühlten.

Er zog seine Mauser. Ein Geschoß riß ein Loch in die Tür. Ein Tränengasbehälter schlug mit einem dumpfen Knall auf dem Teppich auf und rollte zischend ein Stück über den Boden, bis er schließlich liegen blieb. Der dichte, weiße Qualm brachte ihn zum Husten. Und er wußte, was als nächstes kommen würde, als er auf die Tür feuerte. Sobald das Gas sich im Innern ausgebreitet hatte, würde die Tür aufgebrochen werden, und die Männer würden hereinstürmen.

Er wirbelte zu einem Fenster herum, löste die Verriegelung, schob es hoch und stieß die Läden auf. Die Nacht war von Rauch und Flammen erfüllt. Ein Mann wälzte sich auf dem Boden und schlug verzweifelt mit den Armen um sich; seine Kleidung war in Brand geraten. Ein anderer Mann hatte die Läden auffliegen gesehen. Als er herumwirbelte, um seine MP darauf zu richten, schoß Chris ihn zweimal in die Brust.

Die Eingangstür flog in Stücke.

Mit gezückter Waffe wirbelte Chris zu Landish herum, ohne ihn jedoch in dem von weißlichem Qualm erfüllten Raum sehen zu können. Er hörte einen dumpfen Schlag, als hätte Landish sich mit seinem Stuhl umfallen lassen, um sich bessere Deckung zu verschaffen. Rasche Schritte hasteten die Treppe vor dem Eingang herauf. Wieder war keine Zeit zu verlieren. Er sprang aus dem Fenster und rannte blindlings drauflos, sobald seine Füße den Boden berührt hatten. Aufgebrachtes Stimmengewirr erfüllte das Cottage. Während er im Dunkel entlang der Steilkante der Klippen davonrannte, stellte er sich das Killerkommando vor, wie sie in Gasmasken das Innere des Cottage durchsuchten und auf das offene Fenster stießen. Aber bis dahin war er längst über alle Berge. Im Dunkel würden sie nicht feststellen können, wohin er sich gewandt hatte. Sie würden ihn unmöglich finden können.

Seine Hand fest um den Griff der Mauser gelegt, lief er nur noch schneller durch die Nacht. Der Schweiß brannte in seinen Augen. Je weiter er die Flammen hinter sich ließ, desto befreiter fühlte er sich bei seinem wilden Spurt durch das Dunkel.

Landish wird ihnen verraten, wo Saul ist. Ich muß ihn warnen.

Und dann hörte er es. Hinter sich.

Näher, schneller, lauter.

Schritte. Irgend jemand verfolgte ihn.

19

»Binden Sie meine Hände los«, platzte Landish heraus. Von dem Tränengas hatte er einen schrecklichen Hustenanfall bekommen.

Ein grimmig dreinschauender Mann in Schwarz hielt Landish ein getränktes Tuch an die Augen. Ein anderer zerrte an seinen Fesseln.

Die Fenster waren geöffnet worden, die Läden aufgestoßen. Eine frische Meeresbrise wehte das Gas aus dem Raum.

Landish taumelte auf den Tisch zu und griff nach dem Telefon, um ungeduldig eine Nummer zu wählen. Entscheidende Sekunden verstrichen. Er gab dem Fräulein vom Amt die Nummer in Falls Church, Virginia durch. Zitternd klammerte er sich, Halt suchend, an der Tischkante fest; gleichzeitig befingerte er mit seiner freien Hand, ohne sich dessen bewußt zu werden, den fünfzehn Zentimeter langen Aluminiumstreifen an der Innenseite seines Gürtels. Der Metallstreifen war magnetisch kodiert. Sobald seine Leibwächter sein Verschwinden bemerkt hatten, hatten sie Alarm gegeben, worauf im Zuge einer Großfahndung mit Hilfe elektronischer Sensoren der Magnetcode auf dem Aluminiumstreifen geortet wurde. Auf dem Erdboden war die Reichweite dieser Sensoren äußerst begrenzt, da ihre Wirkung durch natürliche Hindernisse und die Erdkrümmung erheblich beeinträchtigt wurde. Über einen Satelliten oder ein Aufklärungsflugzeug – über beides verfügte der MI-6 – zum Einsatz gebracht, standen sie an Effektivität anderen Höhenortungsvorrichtungen in nichts nach. Zwölf Stunden nach Landishs Entführung hatten seine Leute den Ort in Erfahrung gebracht, an dem ihr Chef von seinen Entführern festgehalten wurde. Die restliche Zeit hatten sie dafür benötigt, die entsprechenden Vorkehrungen für eine erfolgreiche Durchführung der Rettungsaktion zu treffen.

Landish atmete zu schnell; durch die plötzliche Sauerstoffzufuhr begann sich der Raum um ihn herum zu drehen. Das Telefon klingelte. Es klingelte weiter. Landish war nahe daran, aus der Haut zu fahren, bis endlich jemand den Hörer abnahm.

»Eliot«, verlangte Landish barsch, gleichzeitig fürchtend, er könnte nicht erreichbar sein. »Siebzehn drei.«

Die schroffe Stimme hellte sich unmerklich auf. »Ich stelle Sie durch.«

Sekunden später, die freilich wie Minuten erschienen, meldete sich Eliot.

»Ich habe deine Schwarzen Prinzen gefunden«, stieß Landish hervor.

»Wo?«

»Sie waren bei mir zu Hause.«

»Gütiger Gott.«

»Sie befinden sich in Begleitung einer Frau.«

»Ja, ich weiß. Was ist passiert?«

»Sie haben mich entführt.« Landish erzählte ihm alles. »Remus ist entkommen. Wir jagen ihn. Romulus und die Frau sind nach Paris.«

»Warum?«

Landish erzählte es ihm.

»Kotschubeij? Aber er arbeitet doch für den KGB.«

»Das macht dir Sorgen?«

»Eher das Gegenteil. Remus hat im Abelard-Haus in Bangkok einen Russen getötet. Sie sind jetzt hinter ihm her. Wir brauchen uns jedoch an der Jagd nicht zu beteiligen. Sie sind mir einen Gefallen schuldig, weil ich ihnen nämlich verraten habe, wo sie den Mann finden können, der ihm dabei geholfen hat.«

20

Chris Verfolger kam immer näher. Aufgrund der Felsen am Rand des Steilabfalls der Klippen wurde das Laufen sehr erschwert. Im Dunkel konnte Chris nicht erkennen, wohin er lief. Er fühlte sich versucht herumzuwirbeln und zu schießen, aber die Dunkelheit würde seinen Verfolger schützen. Zudem würde der Mündungsblitz aus seiner Mauser seinen genauen Standort verraten, und das Krachen des Schusses hätte noch weitere Verfolger auf seine Fährte gelockt.

Seine Lungen brannten. Sein Herz schlug wie wild. Aber der wild entschlossene, keuchende, aber stete Atem seines Verfolgers rückte unaufhaltsam näher. Mit schmerzenden Muskeln streckte er seine Beine, so weit es ging. Seine Kleider waren durchnäßt von Schweiß. Die rasch näherkommenden Schritte kündigten die unausweichliche Auseinandersetzung mit seinem Verfolger an.

Verschwommen sah Chris einen weißen Fleck vor sich auftauchen. Er fiel nach rechts in Richtung Felswand ab. Eine dunklere Stelle in seiner Mitte entpuppte sich als eine Vertiefung. Das Weiß war Kreide.

Eine Einbuchtung.

Er hechtete darauf zu und rollte sich ab, um die Wucht des Aufpralls auf Schultern und Hüfte zu verteilen. Verzweifelt mit den Beinen Halt suchend, rutschte er in die Tiefe, sich notdürftig an Sträuchern, Grasbüscheln festklammernd. Die Spalte senkte sich steiler in die Tiefe, bis sie senkrecht abfiel, ein von drei Seiten umschlossener Schacht, dessen zerklüftete Wände Händen und Füßen Halt boten.

Sich in die Tiefe hangelnd, hörte Chris über sich das Knirschen der Stiefel seines Verfolgers. Ein Hagel von Kreidebrocken regnete auf ihn nieder. Kopf und Schultern schmerzten, seine Hände bluteten, als er weiter in die Tiefe kletterte.

Wenn ich nur bis nach unten durchkomme, betete er insgeheim. Der Wind fuhr durch sein Haar. Je weiter er nach unten kletterte, desto lauter drang ihm das Rauschen der Brandung entgegen.

Er glitt aus, wäre um ein Haar in die Tiefe gestürzt, um jedoch im letzten Augenblick mit seinen Füßen auf einem Vorsprung Halt zu finden. Und dann schließlich erreichte er eine Böschung, die er zu einem steinigen Strandstück halb hinunterrutschte, halb rannte. Ein großer Kreidevorsprung bot ihm Deckung. Er holte den Schalldämpfer aus seiner Jackentasche und schraubte ihn an den Lauf seiner Mauser. Er spreizte die Beine, um einen besseren Stand zu bekommen, streckte seinen rechten Arm gerade von sich und stützte ihn mit der linken Hand ab.

Da. Ein Schatten bewegte sich den Spalt herunter. Er feuerte. Das Brausen der Brandung übertönte sowohl das dumpfe Plopp der schallgedämpften Waffe wie den Aufprall des Geschosses. Er hatte keine Gewißheit, ob er den Schatten tatsächlich getroffen hatte. In der Dunkelheit konnte er nicht richtig zielen und seinen Gegner über Kimme und Korn anvisieren. Er feuerte ein paar weitere Schüsse auf die Stelle ab, wo er die schemenhafte Gestalt gesehen hatte.

Weiter. Wenn er noch länger hinter diesem Kreidevorsprung lauerte, gab er seinem Verfolger die Möglichkeit, sich über seinen ungefähren Standort klarzuwerden. Geduckt rannte er von einem Vorsprung zum nächsten weiter, fort vom Cottage. Hinter ihm war über dem Rand der Klippe die Nacht vom Feuerschein des brennenden Cottage erhellt. Aufgrund des Tosens der Brandung hätte es keinen Sinn gehabt, auf die Schritte eines Verfolgers zu lauschen. Er drehte sich herum, um sich nun rückwärts weiterzubewegen und den fernen Kreidevorsprung im Auge zu behalten.

Da er ihn nach einer Weile nicht mehr erkennen konnte, ging er davon aus, daß auch sein Verfolger ihn nun nicht mehr sehen konnte. Er drehte sich wieder um und rannte weiter. Der Strand war rechts von weiß gekrönten, schäumenden Brechern gesäumt, links von den steil aufragenden Kreidefelsen. Doch geradeaus vor sich sah er in der Ferne die Lichter eines Dorfes aufleuchten. Er beschleunigte seine Schritte.

Wenn er einen Wagen stehlen konnte...

Die Felsen fielen nicht mehr so steil zum Strand ab. Als eine Kugel sein Haar versengte, suchte er verdutzt hinter einem Felsen Deckung. Der Schuß war aus dem Dunkel vor ihm abgefeuert worden. Sein Krachen sowie sein Mündungsblitz waren durch einen Schalldämpfer, zusätzlich unterstützt durch die Brandung, abgeschwächt worden.

Er fluchte lautlos vor sich hin. Sein Verfolger war nicht den Schacht nach unten geklettert, sondern hatte sich wieder nach oben hochgekämpft, um die Falle, die Chris ihm unten am Strand stellen würde, zu umgehen und statt dessen am oberen Rand der Klippen entlangzulaufen. Da er wußte, daß Chris sich am Strand vom Cottage entfernen würde, hatte er nur eine Möglichkeit gesucht, wieder nach unten zu klettern, nachdem er Chris überholt hatte, um ihn dann von vorn abzufangen.

Er saß in der Falle.

Er konnte nicht zurück, da das andere Ende des Strands inzwischen sicher andere Männer absuchten. Sie würden sich aufteilen und sich in zwei Gruppen am Fuß und am oberen Rand der Klippen den Strand entlangarbeiten, bis sie ihn schließlich hier erreichten.

Alle Fluchtwege waren abgeschnitten.

Links und rechts von ihm das Meer und die Felswände. Vor und hinter ihm...

Etwas bewegte sich. Links vor ihm, vor dem schwach leuchtenden Hintergrund der weißen Kreidefelsen huschte ein Schatten vorbei.

Bäuchlings auf dem Boden liegend, folgte Chris' Arm mit der Mauser dem deutlich sich abzeichnenden Schatten. Kaum hatte er gefeuert, rollte er sich zur Seite. Eine Kugel traf so dicht neben ihm die Felsen, daß selbst die Brandung ihr sprödes Knacken nicht übertönen konnte, als der Querschläger in Richtung See über ihn hinwegschoß.

Chris rollte weiter über den Strand, dabei sorgsam darauf bedacht, die Klippen keine Sekunde aus den Augen zu verlieren. Und als diesmal eine Kugel gegen die Felsen krachte, drangen die Splitter in seinen Oberschenkel ein. Doch er ignorierte den stechenden Schmerz, da er im selben Augenblick seinen Gegner ganz deutlich erkennen konnte – eine geduckte Gestalt, die auf ihn zuhastete, niederkniete, zielte.

Chris schoß schneller, stellte erregt fest, wie die schemenhafte Gestalt die Balance verlor. Trotz der Brandung glaubte er einen Aufschrei hören zu können. Er konnte nicht hier unten bleiben und warten, bis die anderen ihn entdeckten. Er mußte seine Chance in den wenigen Augenblicken, die ihm noch blieben, nutzen. Aufspringend sprintete er über den steinigen Strand. Er sah den Mann – er trug Schwarz, sein lin-

337

ker Arm schien verwundet – zwischen den Kieseln nach etwas tasten.

Chris blieb stehen und zielte. Er drückte den Abzug.

Nichts geschah. Die Mauser hatte nur acht Schuß.

Er hatte sie alle verschossen.

Mit brennendem Magen stürzte er vorwärts. Die Mauser
fallen lassend, riß er das Messer aus der Scheide unter seinem
linken Jackenärmel.

Der andere sah ihn kommen, gab es auf, nach seiner Waffe
zu tasten, und richtete sich statt dessen auf, um sein eigenes
Messer zu ziehen.

21

Amateure halten ein Messer meist so, daß sie die Waffe erst
auf Schulterhöhe bringen müssen, ehe sie zustoßen.

Die Angehörigen von Straßenbanden halten ein Messer
so, daß es von unten nach oben ragt; ein Arm wird der besseren Balance wegen seitlich ausgestreckt, während man
mit dem anderen zustößt beziehungsweise die Stöße des
Gegners pariert, wie dies etwas auch ein Fechter macht. Begleitet wird dies von eleganten, tänzerischen Fußbewegun-
gen, die blitzartige Vorstöße und Rückzüge erlauben. Gegen
einen professionellen Killer hat man damit allerdings keine
Chance.

Profis halten ein Messer, wie das Bandenmitglieder tun,
aber statt elegant herumzutänzeln, stehen sie mit gespreizten Beinen plattfüßig da, die Knie leicht gebeugt, den Oberkörper nach vorne geneigt. Sie heben ihren freien Arm, am
Ellbogen abgeknickt, vor die Brust, als hielten sie damit einen
unsichtbaren Schild.

Chris nahm also diese Haltung ein. Zu seiner Verwunderung tat dies sein Gegenüber ebenfalls. Er hatte in Andre
Rothbergs Killer-Instinkt-Ausbildungslager gelernt, so zu
kämpfen. Diese Technik war völlig einzigartig auf der ganzen
Welt. Sein Gegner konnte sie nur erlernt haben, indem er
denselben Lehrgang mitgemacht hatte.

Die daraus erwachsenden Konsequenzen versetzten Chris in Wut. Hatte etwa auch Landish eigene Killer zu Rothberg geschickt? Warum? Welche Beziehungen bestanden zwischen Landish und Eliot sonst noch? Worin machten sie außerdem noch gemeinsame Sache?

Er stach mit seinem Messer zu. Sein Gegner blockte den Angriff mit seinem Arm ab, der dadurch verletzt wurde. Ohne seiner Verwundung irgendwelche Beachtung zu schenken, stieß er nun seinerseits zu. Chris spürte, wie die Klinge in seinen Handrücken drang, in dem sich gleich darauf stechender Schmerz ausbreitete. Blut spritzte. Hätte er noch Zeit gehabt, hätte Chris sich seine Jacke um den Verteidigungsarm gewickelt. Aber da sich ihm dazu nicht mehr die Gelegenheit geboten hatte, mußte er in Kauf nehmen, sich erhebliche Verletzungen zufügen zu lassen. Doch was war schon ein malträtierter Arm, wenn es ums nackte Überleben ging.

Er stach von neuem zu. Wieder fing sein Gegner den Stoß mit seinem Arm ab und zog sich dabei eine Verletzung zu. Unter der blutroten, aufgeschlitzten Haut wurde das Gewebe sichtbar. Gleich darauf war wieder Chris an der Reihe, einen Stich abzublocken. Die Klinge des Gegners war so scharf, daß er kaum spürte, wie sie in seinen Arm drang.

Eine Pattsituation. Die beiden Kämpfer waren sich ebenbürtig. Plattfüßig, in geduckter Haltung, begann Chris seinen Gegner langsam, vorsichtig zu umkreisen, um nach Schwachstellen Ausschau zu halten. Sein Gegner begann sich mitzudrehen, um Chris nicht aus den Augen zu verlieren. Chris hoffte, es würde ihm gelingen, seinen Gegner dazu zu bringen, im Mittelpunkt des Kreises zu bleiben. Auf diese Weise würde er im Mittelpunkt des weiten Kreises, den Chris um ihn zog, schneller einen Drehwurm bekommen.

Doch der Mann begriff sehr schnell, was Chris vorhatte. Und so begann er nun seinerseits, Chris in weitem Bogen zu umkreisen, so daß ihre beiden Kreisbahnen eine sich überschneidende Acht bildeten.

Erneut eine Pattsituation. Ishiguro hatte Chris im Zuge seiner Ausbildung einmal erklärt: »Der Weg des Samurai ist der Tod. Wenn es auf Leben und Tod geht, stelle dich der Herausforderung und sei bereit, notfalls zu sterben. Nichts ist einfacher als das. Stähle dich innerlich und schreite zur Tat.«

Und genau das tat Chris nun. Jeden Gedanken an sich hintanstellend, konzentrierte er sich voll und ganz auf das Ritual. Zustechen und abblocken. Kreisen. Noch einmal. Und noch einmal. Sein Arm pochte heftig. Blutend, zerfetzt.

Doch seine Wahrnehmung war ungetrübt, sogar verschärft, geläutert, absolut klar. Sein Nervensystem stand unter Hochspannung. Zustoßen, abblocken, kreisen. Vor Jahren hatte ihm sein Karatelehrer Lee eingeschärft: »Es gibt nichts Berauschenderes, als bei Dunkelheit im Angesicht des Todes zu kämpfen.« Und während des Killer-Instinkt-Trainings hatte Rothberg erklärt: »Wenn beide Gegner über dasselbe Wissen und dasselbe Können verfügen, wird der jüngere von beiden – er verfügt über die größere Widerstandskraft – als Sieger aus dem Kampf hervorgehen.« Chris, der sechsunddreißig war, schätzte seinen Gegner auf Ende zwanzig.

Die Grundregel bei einem Messerkampf lautet: Laß dich von deinem Gegner nicht in die Enge treiben.

Langsam, aber unaufhaltsam wurde Chris nun jedoch von seinem Verfolger gegen die Felswand zurückgedrängt, bis er sich zwischen schroffen Kreidevorsprüngen eingekeilt fand. Er stach verzweifelt zu. Sein Verfolger duckte sich; sein Arm schoß vor, wich dem schützenden Arm aus.

Die Klinge drang bis aufs Heft ein.

Chris würgte. Sein Kehlkopf gab nach. Eine Arterie platzte. Sein Denken setzte aus, während er an seinem eigenen Blut erstickte.

»Bist du auch ganz sicher?« Eliots Stimme klang belegt. Seine Hand krampfte sich um den Hörer des Telefons im Gewächshaus. »Ist jeder Irrtum ausgeschlossen?«

»Absolut. Ich habe die Leiche selbst identifiziert«, ertönte Landishs Stimme über die abhörsichere Transatlantikleitung. »Der Mann, der an der Zerstörung meiner Rosen beteiligt war, ist tot. Er ist mit Sicherheit Remus.«

Eliots Brust fühlte sich kalt an. Verzweifelt versuchte er sich abzulenken, indem er sich auf die Erledigung der aus dem Vorfall erwachsenden Probleme konzentrierte. »Hast du das in Frage kommende Gebiet säubern lassen?«

»Natürlich. Wir haben das Cottage niedergebrannt, um ihre Fingerabdrücke zu vernichten. Dann haben wir uns aus dem Staub gemacht, bevor die Polizei und die Feuerwehr an Ort und Stelle eingetroffen sind. Sie werden nie herausbekommen, was dort vorgefallen ist.«

»Und die Leiche?« Eliot hatte Mühe mit dem Schlucken.

»Sie ist zu meiner Privatmaschine gebracht worden. Der Pilot wird sie auf hoher See, mit Gewichten beschwert, abwerfen, so daß die Gezeiten sie auf keinen Fall an Land schwemmen können.«

»Ich verstehe.« Eliots Stirn legte sich in Falten. »Du scheinst wirklich an alles gedacht zu haben.«

»Was hast du denn? Deine Stimme klingt so eigenartig.«

»Mir war nicht bewußt, wie sehr ich ... ach, nichts.«

»Was?«

»Es ist nicht weiter wichtig.«

»Wir müssen sofort etwas gegen Romulus und diese Frau unternehmen.«

Eliot hatte Mühe, sich auf das Gespräch zu konzentrieren. »Ich habe bereits die nötigen Vorkehrungen getroffen. Sobald ich Genaueres weiß, rufe ich dich wieder an.«

Eliots Arm fühlte sich taub an, als er den Hörer auf die Gabel zurücklegte. Er begriff nicht, was mit ihm los war. Drei Wochen lang, seit dem Anschlag auf die Paradigm Foundation, war sein ganzes Streben und Trachten darauf gerichtet

341

gewesen, Saul aufzuspüren und zu liquidieren, bevor dieser enthüllen konnte, wer den Anschlag befohlen hatte. Der Präsident durfte unter keinen Umständen erfahren, weshalb sein Freund den Tod gefunden hatte. Der Gang der Dinge hatte es mit sich gebracht, daß auch Chris eine Gefahr für Eliot dargestellt hatte. Aber dieses Problem war inzwischen gelöst. Nachdem einer von ihnen tot und der andere aufgespürt war, hatte er sein Ziel fast erreicht. Er war mehr oder weniger aus dem Schneider. Aber weshalb verspürte er dann, wie er Landish eben klarzumachen versucht hatte, Reue?

Er mußte an das erste Mal denken, als er Chris und Saul zum Camping mitgenommen hatte; das war am Labor Day des Jahres 1952 gewesen. Die Jungen waren damals sieben gewesen und seit zwei Jahren unter seinem Einfluß gestanden. Er konnte sich noch lebhaft an ihre aufgeregten, unschuldigen Gesichter erinnern, an ihr enormes Bedürfnis nach Zuneigung, an ihr Bemühen, ihm Freude zu machen. Er hatte sie mehr als alle anderen seiner Pflegesöhne gemocht. Seltsamerweise nahm er es mit unverkennbarer Genugtuung zur Kenntnis, daß Chris, obwohl zum Scheitern verurteilt, seinen Tod so lange hatte hinauszögern können. Gleichzeitig schnürte sich ihm bei diesem Gedanken jedoch auch schmerzhaft die Kehle zusammen. Er mußte sich eingestehen, daß er kein Recht hatte, stolz auf den Jungen zu sein, auch wenn er ihn ausgebildet hatte. Lebewohl, dachte er.

Dreißig Jahre? Konnte ein so langer Zeitraum so rasch verstrichen sein? Trauerte er um Chris, fragte er sich – oder um sich selbst?

Bald würde auch Saul tot sein. Der KGB war gewarnt. Wenn sie sich beeilten, würde die Falle zuschnappen. Die Krisensituation würde überwunden sein, das Geheimnis gewahrt. Und dann würden nur zwei Pflegesöhne übrig sein – Castor und Pollux, die gerade das Haus bewachten. Die anderen waren in treuem Dienst ums Leben gekommen.

Vielleicht überlebe ich noch alle meine Söhne, dachte Eliot

und wünschte betrübt, Saul könnte Aufschub gewährt werden.

Doch das war unmöglich.

Plötzlich überkam ihn ein ungutes Gefühl. Was war, wenn Saul entkam? *Undenkbar.*

Und wenn doch? Er wird erfahren, daß Chris tot war.

Und dann wird er hinter mir her sein.

Er würde nie aufgeben.

Ich bin ehrlich davon überzeugt, daß ihn nichts aufhalten könnte.

Viertes Buch

VERGELTUNG

Furien

1

Durch die Windschutzscheibe starrte Saul in den Nebel hinaus, der den Schein der Straßenbeleuchtung milchigweiß verschwimmen ließ. Der Leihwagen, ein Citroen, stand in einer Reihe anderer Autos am Straßenrand einer ruhigen Wohngegend. Er hatte seinen Arm um Erikas Schultern geschlungen, scheinbar eines der vielen Liebespaare in der Stadt der Liebenden. Aber er gestattete es sich nicht, ihre Nähe zu genießen. Er durfte sich nicht ablenken lassen. Zu viel hing von dieser Mission ab.

»Wenn Landish die Wahrheit gesagt hat, werden wir bald mehr wissen«, brach Erika das Schweigen.

Durch ihre Mossad-Informanten hatte sie in Erfahrung gebracht, daß Viktor Petrowitsch Kotschubeij an diesem Abend anläßlich eines Empfangs zu Ehren der neuen französisch-sowjetischen Allianz in einer Aufführung von Tschaikowskys Violinkonzert den Solopart übernehmen würde. »Aber Sie können ihn sich unmöglich an Ort und Stelle schnappen«, hatten die Informanten gewarnt. »Die verschiedenen Geheimdienste haben überall ihre Überwachungskameras aufgebaut, um rund um die Uhr sämtliche Zugänge zu dem Gebäude zu überwachen. Jede nur irgendwie verdächtig erscheinende Person wird sofort von der Polizei verhaftet werden. Niemand soll die Beziehungen zur Sowjetunion in irgendeiner Weise belasten. Dazu ist das Verhältnis zwischen Frankreich und Rußland neuerdings zu gut. Am besten können Sie sich ihn schnappen, wenn er in seine Wohnung in der Rue de la Paix zurückkehrt.«

»Aber wird er denn nicht bewacht werden?« hatte Saul gefragt.

»Ein Geiger? Weshalb sollte er irgendwelche Sicherheitsvorkehrungen brauchen?«

Acht Minuten nach eins fuhr Kotschubeij in seinem Peugeot an ihnen vorüber. Die Scheinwerfer blendeten sie für einen Moment. Erika stieg aus und ging die Straße hinunter. Kotschubeij – Mitte fünfzig, groß gewachsen, mit groben, aber sensiblen Gesichtszügen – schloß seinen Wagen ab; den Geigenkasten hatte er fest unter den Arm geklemmt. Er trug einen Smoking. Erika trat auf ihn zu, als er gerade die Treppe vor dem Eingang erreichte. Die Straße lag völlig verlassen da.

Er sprach als erster. »Um diese Zeit sollte sich eine Dame eigentlich nicht mehr allein auf der Straße aufhalten. Es sei denn, Sie hätten mir ein Angebot...«

»Viktor, halten Sie den Mund. Ich habe in meiner Handtasche eine Pistole, deren Lauf genau auf Ihren Unterleib gerichtet ist. Bitte treten Sie an den Randstein und warten Sie, bis ein Wagen vor Ihnen hält.«

Kotschubeij starrte sie fassungslos an, kam aber ihrer Aufforderung nach. Saul fuhr vor und hielt. Nachdem Kotschubeij hinten eingestiegen war, kletterte Saul ebenfalls auf den Rücksitz, um Kotschubeij den Geigenkasten abzunehmen und ihn zu durchsuchen.

»Vorsichtig! Das ist eine Stradivari.«

»Ich passe schon auf.«

»Solange Sie kooperationsbereit sind«, drohte Erika.

»Kooperationsbereit?« Kotschubeij öffnete und schloß nervös den Mund. »Wie denn? Ich weiß doch nicht einmal, was Sie von mir wollen.«

»Die Nachrichten.«

»*Was?*«

»Die Nachrichten, die Sie Landish übergeben haben.«

»Sie können sich doch sicher noch erinnern«, fiel Erika ein. »Er sollte sie an Eliot weiterleiten.«

»Sind Sie beide vollkommen verrückt geworden? Was reden Sie da überhaupt?«

Kopfschüttelnd kurbelte Saul das Seitenfenster herunter und hielt den Geigenkasten hinaus.

»Vorsicht, habe ich gesagt!«

»Die Nachrichten. Was stand in ihnen?« Saul hielt den Geigenkasten nur noch mit dem Daumen.

»Eine Stradivari kann nicht mehr repariert werden!«

»Dann kaufen Sie sich eben eine neue.«

»Sind Sie verrückt? Wo sollte ich...?«

Saul ließ den Geigenkasten von seinem Daumen gleiten. Mit einem verzweifelten Aufschrei versuchte Kotschubeij ihn noch aufzufangen.

Doch das hatte Saul bereits getan, während er gleichzeitig Kotschubeij auf seinen Platz zurückstieß. »Die Nachrichten.«

»Ich weiß nicht, was in ihnen stand. Ich fungierte nur als Kurier; das war alles. Glauben Sie etwa, ich würde mein Leben aufs Spiel setzen, nur um zu sehen, was diese Nachrichten enthielten.«

»Wer hat sie Ihnen gegeben?« Saul hielt den Geigenkasten wieder aus dem Fenster.

»Der Leiter eines KGB-Büros.«

»Wer?«

»Alexeij Golitsin! Bitte!« Kotschubeij konnte sich nur mit Mühe zurückhalten, nach dem Geigenkasten zu greifen.

»Das glaube ich Ihnen nicht. Golitsin wurde 1973 wegen Hochverrats erschossen.«

»Damals hat er mir doch diese Nachrichten überbracht.«

»1973?«

Saul runzelte die Stirn. Hardy hatte behauptet, Eliot wäre erst 1954 verschwunden und dann noch einmal 1973. Was konnte ein wegen Verrats erschossener KGB-Offizier mit Eliots Untertauchen zu tun haben? Was war 1973 passiert?

»Das ist die Wahrheit!« stieß Kotschubeij hervor.

»Vielleicht.«

»Die Stradivari! Bitte!«

Saul schien eine Weile zu überlegen, ob er den Kasten auf die Straße fallen lassen sollte. Ein Wagen fuhr vorbei. Schließlich erklärte er achselzuckend: »Wozu auch? Weshalb sollten Sie Ihre Geschichte ändern, wenn ich den Geigenkasten fallen ließe? Mit Hilfe von Amytal werden wir gleich herausfinden, was Sie wirklich wissen.« Er stellte den Geigenkasten auf den Boden.

»Gott sei Dank.«

»Danken Sie lieber mir.«

2

Sie ließen Paris hinter sich zurück.

»Für wen arbeiten Sie?«

»Für niemanden.«

»Wohin bringen Sie mich?«

»Nach Vonnas.«

»Ach.«

Kotschubeijs plötzlicher Stimmungsumschwung erregte Sauls Besorgnis. »Kennen Sie Vonnas?«

Der Musiker nickte. Es erfüllte ihn mit eigenartiger Genugtuung, in diese kleine Stadt fünfzig Kilometer nördlich von Lyon zu fahren. »Würden Sie mir vielleicht die Freude machen, im Le Cheval Blanc zu speisen.«

»So hoch ist unser Spesenkonto leider nicht.«

Kotschubeijs Miene verdüsterte sich abrupt. »Ihr Amerikaner seid wirklich ausgemachte Knauser. Das Wahrheitsserum hinterläßt einen abscheulichen Nachgeschmack – wie Leber ohne Butter oder Speck. Na gut.« Er kniff verärgert die Augen zusammen. »Wir haben noch gut drei Stunden Fahrt vor uns. Da Sie schon nicht über Ihre Beglaubigung sprechen wollen, werde ich über meine reden.«

Saul stöhnte auf. Er wußte, was nun kommen würde, und hätte ihm am liebsten ein Beruhigungsmittel gespritzt, wenn dadurch nicht die Wirkung des Amytal beeinträchtigt worden wäre.

Mit einem perversen Grinsen ließ Kotschubeij sich in den Sitz zurücksinken. Sein mächtiger Schädel war im Stil der Komponisten und Musiker aus dem neunzehnten Jahrhundert von einer üppigen, frühzeitig ergrauten Mähne eingerahmt. Er lockerte seine Fliege und legte seine Hände auf den Kummerbund seines Smokings. »Vermutlich haben Sie meinem Konzert nicht beigewohnt.«

»Leider standen wir nicht auf der Gästeliste.«

»Schade. Sie haben eine wundervolle Lektion in sowjetischem Idealismus versäumt. Sehen Sie, Tschaikowsky war in gewisser Weise wie Lenin, und diese Ähnlichkeit wird in seinem Violinkonzert sehr deutlich, denn dem großen Komponisten schwebte dabei – wie Lenin – ein großes Thema vor Augen. Um nun dieses angestrebte Ziel zu erreichen, flocht er Übergangsphasen ein; ebenso haben wir in der Sowjetunion ein Ideal, auf das wir zustreben – nicht in einem immerwährenden Zustand der Revolution, sondern in Übergangsphasen, entsprechend der Modifikationen, die zu machen wir infolge des Krieges und unserer Wirtschaft gezwungen sind. Ich würde nicht behaupten, daß wir bereits im Finale angelangt sind, aber immerhin sind wir während der letzten fünfundsechzig Jahre doch ziemlich weit gekommen, finden Sie nicht auch?«

»Zumindest sind Sie bestens organisiert.«

»Das nenne ich eine Untertreibung. Zudem sprach ich eben über den großen Komponisten. Das Konzert beginnt ganz einfach, und man denkt, die vordergründigen Motive enthielten die Botschaft. Aber darunter verschaffen sich andere halb verborgene, kaum wahrgenommene Strömungen Geltung, als wollte der Meister sagen: ›Ich habe euch ein Geheimnis mitzuteilen – aber kein Wort zu den anderen.‹ Es erinnert mich an einen geflüsterten Code, an ein anderes Mitglied unseres Geheimdiensts oder an eine Parole der Verbrüderung unter unserem Volk.«

Saul ermüdete rasch und mußte gewaltsam gegen den Schlaf ankämpfen, während Erika die Autoroute du Sud in Richtung Lyon entlangbrauste und Kotschubeij in einem fort weiterredete. Vierzig Minuten vor Lyon bog Erika auf eine noch im Bau befindliche Zufahrtsstraße ein, die im Laufe des folgenden Jahres zur Genf-Macon-Abzweigung der Autobahn ausgebaut werden sollte. Entlang der Baustelle waren schwere Baumaschinen am Straßenrand geparkt. Das scharfe Prasseln der Kiesel gegen die Unterseite des Wagens ließ Saul wieder wach werden.

Er spähte durch die von den Scheinwerfern des Citroen erhellte Nacht einem schweren Tanklastzug entgegen, der direkt auf sie zugebrummt kam. Stirnrunzelnd beobachtete er, wie der schwere Sattelschlepper abrupt herumschwenkte.

Er versperrte die Straße.

Gleichzeitig schossen hinter den abgestellten Baumaschinen mehrere Lieferwagen hervor und umringten den Citroen. Scheinwerfer durchschnitten das Dunkel.

»Ich kann nichts mehr sehen!« Die Hände zum Schutz gegen das blendende Scheinwerferlicht hochgeworfen, riß Erika den Citroen herum und stieg auf die Bremse, um dem Tanklastzug auszuweichen. Schleudernd krachte der Citroen gegen einen am Straßenrand abgestellten Bulldozer. Sie schnellte nach vorn. Ihr Kopf schlug gegen das Lenkrad. Sie spuckte Blut.

Die Wucht des Aufpralls warf Saul zu Boden. Er rappelte sich verzweifelt hoch und starrte Erika an, die bewußtlos auf dem Fahrersitz zusammengesunken war und leise stöhnte. Er konnte unmöglich mit ihr entkommen, wurde ihm klar. Seine einzige verzweifelte Hoffnung bestand darin, ihre Verfolger aus den Lieferwagen hinter sich herzulocken, um dann in weitem Bogen zurückzuschleichen und sie abzuholen. Er packte Kotschubeij am Aufschlag seines Smokings, während er gleichzeitig die Tür aufstieß. Aber der Stoff gab unter dem Zerren nach und riß.

Also sprang er allein nach draußen, sprintete um den Bulldozer herum und rannte in die Nacht davon, möglichst den Lichtkegeln der starken Scheinwerfer ausweichend. Drüben bei den Lieferwagen wurden mehrere Türen zugeworfen. Er hörte einen weiteren Wagen unter lautem Knirschen auf dem Kies anhalten. Rasche Schritte, übertönt von lauten Rufen. Die Scheinwerfer tasteten sich näher, warfen schließlich seinen fliehenden Schatten über die vom Regen aufgeweichten Felder. In einer Ackerfurche stolpernd, ruderte er wie wild mit den Armen, um das Gleichgewicht zu behalten und dann in verzweifelter Hast auf die düster aufragende Baumgruppe zuzurennen, die ein Stück vor ihm aus dem Dunkel auftauchte. Ein metallisches Knirschen. Er spannte in Erwartung des Aufpralls einer Kugel seine Schultern an, um jedoch statt dessen einen scharfen stechenden Schmerz zu verspü-

351

ren. In seinem Nacken – ein Pfeil. Ein zweiter Pfeil drang in seine Hüfte ein. Er zuckte von dem entsetzlichen Schmerz zusammen. Ihm wurde schwarz vor Augen. Die Knie zu seiner Brust hochzuckend, stürzte er auf den schlammigen Ackerboden; seine Arme krümmten sich krampfhaft einwärts. Und das war alles.

3

Als er das Bewußtsein wiedererlangte, behielt er instinktiv die Augen weiter geschlossen und lauschte. Benommen lag er auf einem Holzfußboden. Der Schmerz in seinem linken Unterarm mußte vom Einstich einer Injektionsnadel herrühren. Mit der ausreichenden Dosis Brevital in seinem Blutkreislauf konnte er mehrere Stunden bewußtlos gewesen sein, um erst aufgrund von Kotschubeijs aufgeregten Rufen aufzuwachen. Die Handschellen, die man ihm auf dem Rükken um seine Handgelenke angelegt hatte, fühlten sich kalt an; sie waren noch nicht durch seine Körperwärme erwärmt worden. Wer auch immer sich mit ihm in diesem Raum aufhielt, konnte ihn erst vor kurzem hierher geschafft und ihm die Handschellen angelegt haben.

Kotschubeij schrie weiter auf jemanden ein. »Was wollen diese Leute? Warum haben Sie mich nicht besser beschützt? Sie haben doch offensichtlich gewußt, daß ich in Gefahr schwebte!«

Darauf vernahm Saul eine andere Stimme – tief und geschmeidig. »Genosse, wenn Sie mit der linken Hand eine Tonleiter spielen und gleichzeitig mit der rechten eine andere...«

»Ist es unmöglich festzustellen, ob es sich um eine Duroder Molltonleiter handelt! Jeder Schuljunge... aber was soll das damit zu tun haben...?«

»Die linke und die rechte Hand durften nichts voneinander wissen. Wenn Sie über meine Absicht informiert gewesen wären, hätten Sie Ihre Rolle Romulus gegenüber nicht so überzeugend vertreten können. Und das war nun einmal von entscheidender Bedeutung für das Gelingen unseres Plans. Und jetzt hören Sie bitte auf, ständig so zu brüllen. Oder möchten Sie in Zukunft Ihr Können lieber in irgendeiner verlassenen Hafenstadt im Jemen zur Schau stellen.«

Saul spähte gerade noch rechtzeitig zwischen seinen kaum geöffneten Lidern hindurch, um zu sehen, wie Kotschubeij plötzlich erbleichte.

»Beruhigen Sie sich doch erst mal, Viktor«, fuhr die Stimme fort. »Sie bekommen jetzt einen schönen, warmen Mantel, und dann werden Sie von einem meiner Leute in den Nachtexpreß zurück nach Paris gesetzt.«

Während der Mann mit Kotschubeij sprach, konnte Saul unter einem Tirolerhut aus schwarzem Leder und dem hohen Kragen eines grünen Lodenmantels das wieselartige Gesicht des Sprechers erkennen. Boris Zlatogor Orlik, GRU-Oberst und Leiter der KGB-Sektion Paris. Orlik tat sich viel darauf zugute, nie direkt getötet, geheime Informationen gestohlen oder falsche Nachrichten weitergereicht zu haben. Er war vielmehr ein Theoretiker und methodischer Stratege, dessen Erfolge sich durchaus mit denen von Richard Sorge messen konnten, der während des Zweiten Weltkriegs in Japan für die Sowjets spioniert hatte. Es war Orlik gewesen, der den Beweis erbracht hatte, daß der GRU-Oberleutnant Jurij Popow zwischen 1952 und 1958 für die CIA tätig gewesen war und daß der GRU-Oberst Oleg Penkowskij 1962 für den MI-6 gearbeitet hatte.

Als Kotschubeij den Raum schließlich verließ, schloß Saul die Augen nicht rasch genug.

»Ach, wie ich sehe, sind Sie bereits wach, Romulus. Verzeihen Sie, daß ich so laut werden mußte, aber bei Männern wie Kotschubeij erweist sich das manchmal als unumgänglich.«

Saul machte sich nicht die Mühe, weiter so zu tun, als wäre er noch ohne Bewußtsein. Er setzte sich mühsam auf und ließ seine Blicke im Raum umherwandern – holzvertäfelte Wände, rustikale Gemälde, ein offener Kamin. »Wo bin ich?«

»In der Nähe von Lyon. In einem bescheidenen Château,

353

in das ich mich zuweilen für wichtige Vernehmungen zurückziehe.«

»Wo ist Erika?«

»In einem anderen Raum. Aber es besteht kein Grund zur Sorge. Sie befindet sich in ärztlicher Obhut. Abgesehen von ihren scheußlichen Kopfschmerzen ist sie jedoch wohlauf.«

Ähnlich ging es auch Saul. Er sackte gegen einen Stuhl. Seine Gedanken drehten sich im Kopf. »Wie haben Sie uns so schnell aufgespürt?«

»Die internationale Sprache.«

»Das verstehe ich nicht.«

»Die Musik. Neben der Stradivari enthielt der Geigenkasten ein Mikrofon und eine Ortungshilfe.«

Saul stieß ein verächtliches Schnauben aus. »Kotschubeij klang so überzeugend, daß ich mir nicht die Mühe gemacht habe, den Kasten zu überprüfen.«

»Aber Sie hätten ihn fast aus dem Wagen geworfen. Ich muß gestehen, daß das für mich ein paar höchst aufregende Sekunden gewesen sind.«

»Damit wäre jedoch meine Frage immer noch nicht beantwortet. Woher wußten Sie, daß wir uns Kotschubeij vornehmen würden?«

»Von der CIA.«

»Das ist ausgeschlossen.«

»Es handelte sich hierbei eben um einen ganz speziellen Anlaß. Nachdem einer unserer Leute in Bangkok von Remus getötet worden war, war uns ihr Verein als Entschädigung dafür dabei behilflich, Sie aus dem Weg zu räumen.«

»Eliot«, stieß Saul hervor.

»So erschien es auch mir.«

»Aber woher...?«

»Dazu kommen wir gleich. Aber lassen Sie mich Ihnen erst die örtlichen Gegebenheiten erklären.« Orlik deutet auf ein Fenster. »Draußen dämmert es gerade. Selbstverständlich werden Sie an Flucht denken. Daher erst einmal dies zu Ihrer Information. Sie befinden sich am Rand des Pilat-Naturschutzparks. Südlich von hier liegt die Ortschaft Véranne, nördlich eine weitere Ortschaft namens Péllusin. Sie werden

354

natürlich davon ausgehen, daß wir Hunde haben; folglich
würden Sie sich durch das bewaldete Hügelland nach Véranne durchzuschlagen versuchen. Natürlich dürften Sie
sich im Dorf nicht blicken lassen. Sie säßen also bis Einbruch
der Nacht in der weichen Erde des Friedhofs oder der ringsum liegenden Äcker fest. Wie dem auch sei, irgendwann
würden wir Sie dennoch aufgreifen. Unsere Pfeile würden
Ihnen von neuem nicht unbeträchtliche Kopfschmerzen be-
reiten, und das ganze Theater ginge wieder von vorne los.
Zugegebenermaßen wäre eine Konfrontation auf einem
Friedhof natürlich höchst pittoresk. Aber die Wirklichkeit
sieht so aus, daß eben der Morgen graut und wir miteinander
sprechen müssen. Zu meinem Bedauern kann ich Ihnen kein
Baby Ruth anbieten.«

Sauls Augen verengten sich.

»Sie sind wirklich bestens informiert.«

»Je nachdem. Hätten Sie gern Frühstück? Glauben Sie bitte
nicht, ich hätte den Croissants oder dem Kaffee etwas bei-
mengen lassen. So etwas klappt nie so, wie man es sich eigentlich wünschen würde.«

Saul konnte sich ein Lachen nicht verkneifen.

»Sehr gut. Ich hielte es jedenfalls für wesentlich ergiebiger,
wenn wir uns auf einer eher freundschaftlichen Basis verständigen könnten.« Orlik nahm Saul die Handschellen ab.

Verdutzt rieb Saul seine steifen Handgelenke und wartete,
bis Orlik sich etwas Kaffee eingegossen und davon getrunken hatte. Schließlich konnte er sich doch die Frage nicht verkneifen: »Demnach wissen Sie also über Eliots Waisen Bescheid?«

»Ich bin sicher, daß Ihnen bereits aufgefallen ist, daß die la-
teinischen Wörter für Vater und Patriotismus auf dieselbe
Wortwurzel zurückzuführen sind. *Pater. Patriae amor.* Sie haben Ihren Vater als eine Erweiterung Ihres Vaterlandes gesehen. Dafür ausgebildet, es zu verteidigen, taten Sie alles, was
Ihnen aufgetragen wurde, ohne sich dabei bewußt zu werden, daß Sie sich in Wirklichkeit zwar ihm gegenüber loyal
verhielten – aber nicht Ihrer Regierung. Seine Methode war
so erfolgreich, daß auch die anderen sie übernahmen.«

Saul setzte unwillkürlich seine Kaffeetasse wieder ab. »Die anderen?«

Orlik betrachtete ihn prüfend. »Das müssen Sie doch gewußt haben. Weshalb sonst wäre Ihre Wahl ausgerechnet auf Landish gefallen?«

»Ich verstehe noch immer nicht.«

Orlik runzelte die Stirn. »Sie wissen es tatsächlich nicht...? Ich dachte, Sie wären zu demselben Schluß gelangt wie ich. 1938.«

»Könnten Sie sich vielleicht etwas klarer ausdrücken? Damals arbeitete Eliot doch noch gar nicht für die Regierung. Er ist erst vierundfünfzig zum erstenmal verschwunden.«

»Und dann noch einmal 1973.«

»Aber diesmal war einer Ihrer Leute, Golitsin...«

»Er war keiner meiner Leute, auch wenn er für den KGB gearbeitet hat.«

»Jedenfalls war diesmal Golitsin in diese Angelegenheit verwickelt. Dann haben ihn allerdings Ihre Leute wegen Verrats erschossen.«

»Sie machen bereits Fortschritte.«

»Verdammt noch mal!«

»Sie werden sich wohl oder übel in Geduld üben müssen. Ich dachte, Sie könnten mir bestimmte Dinge erzählen. Aber ich hätte nie gedacht, daß ich *Ihnen* etwas erzählen müßte.«

»Dann erzählen Sie sie mir schon endlich, verdammt noch mal!«

»1938. Was sagt Ihnen diese Jahreszahl.«

»Hitler und München... oder der Abelard-Vertrag.«

»Sehr gut. Dann werden wir also hier den Anfang machen.«

4

Als sich Hitler in München mit Chamberlain und Daladier traf, fand in Berlin am selben Tag ein anderes Treffen statt. Hitler – Mussolini neben sich – verlangte, daß England und Frankreich von den Vereinbarungen zurückträten, die sie mit der Tschechoslowakei, Österreich und Polen getroffen hatten und denen zufolge sie sich unter anderem verbürgt hatten, diese Länder im Fall einer Invasion zu schützen. Hitlers Absichten lagen auf der Hand. Dennoch unternahmen England und Frankreich nichts, ihm Einhalt zu gebieten, da sie hofften, seine Expansionsbestrebungen wären befriedigt, wenn er sie auf diese angrenzenden Nationen ausgedehnt hätte. Dagegen ließen sich die Männer, die in Berlin zusammengetroffen waren, nicht so leicht täuschen. Immerhin leiteten sie die Geheimdienste Deutschlands, Englands, Frankreichs, der Sowjetunion und der Vereinigten Staaten. Und in dieser Funktion war ihnen klar, daß sich Hitler keineswegs mit einer Annektierung allein dieser drei Länder zufriedengeben würde. Das würde erst den Anfang weiterer Übergriffe bilden. Der Ausbruch eines Krieges drohte, wie er in dieser Ausdehnung und Brutalität bisher ohnegleichen dastand. Obwohl es die Staatsoberhäupter vorzogen, vor dieser Erkenntnis die Köpfe in den Sand zu stecken, waren die Geheimdienstchefs hierzu nicht in der Lage, zumal ihnen auch zunehmend deutlicher bewußt wurde, welche Rolle sie in dem bevorstehenden Krieg zu spielen haben würden. Entsprechend galt es, die nötigen Vorkehrungen zu treffen. Nach dem Ersten Weltkrieg war ihre höchst exklusive Gesellschaft erheblich geschrumpft. Es hatte sich einiges geändert. Altüberkommene Traditionen waren in Vergessenheit geraten. Nachdem inzwischen der Ausbruch eines neuen, noch umfassenderen kriegerischen Konflikts bevorstand, war es an der Zeit, alte Strukturen neu zu organisieren und sich auf bestimmte verbindliche Grundprinzipien zu einigen, von denen eines der Abelard-Vertrag darstellte.

»Ich bewundere die Männer, die sie ins Leben gerufen haben, nach wie vor«, erklärte Orlik dazu. »Solch eine brillante Modifizierung, solch eine kluge Abwandlung. Besagtes Treffen in Berlin zog jedoch noch andere Folgen nach sich, worunter am wichtigsten die gegenseitige Anerkennung der Gemeinsamkeiten war, welche alle jene Männer miteinander verbanden. Aufgrund Ihres Berufs waren sich diese Männer im klaren darüber, daß sie aufgrund ihrer Tätigkeit eine Gemeinschaft bildeten, welche sich über die momentanen politischen Beziehungen ihrer jeweiligen Nationen erhob. Heute mochten zwei Länder in freundschaftlichem Einvernehmen stehen, um sich freilich schon morgen zu überwerfen und sich übermorgen wieder anzunähern. Solch unsichere Verhältnisse, basierend lediglich auf den Launen irgendwelcher Politiker, boten keine ausreichende Operationsgrundlage für die Geheimdienste. Zwar ermöglichten sie es den einzelnen Organisationen, ihre Fähigkeiten und Möglichkeiten – unter erheblichen Risiken – weiter auszubauen, doch gleichzeitig wurde diesen Männern in Berlin bewußt, daß sie sich untereinander selbst näherstanden als ihren jeweiligen Regierungen. Darüber hinaus befürchteten sie, die Risiken könnten unvereinbar hoch werden. Während sie sich also über die dringende Notwendigkeit verbindlicher Grundregeln im klaren waren, schienen sich die Oberhäupter ihrer Regierungen an keinerlei Regeln mehr zu halten. Doch wie sollte die Welt überleben, wenn sich die Politiker nicht auf bestimmte unverrückbare Prinzipien einigen konnten? Irgend jemand mußte doch verantwortlich handeln. Vor Beginn des Krieges konnten diese Männer natürlich nur ahnen, wie dringlich dieses Problem noch werden sollte. Aber auch schon vor dem Einsatz von Atomwaffen beschäftigte das Problem der Verantwortlichkeit die Geheimdienste aufs nachhaltigste. Hitlers Exzesse wurden zunehmend unakzeptabler. Wir wissen, daß einige Offiziere der deutschen ›Abwehr‹ mit den Engländern zusammengearbeitet haben. Eben diese deutschen Agenten haben sogar ein Attentat auf Hitler geplant. Die Bombe vermochte ihn jedoch nicht zu töten, worauf sie selbstverständlich hingerichtet wurden.«

»Wollen Sie damit auf ein durchgehendes Muster hindeuten?«

»Was ich Ihnen bisher gesagt habe, sind ausschließlich Fakten. Was nun folgt, sind meine Mutmaßungen. Die an der Verabschiedung des Abelard-Vertrags beteiligten Männer kamen inoffiziell überein, als – wie soll ich es nennen? – Aufpasser ihrer Regierung zu fungieren, um dafür Sorge zu tragen, daß die internationalen Unstimmigkeiten gewisse Grenzen nicht überschritten. Eine gewisse Gespanntheit der internationalen Lage war natürlich erforderlich, damit die einzelnen Geheimdienste ihre Existenz rechtfertigen konnten, obgleich ab einem bestimmten Punkt jede Nation gleich viel zu verlieren hatte, weshalb man sich auf folgendes einigte. Nicht zu vergessen, hatte auch Stalin bereits mit seinen Säuberungsaktionen begonnen. Wenige Monate, nachdem er von der Abelard-Konferenz in die Sowjetunion zurückgekehrt war, fiel ihnen mein Landsmann Wladimir Lashensokow zum Opfer. Hatte Stalin von dem Treffen erfahren und was dabei vereinbart worden war? Wer weiß? Diese Exekution, in Verbindung mit Hitlers Rache an seinen gescheiterten Mördern, ließ die Aufpasser in den Reihen der Geheimdienste jedenfalls mit gesteigerter Vorsicht ans Werk gehen. Sie delegierten ihre Verantwortung an sorgfältig ausgewählte Schützlinge. In Tex Autons Fall, dem Repräsentanten der Vereinigten Staaten bei diesem Treffen, war dies sein Adoptivsohn Eliot. Percival Landishs Wahl fiel auf seinen eigenen Sohn. Diesem Beispiel folgten auch die französischen und deutschen Geheimdienstchefs. Auch Lashensokow muß wohl bereits sein Ende im Zuge der Säuberungsaktionen befürchtet haben, da er entsprechende Vorkehrungen in dieser Richtung getroffen hatte.«

»Spielen Sie damit auf Golitsin an?«

»Sie denken also nun doch in den Bahnen meiner logischen Folgerungen. Golitsin, der 1973 wegen Hochverrats liquidiert wurde, stand in geheimer Verbindung mit Landish und Eliot sowie mit je einem Vertreter des deutschen und französischen Geheimdiensts. Zweifellos hätten Sie bald mehr über diese beiden erfahren. Die Übereinstimmungen sind wirklich bemerkenswert. Die fünf Teilnehmer an der Abelard-Konferenz bildeten Vertreter aus, die es – entgegen ihren geheimen Wünschen – ablehnten, in die höchsten Führungspositionen ihrer Organisationen aufzusteigen. Statt dessen bauten sie ihre Positionen unmittelbar unterhalb der Spitze der Pyramide zu wahren Festungen aus, wo sie sich durch die Launen der Politiker in keiner Weise bedroht fanden. Um sich in dieser Position weiter abzusichern, trugen sie insgeheim alle nur verfügbaren Beweise über irgendwelche Skandale zusammen, um vermittels dieses Materials jeden abzuschrecken, der töricht genug sein sollte, ihnen ihre Position streitig zu machen. Diese Männer konnten sich seit Kriegsende in ihren Stellungen halten und demzufolge auch einen entsprechend beständigen Einfluß auf ihre jeweiligen Regierungen ausüben. Sie haben eine Reihe von Operationen sabotiert. Denken Sie zum Beispiel nur an den U2-Zwischenfall und die Schweinebucht-Affäre. Um ihre weniger einsichtigen Geheimdienstmitarbeiter entsprechend an die Kandare nehmen zu können, stellten sie immer wieder die Behauptung auf, ihre Organisation sei von einem feindlichen Agenten infiltriert. Infolgedessen war jeder Geheimdienst im Lauf der Zeit so sehr damit beschäftigt, sich selbst nachzuspionieren, daß sich die eigentliche Spionagetätigkeit in relativ bescheidenen Grenzen hielt und somit eine versteckte Form der Kontrolle etabliert werden konnte. Mit ihrem verantwortlichen Vorgehen – zumindest betrachten die betreffenden Herren es als solches – trugen sie also dazu bei, auf internationaler Ebene eine Art Status quo aufrechtzuerhalten.«

»Und was ist mit Eliots Verschwinden in den Jahren 1954 und 1973?«

»Geheime Treffen. Um ihre Beziehung untereinander zu festigen, sich in ihren Zielen zu bestärken. Zudem erwies es sich als erforderlich, ihre gemeinsamen Bemühungen zu koordinieren. Sie trafen sich so selten wie möglich und so häufig wie nötig.«

»Diese wunderschöne Theorie hat nur einen Haken.«

»Und der wäre?«

»Diese Männer hätten dies unmöglich allein bewerkstelligen können. Dazu hätten sie auf nicht unerhebliche personelle und finanzielle Ressourcen zurückgreifen müssen.«

»Ganz richtig. Aber in Ihrem eigenen Fall verfügt zum Beispiel die CIA über ein unbegrenzt offenes Budget, wobei kein Mensch nachprüfen kann, wieviel Geld in diesem Zusammenhang ausgegeben wird und in welche Kanäle es fließt. Schließlich stellte es eine wesentliche Beeinträchtigung der

Geheimhaltung dar, wenn über sämtliche Gelder genau Buch geführt werden müßte. Es wäre also nicht weiter schwierig, Geldmittel für eine private Operation zu beschaffen. In gleicher Weise gilt dies natürlich auch für die anderen Geheimdienste.«

»Dennoch wären Eliot und die anderen auf Unterstützung angewiesen gewesen. Sie hätten Machtbefugnisse delegieren müssen. Und irgendwann hätte in jedem Fall jemand das Schweigen gebrochen.«

»Nicht unbedingt. Denken Sie doch einmal genauer darüber nach.«

Saul spürte seinen Magen tiefer sinken.

»Haben etwa Sie oder Remus aus der Schule geplaudert? Oder Eliots andere Waisenknaben? Ich vermute, daß die ursprüngliche Idee von Auton kam; und sie ließ sich auch mit größtem Erfolg in die Tat umsetzen. Jahrelang haben Sie und andere Eliot fraglos in seinen Bemühungen unterstützt, den Maximen der Abelard-Konferenz gerecht zu werden und den Direktiven des jeweiligen Pflegevaters Folge zu leisten.«

»Der Anschlag auf die Paradigm-Foundation, den er mich durchzuführen gebeten hat.«

»Offensichtlich hielt er dies für notwendig. Jedenfalls wurde er uns in die Schuhe geschoben – und den Israelis. Weder wir noch die Israelis sind daran interessiert, daß sich die Araber mit den Amerikanern verbünden. Die Frage ist nur, was er sich davon erhofft hat.«

»Das ist nicht ganz richtig. Die Frage ist, warum er mich gebeten hat, diesen Auftrag auszuführen, und dann versucht hat, mich liquidieren zu lassen.«

»Das müssen Sie ihn schon selbst fragen.«

»Falls ich dieses Schwein nicht vorher umbringe.« Seine Eingeweide krampften sich zusammen. »Sie hatten sich also alle Waisen herangezogen.«

»Die letzte Übereinstimmung. Landish, Golitsin und die anderen – sie alle nahmen Jungen aus Waisenhäusern an Sohnes Statt an, versicherten sich ihrer fraglosen Loyalität und opferten sie dann, wenn es die Umstände erforderten.«

361

»Das Ganze wird nur noch perverser.« Saul hob seine Hände. »Wenn ich nur...«

»Das ist der Grund, weshalb Sie noch am Leben sind.«

Wütend kniff Saul die Augen zusammen. »Rücken Sie endlich raus mit der Sprache.«

»Wie schon Lashensokow vor ihm sah auch Golitsin seine Liquidierung voraus und sah sich deshalb nach einem Stellvertreter um. Ich habe herausgefunden, wer der Betreffende ist; doch ich fürchte auch, daß der Betreffende von meiner Entdeckung weiß. Mein Gegner ist sehr klug und mächtig. Sollte ich ihm zu gefährlich werden, könnte er mich jederzeit ausschalten. Folglich habe ich mich auf die Männer in den anderen Geheimdiensten konzentriert, die dieses Erbe angetreten haben.«

»Aber wieso? Wenn sie ihre eigenen Organisationen sabotieren, arbeiten sie doch letztlich für Sie.«

»Nicht, wenn sie alle am selben Strang ziehen. Sie greifen in die natürliche Ordnung der Dinge ein. Ich bin überzeugter Marxist, mein Freund. Ich glaube an die sowjetische Vorherrschaft. Sicher gibt es auch innerhalb unseres Systems Nachteile, aber sie sind nichts im Vergleich mit...«

»Was?«

»...der absoluten Obszönität des Ihren. Ich möchte diese Männer vernichten. Ich möchte der Dialektik zu ihrem Lauf verhelfen, den Status quo zerstören und die Revolution zu Ende führen.« Orlik lächelte. »Ich konnte mein Glück also erst gar nicht fassen, als ich den Auftrag erhielt, Sie abzufangen und zu töten.«

»Und das ist alles? Sie wollen, daß ich diese Männer jage? Damit Sie sich nicht in Gefahr zu begeben brauchen?«

Orlik nickte.

»Ich habe es auf Eliot abgesehen. Um meinen Kopf aus der Schlinge zu ziehen, muß ich mich auf einen Kompromiß einlassen. Das ist mir klar. Daran führt kein Weg vorbei. Aber um Ihnen helfen zu können, erwarte ich auch eine gewisse Kompromißbereitschaft Ihrerseits.«

»Wieso? Ich habe Erika. Sie würden sie nie im Leben sterben lassen. Und da ist noch etwas.«

Saul runzelte die Stirn.

»Sie behaupten, Sie hätten es auf Eliot abgesehen? Sie täuschen sich. Sie haben es auch noch auf mindestens eine andere Person abgesehen.«

»Auf wen?«

»Sie wollten doch wissen, wie Eliot erfahren hatte, daß Sie nach Paris kommen würden?«

»Sagen Sie es mir schon!«

»Chris ist tot. Landish hat ihn töten lassen.«

5

Erika würgte krampfhaft.

Der Schlafraum hatte kein Fenster. Saul hätte am liebsten laut losgebrüllt, die Wände zertrümmert. Seine Wut war so gewaltig, daß er platzen zu müssen glaubte. Die Trauer machte sich bis in die äußersten Fasern seiner Muskel bemerkbar und schüttelte ihn krampfhaft. »Eigentlich hätte ich an seiner Stelle sein sollen.«

Erika stöhnte leise vor sich hin.

»Er wollte meinen Platz einnehmen – mit dir nach Paris fahren und sich Kotschubeij vornehmen, während ich auf Landish hätte aufpassen sollen.« Saul rang mühsam nach Atem. »Weil er von bösen Ahnungen geplagt wurde, ich könnte getötet werden. Aber ich habe mich nicht überzeugen lassen!«

»Du brauchst dir doch deswegen keine Vorwürfe zu machen.«

»Ich wollte nicht auf ihn hören!«

»Es war doch nicht deine Schuld. Das Los hat nun einmal so entschieden. Wenn du an seiner Stelle geblieben wärst...«

»...wäre ich an seiner Stelle gestorben! Ich würde mit Freuden sterben, wenn ich dadurch ihn wieder zum Leben erwecken könnte!«

»Das hätte er mit Sicherheit nicht gewollt!« Erika hatte sich vorsichtig erhoben und betastete den Verband an ihrem Kopf. »Er wollte nicht mit dir tauschen, um sein Leben zu retten. Er dachte, er würde damit das *deine* retten. Das ist doch nicht deine Schuld. Nimm doch um Himmels willen an, was er dir geschenkt hat.« Sie brach, am ganzen Körper zitternd, in Tränen aus. »Der arme Chris. Er hat es wirklich nicht leicht gehabt im Leben. Er hat nie gewußt, was...«

»Frieden ist?« Saul nickte. Er und Chris waren so erzogen worden, keinerlei Gefühle zuzulassen außer ihrer Zuneigung füreinander und vor allem für Eliot. In Sauls Fall hatte diese Konditionierung funktioniert. Er hatte sich nie irgendwelche Gedanken über das gemacht, was Eliot ihn zu tun beauftragt hatte – weil er seinen Vater unter keinen Umständen hatte enttäuschen wollen.

Dagegen Chris...

Sauls Kehle schnürte sich zusammen... Chris war anders gewesen. Seine Konditionierung war zusammengebrochen. Zu guter Letzt hatte ihn das Morden doch belastet. Es mußte die Hölle für ihn bedeutet haben, einerseits Eliot zufriedenzustellen zu versuchen und andrerseits seine Gewissensbisse zu verdrängen. Aus diesem Dilemma hatte ihn selbst das Kloster nicht befreien können.

In ihrer ungewohnten Wärme schockierend, strömten Tränen über Sauls Gesicht. Seine geschwollenen Augen brannten. Er hatte nicht mehr geweint, seit er fünf Jahre alt war. Schluchzend klammerte er sich an Erika.

Zu guter Letzt versagte nun auch seine Konditionierung. Die Wut verstärkte sein Leid, die Trauer brachte seinen Zorn zum Schwelen, bis etwas in ihm zu Bruch ging. Es war dies das lebenslange Zurückhalten aller Emotionen, und die dadurch freiwerdende Kraft war so gewaltig, daß er es mit der Angst zu tun bekam. Noch nie hatte er ein solch unwiderstehliches Verlangen verspürt, das trotz aller mit ihm einhergehenden Qualen doch auch äußerste Befriedigung in Aussicht stellte.

»Du Schwein.« Er knirschte mit den Zähnen. »Für diese Schokoladenriegel wirst du mir büßen.« Der haßerfüllte Ton seiner Stimme überraschte ihn selbst.

»So ist es richtig«, nickte ihm Erika mit zitternder Stimme zu. »Gib die Schuld dem, dem sie auch zukommt. Und das bist mit Sicherheit nicht du. Eliot ist der Schuldige. Ihm hast du das alles zu verdanken. Ihm und Landish und diesen anderen Dreckskerlen.«

Saul nickte; von unbändiger Wut ergriffen, begann er langsam zu verstehen. Er mußte Chris rächen.

Das heftige Klopfen ließ ihn aufschrecken. Ein Schlüssel drehte sich im Schloß. Als er zu der sich öffnenden Tür herumwirbelte, tauchte dahinter Orliks Wieselgesicht mit einem Wachposten auf. »Wir hatten uns auf fünfzehn Minuten geeinigt.«

»Ich bin bereit«, erklärte Saul ungeduldig und innerlich kochend. »Leiten Sie alles Nötige in die Wege.«

»Das habe ich bereits. Sie können sofort aufbrechen, obwohl Erika selbstverständlich hier bleiben wird. Ich muß mich schließlich irgendwie absichern.«

»Wenn Sie ihr auch nur ein Haar krümmen sollten...«

»Ich bitte Sie.« Orlik setzte eine beleidigte Miene auf. »Ich bin nicht nur ein absoluter Profi, sondern auch ein Gentleman.«

»Sie müssen sich absichern?« warf Erika stirnrunzelnd ein.

»Wenn Sie so wollen, könnte ich auch sagen: Ich möchte unseren gemeinsamen Freund zusätzlich motivieren.«

»Was Sie offensichtlich noch nicht begriffen haben«, stieß Saul aufgebracht hervor, »ist die Tatsache, daß ich keinerlei zusätzliche Motivation mehr benötige.«

»Um das Ganze nach Ihren Vorstellungen durchzuziehen«, lächelte Orlik verständnisvoll. »Ich hätte es allerdings lieber, wenn Sie sich dabei mehr nach meinen Vorstellungen richten würden. Wenn mein Feind nach jemandem sucht, den er dafür verantwortlich machen kann, dann möchte ich, daß Sie das sind – und nicht ich.« Seine Augen blitzten auf. »Ich hoffe, Sie haben sich inzwischen von dem Betäubungsmittel erholt.«

»Weshalb?«

»Weil Ihnen gleich eine erstaunliche Flucht gelingen soll.«

6

Saul kletterte die Anhöhe hinauf, um dann, oben angelangt, mit keuchendem Atem die im Zwielicht unter ihm sich ausbreitende Landschaft abzusuchen. Hinter ihm versank das Tal allmählich im Nebel. Vor ihm lockten mächtige Kiefern. Er roch ihren harzigen Duft, als er zwischen ihnen hindurch weiterhetzte. Hinter sich hörte er das Kläffen der Spürhunde. Es war lauter geworden, seit er die letzte Wiese überquert hatte. Er hatte verzweifelt einen Wasserlauf zu finden versucht, um ein Stück im Wasser weiterzulaufen, damit die Hunde seine Fährte verloren. Doch er hatte kein Glück gehabt. Sein Hemd klebte vom Schweiß an seinem Oberkörper.

Die Hunde wurden immer deutlicher vernehmbar.

Orlik hatte recht gehabt. Angesichts der Hunde hatte Saul am ehesten in nördlicher Richtung eine Chance zu entkommen. Er hatte gehofft, in dem wilden, zerklüfteten Waldland eine Felswand zu erreichen, welche die Hunde nicht hinaufgekommen wären, oder eine Felsspalte, die sie nicht hätten überspringen können. Aber auch in dieser Hinsicht hatte er kein Glück gehabt.

Im abendlichen Wald stieg feuchte Kühle auf. Sein Schweiß fühlte sich glitschig an, als er durch das Unterholz brach. Das Kläffen der Hunde kam immer näher. Durch einen Windbruch zu seiner Rechten sah er die Lichter einer Ortschaft. Doch er konnte nicht riskieren, sich in dieser Richtung zu wenden. Sicher lagen dort Wachposten auf der Lauer. Er mußte sich weiter nach Norden, durch das Terrain, das ihm am ehesten zupaß kam, vorkämpfen – durch das Hügelland und den Wald. Er liebte den Geruch des Lehmbodens, über den er rannte.

Dornenranken rissen an seiner Kleidung. Zweige zerkratzten seine Haut. Trotz der juckenden Schwellungen seiner aufgeschürften Haut wurde er von wilder Freude durchpulst. Das Adrenalin schärfte seine Sinne. Als wäre er eben einem Labyrinth entronnen, gab er sich dem jubelnden Triumph seiner Befreiung hin.

Wenn nur die Hunde nicht gewesen wären. Unerbittlich

brachen sie durch das dichte Unterholz; sie kamen unaufhaltsam näher. Einen umgestürzten Baum überspringend, hastete er eine schattige Böschung hinauf. Aufgeregt ergriffen die Waldtiere die Flucht, als spürten sie ein bevorstehendes Drama. Er entschied sich für einen Wildwechsel zu seiner Linken, umrundete einen Felsbrocken und kletterte zu einem Plateau hoch.

Um sich auf dem Friedhof wiederzufinden, von dem ihm Orlik erzählt hatte. Scharf hoben sich die Silhouetten der Grabsteine gegen das Abendrot ab. Marmorne Engel breiteten ihre Flügel aus. Cherubim trauerten. Die letzten Strahlen der untergehenden Sonne zauberten pittoreske Lichteffekte in den aufsteigenden Nebel. Alles schien vorherbestimmt. Er hastete zwischen den Gräbern hindurch. Ein Blumengewinde und dann eine einzelne Blüte lenkten seine Aufmerksamkeit auf sich. Und dann hörte er hinter sich das leise Kratzen von Krallen auf Stein. Er wandte sich dem Unterholz zu und griff in seine Tasche. Orlik hatte ihm eingeschärft, erst davon Gebrauch zu machen, wenn es sich als unbedingt nötig erwies.

Und dieser Augenblick war nun gekommen. Er schraubte den Verschluß ab und goß die ätzende, widerlich riechende Flüssigkeit auf ein frisch ausgehobenes Grab. Im nächsten Augenblick war er auch schon an einer Hecke vorbeigeschossen und in der hereinbrechenden Nacht verschwunden. Die Blumen rochen nach Begräbnis.

Aber nicht für mich, dachte er. Und auch nicht für die Wachen, die er in Orliks Château mit ein paar Handkantenschlägen niedergestreckt hatte, wobei er seine Schläge so plaziert hatte, daß diese Männer, obwohl sie seine Feinde waren, überleben würden. Und auch Orlik bekam auf diese Weise, was er wollte. Eine überzeugende Flucht, ohne dabei seine Männer opfern zu müssen.

Hinter sich hörte er das verzweifelte Jaulen der Hunde, deren malträtierte Spürnasen nun zu nichts mehr zu gebrauchen waren. Sie würden sich ihre Gesichter wundkratzen, bis der Geruch des Blutes den der Chemikalie überdeckte. Jedenfalls würden sie ihn nicht mehr länger verfolgen.

Doch es würde ein Begräbnis geben. Bald. Und es würde nicht das seine sein, dachte er in freudiger Erregung. Er liebte den Haß zu sehr, um ihn zu unterdrücken.

7

Der Wagen war an der Stelle versteckt, die Orlik ihm genannt hatte – im Dunkel hinter einer mit Brettern vernagelten Tankstelle an einer Nebenstraße außerhalb Lyons. Ein grauer, drei Jahre alter Renault, der mit seiner unauffälligen Farbe kaum aus dem Dunkel hervorstach. Saul näherte sich dem Wagen in aller Vorsicht; er beobachtete erst die Straße und die Bäume im Umkreis der Tankstelle, bevor er aus seiner Deckung unter den Büschen entlang der Straße hervorkroch. Einem der Wachposten in Orliks Château hatte er eine französische MAB-9-mm-Pistole abgenommen. Mit gezückter Waffe spähte er durch das Wagenfenster auf den Boden des Fonds. Als er niemanden entdeckte, öffnete er die Tür und fand, wie Orlik ihm versprochen hatte, die Schlüssel unter der Fußmatte. Danach vergewisserte er sich, daß nirgendwo eine Bombe versteckt war. Mit Hilfe der Streichhölzer, die er im Handschuhfach fand, untersuchte er erst den Motor und kroch dann unter den Wagen, um die Federung zu begutachten. Schließlich öffnete er den Kofferraum, wo er die Kleidung und die Ausrüstung vorfand, deren Bereitstellung ihm Orlik zugesichert hatte. Obwohl Saul zur Not auch auf eigene Versorgungsmöglichkeiten hätte zurückgreifen können – er hatte im Lauf der Jahre in den verschiedensten Ländern Ausweise und Geld deponiert –, war es doch ein beruhigendes Gefühl zu wissen, daß Orlik sich an die Abmachungen hielt. Mit Sicherheit lag auch ihm einiges dran, diese Operation erfolgreich zum Abschluß zu bringen.

Dennoch machte Saul der Umstand Sorgen, daß Orlik Erika nicht freigelassen hatte, auch wenn er die dem zugrundeliegende Absicht verstehen konnte. Orlik würde mit Sicherheit verdächtigt werden, Saul absichtlich entkommen haben zu lassen. Und es wäre in diesem Zusammenhang in jedem

Fall glaubwürdiger erschienen, wenn auch Erika entkommen wäre. Andrerseits würde sie Orlik natürlich ermöglichen, Saul zu zwingen, so vorzugehen, wie er, Orlik, das wollte. Dennoch wurde Saul den Verdacht nicht los, Orlik könnte noch etwas anderes im Schilde führen. Was war, wenn Orlik ihn, nachdem alles vorbei war, vermittels Erika zurücklocken würde, um sie dann beide zu töten und als Trophäen zu präsentieren, um sich endgültig von jedem Makel reinzuwaschen, der infolge Sauls Flucht von nun an auf ihm lasten würde?

Diese verworrene Vielfalt von Möglichkeiten verstrickte ihn tiefer in ihr unentwirrbares Netz. In einem Punkt hatte er jedoch Gewißheit: Orlik würde sie nicht hintergehen, solange die Operation nicht zum Abschluß gebracht war. Und bis dahin wußte Saul genau, was er zu tun hatte – ohne Wenn und Aber.

Chris war tot. Und das würden sie ihm büßen.

Er startete den Renault. Der Motor sprang sofort an. Offensichtlich war er erst vor kurzem eingestellt worden. Der Tank war voll.

Der Lichtkegel der Scheinwerfer durchschnitt die Nacht, als er auf die Nebenstraße einbog. Im Fahren sah er immer wieder in den Rückspiegel, ob dort die Lichter eines anderen Wagens zu erkennen waren. Doch offensichtlich folgte ihm niemand. Schließlich bog er auf die nächste Hauptstraße ein und fuhr in Richtung Westen los.

Orlik hatte zwar seine fünf Zielpersonen ausgewählt – die Nachfolger der Männer, welche an der Abelard-Konferenz teilgenommen hatten –, aber hinsichtlich ihrer Reihenfolge hatte er Saul freie Wahl gelassen.

Saul hatte vor, den Renault so rasch wie möglich abzustoßen. Obwohl er ihn gründlich durchsucht hatte, war ihm vielleicht doch ein versteckter Sender entgangen, der einem Beschattungsteam über Funk seine genaue Position durchgab, so daß sie ihm außer Sichtweite in einem Wagen hätte folgen können. Aber darauf kam es jetzt auch gar nicht an.

Nichts zählte mehr.

Außer der Rache. Mit unverhohlener Befriedigung dachte

Saul daran, wie nun die Fähigkeiten, die ihm sein Vater beigebracht hatte, zu Waffen werden würden, mit denen er ihn
vernichten würde.

Aufgepaßt, Alter. Ich komme.

Seine Hände krallten sich so fest um das Lenkrad, daß
seine Knöchel schmerzten.

Und hin und wieder während der Nacht saß Chris neben
ihm. Das Gesicht eingefallen, die Augen tot, grinste er ihn
an, als wären sie plötzlich wieder kleine Jungen, eben im Begriff, sich in ein neues Abenteuer zu stürzen.

Und zwar auf das alleraufregendste. Es jemandem heim-
zuzahlen.

8

»Wie bitte? Entschuldige, aber ich habe nicht verstanden,
was du gesagt hast.« Ganz langsam stieg in Eliot ein Verdacht
auf. Er saß in seinem Arbeitszimmer am Schreibtisch und
blickte auf, als wäre er eben in wichtige Papiere vertieft gewesen, obwohl er nichts vor sich liegen hatte und die Lichter aus
waren und die Vorhänge zugezogen. Mit zusammengekniffenen Augen starrte er auf die offene Tür, in der sich die Umrisse eines kräftigen Mannes gegen die Flurbeleuchtung abhoben.

Der Mann hatte seine Beine gespreizt und hielt die Arme
leicht vom Oberkörper abstehend. Er war groß und hatte ein
kantiges Gesicht.

Eliots Stirn legte sich in Falten. Er erkannte den Mann
nicht. Oder hatte er Angst, ihn zu erkennen? Es hätte Chris
sein können.

Hatte Chris überlebt und war nun gekommen, um sich zu
rächen? Ausgeschlossen. Landish hatte ihm versichert, daß
Chris...

Die dunkle Silhouette sah aus...

Tot? Unmöglich. War es dann Saul, der an seinen Bewachern um das ganze Haus vorbeigeschlichen war und ihm
nun entgegentrat?

Dazu war es noch zu früh. Dennoch beunruhigte ihn diese Erklärungsmöglichkeit, da ihm bewußt wurde, daß ihn die schemenhafte Gestalt nicht nur an Chris und Saul erinnerte, sondern mit einem Mal auch an all die anderen – neun Blutsbrüderpaare, achtzehn Waisen, alle seine Pflegesöhne. Er hatte sich eingeredet, daß er sie liebte. Schnürte sich ihm nicht die Kehle zusammen, wenn er an sie dachte? War seine Trauer nicht der Beweis, daß er keineswegs rücksichtslos und gefühllos gehandelt hatte? Sein Schmerz darüber, sie opfern zu müssen, ließ sein Vorgehen im Gegenteil sogar noch heroischer erscheinen.

Fünfzehn waren inzwischen bereits tot – vielleicht sogar einer mehr, falls Saul zu überstürzt handeln sollte. Doch das war eigentlich nicht Sauls Art. Der Ablauf schien vorherbestimmt. Er dachte, ich habe noch nie an Glück geglaubt – oder an so etwas wie Schicksal. Ich habe immer nur auf das Können gesetzt. Doch als er nun die schemenhafte Gestalt in der offenen Tür betrachtete, hatte er eine unvermutete Halluzination, in der ihm alle seine Söhne in einer einzigen Person verschmolzen erschienen. Er erschauderte. Seine Vorliebe für komplexe Abläufe und Verwicklungen hatte ihn ihre Decknamen aus der griechischen und römischen Mythologie wählen lassen, und in diesem Zusammenhang fielen ihm plötzlich noch andere Gestalten aus der Mythologie ein – die Furien. Die rächenden Schatten.

Er räusperte sich und sagte noch einmal: »Ich habe nicht verstanden, was du gesagt hast.«

»Alles in Ordnung?« Pollux trat einen Schritt vor.

»Wie kommst du darauf, es könnte etwas nicht in Ordnung sein?«

»Ich habe dich hier drinnen reden gehört.«

Beunruhigt, konnte Eliot sich an nichts dergleichen erinnern.

»Ich konnte mir nicht vorstellen, mit wem du reden könntest«, fuhr Pollux fort. »Schließlich war ich ganz sicher, daß niemand an mir vorbeigekommen ist. Dann fiel mir das Telefon ein. Aber von meinem Platz auf dem Flur konnte ich sehen, daß der Hörer auf der Gabel lag.«

»Keine Sorge. Mir fehlt nichts... vermutlich habe ich nur laut gedacht.«

»Soll ich dir irgend etwas bringen?«

»Nein, ich glaube nicht.«

»Ich könnte dir eine Tasse heiße Schokolade machen.« In Erinnerungen schwelgend, lächelte Eliot. »Weißt du noch? Als du noch klein warst und mich mit Castor besuchen kamst, habe ich euch immer heiße Schokolade gemacht, bevor ihr schlafen gegangen seid.«

»Das werde ich doch nie vergessen.«

»Inzwischen bist du es, der mir die heiße Schokolade bringt. Hast du vor, dich auch sonst um deinen alten Vater zu kümmern?«

»Aber du weißt doch, daß ich alles für dich tun würde.«

Eliot nickte, schmerzlich berührt. Fünfzehn andere hatten alles für ihn gegeben. »Ich weiß. Du brauchst dir im übrigen keine Sorgen zu machen. Mir fehlt nichts. Ich brauche nur etwas Zeit für mich. Ich liebe dich. Hast du schon gegessen?«

»Das werde ich bald.«

»Sieh auch wirklich zu, daß du etwas ißt. Und dein Bruder?«

»Er hat sich am anderen Ende des Flurs postiert, von wo aus er die Rückseite des Hauses beobachten kann.«

»Ich komme gleich zu euch. Dann können wir uns über die gute, alte Zeit unterhalten.«

Nachdem Pollux gegangen war, ließ Eliot sich erschöpft in seinen Sessel zurücksinken. Freudige Erinnerungen an den Sommer 54 stiegen in ihm auf, als er mit Castor und Pollux – wohin doch gleich wieder, in den Yellowstone Park? – gefahren war. Zu viele Jahre waren zu rasch verstrichen. Manchmal ließ ihn sein Gedächtnis bereits im Stich. Oder waren sie im Grand Canyon gewesen? Nein, das war 1956 gewesen. Castor hatte...

Erschaudernd wurde ihm bewußt, wie nachhaltig er sich getäuscht hatte. Das war nicht mit Castor und Pollux gewesen. Nein, das war mit zwei anderen Jungen gewesen. Fast hätte er zu weinen begonnen, weil er sich nicht mehr erinnern konnte, mit wem er damals unterwegs gewesen war.

Vielleicht sogar mit Chris und Saul. Seine Furien rückten näher. Sein Mund füllte sich mit Galle.

Er hatte sein Büro schon am Nachmittag verlassen, sobald ihm sein Assistent die Nachricht überbracht hatte.

»Romulus entkommen? Aber es war doch alles wie geplant abgelaufen. Der KGB hat seine Festnahme doch bereits bestätigt.«

»Zusammen mit der Frau. Ja.« Der Assistent sprach nur zögernd. »Aber er ist entkommen.«

»Wie ist das möglich?«

»Sie haben ihn in der Nähe von Lyon geschnappt und in ein Château gebracht, wo er liquidiert werden sollte.«

»Sie sollten ihn doch auf der Stelle töten!«

»Offensichtlich wollten sie ihn erst noch einem Verhör unterziehen.«

»Davon war in unserer Abmachung nicht die Rede! Wieviel Schaden hat er angerichtet? Wie viele Wachposten hat er getötet?«

»Keinen. Er ist ohne größere Schwierigkeiten entkommen.«

Eliot schien zutiefst besorgt. »Aber sie haben doch wenigstens die Frau getötet?«

»Nein, sie vernehmen sie, um herauszufinden, wohin er geflohen sein könnte.«

Er schüttelte den Kopf. »Irgend etwas ist faul an der Sache.«

»Aber sie behaupten...«

»Irgend etwas an dieser Sache ist faul. Sie lügen. Das Ganze ist nur ein Trick.«

»Aber wozu?«

»Irgend jemand hat ihn entkommen lassen.«

»Welchen Grund sollte es hierfür geben?«

»Ist das nicht offensichtlich? Damit er mir den Garaus macht!«

Die Augen des Assistenten verengten sich.

Und das war der Punkt, an dem Eliot bewußt wurde, daß ihn sein Assistent für paranoid hielt. Deshalb verließ er in Begleitung von Castor und Pollux abrupt sein Büro. Seitdem

saß er in seiner verdunkelten Höhle, während das Haus von
Wachposten umstellt und seine unmittelbare Umgebung von
seinen einzigen noch verbleibenden treuen Söhnen bewacht
wurde.

Aber er konnte nicht ewig hier so sitzen. Er konnte unmöglich die ganze Zeit nur warten. Trotz der Furien, die ihn jagten, glaubte er nicht an das Schicksal. Ich habe immer auf
Können gesetzt, dachte er – und auf Tücke.

Ich war sein Lehrer. Ich kann mich in ihn hineinversetzen.
Was würde ich an Sauls Stelle tun?

Sobald er wußte, welche Frage er zu stellen hatte, kam ihm
die Antwort wie von selbst. Aufgeregt wurde ihm bewußt,
daß er noch eine Chance hatte. Aber nur, wenn er rasch zur
Tat schritt.

Er mußte sich unverzüglich mit Landish in Verbindung
setzen.

Saul würde sich in seiner Rache suhlen und deshalb ein
paar Zwischenstationen einlegen, um Furcht und Schrecken
zu verbreiten.

Landish wird sein erstes Opfer sein. Wir können ihm eine
Falle stellen.

9

Wieder hatte er das Gefühl, schon einmal hier gewesen zu
sein und nicht nur die Umfassungsmauer des Heims, sondern auch die von Andrew Sages Landsitz vor sich zu sehen.
Alle Stränge seiner Vergangenheit liefen auf einen Punkt zusammen. Eliot hatte das Waisenheim benutzt, um ihn zu ver-
bilden, zu pervertieren. Eine der Folgen hiervon war der Anschlag auf die Paradigm Foundation gewesen. In allmähli-
chem Begreifen überkam ihn grimmige Genugtuung bei dem
Gedanken, wieder dorthin zurückzukehren, wo alles seinen
Anfang genommen hatte. Als er Sages Haus in die Luft gesprengt hatte, hatte er nichts verspürt. Er hatte lediglich einen Auftrag erledigt. Er hatte es für Eliot getan. Aber inzwischen war alles anders. Zum erstenmal sah er einem Mord

mit Freude entgegen. Während er nun die Mauern um Sages Landsitz mit denen um Landishs Grundstück verglich, wurde er sich auch der Veränderung bewußt, die in ihm vorgegangen war. Er *wollte* nun töten, und es verschaffte ihm unverkennbare Befriedigung, daß er dafür dieselbe Methode ausersehen hatte, wie er sie damals bei der Ermordung Sages angewandt hatte. Voller Genugtuung wurde er sich der dahinter steckenden Ironie des Schicksals bewußt; nun kehrte er Eliots Strategien gegen ihn selbst. Ich habe dir doch gesagt, Landish, wie ich mich rächen würde, falls du mich hintergehen würdest. Verdammt, mein Bruder ist tot. Und während er sich die Mauern des Waisenheims vorstellte, spürte er ein Brennen in seinen Augen, und sie füllten sich mit Tränen.

Er wandte sich seiner Waffe zu. Natürlich hätte er Landish auch aus einem Hinterhalt mit einem Gewehr erschießen können. Aber das hätte ihn nicht befriedigt. Damit wäre seine Drohung nicht hinreichend wahrgemacht worden. Landish mußte auf eine ganz bestimmte Weise sterben.

Allerdings brachte seine diesbezügliche Entschlossenheit einige Probleme mit sich. Entweder befleißigte sich Landish inzwischen noch größerer Vorsicht, oder er hatte von Sauls Flucht erfahren, da die Sicherheitsvorkehrungen auf dem Landsitz verdreifacht worden waren. Eine Unmenge von Wachposten patrouillierten auf dem Gelände. Besucher mußten sich ausweisen und durchsuchen lassen. Auf den Mauern waren Überwachungskameras angebracht worden. Es war nun nicht mehr möglich, so einfach wie zuvor auf das Grundstück zu gelangen. Wie sollte er also den Sprengstoff anbringen? Wie sollte er nicht nur Landish in die Luft jagen, sondern auch – ich habe dich doch gewarnt, was ich tun würde; sie stehen für alles, was ich hasse – diese verfluchten Rosen?

Es war das größte Modellflugzeug, das er auftreiben konnte. Er hatte mindestens ein halbes Dutzend Läden für Bastlerbedarf aufgesucht, bis er sich für den Kauf der Miniatur-Spitfire mit ihrem Meter Spannweite und einem Kilometer Reichweite entschied. Sein eigenes fernsteuerbares Geschoß. Er wischte sich seine verschleierten Augen, als er lä-

375

chelnd die letzten Handgriffe vornahm. Ein Spielzeug. Wenn Chris das noch hätte sehen können, hätte er bestimmt lauthals lachen müssen. Das verzogene Kind hatte vor, sich ausgerechnet mit einem Spielzeug an seinem Vater zu rächen.

Das Modellflugzeug wurde mit Benzin betrieben. Er hatte es bereits an einem anderen Ort getestet, und es hatte störungsfrei funktioniert. Es ließ sich über eine Fernsteuerung bedienen und vollführte, je nachdem, wie er den Steuerhebel bewegte, alle nur erdenklichen Manöver. Das Flugzeug hatte jedoch auch eine Last zu tragen – zwei Kilo gestohlenen Sprengstoffs, mit Hilfe von Klebstreifen gleichmäßig über den ganzen Rumpf verteilt. Das zusätzliche Gewicht beeinträchtigte selbstverständlich die Flugeigenschaften der kleinen Maschine; sie brauchte länger für den Start und verhielt sich auch in der Luft schwerfälliger. Doch ihre Flugtauglichkeit war dadurch nicht zu sehr eingeschränkt. Sie würde ihren Zweck erfüllen. In einem Laden für Elektronikbedarf hatte Saul die Teile für den Zündsatz gekauft, den er dann am Fahrwerk befestigt hatte. Er wurde über einen eigenen Sender ausgelöst. Dabei hatte er darauf geachtet, daß Flugzeug und Zündsatz auf verschiedenen Frequenzen aktiviert wurden. Sonst wäre der Zündsatz nämlich ausgelöst worden, sobald er das Flugzeug in Betrieb gesetzt hätte.

Er wartete. Das Morgengrauen ließ sich Zeit, brachte keine Wärme. Haß brannte in seiner Seele, obwohl er vor Kälte zitterte.

Er wußte, daß sein Opfer hier Unterschlupf gesucht hatte. Die Rosen waren Landish zu wichtig. Aus Sorge um sie würde Landish sich unter keinen Umständen an einen anderen Ort zurückziehen.

Er dachte an Chris, während er wartete. Gleichzeitig stellte er sich die Befriedigung vor, die er bald verspüren würde. Um sieben Uhr spannte sich mit einem Mal jeder einzelne Muskel seines Körpers an, als er eine weißhaarige Gestalt, flankiert von mehreren Wachposten, durch einen Hinterausgang das Haus verlassen und zum Gewächshaus gehen sah. Er befürchtete erst, es könnte sich dabei um jemand anderen handeln, der sich als Landish verkleidet hatte; aber ein Blick

376

durch den Feldstecher verriet ihm, daß er es wirklich war. Unverkennbar. Sein Arbeitskittel wirkte etwas aufgebauscht. Offensichtlich trug er eine kugelsichere Weste.

Die wird dir nichts nützen, du Dreckskerl.

Sobald Landish und die Wachen im Gewächshaus verschwunden waren, kroch Saul in den Schutz der Bäume zurück. Das Flugzeug hatte er zusammen mit der Funksteuerung in seinem Rucksack. Er überquerte eine Wiese, deren Gras noch zu naß vom Tau war, um ihm als Startbahn dienen zu können. Um so besser eignete sich hierfür eine unbefahrene Landstraße in der Nähe. Nachdem er sich vergewissert hatte, daß kein Wagen sich näherte, startete er die Maschine. Sie hob vom Boden ab und gewann langsam an Höhe. Das grelle Motorengeräusch stach in seinen Ohren. Als das Flugzeug höher als die Baumspitzen gestiegen war, begab er sich zu seinem Beobachtungsposten zurück. Immer wieder zu dem in Sichtweite vor ihm herfliegenden Flugzeug hochblickend, streifte er durch das taunasse Gras der Wiese. Seine durchnäßten Hosenbeine klebten kalt an seinen Unterschenkeln. Doch selbst das fühlte sich angenehm an. Vögel sangen. Die Morgenluft roch wunderbar frisch. Er tat so, als wäre er das Kind, das er nie gewesen war – nie hatte sein dürfen.

Sein Spielzeug. Von den getrockneten Tränen fühlten sich seine Wangen spröde an, als er lächelte. Er drehte an den Knöpfen der Fernsteuerung, bis das Flugzeug seine maximale Flughöhe erreicht hatte. Und dann steuerte er es, nur noch ein winziger Fleck im fahlen Morgenhimmel, auf das Haus zu. Von seinem Surren aufmerksam gemacht, drehten sich die Wachen herum. Ein paar suchten ratlos ihre Umgebung ab, bis schließlich ein Mann mit einem Hund in den Himmel hochzeigte. Obwohl sie ihn aus dieser Entfernung unmöglich hätten sehen können, hatte Saul doch hinter einem Busch Deckung gesucht. Sein Puls ging heftiger, als er das Flugzeug über das Grundstück steuerte.

Die Wachen schienen wie gelähmt, bis sie schließlich in hektische Aktivitäten ausbrachen, die darauf hindeuteten, daß sie eine Gefahr spürten, ohne zu wissen, wo sie zu suchen war. Schließlich ließ Saul das Flugzeug zum Sturzflug ansetzen. Als es, unaufhaltsam größer werdend und gleichzeitig immer bedrohlicher dröhnend, auf das Gewächshaus zuschoß, stürzten auch ein paar Wachen darauf zu. Andere schrien wild durcheinander. Ein paar hoben ihre Gewehre. Saul hörte sogar das Krachen mehrerer Schüsse; die Schützen zuckten vom Rückstoß ihrer Gewehre zurück. Am Steuerhebel drehend, setzte Saul zu geschickten Ausweichmanövern an, so daß das kleine Flugzeug die unerwartetsten Kehren und Wendungen in allen Richtungen auszuführen begann. Inzwischen hatten weitere Wachen das Feuer eröffnet. Saul beobachtete das Gewächshaus. Durch seine Glaswände sah er eine kleine Gestalt in einem weißen Arbeitskittel sich dem Aufruhr zuwenden. Nur Landish hatte einen weißen Kittel getragen. Er stand inmitten seiner Rosen. Saul lenkte das Flugzeug direkt auf ihn zu. Inzwischen krachten so viele Schüsse auf, daß sie wie das Rattern eines Maschinengewehrs klangen. Das Flugzeug reagierte schwerfällig. Einen entsetzlichen Augenblick lang fürchtete Saul, es könnte getroffen worden sein; doch dann wurde ihm bewußt, daß seine Manövrierfähigkeit lediglich durch seine Bombenlast beeinträchtigt war. Er zwang der Maschine nun nicht mehr so abrupte Manöver auf. Er stellte sich Landishs erstaunten Gesichtsausdruck vor, als das Flugzeug das Glasdach durchschlug. Gleichzeitig drückte er auf den Knopf des zweiten Senders. Das Gewächshaus flog in die Luft. Unzählige Glassplitter blitzten im Sonnenlicht auf. Von Rauch und Flammen verdeckt, hechteten die Wachposten in Deckung. Und während sich ein tiefes Rumpeln über das Tal ausbreitete, trat Saul die Flucht an und stellte sich dabei vor, wie zerfetzte Rosenblüten zu Boden schwebten und Landishs Blut aufsaugten.

10

Das Klingeln des Telefons ließ Eliot zusammenzucken. Gebannt vor sich hin starrend, zwang er sich, es noch einmal läuten zu lassen, bis er sich genügend unter Kontrolle hatte, um den Hörer abzunehmen.

»Hallo?« Er klang abwartend, da er damit rechnete, von Saul in grimmigem Triumph wüste Drohungen entgegengeschleudert zu bekommen. Denn er würde ihn erneut überzeugen, ihn in eine endgültige Falle locken müssen.

Doch aus dem Hörer drang ihm statt dessen die Stimme seines Assistenten entgegen. »Sir, ich fürchte, Ihnen eine schlechte Nachricht überbringen zu müssen. Eine dringende Nachricht von MI-6.«

»Landish? Ist ihm etwas zugestoßen?«

»Ja, Sir, woher wußten Sie das?«

»Schießen Sie schon los.«

»Jemand hat ihn in die Luft gesprengt. In seinem Gewächshaus. Er war schwer bewacht. Aber...«

»Gütiger Gott.« Als Eliot hörte, wie der Sprengkörper ins Gewächshaus gelangt war, legte sich ein taubes Gefühl um seine Brust. Landish hatte ihn also nicht aufhalten können.

Das konnte natürlich nur Saul gewesen sein. Er will mir damit zu verstehen geben, daß ich ihm nicht entrinnen kann, wie sehr ich mich auch abschirmen mag. Fassungslos schüttelte Eliot den Kopf.

Aber eigentlich braucht mich das alles ja nicht zu wundern. War ich nicht sein Lehrer?

Er murmelte kaum hörbar »Danke« in den Hörer und hängte dann auf. Im Dunkeln sitzend, rang er mühsam um seine Fassung. Er mußte kühlen Kopf bewahren, sich über seine Möglichkeiten Klarheiten verschaffen.

Mit einem fiebrigen Schaudern wurde ihm plötzlich bewußt, daß er sich nicht mehr in Gefahr befunden hatte, seit er während des Krieges als Agent in Frankreich tätig gewesen war. Danach war er zu so hohen Positionen aufgestiegen, daß die einzigen Risiken politischer Natur gewesen waren. Kein hochgestellter Geheimdienstangehöriger war je wegen

Hochverrats hingerichtet worden. Nur die Agenten, die ihre Anweisungen in die Tat umsetzten, blickten ständig dem Tod ins Auge. Schlimmstenfalls wäre er zu einer Haftstrafe verurteilt worden, wobei es vermutlich nicht einmal dazu gekommen wäre. Um jegliches Aufsehen zu vermeiden, wurden Verräter auf höchster Ebene oft nur entlassen, womit sie auch keinen weiteren Schaden mehr anrichten konnten. Mit seiner Skandalsammlung hätte er die zuständigen Stellen sogar erpressen können, ihm seine Pension auszuzahlen.

Nein, seine einzige Furcht hatte der Entdeckung gegolten. Infolge seines Stolzes und seiner Entschlossenheit, nicht zu versagen.

Doch die Angst, die er nun verspürte, war sehr intensiv. Sie war nicht rationaler Natur. Instinktiv. Rückwirkender Terror. Dieses Gefühl hatte er seit jener Nacht in einem Abflußgraben in Frankreich nicht mehr verspürt, als ein deutscher Wachposten nach ihm gestoßen hatte, mit einem...

Unter der Belastung wäre sein Herz fast zusammengebrochen. Die papierdünnen Wände seiner Lungen, von unzähligen Zigaretten spröde geworden, weiteten sich unter heroischen Anstrengungen.

Ich werde nicht aufgeben. Ich war immer auf der Seite der Gewinner. Nach fast vierzig Jahren ging es wieder auf Leben und Tod. Und er war entschlossen, sich nicht unterkriegen zu lassen.

Ein Vater gegen seinen Sohn? Ein Lehrer gegen seinen Schüler?

Na gut, dann komm doch. Es tut mir leid, daß Chris tot ist, aber deswegen werde ich mich lange nicht von dir unterkriegen lassen. Ich bin immer noch besser als du.

Er nickte. Die Regeln. Geh nicht auf deinen Feind zu. Lasse ihn kommen. Zwinge ihn, sich auf deinem Territorium zum Kampf zu stellen.

Er wußte, was er zu tun hatte. Saul täuschte sich, wenn er dachte, er könnte an ihn herankommen, ganz gleich, wo er sich aufhielt und wie gut er sich abschirmen ließ. Es gab einen Ort, der ihm absoluten Schutz bot. Und das Allerbeste daran war, daß dies ganz im Einklang mit den Regeln stand.

Eliot stand abrupt auf und ging nach draußen auf den Flur. Pollux richtete sich unwillkürlich zu voller Größe auf. Eliot lächelte.

»Hol deinen Bruder. Wir müssen packen.« Am Fuß der Treppe blieb er noch einmal stehen. »Wir haben schon zu lange keinen Ausflug mehr gemacht.«

11

In London ignorierte Saul den Regen draußen. Er hatte die Vorhänge zugezogen. Dennoch hatte er das Licht nur so lange eingeschaltet, um gerade die Wählscheibe des Telefons sehen zu können, während er eine Nummer wählte. Wieder im Dunkeln, legte er sich auf das Bett und wartete auf den Rückruf. Gleich würde er duschen und sich umkleiden und die ›Fish and Chips‹ essen, die er mit aufs Zimmer genommen hatte. Danach würde er das Zimmer bezahlen, das er nur für eine Stunde benutzt hatte, und zu seinem nächsten Zielort weiterreisen. Schlafen konnte er unterwegs. Und es gab noch einiges zu tun.

Das Telefon klingelte. »Ja?«

Die Stimme klang wie die Orliks. Doch er wollte ganz sicher gehen. »Baby Ruth.«

»Und Rosen.«

Orlik. Der Russe hatte ihm verschiedene Telefonnummern gegeben; sie gehörten zu Telefonzellen, über die er an bestimmten Tagen zu bestimmten Zeiten erreichbar war, um Saul Informationen und Anweisungen zukommen lassen zu können.

»Ich nehme an, Sie haben die bedauerliche Nachricht über unseren englischen Freund bereits gehört«, sagte Saul.

»Und ob. Plötzlich, aber nicht unerwartet. Und auch nicht ohne gewisse Folgen«, erwiderte Orlik. »Seine Gesinnungsgenossen scheinen mit einem Mal so fürchterlich nervös und aufgeregt. Geradeso, als befürchteten sie, über sie könnten ähnlich plötzliche und unerwartete Nachrichten in Umlauf gelangen.«

»Haben sie irgendwelche Sicherheitsvorkehrungen getroffen?«

»Wieso? Würde Sie das etwa stören?«

»Nicht, solange ich weiß, wo ich mit ihnen zu rechnen habe.«

»Reisen bildet – heißt es zumindest.«

»Können Sie mir irgendwelche Urlaubsziele empfehlen?«

»Gleich mehrere. Ich kenne da zum Beispiel ein Weingut in der Nähe von Bordeaux, das ich Ihnen nur nachdrücklichst empfehlen kann. Oder eine Berghütte im Schwarzwald. Falls Sie auch eine Reise in die Sowjetunion in Erwägung ziehen sollten, wäre da zum Beispiel eine Datscha an der Wolgamündung in der Nähe des Kaspischen Meers.«

»Nur drei Vorschläge? Ich hatte eigentlich mit vier Zielen gerechnet.«

»Wenn Sie gleich das vierte aufsuchen würden, verlören Sie möglicherweise das Interesse an den anderen dreien.«

»Umgekehrt könnte ich mich aber auch schon so sehr auf das vierte freuen, daß ich mich auf die anderen drei gar nicht richtig konzentrieren kann.«

»Ich habe hier eine Freundin von Ihnen bei mir, die es gar nicht erwarten kann, daß Sie von Ihren Reisen wieder zu ihr zurückkehren. Wir sind übereingekommen, uns an die Abmachungen zu halten. Weshalb sollte ich Ihnen bei Ihrem Vorhaben helfen, wenn Sie nicht tun, was ich will? Ich dachte eigentlich, Sie würden Ihren nächsten Besuch meinem nicht ganz ungefährlichen Kollegen in der Sowjetunion abstatten.«

»Und Ihnen helfen, Ihren Kopf aus der Schlinge zu ziehen? Denken Sie doch mal kurz nach. Sie helfen mir doch nur, damit ich ihn abserviere. Und danach schieben Sie die Schuld mir in die Schuhe, während Sie fein dastehen.«

»Etwas anderes habe ich nie behauptet«, entgegnete Orlik.

»Aber sobald Sie sich in Sicherheit wähnen, könnten Sie auf die Idee kommen, mit den anderen auch allein fertig zu werden. Sie lassen mich aus dem Weg räumen und stehen dann als Gewinner auf der ganzen Linie da.«

»Ihr Argwohn verletzt mich.«

»Ich mache hier nur aus einem einzigen Grund mit – Eliot. Die anderen werde ich mir später vornehmen. Niemand kann mir garantieren, daß ich mit ihnen allen fertig werde. Vielleicht mache ich einen Fehler und sterbe, bevor ich die anderen aus dem Weg geräumt habe. Wenn ich sie mir in der Reihenfolge vornehme, die Ihnen vorschwebt, dringe ich vielleicht nie bis Eliot vor.«

»Um so mehr Grund, vorsichtig zu sein.«

»Nein. Hören Sie mir gut zu. Ich habe eine Frage. Sollte ich darauf die falsche Antwort zu hören bekommen, hänge ich sofort ein. Ich werde mir Eliot auf eigene Faust vornehmen. Und falls Erika etwas zustoßen sollte, geht es Ihnen wie Eliot.«

»Das nennen Sie gute Zusammenarbeit?«

»Die Frage. Ich nehme an, er weiß, daß ich entkommen bin und was mit Landish geschehen ist. Er wird damit rechnen, daß ich es nun auf ihn abgesehen habe. Daher wird er die entsprechenden Vorkehrungen treffen. Ich jedenfalls würde an seiner Stelle nicht zu Hause bleiben. Ich würde mich nach dem bestmöglichen Schutz umsehen, nach dem sichersten Ort. *Wo finde ich ihn?*«

Der Regen prasselte gegen die Fensterscheiben. Seine Hand krallte sich fester um den Hörer, während er im Dunkeln auf Orliks Antwort wartete.

»Ich lasse mir nicht gern drohen.«

»Das war die falsche Antwort.«

»Halt! Warten Sie! Was ist denn plötzlich in Sie...? Geben Sie mir doch eine Chance. Eliot jetzt sofort? Und die anderen im Austausch gegen Erika?«

»Solange ich nicht das Gefühl habe, Sie wollen mich mit ihrer Hilfe in eine Falle locken.«

»Sie haben mein Wort.«

»*Die Antwort.*«

Seufzend sagte es ihm Orlik schließlich. Saul hängte auf.

Sein Herz schlug wie wild. Der Rückzugsort, den Orlik ihm genannt hatte, war fantastisch. Er dachte: Was hast du auch anderes erwartet? Trotz seines Hasses mußte er sich Eliots Genialität eingestehen.

Die beste, die am nachhaltigsten kontrollierbare aller Arenen. Chris hätte das sicher verstanden.

12

Vor dem Bauernhaus stand ein großer, schwarzer Lieferwagen. Stirnrunzelnd fuhr Orlik auf ihn zu. Die Reifen seines Citroen knirschten auf dem Kies der Zufahrt, als er ihn ein gutes Stück von dem fremden Wagen entfernt so parkte, daß er nicht erst noch wenden mußte, falls es sich als nötig erweisen sollte, sich möglichst rasch aus dem Staub zu machen. Er schaltete Scheinwerfer und Motor aus, ließ aber die Schlüssel stecken. Vorsichtig in die Nacht hinausspähend, stieg er aus.

Wenn er den Lieferwagen schon früher gesehen hätte, hätte er sofort angehalten, um sich dem Haus sicherheitshalber zu Fuß und von der Rückseite zu nähern. Aber der Lieferwagen war so abgestellt worden, daß er ihn erst im letzten Augenblick hatte sehen können. Somit hätte er sich nicht zurückziehen können, ohne daß seine Besucher dies bemerkt hätten. Angesichts der Möglichkeit, daß im Dunkel der Nacht noch andere Wachen als seine eigenen auf der Lauer lagen, blieb ihm keine andere Wahl, als scheinbar nichtsahnend das Haus zu betreten.

Hinter mehreren Fenstern brannte Licht. Da. Als er auf das Haus zutrat, bemerkte er einen Schatten an seiner rechten Ecke. Genau am Rand der durch den Lichtschein erhellten Zone postiert, hatte die Gestalt wohl beabsichtigt, von Orlik entdeckt zu werden.

Zu seiner Linken erstarb abrupt das Zirpen der Grillen. Auf dieser Seite hatte sich also auch jemand postiert. Aber auch hier hätte die betreffende Person es ohne weiteres vermeiden können, Orlik auf sich aufmerksam zu machen, indem sie sich nicht bewegt hätte. Die verborgenen Wachposten ließen Orlik also absichtlich wissen, daß sie da waren.

Um meine Reaktion zu sehen. Eigentlich dürfte ich keine Nervosität an den Tag legen, wenn ich mir nichts habe zuschulden kommen lassen. Falls ich dagegen getan haben sollte, wessen sie mich verdächtigen, würde ich sie durch meine Flucht in ihrem Verdacht nur bestätigen.

Für ihn stand außer Frage, wer sie waren. Nach Sauls ›Flucht‹ aus dem Château in der Nähe von Lyon hatte Orlik Erika auf dieses Gehöft unweit von Avignon gebracht, um sie vor Saul zu verstecken, falls er sie zu befreien versuchen sollte, anstatt seinen Auftrag zu erledigen. Und hier hätte Saul sie nie gefunden. Die französischen Behörden hatten keine Ahnung von den Vorgängen. Wer blieb demnach also noch übrig? Wer war sonst noch in diese Angelegenheit verwickelt und wer verfügte gleichzeitig über die Möglichkeiten, ihn hier aufzuspüren?

Zwei Möglichkeiten. Einer seiner Mitarbeiter, der hinsichtlich Sauls Flucht Verdacht geschöpft hatte, hatte ihn denunziert. Oder – Orliks Vorgesetzte waren hier, um ihm auf den Zahn zu fühlen.

»Sie«, sagte Orlik auf russisch. »Sie da auf der rechten Seite. Seien Sie vorsichtig, wenn Sie zurücktreten. Gleich hinter Ihnen befindet sich eine Zisterne. Ihre Abdeckung würde Ihrem Gewicht mit Sicherheit nicht standhalten.«

Keine Antwort. Lächelnd ging er weiter – jedoch nicht auf den Haupteingang zu, sondern auf eine weitere Tür auf der rechten Seite.

Beim Eintreten stieg ihm der Geruch von Kalbfleisch und Pilzen in die Nase. Ein schmaler Gang führte an der Küche auf der linken Seite vorbei zu der offenen Tür des Wohnraums, in dem Licht brannte. Vor einer mit einem Vorhängeschloß versperrten Tür stand ein muskulöser Wachposten.

»Aufmachen«, befahl ihm Orlik. »Ich muß sie vernehmen.«

Der Posten sah ihn träge an. »Ich weiß nicht, ob sie das so gern sehen.«

Orlik hob die Augenbrauen.

Der Posten deutete den Flur hinunter. »Sie werden erwartet.«

Ich weiß jetzt, wer mich denunziert hat, dachte Orlik. Er befindet sich genau an der richtigen Stelle. Er wird bekommen, was er verdient hat. »Sie werden sich leider noch etwas gedulden müssen. Aufmachen, habe ich gesagt.«

Der Wachposten runzelte die Stirn. »Aber...«

»Sind Sie taub?«

Die Augen ärgerlich zusammengekniffen, zog der Wachposten einen Schlüssel aus seiner Tasche und sperrte damit das Schloß auf.

Orlik trat ein.

Aus dem Raum waren alle Einrichtungsgegenstände entfernt worden, die Erika als Waffe hätten dienen können. Man hatte ihr Jeans und ein Flanellhemd gelassen, aber die Schuhe weggenommen, falls sie auszubrechen und wegzulaufen versuchen sollte. Auch ihren Gürtel, eine potentielle Waffe, hatte man ihr abgenommen. Sie hockte in einer Ecke auf dem Boden und starrte ihm wütend entgegen.

»Gut, daß Sie wach sind«, begrüßte Orlik sie.

»Wie sollte ich hier schlafen können, wenn ständig diese Lichter brennen.«

»Ich brauche Informationen.« Orlik drehte sich nach dem Posten um, nickte ihm zu und schloß die Tür.

Er trat auf Erika zu. Mit grimmiger Miene zog er unter seiner Anzugjacke eine Makarow-9-mm-Pistole hervor.

Sie zuckte mit keiner Wimper.

Er betrachtete sie nachdenklich, als versuchte er zu einer Entscheidung zu gelangen.

»Nun ist es also soweit?« Ihre Augen waren pechschwarz.

Er ging in Gedanken noch einmal die Szene durch, die ihn im Wohnraum erwarten würde und nickte. »Ja, es ist soweit.« Und damit reichte er ihr die Pistole.

Ihre Augen weiteten sich.

Er stand so dicht vor ihr, daß er den Duft ihres Haares roch.

»Mein einziger Trost ist, daß Sie mir helfen werden, auch wenn Sie es nicht wollen«, flüsterte er leise und straffte sich innerlich.

Er sehnte sich nach der Wärme einer menschlichen Berührung und beugte sich ganz leicht vor, um sie zu küssen – auf die Wange. Wie er das bei einer Schwester getan hätte, wenn ihm bevorgestanden hätte, was ihn nun im Wohnzimmer erwartete.

Dann wandte er sich abrupt von ihr ab und verließ den Raum. Der Wachposten erwartete ihn bereits ungeduldig.

»Ich weiß«, beruhigte ihn Orlik. »Sie warten auf mich.«

Er ging den Flur hinunter. Durch die offene Tür des Wohnraums fiel helles Licht, als er darauf zuschritt. Schlicht, karg, unansehnlich. Ein verrußter Kamin. Das Sofa durchgesessen. Ein knarzender Schaukelstuhl.

Auf dem ein hagerer, miesepetriger Mann saß und ihn taxierte.

Orlik ließ sich seine Überraschung nicht anmerken. Eigentlich hatte er nur mit seinem unmittelbaren Vorgesetzten oder schlimmstenfalls seinem europäischen Chef gerechnet. Doch der Mann, der ihm nun gegenübersaß – seine Wangen waren noch eingefallener, sein Gesicht noch wieselartiger als das seine –, war kein anderer als der Mann, den er jagte – der russische Vertreter der Abelard-Gruppe, Eliots sowjetisches Äquivalent.

Sein Name war Kowschuk. Er trug Schwarz. Er hörte zu schaukeln auf und sprach Orlik in deutlich artikuliertem Russisch an. Finster dreinschauende Wachen flankierten ihn.

»Ich will nicht lange um den heißen Brei herumreden. Sie hatten Anweisung, den Amerikaner zu töten. Das haben Sie nicht getan. Statt dessen haben Sie sogar seine Flucht inszeniert. Ich muß davon ausgehen, daß Sie mich durch den Amerikaner töten lassen wollen.«

Orlik schüttelte den Kopf. »Ich weiß gar nicht, was...«, setzte er stotternd an. »Natürlich fühle ich mich sehr geehrt, Sie hier persönlich anzutreffen. Aber ich verstehe nicht. Ich kann unmöglich die Verantwortung für untergeordnete Mitarbeiter übernehmen. Wenn diese Männer so ungeschickt sind...«

»Ersparen Sie mir dieses Theater. Dafür habe ich nicht genügend Zeit.« Kowschuk wandte sich einem der Posten zu. »Schaffen Sie die Frau her. Gehen Sie ganz nach Ihrem Gutdünken vor. Aber sehen Sie zu, daß sie Ihnen sagt, was sie

weiß. Dokumentieren Sie ihre Verbrechen. Und dann liquidieren Sie sie beide.«

»Hören Sie mich doch erst an.«

»Kommen Sie mir nicht ins Gehege, sonst lasse ich Sie auf
der Stelle erschießen. Ich will wissen, wo der Amerikaner
ist.« Kowschuk wandte sich erneut dem Wachposten zu.
»Ich habe doch gesagt, Sie sollen die Frau herschaffen.«

Orlik sah dem verschwindenden Wachposten hinterher.
»Sie täuschen sich. Ich möchte den Amerikaner nicht weniger als Sie...«

»Sie beleidigen mich.«

Orliks Sinne waren aufs äußerste geschärft. Er trug noch
eine zweite Schußwaffe. Ohne eine andere Wahl, zog er sie.
Wenn er den verbleibenden Posten töten könnte, bevor...

Aber Kowschuk kam ihm zuvor. Er hatte bereits seinen Re-
voler gezogen und schoß.

Die Kugel traf Orlik in die Brust.

Die Wucht des Aufpralls schleuderte ihn rückwärts durch
den Raum. Mit weit aufgerissenen Augen taumelte er über
den Teppich. Obwohl er heftig aus dem Mund blutete, legte
sich ein Grinsen über seine Lippen.

Er hatte verloren.

Aber auch gewonnen. Denn vom Flur drang das Krachen
mehrerer Pistolenschüsse herein. Er erkannte das charakteri-
stische Geräusch seiner Makarow wieder, das ihm verriet,
daß sein verräterischer Assistent und Kowschuks Leibwächter tot waren. Diese Frau war ebenso gefährlich wie attraktiv.

Eine Tür flog krachend auf.

Seine Sinneswahrnehmungen verblaßten. Dennoch hörte
er die Makarow erneut aufbellen. Er hatte sie vor den vor
dem Haus postierten Posten gewarnt und sie auf ihren
Standort hingewiesen.

Er stellte sich vor, wie sie durch die Nacht davonrannte.

Als er das Aufheulen des Motors des Citroen vernahm,
grinste er Kowschuk triumphierend an. Die Makarow
krachte erneut auf.

Und er starb.

Erikas bloße Füße waren blutüberströmt. Sie hatte sich die Sohlen auf dem Kies des Vorplatzes aufgerissen, als sie auf Orliks Citroen zugerannt war. Der Schlüssel hatte noch im Schloß gesteckt, wie Orlik ihr versprochen hatte. Ihre blutigen Füße glitten von Gas und Kupplungspedal ab. Wütend trat sie fester darauf und jagte mit durchdrehenden Hinterreifen und leicht schleudernd die Zufahrt davon. Die Nacht raste ihr wie eine schwarze Wand entgegen, da sie nicht wagte, die Scheinwerfer einzuschalten. Obwohl sie damit Gefahr lief, eine Kurve zu übersehen und von der Fahrbahn abzukommen, stellte dies ein geringeres Risiko dar, als ihren Verfolgern mit eingeschalteten Scheinwerfern ein deutlich erkennbares Ziel zu bieten.

Doch sollte bereits das Motorengeräusch ausreichen, um ihnen ihren jeweiligen Standort zu verraten. Das Rückfenster implodierte. Sie hörte die wiederholten Stakkatoausbrüche mehrerer automatischer Waffen, und eine Serie von Treffern rüttelten den Wagen durch. Im Rückspiegel konnte sie die stroboskopartigen Mündungsblitze von Maschinenpistolen erkennen, begleitet von ihrem charakteristischen Knattern.

Uzis. Sie kannte sich mit diesen Waffen zu gut aus, um sich zu täuschen. Plötzlich begreifend, was damals in Atlantic City in Saul vorgegangen war, schleuderte sie um eine Kurve, die sie gerade noch rechtzeitig bemerkt hatte.

Ihre Gedanken griffen auf ihre Instinkte über. Weshalb sollten Russen israelische Waffen benutzen?

Dazu war jetzt keine Zeit. Ihr blutender Fuß auf der Kupplung, schaltete sie höher. Je weiter sie sich vom Haus entfernte, desto undurchdringlicher wurde das Dunkel. Der Citroen streifte einen Baum. Sie hielt es nicht mehr länger aus. Sie mußte die Scheinwerfer einschalten. Und gleichzeitig schoß in ihrem abrupt aufgleißenden Lichtkegel ein massiver, dunkler Schatten aus dem Unterholz über die Straße.

Ein Lieferwagen. Sie riß das Steuer nach links herum und trat auf das blutfeuchte Gaspedal. Der Citroen wich schleudernd der Motorenhaube des Lieferwagens aus, während sein Heck gegen einen Baumstumpf knallte. Die Rücklichter gingen zu Bruch, aber die Reifen faßten auf dem steinigen Untergrund trotz heftigen Durchdrehens wieder Halt und katapultierten den Wagen weiter vorwärts. Der Straßensperre glücklich entronnen, schoß sie durch einen Tunnel aus Bäumen und Büschen weiter, an dessen Ende ihr eine Landstraße entgegenwinkte.

Andere Uzis bellten auf. Auch das andere Rücklicht ging aus. Sehr gut. Damit würde sie von hinten nicht mehr so gut erkennbar sein. Sie schaltete herunter, bog mit quietschenden Reifen und heftig schleudernd auf die asphaltierte Landstraße ein. Auf dem nun folgenden geraden Streckenstück schaltete sie wieder hoch und beobachtete, wie die Nadel des Tachometers unaufhaltsam über hundertzwanzig Stundenkilometer hinaufkletterte.

Sie wußte, daß sie verfolgt werden würde. Der Citroen zitterte und holperte, als wäre mit seinem Fahrgestell etwas nicht mehr in Ordnung. Doch sie mußte mit der Kiste vorliebnehmen, bis sie ihren Geist aufgab – oder bis sie einen Ersatz gefunden hatte.

Aber die freie Straße lag vor ihr, und sie hatte ein deutliches Ziel vor Augen. Orliks geflüsterte Warnung war angesichts seiner bevorstehenden Vernehmung und des ihnen beiden drohenden Loses höchst dringlich gewesen. Auf diese Weise vorgewarnt, hatte sie den Mann getötet, der sie holen gekommen war – und nach ihm den Posten auf dem Flur. Ebenso hatte sie die Wachen vor dem Haus erschossen. Obwohl ihre bloßen Füße von den spitzen Kieselsteinen der Zufahrt schmerzten – einige staken nach wie vor in ihren blutenden Sohlen –, fühlte sie sich beglückt, frei und guter Dinge. Ein festes Ziel vor Augen.

Saul brauchte sie. Orlik hatte ihr gesagt, wo er war.

Aber während sie nun über die nächtliche Landstraße jagte, eine Hand an der Pistole auf dem Sitz neben ihr, und die Lichter im Rückspiegel entdeckte, kam ihr wieder dieser Gedanke, der sie schon vorher beschäftigt hatte. Die Uzis. Weshalb verwendeten Russen israelische Waffen?

Die Antwort auf diese Frage war aufs höchste beunruhigend. Dies konnte nur bedeuten, daß der Mann, der Orlik in dem Bauernhaus erwartet hatte, das russische Äquivalent zu Eliot war. Wie Eliots hatten auch seine Leute an einem Killer-Instinkt-Lehrgang von Andre Rothberg teilgenommen. Sie waren ausgebildet, wie Israelis vorzugehen. Und die Folgen ihres Handelns würden...

Erika biß die Zähne zusammen. Ja, sie würden Israel angelastet werden.

Sie jagte an Gehöften und Obstgärten vorbei. Sollten die Scheinwerfer hinter ihr näherkommen, würde sie ihren Citroen quer über die Straße stellen und das Feuer auf ihre Verfolger eröffnen.

Doch obwohl der Wagen gefährlich schaukelte, konnte sie ihren Vorsprung halten.

Während sie weiter durch die Nacht raste, spulten sich in ihrem Kopf immer wieder Orliks letzte geflüsterte Worte ab. »Saul ist hinter Eliot her. Der alte Mann hat sich an einen perfekten Rückzugsort zurückgezogen. Es ist eine Falle.«

Aber für wen? Für Saul oder für Eliot?

Doch so viel wußte sie immerhin. Eine Provinz. Eine Stadt. Ein Gebirgstal.

In Kanada.

Und nach dorthin würde sie sich durchschlagen.

Erholungsheime
In Deckung gehen

1

Die Steigung war so stark, daß Saul in den ersten Gang zurückschalten mußte. Obwohl der Motor des Eagle auf Hochtouren lief, forderte er ihm noch mehr ab. Er hatte sich für diesen Wagen entschieden, weil er trotz seines konventionellen Aussehens doch über Allradantrieb verfügte. Einerseits wollte er nicht durch irgendein auffallendes Geländefahrzeug Aufsehen erregen. Andrerseits wußte er jedoch auch nicht, wie schwierig das Gelände werden würde, bevor er sein Ziel erreicht hatte.

Die Landschaft sah bereits imposant genug aus. Ein überladener Wagen mit einer Nummer, die ihn als einen Urlauber auswies, war kurz vor der Paßhöhe liegen geblieben. Unter der hochgeklappten Motorhaube dampfte es aus dem überhitzten Kühler hoch. Sein Fahrer – ein entnervter Mann mittleren Alters, der eben mit ausgebreiteten Armen seine besorgte Frau und die aufgeregten Kinder zu beruhigen versuchte – war offensichtlich nicht mit dem Fahren im Gebirge vertraut. Vermutlich war er in einem zu hohen Gang gefahren, oder er hatte, was noch schlimmer wäre, eine Automatik. In beiden Fällen wäre die Belastung für den Motor zu hoch. Und beim Abwärtsfahren würde derselbe Mann vermutlich seine Bremsen benutzen und nicht einen niedrigen Gang einlegen, um die Geschwindigkeit seines Wagens möglichst zu reduzieren, so daß irgendwann seine Bremsen kräftig zu rauchen beginnen würden.

Doch das Fahren war nicht nur durch die extreme Steigung der Straße erschwert. Denn vor Saul wälzte sich hinter einem eine dicke Qualmwolke hinter sich her ziehenden Truck eine lange Wagenkolonne in schleppender Langsamkeit den Berg hinauf. Saul hatte das Gefühl, millimeterweise voranzukommen anstatt kilometerweise. Die scharfen Haarnadelkurven machten das Ganze nur noch schlimmer.

Über ihm, in mehr als dreitausend Metern Höhe, verdeckten mächtige Bergmassive den Himmel. Weiß von Schnee erhoben sich ihre schroffen Spitzen über fichtenbestandene Hänge, die von grotesken Klüften, wie von den Fingern einer riesigen Hand aus dem Fels herausgekratzt, zerfurcht waren. Das waren die kanadischen Rockies, obwohl ihre korrekte Bezeichnung eigentlich ›Coast Mountains‹ lautete. Doch Saul betrachtete sie als eine Fortsetzung der weiter im Landesinnern liegenden Rocky Mountains. Diese Gebirgszüge von British Columbia waren so gewaltig und schroff, daß die Berge von Colorado, mit denen Saul vertraut war, harmlos gegen sie erschienen. Saul war beeindruckt.

Ganz anders dagegen die Ebene, die er hinter sich gelassen hatte. Bewaldete Hänge liefen in üppiges Weideland aus, das sich bis zu dem unaufhaltsam weiter vorrückenden Stadtrand von Vancouver ausdehnte, wo aufwendige Wolkenkratzer riesigen unterirdischen Einkaufszentren gegenüberstanden, und das alles eingefaßt von Wohlstand ausstrahlenden Gartenparzellen und parkartig angelegten Villengrundstücken. Die imposante Lions-Gate-Hängebrücke überspannte den Burrard Inlet und verband die zwei durch das Wasser getrennten Landesteile.

Ein Paradies in der Sonne. Eine leichte Meeresbrise vertrieb die Hitze. Gegen Westen leuchteten aus dem Sund Segel herüber. Dahinter schützten die mächtigen Erhebungen von Vancouver Island die Stadt vor den Stürmen des Ozeans, während gleichzeitig die abgeschirmte Straße von Juan de Fuca die warme Pazifik-Strömung hereinließ.

Eine perfekte Übereinstimmung von klimatischen Bedingungen und landschaftlichen Gegebenheiten. Haßerfüllt kniff Saul die Augen zusammen. Eine ideale Lage für ein »Erholungsheim«. Eliot – Fluch sei ihm – hatte den Schauplatz für ihre endgültige Auseinandersetzung gut gewählt.

Das langsame Fahren in der Schlange ließ seine innere

Spannung noch zusätzlich anwachsen; er konnte es kaum mehr erwarten, die Paßhöhe zu erreichen, um endlich wieder zügiger voranzukommen. Anzukommen.

Und es seinem Vater heimzahlen zu können.

Endlich wurde die Steigung wieder geringer. Zwischen den von beiden Seiten sich herabsenkenden Fichtenhängen quetschte sich der qualmende Lastwagen gegen die steile, herausgesprengte Felsböschung, um die hinter ihm kommenden Fahrzeuge vorbeizulassen. Gleichzeitig beobachtete er, wie die bedrohlich weit nach rechts gerückte Nadel der Temperaturanzeige langsam zurückwich, als der Motor endlich wieder weniger beansprucht wurde. Durch das offene Fenster drang ein leichter Luftzug ins Wageninnere.

Eine Geschwindigkeitsbeschränkung. Achtzig Stundenkilometer. Da ein weiteres Schild – in Englisch und Französisch – auf scharfe Kurven hinwies, fuhr Saul jedoch sogar etwas langsamer als erlaubt. Die bewaldeten Hänge zu beiden Seiten der Straße bildeten ein gigantisches V, hinter dem eine hohe Bergspitze aufragte, als visierte er über eine Art überdimensionaler Kimme und Korn ein ebenso überdimensionales Ziel an. Sich in Geduld übend und dennoch entschlossen, steuerte er die endlosen Serpentinen hinunter.

Nun würde es nicht mehr lange dauern. Laß dir Zeit. Eliot rechnet damit, daß du in deinem Übereifer Fehler machst.

Eine kurvenreiche Nebenstraße wand sich auf die Sohle eines bewaldeten Tales hinab. Zu seiner Linken leuchtete ein Gletschersee auf, blau wie ein Diamant. Zu seiner Rechten lag ein Campingplatz, dicht bestanden von Wohnwagen und Campingbussen. Auf riesigen Schildern wurden Ausflüge zu Pferd und zu Fuß angeboten. Die Luft war warm und trocken.

Diese Berge waren zerfurcht von unzähligen ähnlichen Tälern. Unterm Fahren warf er einen kurzen Blick auf seine Landkarte. Bisher waren Orliks Angaben absolut zuverlässig gewesen und hatten ihn problemlos bis hierher geleitet, fünfzig Kilometer hinter Vancouver. Doch von nun an mußte er sich auf verschwommene Gerüchte verlassen, die halb vergessen durch sein Gedächtnis spukten. Wie hätte er sich auch, als er noch jünger war, Gedanken darüber machen sollen, ob er sich vielleicht auch einmal in so ein ›Erholungsheim‹ würde zurückziehen müssen? Ein Abelard-Haus vielleicht, aber...

Da. Er sah es auf seiner Karte. Zwei Hügelkämme weiter. Cloister Valley. »Vergiß nicht«, hatte Eliot ihm eingeschärft. »Wenn du je so weit am Ende sein solltest, daß du dich in ein Erholungsheim zurückziehen willst, dann tu das an einem Ort, der völlig von der Welt abgeschlossen ist. Begib dich in dieses Tal und halte nach einem Schild Ausschau, auf dem steht: ›Eremitage‹.«

Saul kämpfte gegen das Bedürfnis an, schneller zu fahren. Er kam auf einer Brücke an einem Angler vorbei, der seine Angel neben sich gegen das Geländer gelehnt hatte, um einen Schluck Bier zu nehmen. ›Labatt's‹. Wäre dies hier bereits Cloister Valley gewesen, wäre Saul davon ausgegangen, daß es sich bei dem Angler um einen Wachposten handeln mußte. Aber bis auf weiteres war das Terrain noch unbedenklich. Er fuhr direkt auf die blendende Sonne zu, so daß er seine Sonnenbrille aufsetzen mußte. Aufgrund der klaustrophobischen Berggipfel würde die Sonne jedoch früher untergehen als gewohnt. Obwohl er nichts überstürzen durfte, konnte er es sich auch nicht erlauben zu trödeln. Alles hing vom richtigen Timing ab. Er mußte auf jeden Fall vor Einbruch der Dämmerung ankommen.

Auf die Karte war Verlaß. Er stieß auf eine quer kreuzende Straße, in die er rechts einbog. Er kam an einem Motel vorbei, das aus lauter kleinen Blockhütten bestand. Entlang der Straße plätscherte ein Gebirgsbach dahin. Er konnte das Gurgeln und Spritzen des Wassers hören. Als er eine Anhöhe hinauffuhr, verdeckten die Bäume bereits die Sonne. Er fluchte.

Sein Bruder würde nie mehr die angenehme Kühle von Schatten spüren.

2

Schutzstätten, Erholungsheime. In weiser Voraussicht hatten die Planer des Abelard-Vertrags die Unterschiedlichkeit kurz- und langfristiger Bedürfnisse vorausgesehen. Ein Agent, der sich auf der Flucht befand, dessen Leben in Gefahr war, brauchte einen Hoffnungsschimmer. Wie hätte sonst irgendein Mensch diese Tätigkeit ausüben können? Eine neutrale Zone, ein sicherer Rückzugsort waren von vorrangiger Wichtigkeit. Einem Agenten mußte unter allen Umständen die Möglichkeit offenstehen, alles hinzuschmeißen und zu sagen: »Also gut, ich gebe mich geschlagen, aber zumindest bin ich noch am Leben. Und nicht nur das. Ihr müßt mich wieder einsteigen lassen, wenn ich das will. Aber hier, seht ihr, hier bin ich aus dem Spiel – hier dürft ihr mir nichts anhaben.« Ein verbürgter Rückzugsort, unverletzlich, wo jeder Mordversuch unnachsichtig geahndet wurde.

Solch eine Zufluchtsstätte stellte jedoch nur einen vorübergehenden Rückzugsort dar, der vor allem für Agenten gedacht war. Doch was war, wenn man so hoch aufgestiegen war und sich so viele Feinde gemacht hatte, daß man es nicht mehr wagen konnte, solch eine Schutzstätte je zu verlassen? Was war, wenn jemand von seinen Gegnern so unerbittlich gehaßt wurde, daß sie nicht müde wurden zu warten, bis der Betreffende endlich den Schutz des Refugiums verließ? Ungeachtet, wie viele Leibwächter so jemand zur Verfügung stehen hätte – er würde unweigerlich getötet werden.

Jedenfalls war eine verlockendere Rückzugsmöglichkeit vonnöten als ein Gebäudekomplex von der Größe, sagen wir einmal, eines durchschnittlichen Motels. Wie oft konnte man in seinem Zimmer auf und ab gehen, wie viele Platten konnte man sich anhören und wie viele Fernsehsendungen konnte man sich ansehen, bis einem schließlich die Decke auf den Kopf fiel? Der ständig sich wiederholende Alltagstrott machte solch eine Zufluchtsstätte bald zu einem Gefängnis. Die Langeweile wurde unerträglich. Früher oder später begann dann jeder wieder mit dem Gedanken zu spielen, sich davonzustehlen und die Konfrontation mit seinen Verfolgern zu riskieren. Oder man ersparte ihnen die Mühe und steckte sich gleich selbst den Lauf seiner Pistole in den Mund. Eine Woche Sicherheit? Großartig. Vielleicht auch ein Monat. Aber wie sah es mit einem Jahr aus? Oder zehn Jahren? An einem Ort wie der ›Kirche des Mondes‹ wurde selbst die Sicherheit zur Verdammnis.

Etwas Besseres, Umfassenderes war vonnöten, und in weiser Voraussicht hatten die Männer des Abelard-Vertrags auch daran gedacht. *Erholungsheime.* Permanente Rückzugsorte, in einer Umgebung, die nichts zu wünschen übrig ließ.

Jedoch um einen Preis. Angesichts des Todes war jeder Gehetzte bereit, für seine garantierte Sicherheit und alle nur erdenklichen Annehmlichkeiten des Lebens den Höchstpreis zu zahlen. Nicht in einer Schutzstätte, sondern in einem Erholungsheim. Für immer und ewig. So wurde sogar die Verzweiflung belohnt.

Es gab sieben Abelard-Refugien.

Mit den Erholungsheimen verhielt es sich dagegen etwas schwieriger. Aufgrund der dort zu erfüllenden Ansprüche handelte es sich dabei um ausgedehnte Anlagen. Entsprechend gab es auf der ganzen Welt nur drei davon. Und da es sich bei ihren Nutznießern hauptsächlich um ältere Personen handelte, spielten die klimatischen Verhältnisse eine wesentliche Rolle. Es sollte weder zu heiß noch zu kalt sein. Nicht zu feucht und nicht zu trocken. Ein Paradies im Paradies. Aufgrund der Notwendigkeit langfristiger Sicherheitsgarantien waren diese Erholungsheime in politisch stabilen, neutralen Ländern angesiedelt – in Hongkong, in der Schweiz und in Kanada.

Das Cloister Valley, British Columbia, Kanada.

Die ›Eremitage‹.

Eliot hatte sich in die Einsamkeit zurückgezogen – in der Hoffnung, Saul in eine Falle locken zu können.

Aber während Saul den Eagle eine neue Paßhöhe hinauflenkte, die Straße jenseits der Baumgrenze von Schnee gesäumt, und während er sich in Gedanken an Chris wieder für die Abfahrt ins nächste Tal hinunter bereitmachte, stieß er mit angehaltenem Atem zwischen den Zähnen hervor:

»Wer anderen eine Grube gräbt, fällt manchmal selbst hinein.«

3

Als er an eine Kreuzung kam, hielt er an, um die Karte zu studieren. Wenn er nun erneut nach rechts abbiegen und die steilen Serpentinen der nächsten Paßhöhe hinauffahren würde, hätte er das Cloister Valley vor sich liegen gehabt. Er hätte dann nach einem Wegweiser zur Eremitage Ausschau halten können – vielleicht ein altes, verwittertes Hinweisschild; mit Sicherheit nichts Auffallendes, so daß ihm ein uneingeweihter Reisender nicht entnehmen konnte, ob es sich dabei um eine Unterkunft oder jemandes Cottage handelte. Sicher lag das Grundstück hinter Bäumen verborgen. Darüber hinaus würden ein fest verschlossenes Tor und eine holprige Zufahrt Neugierige entmutigen.

Außerdem ging Saul davon aus, daß entlang der Zufahrt Wachposten Stellung bezogen hatten, um unangemeldete Besucher am Weiterfahren zu hindern. Mit Sicherheit war jeder Zugang zum Tal bewacht. Das Lebensmittelgeschäft würde gleichzeitig als Beobachtungsposten dienen, in der Tankstelle würden mehrere Wachen postiert sein, und ein Angler, der hier einen Schluck aus einer Dose ›Labatt's‹ nahm, würde auf alle Fälle ein Walkie-talkie in seinem Rucksack stecken haben. Von dem Augenblick an, da Saul die Paßhöhe erreicht hätte, wäre jede seiner Bewegungen an die Zentrale gemeldet worden.

An sich störten ihn diese Sicherheitsvorkehrungen nicht. Schließlich mußte ein Erholungsheim angemessen abgesichert werden. Die hierfür verantwortlichen Stellen würden von absoluten Profis besetzt sein. Was ihn dagegen beunruhigte, war der Umstand, daß sich unter den Wachposten entlang der Straße auch welche befinden würden, die Eliot unterstellt waren und nicht dem Erholungsheim.

So wird er es machen, dachte Saul bitter. Er verteilt ein Killerkommando über das Tal, wartet, bis ich entdeckt werde, und läßt mich dann abknallen, bevor ich auch nur einen Fuß auf das Gelände des Erholungsheims gesetzt habe. Er verstieße zwar gegen die Regeln, wenn er mich auf neutralem Territorium töten ließe; aber andererseits stand nirgendwo geschrieben, daß er mir auf dem Weg dorthin nichts anhaben durfte. Nicht das ganze Tal steht unter dem Schutz des Abelard-Vertrags, nur das Grundstück, auf dem das Erholungsheim steht. Ich müßte schön dumm sein, durch das Tal zu fahren.

Aber Saul wußte einen anderen Weg. Anstatt nach rechts abzubiegen und die Straße zum Paß hinauf zu nehmen, fuhr er gerade weiter. Auf einer von einem Bach durchzogenen Wiese ästen drei Elche. Ein Fasan flog über die Straße. Als er rechts vor ihm eine Reihe von Espen entdeckte, warf er einen kurzen Blick auf die Karte, um dann wieder die Bäume zu studieren. Wonach er suchte, konnte nicht mehr weit sein. Der Wind fuhr in das Espenlaub, so daß die silbrigen Unterseiten der Blätter in der Sonne aufleuchteten. Das machte ihn auf den niedrigen Sonnenstand aufmerksam. Drei Uhr nachmittags. Um sich das letzte Tageslicht zunutze machen zu können, mußte er spätestens bis fünf Uhr bereit sein.

Einen halben Kilometer weiter sah er es dann. Rechts vor ihm führte, von Büschen verdeckt, so daß er ihn nicht bemerkt hätte, wenn er nicht auf der Karte eingezeichnet gewesen wäre, ein Feldweg von der Straße ab. Vor ihm war kein Wagen zu sehen; ebensowenig im Rückspiegel. Er hielt an und drückte auf einen Schalter an der Lenksäule des Eagle, durch den der Allradantrieb in Betrieb genommen wurde. Zweige kratzten an der Karosserie entlang, als er auf den Feldweg einbog.

Er war schmal, holprig und von Bäumen gesäumt. Nach hundert Metern bremste Saul. Er stieg aus und ging zu Fuß zur Straße zurück. Die Stille des Waldes hallte vom Klatschen seiner Hand wieder, als er mehrere Schnaken erschlug, die sich sofort auf ihn gestürzt hatten. Die Büsche vor der Einfahrt waren zu stark umgeknickt, um sich noch einmal von selbst aufzurichten und die Zufahrt wieder zu verdecken. Theoretisch hätte darauf in diesem Tal eigentlich niemand achten dürfen.

Theoretisch.

Er schleppte einen abgebrochenen Ast heran und klemmte ihn so hinter die umgeknickten Büsche, daß sie sich wieder aufrichteten. Jemand müßte schon genauer hinsehen, um die Bruchstellen an ihren Stämmen zu entdecken. Dem Fahrer eines vorbeifahrenden Autos wäre jedenfalls nichts Ungewöhnliches aufgefallen. Zwar würde in wenigen Tagen das Laub der Büsche abzufallen beginnen, aber dann machte es nichts mehr aus, wenn jemand merkte, daß der Weg benutzt worden war. Ihm ging es nur um diesen Tag und den nächsten. Nachdem er auch eine zweite Reihe von Büschen aufgerichtet hatte, begutachtete er sein Werk und gelangte zu der Überzeugung, daß alles so natürlich aussah, wie er nur erwarten konnte.

Dann fuhr er weiter den Weg entlang. Zweige streiften am Eagle entlang. Büsche kratzten über den Boden. Schlaglöcher rüttelten den Wagen durch. Ein abgebrochener Ast, der quer über dem Weg lag, ließ ihn anhalten und aussteigen. Er zerrte ihn von der Fahrbahn, fuhr ein Stück weiter und hielt wieder an. Sicherheitshalber ging er noch einmal zurück und zog den Ast wieder wie zuvor über die Fahrbahn. Ein Stück weiter durchquerte er wild schaukelnd ein Bachbett. Er hoffte, das Wasser würde seine Bremsen nicht aufweichen. Ein besonders großer Felsbrocken, der gegen den Auspuff krachte, ließ ihn besorgt die Stirn in Falten legen.

Doch der Eagle verfügte über hohe Bodenfreiheit, und auch der Allradantrieb ließ nichts zu wünschen übrig, als er durch eine extrem steile Stelle auf die Probe gestellt wurde. Auf der Karte waren entlang der Straße keinerlei Ansiedlungen eingezeichnet. Das verwunderte ihn. Wer hatte diesen Weg anlegen lassen? Und warum? Holzfäller? Jäger? Oder diente der Weg als Zufahrt zu Hochleitungsmasten, die durch das Gebirge führten?

Er hoffte, den Grund nicht herauszufinden.

4

Zu seiner Enttäuschung verlor sich der Weg im kniehohen Gras einer Wiese.

Endstation. Er durfte nicht riskieren, durch das Gras zu fahren. Aus der Luft wären seine Spuren deutlich zu erkennen gewesen. Denn er mußte davon ausgehen, daß die Eremitage Aufklärungshubschrauber einsetzte, um die nähere Umgebung des Erholungsheims aus der Luft zu überwachen. Genaugenommen würden sich zwar die Wachen der Eremitage nicht veranlaßt sehen, auch das Nachbartal zu überwachen, aber auf Eliots Leute traf dies mit Sicherheit nicht zu. Da sie wußten, daß Saul kam, würden sie besonders vorsichtig sein.

Er sah auf seine Uhr – es war halb fünf – und drehte sich dann nach der Sonne um, die sich bereits bedrohlich nahe auf die Berge herabsenkte. Bald würde sie dahinter verschwunden sein.

Nun galt es, keine Zeit zu verlieren. Er stellte den Eagle abseits der Straße ab, so daß er vom Boden durch Büsche, aus der Luft durch Bäume verborgen war. Er klappte die Hecktüre hoch und holte seine Ausrüstung heraus.

Er hatte alles sorgfältig in einen Rucksack gepackt: gedörrtes Rindfleisch, Erdnüsse, Trockenobst (Protein und Kohlehydrate, die er nicht zu kochen brauchte), zusätzliche Kleidung, alles aus Wolle (im Fall eines Regengusses trocknete Wolle sehr rasch, ohne daß er ein Feuer machen müßte), ein mit Dacron gefüllter Schlafsack (der wie die Wollsachen schnell trocken würde), fünfzig Meter Nylonseil, ein Messer, ein Verbandkasten und eine gefüllte Feldflasche, obwohl er sich in größerer Höhe den Gebirgsbächen anvertrauen würde. Er trug Bergstiefel mit dicken Gummisohlen, die seine Füße zusätzlich stützen würden, wenn er den schweren Rucksack das unwegsame Gelände hinaufschleppte.

Er schlang sich die Tragriemen um die Schultern, paßte sie genau seiner Körpergröße an und schnallte den Bauchgurt fest. Binnen weniger Augenblicke hatte sich sein Körper auf die neu verteilten Gewichtsverhältnisse eingestellt. Er verla-

401

gerte seine Pistole etwas, so daß der Rucksack nicht gegen sie scheuerte, schloß den Wagen ab und machte sich auf den Weg.

Er umrundete die Wiese. Um keine Spur zu hinterlassen, durfte er sie unter keinen Umständen durchqueren. Nachdem er die gegenüberliegende Seite erreicht hatte, stieg er die Fußhügel der Berge hinauf, die allmählich immer steiler wurden. Sein Hemd war bald von Schweiß durchnäßt; zwischen seinen Schulterblättern flossen kleine Rinnsale seinen Rükken hinab. Erst orientierte er sich ausschließlich an der örtlichen Gegebenheit. Er wußte, welchen Kamm er erreichen mußte. Doch je mehr ihm umgestürzte Stämme den Weg und Bäume die Sicht versperrten, desto häufiger zog er seine Karte zu Rate. Er verglich ihre Konturen mit den örtlichen Gegebenheiten und den Angaben seines Kompasses. Manchmal langte er am Fuß eines kaum bewaldeten Abhangs an, der sich leicht ersteigen hätte lassen, doch die Karte schickte ihn in einer anderen Richtung weiter. Oder er stieg eine Felsrinne hoch, die so dicht mit Felsbrocken übersät war, daß er diese Route nie im Traum eingeschlagen hätte, wenn ihm die Karte nicht verraten hätte, daß sie schon nach kurzem in eine sanfte Böschung überging. Vor einer Felswand hinter der nächsten Kuppe vorgewarnt, schwenkte er einen halben Kilometer seitlich ab, bis er einen Wasserlauf erreichte, der ihn eine steile, aber doch problemlos begehbare Schlucht hinaufführte.

Er blieb kurz stehen, um etwas Salz zu sich zu nehmen und zu trinken. In großer Höhe wurde der Organismus stärker beansprucht als unter normalen Bedingungen, und er schwitzte intensiver. Doch infolge der trockenen Luft verdunstete der Schweiß so rasch, daß sich ein Bergsteiger des wahren Ausmaßes seines Flüssigkeitsverlustes gar nicht bewußt wurde. Und die Dehydration des Körpers war mit erheblichen Risiken verbunden. Die daraus resultierende Lethargie konnte sogar zum Koma führen. Ausreichender Wassergenuß allein beugte dem jedoch nicht vor. Der Körper brauchte auch Salz, um das Wasser aufnehmen zu können. Der Umstand, daß Saul das Salz gar nicht richtig schmeckte, war ein untrügliches Anzeichen dafür, daß es sein Körper dringend benötigte. Nachdem er die Feldflasche wieder im Rucksack verstaut hatte, sah er noch einmal die Schlucht hinunter, die er eben heraufgestiegen war, um sich dann unter dem Tosen der in die Tiefe stürzenden Wassermassen den Felswänden über ihm zuzuwenden.

Ihre Schatten wurden zunehmend länger. Der Wald verfärbte sich wie der Dschungel oder wie Wolken vor einem Tornado zu tiefem Grün. Seine Gefühle waren in hellem Aufruhr. Doch seine Schritte waren unerbittlich, wild entschlossen. Der Gedanke an den Dschungel hatte Erinnerungen an Missionen in Vietnam wachgerufen, die er zusammen mit Chris durchgeführt hatte. Sie hatten damals an diesem Krieg teilgenommen, weil Eliot wollte, daß sie über Fronterfahrung verfügten. Und Saul wurde auch daran erinnert, wie er zusammen mit Chris in den Bergen von Colorado den Hubschraubern entronnen war, die ihn auf Befehl seines Vaters töten sollten.

Chris, hätte er am liebsten losgebrüllt. Kannst du dich noch an den Sommer erinnern, als Eliot uns zum Campen nach Maine mitgenommen hat? Das war die schönste Woche meines Lebens. Warum mußte es dann eine solche Wende nehmen?

Der schwammige Lehmboden des Waldes stieg weiter an. Durch einen Windbruch in den Bäumen konnte er die Paßhöhe sehen, auf die er zustrebte – ein sattelartiger Kamm zwischen zwei Bergen. Wie das Licht eines Leuchtfeuers fielen die letzten Sonnenstrahlen über die Paßhöhe in das Tal, während Saul an Granitplatten vorbei höher stieg. Und endlich war er oben angekommen, entschlossener denn je. Er war so erregt, daß er das Gewicht des Rucksacks nicht spürte, als er auf eine geschützte Felswand zueilte, von der aus er in das andere Tal hinunterblicken konnte.

Es unterschied sich kaum von dem Tal, das hinter ihm lag. Die Berge und der Wald waren fast gleich. Über die Talsohle schlängelte sich ein Fluß, der Pitt. Der Karte zufolge handelte es sich bei dem dahinter liegenden Tal um den ›Golden Ears Provincial Park‹. Doch als er auf das Alpenglühen des erster-

403

benden Sonnenuntergangs starrte, entdeckte er den entscheidenden Unterschied.

Das Tal wurde von einer ungefähr in ostwestlicher Richtung verlaufenden Straße durchschnitten. Sie wurde von einer anderen Straße gekreuzt, die zu dem dahinterliegenden Naturschutzpark führte. Doch im nordwestlichen Sektor... da... eine sauber gerodete, inmitten des Waldlandes deutlich erkennbare Fläche von etwa fünfundzwanzig Hektar Ausdehnung. Durch sein Fernglas konnte er zwischen den Rasenflächen Stallungen, einen Swimmingpool, einen Sportplatz und einen Golfplatz erkennen.

Und genau in der Mitte ragte ein gewaltiger Bau auf, der Saul an ein Hotel im Yellowstone Park erinnerte, zu dem Eliot ihn und Chris einmal mitgenommen hatte.

Erholungsheim. Schutz und Zuflucht.

Todesfalle.

5

In der Nacht regnete es. Unter seiner Ausrüstung befand sich auch ein wasserdichter Poncho, den er über zwei Felsbrocken spannte, so daß er darunter Schutz vor der Nässe fand. In seinen dicken Wollklamotten, den Schlafsack um sich gewickelt, kauerte er darunter und aß. Er schmeckte die Erdnüsse und das Dörrfleisch kaum, als er in das Dunkel hinausspähte. Der Regen prasselte auf das straff gespannte Nylon und troff von den Rändern. Seine Wangen fühlten sich klamm an. Er fror. Unfähig zu schlafen, dachte er an Chris.

Gegen Morgengrauen ging der Nieselregen in dichten Nebel über. Er kroch aus seinem Schlafsack und erleichterte sich zwischen zwei Felsen. Dann wusch er sich in einem nahe gelegenen Bach, rasierte sich und bürstete sich das Haar. Er durfte hier oben die Körperhygiene keineswegs vernachlässigen, da er nicht riskieren konnte, krank zu werden. Und was nicht weniger wichtig war, durfte er sich, was sein Äußeres betraf, auch deshalb nicht gehen lassen, um nicht die Selbstachtung zu verlieren. Wenn er zuließ, daß sein Körper von Schmutz und Gestank befallen wurde, würde dies in kürzester Zeit auf seine gesamte Persönlichkeit übergreifen. Nach außen hin schlampig, würde er auch bald schlampig zu denken beginnen, und gegen Eliot durfte er sich nicht den geringsten Fehler erlauben. Nachdem er sich den Schweiß des vorigen Tages abgewaschen hatte und seine Haut, blank geschrubbt, angenehm prickelte, schöpfte er wieder neue Kraft, die ihn die durch die Kälte entstehende Gänsehaut amüsiert zur Kenntnis nehmen ließ. Er war entschlossener denn je. Unzähmbare Wut loderte in ihm auf. Er war bereit.

Seine Kleider fühlten sich nur ganz kurz klamm an. Seine Körperwärme heizte die Wollfasern rasch auf, so daß die Feuchtigkeit wie Dampf verdunstete. Er packte seinen Rucksack, schlang sich die Gurte um die Schultern und trat grimmig den Abstieg an.

So weit von der Eremitage entfernt, brauchte er sich wegen der Wachposten keine Sorgen zu machen. Das Gelände war zu wild und zerklüftet. Da mehrere Pässe Zugang zum Cloister Valley boten, hätte es zu vieler Männer bedurft, sie alle zu überwachen. Es ging ihm vor allem darum, die Posten entlang der Straße – und möglicherweise auch die Heckenschützen – zu umgehen. Je näher er jedoch nun kam, desto eher rechnete er mit Wachposten. Dies galt vor allem für den nordwestlichen Talsektor, wo die Eremitage lag. Trotz seines Tatendrangs ließ er sich beim Abstieg Zeit. Er wußte, wie leicht man sich dabei einen Knöchel vertreten konnte.

Gegen Mittag kam die Sonne über die Berge und trug noch zur Hitze der Anstrengung bei. Eine Felswand erstreckte sich so weit in beiden Richtungen, daß er sein Seil um den Rucksack schlang, ihn die Wand hinunterließ und das Seil wieder hochzog, um sich dann selbst abzuseilen. Am frühen Nachmittag hatte er schließlich die Talsohle erreicht.

Er überlegte.

Wenn entlang der Straße Scharfschützen auf der Lauer lagen, dann benötigten sie eine ungehinderte Schußlinie. Demnach konnten sie nicht unter den Bäumen in Deckung liegen, da sie von dort einen vorbeifahrenden Wagen nur kurz ins Visier bekommen hätten. Aller Wahrscheinlichkeit

405

würden sie eine erhöhte Stelle als Standort wählen, von wo aus sie die Straße über mehrere Kilometer hinweg überblikken konnten – zum Beispiel eine über die Bäume herausragende Anhöhe.

Durch einen Felsbrocken verborgen, ließ Saul von seinem Standpunkt auf einem hoch gelegenen Grat aus seine Blicke über die tiefer gelegenen Hügelketten wandern, wobei er sorgsam auf jedes Detail achtete.

Nach etwa einer Stunde hatte er sie entdeckt. Es waren zwei, in einem Abstand von etwa achthundert Metern postiert; sie beobachteten die beiden Straßenabschnitte. Jeder lag auf einer Anhöhe im hohen Gras; jeder trug einen grünbraunen Tarnanzug, und jeder hatte ein Gewehr mit einem Zielfernrohr vor sich aufgebaut. Saul hätte sie nicht entdeckt, wenn sie sich nicht bewegt hätten; der eine hatte nach seinem Walkie-talkie gegriffen, während der andere wenig später aus seiner Feldflasche getrunken hatte. Bei dem Tor, das den Zugang zu einem großen umzäunten Gelände darstellte und in ziemlich genau gleichem Abstand zwischen den beiden Scharfschützen lag, handelte es sich mit Sicherheit um den Eingang zum Erholungsheim.

Die strikte Befolgung des Protokolls war von vorrangiger Bedeutung. Außerhalb des Erholungsheimgeländes durfte gemordet werden, ohne daß die Heckenschützen irgendwelche Konsequenzen zu befürchten hätten. Schließlich würden sie gegen keine Regel verstoßen.

Aber wie war es direkt vor dem Tor? Was war, wenn jemand, der um Asyl bat, beim Erreichen der Umzäunung erschossen wurde? Ein Erholungsheim war sinnlos, wenn man nicht hineingelangen konnte. Logischerweise war also eine Pufferzone ringsum das Gelände erforderlich – ein schmaler, ambivalenter Streifen, höchstens hundert Meter breit, der nicht geschützt, aber auch nicht ungeschützt war. Eine Grauzone, die ein gewisses Fingerspitzengefühl erforderte. Ein Killer konnte es nicht riskieren, sein Opfer unmittelbar vor dem Zaun des Erholungsheims zu töten, da er in diesem Fall einer eingehenden Untersuchung des Vorfalls ausgesetzt worden wäre. Der Tatbestand hätte erst eindeu-

406

tig geklärt werden müssen, bevor er freigesprochen worden wäre.

Diese Ambivalenz konnte Saul sich vielleicht zunutze machen. Ich komme nicht an die Umzäunung heran, ohne daß sie mich sehen, dachte er. Einen Kilometer weiter die Straße runter, bin ich in dem Augenblick, in dem sie mich gesichtet haben, ein toter Mann. Aber wie werden sie reagieren, wenn sie mich unmittelbar vor dem Tor entdecken? Würden sie erst überlegen, wie sie sich zu verhalten haben?

Ich an ihrer Stelle würde schießen.

Aber ich bin nicht sie.

Er kroch von dem Felsbrocken in die Büsche zurück, um sich näher heranzuarbeiten. Seine Karte bot ihm Hilfe. Aufgrund der dichten Bewaldung konnte er die Anhöhen, auf denen die Heckenschützen lagen, nicht sehen. Ohne Karte und Kompaß hätte er ihnen also ohne weiteres direkt vors Visier laufen können. Aber nachdem er auf der Karte ihre Standorte eingetragen und die örtlichen Gegebenheiten studiert hatte, entschloß er sich nach reiflicher Überlegung für eine Mittelroute durch unwegsames Gelände, die direkt auf das Eingangstor zuführte. Er kam nur langsam vorwärts. In dieser geringen Entfernung vom Erholungsheim mußte er auf alle Fälle sorgfältig nach weiteren Scharfschützen Ausschau halten, die möglicherweise im dichten Unterholz auf der Lauer lagen.

Er hielt an, ohne das Tor sehen zu müssen – seine Karte verriet ihm, daß er sich in einem fünfzig Meter von der Straße entfernten Graben befand, der von dieser durch dichtes Buschwerk getrennt war. Alles, was er zu tun hatte, war...

Nichts.

Doch die Sonne stand noch zu hoch. Er hätte ein zu gutes Ziel abgegeben. Der beste Zeitpunkt, um zur Tat zu schreiten, war die Dämmerung, wenn er in seiner Umgebung noch alles deutlich erkennen konnte, während die Heckenschützen bereits Schwierigkeiten haben würden, aus großer Distanz exakt zu zielen.

Er nahm seinen Rucksack ab, stellte ihn auf den Boden und massierte sich die Schultern. Sein Magen zwickte. Bisher hatte er seine Ungeduld im Zaum halten können. Doch das Ziel so nahe vor Augen, das Erholungsheim nur noch fünfzig Meter von ihm entfernt und Eliot fast in seiner Hand, barst er fast vor innerer Anspannung.

Das Warten war eine Qual. Um seine Wachsamkeit nicht abstumpfen zu lassen, studierte er seine Umgebung.

Ein Eichhörnchen huschte über einen Ast.

Ein Specht klopfte gegen einen Baumstamm.

Der Specht verstummte.

Das Eichhörnchen stellte seinen Schwanz auf, gab ein leises Geräusch von sich und erstarrte.

6

Seine Körperhaare stellten sich auf.

Saul duckte sich und wirbelte herum. Gleichzeitig hatte er seine Pistole gezogen, um den Schalldämpfer am Lauf zu befestigen. Für sich allein genommen, hatte das Verstummen des Spechts nichts zu bedeuten. Aber in Zusammenhang mit dem Verhalten des Eichhörnchens gab es ihm zu denken. Hier mußte sich sonst noch etwas herumtreiben. Oder war es ein Jemand?

Sein Standort war äußerst ungünstig. Er hatte sich in einem Winkel von dreihundertsechzig Grad gegen eine Gefahr zu wappnen und möglicherweise zu verteidigen, von der er nicht wußte, aus welcher Richtung sie ihm drohte.

Falls da eine Gefahr war.

Doch er mußte davon ausgehen. Überleg doch mal. Wenn es ein weiterer Scharfschütze ist, kann er sich nicht hinter dir befinden. Sonst hättest du an ihm vorbeikommen müssen, oder er wäre schon längst zur Tat geschritten.

Demnach kann er sich also nur vor oder seitlich von dir befinden. Seinem Instinkt vertrauend, schenkte Saul seiner Rückseite keinerlei Beachtung, sondern konzentrierte sich voll und ganz auf die Bäume entlang des Grabens, in dem er sich befand. Er hat mich kommen gehört und dann gewartet, daß ich mich zeigen würde. Als ich mich jedoch nicht blicken ließ, wurde er stutzig; hatte er sich etwa getäuscht? Vielleicht war er nicht mit dem Wald vertraut und hatte gedacht, es wäre ein Tier gewesen.

Doch so einfach durfte er es sich nicht machen. Er mußte der Sache in jedem Fall auf den Grund gehen.

Oder vielleicht bin auch ich derjenige, der sich getäuscht hat. Vielleicht war ich es, der das Eichhörnchen erschreckt hat. Saul schüttelte den Kopf. Nein, das Eichhörnchen war weitergelaufen, nachdem es ihn gesehen hatte. Etwas anderes muß es mitten in der Bewegung haben erstarren lassen.

Schweiß troff an seinen Augen vorbei. *Wo?*

Zu seiner Linken bewegte sich etwas Grünes.

Sein Rucksack stand aufrecht neben ihm. Saul stieß ihn um – als Ablenkung, um den Eindruck zu erwecken, er hätte sich zu Boden geworfen, während er statt dessen hinter einem Strauch zu seiner Rechten verschwand. Und als er dahinter auftauchte, zielte er auf den grünen Fleck.

Ein Mann in einem grünen Tarnanzug hatte sein Gewehr auf die Stelle gerichtet, auf die der Rucksack umgestürzt war. Saul drückte ab. Der Schalldämpfer gab dreimal hintereinander ein kurzes Spotzen von sich, während die Kugeln den Mann in Gesicht und Hals trafen.

Doch er war nicht schnell genug gewesen. Der Mann hatte noch einen Schuß abfeuern können, bevor er zu Boden stürzte, auch wenn er aufgrund seines zerschmetterten Kehlkopfs nicht mehr zu schreien in der Lage gewesen war. Der Wald hallte vom Krachen des Schusses wider, während die Kugel mit dumpfem Aufprall in den Rucksack fuhr.

Saul machte sich nicht die Mühe, seine Ausrüstung zu holen. Auch nahm er sich nicht die Zeit, sich zu vergewissern, ob der Mann auch tatsächlich tot war. Er hetzte die Böschung des Grabens hinauf und kroch durch das Unterholz, ohne sich zu vergewissern, ob sonst noch jemand unter den Büschen auf der Lauer lag. Darauf kam es jetzt nicht mehr an. Der Schuß hatte sie alle gewarnt. Sie würden sich herumdrehen und, die Gewehre im Anschlag, den Wald absuchen. Und wenn sich dann ihr Partner nicht mit seinem Walkie-talkie meldete...

409

Sie werden wissen, daß ich hier bin. Sie werden über Funk Verstärkung anfordern und...

Jetzt oder nie. Zweige peitschten in sein Gesicht. Er streifte einen Baumstamm. Aber er rannte einfach weiter – auch als er plötzlich unter den Bäumen hervorbrach und abrupt die ungeschützte Straße vor sich hatte.

Der Zaun war hoch.

Stacheldraht.

Scheiße. Ohne seine Schritte zu verlangsamen, drehte er in Richtung Tor ab. Das war zumindest niedriger.

Irgend etwas krachte hiner ihm auf den Asphalt – ein Schuß von einer der Anhöhen. Während er im Laufen wilde Haken schlug, schlug dicht vor ihm eine zweite Kugel in den Straßenbelag. Er warf sich gegen den Zaun; der Stacheldraht zerfetzte seine Kleidung, riß seine Handflächen auf. Eine dritte Kugel durchtrennte den Drahtstrang, nach dem er eben hatte greifen wollen, so daß er ihm ins Gesicht schnalzte. Stechender Schmerz durchzuckte seine Wange; sie begann zu bluten. Er hangelte sich hoch, bekam den oberen Rand zu fassen, schwang sich auf die andere Seite hinüber und ließ sich fallen.

Er ging in die Knie und rollte sich ab.

Doch irgend etwas bremste ihn.

Stiefel und Bluejeans. Ein wütender Mann richtete den Lauf eines Magnum-Revolvers auf seine Brust.

Neben ihm stand ein zweiter Mann in einem karierten Hemd, der sein Gewehr auf die Hügel richtete.

Sofort hörten die Schüsse auf. Natürlich. Er hatte das Gelände des Erholungsheims erreicht. Nun würden sie es nicht mehr wagen, ihn zu töten.

»Ich hoffe, Sie haben einen verdammt triftigen Grund...«

Saul ließ die Mauser fallen und hob die Hände. »Das ist meine einzige Waffe. Sie können mich ruhig durchsuchen. Ich werde sie jetzt nicht mehr brauchen.«

»...hierher zu kommen.«

»Den triftigsten.« Obwohl von seinen erhobenen Handflächen Blut floß, mußte er fast lachen. »Abelard.«

Das war alles, was er sagen mußte, um hier Asyl gewährt zu bekommen.

7

Sie drängten ihn unter die Bäume zurück und machten sich daran, ihn zu filzen. Er mußte sich splitternackt ausziehen.

Seine Hoden schrumpften. »Ich habe Ihnen doch gesagt, daß ich außer der Mauser keine Waffe bei mir trage.«

Sie durchsuchten seine Kleidung.

»Was ist in diesem Beutel, den Sie an die Innenseite Ihres Hemds geklebt haben?« Anstatt auf eine Antwort zu warten, riß einer der Wachen den Verschluß auf und warf einen stirnrunzelnden Blick in den Plastikbeutel. »Papiere.« Geringschätzig warf er den Beutel auf den Haufen mit Sauls Kleidern. »Ziehen Sie sich wieder an.«

»Wer hat auf Sie geschossen?« wollte der andere Posten wissen.

»Ich dachte, das wären Ihre Leute.«

»Wir schießen nicht auf unsere Gäste. Wir schützen...«

»Aber ich war doch noch gar kein Gast. Vielleicht dachten einige Ihrer Leute, ich hätte einen Angriff vor.«

»Klar. Ein Mann. Und angreifen. Sie sind wohl ein ganz Schlauer. Also, wer war das?«

»Ich wäre nicht hierher gekommen, wenn mich alle Welt mögen würde.«

Das Geräusch mehrerer Motoren kam näher.

»Das werden wir gleich herausfinden.«

Zwei Lieferwagen tauchten unter den Bäumen auf und schossen um eine Kurve auf sie zu. Mit quietschenden Bremsen kamen sie zu einem schlitternden Halt. Noch bevor sie richtig stehengeblieben waren, sprangen bereits mehrere Männer aus den Seitentüren. Sie waren wie die ersten Posten in Freizeitkleidung gekleidet – kräftige Männer mit kantigen Gesichtszügen und kalten Augen; einige hielten Gewehre, andere Handfeuerwaffen; von ihren Schultern baumelten Walkie-talkies.

»Die Schüsse kamen von dort drüben.« Der erste Posten deutete zu zwei Anhöhen zu beiden Seiten der Straße hinauf.

Die Männer rannten los, während der zweite Posten das Tor öffnete.

»Sie haben fünf Minuten Vorsprung«, rief der erste Posten.

»Die Straßen sind gesperrt.« Ein Mann mit einem Bürstenhaarschnitt rannte nach draußen. Sein Walkie-talkie schlug im Laufen gegen seine Hüfte.

Zwei andere mit hechelnden Dobermännern an der Leine hasteten hinterher.

»Einer ist auf der anderen Straßenseite«, erklärte Saul. »Etwa fünfzig Meter durch die Bäume.«

»Der ist inzwischen sicher längst über alle Berge«, zischte ein beleibter Mann verächtlich.

»Wohl kaum. Er ist nämlich tot.«

Sie drehten sich im Laufen nach ihm um und sahen ihn mit zusammengekniffenen Augen an.

Zwanzig Sekunden später waren sie verschwunden.

Der Posten in dem karierten Hemd verschloß das Tor wieder, während sein Partner Saul finster ansah. »Sie kommen mit uns.«

Saul deutete auf den Zaun. »Und wer wird hier aufpassen?«

Die Fahrer der Lieferwagen kamen mit gezogenen Pistolen auf sie zu.

»Gut«, nickte Saul. Und er meinte das auch. Falls es sich auch bei der restlichen Wachmannschaft des Erholungsheims um erstklassige Leute handelte, sollten ihn am besten die beiden begleiten, die ihn entdeckt hatten. Sie wußten kaum etwas über ihn, aber doch mehr als die anderen.

Sie führten ihn die Straße entlang. Er rechnete mit einem Jeep oder einem weiteren Lieferwagen. Statt dessen schritten sie auf einen Pontiac mit hoher Radaufhängung und extrem großen Reifen zu, mit denen der Wagen sich auch durch dichtes Unterholz oder sumpfiges Gelände hätte kämpfen können.

Mit einem anerkennenden Nicken stieg er hinten ein. Zwischen ihm und dem Vordersitz war ein massives Metallgitter angebracht.

Der Fahrer zog einen Hebel neben der Handbremse an, durch den sich die hinteren Türen verriegeln ließen. Als der Wagen losfuhr, beobachtete ihn der zweite Posten durch das Gitter. Seine Handfeuerwaffe hatte er auf dem Sitz aufgestützt.

»Wenn ich in ein Konzentrationslager gewollt hätte...«

»Sie gelangen noch früh genug in den Genuß Ihres Ruhestands. Erst müssen Sie allerdings noch den Nachweis erbringen, daß Sie dazu auch berechtigt sind.«

»Womit? Etwa durch einen Bluttest?«

»Wenn wir Sie hier einfach so reinließen, als wäre das nur eine Art Hotel, wie sicher würden Sie sich dann hier fühlen? Kein Grund zur Aufregung. Sobald wir Ihre Personalien aufgenommen haben, lade ich Sie sogar auf einen Drink ein.«

»Heißt das, daß die Getränke hier nicht frei sind?«

»Die Wohlfahrt sind wir hier nicht gerade.«

»Und das Paradies ganz offensichtlich auch nicht.«

»In diesem Punkt täuschen Sie sich, mein Freund.«

Der Pontiac holperte die Straße entlang. Saul klammerte sich am Sitz fest und sah nach draußen, wo ihm an verschiedenen Bäumen metallene Kästen auffielen. »Sind das Lichtschranken?«

»Und Geräuschdetektoren.«

»Klappe«, fuhr der Fahrer seinen Partner an. »Du wirst ihm doch nicht gleich alle Sehenswürdigkeiten zeigen.«

Die Augen des zweiten Postens verengten sich, als er wieder finster Saul anstarrte.

Sie schossen unter den Bäumen hervor.

Als er das Gelände sah, begriff er. Überall endlose Rasenflächen. Links von der inzwischen asphaltierten Straße umrundeten ein paar Golfer einen Bunker und strebten auf einen kleinen See zu. Zu ihrer Rechten schlenderten mehrere Gäste über einen mit weißen Steinplatten gepflasterten Weg, der von Blumenbeeten, Bänken und Springbrunnen gesäumt wurde.

Ein Country Club. Ein Park.

Die Straße führte auf das Hauptgebäude zu, wobei ihn die Berggipfel, die dahinter aufragten, erneut an den Yellowstone Park erinnerten. Ein Hubschrauber startete.

Aber er durfte sich nicht ablenken lassen. Er konzentrierte sich voll und ganz auf das Hauptgebäude und bereitete sich vor...

Auf was eigentlich? Er wußte es selbst nicht.

Vor dem Eingang hielt der Pontiac an. Nachdem er die Türverriegelung gelöst hatte, stieg der Fahrer, gefolgt von seinem Partner, aus. Saul verließ den Wagen als letzter.

Die beiden Wachen nahmen ihn in die Mitte und stiegen dann die Betontreppe zur Veranda hoch, die sich über die gesamte Front des Gebäudes erstreckte. Sie war aus angenehm duftendem Zedernholz gebaut, das nicht unter seinen Schritten nachgab. Auf einer Seite erhaschte er einen flüchtigen Blick auf eine Ecke eines Tennisplatzes, von dem das typische Geräusch der Bälle herüberdrang. Ein unsichtbarer Tennisspieler lachte triumphierend auf. Angesichts der hereinbrechenden Dämmerung würden sie bald Schluß machen müssen, dachte Saul.

Doch dann fielen ihm die Flutlichtmasten auf, welche an den Ecken des Tennisplatzes aufragten.

Wachposten? Er beobachtete einen Gärtner auf einem fahrbaren Rasenmäher, einen Mann in einer weißen Jacke, der, mit mehreren Handtüchern bepackt, auf den Tennisplatz zurannte, einen Handwerker, der ein Fenster abdichtete. Doch sie alle schienen sich weniger für ihre Aufgaben zu interessieren als für Saul.

Sollten sie.

Die Wachen führten ihn durch eine mächtige Doppeltür. Links dahinter war ein Stand mit Tabakwaren und Zeitschriften, rechts ein Sportgeschäft. Sie passierten ein Herrenbekleidungsgeschäft, einen Schallplattenladen, eine Drogerie und erreichten schließlich das Foyer. Von der hohen Decke hingen mächtige Wagenradleuchter; der weite Parkettfußboden war blank gebohnert. Eine Theke mit Fächern für Post und Schlüssel dahinter erinnerte Saul an die Rezeption eines Hotels.

Ein Portier rief ihnen aufgeregt entgegen: »Er erwartet Sie bereits. Gehen Sie gleich rein.« Er deutete hastig auf eine Tür mit der Aufschrift ›Privat‹.

Die Wachen ließen Saul nun vor sich gehen – durch die Tür, einen schmalen Korridor hinunter, bis zu einer zweiten Tür, die keine Aufschrift trug. Bevor der Wachposten in dem karierten Hemd noch Gelegenheit fand zu klopfen, wurde die Tür durch einen elektrischen Öffner geöffnet. Als Saul sich kurz umdrehte, entdeckte er über der ersten Tür, durch die sie eben gekommen waren, eine Videokamera.

Achselzuckend trat er ein. Das Büro war größer, als er erwartet hatte. Es war teuer und elegant eingerichtet; viel Chrom, Glas und Leder. Die Wand ihm gegenüber füllte ein riesiges Panoramafenster aus, durch das man auf einen Swimmingpool – mehrere Personen planschten darin herum – und ein Café hinaussah. Doch unmittelbar vor ihm, hinter einem Stück feinsten Velourteppichs, saß ein Mann an einem Schreibtisch und kritzelte flüchtige Anmerkungen an den Rand eines dicht mit Maschine beschriebenen Blatt Papiers.

»Treten Sie ein«, forderte der Mann sie auf, zu sehr mit Schreiben beschäftigt, um aufzublicken.

Saul trat vor den Schreibtisch. Die Wachen folgten ihm.

»Nein.« Der Mann sah auf. »Nur er. Aber warten Sie draußen. Vielleicht brauche ich Sie noch.«

Sie zogen sich zurück, schlossen die Tür hinter sich.

Saul taxierte sein Gegenüber. Der Mann war Anfang vierzig; sein rundes Gesicht wirkte etwas massig; sein Haar war modisch lang geschnitten, so daß es etwas über seine Ohren fiel. Er hatte einen mächtigen Brustkasten, der sich in einem mächtigen Bauch fortsetzte, als er aufstand. Er trug einen roten Blazer und eine marineblaue Hose, beides aus Polyester. Als er hinter seinem Schreibtisch hervorkam, fielen Saul seine weißen Schuhe auf. An seiner zum Gruß ausgestreckten Hand bemerkte Saul eine Digitaluhr mit extrem vielen Knöpfen. Doch wenn dieser Mann auf den ersten Blick auch wie ein erfolgreicher Geschäftsmann auf einer Konferenz der Handelskammer wirkte, war doch die gespannte Wachsamkeit in seinen Augen keineswegs zu übersehen.

Seiner Rolle entsprechend verkleidet, dachte Saul. Nicht als Geschäftsmann, sondern als Fremdenverkehrsdirektor. Nach dem Motto: je bunter, desto weniger bedrohlich für seine Gäste.

»Wir hatten eigentlich nicht mit einem Neuzugang gerechnet.« Das Lächeln verschwand von seinen Lippen, als er die Blutspuren an seiner Hand entdeckte, nachdem er Saul die Hand geschüttelt hatte.

»Ich hatte etwas Schwierigkeiten«, Saul zuckte mit den Achseln, »hereinzukommen.«

»Aber niemand hat etwas davon verlauten lassen, daß Sie verletzt sind.« Die Stimme des Direktors klang bestürzt. »Und Ihre Wange. Ich werde Ihnen gleich einen Arzt holen lassen. Das tut mir aufrichtig leid. So etwas hätte nicht vorkommen dürfen.«

»Es war ja auch nicht Ihre Schuld.«

»Aber ich bin verantwortlich für alles, was hier geschieht. Begreifen Sie denn nicht? Ich bin für Sie verantwortlich. Setzen Sie sich doch erst mal. Darf ich Ihnen etwas zu trinken anbieten?«

»Keinen Alkohol bitte.«

»Ein Perrier?«

Saul nickte.

Der Mann schien entzückt, als gäbe es für ihn nichts Schöneres, als anderen zu Diensten zu sein. Er öffnete die Tür eines Wandschranks, hinter dem ein kleiner Kühlschrank zum Vorschein kam. Er nahm eine Flasche heraus, schraubte den Verschluß ab, füllte ein Glas mit Eiswürfeln und goß es voll, reichte es Saul zusammen mit einer Papierserviette.

Erst beim Trinken wurde Saul bewußt, wie durstig er war.

Der Mann schien zufrieden. Sich die Hände reibend, nahm er wieder hinter seinem Schreibtisch Platz. »Möchten Sie auch etwas essen?«

»Später. Danke.«

»Wann immer Sie wünschen.« Er ließ sich in seinen Schreibtischsessel zurücksinken und kratzte sich an der Augenbraue. »Wie ich sehe, haben Sie den schwierigen Zugang gewählt – über die Berge.«

416

Aha, dachte Saul, es geht also los. Er tut zwar ganz beiläufig, aber es ist trotzdem ein Verhör. »Ich mag die Wälder.«

»In diesem Punkt sind Sie wohl nicht der einzige. Es sind Schüsse gefallen.«

»Jäger.«

»Ja. Aber was haben sie gejagt?«

Saul zuckte wie ein Junge, der eben bei einer Lüge ertappt worden war, mit den Achseln.

»Oder – warum haben sie Sie gejagt?«

»Das möchte ich lieber nicht sagen.«

»Weil Sie denken, wir könnten Sie nicht aufnehmen? In dieser Hinsicht täuschen Sie sich. Wir sind verpflichtet, Sie zu beschützen – ganz gleich, was Sie sich haben zuschulden kommen lassen.«

»Trotzdem behalte ich meine Geheimnisse lieber für mich.«

»Das kann ich durchaus verstehen. Aber versuchen Sie das Ganze doch mal von unserem Standpunkt zu sehen. Wenn wir wüßten, wer Sie zu töten beabsichtigte, könnten wir Sie besser beschützen.«

»Nur wäre ich hier vielleicht nicht mehr so willkommen, wenn die Kunde davon die Runde machen würde.«

»Sie meinen, bei den anderen Gästen?«

Saul nickte.

»Damit könnten Sie selbstverständlich recht haben. Aber ich bin wie ein Priester. Ich erzähle nichts von dem, was ich zu hören bekomme, weiter.«

»Und was ist mit denen, die sonst noch zuhören?«

»Hier gibt es keine Wanzen.«

Saul starrte ihn nur wortlos an.

»Selbstverständlich sind die einzelnen Büros durch eine Sprechanlage verbunden – für alle Fälle.« Er griff in eine Schublade und drückte auf einen Schalter. »Sie ist ausgeschaltet.«

»Möglicherweise habe ich einen Fehler gemacht.« Saul erhob sich von seinem Stuhl.

Der Mann beugte sich vor. »Nein. Ich möchte Sie nicht drängen. Ich möchte Ihnen nur helfen.«

Saul begriff. Falls jemand den Schutz eines Erholungsheims zurückwies, mußte sich dessen Leiter seinen Vorgesetzten gegenüber rechtfertigen, weshalb seine Institution für ungenügend befunden worden war.

Saul setzte sich wieder und trank sein Perrier aus.

»Dennoch muß ich mich an das Protokoll halten«, fuhr der Mann fort.

»Natürlich.«

»Im übrigen habe ich ganz vergessen, mich vorzustellen. Ich bin Don.«

Und ein verdammt gerissener Bursche bist du auch, dachte Saul. Demnach bin jetzt also ich an der Reihe. »Saul.«

»Haben Sie den Wachen das Kennwort genannt?«

»Natürlich.«

»Wie lautet es?«

»Abelard.«

»Ihnen dürfte hoffentlich klar sein, daß das inzwischen jeder kleine Ganove herausfinden könnte. Immerhin hat sich das Kennwort seit 1938 nicht mehr geändert. Und so etwas wird natürlich schnell publik. Ihnen ist doch klar, daß hier nur Agenten Aufnahme finden.«

»Das möchte ich auch hoffen.« Saul griff unter sein Hemd und riß den wasserdichten Beutel ab. Nachdem er zwischen mehreren Dokumenten gesucht hatte, zog er schließlich seinen Paß heraus und reichte ihn Don. »Das ist mein richtiger Name. Vermutlich werden Sie das jedoch überprüfen wollen.«

»Selbstverständlich.« Stirnrunzelnd schlug Don den Paß auf. »Und Ihr Deckname?«

»Romulus.«

Don klatschte den Paß auf den Schreibtisch nieder. »Was zum Teufel haben Sie sich dabei eigentlich...?«

Saul schnalzte mit der Zunge. »Sie sind also doch echt. Fast dachte ich schon, Sie wollten mir nur eine Lebensversicherung andrehen.«

»Genau das könnten Sie im Augenblick dringend brauchen. Glauben Sie etwa, Sie könnten sich hier mit Hilfe eines Tricks Zutritt verschaffen und dann...«

»Sie haben Nerven. Immerhin ist auf mich geschossen worden.«

»Das waren doch nur Leute, die eigens zu diesem Zweck von Ihnen angestellt worden sind.«

»Schön wär's. Ich wäre um ein Haar getötet worden. Sie glauben doch nicht im Ernst, daß ich mich selbst von einem guten Schützen aus dieser Entfernung so nahe unter Beschuß nehmen ließe, daß es einigermaßen überzeugend wirkte? Sehen Sie sich doch mal meine Hände an. Und dann fragen Sie Ihre Leute, wie dicht die Kugeln neben mir eingeschlagen haben. Ich habe ein Recht auf Aufnahme in dieser Institution. Ich habe das Kennwort genannt. Ich bitte um Asyl.«

»*Warum?*«

»Sie kümmern sich... weil der Präsident persönlich mich suchen läßt. Wegen des Anschlags auf die Paradigm Foundation. Ich habe einen seiner besten Freunde getötet.«

Don hielt den Atem an und schüttelte den Kopf. »Und Ihr Vater?«

»Was?«

»Oder Ihr Pflegevater oder wie auch immer Sie ihn nennen wollen. Ich nehme an, Sie wissen nicht, daß er sich hier aufhält.«

»Na und? Was macht das schon? Dann ist eben mein Vater auch hier...«

»Er hat mir zu verstehen gegeben, daß Sie ihn töten wollen!«

»Dann kann der Betreffende wohl kaum mein Vater sein. Ihn töten? Das ist doch Wahnsinn. Wo ist dieser Mann? Ich möchte ihn...«

Don hieb mit der Handfläche auf den Schreibtisch. »Das ist doch alles Unsinn!«

Die Tür flog auf. Die Wachen stürzten in den Raum.

»Raus!« fuhr Don sie an.

»Aber wir dachten...«

»Tür zu!«

Sie verschwanden wieder.

Hinter dem Fenster ballte sich die Dämmerung zusammen. Plötzlich flammte gleißendes Flutlicht auf, brach sich in der Oberfläche des Swimmingpools.

Don preßte beide Handflächen auf die Schreibtischplatte. »Machen Sie mir nichts vor. Ihr Vater hat mir überzeugend klargemacht, daß Sie ihn töten wollen.«

»Darum geht es nicht.«

»Worum dann?«

»Um den Suchbefehl, der auf mich ausgestellt ist. Wenn ich hier meinen Fuß vor die Tür setze, bin ich ein toter Mann. Stellen Sie sich doch nur mal vor, wie es danach um Ihren Ruf bestellt wäre. Der einzige Leiter eines Erholungsheims, der einem anspruchsberechtigten Aufnahmekandidaten den Schutz verweigert hat. Es wäre mir ein Vergnügen, Zeuge Ihrer Vernehmung – und Ihrer Exekution – zu werden – wenn ich zu diesem Zeitpunkt bedauerlicherweise nicht selbst schon längst tot wäre.«

»Sie vergessen dabei allerdings eines.«

»Was?«

»Sie haben hier keinen Preis gewonnen. Die Aufnahme hier wird Sie eine Stange Geld kosten.«

»Das habe ich mir bereits gedacht.«

»Tatsächlich? Wir sind hier ein Privatclub.«

»Aufnahmegebühr?«

»Ganz richtig. Zweihunderttausend.«

»Nicht schlecht.«

»Wir legen Wert auf äußerste Exklusivität. Unsere Gäste lassen es sich einiges kosten, sich den Pöbel vom Leib zu halten.«

»Dem kann ich nur zustimmen. Auch ich habe gewisse Ansprüche.« Von neuem in seinem Beutel kramend, holte Saul drei Dokumente heraus und reichte sie Don.

»Was zum . . .?«

»Goldzertifikate. Sie sind im übrigen mehr als zweihunderttausend Dollar wert. Selbstverständlich werden Sie mir Kredit gewähren.«

»Wie zum Teufel . . .?«

»Genauso, wie das auch die anderen gemacht haben.«

Saul brauchte nicht näher darauf einzugehen.

Durch Absahnen. Die CIA verfügte über unbegrenzte Geldmittel. Aus Sicherheitsgründen wurde darüber nicht Buch geführt. Für einen Verwaltungsangestellten war es allgemein üblich, zehn Prozent der Kosten jeder Operation als eine Art stillschweigendes Honorar einzustreichen und es möglichst auf ein Nummernkonto in der Schweiz einzuzahlen. Eine bessere Lebensversicherung gab es nicht. Wenn irgend etwas schiefging oder die politischen Verhältnisse sich grundlegend änderten, konnte der Betreffende diese Geldmittel dann zu seinem Schutz einsetzen. Stand sein Leben auf dem Spiel, kaufte er sich damit in ein Erholungsheim ein.

Saul hatte diesen Trick, einen gewissen Anteil des Budgets für die einzelnen Missionen in die eigene Tasche wandern zu lassen, von Eliot gelernt. Auch in diesem Punkt kehrte er also die Methoden seines Vaters gegen ihn.

»So hätten Sie sich das also gedacht. Aber das ist erst die Aufnahmegebühr. Sie haben ja selbst die Läden gesehen, an denen Sie eben vorbeigekommen sind. Die Tennisplätze. Der Swimming-pool. Der Golfplatz.«

»Damit habe ich nichts am Hut.«

»Aber vielleicht wollen Sie sich wenigstens mal einen Film ansehen. Und essen müssen Sie schließlich auch. Ganz gleich, ob Sie sich mit Hähnchen oder Hamburgern begnügen oder mit *haute cuisine* – so etwas kostet in jedem Fall. Sehen Sie gerne fern? Wir empfangen hier sogar Satellitensender. Stierkämpfe. Pamplona. Können Sie hier alles sehen. Allerdings nicht umsonst. Wir bieten Ihnen alles, was Sie sich nur wünschen können – von Büchern über Schallplatten bis zu Sex. Wenn wir es nicht hier haben, lassen wir es kommen. Das Paradies auf Erden. Aber das kostet natürlich, mein Freund. Und wenn Sie irgendwann nicht mehr für Ihren Lebensunterhalt hier aufkommen können, ist für mich die einzige Möglichkeit, Sie schleunigst wieder vor die Tür zu setzen.«

»Klingt ganz so, als sollte ich ins Aktiengeschäft einsteigen.«

»Lassen Sie Ihre dummen Witze...«

Saul zog zwei weitere Papiere heraus. »Das wären fünfzig-

tausend. So teuer werden Ihre Hamburger ja wohl nicht sein.
Gerüchten zufolge müßte ich damit ein halbes Jahr hier leben
können – und ein Kinobesuch müßte bei dieser Summe eigentlich auch noch drin sein.«

Don ging immer mehr hoch. »Sie...«

»Regen Sie sich doch nicht unnötig auf. Ich erfülle nun einmal die Aufnahmebedingungen. Sie müssen mich nehmen.«

Don kochte vor Wut. »Eine falsche Bewegung und...«

»Ich weiß. Und ich bin ein toter Mann. Sagen Sie das ruhig
auch schon mal meinem Vater. Das gleiche gilt nämlich auch
für ihn.«

»Demnach geben Sie also zu...?«

»Ich weiß nicht, worauf Sie hinauswollen. Aber ich rechne
mit demselben Schutz, der auch meinem Vater zusteht.«

»Verdammter Mist.«

Saul zuckte mit den Achseln. »Ich weiß, für Sie ist das nicht
gerade einfach. Ich kann Sie durchaus verstehen.«

»Sie werden aufs schärfste überwacht werden.«

»Das Paradies. Ich hoffe, diese Hamburger sind Ihre halbe
Million auch wert.« Er stand auf und trat auf die Tür zu. »Da
ich gerade daran denke...«

»Ja?«

»Ich bin Jude. Vielleicht werde ich auf meine alten Tage sogar wieder gläubig. Ich hoffe, Ihre Hamburger sind auch koscher.«

8

Während er an den Wachen vorüberschritt, hörte er Don wütend nach ihnen rufen. Er grinste – aber nur, bis sie verschwunden waren.

Seine Augen blitzten. Er begab sich ins Foyer zurück und
trat an die Rezeption. »Ich hätte gern ein Zimmer.« Vor inne-
rem Aufruhr hätte ihm seine Stimme fast den Dienst versagt.

Er füllte ein Anmeldeformular aus. Die zwei Wachen kamen ihm nach und bezogen in einer Ecke Stellung, um ihn zu
beobachten. Mehrere Gäste in Tenniskleidung gingen an ihm

vorbei und bedachten ihn mit neugierigen Blicken. Andere kamen in Abendgarderobe aus dem Restaurant auf der anderen Seite des Foyers und drehten sich stirnrunzelnd nach ihm um, während sie die Treppe hinaufstiegen.

Saul konnte sich gut vorstellen, was in ihren Köpfen vorging. Aus welchem Milieu kam der denn? Seine blutverschmierten, zerfetzten Kleider standen in augenfälligem Kontrast zu ihrer vornehmen Garderobe. Es war also soweit – der Pöbel hielt hier Einzug.

Er sah kaum Frauen – die obersten Schichten dieses Berufsstandes bildeten traditionsgemäß einen aristokratischen Herrenclub, dem nur wenige Auserwählte angehörten. Und viele sahen auch tatsächlich alt genug für die Pensionierung aus. Ein paar von ihnen erkannte er sogar – einen amerikanischen Sektionschef, der zur Zeit des Sturzes des Schah-Regimes im Iran stationiert gewesen war; ein Russe, der bei Breschnew in Ungnade gefallen war, weil er den Widerstand der Guerillas während der Invasion in Afghanistan unterschätzt hatte; ein argentinischer Direktor des militärischen Nachrichtendienstes, der dafür verantwortlich gemacht worden war, daß sein Land den Falkland-Krieg verloren hatte.

Doch eines fiel Saul besonders auf. Mit einigen wenigen Ausnahmen verkehrten Angehörige derselben Organisation nicht miteinander.

Der Mann an der Rezeption schien überrascht, daß er aufgenommen worden war. »Hier ist Ihr Schlüssel.« Er machte einen ratlosen Eindruck. »Eine Liste der erhältlichen Dienstleistungen werden Sie neben Ihrem Bett finden. Die Krankenstation befindet sich unten im...«

»Die Wunden verarzte ich selbst.«

Er stattete dem Bekleidungsgeschäft und der Drogerie einen Besuch ab. Die zwei Wachen hielten sich dezent im Hintergrund. Als er nach oben ging, folgten sie ihm. Sein Zimmer lag im zweiten Stock. Sie warteten auf dem Flur, wo dicke Teppiche jedes Geräusch dämpften.

Sichtlich beeindruckt schloß Saul die Tür. Die Gäste des Erholungsheims bekamen etwas für ihr Geld. Sein Zimmer konnte sich wirklich sehen lassen; es war etwa doppelt so groß wie ein normales Hotelzimmer, wobei Wohn- und Schlafbereich durch ein Bücherregal getrennt waren. Die Einrichtung umfaßte eine Stereoanlage, komplett mit Plattenspieler und Kassettenrecorder, einen Fernsehapparat mit großem Bildschirm, einen Personal-Computer und einen Adapter, über den man laut Gebrauchsanweisung einen Nachrichtendienst namens ›Die Quelle‹ abfragen konnte. Auf diese Weise ließ sich von der *New York Times* bis zu den Dow-Jones-Werten jede beliebige Information auf dem Bildschirm des Computers abrufen. Saul nahm an, daß in diesem Zusammenhang vor allem die Wall-Street-Neuigkeiten besonderen Zuspruch finden würden. Die Preise hier zwangen mit Sicherheit einige Gäste, sich des öfteren über ihre Investitionen zu informieren. Wenn nämlich ihre Rechnungen fällig wurden und sie nicht zahlen konnten...

Die Einrichtung war zu luxuriös, als daß dadurch irgend jemandes Geschmack verletzt werden konnte. In dem überdimensionalen Bad fand er einen Fernsehapparat, einen Whirlpool, ein Telefon und eine Höhensonne vor; ganz zu schweigen natürlich von Dusche und Badewanne. Alles, was sich ein Zufluchtsuchender nur wünschen könnte.

Mit einer Ausnahme. Freiheit.

Er zog sich aus und weichte seine Verletzungen im Whirlpool ein; die verschiedenen Wasserstrahle kneteten seine Muskeln durch. In ihrer Sinnlichkeit erinnerte ihn die Massage an Erika, was ihn nur noch mehr in seiner Entschlossenheit zu überleben bestärkte. Er durfte sich nicht ablenken lassen. Chris. Er mußte sich auf seine Mission konzentrieren. Er mußte den Tod seines Bruders rächen. Eliot. Umgeben von dem lustvollen Wirbeln des Wassers, versagte er sich jeden Genuß. Innerlich kochend stieg er aus der Wanne.

Zwar war er geimpft, so daß er sich wegen eines Wundstarrkrampfes keine Sorgen zu machen brauchte; aber er mußte seine Verletzungen dennoch desinfizieren. Das Peroxyd, das er in der Drogerie gekauft hatte, brannte verteufelt. Nachdem er die schlimmsten Verletzungen verbunden hatte, schlüpfte er in die frische Unterwäsche, die Hose und den Rollkragenpullover, die er gekauft hatte. Ihre teure Eleganz verbitterte ihn.

Mit ausgeschalteten Lichtern zog er die Vorhänge zurück und starrte auf die Tennisplätze hinunter. Obwohl hell erleuchtet, spielte niemand auf ihnen. Nur ein einsamer Jogger umrundete sie. Saul wandte seine Blicke dem Dunkel zu, hinter dem die Berge verborgen lagen.

Paradies. Das Wort ging ihm immer wieder durch den Kopf.

Er hatte es geschafft.

Doch letztlich ging es nicht darum, sich nur hier Zutritt zu verschaffen. Es ging um Eliot. Und Saul war sehr wohl bewußt, daß ihm, auch wenn er Don mit seinen eigenen Waffen geschlagen hatte, der schwierigste Teil seiner Mission noch bevorstand.

Er war also hier. Und weiter? Don hatte es durchaus ernst gemeint. Die Wachen draußen auf dem Flur würden ihn keine Sekunde aus den Augen lassen. Hatte er sich das Ganze etwa so einfach vorgestellt, daß er nur in das Zimmer des Alten eindringen und ihn töten müßte? Weit gefehlt. Er hatte sicher längst eine Kugel im Kopf, bevor er Eliots Unterkunft auch nur annähernd nahe kam. Und selbst wenn ihm gelingen sollte, was er vorhatte, würde er unter keinen Umständen lebend wieder hier herauskommen.

Aber so geht das nicht, dachte er. Zwar will ich dieses Schwein umbringen, aber ich will auch leben.

9

»*Was* ist er?« Abrupt hatte Eliot sich stocksteif in seinem Bett aufgesetzt. »Willst du damit allen Ernstes sagen, daß er sich hier auf dem Gelände des Erholungsheims befindet? In diesem Gebäude?«

»Mehr als das. Er hat sogar Asyl beantragt«, erwiderte Castor. »Er hat an der Rezeption ein Anmeldeformular ausgefüllt und ist dann auf sein Zimmer gegangen.«

»Asyl beantragt...?« Verdutzt blinzelte Eliot mit den Augen. »Aber... aber das ist doch unmöglich. Der Direktor weiß doch, daß ich mich Sauls wegen hierher zurückgezogen habe. Er hätte ihn töten sollen. Weshalb in Gottes Namen hat er Saul überhaupt hereingelassen?«

»Wegen des Suchbefehls gegen ihn.«

»Wegen was?«

»Der Präsident hat es auf ihn abgesehen. Der Direktor kann einem Agenten, der sich in Gefahr befindet, den Zutritt hier nicht verwehren.«

Eliot war außer sich. So hatte er sich das nicht vorgestellt. Die Scharfschützen hätten Saul erschießen sollen, sobald er im Tal auftauchte. Und wenn es ihm tatsächlich hätte gelingen sollen, ihnen zu entgehen, hätten die Bestimmungen des Erholungsheims in Kraft treten müssen. Jeder, der einen Gast bedrohte, mußte seiner sofortigen Liquidierung gewärtig sein. Das war eine Grundregel.

Wenn ich gedacht hätte, daß er hier Zutritt verlangen könnte, wäre ich doch nie hierhergekommen.

Die Ironie, die hinter dieser plötzlichen Wende stand, verärgerte ihn. Der Paradigm-Anschlag, mit dem alles begonnen hatte, hatte unter anderem zur Folge, daß er hier um Schutz suchen mußte. Nun hatte auch Saul – der Grund, weshalb er, Eliot, sich überhaupt hierher zurückziehen hatte müssen – als Nachwirkung besagten Anschlags ebenfalls, und zwar mit Erfolg, hier um Asyl gebeten.

Ich habe den Vertrag doch immer als eine Waffe gegen ihn betrachtet. Wie hätte ich damit rechnen sollen, daß er sie nun gegen mich kehren würde.

»Pollux ist draußen auf dem Flur«, fuhr Castor fort. »Er bewacht die Tür.«

»So plump und auffällig würde Saul doch nie vorgehen. Er wird mich auf völlig unerwartete Weise angreifen.«

»Es sei denn, er bekommt nie eine Gelegenheit dazu.«

»Ich verstehe nicht recht, was du...«

»Wenn ich ihn vorher töte«, entgegnete Castor.

»Um selbst wegen Verletzung des Vertrags getötet zu werden?«

»Ich würde meine Flucht gründlich vorbereiten.«

»Sie würden dich bis an dein Lebensende jagen. Außerdem wäre damit nichts erreicht. Sie wissen, daß du mein Leibwächter bist. Sie würden davon ausgehen, daß ich dir befohlen habe, Saul zu töten. Man würde mich beschuldigen und ebenfalls liquidieren.«

»Was sollen wir dann tun?«

Ratlos schüttelte Eliot den Kopf. Das Problem schien unlösbar. Angesichts der Bestimmungen des Vertrags konnte keine Seite zum Angriff übergehen, und doch mußten sich beide Seiten verteidigen. Einen Augenblick lang stieg sogar Bewunderung in Eliot für Saul auf, daß er sich als gerissener erwies, als er erwartet hatte. Und nun standen sie sich, beide gleich stark, in einer Pattsituation gegenüber, während sich die Lage mehr und mehr zuspitzte.

Wer würde als erster losschlagen? Wer würde als erster einen Fehler machen?

Trotz seiner Angst stellte Eliot zu seiner Verblüffung fest, daß ihn die Angelegenheit der Situation faszinierte. »Was wir tun sollen? Aber wieso? Nichts natürlich.«

Castor runzelte die Stirn.

»Wir überlassen alles weitere dem System.«

10

Don klopfte zweimal und dann noch einmal zweimal. Ein Wachposten öffnete die Tür, nachdem er einen kurzen Blick durch das Guckloch geworfen hatte. Don spähte in beide Richtungen den Flur hinunter – er lag verlassen da; niemand hatte ihn kommen sehen – und trat in den überfüllten Raum. Er stand zwei Wachen, drei Krankenschwestern, einem Arzt und einem Zimmermädchen gegenüber. Obwohl er den Kopf reckte, um einen Blick auf das zu erhaschen, weswegen er hierhergekommen war, konnte er nichts erkennen.

»Im Bad«, sagte der Posten an der Tür.

Mit einem unbeteiligten Nicken unterdrückte Don ein unprofessionelles Stöhnen, während er insgeheim dachte:

Scheiße, schon wieder ein Blutbad. Er hörte den Wachposten die Tür abschließen, während er aufs Badezimmer zutrat.

Doch die Leiche lag nicht in der Badewanne. Sie lag, mit dem Gesicht nach oben, auf dem türkis gefliesten Boden, wo sie in ihrem Pyjama und dem Bademantel, beide leicht offenstehend, einen grotesken Anblick bot. Ein Pantoffel war von einem Fuß gerutscht.

Gott sei Dank habe ich mich getäuscht, dachte Don. Kein Blut.

Da ihm der Kopf des Toten zugewandt war und er sein Gesicht verkehrt herum sah, erkannte er den Mann erst nicht, bis er schließlich das Bad betreten und sich herumgedreht hatte. Allerdings hatte er der Zimmernummer – er hatte sicherheitshalber auch noch in seinen Unterlagen nachgesehen – entnehmen können, wer hier wohnte.

Ein Ägypter. Der Geheimdienstoffizier, der an dem Tag, an dem Präsident Sadat einem Attentat zum Opfer gefallen war, für dessen Sicherheit zuständig gewesen war.

Das Gesicht des Toten war jedoch so verzerrt, daß Don nicht sicher war, ob er den Mann so ohne weiteres hätte identifizieren können, wenn er nicht ohnehin gewußt hätte, wer in diesem Zimmer untergebracht war.

Die Wangen waren zu einer fürchterlichen Grimasse entstellt. Die Haut, obwohl von Natur aus relativ dunkel, war bläulich angelaufen.

»Seine Gesichtsfarbe«, wandte Don sich kopfschüttelnd an den Arzt. »Zyanid?«

Der Doktor, ein blasser, hagerer Mann, zuckte mit den Achseln. »Wahrscheinlich. Es unterbindet die Sauerstoffzufuhr zu den Zellen. Daher also möglicherweise die bläuliche Färbung der Haut. Aber mit Sicherheit läßt sich das selbstverständlich erst nach der Obduktion sagen.«

Don runzelte kritisch die Stirn. »Aber sein schmerzverzerrtes Gesicht. Soll Zyanid nicht völlig...?«

»...schmerzlos sein?«

»Ja.« Don klang verwirrt. »Als würde man einfach einschlafen.«

»Vielleicht hatte er einen Alptraum«, warf ein Wachposten an der Tür ein.

Don wandte sich nach dem Sprecher um. Wut stieg in ihm auf, da er nicht sicher war, ob der Mann einen Witz hatte machen wollen. Doch er schien ehrlich von der Wirkung des Gifts fasziniert.

»Offensichtlich ist ihm von dem Gift übel geworden«, fuhr der Arzt fort. »Er hat es gerade noch bis zur Kloschüssel geschafft. Dort hat er sich dann übergeben und ist aufs Gesicht gefallen. Wir haben ihn auf den Rücken gedreht. Er ist schon mehrere Stunden tot. Die Verzerrung seiner Wange ist darauf zurückzuführen, daß sie so lange gegen den Boden gepreßt war. Möglicherweise ist er nicht so sehr an dem Gift gestorben, sondern an der Art, wie er sich den Schädel aufgeschlagen hat. Möglicherweise ist er auch am eigenen Erbrochenen erstickt. Wie dem auch sei – Sie haben recht: Sein Tod war nicht ganz schmerzlos.«

»Und das Ganze ist schon vor mehreren Stunden passiert?«

»Ja. Wir haben allerdings vorschriftsmäßig erst noch Wiederbelebungsversuche an ihm vorgenommen. Adrenalin. Elektroschocks, um sein Herz wieder in Gang zu bringen. Hier können Sie noch die runden Eindrücke der Elektroden auf seiner Brust sehen.«

»Haben Sie ihm den Magen leergepumpt?«

»Wir haben alles in unserer Macht Stehende getan. Aber es hat nicht mehr viel genützt.« Der Arzt deutete auf die im Raum Anwesenden. »Sie haben jedenfalls ausreichend Zeugen für die Abschlußuntersuchung. Die einzige strittige Frage wäre, warum ich ihn nicht gleich nach unten in die Krankenstation habe schaffen lassen. Allerdings hat mir meine Erfahrung gesagt, daß sein Zustand bereits zu bedenklich war, daß ich keine Zeit mehr damit verlieren durfte, ihn noch irgendwohin transportieren zu lassen. Unter uns gesagt, hätten wir ihn unmöglich unter Wahrung der nötigen Geheimhaltung so rasch nach unten schaffen können. Sie wissen ja selbst, welche Auswirkungen so etwas auf die übrigen Gäste haben kann. Außerdem können

Sie mir glauben, daß es darauf auch gar nicht mehr ankam. Er war längst tot.«

»Wer hat ihn entdeckt?«

»Ich.« Das Zimmermädchen wirkte in seiner Uniform recht proper und attraktiv.

Don sah auf seine Uhr. »Um elf Uhr nachts? Seit wann werden die Zimmer...?«

»Wir hatten kein Verhältnis, falls Sie darauf anspielen wollen.«

»Und selbst wenn dem so gewesen wäre. Es spräche nichts dagegen. Aber man wird Sie das im Zuge der Abschlußuntersuchung natürlich fragen.«

Nervös versuchte das Mädchen seine Gedanken zu ordnen. »Er hat während der letzten Tage immer so deprimiert gewirkt. Ich weiß auch nicht – es hing wohl mit einem Brief von seiner Frau zusammen.« Sie zog die Stirn in Falten. »Heute morgen hing das ›Nicht-stören‹-Schild an seiner Tür. Er möchte eben länger schlafen, dachte ich, so daß ich nach dem Mittagessen noch einmal zurückkam. Das Schild hing jedoch immer noch da. Dann war ich den ganzen Nachmittag ziemlich beschäftigt, so daß ich ihn ganz vergessen habe – bis er mir dann vorhin plötzlich wieder einfiel. Instinktiv beschloß ich, noch einmal nach ihm zu sehen, und als das Schild immer noch an der Tür hing, machte ich mir echt Sorgen. Ich habe mehrmals geklopft. Keine Antwort. Und dann habe ich die Tür mit dem Zweitschlüssel aufgeschlossen.«

»Und ihn gefunden und die Sicherheitsabteilung verständigt.«

Sie nickte.

»Sie hätten die Sicherheitsabteilung auch verständigen können, bevor Sie das Zimmer betreten haben.«

»Aber das wäre doch höchst peinlich gewesen, wenn ich mich getäuscht hätte.«

Don dachte kurz nach. »Doch, Sie haben richtig gehandelt. Sagen Sie den Ermittlungsbeamten genau das gleiche, was Sie mir eben erzählt haben. Dann haben Sie nichts zu befürchten.« Er ließ seine Blicke über die anderen wandern.

»Irgendwelche strittigen Punkte, über die wir uns im klaren sein sollten?«

Niemand meldete sich.

»Na gut. Halt, da wäre noch etwas. Woher hatte er das Gift?«

Der Arzt klang verärgert. »Wo haben es die anderen her? Diese Leute hier sind doch wandelnde Apotheken. Wir brauchen sie kaum mit Medikamenten zu versorgen. Sie haben fast alle ihre eigenen dabei. Sie kennen Tausende von Möglichkeiten, sich das Leben zu nehmen. Wenn sie es nicht auf die Art versuchen, dann eben auf eine andere.«

»Haben Sie die Fotos schon gemacht?«

»Aus jedem Blickwinkel.«

»Großartig.« Don schüttelte den Kopf. »Eine wundervolle Stellung, nicht wahr?«

»Elf Monate habe ich ja zum Glück schon hinter mir. Ich habe es also bald überstanden.«

»Sie Glücksritter.« Don spitzte die Lippen. »Warten Sie noch bis nach Mitternacht, bis Sie ihn wegschaffen. Dann ist auf den Gängen in der Regel kaum mehr etwas los. Sie beide.« Das galt den zwei Wachposten. »Sorgen Sie dafür, daß der Lift frei ist, bevor . . .« Er warf einen kurzen Blick auf die Leiche. »Sie wissen ja, wie so etwas gehandhabt wird. Um alles weitere werde ich mich kümmern. Da Sie noch spät nachts Überstunden machen, brauchen Sie sich morgen erst gegen Mittag zu melden. Aber bis dann möchte ich Ihre unterschriebenen Aussagen vorliegen haben. Außerdem«, er hielt es plötzlich nicht mehr länger im Bad aus, »steht Ihnen für diese Art Auftrag der vereinbarte Bonus zu. Bedienen Sie sich der üblichen Erklärung. Er hat einen überstürzten Entschluß gefaßt, das Heim noch heute nacht zu verlassen. Niemand weiß, wo er hin ist.« Während er hastig seine Anweisungen herunterspulte, kam er am Doktor vorbei. »Ich möchte, daß die Obduktion noch heute nacht vorgenommen wird.«

»Die Tests werden aber etwas länger dauern.«

»Dann also bis morgen mittag. Die Ermittlungsbeamten werden bald eintreffen. Wir müssen beweisen, daß der Vertrag nicht verletzt wurde. Wir müssen Gewißheit haben, daß es sich um Selbstmord handelt.«

11

Wieder in seinem Büro, ließ sich Don gegen die Tür sak-ken. Auf der Stirn brach ihm der Schweiß aus. Er hatte seine Panik bis hier unten unter Kontrolle halten können. Er hatte sich im Foyer sogar noch mit ein paar Gästen un-terhalten und dabei glaubhaft den Anschein erwecken kön-nen, als wäre nichts geschehen. Aber nun, endlich allein, war er mit seinen Nerven am Ende.

Er goß sich einen ordentlichen Schluck Bourbon ein und stürzte ihn in einem Zug hinunter. Dann befeuchtete er im Waschbecken seiner Naßzelle ein Handtuch und drückte es sich ins Gesicht.

Elf Monate? Das hatte der Arzt doch gesagt. Nur noch ei-nen Monat, und er hatte es überstanden. Don beneidete den Mann. Er hatte seine Stellung erst vor sechs Monaten angetreten. Noch ein halbes Jahr. Und manchmal fragte er sich, ob er das überhaupt schaffen würde.

Als er ursprünglich für diesen Posten ausersehen wor-den war, war er begeistert gewesen. Ein Jahr im Paradies, wobei der einzige Wermutstropfen darin bestand, daß es auf ein Jahr beschränkt war. Alles, was er wollte, kostenlos – zusätzlich zu seinen hunderttausend Dollar Gehalt. Er hatte natürlich geargwöhnt, daß mit diesem Job auch ge-wisse Nachteile verbunden sein mußten; sonst hätte es be-stimmt nicht diese Vergünstigungen gegeben. Aber er war nun schon seit zwanzig Jahren für den Geheimdienst tätig und hatte schon einige der größten Operationen organi-siert. Organisation – das war seine Stärke. So ein Erho-lungsheim brachte natürlich gewisse Probleme mit sich. Aber so schlimm konnte es schon nicht werden. So etwas erforderte eben Fingerspitzengefühl. Aber das würde er schon regeln.

Niemand hatte ihm allerdings von der Stimmung hier erzählt. Niemand hatte ihn gewarnt, wie nachhaltig er hier mit dem Tod konfrontiert sein würde.

Aber das war auch durchaus verständlich. Nur ein halbes Dutzend Leute – ehemalige Heimleiter und Angehörige des Untersuchungsausschusses – wußte, was hier wirklich vorging; und ihnen war es strikt untersagt, etwas darüber verlauten zu lassen. Denn wenn davon etwas an die Öffentlichkeit gedrungen wäre, wer wäre so verrückt gewesen, sich noch hierher zurückziehen zu wollen? Wer hätte seinen Beruf noch ernst nehmen können, wenn da nicht die Hoffnung auf einen Lebensabend in einem Erholungsheim bestanden hätte? Jedem unterlief mal ein Fehler. Jeder brauchte einen sicheren Zufluchtsort, an den er sich zurückziehen konnte.

Aber das hier war die Hölle.

Er war kein Agent im Außendienst. Er hatte nie zu den Leuten gehört, die die Dreckarbeit machen mußten. Er hatte immer nur von seinem Schreibtisch aus Anweisungen erteilt. Bevor er hierhergekommen war, hatte er in seinem ganzen Leben nur drei Tote gesehen; und selbst dabei hatte es sich um einen Freund und zwei Verwandte gehandelt, die eines natürlichen Todes gestorben waren und in der Aussegnungshalle aufgebahrt gelegen hatten. Dennoch war es ihm auch bei ihrem Anblick bereits kalt den Buckel hinuntergelaufen.

Das war vorher gewesen. Aber jetzt? Er schauderte.

Eigentlich hätte er es sich denken können. Ein Erholungsheim war für ehrgeizige Leute gedacht, die versagt hatten. Alles, was sich ein Mensch nur wünschen konnte. Wenn auch um einen gewissen Preis. Einschließlich garantierter Sicherheit. Das wurde hier versprochen. Fünfundzwanzig Hektar vom Paradies. Das Glück konnte einem allerdings niemand garantieren. Don, der hier nur ein Jahr bleiben mußte, konnte sich nichts Schöneres vorstellen als einen Ausflug zu der Hamburgerbude, an der er auf der Fahrt von Vancouver hierher haltgemacht hatte. Nachts träumte er davon, durch eine von Menschen wimmelnde Geschäftsstraße zu gehen. Fünfundzwanzig Hektar. Und manchmal glaubte er, jeden Quadratzentimeter davon zu kennen. Für die anderen, die sich schon seit Jahren hier aufhielten und für immer bleiben mußten, konnte dieses Gefühl des Eingeschlossenseins nur noch viel schlimmer sein. Zur Kompensation gaben sie sich hemmungslos den verschiedensten Lastern hin – Drogen, Alkohol, Sex, Freßgelage. Aber wieviel konnte man fixen oder saufen oder vögeln oder fressen, ohne am Ende die gewünschte Befriedigung zu erlangen? Fünfundzwanzig Hektar, die von Minute zu Minute kleiner wurden. Jeder Tag genau wie der zuvor. Mit geringfügigen Abweichungen.

Und was war, wenn man auch alle diese kleinen Abweichungen mal durchgespielt hatte?

Er war keineswegs ein kontemplativer Typus. Allerdings war ihm nicht entgangen, daß nur die Verlierer, die auf alles Körperliche mit unverhohlener Verachtung herabblickten, einigermaßen auf ihre Kosten kamen. Er brauchte etwa bloß die Leihlisten der Bibliothek zu überprüfen, um festzustellen, daß ihre Benutzer sich vor allem für spirituelle Themen interessierten. Augustinus. Die Lehren Buddhas. Boethius und das Glücksrad. Es übte einen unverkennbaren Reiz auf ihn aus, daß sich die Überlebenden eines Lebens der Tat plötzlich der Meditation und klösterlichen Beschaulichkeit zuwandten.

Und der Rest, der nicht mit den veränderten Lebensbedingungen zu Rande kam? Sie vergifteten sich, spritzten sich eine Überdosis, schnitten sich die Pulsadern auf oder pusteten sich das Gehirn durch die Schädeldecke. Offensichtlich probierten sie auch immer wieder neue Methoden aus. So blieben zum Beispiel erst kürzlich mehrere Gäste so lange in der Sauna, bis sie das Bewußtsein verloren und an Dehydratation starben. Oder sie ließen sich in den Hot Tubs mit Wein vollaufen, bis ihre Haut nicht mehr atmete und sie an Sauerstoffmangel starben. Oft ertranken sie aber auch einfach, wenn sie vorher das Bewußtsein verloren und mit dem Kopf unter die Wasseroberfläche gerieten.

12

Saul schenkte seinen Bewachern keinerlei Beachtung, als er das Zimmer verließ. Sie waren zu zweit – wie am Abend zuvor nach seiner Ankunft. Allerdings waren es zwei andere Männer. Don hatte es also ernst gemeint, als er gesagt hatte: »Sie werden rund um die Uhr bewacht werden.« Zweifellos würden seine jetzigen Bewacher in Kürze von einem anderen Paar abgelöst werden. Rund um die Uhr und in Schichten. Mit zweihunderttausend Dollar konnte man sich eine Menge Schutz kaufen.

Seine Schatten wenige Meter hinter ihm, ging er nach unten. Er vermutete, daß es nicht sonderlich schwierig sein konnte, Eliots Zimmernummer in Erfahrung zu bringen. Aber wozu? Er konnte sich nicht in seine Nähe wagen, ohne seine Bewacher auf sich aufmerksam zu machen. Er konnte sie natürlich abzulenken versuchen, aber damit hätte er nur die ganze Institution in hellen Aufruhr versetzt. Überdies hatte er noch immer nicht das Problem seiner anschließenden Flucht gelöst. Je mehr er darüber nachdachte, desto unmöglicher erschien ihm die erfolgreiche Durchführung seines Vorhabens. Um seinen Bruder zu rächen, mußte er seinen Vater töten. Aber wie konnte er ihn töten, ohne dafür auch selbst mit dem Leben zu bezahlen? Mit dieser entscheidenden Frage zermarterte er seit seinem Aufenthalt hier sein Gehirn.

Aber es mußte doch eine Möglichkeit geben. Eines war klar: Er wußte noch zu wenig über die örtlichen Gegebenheiten. Also begab er sich auf die Pirsch, um seine neue Umgebung zu erkunden. Er durchstreifte das Foyer mit seinen Läden und Restaurants, sah sich im Keller die Krankenstation an und begab sich dann ins Freie, um die Sportplätze, die Parkanlagen und das übrige Gelände zu inspizieren. Die beiden Wachen ließen ihn nicht aus den Augen, während die Gäste, offensichtlich instinktiv nichts Gutes ahnend, Abstand hielten. Ihre argwöhnischen Blicke brachten ihn auf die Idee, sich möglicherweise ihre Nervosität in irgendeiner Weise zunutze zu machen.

Er begutachtete den Swimming-pool und den Golfplatz. Eliot mußte inzwischen benachrichtigt worden sein, daß er hier war. Was würde er jetzt wohl tun? Das Vernünftigste wäre gewesen, auf dem Zimmer zu bleiben. Er wußte, daß Saul sich unter keinen Umständen dort an ihn heranmachen hätte können. Doch wie lange würde er es dort aushalten, zumal er wußte, daß Saul nicht vorhatte, von hier zu verschwinden. Er konnte sich doch nicht immer in seinem Zimmer verstecken. Anstatt selbst etwas zu unternehmen, würde er Saul zwingen, etwas zu unternehmen.

Aber wie?

Jedenfalls mußte bald etwas geschehen. Da er sich irgendwann sowieso aus seinem Versteck hervorwagen mußte, war es das Beste, den Zeitpunkt nicht unnötig hinauszuzögern. Er würde sich in das Unvermeidliche fügen und die Pattsituation möglichst bald aufheben.

Aber wo? Für Bowling oder Tennis war der Alte doch schon zu gebrechlich. Dennoch mußte er Saul dazu bringen, zur Tat zu schreiten. Was würde er wohl...?

Natürlich! Was sonst? Saul nickte zufrieden, als er auf das im Bau befindliche Gewächshaus zuschritt, das neben der Jogging-Bahn hinter dem Hauptgebäude errichtet wurde.

Es machte ihm richtig Spaß, sich die verschiedenen Möglichkeiten, es für seine Zwecke einzuspannen, auszudenken.

Aber wo würde sich der Alte herumtreiben, bis es fertig war?

13

»Ich wußte gar nicht, daß du etwas für Angeln übrig hast.«

Als Eliot die Stimme hinter sich hörte, wandte er sich von dem trotz seiner Breite rasch dahinströmenden Gebirgsfluß ab, dessen Ufer von Büschen und Bäumen bewachsen waren. Allerdings senkte sich an dieser Stelle eine grasbewachsene Böschung auf einen Seitenarm, ruhig und klar, herab. Das Wasser strömte einen süßen Duft aus, doch hin und wieder trug der Wind einen Hauch von vermodernder Vegetation herüber – Tod und Verfall.

Die Sonne stand genau hinter dem Mann auf der Uferböschung. Ihre Strahlen blendeten Eliot. Er hob seine Hand an die Augen und nickte, als er den Mann erkannte. »Kannst du dich nicht mehr an unsere Angelausflüge erinnern? Ich angle sogar sehr gern. Nur hat es mir bisher meistens an der nötigen Zeit gefehlt, um diesem Hobby zu frönen. Aber seit ich im Ruhestand bin...« Er spulte lächelnd die Leine auf und legte die Rute neben sich auf den Boden.

»Ich kann mich sogar noch sehr gut an diese Angelausflüge erinnern.« Sauls Stimme war heiser vor Wut. Die Sehnen in seinem Hals strafften sich, schnürten ihm die Kehle zusammen. »Nur du und ich.« Er kam die Uferböschung herunter. »Und Chris.« Er starrte auf Eliots ungewohnte Kleidung – Strohhut, rotkariertes Hemd, steife neue Jeans, Gummistiefel. Er knurrte: »Wo hast du denn deinen schwarzen Anzug und die Weste gelassen?«

»Zum Angeln?« Eliot lachte. »Ich trage nicht ständig Anzüge. Du hast wohl ganz vergessen, wie ich angezogen war, als ich mit dir und Chris campen war.«

»Wir scheinen immer wieder auf Chris zurückzukommen.« Mit geballten Fäusten trat Saul näher.

Ohne ihm Beachtung zu schenken, beugte Eliot sich vor und griff in seinen Angelkoffer.

Saul deutete auf ihn, als hielte er eine Schußwaffe in der Hand. »Untersteh dich und hol da jetzt ein Baby Ruth raus.«

»Nein, ich habe leider keines dabei. Schade. Zu dumm, daß ich nicht daran gedacht habe. In Erinnerung an die gute, alte Zeit. Ich wechsle nur den Köder.«

Eine dreißig Zentimeter lange Forelle schnappte ein Insekt von der Wasseroberfläche und hinterließ einen sich immer weiter ausdehnenden Kreis.

»Siehst du, was ich mir da eben entgehen habe lassen. Und da verwende ich einen Köder, anstatt eine Fliege zu nehmen.«

»Weil wir gerade bei Ködern sind.« Sauls Nüstern blähten sich. »Ich habe mich umgehört. Du hast zwei Leibwächter.«

»Begleiter. Das ist richtig. Castor und Pollux.«

»Du meinst McElroy und Conlin.«

»Ganz richtig.« Eliot nickte. »Es hätte mich enttäuscht, wenn du deine Hausaufgaben nicht gemacht hättest.«

»Andere Waisen, denen du etwas vorgemacht hast.« Wütend suchte Saul mit seinen Blicken seine Umgebung ab. »Wo zum Teufel stecken die beiden?«

»So viel ich weiß, spielen sie Tennis.« Eliot griff nach einer anderen Rute. »Sie folgen mir keineswegs auf Schritt und Tritt.«

»Und du fühlst dich also ganz wohl in deiner Haut – so ganz allein hier draußen?«

»In einem Erholungsheim? Natürlich. Hier bin ich doch sicher wie in Abrahams Schoß.«

Saul trat noch näher. »Falsch.«

»Ich glaube, *du* täuschst dich.« Aufgebracht warf Eliot die Angelrute zu Boden. »Du hast verloren. Gib es doch zu. Wenn du mich hier tötest, bedeutet das auch deinen Tod. Ich weiß doch schließlich nach all den Jahren, was in dir vorgeht. Du wärst nur zufrieden, wenn du danach auch davonkommen könntest. Aber das wird dir nicht gelingen.«

»Schon möglich.«

»*Das genügt nicht. Du möchtest Gewißheit haben.*« Eliots Brust hob und senkte sich. »Und deshalb bin ich auch heute allein hier draußen. Ich hätte mich natürlich in meinem Zimmer verkriechen können; allerdings bin ich schon etwas zu alt, meine kostbare Zeit zu vergeuden. Hier ist es so schon schlimm genug. Auch dir ist sicher nicht entgangen, welche Stimmung hier herrscht. Die Gäste hier sind bereits tot. Sie wissen es nur noch nicht gut genug, um sich endlich niederzulegen.«

»Du hast dir selbst dein Grab geschaufelt.«

»Ich nicht.« Stolz reckte Eliot sein Kinn. »Bald werde ich meine Rosen wiederhaben. Und bis dahin bleibt mir immer noch das hier.« Er deutete heftig auf die Angelrute. »Hier bin ich. Eine günstigere Gelegenheit wird sich dir nie wieder bieten. Bring mich um und versuche, über den Fluß zu entkommen. Wer weiß? Vielleicht gelingt dir die Flucht sogar. Ansonsten schließe entweder deinen Frieden mit mir oder laß mich, verdammt noch mal, in Ruhe.« Schwer schluckend starrte Eliot auf den Fluß hinaus. Sein plötzlicher Gefühlsausbruch hatte ihn geschwächt. »Ich fände es allerdings schöner, wenn wir uns wieder vertragen könnten.«

»So einfach dürfte das wohl kaum werden.« Saul verspürte einen bitteren Geschmack in seinem Mund. »Du schuldest mir noch etwas.«

»Was?«

»Eine Erklärung.«

»Warum? Was würde das schon groß ändern? Wenn du über Castor und Pollux Bescheid weißt, dann weißt du auch...«

»Ihr wart zu fünft.« Saul stieß die Worte hastig hervor. »Die Nachfolger der ursprünglichen Abelard-Gruppe. Jeder von euch hat sich seine Pflegesöhne herangezogen, die ihm in fanatischer Treue ergeben waren. Wie Chris und ich. Ihr habt uns dafür eingesetzt, Operationen zu sabotieren, die euch gegen den Strich gingen.« Er machte eine heftige Handbewegung. »*Und jetzt mach du weiter!*«

»Das alles hast du in Erfahrung gebracht?« Eliot blinzelte erstaunt.

»Du selbst hast es mir beigebracht.«

Saul plötzlich mit anderen Augen sehend, setzte Eliot sich langsam auf die Uferböschung nieder. Seine Falten wurden noch tiefer. Seine Haut verfärbte sich zu einem noch dunkleren Grau. »Eine Erklärung?« Er schien angestrengt nachzudenken. Für einen Augenblick wirkte er so reglos, daß sogar sein Atem stillzustehen schien.

Er seufzte. »Also gut, angesichts dessen steht dir wohl...« Er sah Saul mit zusammengekniffenen Augen an. »Als ich einmal jung war...« Er schüttelte den Kopf, als könnte er sich nicht daran erinnern, jemals jung gewesen zu sein. »... in meiner Anfangszeit beim Geheimdienst. Ich begann mich damals schon sehr früh zu fragen, weshalb eigentlich in diesem Bereich so viele blödsinnige Entscheidungen getroffen wurden. Und nicht nur blödsinnige Entscheidungen – Entscheidungen mit katastrophalen Folgen. Grausam. Um den Preis unzähliger Menschenleben. Eines Tages habe ich meinen Pflegevater daraufhin angesprochen.«

»Auton.«

»Auch das weißt du?«

Saul starrte ihn nur mit haßerfüllten Augen an.

»Er erwiderte mir, er hätte sich in seiner Jugend dieselbe Frage gestellt. Man hatte ihm darauf geantwortet, die Folgen dieser Entscheidungen *erschienen* nur katastrophal. Untergeordneten Persönlichkeiten wie ihm fehlte es dazu an dem erforderlichen Überblick. Es gab da einen Raum mit Karten und strategischen Plänen. Dorthin gingen die hochgestellten Politiker, um sich besagten Überblick zu verschaffen. Und dabei mußten sie manchmal Entscheidungen treffen, die, aus einem begrenzten Blickwinkel betrachtet, töricht erschienen, wohingegen sie jedoch unter Berücksichtigung ihres gesamten Entscheidungsumfelds durchaus vernünftig waren. Mein Vater erzählte mir weiter, er hätte das viele Jahre geglaubt, bis er eines Tages selbst so weit aufgestiegen war, daß er zu denen gehörte, die Zutritt zu besagtem Raum hatten. Und nun mußte er folgendes feststellen: Diese Entscheidungen waren tatsächlich so idiotisch, wie sie erschienen. Diese Männer hatten keineswegs den großen Überblick. Sie waren genauso ratlos und unbedarft wie alle anderen auch. Schließlich war auch ich so weit aufgestiegen, daß ich Zutritt zu diesem Raum hatte. Und nun wurde mir klar, was mein Pflegevater gemeint hatte. Ich habe mit eigenen Augen gesehen, wie der Außenminister sich mit dem Verteidigungsminister zu sprechen weigerte. Er kehrte buchstäblich der ganzen Gruppe den Rücken zu und starrte in eine Ecke. Ich habe mitangesehen, wie Männer sich darum stritten, wer neben wem sitzen durfte – wie kleine Schulkinder. Gleichzeitig gaben sie Milliarden von Dollars dafür aus, sich im Namen unserer sogenannten nationalen Sicherheit mit den Regierungen anderer Länder anzulegen, und dies aus keinem anderen Grund als dem, daß sich nämlich die Großindustrie durch sozialistische Parteien in besagten Ländern bedroht fühlte. Sie unterstützten Diktaturen oder faschistische Staatsstreiche oder...« Eliot durchlief ein angewidertes Zucken. »Allein von dem, was wir in Ecuador, Brasilien, Zaire, Indonesien und Somalia getan haben, könnte mir übel werden. Um es kurz zu sagen: Millionen Menschen wurden in diesen Ländern einzig und allein aufgrund unserer Einmischung getötet. Und dann das ganze Gemauschle unter den Bürokraten. Erfahrene Agenten wurden einfach entlassen, wenn sie detaillierte Berichte lieferten, die den Vorhaben der führenden Politiker nicht genehm waren. Und dann hat irgendein Schreibtischhengst diese Berichte so umgeschrieben, daß sie in das gewünschte Bild der Lage paßten. Wir bringen nicht die Wahrheit ans Tageslicht. Wir verbreiten nichts als Lügen. Als Auton mit der Bitte an mich herantrat, seine Nachfolge innerhalb der Abelard-Gruppe anzutreten, griff ich selbstverständlich zu. Irgend jemand mußte doch verantwortlich handeln und dem gesunden Menschenverstand die Stange halten.«

»Und der Paradigm-Anschlag?« stieß Saul ungerührt hervor.

»Gut, dazu werden wir gleich kommen. Unsere Energieversorgung steckt in der Krise. Was tun wir also? Wir einigen uns mit den Arabern darauf, daß wir ihr Öl zu einem günstigeren Preis bekommen – vorausgesetzt den Fall, wir rücken stärker von Israel ab. Die Verhandlungen finden selbstverständlich auf inoffizieller Ebene statt. Allerdings handeln die damit beauftragten Konzernchefs in stillschweigendem Einvernehmen mit unserer Regierung. Und die Folge? Wir werden weiter mit unseren benzinverschlingenden Straßenkreuzern durch die Gegend gondeln, während Israel von der Bildfläche verschwindet. Damit will ich die Ansprüche der Araber keineswegs von Grund auf abtun. Die Lage im Nahen Osten ist, weiß Gott, verworren genug. Aber Israel existiert nun mal. Es geht hier um Sein oder Nichtsein einer ganzen Nation.«

»Also läßt du mich die maßgeblichen Verhandlungspartner aus dem Weg räumen.«

»Was sind schon ein paar Männer im Vergleich mit einer ganzen Nation. Die Botschaft war doch unmißverständlich: Versucht das nicht noch einmal.«

»Aber danach hast du *mich* zu töten versucht.«

»Der Präsident wollte Rache für den Mord an seinem besten Freund. Die Ermittlungen wären demnach in einem solchen Umfang durchgeführt worden, daß du keine Chance gehabt hättest.«

»Du weißt, was du mir bedeutet hast. Ich hätte kein Wort verraten.«

»Zumindest nicht aus freien Stücken. Aber unter dem Einfluß eines Wahrheitsserums hättest du sie auf meine Spur geführt. Und ich wiederum, ebenfalls unter dem Einfluß eines Serums, hätte sie auf die Spur der anderen Angehörigen der Abelard-Gruppe geführt. Und das mußte ich unter allen Umständen vermeiden.«

»Das entbehrt jeglicher Logik.«

»Warum?«

»Weil die Nation, die du in Schutz nehmen wolltest – nämlich Israel – genau die Nation war, der das Ganze in die Schuhe geschoben wurde.«

»Vorübergehend. Sobald du zum Schweigen gebracht worden wärst, hätte ich den Beweis erbracht, daß du eigenmächtig gehandelt hattest. Ein Jude, fest entschlossen, seine religiöse Heimat um jeden Preis zu beschützen. Aus diesem Grund hatte ich bereits veranlaßt, daß bei deinen letzten Aufträgen etwas schiefging – um deine Unzuverlässigkeit unter Beweis zu stellen. Und Israel wäre entlastet gewesen.«

»Klar. Und ich wäre tot gewesen. Nennst du das vielleicht Liebe?«

»Glaubst du etwa, das wäre mir leicht gefallen?« Eliots Stimme brach. »Die Alpträume. Die Schuldgefühle. Ist meine Trauer nicht der Beweis, daß ich es nicht tun wollte?«

Saul zitterte vor Verachtung. »Worte, nichts als leere Worte. Castor und Pollux und ich. Was ist aus den anderen geworden – den vierzehn übrigen Waisen, Chris nicht eingerechnet?«

»Sie sind alle tot.«

»Infolge ähnlicher Aufträge?«

Eliots Kehle zuckte. »Ich habe es nicht befohlen. Es waren lauter Unglücksfälle.«

»Und damit soll alles wieder gut werden?«

»Wäre es dir lieber, wenn sie für die Männer in diesem Raum gestorben wären? Sie waren Soldaten.«

»Roboter.«

»Aber sie arbeiteten für jemand, dessen Werte stichhaltiger waren als die ihrer Regierung.«

»Werte? Komm mir bloß nicht damit.« Saul schnürte sich die Brust zusammen. »Es gibt zum Beispiel einen, von dem du offensichtlich noch nie etwas gehört hast: Verrate niemanden, den du liebst!« Er zitterte vor innerer Erregung. »Wir haben dir vertraut. Wie sonst hätten wir die Scheiße auf uns genommen, die du uns aufgehalst hast? Wir wollten deine Anerkennung. Liebe? Du bist so verdammt arrogant, daß du denkst, das wäre dein Recht. Die Welt möchtest du also retten? Selbst wenn wir alle tot sind, wird es immer noch diese Arschlöcher in diesem Raum geben. Und es wird auf keinen von uns angekommen sein. Mit Ausnahme des Trostes, den wir uns gegenseitig gespendet haben.«

»Du begreifst nicht, worum es hier geht. Infolge von Söhnen wie euch und Operationen, die ich durch euch sabotieren ließ, habe ich weiß Gott wie viele unschuldige Menschenleben gerettet.«

»Aber Chris ist tot. Was mich betrifft, ist das ein verdammt schlechter Tausch. Ich kenne diese anderen Leute doch gar nicht. Und ich bin mir auch gar nicht sicher, ob ich sie gemocht hätte.« Mühsam um Beherrschung ringend, schüttelte Saul angewidert den Kopf und stapfte wieder die Böschung hinauf.

»Warte! Laß mich erst noch ausreden! Ich bin noch nicht fertig.«

Saul blieb nicht stehen.

»Komm zurück! Wohin, glaubst du, gehst du wohl gerade? Ich habe nicht gesagt, du könntest gehen.«

Oben angelangt, wirbelte Saul herum. »Ich habe lange genug gehorcht. Eigentlich sollte ein Sohn seinem Vater im Alter beistehen. Und ich? Ich werde dir deine letzten Tage zur Hölle machen.«

443

»Nicht hier! Wenn du mich tötest, stirbst auch du. Dann hast du verloren.«

»Ein Sohn wird manchmal groß genug...«

»Was?«

»Und klug genug, um seinen Vater zu vernichten. Womit du nicht gerechnet hast, war, daß ich Chris mehr lieben würde als dich.« Mit einem letzten Blick haßerfüllter Verachtung wirbelte Saul herum. Er entfernte sich mit raschen Schritten und verschwand.

14

Der Fluß rauschte. Eliot versuchte aufzustehen, aber seine Kräfte verließen ihn. Mit einknickenden Beinen sank er auf das Ufer nieder. Das ganze Gespräch über hatte er tunlichst vermieden, einen Blick zu der bewaldeten Anhöhe auf der anderen Seite des Flusses hinüberzuwerfen.

Aber nun tat er das. Völlig durcheinander.

Castor und Pollux lagen dort auf der Lauer. Sie befanden sich in Begleitung des Direktors des Heims, eines Ermittlungsbeamten, der mit seinen Leuten Nachforschungen über die Hintergründe des jüngsten Selbstmords anstellen sollte, und, was am wichtigsten war, eines Scharfschützen.

Er hatte alles bis ins kleinste Detail durchdacht. Saul hatte zwei Möglichkeiten. Sich der Vernunft zu beugen. War seine Rechtfertigung – Tausende von Menschenleben – nicht überzeugend? Waren sie das Opfer eines Menschenlebens, selbst das von Chris, nicht wert? Oder mich zu töten.

Hätte Saul sich für ersteres entschieden, hätte ich meine letzten Tage in Frieden verleben können. Vielleicht hätte ich sogar mein altes Amt wieder angetreten und weitere Menschenleben gerettet.

Und wenn Saul sich für die zweite Möglichkeit entschieden hätte? Er wäre bei dem Versuch, mich zu töten, erschossen worden. Unter Anwesenheit mehrerer zuverlässiger Zeugen hätte ich nichts zu befürchten gehabt. Letztlich wäre es auf das gleiche hinausgelaufen.

Aber irgend etwas – Eliot runzelte die Stirn – war schiefgegangen. Unerwarteterweise hatte Saul sich für keine der beiden Möglichkeiten entschieden. Er hatte sich weder überzeugen lassen, noch hatte er versucht, mich zu töten. Somit blieb alles beim alten.

Mit einer Ausnahme.

Er schien sich seiner Sache zu sicher. Er ging in allem mit äußerster Überlegung vor, ohne mir je zu nahe zu kommen.

Hat er Verdacht geschöpft? Ist es möglich, daß er mehr von mir gelernt hat, als mir bewußt ist? Kann er meine Gedanken lesen?

Ausgeschlossen.

15

»Sie waren also auch dabei.« Mit zusammengekniffenen Augen saß Saul auf der obersten Stufe der Treppe zum Hauptgebäude und wartete.

»Was?« Überrascht hielt Don mitten in der Bewegung inne, einen schlammverkrusteten weißen Schuh bereits auf der untersten Stufe.

»Das nächste Mal sollten Sie sich vielleicht mehr der Gelegenheit entsprechend anziehen.«

Don senkte seinen Blick auf das zerrissene Knie seiner roten Polyesterhose, um dann unwillkürlich ein paar Kletten von seinem blauen Blazer zu zupfen. »Ich war spazieren.«

»Im Wald. Ich weiß. Mit ihnen.« Saul deutete über den Tennisplatz hinweg auf Castor und Pollux sowie auf einen Ermittlungsbeamten, der am selben Morgen mit einem Hubschrauber eingetroffen war, und einen Mann mit engstehenden Augen, der eine längliche Tasche bei sich trug, die ein Billardqueue enthalten hätte können. Oder ein Gewehr.

Vom Fluß her kam Eliot auf das Hauptgebäude zu. Er hatte Angelruten und Gerätekoffer bei sich.

»Nein, so was. Nicht einen Fisch hat er gefangen.«

»Wie haben Sie das gemeint: Ich wäre auch dabei gewesen?« wollte Don wissen.

»Als ich hier ankam, haben Sie mir als erstes gleich vorgehalten, ich hätte vor, einen Ihrer Gäste zu töten. Sie lassen mich auf Schritt und Tritt von zwei Wachen verfolgen. Plötzlich verschwinden die beiden. Also folge ich dem Alten zum Fluß hinunter, wo er wie auf dem Präsentierteller vor mir sitzt. Ich hätte nur noch abzudrücken gebraucht. Da ich zum einen nie vorhatte, ihn zu töten, verstand ich erst gar nicht, wovon er eigentlich redete. Immerhin ist er mein Vater. Natürlich hatte ich das Bedürfnis, ihn zu sehen. Aber da er alles mögliche verrückte Zeug zu erzählen begann, bin ich einfach weggegangen. Und jetzt stellen Sie sich mal vor, was als nächstes passiert ist. Mit einemmal tauchen meine Bewacher wieder auf.« Saul deutete auf zwei Männer, die es sich neben ihm auf zwei Liegestühlen bequem gemacht hatten. »Welchen Reim würden Sie sich darauf machen?«

»Ich...«

»Für mich sieht es ganz so aus, als hätte mir der Alte eine Falle gestellt. Hätte ich Hand an ihn gelegt, wäre ich jetzt ein toter Mann – und das vor mehreren Augenzeugen, die ihm bestätigt hätten, daß er in Notwehr gehandelt hat. Ich muß schon sagen, Don, Sie treten nicht gerade nachhaltig für meine Interessen ein.«

Don warf sich in die Brust, um dem etwas entgegenzuhalten. Aber im nächsten Augenblick ging ihm auch schon wieder die Luft aus, und er gab klein bei. »Ich mußte mitmachen. Der alte Herr hat darauf bestanden, daß Sie ihn töten würden.«

»Und das haben Sie ihm – ohne einen Beweis – geglaubt?«

»Ich bitte Sie, er hat sich an das Ermittlungsteam gewandt. Er hielt mir vor, sie würden denken, ich käme meiner Pflicht nicht nach, wenn ich mich nicht dazu bereit erklärte. Außerdem sollte es sich dabei ja nur um einen Test handeln. Ihnen wäre ja auch nichts geschehen, wenn Sie ihm nichts zuleide getan hätten. Wenn Sie dagegen tatsächlich versucht hätten, ihn zu töten...«

»Das habe ich aber nicht getan. Ich habe hier eine Menge Geld für meinen Schutz gezahlt. Und was bekomme ich dafür? Drohungen. Inzwischen sieht es doch wohl etwas anders aus. Der Alte hat eben den Beweis erbracht, daß er *mich* umbringen will. Steht mir etwa nicht derselbe Schutz und dieselbe Behandlung zu?«

»Was wollen Sie denn? Sie werden doch schon bewacht.«

»Daß ich nicht lache. Ich werde *über*wacht, aber nicht beschützt. Währenddessen kann Eliot tun, wonach ihm gerade der Sinn steht. Das ist doch nicht in Ordnung. Er müßte genauso überwacht werden. Und zwar nicht von diesen Gorillas, die er selbst mitgebracht hat, sondern von Ihren Leuten. Ihm ist in seinem jetzigen Zustand alles zuzutrauen.«

»Das ist doch vollkommen absurd.«

»Sie werden sich noch wünschen, auf mich gehört zu haben, wenn es tatsächlich dazu kommen sollte. Die Ermittlungsbeamten werden Sie dann gehörig in die Mangel nehmen. Ich sage Ihnen, der Kerl ist verrückt geworden. Außerdem möchte ich, daß seine beiden Gorillas unter ständige Bewachung gestellt werden.«

»Dazu habe ich nicht genügend Leute!«

»Nur sechs weitere Wachen?«

»In Schichten zu dreien? Zusätzlich zu den Männern, die ich zu Ihrem Schutz abbestellt habe? Das macht vierundzwanzig!« stieß Don aufgebracht hervor. »Ich brauche diese Männer für andere Aufgaben. Und das gilt nur für den Augenblick! Wo käme ich hin, wenn die anderen Gäste davon erführen und plötzlich auch einen persönlichen Beschützer fordern? Eine ganze Menge von ihnen war verfeindet, bevor sie sich hierher zurückgezogen haben. Der einzige Grund, daß sie nachts ruhig schlafen können, ist ihr Vertrauen in die Unverletzlichkeit des Schutzes des Erholungsheims. Falls sie auf die Idee kommen sollten, seine Neutralität könnte verletzt werden... Gäste, die sich auf Schritt und Tritt von einem Leibwächter bewachen lassen? Bald würde es hier nur noch von Leibwächtern wimmeln. Aber ein Erholungsheim sollte doch eigentlich ein Ort der Ruhe und des Friedens sein!«

»Denken Sie, die anderen haben nicht gemerkt, daß Sie mich überwachen lassen? Als ich heute früh zum Frühstück erschien, hat alles nur auf meine beiden Schatten gestarrt.

Und dann konnten sie den Raum nicht schnell genug verlassen.«

»Sie sind jetzt erst zwei Tage hier und...«

»Was?«

»...haben bereits eine vierzigjährige Tradition bedroht.«

»Nicht ich. Eliot. Und Sie. Ich habe nicht um diese Wachhunde gebeten. Was für mich gilt, sollte auch für ihn gelten. Wenn ich beschattet werde, dann sollte das, verdammt noch mal, auch er.«

Don machte eine verneinende Geste. »Ich werde ihn nicht überwachen lassen. Ich kann diesen Wahnsinn nicht eskalieren lassen.«

»Demnach haben Sie nach den Gesetzen der Logik nur eine Möglichkeit.«

»Und die wäre?« In Dons Augen schien ein Hoffnungsschimmer aufzublitzen.

»Versuchen Sie es mal anders herum. Normalisieren Sie die Lage wieder. Pfeifen Sie Ihre Wachhunde zurück.«

16

Begleitet von Castor und Pollux, betrat Eliot voll angespannter Erwartung das Gewächshaus.

Er hatte dessen Fertigstellung kaum erwarten können. Er sehnte sich nach seinen Rosen wie nach einer Geliebten.

Doch da war noch jemand. Am anderen Ende kam ein Mann unter einem Tisch hervorgekrochen und rannte geduckt durch den Hinterausgang.

Eliot runzelte die Stirn. »Halt! Warten Sie! Was haben Sie...?« Eliot eilte auf die Tür zu, um gerade noch Saul auf das Hauptgebäude zulaufen zu sehen. »Komm sofort zurück!«

Saul rannte weiter.

»Was hat er...?« Eliot wandte sich Castor und Pollux zu. »Seht mal unter dem Tisch nach.«

Mit gerunzelter Stirn kniete Castor nieder. Er tastete kurz unter dem Tisch und murmelte dann: »Drähte.«

»Was?« Erschrocken bückte Eliot sich und spähte unter den Tisch. Zwei Drähte, einer rot, einer schwarz, hingen von einem Loch in dem Tisch und führten zu einem Rosenbeet.

»Gütiger Gott.«

»Von einer Bombe ist allerdings nichts zu sehen«, erklärte Pollux.

»Genauso hat er Landish ermordet.« Eliots Augen blitzten auf. »Worauf wartet ihr noch? Verständigt die Sicherheitsabteilung. Laßt ihn festnehmen, bevor er das Gelände verläßt.« Eliot richtete sich wieder auf und stieß fast triumphierend hervor: »Jetzt habe ich ihn. Ich kann beweisen, daß er mich töten will.«

Castor stürzte ans Telefon.

»Und dann bildet er sich ein, er könnte es mit mir aufnehmen – obwohl er nicht einmal schnell genug war, um hier fertig zu werden, bevor ich herkam.« Eliot lachte. »Ich habe ihn geschlagen.« Er wandte sich Castor zu, der eben telefonierte, und schrie: »Sag dem Direktor, er soll sofort herkommen.«

»Wo hätte er sich den Sprengstoff beschaffen sollen?« wollte Pollux wissen.

»Na, genau am selben Ort wie ihr. Seht euch doch nur mal um hier! Unmengen von Dünger! Torf! Er hätte nur noch ein paar Zutaten in der Drogerie zu kaufen gebraucht, und dann hätte er mir einen Cocktail zusammengemixt! Er hätte nur noch Batterien gebraucht und ...!« Eliot vergrub seine Hände in der Erde des Rosenbeets. »Helft mir suchen!«

Pollux beobachtete ihn bestürzt.

17

Als Don eintraf, riß er den Mund auf. Doch kein Laut kam daraus hervor. Das Gewächshaus war genau nach Eliots Anweisungen errichtet worden. Beste Ausstattung. Seltene Rosensorten. Doch das alles war nun ruiniert. Eliot hatte bei dem Beet angefangen, von dem die Drähte heruntergegangen waren. Dann hatte er sich an den Drähten entlang durch sämtliche Beete vorgearbeitet und dabei Erde und Rosen herausgerissen, bis er am Ende völlig verdreckt war und überall Rosen herumlagen.

»Wo? Verdammt noch mal, ich weiß doch, daß sie hier irgendwo sein muß! Wo ist die Bombe nur? Ich muß sie finden!«

Mit Erde um sich werfend, taumelte er gegen eine Glaswand zurück, so daß er um ein Haar durch sie gestürzt wäre.

Castor und Pollux eilten ihm zu Hilfe.

»Wo ist sie?«

Seine Söhne von sich stoßend, riß Eliot an den Drähten, um abrupt nach hinten zu stolpern, als sie plötzlich loskamen. Er starrte auf die zwei bloßen Enden. »Mein Gott, nein! Dieses Schwein...! Da war gar keine...!« Schluchzend sank der alte Mann zu Boden.

18

Jetzt reicht's aber, dachte Don. Das war nun wirklich zuviel des Guten gewesen. Damit ist aber jetzt endgültig Schluß.

Es hatte etwa eine Stunde gedauert, bis nach dem peinlichen Zwischenfall im Gewächshaus alles Nötige erledigt war – zwei Sanitäter untersuchten Eliot, bevor sie ihn auf sein Zimmer brachten; Bombenspezialisten bestätigten, daß tatsächlich keine Bombe vorhanden war. Schließlich hatte er sich aber doch davonstehlen können. Als er in die Turnhalle stürmte, traf er dort nur den Hausmeister an. »Grisman sollte doch hier sein.«

»Er ist vor einer Minute gegangen.«

Don warf die Tür hinter sich zu. Zu ungeduldig, um auf den Lift zu warten, keuchte er die Treppe hoch. Grisman würde sich bestimmt umziehen.

Schwitzend und sich bei dieser Gelegenheit daran erinnernd, daß er sich unbedingt wieder etwas in Form bringen mußte, erreichte er den zweiten Stock, um gerade noch Grisman in sein Zimmer gehen zu sehen. »Halt! Stehen geblieben! Ich habe mit Ihnen zu reden!«

Aber Grisman hörte ihn nicht mehr. Er war bereits in sein Zimmer getreten und hatte die Tür hinter sich geschlossen.

Don stürmte den Flur hinunter. »Sie Dreckskerl.«

Noch zwei Türen von Grismans Zimmer entfernt, riß ihn die Druckwelle fast zu Boden. Seine Ohren durchzuckte ein stechender Schmerz, als die Tür von Grismans Zimmer aus den Angeln flog.

»Nein!« Wie betäubt kroch Don auf die Tür zu. Andere Gäste erschienen in den Türen ihrer Zimmer. Er schenkte ihnen keine Beachtung.

»Grisman!« Schwefelgeruch in seiner Nase, stürzte Don in das rauchende Chaos.

Die Einrichtung war zerstört, Stereoanlage, Fernsehgerät und Computer zertrümmert, die Wände verkohlt. Auf dem Bett glommen glühende Trümmer vor sich hin. Der Rauchalarm heulte auf.

»Grisman!«

Hustend stürzte er ins Bad.

Da! Auf dem Boden! Gott sei Dank, er atmete noch!

19

»Das kann doch nicht Ihr Ernst sein! Sie glauben, ich...!«

»Entweder Sie oder die beiden.« Don deutete auf Castor und Pollux.

»Er hat die Bombe selbst gebastelt!« stieß Eliot hervor.

»Und selbst gezündet? Das ist doch absurd. Sie hätte ihn um ein Haar getötet.«

»Um ein Haar? Was, glauben Sie eigentlich, wird hier gespielt? Das Ganze ist doch offensichtlich! Er ist im Bad in Deckung gegangen, bevor er sie gezündet hat!«

»Aber weshalb sollte er so etwas...?«

»Um es mir in die Schuhe zu schieben, verdammt noch mal! Das mit der vermeintlichen Bombe im Gewächshaus hat er nur inszeniert, um den Anschein zu erwecken, ich hätte es darauf abgesehen, ihm einen Denkzettel zu verpassen!«

»Oder Sie haben die Drähte selbst angebracht, um ihm unterstellen zu können, er hätte mit Bomben herumgespielt, und dann wäre ihm eine losgegangen!«

»Sie blödes... Glauben Sie im Ernst, er wäre jetzt noch am Leben, wenn diese Bombe tatsächlich ich in seinem Zimmer plaziert hätte?«

»Meines Wissens steht in den Bestimmungen, daß ein Gast, der ständig Scherereien macht, aufgefordert werden kann, das Heim wieder zu verlassen. Ich werde eine Anhörung zu diesem Punkt beantragen. Jedenfalls wäre es mir am liebsten – da ich nicht weiß, wen von Ihnen beiden die Schuld trifft, werde ich Sie hier beide entfernen müssen –, wenn Sie und Ihr Sohn Ihre Unstimmigkeiten anderswo austragen würden.«

20

Saul trieb sich im Foyer herum. Er behielt den Lift und die Treppe im Auge. Obwohl seine Verbrennungen empfindlich schmerzten, schenkte er ihnen in seiner Begeisterung kaum Beachtung. Indem er so tat, als sähe er sich in einem Schaufenster Joggingschuhe an, beobachtete er in der spiegelnden Scheibe in Wirklichkeit den Eingang zum Restaurant.

Um sieben Uhr wurde seine Geduld belohnt. Eliot, flankiert von Castor und Pollux, kam die Treppe herunter. Sie betraten das Restaurant. Eine Minute später folgte ihnen Saul.

Die Reaktion der übrigen Gäste war unübersehbar. Sie legten ihre Gabeln beiseite und schluckten krampfhaft den letzten Bissen hinunter, während ihre Blicke nervös zwischen Saul und Eliot hin und her wanderten. Einige verlangten sogar unverzüglich die Rechnung. Andere, eben im Begriff, das Restaurant zu betreten, sondierten kurz die Lage und zogen sich fluchtartig wieder zurück. Es wurde unangenehm still im Raum.

Obwohl Eliot mit Blickrichtung zur Tür saß, studierte er unbeirrt weiter die Speisekarte und unterhielt sich mit Castor und Pollux, ohne Saul irgendwelche Beachtung zu schenken.

»Ich hätte gern den Tisch dort drüben«, wandte Saul sich an den Oberkellner.

»Dürfte ich Ihnen vielleicht den hier vorschlagen, Sir? In der Ecke?«

»Nein, ich hätte lieber den Tisch direkt gegenüber dem alten Herrn dort.«

Er ließ dem Oberkellner keine Zeit zu irgendwelchen Gegeneinwänden, indem er entschlossen auf den Tisch zuschritt und so daran Platz nahm, daß er Eliot aus zwei Metern Entfernung direkt anstarrte.

Eliot gab sich redlich Mühe, ihn zu ignorieren. Andere Gäste standen auf und verließen das Restaurant. Umgeben von leeren Tischen, starrte ihn Saul weiter an.

Eliot nahm einen Schluck Wasser.

Saul tat es ihm gleich.

Eliot brach ein Stück Knoblauchbrot ab.

Saul folgte seinem Beispiel.

Sie kauten im gleichen Takt.

Eliot wischte sich mit einer Serviette den Mund ab.

Eliot nicht aus den Augen lassend, ahmte Saul ihn nach. Es bereitete ihm besonderes Vergnügen, einen von Chris' Tricks gegen seinen Vater zu verwenden. Chris hatte ihm über das Kloster erzählt: »Einige wollten unter allen Umständen bleiben. Aber ein paar wollten auch wieder austreten. Allerdings brachten sie nicht den Mut auf, das zu sagen. Statt dessen fingen sie an, unangenehm aufzufallen. Wie sie das machten? Eine besonders wirksame Methode war zum Beispiel, sich beim Essen einem Mitbruder gegenüberzusetzen und alles, was er tat, genau nachzuahmen. Dagegen ist kein Kraut gewachsen. Dein Gegenüber rennt in deine Nachahmung wie in eine Falle. Du machst ihm alles nach, aber gleichzeitig macht auch er dir alles nach. Dieses Schema kann er nicht durchbrechen. Es macht ihn vollkommen verrückt, bis er sich schließlich beschwert. Fatalerweise kann der Abt jedoch nicht feststellen, ob du nun tatsächlich Unsinn machst oder der andere sich das alles nur einbildet.«

Saul machte also jede Bewegung Eliots nach.

Eine Hand ans Kinn.

Ein Kratzen am Ellbogen.

Ein ärgerliches Seufzen.

Nach zehn Minuten warf Eliot schließlich entnervt seine Serviette auf den Tisch und stelzte, gefolgt von Castor und Pollux, aus dem Restaurant.

»Ob wohl mit dem Essen etwas nicht in Ordnung war?« wandte Saul sich an den verlassenen Speisesaal.

21

Auf die Nachricht hin, er hätte Besuch, kam Saul verwundert ins Foyer hinunter. Besuche waren in einem Erholungsheim durchaus gestattet, vorausgesetzt, die Besucher konnten sich entsprechend ausweisen und hatten bei einer Durchsuchung keine Waffen bei sich. Dennoch konnte Saul sich nicht vorstellen, wer ihn besuchen kommen könnte. Vermutlich ein Racheakt Eliots.

Doch als er sah, wer es war, spürte er, wie sich sein Magen zusammenzog. Er blieb verwundert stehen. »Erika? Wie kommst...?«

In einem braunen Rock und einem gelben Oberteil trat sie lächelnd auf ihn zu und umarmte ihn. »Gott sei Dank, du bist noch am Leben.«

Er hatte Mühe zu atmen, als er ihre Arme um sich spürte. Die Zeit blieb stehen. »Ich kann es noch gar nicht fassen, daß du wirklich hier bist.« Zitternd, noch immer fassungslos, lehnte er sich zurück, um sie anzusehen. »Orlik... wie...?«

»Er ist tot.« Sie sah ihn leicht ratlos an. »Er hat mich entkommen lassen, bevor er getötet wurde. Und er hat mir gesagt, wo ich dich finden könnte. Aber das werde ich dir später alles genauer erklären.« Ihre Stimme klang besorgt, ihre Stirn legte sich in Falten. »Was ist denn mit dir passiert?«

»Meinst du die Verbrennungen?« Nachdem er vorsichtig sein Gesicht betastet und sich im Foyer umgesehen hatte, wiederholte er ihre Worte von vorhin: »Das werde ich dir später alles genauer erklären.« Der Gedanke an das, was er ihr dann zu berichten haben würde, entlockte ihm jetzt schon ein Grinsen.

Doch Erikas Stirn war nur von noch tieferen Falten durchzogen, als sie den Kopf schüttelte. »Es sind nicht nur die Verbrennungen.«

»Was dann?«

»Deine Augen. Ich weiß nicht, wie ich es beschreiben soll... sie sind so...«

»Sag es ruhig. Tu dir keinen Zwang an.«

»Alt.«

Er zuckte zusammen, als hätte er ein unter Spannung stehendes Stromkabel berührt. Gleichzeitig verspürte er das plötzliche Bedürfnis, das Thema zu wechseln. »Komm, gehen wir.« Er gab sich Mühe, beiläufig zu klingen. »Ich zeige dir mal das Gelände.«

Die Sonne brannte heiß vom Himmel herab. Sein Kopf pochte heftig, als sie auf einem mit weißen Steinplatten gepflasterten Weg, umgeben von den Bergen, an einem Springbrunnen vorbeischlenderten.

Doch er konnte nicht vergessen, was sie eben gesagt hatte. »Ich habe nicht gut geschlafen.«

Besorgt sah sie ihm plötzlich in die Augen. »Deine Wangen. Sie sind...«

»Was ist mit ihnen?«

»Sie sind so eingefallen. Sieh dich doch mal an. Du hast abgenommen. Du bist auffallend blaß. Ist etwas mit dir?«

»Ich...«

»Was?«

»Ich habe ihn fast geschlagen. Ich habe fast gewonnen.« Seine Augen blitzten auf und waren doch gleichzeitig auch tiefschwarz.

Sie starrte ihn entsetzt an.

»Morgen kommt es zu einer Anhörung«, fuhr Saul fort. »Es geht darum, ob wir beide das Heim verlassen sollen. Und sobald er einen Fuß vor die Tür setzt...«

Sie unterbrach ihn energisch. »Das ist die Sache doch nicht wert. Sieh dich doch nur mal an, wie sehr du dich verändert hast. Um Gottes willen, geh fort von hier. Ich habe einen Wagen. Wir könnten . . .«

»Nicht so kurz vor dem Ende.«

»Es wird nie vorbei sein. Hör doch. Ich weiß, daß ich dir gesagt habe, du solltest dich rächen. Aber das war falsch.«

»Wie könntest du dich getäuscht haben, wenn dieses Gefühl so wunderbar ist.«

»Aber du wirst den kürzeren ziehen.«

»Nicht, wenn ich am Leben bleibe.«

»Ganz gleich, wie der Ausgang sein mag. Das ist nicht mehr beruflich. Das ist rein persönlich. Und dafür bist du emotional nicht mit der nötigen Dickfelligkeit ausgestattet. Du wirst für den Rest deines Lebens darunter leiden.«

»Daß ich meinen Bruder gerächt habe?«

»Daß du deinen Vater getötet hast. Deine Konditionierung ist zu stark.«

»Genau darauf zählt er. Aber ich werde es ihm schon zeigen.« Seine Stimme knisterte vor Haß.

Und plötzlich wußte Erika, daß sie hier weg mußte. Dieser Ort roch nach Tod. Noch nie hatte sie solchen Ekel verspürt.

Ihre einzige Hoffnung war, ihn zu verführen, mit ihr zu kommen. Sie hatte eigentlich vorgehabt, über Nacht zu bleiben. Aber nun war ihr klar, daß ihr vermutlich nur der Nachmittag bleiben würde.

Sie erzählten sich gegenseitig, was geschehen war, seit sie sich zum letztenmal gesehen hatten. Dann kehrten sie ins Hauptgebäude zurück und gingen auf Sauls Zimmer, wo sie sich langsam entkleideten. Erika ging es jedoch nicht um Sex. Sie wollte ihn verführen, um seine Seele zu retten.

Aber selbst als sie sich umarmten, sich gegenseitig mit ihrer Nacktheit bedeckten, erschauderte Saul alarmiert. Ihm war klar, daß es nicht möglich war, und doch schien es ihm, als läge Chris neben ihm, ein vorwurfsvoller Ausdruck in seinen toten Augen.

Gewissensbisse zermarterten seinen Kopf. Ich habe hier nichts zu suchen. Ich sollte Eliot jagen.

Aber auch die Einsamkeit forderte ihren Tribut. In Erika eindringend, wurde ihm mit einemmal bewußt, daß nicht zwei von ihnen sich auf dem Bett wanden, sondern drei. Nicht nur er und Erika, sondern auch Chris.

»Ich liebe dich!« stieß er hervor. »Oh, mein Gott!«

Und Erika, die spürte, daß etwas Furchtbares geschehen war, wurde gleichzeitig bewußt, daß sie ihn verloren hatte.

22

»Willst du nicht wenigstens zum Abendessen bleiben?«

Sie warf einen angewiderten Blick auf das Gebäude. »Ich muß jetzt gehen.«

»Ich hatte gehofft, du...«

»Ich würde dir helfen? Nein, du täuschst dich. Dieser Ort ist... komm mit mir.«

Er schüttelte den Kopf. »Ich bin noch nicht fertig hier.«

»Es ist doch völlig egal, ob du ihn tötest oder nicht. Begreifst du das denn nicht? Er hat doch bereits gewonnen – weil er dich zerstört hat.« Tränen liefen ihre Wangen hinab. Sie küßte ihn. »Ich habe dich vor zehn Jahren schon einmal verloren. Und jetzt habe ich dich ein zweites Mal verloren.« Sie schüttelte traurig den Kopf. »Du wirst mir fehlen.«

»In einer Woche werde ich mein Ziel erreicht haben. Dann komme ich nach.«

»Nein.«

»Willst du damit sagen, ich soll nicht kommen?«

»Doch, ich wünsche mir nichts sehnlicher. Aber du wirst nicht kommen.«

»Das verstehe ich nicht.«

»Aber ich weiß es.« Sie küßte ihn neuerlich. »Das ist das Problem.« Sie rieb sich ihre rotgeweinten Augen, als sie in ihren Wagen stieg. »Falls ich mich doch getäuscht haben sollte, wirst du über die Botschaft erfahren, wo ich mich befinde.«

»Ich weiß einen Platz in Griechenland«, setzte er an. »Das Meer ist dort so blau...«

Ihre Kehle gab einen gequälten Laut von sich. »Ich weiß. Und die Wellen laufen ganz sanft am Strand aus, und man kann dort herrlich schwimmen... du kannst dir nicht vorstellen, wie sehr ich mich nach Frieden sehne. Weißt du was?« Sie hob ihr Kinn; es zitterte. »Ich ziehe in Erwägung auszusteigen. Bis dann also, mein Liebster. Paß gut auf dich auf.« Sie startete den Wagen und fuhr los.

23

Innerlich aufgewühlt, sah Saul ihr nach, bis der Wagen unter den Bäumen verschwand. Er fühlte sich innerlich leer. Seine Gedanken drehten sich, plötzlich ohne Orientierung, in seinem Kopf, als hätte auf einmal ein von außen kommender Einfluß auf ein hermetisch abgeschlossenes System übergegriffen. Was ist nur mit mir los?

Verwirrt drehte er sich um und stieg die Treppe zum Eingang hinauf. Gleichzeitig wurde ihm plötzlich bewußt, was sie ihm hatte sagen wollen. Ich bin geblieben. Bis den Alten seine gerechte Strafe nicht ereilt hat, werde ich sie nicht wiedersehen.

Aber bis dahin wird es bereits zu spät sein. Sie hat sich mir angeboten, aber ich habe mich für meinen Vater entschieden.

Wie sollte sie mich danach noch annehmen können?

In Erinnerung seiner unguten Gefühle hinsichtlich des Erholungsheims fragte er sich plötzlich, ob er sich wohl selbst verdammt hatte. Er rannte unwillkürlich wieder die Stufen hinunter und auf einen Wagen zu und...

Was? Sollte er ihr hinterherjagen? Ihr sagen, daß er mit ihr kam?

Gedanken an Eliot machten sich wieder breit. Gelähmt auf der Treppe stehenbleibend, starrte er die Straße hinunter, die sich unter den Bäumen verlor. Seine innere Anspannung stieg ins Unerträgliche. Zwei Kräfte, beide gleich stark, zerrten an seiner Entscheidungsfähigkeit. Einmal gewann die eine Hälfte die Oberhand, im nächsten Augenblick die andere. Was sollte er tun? Wofür sich entscheiden? Chris schien vor ihm zu stehen, seine traurigen Augen anklagend verengt.

458

Doch allmählich machte seine Lähmung unbezähmbarer Entschlossenheit Platz.

24

Don schritt hastig in seinem Büro auf und ab und deutete heftig durch das Fenster nach draußen auf den Swimming-pool, der trotz des heißen und sonnigen Tages völlig verlassen dalag. »Mit Ihren Husarenstückchen haben Sie meine Gäste so verängstigt, daß sie sich inzwischen nicht mehr aus ihren Zimmern wagen. Das Restaurant ist vollkommen verlassen. Die Grünanlagen... ich könnte nackte Revue-Girls dort draußen herumtanzen lassen, und kein Mensch würde sich rauswagen, um von ihnen Notiz zu nehmen. Gerüchte von Ihrer – wie soll ich es nennen? – Aufmüpfigkeit sind bereits in Umlauf geraten. In den entsprechenden Kreisen wird Interessenten bereits davon abgeraten, sich hierher zurückzuziehen. Man gibt eher den Heimen in Hongkong oder in der Schweiz den Vorzug. Sie haben mir bisher nichts als Schereien gemacht.«

Diese letzte Anschuldigung bezog sich auf Eliot, Castor, Pollux und Saul. Eliot und seine Begleiter saßen getrennt von Saul, der von seinen beiden Bewachern beaufsichtigt wurde. »So sieht die Lage also inzwischen hier aus«, fuhr Don fort. »Den Bestimmungen des Vertrags zufolge muß ein Erholungsheim einen in Not befindlichen Agenten aufnehmen, vorausgesetzt, er kann für die anfallenden Kosten aufkommen. Gleichzeitig zwingen diese Bestimmungen den Direktor eines solchen Heims jedoch nicht, den Frieden seiner Institution durch das ungebührliche Verhalten seiner Gäste stören zu lassen. Ich habe mich mit meinem Vorgesetzten in Verbindung gesetzt und ihm den Sachverhalt dargelegt. Das gleiche gilt für die Aufsichtsbehörde. Ich habe eine Anhörung beantragt und eine entsprechende Weisung erhalten. Nach den Bestimmungen des Abelard-Vertrags kann ein Heimleiter einen Gast auffordern, seine Koffer zu packen, wenn hierfür triftige Gründe vorliegen, und ich kann wohl

behaupten, daß in diesem Fall triftige Gründe vorliegen!«
Don deutete auf die Tür. »Verlassen Sie dieses Haus!«

Eliot richtete sich wütend auf. »Damit dieser Mann mich zu
töten versucht, sobald ich meinen Fuß vor die Tür setze?«

»Habe ich gesagt, ich würde zulassen, daß er Sie tötet? Wir
sind keine reißenden Tiere. Die Aufsichtsbehörde hat sich
auf einen Kompromiß geeinigt. Sie haben für Dienste bezahlt, in deren Genuß Sie nicht gelangt sind. Dieser Scheck
sollte Ihre Ansprüche ausreichend zufriedenstellen. Ich halte
das für durchaus angebracht. Sie haben Ihr Leben dieser Organisation geweiht. Sie haben also eine Chance verdient. Sie
erhalten folglich von uns vierundzwanzig Stunden Vorsprung. Für einen Mann Ihres Kalibers ist das eine Menge
Zeit. Angesichts Ihrer Beziehungen wäre es Ihnen ein leichtes, innerhalb dieser Frist für immer unterzutauchen. Sie haben noch die ganze Nacht Zeit, sich alles in Ruhe durch den
Kopf gehen zu lassen. Doch morgen früh, Punkt acht Uhr,
werden Sie uns hier verlassen. Dann möchte ich Sie hier nicht
mehr sehen. Und einen Tag später wird uns auch Grisham
verlassen müssen. Vielleicht fühlen sich dann unsere Gäste
wieder etwas sicherer.«

Sich auf seinem Stuhl windend, starrte Eliot wütend auf
Saul.

Der grinste nur und zuckte mit den Achseln.

25

Unerbittlich senkte die Sonne sich den Bergen entgegen und
warf dabei ihren rötlichen Schein durch das Fenster von
Eliots Zimmer.

»Darauf kommt es jetzt nicht an«, krächzte Eliot heiser ins
Telefon. »Es ist mir völlig egal, wie viele Leute Sie dafür benötigen oder was das Ganze kostet. Ich möchte bis morgen das
gesamte Tal hermetisch abgeriegelt. Und ich möchte, daß er
liquidiert wird, sobald er das Erholungsheim verläßt. Nein,
Sie hören mir nicht zu. Nicht das Team, das ihn daran hindern sollte, hier hereinzukommen. Was ist eigentlich mit Ih-

nen? Ich habe genug von Versagern. Ich habe Ihnen doch ausdrücklich gesagt, daß ich nur die besten meiner Leute haben möchte.« Seine Hand krampfte sich so fest um den Hörer, daß seine Knöchel schmerzten. Er runzelte die Stirn. »Was wollen Sie damit sagen, niemand wäre besser als Grisman? Ich bin es. Und jetzt tun Sie endlich, was ich Ihnen sage.«

Eliot knallte den Hörer auf die Gabel und wandte sich Castor zu. Pollux hielt sich auf dem Flur auf, wo die von Don geschickten Wachen dafür sorgten, daß Eliot und seine Begleiter sich auch an den über sie verhängten Hausarrest hielten. »Klappt das mit den Flügen?«

Castor nickte. »Die Maschine der Air Canada startet morgen um neunzehn Uhr in Vancouver in Richtung Australien.«

»Dieser Vorsprung sollte genügen.«

Castor hob seine Schultern. »Nicht unbedingt. Romulus weiß, daß er uns mit einem Rückstand von vierundzwanzig Stunden nie finden wird. Deshalb wird er vermutlich versuchen, schon vorher hier auszubrechen.«

»Und ob er das versuchen wird. Darauf können wir Gift nehmen. Er wird die Verfolgung so bald wie möglich aufnehmen wollen... und genau das wird mir zugutekommen.«

Castors Stirn legte sich in Falten. »Wie?«

»Es ist vollkommen richtig, was ich diesem Trottel eben am Telefon gesagt habe. Niemand ist besser als Romulus. Außer mir. Und euch beiden. Ich habe seine Ausbildung betreut. Ich weiß genau, was in ihm vorgeht. Ich hätte nur von Anfang an nicht den Fehler machen dürfen, andere meine Arbeit tun zu lassen.«

»Aber du hast doch ein Team angefordert, um das Tal abzuriegeln.«

Eliot nickte. »Genau das erwartet Romulus auch von mir. Wenn ich ihn dadurch nicht ablenken würde, würde er nur die wirkliche Falle ahnen. Möglicherweise gelingt es sogar dem Abfangteam, ihn zu töten.« Er spitzte nachdenklich seine faltigen Lippen. »Allerdings bezweifle ich das. Die Wildnis ist sein Zuhause. Wenn er sich ebenso aus dem Staub macht, wie er hergekommen ist, würden auch tausend Mann nicht ausreichen, jeden Schleichpfad durch die Berge zu bewachen.«

Castors Miene hellte sich auf. »Allerdings könnten wir dadurch unseren Vorsprung vergrößern. Es würde ihn einige Zeit kosten, das Tal über die Berge zu verlassen. Und diesen Vorsprung könnte er unter keinen Umständen mehr einholen.«

»Genau aus diesem Grund wird er sich für eine andere Möglichkeit entscheiden.«

Castors Miene verdüsterte sich neuerlich. »Und wie sähe diese Möglichkeit aus? Beziehungsweise, wie könnten wir ihn stoppen?«

»Versetz dich doch mal in seine Lage. Dann dürfte es doch gar nicht so sonderlich schwer sein vorauszusagen, was er tun wird. Eigentlich hat er nur eine Möglichkeit...«

»Vielleicht in deinen Augen, aber...«

Als Eliot darauf Castor jedoch den Sachverhalt auseinandersetzte, nickte dieser sichtlich beeindruckt. Und seine Zuversicht kehrte zurück.

26

Drei Viertel der Sonne waren bereits hinter den Bergen verschwunden. Lange Schatten fielen über das Tal – erst purpurn, dann grau, schließlich schwarz und von Nebelstreifen durchzogen.

Doch darauf achtete Saul nicht. Er saß in seinem verdunkelten Zimmer mit überkreuzten Beinen auf dem Boden, befreite sein Denken von allen störenden Einflüssen und bereitete sich auf das Kommende vor. Er wußte, daß die Tür seines Zimmers bewacht wurde, um ihn daran zu hindern, etwas gegen Eliot zu unternehmen, solange sich dieser noch im Erholungsheim aufhielt. Er ging davon aus, daß Eliot und seine Begleiter ebenfalls unter Bewachung standen.

Aber darum ging es jetzt nicht. Trotz seines stärker werdenden Drangs durfte er nicht riskieren, Eliot hier zu töten.

Seit seiner Ankunft hier war sein vornehmlichstes Ziel gewesen, Rache zu üben und dabei zu überleben, um auch noch in den Genuß der Befriedigung darüber zu gelangen, Vergeltung für Chris geübt zu haben.

Sein Bruder. Wut loderte in ihm auf. Er konzentrierte sich darauf, sie zu unterdrücken. Nun, so dicht vor dem Ziel, mußte er sich von allen ablenkenden Gedanken und Gefühlen läutern, um die Reinheit eines Samurai zu erreichen, um das Können unter Beweis zu stellen, das ihn Eliot gelehrt hatte.

Während er meditierend ein Zentrum absoluter Entschlossenheit und Ruhe erreichte und seine Gedanken, Instinkte und Fähigkeiten in Einklang brachte, wiederholte er immer und immer wieder ein Mantra.

Immer und immer wieder. Er spürte, wie der Geist seines Bruders in ihm aufging.

Chris. Chris.

Chris. Chris.

Chris.

27

Der Morgen war düster. Die Wolken hingen tief, die feuchte, kühle Luft drohte mit Regen. Auf der Zufahrt vor dem Hauptgebäude wartete ein dunkelblauer Chevy Station Wagon – keine Zierleisten, keine Weißwandreifen, nichts, was in irgendeiner Weise Aufmerksamkeit hätte erregen können.

Zwei Bedienstete luden die hintere Ladefläche mit Koffern und Kleidersäcken voll. Als sie damit fertig waren, schlugen sie die Heckklappe zu und warteten in einiger Entfernung.

Punkt acht Uhr ging die Eingangstür des Hauptgebäudes auf. Von mehreren Wachen flankiert, traten Eliot, Castor und Pollux auf die Veranda heraus. Don folgte ihnen dicht auf.

Eliot trug seine Uniform – seinen schwarzen dreiteiligen

Anzug mit Homburg. Als er den Wagen erblickte, blieb er stehen und wandte sich nach rechts, um teilnahmslos zu Saul hinüberzuschauen, der, ebenfalls von mehreren Posten flankiert, am Ende der Veranda stand.

Trister Nieselregen begann zu fallen. Eliot blähte verächtlich die Nüstern. Der spannungsgeladene Augenblick zog sich in die Länge.

Doch dann drehte sich der alte Mann abrupt herum, ergriff das Treppengeländer und stieg die Stufen hinunter. Castor hielt ihm die hintere Wagentür auf, um sie sofort wieder zu schließen, nachdem sein Vater auf dem Rücksitz Platz genommen hatte. Dann stieg er zusammen mit Pollux vorne ein und ließ den Motor an. Der sprang mit dem charakteristischen Schnurren eines V-8 sofort an.

Die Reifen des schweren Station Wagon knirschten auf dem Kies, als der Chevy sich über die Zufahrt entfernte. Saul verengte sein Blickfeld so weit, bis er nur noch das Rückfenster der Heckklappe im Auge hatte. Und dann konzentrierte er sich voll und ganz auf Eliots Kopf, auf die Silhouette seines Homburg.

Aber der alte Mann sah sich kein einziges Mal nach ihm um.

Der Chevy beschleunigte, wurde kleiner. Gleichzeitig wurde das Motorengeräusch leiser. Und schließlich verschwamm sein Dunkelblau mit dem Grün des Waldes.

Saul stellten sich die Nackenhaare auf, während er den Wagen langsam verschwinden sah. Sein Herz pochte wie wild.

Mit herablassender Miene kam Don auf ihn zu. »Verdammt lange, vierundzwanzig Stunden, was? Ich könnte wetten, daß Sie am liebsten zu den Garagen rüberlaufen würden, um dort einen Wagen zu klauen und ihm hinterherzujagen.«

Saul wandte seinen Blick nicht von der Straße ab.

»Oder den Hubschrauber im Hangar hinten«, ließ Don nicht locker. »Wie ich Sie kenne, können Sie sich kaum noch beherrschen, es nicht doch zu probieren, hm? Die Versuchung ist ja auch verdammt groß, nicht wahr?«

464

Sauls Augen waren pechschwarz, als er sich Don zuwandte.

»Los, versuchen Sie's doch«, hetzte Don weiter. »Genau aus diesem Grund habe ich Sie heute morgen Ihr Zimmer verlassen lassen. Damit Sie den Alten wegfahren sehen und darüber vielleicht die Beherrschung verlieren würden. Tun Sie's doch. Lassen Sie sich dazu hinreißen. Unternehmen Sie doch einen Ausbruchsversuch, und jagen Sie ihm hinterher. Sie haben mir nur Schwierigkeiten gemacht, seit Sie hier aufgetaucht sind. Ich würde es nur zu gern sehen, wenn Sie von Kugeln durchlöchert würden, weil Sie dem Beschluß der Aufsichtsbehörde zuwidergehandelt haben.«

Statt einer Antwort ging Saul nur an ihm vorbei und auf den Eingang des Hauptgebäudes zu. Er war ganz ruhig.

»Nicht?« rief ihm Don hinterher. »Wollen Sie heute keine Scherereien machen? Also so was. Wie sich ein Mensch so schnell ändern kann.«

Die Wachen flankierten Saul, als er die Tür öffnete.

»Wenn dem so ist, Freundchen, dann gehen Sie jetzt auf Ihr Zimmer zurück und bleiben dort!« Dons Stimme nahm plötzlich einen schroffen Befehlston an. »Vierundzwanzig Stunden. Wie wir vereinbart haben. Morgen früh können Sie so viel hinter ihm herjagen, wie Sie wollen.« Er richtete sich zu voller Größe auf. »Vorausgesetzt, Sie finden ihn.«

Saul bedachte ihn nur mit einem kurzen Blick und betrat das Gebäude. Er hatte sich letzte Nacht alles genauestens überlegt, war verschiedene Möglichkeiten durchgegangen...

Alles in allem gerechnet, blieb ihm nur eine Wahl.

28

Don rieb sich die Augen. Er mußte träumen. Das konnte doch nicht wahr sein. Mit kaum wahrnehmbarer Schnelligkeit vollführte Grisman beim Eintreten eine Bewegung mit seinen Ellbogen. Gleichzeitig taumelten die Wachen hinter ihm zurück, so daß sie gegeneinander stießen. Und während sie zu Boden sackten, fiel die Eingangstür ins Schloß.

»Was zum . . . ? Verdammter Mist!« Fluchend rappelten die Wachen sich auf und stürzten auf die Tür zu, um vergeblich daran zu rütteln und wie von Sinnen darauf einzuschlagen.

Don stand wie gelähmt da. Fassungslos, ungläubig. Das war doch nicht möglich. Er war sich seiner Sache so sicher gewesen, als er Grisman gereizt hatte, daß er seine Zulage verwettet hätte, daß dieser Unruhestifter endgültig in seine Schranken verwiesen worden war.

Verdammte Scheiße, nein! Das durfte nicht wahr sein. Grisman legte es tatsächlich darauf an. Er unternahm einen Ausbruchsversuch.

»Zu den Garagen!« brüllte Don. »Zum Hubschrauberhangar! Hört endlich auf, gegen die verdammte Tür zu dreschen, ihr Arschlöcher! Haltet ihn auf!«

Währenddessen rannte Don bereits die Treppe hinunter. Unten angelangt vollzog er eine hysterische Kehre nach links und hastete auf die Garagen zu.

29

Es war ganz einfach gewesen. Sobald Saul sich einmal für die logische Taktik entschieden hatte, hatte er sich einfach die verschiedenen Möglichkeiten ausgemalt und hatte auf diese Weise schließlich den günstigsten Zeitpunkt ermittelt, um sein Vorhaben in die Tat umzusetzen. Im ersten geeigneten Augenblick hatte er dann zugeschlagen. Auf der Veranda, im Freien, in Anwesenheit Dons und zahlreicher Wachen, Eliot kaum erst aufgebrochen – wer hätte damit gerechnet, daß Saul schon so früh wieder Schwierigkeiten machen würde? Don und seine Männer mit Sicherheit nicht. Ihre Zuversicht war ihm zum Vorteil gereicht.

Bis sich die beiden Wachen so weit wieder aufgerappelt hatten, um sich an der verschlossenen Eingangstür zu schaffen zu machen, war Saul längst durch das Foyer gesprintet, wo keine Gäste zu sehen waren. Nur verschiedene Angestellte blieben verdutzt und mit aufgerissenen Mündern stehen, um ihm hinterherzustarren. Links, am äußersten Rand seines Blickfelds bemerkte Saul eine rasche Bewegung – der Portier, der ans Telefon stürzte. Hinter sich hörte Saul das gedämpfte Pochen der Wachen, die vergeblich versuchten, die Tür aufzubrechen. Gefahr von rechts spürend, rannte Saul auf einen Korridor neben der Treppe zu – ein Wachposten kam aus dem Speisesaal, sah Saul, hörte die Schüsse, begriff und zog seine Pistole.

Das Krachen der Schüsse wurde durch die holzvertäfelten Wände verstärkt. Mehrere Kugeln schlugen in das Geländer der Treppe ein, so daß Holzsplitter davonstoben. Doch Saul hatte bereits den schützenden Korridor erreicht. Sich zu noch größerer Eile antreibend, strebte er auf eine Tür am Ende des Gangs unter einer Treppe zu, um sie gerade noch rechtzeitig aufzureißen, bevor ein Wachposten auf der anderen Seite nach dem Türknopf griff. Offensichtlich hatte der Mann die Schüsse gehört und war herbeigeeilt, um zu sehen, was passiert war. Dabei war er jedoch nicht auf Sauls Handkante gefaßt, die gegen seinen Brustkorb schmetterte. Während der Mann unter lautem Aufstöhnen zusammensackte, entriß ihm Saul seine Uzi und nahm damit den Korridor hinter sich unter Beschuß, so daß seine Verfolger schleunigst in Deckung gingen.

Saul hielt sich nicht länger mit ihnen auf. Keine Zeit. Er sprang über den Mann, den er eben niedergeschlagen hatte, und rannte ein paar Stufen hinab, um dann an einem bis zur Decke reichenden Metallschrank mit Handtüchern, Putzmitteln und Toilettenpapier zu zerren, bis er unter lautem Dröhnen seinen Inhalt von sich gab und quer über den Korridor stürzte, wo er eine hervorragende Barrikade abgab.

Rechts erschien ein verdutztes Zimmermädchen in einer offenen Tür, um sich jedoch ebenso rasch wieder verängstigt zurückzuziehen, nachdem ihr instinktiv klargeworden war, was hier vorging. Saul wirbelte neuerlich herum und feuerte aus seiner Uzi eine warnende Salve auf den Mann ab, der ihn verfolgte. Dann stürzte er durch einen Hinterausgang ins Freie.

Unmittelbar nach seinem Eintreffen im Erholungsheim hatte er in spontaner Befolgung einer von Eliots Grundregeln sofort das Gelände ausgekundschaftet, um sich auf bestmögliche Weise mit den örtlichen Gegebenheiten vertraut zu machen. Deshalb war er jetzt auch auf die paar Stufen gefaßt, als er nach draußen rannte. Er nahm jeweils drei auf einmal und hastete weiter.

Grau und düster hingen die Wolken noch tiefer. Von Nebel verhüllt, lag der Hof hinter dem Hauptgebäude vor ihm – links der Hubschrauberhangar, rechts die Garagen.

Leichter Nieselregen befeuchtete seine Wangen; im Gegensatz zu seinem brennenden Schweiß fühlte er sich kühl auf seiner Haut an. Saul wußte genau, wohin er sich zu wenden und was er zu tun hatte.

30

Außer Atem an der Wand des Hauptgebäudes entlangkeuchend, brüllte Don den Männern vor ihm zu: »Verdammt noch mal! Teilt euch auf! Schneidet ihm den Weg ab!« Er blieb, mühsam nach Atem ringend, stehen und wischte sich den Regen aus dem Gesicht. »Zum Hubschrauberhangar! Zu den Garagen!« Die Wachen gehorchten.

Schwer atmend und unter Aufbietung seiner letzten Kräfte setzte Don sich neuerlich in Bewegung, bis er schließlich die Rückseite des Hauptgebäudes erreichte, wo gerade in einer Tür ein Posten mit gezückter Pistole erschien.

»Wo ist er?« schrie Don verzweifelt.

»Er ist hier durchgekommen.« Der Posten sprach ganz leise und ging hinter der kleinen Treppe in Deckung. »Runter mit Ihnen«, warnte er Don, »bevor er Sie abknallt.«

»Er ist doch nicht bewaffnet.«

»Doch, er hat Ray seine Uzi abgenommen.«

»Kamen die Schüsse da drinnen eben von *Grisman*?« Don lief ein eisiger Schauer den Rücken hinunter. »Ich dachte, das wäre . . . gütiger Gott!« Er warf sich bäuchlings auf den Rasen. Sein Zittern wurde nur noch schlimmer, als das nasse Gras seine karierte Hose und sein burgunderfarbenes Jackett durchweichte. »Wo zum Teufel steckt der Kerl?«

Geduckt schwenkte der Posten den Lauf seiner Pistole über das Gelände.

Gewaltsam seine lähmende Angst niederkämpfend, rollte Don sich zu seiner eigenen Überraschung schließlich über den Boden auf den Posten zu, um die paar Betonstufen hinunterzukriechen und sich neben die Tür zu ducken. »Ihr Walkie-talkie. Geben Sie schon her.«

Ohne seinen Blick von der Hinterseite des Gebäudes abzuwenden, zog der Posten das Funksprechgerät aus seinem Behälter an seinem Gürtel und reichte es Don.

Don drückte auf den Sprechknopf. »Hier spricht der Direktor.« Das heisere Krächzen seiner Stimme ließ ihn zusammenzucken. »Ist er in den Garagen?«

Er ließ den Knopf los. Aus dem kleinen Lautsprecher drang gleichmäßiges Rauschen.

»Keine Spur von ihm«, kam schließlich die Antwort. »Wir suchen weiter.«

»Und im Hubschrauberhangar?« stieß Don aufgeregt hervor.

»Ebenfalls nichts«, antwortete eine andere Stimme. »Wir haben uns im Kreis um den Hubschrauber postiert. Es wäre glatter Wahnsinn, wenn er versuchen sollte, sich trotzdem an ihn heranzuwagen.«

Unwillkürlich zuckte Don zusammen, als die Tür hinter ihm aufging. Ein weiterer Posten kam nach draußen gekrochen.

»Ich komme gerade von Ray«, zischte der Neuankömmling. »Der Doktor kümmert sich um ihn.«

Don brauchte einen Augenblick, um sich hinsichtlich der Konsequenzen dessen klarzuwerden. Ihm lief neuerlich ein kalter Schauder den Rücken hinunter. »Er ist noch am Leben?«

»Grisman hat ihm den Brustkorb zerschmettert, ein paar Rippen gebrochen. Der Doktor hat allerdings gemeint, Ray würde es überleben.«

»Das verstehe ich nicht. Grisman ist zu gut, um so einen Fehler zu machen. Ich kann einfach nicht glauben, daß ihm so etwas passieren konnte.«

469

»Vielleicht handelt es sich dabei ja auch um kein Versehen.«

»Wollen Sie damit sagen, Grisman hätte ihn absichtlich *nicht* getötet?«

»Wenn er es gewollt hätte, hätte er es jedenfalls gekonnt. Er hätte nur etwas stärker zuschlagen müssen.«

»Warum zum Teufel hat er das dann nicht getan? Was führt der Kerl im Schilde?«

»Wer weiß?« Der Posten gab einen Laut von sich, der fast wie ein Kichern klang. »Vielleicht wollte er uns nicht zu sehr gegen sich aufbringen?«

Unvermutet ertönte ein Knacken aus dem Walkie-talkie. »Da! Ich sehe ihn!«

»Wo?« platzte Don heraus. Seine Stimme zitterte, als er das Sprechfunkgerät an seine Lippen hielt. »In den Garagen? Im . . .?«

»Nein! Dort hinten! Dieser Irre ist schon weit hinter der Joggingbahn und dem Gewächshaus!«

»*Was?*«

»Er läuft durch den Park! Zum Fluß! Er rennt zum Fluß hinunter!«

Don sprang so abrupt auf, daß er um ein Haar das Gleichgewicht verloren hätte und hingefallen wäre. Er fing sich jedoch gerade noch rechtzeitig und rannte auf das in Nebel gehüllte Gewächshaus zu. Die zwei Wachen folgten ihm. Weitere Wachen schienen plötzlich aus dem Nichts aufzutauchen.

31

Die Uzi fest im Griff, rannte Saul durch den stärker werdenden Regen – seine Beine wie Kolben einer Maschine, seine Brust wie ein Blasebalg. Hinter sich hörte er unterdrückte Rufe, die plötzlich deutlicher und lauter zu werden schienen. Er rannte schneller, angespornt von dem Adrenalin in seinen Adern, das seine Beine unerbittlich vorantrieb.

Plötzlich glaubte er neben sich einen Schatten zu bemerken. Links von ihm. Er brauchte nur einen kurzen Blick zur Seite zu werfen, um zu wissen, daß er sich das Ganze nur eingebildet hatte. Dennoch hätte er schwören können, für einen Moment Chris gesehen zu haben. Sie schienen sich gegenseitig zu noch größerer Eile anzutreiben, bis Chris seinen Vorsprung allmählich immer weiter auszubauen schien. Du warst doch nie schneller als ich, dachte Saul. In seiner Aufregung mußte er fast grinsen. Du warst zwar intelligenter, aber ich war kräftiger. Du glaubst wohl, du könntest mir davonlaufen, was?

Da hast du dich aber gründlich getäuscht, Bruder.

Als hinter ihm ein Gewehrschuß aufkrachte, forderte sich Saul das letzte ab; seine Beine aufs äußerste streckend, holte er Chris wieder langsam ein. In der Ferne stotterte eine Uzi. Saul hatte Chris inzwischen eingeholt. Er trieb seine Beine noch unerbittlicher an.

Die Rufe kamen näher.

Chris verschwand, und gleichzeitig sah Saul durch den Nieselregen den Fluß. Er hastete auf eine Stelle am Ufer zu, unweit der, wo es zu der Auseinandersetzung mit Eliot gekommen war. Er brach durch dichtes Gestrüpp und rannte eine Böschung hinunter, erreichte einen kleinen Felsvorsprung.

Und sprang.

Das kalte Wasser betäubte ihn auf der Stelle. Der Schwung seines Hechtsprungs trug ihn in das Dunkel der Tiefe hinunter, wo ihn eine starke Strömung erfaßte. Er drehte sich herum und versuchte sich mühsam an die Oberfläche emporzukämpfen. Seine überanstrengten Lungen verlangten heftig nach Sauerstoff und waren nahe daran, einzuatmen. Als seine Ohren mehr und mehr zu dröhnen begannen, schlug und trat er verzweifelt um sich, bis er, sofort gierig nach Luft schnappend, die Oberfläche erreichte. Doch das sofortige Aufkrachen von Schüssen, die den Fluß mit Geschossen durchsiebten, ließen Saul unverzüglich wieder untertauchen.

Die Stärke der Strömung überraschte ihn. Während seiner Auseinandersetzung mit Eliot war der Fluß fast träge erschienen. Allerdings war das an einem Seitenarm gewesen, wo keine Strömung herrschte. Doch nun schien der Fluß wie mit kräftigen Händen an ihm zu zerren und zu reißen. Als seine Lungen sich in ihrem Drang nach Luft nicht mehr unterdrücken ließen, strebte er von neuem an die Oberfläche, um jedoch nach kurzem Atemholen sofort wieder unterzutauchen. Dies ging so rasch vor sich, daß er zwar die Schüsse nicht mehr hören konnte, aber doch feststellte, wie weit ihn die Strömung bereits fortgetragen hatte.

Er hatte die Wachen abgehängt, wurde ihm mit unendlicher Erleichterung bewußt. Nun galt es nur noch, den Fluß zu bezwingen. Ich muß unbedingt das andere Ufer erreichen, dachte er. Verärgert stellte er fest, daß er die Uzi verloren hatte.

Aber er war am Leben. Die erste Phase seines Plans war erfolgreich zum Abschluß gebracht. Den Kopf nun über Wasser haltend und in tiefen Zügen einatmend, kämpfte er verzweifelt gegen die Strömung an, um einen Ast zu erreichen, der hundert Meter weiter vom anderen Ufer ins Wasser herabhing.

32

Niedergeschlagen auf den Fluß starrend, strich Don sich regennasse Strähnen aus der Stirn. Sein Herz pochte so wild, als könnte es sich jeden Augenblick überschlagen. Dieser Dreckskerl Grisman, fluchte er in Gedanken. Fast hätte ich wegen diesem Irren einen Herzinfarkt gekriegt. »Irgendeine Spur von ihm?«

Ein Posten schüttelte den Kopf. »Das andere Team hat sich allerdings noch nicht gemeldet.«

Don nickte. Sobald ihm klargeworden war, was Grisman beabsichtigte, hatte er über Funk andere Wachen verständigt, sich ein Stück flußabwärts zu beiden Seiten des Flusses zu postieren. »Irgendwann muß er ja mal auftauchen, um Luft zu schnappen. Außerdem ist das Wasser zu kalt, als daß er es dort ewig aushalten könnte.«

Die Wachen suchten weiter den Fluß ab.

»Man kann ja nie wissen«, sagte Don und zupfte sich seine durchnäßten Hosenbeine von den Schenkeln. »Vielleicht haben wir Glück. Vielleicht ersäuft dieser Scheißkerl.«

Die Stirn skeptisch in Falten gelegt, wandten sich ihm zwei Wachen zu.

»Ist ja schon gut«, winkte Don ab. »Ich kann es mir eigentlich auch nicht denken.«

Aus dem Funkgerät ertönte leises Rauschen. »Wir haben ihn eben verfehlt«, ertönte kurz darauf eine Stimme.

Don sprang von dem Felsen auf, auf dem er gesessen hatte. »Sagen Sie das noch einmal!« brüllte er in sein Walkie-talkie. »Wiederholen!«

»Wir haben ihn verfehlt. Etwa vierhundert Meter unterhalb Ihres Standorts. Gerade als wir hier ankamen, ist er auf der anderen Seite ans Ufer gekrochen und unter ein paar Büschen verschwunden.«

»Aber ich habe keine Schüsse gehört.«

»Dazu hatten wir keine Zeit. Sollen wir ans andere Ufer schwimmen und die Verfolgung aufnehmen?«

Don bemerkte, wie sich die umstehenden Wachen ihm zuwandten, um zu sehen, wie er reagierte. Er blickte zu dem düster grauen Himmel hoch. »Einen Augenblick«, sprach er dann in das Sprechfunkgerät. Gleichzeitig wandte er sich bereits seinen Leuten zu, um sie zu fragen: »Was würden *Sie* tun?«

»Er hat Ray nicht umgebracht«, rief ihm einer von ihnen ins Gedächtnis zurück. »Er hätte ihn jederzeit töten können, aber er hat es nicht getan.«

»Demnach wollen Sie also sagen, wir sollen ihn laufen lassen?«

»Ich sage nur, daß er Ray nicht umgebracht hat.«

Don dachte eine Weile nach und nickte schließlich. Er drückte auf den Sprechknopf. »Abbrechen. Kehren Sie ins Hauptgebäude zurück.«

»Wiederholen«, ertönte eine blecherne Stimme. »Bitte um Bestätigung.«

473

»Er befindet sich außerhalb unseres Zuständigkeitsbereichs. Kehren Sie ins Hauptgebäude zurück.«

»Roger. Verstanden.«

Don steckte das Funksprechgerät ein. Die Wachen sahen ihn weiter an. »Außerdem«, fuhr er fort, um sie in der Richtigkeit seiner Entscheidung zu bestärken, »könnte ich mir fast denken, daß der Alte eigene Leute angefordert hat, um die Ausgänge zu bewachen. Er hat sicher mit einem Ausbruchsversuch Grismans gerechnet. Und wenn mich nicht alles täuscht, wird Grisman dort draußen schon von ein paar Scharfschützen erwartet. Deshalb möchte ich auf keinen Fall, daß ihnen versehentlich einer von Ihnen vors Visier läuft.«

»Das soll mir nur recht sein«, nickte einer der Wachen. »Ehrlich gesagt, war ich nicht gerade sonderlich erpicht darauf, Grisman durch die Berge zu jagen. Dort kennt dieser Bursche sich doch aus wie in seiner Westentasche. Versteckenspielen im Wald scheint offensichtlich seine Spezialität zu sein.«

»Das ist ab sofort Eliots Problem.« Obwohl immer noch aufgebracht, fühlte sich Don doch zunehmend erleichtert, daß die Krise überwunden war. »Wir haben unser Bestes getan. Ich nehme an, Grisman hat irgendwo einen Wagen versteckt, als er hierher kam. Aber in den Bergen wird es sicher Stunden dauern, bis er ihn erreicht haben wird. Bis dahin ist Eliot längst über alle Berge. Letztlich läuft es auf dasselbe hinaus – ob Grisman nun die vierundzwanzig Stunden auf seinem Zimmer abgesessen hätte oder sich nun währenddessen durch die Wildnis schlägt, ist doch egal. So oder so – der Alte hat seinen Vorsprung bekommen.« Er drehte sich um. Seine Beine fühlten sich müde an, als er den Rückmarsch antrat. Der Regen troff ihm ins Genick. Trotzdem war ihm zum Lachen zumute. »Das ist vielleicht ein Ding«, wandte er sich einem seiner Leute zu, der neben ihm ging. »Manchmal versucht ein Agent, in ein Erholungsheim einzubrechen. Aber haben Sie schon mal von einem gehört, der *auszubrechen* versucht hat? Und dabei hat er hier nicht mal jemanden umgebracht. Das ist wirklich das Allerneueste!«

Selbstverständlich gab es noch verschiedenes zu erledigen. Unter anderem mußte Don seinen Vorgesetzten über den Vorfall und dessen Hintergründe in Kenntnis setzen. Diese Aufgabe erschien ihm so wichtig, daß er sich nicht einmal die Zeit nahm, seine durchnäßten Kleider zu wechseln. Auf den Teppich in seinem Büro tropfend, trat er sofort ans Telefon. Während er telefonierte, starrte er durch das große Fenster nach draußen, wo der Regen kleine Kreise in die Oberfläche des Swimming-pools zeichnete. Einmal mußte er niesen. Ein paarmal bemächtigte sich von der klammen Kälte seiner Kleider, die ihm in die Knochen gefahren war, auch seiner Stimme ein leichtes Zittern, wenn es ihm auch im großen und ganzen durchaus gelang, den Anschein professioneller Kompetenz und Ruhe zu erwecken. »Ganz meiner Meinung, Sir. Der Ausschuß wird natürlich einen detaillierten Bericht vorgelegt bekommen wollen. Daran werde ich mich unverzüglich machen. Doch ich möchte bei dieser Gelegenheit mit allem Nachdruck noch einmal auf eines hinweisen: Sicher, Grisman ist entkommen. Dafür trage selbstverständlich ich die Verantwortung. Das hätte nicht passieren dürfen. Hierfür gibt es keine Entschuldigung. Aber wir haben dem alten Herrn vor allem einen angemessenen zeitlichen Vorsprung garantiert, den er, genau genommen, immer noch hat. Es ist also kein wirklicher Schaden entstanden.«

Das Gespräch endete damit, daß Dons Vorgesetzter ihm riet, erst einmal das Urteil der Aufsichtsbehörde abzuwarten. Zugleich versicherte Don, daß sich die Lage im Erholungsheim wieder normalisiert hätte.

In der Hoffnung, der Vorfall möchte keine zu dramatischen Nachwirkungen nach sich ziehen, legte Don schließlich den Hörer auf die Gabel zurück, um sich dann einen kräftigen Schluck Bourbon zu genehmigen und sich in sein Zimmer zurückzuziehen, wo er sich erst einmal eine halbe Stunde lang in die fast brühend heiße Badewanne setzte. Währenddessen spielten sich in seinem Innern recht unterschiedliche Emotionen ab. Einerseits verspürte er heftigen

Zorn. Grisman hatte ihm tatsächlich so viel Scherereien gemacht, daß er es ihm nur zu gern heimgezahlt hätte. Aber nun war Grisman tatsächlich entkommen, um ihm damit nur weitere Schwierigkeiten zu machen. Verdammter Mist, wenn wir den Kerl nur erwischt hätten, bevor er den Fluß erreichte. Dieses Schwein hätte ich eigenhändig abgeknallt.

Andererseits war Grisman nun endlich weg. Die Krise war behoben. Im Erholungsheim war, wie Don seinem Vorgesetzten versichert hatte, alles wieder beim alten.

Insgesamt jedenfalls war Don erleichtert.

Er schlüpfte in eine frisch gebügelte grüne Hose, ein gelbes Hemd und eine nagelneue beige karierte Jacke. Nach einem zweiten kräftigen Schluck Bourbon – damit war jedoch Schluß für heute – streckte er seine Arme von sich; langsam begann er sich nun doch wieder zu entspannen. Schließlich ging er wieder nach unten in sein Büro, wo er, seine weißen Schuhe auf dem Schreibtisch, sein Diktiergerät einschaltete, um sich an die Abfassung seines Berichts zu machen. Doch in diesem Augenblick strich ein lautes Motorenknattern so dicht an seinem Fenster vorbei, daß es zu vibrieren begann.

Was ist denn das nun wieder, dachte Don verärgert.

Sein Herz überschlug sich fast, als sich gleichzeitig unter einer bösen Vorahnung sein Magen zusammenkrampfte, so daß er schon zu fürchten begann, er könnte den Bourbon nicht mehr bei sich behalten.

Er riß den Hörer von der Gabel und drückte drei Knöpfe, um sich mit seinen Leuten...

Doch das war nicht mehr nötig. Eine Faust polterte gegen die Tür. Bevor Don »Herein!« sagen konnte, riß der Leiter der Wachmannschaften die Tür auf.

»Dieser gottverdammte Grisman!«

»Was ist mit ihm?«

»Dieser ganze Quatsch von wegen über den Fluß schwimmen und über die Berge entkommen!«

»Sagen Sie schon endlich!«

»Er hat uns ausgetrickst! Er wollte gar nicht über die Berge abhauen! Ein Ablenkungsmanöver! Mehr nicht! Um uns abzulenken! Sobald wir den Hubschrauber nicht mehr so strikt bewacht haben, ist er zurückgekommen! Das ist er dort oben! Er hat den verfluchten Hubschrauber geklaut!«

Scheiße, war Dons erster Gedanke. Und als nächstes fragte er sich, was wohl die Aufsichtsbehörde dazu sagen würde. Langsam kamen ihm Zweifel, ob er dieses Schlamassel überhaupt lebend überstehen würde.

34

Obwohl Saul in seinen durchnäßten Kleidern vor Kälte zitterte, wäre er am liebsten in lautes Triumphgeschrei ausgebrochen. Die beiden Männer, die den Hubschrauber bewachten, waren aufgrund seiner Flucht so unaufmerksam gewesen, daß sie nicht einmal bemerkten, wie er erst auf das Gewächshaus und dann über die Joggingbahn auf den Springbrunnen, die Blumenbeete und die Bank zugekrochen war und schließlich sie selbst erreicht hatte.

Auch in ihrem Fall achtete er darauf, sie auszuschalten, ohne sie jedoch zu töten. Das war von größter Wichtigkeit. Wenn er innerhalb des durch den Vertrag geschützten Bereichs tötete, zog er den unnachsichtigen Vergeltungsdrang seines Berufsstandes auf sich. Vermutlich würde es ihm dann nie gelingen, sich an Eliot zu rächen, und mit Sicherheit hätte er andernfalls nicht mehr lange zu leben gehabt, um sich seines Triumphes noch freuen zu können. Notfalls hätten ihn die Geheimdienste sogar mit Raketen gejagt, um die Verletzung der Immunität eines Erholungsheimes unter allen Umständen erbarmungslos zu ahnden.

In diesem Fall würde er sich jedoch nichts weiter zuschulden kommen haben lassen, als ein paar Wachleute etwas unsanft behandelt und einen Hubschrauber gestohlen zu haben. Im Vergleich mit einer Verletzung des Vertrags lief dies in etwa auf dasselbe hinaus, als wäre er in eine Schlägerei verwickelt worden und hätte dabei einen Wagen gestohlen. Die maßgeblichen Stellen würden mit Sicherheit seine Zurückhaltung in dieser Hinsicht zu würdigen wissen. Sie würden daraus schließen, daß er sich nicht gegen das System aufzulehnen beabsichtigte, sondern sich lediglich an Eliot rächen wollte. Diesem Handeln lagen keine politischen Hintergründe zugrunde, sondern ausschließlich persönliche. Möglicherweise würden sie sich angesichts des sich in vollem Gange befindlichen Duells sogar zu gewissen Zugeständnissen bereit erklären.

Das hoffte er zumindest.

Jedenfalls ließ er sich nun endlich von Prinzipien leiten, die ihm sinnvoll erschienen. Zudem bereitete es Saul zusätzliche Genugtuung, daß er instinktiv spürte, daß Chris ihm zugestimmt hätte. Und er hatte tatsächlich den Eindruck, als säße Chris neben ihm und spornte ihn grinsend an, so weiterzumachen. Saul grinste zurück. Er hatte schon sieben Jahre keinen Hubschrauber mehr geflogen. Allerdings war er von Eliot bestens ausgebildet worden, so daß er schon nach einer Minute problemlos mit der Bedienung zurechtkam. Er hob vom Boden ab, schoß am Hauptgebäude vorbei und stieg dann über die Bäume an der Umzäunung des Geländes hinweg. Auf dem Sitz neben ihm lagen eine Jacke, zwei Uzis und mehrere Munitionsmagazine, die er den beiden Wachen abgenommen hatte. Sein Herz schnurrte mit dem Knattern des Hubschraubers mit. Eigentlich hatte Eliot nur eine Wahl. Natürlich hätte er so tun können, als flöhe er schnellstens, während er in Wirklichkeit in der Nähe des Erholungsheims zurückblieb und hoffte, Saul abfangen zu können. Aber angesichts des Eliot garantierten Vorsprungs wäre es klüger gewesen, so rasch wie möglich nach Vancouver zu fahren und einen Flug in irgendeinen entlegenen Winkel der Erde zu buchen, wo Saul, wie er sich eingestehen mußte, keine Chance gehabt hätte, ihn aufzuspüren. Selbstverständlich hätte Eliot trotzdem Leute angefordert, um das Erholungsheim überwachen und Saul töten zu lassen, sobald er das Gelände verließ. Der Hubschrauber – oder notfalls auch ein Wagen – war Sauls einzige Rettung, falls er sein Vorhaben noch erfolgreich zum Abschluß bringen wollte.

Gerade der Hubschrauber bedeutete nun freilich einen enormen Vorteil für Saul. Die ganze Gegend bestand aus fast menschenleerer Bergwildnis, die nur von wenigen Straßen durchschnitten wurde. Saul konnte sich noch gut an die Route erinnern, über die er das Erholungsheim erreicht hatte. Ihm war klar, daß er nicht viel falsch machen konnte, wenn er nach Südwesten in Richtung Vancouver flog. Eliot hatte zwar zwei Stunden Vorsprung, aber auf den kurvenreichen und steilen Bergstraßen bedeutete das nicht viel. Mit dem Hubschrauber würde Saul wesentlich schneller vorankommen.

In vierzig Minuten dürfte alles vorbei sein, rechnete Saul sich aus.

Gleichzeitig stellte er sich vor, wie Chris ihm begeistert zugestimmt hätte.

35

Der Regen wurde stärker. Als Saul gestartet war, hatte das Wetter noch kein Problem dargestellt. Doch inzwischen regnete es so heftig, daß die Sichtweite erheblich reduziert und die Manövrierfähigkeit des Hubschraubers beeinträchtigt wurde. Während Saul die Windungen der Straße unter sich beobachtete, begann er sich zunehmend Sorgen zu machen, gegen ein in den Wolken verborgenes Hindernis zu krachen – einen hohen Baum, eine Felswand, einen Hochleitungsmasten. Er mußte genau auf plötzliche Veränderungen des Geländes achten.

Sein einziger Trost bestand darin, daß aufgrund der schlechten Witterung nur wenige Urlauber unterwegs waren. Der Verkehr unter ihm war sehr spärlich; er setzte sich hauptsächlich aus Campingbussen und Wohnwagen zusammen. Die wenigen Personenautos waren leicht zu erkennen. Ein Ford LTD. Ein VW Scirocco. Ein Pontiac Firebird. Sie kamen alle nicht in Frage.

Ein Chevy Station Wagon war nirgendwo zu sehen.

Während der ersten Minuten der Verfolgungsjagd hatte ihn das nicht weiter beunruhigt. Immerhin mußte Eliot bereits ein gutes Stück vorangekommen sein. Obwohl es nie schaden konnte, möglichst gründlich vorzugehen, hatte Saul eigentlich noch nicht damit gerechnet, den Station Wagon schon so bald zu entdecken.

Aber die Minuten häuften sich an. Dreißig. Fünfunddreißig. Vierzig. Mit zunehmendem Regen ließ sich der Hubschrauber immer schlechter fliegen. Saul begann sich bereits Sorgen zu machen, ob er sich nicht doch getäuscht hatte. Hatte Eliot vorhergeahnt, was er im Falle seiner geglückten Flucht vorhaben würde, und war deshalb ins Landesinnere gefahren anstatt an die Küste? Oder war Eliot irgendwo in Deckung gegangen – in der Hoffnung, Saul würde an ihm vorbeifliegen, ohne ihn zu bemerken, und damit seine Spur verlieren? Die unendliche Vielfalt der Möglichkeiten glich einem verwirrenden Labyrinth, dessen Ausgang unmöglich zu finden war.

Mühsam verdrängte Saul alle ablenkenden Gedanken und Gefühle aus seinem Denken. Er konnte es sich nicht leisten, den Kurs, den er eingeschlagen hatte, in Frage zu stellen. Er durfte auf keinen Fall die Geduld verlieren. Nachdem er sich einmal für diesen Plan entschieden hatte, mußte er ihn auch bis zu Ende durchführen. Eine andere Möglichkeit gab es nicht.

Und fünf Minuten später sollte sein Durchhaltevermögen auch tatsächlich belohnt werden. Ein Stück voraus entdeckte er plötzlich einen dunkelblauen Chevy Station Wagon, der gerade eine enge Haarnadelkurve nahm und in Richtung Südwesten weiter fuhr.

Sein Brustkorb weitete sich.

Aber im nächsten Augenblick unterdrückte er seine Erregung wieder. Farbe und Wagentyp waren identisch. Dennoch war eine zufällige Übereinstimmung nicht ausgeschlossen.

Er ging tiefer, um besser sehen zu können. Keine Zierleisten, keine Weißwandreifen. Schon besser, dachte er. Im Näherkommen konnte er schließlich sogar die Umrisse der drei Insassen des Wagens erkennen – zwei vorne, einer hinten. Ihn verwunderte nur, daß sie sich nicht umdrehten, um zu sehen, woher der Lärm hinter ihnen rührte. Jedenfalls schien es sich bei den Insassen des Wagens um Männer zu handeln;

der auf dem Rücksitz trug einen Hut. Noch besser. Schließlich kam Saul nahe genug, um durch sein Fernglas das Nummernschild lesen zu können. Es stimmte mit dem des Wagens überein, mit dem Eliot das Erholungsheim verlassen hatte.

Innerlich kochend, schwebte er rasch näher. Rechts vor ihm war in einem Halbkreis ein Stück Wald gerodet worden. Ein mit Kies aufgeschütteter Parkplatz war von mehreren Picknicktischen gesäumt. Er lag im strömenden Regen völlig verlassen da.

Wenn es auf Leben und Tod geht und die Überlebenschancen fünfzig zu fünfzig sind, dann lasse dich auf die Auseinandersetzung ein. Sei jedoch bereit, notfalls zu sterben. So einfach ist das. Stähle dich innerlich und dann schreite zur Tat. Das hatte ihn Ishiguro, Sauls Judolehrer, vor Jahren im *dojo* gelehrt. Saul stählte sich also innerlich und schritt zur Tat, indem er eine spontane Entscheidung fällte, auch wenn er nicht vorhatte zu sterben.

Er schoß über die Straße hinweg und schwenkte, stark nach innen geneigt, auf den Station Wagon zu.

Und dann passierten mehrere Dinge gleichzeitig. Saul erhaschte einen kurzen Blick auf Castors besorgtes Gesicht hinter dem Steuer. Wäre Castor einfach weitergefahren, hätten die Landekufen des Hubschraubers den Station Wagon gestreift. Der Hubschrauber wäre gegen den Chevy geschmettert worden, so daß beide in einer gewaltigen Stichflamme explodiert wären. Zwar hätte Eliot dabei mit Sicherheit den Tod gefunden, aber auch Saul wäre unweigerlich mit ihm gestorben.

Castor reagierte genau so, wie Saul dies erwartet hatte; er riß den Wagen in der einzig möglichen Richtung herum und steuerte ihn auf den von Picknicktischen und Bäumen gesäumten Parkplatz.

Saul folgte seinem Beispiel und flog neben dem Chevy her, wodurch er Castor daran hinderte, anzuhalten und gleichzeitig zwang, weiter auf die Bäume zuzuhalten. Im letzten Augenblick, bevor der Hubschrauber unweigerlich gegen die Bäume gekracht wäre, riß Saul ihn hoch, so daß er gerade noch ganz knapp über die Baumspitzen hinwegschoß. Von der Plexiglaskanzel des Hubschraubers umschlossen, sein Gehör vom ohrenbetäubenden Knattern der Rotoren malträtiert, war ihm durchaus bewußt, daß er sich das laute Krachen hinter sich nur eingebildet haben konnte.

Eingebildet oder nicht, erfüllte es ihn doch mit wilder Genugtuung. In einer abrupten Wende schwenkte er zum Parkplatz zurück, wo er den Chevy zwischen zwei Bäumen stehen sah. Seine Kühlerhaube war durch einen mächtigen Felsbrocken empfindlich eingedrückt. Er landete unverzüglich, ließ die Rotoren im Leerlauf weiterlaufen, griff nach den Uzis und den Magazinen und sprang auf den Kies hinaus. Der Regen peitschte in sein Gesicht. Während er sich noch bückte, um von den sich noch drehenden Rotoren nicht geköpft zu werden, eröffnete er bereits das Feuer auf den liegengebliebenen Station Wagon. Den Wagen im Näherstürmen mit Kugeln durchlöchernd, fiel ihm das schäumende Frostschutzmittel auf, das aus dem Kühler spritzte.

Doch irgend etwas stimmte nicht. Die Fenster des Chevy splitterten nicht; ebensowenig gaben seine Türen dem massiven Beschuß nach.

Er runzelte die Stirn. Der Station Wagon war gepanzert, die Scheiben aus kugelsicherem Glas. Während er durch tiefe Pfützen auf den Chevy zurannte, feuerte er eine weitere Salve ab. Doch auch diesmal prallten die Kugeln von Kotflügeln und Türen ab, ohne nennenswerten Schaden anzurichten.

Im Innern rührte sich nichts. Als Saul vorsichtig näherkam und durch ein regenbespritztes Fenster ins Innere spähte, sah er Castor über dem Lenkrad zusammengesunken; seine Stirn blutete heftig. Pollux neben ihm war...

Eine Schaufensterpuppe. Sie trug die Jeansjacke, mit der er Pollux immer gesehen hatte.

Und Eliot? Auf dem Rücksitz lag eine zweite Schaufensterpuppe auf die Seite gesunken; sie war mit einem schwarzen Anzug bekleidet; der Homburg war auf den Boden gefallen. Das war der Grund, weshalb sie sich nicht nach dem Knattern des Hubschraubers umgedreht hatten.

Saul entdeckte das unter dem Armaturenbrett befestigte

Funkgerät und wurde sich schlagartig der Gefahr bewußt, in der er schwebte. Von seinen Reflexen angetrieben, rannte er um den Wagen herum und auf die Bäume zu, als er auch schon eine Kugel von hinten seinen Arm versengen spürte. Ein weiteres Geschoß riß die Rinde von einem Baumstamm dicht neben ihm. Die Rindenstückchen flogen schmerzhaft in sein Gesicht.

Er blieb nicht stehen, um hinter einem Baum in Deckung zu gehen und das Feuer zu erwidern. Er nahm sich auch nicht die Zeit, darüber nachzudenken, wer auf ihn schoß oder wie die Schaufensterpuppen in den Wagen gelangt waren. Er rannte einfach nur weiter durch den Wald, um seine Verfolger hinter sich zu lassen und Zeit zum Nachdenken zu gewinnen.

Das Funkgerät erklärte alles. Warum habe ich daran nicht gleich gedacht? Wie konnte ich nur so dumm sein? Saul machte sich bittere Selbstvorwürfe. Eliot mußte doch nach Verlassen des Erholungsheims in ständigem Funkkontakt mit Don gestanden haben. Demnach war er sofort informiert worden, daß ich den Hubschrauber gestohlen hatte. Mein Gott, vermutlich hat er damit sogar schon gerechnet. Die Schaufensterpuppen müssen schon in dem Station Wagon verstaut gewesen sein, als er losfuhr. Der alte Fuchs hat jeden einzelnen Schritt, den ich zu unternehmen vorhatte, vorausgeahnt.

Und die Schüsse, die eben auf ihn abgefeuert worden waren? Sie konnten nur von Pollux abgefeuert worden sein, der vermutlich Castor in einem anderen Wagen gefolgt war. Wenn Saul die Schaufensterpuppen und das Funkgerät nicht sofort entdeckt und unverzüglich unter den Bäumen Deckung gesucht hätte, wäre er Pollux in die Falle gegangen. Er wäre um ein Haar erschossen worden, und Eliot wäre als Sieger aus der Auseinandersetzung hervorgegangen.

Nein, schrie Saul innerlich auf. Nein! So einfach lasse ich mich nicht unterkriegen! Ich muß Chris rächen!

Er rannte im Regen tiefer in den Wald hinein. Als er sicher war, daß Pollux ihn nicht mehr sehen konnte, schlug er eine andere Richtung ein. Die Straße, durchzuckte es Saul. Ich muß zur Straße zurück.

Pollux würde ihm natürlich auflauern und sofort schießen, wenn er irgendwo ein Rascheln im Unterholz hörte. Und aus diesem Grund machte Saul nun möglichst viel Lärm. Er wollte Pollux tiefer in den Wald locken. Und sobald Pollux sich genügend weit von der Straße entfernt hatte, würde Saul so geräuschlos wie möglich zur Straße zurückschleichen, so daß Pollux plötzlich nicht mehr feststellen konnte, wo Saul steckte. Auf diese Weise gelang es ihm vielleicht, die Straße vor Pollux zu erreichen.

Doch auf Pollux kam es natürlich nicht an. Nur Eliot zählte. Und der zunehmende Regen ließ Saul in grimmigem Begreifen erschaudern. Würde sich ein alter Mann solchen Witterungsbedingungen aussetzen, wenn es nicht unumgänglich war? Eliots Plan war gewesen, Castor als Lockvogel zu benutzen, während Pollux dann Saul von hinten überraschen sollte. Eliot mußte jedoch auch die Möglichkeit in Erwägung gezogen haben, daß es zum Kampf kam. Sollte Eliot etwa unbewacht in dem nachfolgenden Wagen warten? Oder würde er sich im strömenden Regen im Wald verstecken? Wohl kaum. Der alte Mann würde mit Sicherheit lieber an einem warmen und geschützten Ort warten, bis alles vorüber war.

Mein Gott, der Alte muß irgendwo entlang der Straße zurückgeblieben sein, die sie entlanggefahren sind. Er hat sich irgendwo eingenistet; vermutlich in einem Motel, einer Blockhütte, einem Hotel. Er würde nie am Flughafen auf sein Flugzeug warten – falls er überhaupt vorhatte, das Land zu verlassen.

Saul war über verschiedene Motels hinweggeflogen. Hätte er über ausreichend Zeit verfügt, hätte er sie eines nach dem anderen aufsuchen können, ob Eliot sich in einem von ihnen aufhielt. Aber genau das war der springende Punkt. So viel Zeit *hatte* er nicht. Pollux würde ihn weiter jagen. Außerdem würde bald die Polizei eintreffen, um den Ursachen des Unfalls nachzugehen. *Ich muß unbedingt weg von hier*, dachte er.

Trotz des weiter zunehmenden, eisigen Regens schwitzte Saul ausgiebig, als er nach zwanzig Minuten etwa achthun-

dert Meter unterhalb des Rastplatzes wieder auf die Straße
stieß, die an dieser Stelle eine scharfe Biegung vollführte.
Trotz seiner Vorsicht – er hatte die ganze Zeit nicht das leiseste Geräusch gemacht – spürte er zwischen seinen Schulterblättern ständig eine bestimmte Stelle, an der die Haut unablässig prickelte. Hier würde ihn Pollux' Kugel treffen.

Ich muß Eliot finden. Ich muß...

Er hörte, daß sich ein Wagen der Kurve näherte. Um sich
zu vergewissern, daß es sich nicht um ein Polizeiauto handelte, wartete er, bis er den Wagen sehen konnte. Es war jedoch ein altersschwacher Lieferwagen. Saul trat unter den
Bäumen hervor und streckte mit emporgehaltenem Daumen
seinen Arm aus, um den Wagen anzuhalten. Als der langhaarige junge Bursche, der hinter dem Steuer saß, jedoch keinerlei Anstalten machte, Saul mitzunehmen, richtete Saul
die Uzi auf ihn. Erbleichend stieg der junge Bursche abrupt
auf die Bremse und stieg aus. Die Hände hielt er zitternd über
dem Kopf. »Bitte nicht schießen.« Darauf zog er sich erst vorsichtig ein paar Schritte rückwärts zurück, um sich schließlich umzudrehen und auf die Bäume zuzulaufen.

Saul kletterte hinters Steuer. Das Getriebe knackste, als er
den ersten Gang einlegte und mit einem unsanften Ruck an-
fuhr. Er beschleunigte und erreichte schließlich den Parkplatz, wo sich die Rotoren des Hubschraubers noch immer
drehten. Er fuhr jedoch daran vorbei.

Die Tür auf der Fahrerseite des Station Wagon stand offen.
Castor...

Er war also nicht tot. Sich den Bauch haltend, schleppte er
sich über die Kiesfläche des Parkplatzes. Als er den Lieferwagen näherkommen hörte, sah er gerade noch rechtzeitig zur
Straße hinüber, um Saul hinterm Steuer erkennen zu können.

Augenzwinkernd schüttelte Castor den Kopf, als könnte er
nicht glauben, was er sah.

Gleichzeitig richtete er sich jedoch unter schmerzlichem
Zusammenzucken zu voller Größe auf. Mit blutüberström-
tem Gesicht hastete er auf die Bäume zu – zweifellos, um Pollux zu suchen.

Sollte er nur, dachte Saul. Mir soll es nur recht sein, wenn er von hier verschwindet. Besser hätte es gar nicht kommen können.

Und dann sah er den dunkelgrünen Ford am Straßenrand stehen. Vermutlich war dies der Wagen, mit dem Pollux Castor gefolgt war. Der Gründlichkeit halber hielt Saul an, um mit gezückter Waffe auf den Ford zuzugehen und ihn sich anzusehen. Er war leer. Der aufgeweichte Boden auf der anderen Seite wies keinerlei Spuren auf, die darauf hindeuten hätten können, daß ein alter Mann im Wald verschwunden war, um sich dort zu verstecken.

Saul nickte. Er sah sich in seinem Verdacht bestätigt.

Er wirbelte herum und spähte durch den Regen zum Rastplatz hinunter. Pollux kam auf ihn zugerannt. Castor humpelte mühsam ein Stück hinter ihm her. Als er Saul entdeckte, blieb Pollux stehen und zog seine Pistole. Doch Saul war bereits wieder in den Kombi gesprungen. Eine Kugel schlug in die Hecktür. Zuversichtlich fuhr Saul los. Nun würde es nicht mehr lange dauern. Nach zwei Biegungen, hinter denen ihn seine Verfolger nicht mehr sehen konnten, bog er nach links in einen Forstweg ein, um den Kombi nach wenigen Metern im Schutz einiger dichtstehender Bäume abzustellen. Er stieg aus und schlich durch den Regen geduckt zur Straße zurück, wo er sich hinter ein paar dicht belaubten Büschen auf die Lauer legte und wartete.

Eine Minute verstrich. Seine Brust weitete sich vor Genugtuung, als er schließlich sah, worauf er gewartet hatte. Sein Trick hatte funktioniert.

Der grüne Ford raste an ihm vorüber. Pollux, der hinterm Steuer saß, wirkte sichtlich angespannt. Castor neben ihm starrte aufmerksam nach draußen; zweifellos hielt er nach dem klapprigen Kombi Ausschau.

Saul war klar, daß er sie im Vorbeifahren hätte erschießen können, da der Ford im Gegensatz zu dem Station Wagon kaum gepanzert war. Aber was hätte er damit erreicht? Die beiden interessierten Saul nicht. Ihm ging es nur um Eliot. Und er hoffte, Castor und Pollux würden ihrem Vater zu Hilfe eilen, um ihn zu beschützen.

Führt mich nur zu ihm.

Jetzt kann es nicht mehr lange dauern, dachte Saul, während er zum Kombi zurückrannte. Das Ende stand dicht bevor.

Das spürte er ganz deutlich.

36

Sie durften unter keinen Umständen merken, daß er ihnen folgte; er mußte also den entsprechenden Sicherheitsabstand wahren. An ihrer Stelle hätte er jedenfalls in regelmäßigen Abständen in den Rückspiegel geschaut – aus reiner Gewohnheit, wie er das auch jetzt tat. Denn auch er wollte sichergehen, daß er nicht verfolgt wurde – von einem Polizeiauto zum Beispiel. Diese Vorsichtsmaßnahme brachte allerdings einen entscheidenden Nachteil mit sich: Ebensowenig, wie Castor und Pollux ihn auf diese Weise sehen konnten, konnte er natürlich auch sie nicht sehen. Folglich mußte er vor jedem Motel erst einmal seinen Kombi abseits der Straße im Gebüsch verbergen, bevor er näherschleichen und nach ihrem Wagen Ausschau halten konnte.

Dieses Vorgehen war ebenso zeitraubend wie frustrierend. Nachdem er bereits vier Motels auf diese Weise überprüft hatte, begann er sich bereits Sorgen zu machen, er könnte den grünen Ford übersehen haben. Inzwischen mußte auch die Polizei am Unfallort eingetroffen sein. Der Langhaarige hatte sie inzwischen sicher längst verständigt, daß sein Wagen gestohlen worden war. Sie suchten also bereits nach ihm.

Dazu kamen auch noch die Wachen aus dem Erholungsheim. Auch sie würden ihn jagen. Außerdem hatten sie mit Sicherheit Verstärkung angefordert. Nur gut, daß sie im Erholungsheim keinen zweiten Hubschrauber hatten. Sie würden ihn in ein paar Autos verfolgen müssen. Aber irgendwann würden sie auch hier vorbeikommen.

Sein Bedürfnis, sich seine Freiheit zu erhalten, kämpfte gegen den Drang an, sich an Eliot zu rächen. Gib die Verfolgung auf, warnte eine dunkle Stimme. Du wirst den Alten nie finden, bevor die Polizei und die Wachmannschaften aus dem Erholungsheim eintreffen. Du hast es versucht, aber die Umstände waren gegen dich. Außerdem wird sich dir später sicher wieder einmal eine Gelegenheit bieten.

Nein, begehrte er gegen die lockende Stimme auf. Wenn ich ihn jetzt entkommen lasse, läuft er so weit weg und vergräbt sich so tief, daß ich ihn nie mehr finden kann. Er wird keine Spur hinterlassen. Jetzt oder nie. Eine zweite Gelegenheit wird sich mir nicht mehr bieten.

Eine halbe Stunde später, er war gerade bei der siebten Unterkunft angelangt, entdeckte er den Ford. Er stand auf der Parkfläche zwischen zwei Reihen von Blockhütten.

Vor dem Büro leuchtete ein Neonschild durch den Regen. Rocky Mountain Inn. Der Ford stand mit offenem Kofferraum vor einer der Hütten auf der linken Seite.

Nachdem er den Lieferwagen im Wald abgestellt hatte, erkletterte Saul eine dicht von Büschen bestandene Anhöhe, von der aus er eine gute Sicht auf die Blockhütte hinter dem grünen Ford hatte. Aus seinem Versteck heraus beobachtete er, wie sich die Tür der Blockhütte langsam öffnete. Pollux spähte nach draußen, um dann mit einem Koffer auf den Wagen zuzueilen und ihn im Kofferraum zu verstauen. Nachdem er dessen Deckel zugeklappt hatte, rannte er geduckt wieder in die Blockhütte zurück.

Saul kniff die Augen zusammen. Also gut. Er knirschte mit den Zähnen. Ich bin gerade noch rechtzeitig angekommen. Sie wollten eben abfahren.

Er dachte kurz nach. Die Uzi verfügte nicht über die ausreichende Zielgenauigkeit, um aus dieser Entfernung das Feuer zu eröffnen. Wenn er sich dagegen hinter einer der Blockhütten, die dem Ford gegenüberlagen, auf die Lauer legte, konnte er Eliot erschießen, sobald er die Blockhütte verließ.

Aber er mußte sich beeilen. Er entdeckte einen geschützten Wasserlauf, der sich zu den Hütten hinunterzog. Hastig über zahlreiche umgestürzte Bäume kletternd, erreichte Saul schließlich eine geeignete Stelle hinter einer der mittleren Blockhütten gegenüber dem Ford.

Der Regen wurde stärker, dunkler, kälter. Während er in seinem Versteck wartete und auf das Geräusch des anspringenden Motors lauschte, überkamen ihn allmählich böse Vorahnungen.

Es wäre ja auch zu einfach gewesen, dachte er.

Das Ganze sah eher nach einer Falle aus. Eliot hätte sicher nicht zugelassen, daß seine Begleiter den Wagen direkt vor seiner Blockhütte geparkt hätten. Sie spüren, daß ich in der Nähe bin. Mit dem Wagen wollen sie mich nur auf eine falsche Fährte locken.

Dennoch war Saul weiterhin fest davon überzeugt, daß Eliot sich in einer der Blockhütten aufhielt.

Doch in welcher?

Ihm fiel wieder ein, was er von seinem Beobachtungsposten auf der Anhöhe gesehen hatte. Es waren insgesamt zwanzig Hütten, zehn auf jeder Seite. Wegen des Regens hatten die meisten Urlauber an diesem Tag wohl nichts unternommen. Wie sonst hätte er sich die Fahrzeuge vor vierzehn Blockhütten erklären sollen? Von den sechs leeren Parkplätzen flankierten zwei die Hütte, vor welcher der Ford stand. Ein dritter befand sich unmittelbar neben dem Büro. Ein vierter lag rechts hinten, fast am Waldrand. Und die restlichen zwei freien Plätze befanden sich hier, auf *seiner* Seite.

Saul verspürte einen Stich im Herzen, als er sich an ein Spiel erinnerte, daß er mit Chris im Waisenhaus gespielt hatte. Sie hatten es von Eliot gelernt. Er hatte es das Muschelspiel genannt. »Damit verdienen sich kleine Ganoven auf Jahrmärkten ihr Geld«, hatte er dazu erklärt. »Das Ganze funktioniert so. Drei leere Muscheln. In einer Reihe. Unter eine wird eine Erbse gelegt. Dann verändert man – so rasch wie möglich – die Reihenfolge der Muscheln, und zwar mehrere Male. So. Und jetzt sagt mir mal, unter welcher Muschel die Erbse liegt.« Weder Saul noch Chris hatten auf die richtige getippt. »Womit der Beweis erbracht wäre«, fuhr Eliot daraufhin fort, »daß die Hand schneller ist als das Auge. Ich möchte nun, daß ihr diesen Trick so lange übt, bis ihr immer sagen könnt, unter welcher Muschel die Erbse ist.

Ich möchte, daß eure Augen schneller sind als irgend jemandes Hand.«

Das Muschelspiel. Die Erinnerung ließ Sauls Zorn neuerlich aufflackern. Doch diesmal hatte er es nicht mit drei, sondern mit sechs Muscheln zu tun. In welcher Hütte war die Erbse verborgen?

Er mußte seine Wahlmöglichkeiten reduzieren. Würde Eliot sich in eine Hütte in unmittelbarer Nähe der Straße und des Büros zurückziehen? Kaum. Er würde sich lieber dort verkriechen, wo sich ihm die optimale Deckung bot – also in der Mitte. Aber andererseits vielleicht auch wieder nicht. Was war zum Beispiel mit der Blockhütte am anderen Ende, unmittelbar am Waldrand?

Saul schüttelte den Kopf. Sie lag zu weit von der Straße entfernt, falls er möglichst rasch von hier fortwollte.

Gleichzeitig stellte ihre Abgesondertheit einen Vorteil dar, falls es zu einem Kampf kommen sollte; dort würden die Urlauber in ihren Hütten am wenigsten etwas von dem dadurch entstehenden Lärm hören.

Wieder einmal war Saul an einem Punkt angelangt, an dem er nicht mehr weiterwußte.

Was war mit den Hütten zu beiden Seiten der Hütte, vor welcher der Ford geparkt war? Sie wären zu offensichtlich in Frage gekommen. Deshalb glaubte Saul sie beruhigt abhaken zu können.

Und wenn Eliot sich für das Offensichtlichste entschieden hatte? Es schien Saul immer unmöglicher, eine Auswahl zu treffen.

Eine Sackgasse. Eliot würde sich erst zeigen, wenn er sich außer Gefahr glaubte. Saul seinerseits wollte unter keinen Umständen zur Tat schreiten, solange er nicht wußte, daß er nicht in eine Falle tappte. Nun wußte jedoch Eliot ebensogut wie Saul, daß die Polizei die Umstände des Unfalls auf dem Rastplatz untersuchen und nach dem gestohlenen Lieferwagen suchen würde. Die ersten Polizisten konnten jeden Augenblick hier eintreffen.

Und nicht weniger galt das für die Wachmannschaften des Erholungsheims.

Es mußte irgend etwas passieren.

Irgend jemand mußte als erster handeln.

Saul traf eine Entscheidung. Auf rein willkürlicher Basis. Aber tief in seinem Innersten war er von ihrer Richtigkeit überzeugt. Wo würde ich mich an Eliots Stelle verbergen? Jedenfalls nicht neben Pollux in der Blockhütte dort drüben. Ich würde gern sehen wollen, was passiert. Außerdem in gebührender Entfernung von dem Ford. Ich würde mich in eine der Blockhütten dort drüben zurückziehen.

Nachdem also die in Frage kommenden Möglichkeiten, zumindest theoretisch, verringert worden waren, schlich Saul auf die zwei vermeintlich leeren Hütten zu, die beide zu seiner Linken lagen.

»Du hast also richtig geraten.«

Die alte Stimme fuhr ihm durch Mark und Bein.

Saul wirbelte abrupt herum und richtete den Lauf seiner Uzi auf den Zwischenraum zwischen zwei Blockhütten. Wo seine erstaunten Blicke schließlich auf Eliot haften blieben. Er hatte vor einer unbewohnten Blockhütte gestanden, wo Saul ihn nicht hatte sehen können. Und nun zeigte er sich ihm. Er war vom Regen durchnäßt.

Matter und verhutzelter, als Saul ihn je gesehen hatte, zuckte der alte Mann mit den Achseln. »Nun, worauf wartest du noch? Schieß doch.«

Und genau das wollte Saul auch von ganzem Herzen. Gleichzeitig mußte er jedoch zu seiner Verblüffung feststellen, daß er es trotz seiner erbarmungslosen Wut nicht über sich brachte, den Abzug zu drücken.

»Was ist denn los?« fuhr sein Vater los. »Das wolltest du doch die ganze Zeit. Meinen Glückwunsch. Du hast gewonnen.«

Saul wollte laut losschreien, aber seine Kehle schnürte sich zusammen, so daß er nicht einmal mehr atmen konnte. Sein Brustkorb zog sich zusammen, daß er schon fürchtete, seine Lungen würden zerquetscht.

»Du hast also richtig vermutet«, redete sein Vater weiter auf ihn ein. »Ich muß schon sagen: Ich habe dich hervorragend ausgebildet. Habe ich nicht immer wieder gesagt: Stell dir vor, du wärst der Feind, den du jagst. Und du hast richtig vermutet. Du hast gespürt, daß ich in einer der freien Hütten auf dieser Seite sein würde.«

Es regnete inzwischen so stark, daß Saul nicht sicher war, ob seine Wangen vom Regen oder von seinen Tränen naß waren. »Du Schwein.«

»Das bin ich nicht mehr als du selbst. Mach schon«, forderte ihn sein Vater auf. »Ich habe zugegeben, daß du mich geschlagen hast. Drück schon endlich ab.«

Saul hatte Mühe zu sprechen. »Warum?« brachte er schließlich mit heiserer Stimme hervor.

»Liegt das nicht auf der Hand? Ich bin alt. Ich bin müde.«

»Du hättest immer noch eine Chance gehabt.«

»Was zu tun? Zu sterben? Oder noch eines meiner Kinder sterben zu sehen? Davon habe ich genug. Mich verfolgen schon zu viele Gespenster. Furien. Neulich am Fluß, als du mich beim Angeln aufgesucht hast, habe ich dir zu erklären versucht, weshalb ich die Dinge getan habe, die du mir vorwirfst.«

»Die Ermordung Chris' werde ich dir nie verzeihen.«

»Es war ein Fehler, dich darum zu bitten. Erschieß mich.« Vom Regen klebte Eliots dünnes, graues Haar an seiner Stirn. »Warum zögerst du? Nennst du das etwa professionelles Vorgehen?« Eliots völlig durchnäßter schwarzer Anzug klebte mitleiderregend an seiner zerbrechlichen Gestalt. »Dein Vater fordert dich auf, ihn zu töten.«

»Nein.« Saul schüttelte den Kopf. »Wenn du es willst, wäre es zu einfach für dich.«

»Das ist richtig. Ich kann durchaus verstehen, daß die Rache keine Genugtuung bedeutet, wenn sich der Mann, den du haßt, nicht wehrt. Na gut. Wenn dem so ist, dann hast du infolge einer Unterlassung eine Wahl getroffen.«

Saul und Eliot starrten sich gegenseitig an.

»Ich wage nicht, eine Versöhnung vorzuschlagen«, fuhr Eliot schließlich fort. »Aber hieltest du zumindest ein zähneknirschendes Nachgeben für möglich. Ich bin dein Vater. Ganz gleich, wie sehr du mich auch hassen magst, verbindet uns auch einiges. Ich bitte dich deshalb um einen Gefallen.

Laß mich, eingedenk der Zeiten, als du mich noch liebtest, die wenigen mir noch verbleibenden Jahre in Frieden verleben.«

An diesem Punkt hätte ihn Saul fast erschossen. Der Gedanke, Eliot abzuschlagen, worum er bat, stellte eine zu große Versuchung dar.

Gleichzeitig wurde ihm jedoch auch bewußt, daß er nun schon lange genug mit Eliot gesprochen hatte, um Castor und Pollux ausreichend Gelegenheit zu bieten, ihn zu töten. Eliot hatte also tatsächlich kapituliert.

Nein, nicht hier, nicht jetzt, dachte er. Er konnte nicht abdrücken. Nicht von Angesicht zu Angesicht. Nicht, wenn sich sein Vater weigerte, sich zur Wehr zu setzen.

»Nach allem, was du mir beigebracht hast, habe ich nun also doch versagt.«

Sein Vater hob fragend die Augenbrauen.

»Oder du hast mich nicht gut genug unterwiesen«, fuhr Saul fort. Er senkte die Uzi. »Und vielleicht ist es auch besser so. Mir reicht's. Ich steige aus. Die CIA kann mich mal. Und du ebenfalls. Ich kenne da eine Frau. Anstatt mich auf diese dummen Spielchen mit dir einzulassen, hätte ich gleich mit ihr gehen sollen.«

Sein Vater dachte eine Weile nach. »Ich habe dir davon bisher nicht erzählt. Damals, neunzehnhunderteinundfünfzig. Du hast dich vielleicht manchmal gefragt, weshalb ich nie geheiratet habe. Ich mußte mich entscheiden. Entweder der Beruf oder... Nun, ich weiß nicht, ob ich richtig entschieden habe.« Donnerrollen hallte von den Bergen wider. Der alte Mann spähte zu den dicken, schwarzen Wolken hoch. »Ich habe mich oft gefragt, was wohl aus ihr geworden ist.« Seinen Erinnerungen nachhängend, verengten sich seine Augen. Doch dann zupfte er in einem plötzlichen Stimmungsumschwung an seinem Anzug. »Du und ich, wir sind einfach lächerlich.« Er klang belustigt. »Da stehen wir nun schon die ganze Zeit im Regen herum. Du bist noch jung; dir scheint es nichts auszumachen, bis auf die Haut durchnäßt zu werden. Aber ich mit meinen alten Knochen...« Er mußte über sich selbst lachen. »Das ist nun, Gott sei Dank, ein für allemal vorbei.« Er streckte seine Hand aus; sie zitterte. »Ich habe eine Flasche ›Wild Turkey‹ in meinem Gepäck. Gegen einen kleinen Abschiedstrunk hast du doch sicher nichts einzuwenden? Um die Kälte etwas zu vertreiben.«

»Du hast uns doch immer eingeschärft, keinen Alkohol anzurühren. Er stumpft nur die Denkfähigkeit und die Sinne ab.«

»Ich habe nicht erwartet, daß du mir Gesellschaft leisten würdest. Aber weshalb eigentlich nicht – nachdem du sowieso deinen Abschied nehmen willst?«

»Alte Gewohnheiten legt man nicht so schnell ab.«

»Ich weiß. Verzeih mir. Wie sehr du dir auch Mühe geben wirst, wirst du doch nie normal werden. Das ist etwas anderes, das mich immer verfolgen wird.«

Müde drehte Eliot sich um und stieg die Stufen zur Veranda der Blockhütte hoch, wo er durch das Vordach gegen den Regen geschützt war. Er deutete auf die Hütte, vor welcher der Ford stand. Pollux stand sichtlich nervös in ihrer offenen Tür. Doch als Eliot ihm ein kurzes Handzeichen gab, entspannten sich seine Schultern merklich. Gleich darauf ging er in die Hütte zurück und schloß die Tür hinter sich.

Saul näherte sich seinem Vater.

»Nachdem wir uns vermutlich nie mehr sehen werden«, setzte Eliot an, »möchte ich dir ein Geheimnis verraten.«

»Was?«

»Es betrifft Chris und seinen Aufenthalt im Kloster. Dort ist etwas passiert, worüber du vielleicht besser Bescheid wissen solltest. Möglicherweise könntest du dann einiges besser verstehen.« Der alte Mann trat in die Hütte, um in seinem Koffer zu wühlen, bis er schließlich eine Flasche ›Wild Turkey‹ hochhob. »Hier müßte es doch sicher irgendwo ein Glas geben. Sehr gut.« Er schenkte sich etwas Whisky ein. »Willst du auch wirklich nicht wenigstens einen kleinen Schluck?«

Saul trat ungeduldig näher. »Was war mit Chris? Was soll damals im Kloster passiert sein?«

Das leichte Quietschen der Tür hinter ihm stellte die einzige Warnung dar. Er beugte sich automatisch vor, um seine Nierenschlagader zu schützen. Es geschah ganz schnell – das leise Streifen von Stoff, der kurze Lufthauch. Aber statt eines Messers zuckte von oben unter kurzem Aufblitzen ein Stück Klaviersaite an seinem Gesicht vorbei auf seine Kehle herab.

Eine Garrotte.

Sauls Hände zuckten hoch, um seinen Hals zu schützen. Doch diese instinktive Handbewegung stellte einen Fehler dar.

Andre Rothberg: *Verwenden Sie nur eine Hand, um Ihren Hals zu schützen. Behalten Sie die andere frei, um sich damit zur Wehr zu setzen. Wenn der Draht Ihre beiden Hände erfaßt hat, sind Sie bereits ein toter Mann.*

Eingedenk dessen gelang es Saul gerade noch, seine linke Hand freizubekommen. Doch seine rechte Hand, die er schützend vor seinen Kehlkopf hielt, war bereits zwischen Draht und Hals eingeklemmt. Castor, der sich hinter der offenen Tür verborgen hatte und nun hinter Saul stand, zog fester zu.

Nur noch ganz schwach hörte Saul Eliot sagen: »Es tut mir ehrlich leid, aber du weißt ja selbst, daß ich dir unmöglich trauen kann. Was wäre zum Beispiel, wenn du morgen früh aufwachtest und plötzlich doch zu der Überzeugung gelangtest, mich umbringen zu müssen?« Er schloß die Tür der Blockhütte. »So ist es in jedem Fall besser. Keine Schüsse. Keine verängstigten Urlauber. Keine Anrufe bei der Polizei. Wir werden genügend Zeit haben, um uns aus dem Staub zu machen. Dennoch tut es mir leid, dich überlistet zu haben. Falls das für dich jetzt noch einen Unterschied macht. Ich mag dich trotz allem sehr, sehr gern.«

Saul setzte sich verzweifelt zur Wehr, als er spürte, wie sich die mit Diamanten besetzten Drähte durch seine Finger zu sägen begannen, die er schützend vor seinen Kehlkopf hielt. Die Diamanten schnitten durch sein Fleisch und scharrten bereits über seine Knochen. Blut strömte seinen Arm hinunter. Obwohl seine Hand noch eine Pufferfunktion übernahm, spürte Saul, wie ihm die Garrotte bereits zusehends die Luftzufuhr abschnürte. Er würgte.

Die Tür ging auf. Pollux trat in den Raum. Dadurch wurde Castor für einen Moment abgelenkt.

Doch dieser Moment genügte Saul. Obwohl sich in seinem Kopf aufgrund des Sauerstoffmangels bereits alles zu drehen begann, riß er seinen freien Arm, die Hand zur Faust geballt, nach vorn, winkelte den Ellbogen an und rammte ihn dann mit aller Kraft zurück. Er traf Castors Brustkorb. Andre Rothberg hatte Saul gut ausgebildet. Der Ellbogen zerschmetterte Castors Rippen. Knochen splitterten und durchbohrten einen Lungenflügel.

Ächzend ließ Castor die Garrotte los und taumelte zurück.

Saul nahm sich nicht die Zeit, die Drahtschlinge von seinem Hals zu reißen. Während Castor in sich zusammensackte, wirbelte Saul herum. Dabei verspürte er einen stechenden Schmerz in seinem Ellbogen. Offensichtlich hatte er ihn sich gebrochen. Aber das zählte im Augenblick nicht. Rothbergs Training beruhte auf der Annahme, daß einige Körperteile selbst in verwundetem Zustand noch als effektive Waffen eingesetzt werden konnten. Und dazu gehörte auch der Ellbogen.

Den Schmerz ignorierend, streckte Saul seinen Arm erneut, während er weiter herumschwang. Seine Handkante traf Castors Bruder Pollux am Kehlkopf. Der Schlag war tödlich. Unkontrolliert zuckend, stürzte Pollux zu Boden.

Trotz der erheblichen Verletzung seines Brustkorbs war Castor unglaublicherweise noch immer nicht zu Boden gesunken. Ein Handflächenstoß gegen seine gebrochenen Rippen ließ ihn zurückzucken. Sein ganzer Körper im Todeskampf von einem Zittern durchbebt, brach er zusammen.

Saul riß sich nun endlich die Garrotte vom Hals und wirbelte zu Eliot herum. »Ich habe es ehrlich gemeint. Am Ende hätte ich es doch nicht über mich gebracht. Ich hätte dich nicht getötet.«

Eliot erbleichte. »Nein. Bitte nicht.«

Saul hob die Uzi auf, die er in dem Handgemenge hatte fallen lassen. »Aber jetzt«, zischte er wütend. Gleichzeitig trat er auf seinen Vater zu und drückte ihn mit seinem verletzten Arm an sich. Mit der anderen hielt er ihm den Lauf der Uzi auf die Brust.

Eliot wand sich unter seinem Zugriff.

Ihn weiter festhaltend, drückte Saul den Abzug. Und er ließ ihn nicht wieder los. Die Uzi knatterte los; sie machte ein Geräusch wie eine Nähmaschine. Die leeren Patronenhülsen stoben davon.

Und er stickte das Herz seines Vaters heraus.

»Du hast sowieso nie eines gehabt.« Saul troff von Blut, als der zuckende Körper seines Vaters seinem Griff entglitt und zu Boden sank. »Für Chris«, stöhnte Saul.

Und gleichzeitig merkte er, daß er zu weinen begonnen hatte. Er wickelte sich ein Taschentuch um seine blutenden Finger. Die Knochenverletzungen, die ihm Castor mit der Garrotte beigebracht hatte, würden heilen. Ohne den enormen Schmerzen Beachtung zu schenken, zog Saul hastig seine blutigen, durchnäßten Kleider aus, um in Pollux' trockenes Jeanshemd und seine Jeans zu schlüpfen.

Es gab noch einiges zu tun. Die Wachen und die Polizei würden jeden Augenblick hier eintreffen. Er konnte nicht riskieren, zu dem gestohlenen Lieferwagen zurückzuschleichen. Demnach mußte er mit dem grünen Ford vorliebnehmen, obwohl ihn sicher einige durch die Schüsse aufmerksam gewordene Urlauber darin wegfahren sehen würden. Er fand die Wagenschlüssel in Pollux' Hosentasche. Auf jeden Fall mußte er sich möglichst rasch nach einem anderen Wagen umsehen. Wenn es ihm gelang, Vancouver zu erreichen, konnte er problemlos untertauchen.

Und dann? Die Polizei würde über keinerlei Anhaltspunkte verfügen.

Doch wie stand es mit dem Geheimdienst? Würde er weiterhin gejagt werden? Bevor er nicht wußte, daß man ihn unbehelligt ließ, konnte er jedenfalls Erika nicht aufsuchen.

Der Regen wurde durch den Wind in die Hütte gepeitscht, als er die Tür öffnete. Er warf einen letzten Blick zurück auf Eliots Leiche. Für Chris, hatte er gesagt. Und nun brach seine Stimme.

»Und für mich.«

Epilog

DIE NACHWIRKUNGEN
DES VERTRAGS

Abelard und Heloise

Frankreich, 1138.

Peter Abelard, ehemals Domherr der Kathedrale von Notre Dame und als der größte Gelehrte seiner Zeit gefeiert, hatte aus Liebe zu seiner schönen Schülerin Heloise diese herausragende Stellung verloren. Von Heloises über ihre Schwangerschaft aufs äußerste erzürntem Onkel kastriert, von eifersüchtigen Feinden, nur darauf bedacht, sich seinen Fall zunutze zu machen, verfolgt, gründete Abelard eine Zufluchtsstätte, das ›Paraklet‹ genannt, und bot Heloise, die inzwischen den Schleier genommen hatte, an, den dort ansässigen Konvent zu leiten. Seine Entmannung hinderte sie daran, sich in Liebe zu vereinen, aber in tiefer geschwisterlicher Zuneigung miteinander verbunden, verfaßten sie die Schriften – Abelard die Geschichte seiner Nachstellungen, Heloise ihre Briefe –, welche die Grundlage für die Legende bilden sollten, die sich schon bald um ihre tragische Liebe zu ranken begann. Nach wiederholten Versuchen, an seinen früheren Ruhm anzuknüpfen, starb Abelard mutlos geworden, erschöpft und, wie manche behaupten, an einem gebrochenen Herzen. Im Priorat von Saint Marcel exhumiert, wurde seine Leiche heimlich zu Heloise ins Kloster ›Paraklet‹ überführt, wo sie nach mehr als zwanzigjähriger Trauer um Abelard schließlich starb und an seiner Seite zur letzten Ruhe gebettet wurde. Im Lauf der nun folgenden Jahrhunderte wurden ihre sterblichen Überreste mehrmals an verschiedenen Orten neu bestattet, bis sie schließlich in einem Grab im Friedhof von Père-Lachaise in Paris, das ihren Namen trägt, die letzte Ruhe und für immer Schutz fanden.

Unter der Rose

Falls Church, Virginia (AP) – Eine gewaltige Explosion hat in der vergangenen Nacht ein Gewächshaus hinter dem Wohnsitz von Edward Franciscus Eliot, dem ehemaligen Leiter der Spionageabwehr der Central Intelligence Agency zerstört. Eliot, ein begeisterter Rosenzüchter, war vor sechs Tagen in British Columbia, Canada, ermordet worden, wo er sich auf einer Urlaubsreise befunden hatte. Anläßlich seines am Dienstag stattfindenden Begräbnisses in Washington ließ sich eine seltene Übereinstimmung zwischen Vertretern der demokratischen und der republikanischen Partei feststellen, die einhellig den Verlust eines großen Amerikaners beklagten. »Mehr als vierzig Jahre hat dieser Mann sich in den selbstlosen Dienst am Vaterland gestellt«, erklärte der Präsident in seiner Traueransprache. »Wir alle werden ihn bitter vermissen.«

Nach Angaben der ermittelnden Behörden wurde die Explosion der vergangenen Nacht durch eine gewaltige Thermitbombe hervorgerufen. »Die Hitzeentwicklung war enorm«, erklärte ein Sprecher der Feuerwehr anläßlich einer Pressekonferenz. »Was nicht zu Asche verbrannte, ist zu unkenntlichen Klumpen zusammengeschmolzen. Wir konnten uns dem Gewächshaus mehrere Stunden lang nicht nähern. Ich kann mir keinen Grund vorstellen, weshalb irgend jemand es so nachhaltig hat zerstören wollen. Wie ich mir habe sagen lassen, müssen die Rosen wahre Prachtexemplare gewesen sein; einige sollen sogar äußerst selten, wenn nicht einzigartig gewesen sein. Mir erscheint diese Tat vollkommen sinnlos.«

Zu der Rätselhaftigkeit des Vorfalls trug noch bei, daß Feuerwehrleute im Zuge der Aufräumarbeiten unter dem Gewächshaus einen extrem gesicherten, stahlummantelten unterirdischen Raum entdeckten. Angehörige von CIA und FBI haben das Gelände hermetisch abgeriegelt.

»Wir waren die ganze Nacht damit beschäftigt, uns Zutritt zu dem Raum zu verschaffen«, erklärte ein Sprecher. »Die Hitze, die durch die Thermitbombe entstand, hatte die Schlösser zum Schmelzen gebracht. Wir mußten den Zugang schließlich aufschweißen. Der unterirdische Raum hatte als Aufbewahrungsort für wichtige Dokumente gedient. Daran besteht kein Zweifel. Was diese Dokumente jedoch beinhalteten, läßt sich unmöglich feststellen. Die Hitze durchdrang die Stahlummantelung des unterirdischen Raums, so daß von den Dokumenten nur noch Asche übrigblieb.«

Erlösung

Der Griff der Schaufel in seinen Händen fühlte sich gut an, als Saul die Erde auf den Haufen entlang des Grabens warf. Er hatte nun schon mehrere Stunden lang gearbeitet, und er genoß die Anstrengung, die ihm ehrlichen Schweiß aus allen Poren trieb. Eine Weile hatte auch Erika neben ihm geschaufelt und ihm geholfen, den Graben zu vergrößern. Aber dann hatte im Haus das Baby zu schreien begonnen, so daß sie nach drinnen gegangen war, um es zu stillen. Danach hatte sie sich daran gemacht, den Challah-Teig für ihr Sabbatbrot zu kneten und zu backen. Als er ihr hinterhergeschaut hatte, wie sie ins Haus ging, das wie die anderen Behausungen in dieser Siedlung aus weiß gestrichenen Betonsteinen gebaut war, hatte ihm ihre Kraft, gepaart mit Eleganz und Würde, ein bewunderndes Lächeln entlockt.

Der Himmel war türkis, die Sonne geschmolzenes Weiß. Er wischte sich den Schweiß von der Stirn und machte sich wieder an die Arbeit. Wenn sein Netz aus Bewässerungsgräben fertig war, würde er Gemüsesamen aussäen und Weinstöcke pflanzen. Und dann würde er warten, ob auch Gott das seine dazu tat und es regnen ließ.

Vor sechs Monaten, kurz vor der Geburt des Babys, waren er und Erika in diese Siedlung gezogen, die in der Wüste nördlich von Beerscheba lag. Eigentlich hatten sie helfen wollen, die Grenzen des Landes nach außen zu erweitern, aber, durch die internationalen Unstimmigkeiten desillusioniert, hatten sie es schließlich vorgezogen, die Entwicklung des Landes mehr im Innern als nach außen hin voranzutreiben. Doch die Grenze war nie weit. Sie mußten immer mit einem unerwarteten Angriff rechnen, weshalb Saul vorsorglich ständig eine Waffe bei sich trug. Entsprechend hatte er auch jetzt einen Karabiner neben sich liegen.

Was den Vertrag betraf, glaubte er sich in der Zwischenzeit ausreichend abgesichert zu haben. Da die verschiedenen Geheimdienste theoretisch noch immer Jagd auf ihn hätten machen müssen, hatte er, nachdem er an Eliot Vergeltung geübt hatte, nicht nur mit Vertretern der CIA Kontakt aufgenommen, sondern auch mit dem MI-6 und dem KGB. Seine Enthüllungen über die Verschwörung der Nachkömmlinge der ehemaligen Abelard-Gruppe hatten sein Vorgehen mehr als nur rechtfertigen können. Man hatte an den zuständigen Stellen bittere Genugtuung darüber verspürt, daß sich die lange gehegten Verdachtsmomente hinsichtlich der internen Sabotage ihrer Operationen bestätigt hatten. Man leitete die entsprechenden Schritte in die Wege, um den Schaden wieder rückgängig zu machen, den Eliot und seine Gesinnungsgenossen durch ihre Einmischung angerichtet hatten, so daß die politischen Spannungen auf internationaler Ebene wieder in ihren natürlichen Bahnen verlaufen konnten.

Die CIA forderte von Saul jedoch eine weitere Bezeigung seines guten Willens, um ihn endgültig von aller Schuld freizusprechen. Saul hatte sie auf Eliots Dokumente hingewiesen, seine Sammlung von Skandalen, mit denen er jeden erpressen konnte, der ihm seine Macht streitig zu machen versucht hatte. »Aber kein Mensch weiß, wo sich diese Unterlagen befinden«, hatte man ihm daraufhin entgegnet. »Doch, ich weiß es«, hatte Saul erklärt. Er hatte sich immer wieder über den Aufbewahrungsort dieser Dokumente den Kopf zerbrochen, seit Hardy ihm zum erstenmal von ihnen erzählt hatte. Wo konnte Eliot sie nur versteckt haben? Versetz dich mal in seine Lage. Wo hättest du sie an Eliots Stelle versteckt? Er war doch ein Mensch, der eine ausgeprägte Vorliebe für Wortspiele hatte, dessen Leben auf dem Prinzip des *sub rosa* basiert hatte. Unter der Rose? Wie hätte für den Alten ein anderes Versteck in Frage kommen sollen? Da Saul die Dokumente nicht herausgeben wollte, um zu verhindern, daß jemand anderer davon Gebrauch machte, hatte Saul auf einen Kompromiß gedrungen, in dessen Folge er dann das Gewächshaus in die Luft gejagt und die Dokumente zerstört hatte. Obwohl er Eliot in seiner Traueransprache in den höchsten Tönen gelobt hatte, war der Präsident sichtlich erleichtert gewesen.

Doch die Regeln des Vertrags galten eigentlich als unumstößlich. Saul wurde daher nur inoffiziell Straffreiheit zugesichert. »Das einzige, was wir tun können«, hatte ihm ein hoher Geheimdienstoffizier erklärt, »ist, einfach ein Auge zuzudrücken. Wenn Sie sich gut genug verstecken und sich in keiner Weise bemerkbar machen, garantieren wir Ihnen, daß wir nicht nach Ihnen suchen werden.«

Mehr wollte Saul auch gar nicht. Wie Candide in seinem Garten zog auch er sich nun von der Welt zurück, um die wohltuende Erschöpfung zu genießen, wie sie harte körperliche Arbeit nach sich zieht. Und während er nun seine Bewässerungsgräben anlegte, mußte er unwillkürlich an das Grab denken, das Chris damals in Panama ausgehoben hatte. Diesmal würde aus dem Ausheben der Erde jedoch Leben und nicht Tod entstehen. Wie gesagt, ließen sich alte Gewohnheiten jedoch nicht so leicht ablegen, und so brachte Saul in seiner Freizeit den Jugendlichen in seiner Siedlung bei, wie sie sich am besten zu verteidigen hatten, falls das Dorf einmal angegriffen werden sollte. Schließlich war er in erster Linie ein Krieger, obwohl er inzwischen die meiste Zeit damit verbrachte, für Erika, ihren Sohn und sich selbst ein Heim zu schaffen; und selbst wenn er seinen alten Beruf nicht mehr auszuüben gewillt war, ließen sich seine Fähigkeiten doch sinnvoll und nutzbringend zum Einsatz bringen. Ironischerweise handelte es sich bei einem Großteil der jungen Burschen, die Saul auf diese Weise ausbildete, um Waisen, die von den Bewohnern der Siedlung adoptiert worden waren. In diesem Fall schien dieses Vorgehen allerdings gerechtfertigt. Doch während er nun mehr Erde aus dem Graben schaufelte, kam ihm in den Sinn, daß auch Eliot sein Vorgehen als gerechtfertigt betrachtet hatte.

Eigentlich hatte er erwartet, die vollzogene Rache würde ihn mit großer Befriedigung erfüllen. Statt dessen war sie aber nun von bösen Vorahnungen begleitet, die ihn nicht aus ihren Klauen lassen wollten. Eine lebenslange Liebe, wie fehlgeleitet sie auch gewesen sein mochte, ließ sich nicht einfach so abtun, wie sich auch seine Liebe zu Chris nicht einfach abtun ließ. Oder seine Liebe zu Erika. Wenn alles anders gelaufen wäre. In besonders niedergeschlagenen Momenten haderte Saul mit sich selbst. Vielleicht hatte er eigentlich nur gewollt, daß die Spannung, wie sie während des Aufenthalts im Erholungsheim vorgeherrscht hatte, für immer bestanden hätte. Die Strafe hinausgeschoben. Eliot und er für immer dort festgehalten. Durch Haß aneinandergekettet.

Und Liebe.

Aber dann würde sich Sauls düstere Stimmung wieder erhellen. Er sah wieder zu dem strahlend blauen, warmen Himmel empor, in dem sich dennoch die ersten Vorboten des nahenden Regens bemerkbar machten, und lauschte der Stimme Erikas, die im Haus, ihrem Heim, mit dem Baby plauderte. Echte Zuneigung, nicht dieses fehlgeleitete Gefühl, das Eliot in ihm geweckt hatte, ließ es ihm ganz warm ums Herz werden, und gleichzeitig wurde ihm bewußt, daß sein Vater nicht ganz recht gehabt hatte. »Wie sehr du dir auch Mühe geben magst, wirst du doch nie normal werden«, waren einige der letzten Worte gewesen, die er gesagt hatte. Du hast dich getäuscht, du Dreckskerl. Und Saul, der auf ganz besondere Art immer eine Waise gewesen war, fand ganz besondere Freude an der Vorstellung, seinem Sohn ein Vater zu sein.

Durstig legte er seine Schaufel beiseite, um vor der größten Hitze des Tages zu weichen und mit seinem Gewehr auf sein Heim zuzuschreiten. Als er in seinen kühlenden Schatten trat und ihm der Duft des morgigen Challah-Brots in die Nase stieg, ging er auf Erika zu und küßte sie. Sie roch ganz wundervoll nach Zucker, Mehl, Salz und Hefe. Ihre kräftigen Arme, fähig, in einem Augenblick zu töten, hielten ihn fest umschlungen. Seine Kehle schnürte sich zusammen.

Nachdem er aus einem kühlenden Tontopf Wasser getrunken hatte, wischte er sich den Mund ab und trat auf die Wiege zu, in der, in eine Decke gewickelt, sein Sohn lag. Bekannte aus der Siedlung hatten sich anfänglich über seinen Namen mokiert.

»Was soll damit sein?« hatte ihnen Saul entgegengehalten. »Ich finde es einen schönen Namen.«

»Christopher Eliot Bernstein-Grisman?«

»Na und?«

»Halb christlich, halb jüdisch?«

»Chris war mein Freund. Eigentlich könnte man sogar sagen, daß er mein Bruder war.«

»Klar. Chris Grisman. Was meinst du, wird der Junge sich anhören müssen, wenn er erst einmal in die Schule kommt? Und wieso Eliot?«

»Ich habe ihn mal als meinen Vater betrachtet. Inzwischen bin ich mir allerdings nicht mehr so sicher, ob er das auch tatsächlich war. Dessenungeachtet, bin ich jedoch das, wozu er mich gemacht hat.«

Das verstanden diese Freunde nicht. Aber das tat auch Saul nicht, der an diesem Dilemma immer noch sehr litt.

Doch noch mehr als der Name des Jungen erregte die Aufmerksamkeit der Leute im Dorf, was vor dem Haus der Grisman-Bernsteins zu sehen war. In ihren Augen konnte es sich dabei eigentlich nur um ein Wunder handeln.

Ein Zeichen Gottes, daß der Siedlung der Segen Gottes gewiß war. Wie sonst hätte es sich erklären lassen?

Ein Mann (mit einer Vergangenheit, wie im Dorf, jedoch nicht ohne einen gewissen Respekt, gemunkelt wurde), der noch nie in seinem Leben etwas angepflanzt hatte? Und auf solch kargem Boden?

Eine prachtvolle schwarze Rose.

MOTTO:
HOCHSPANNUNG

Meisterwerke der internationalen Thriller-Literatur

50/18 - DM 10,–   50/13 - DM 10,–

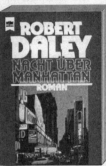

01/6733 - DM 6,80   01/6721 - DM 7,80   01/6744 - DM 9,80

01/6773 - DM 7,80   01/6731 - DM 7,80   01/6762 - DM 7,80

MOTTO:
HOCHSPANNUNG

Meisterwerke der internationalen Horror- und Thriller-Literatur

01/6478 - DM 9,80

01/6553 - DM 6,80

01/6302 - DM 5,80

01/6336 - DM 5,80

01/6396 - DM 5,80

01/6472 - DM 5,80

01/6541 - DM 7,80

01/6668 - DM 7,80

ROBERT LUDLUM

Die Superthriller von Amerikas Erfolgsautor Nummer 1

01/5803 - DM 7,80

01/6044 - DM 7,80

01/6136 - DM 7,80

01/6180 - DM 7,80

01/6265 - DM 10,80

01/6417 - DM 9,80

01/6577 - DM 9,80

01/6744 - DM 9,80

John le Carré
im Heyne-Taschenbuch

Perfekt konstruierte Thriller, spannend und mit äußerster Präzision erzählt.

Die Libelle
638 Seiten
01/6619 -
DM 9,80

Der wachsame Träumer
474 Seiten
01/6679 -
DM 9,80

Eine Art Held
608 Seiten
01/6565 - DM 9,80

Dame, König, As, Spion
400 Seiten
01/6785 - DM 7,80

Wilhelm Heyne Verlag München

Heyne
Taschenbücher.
Das große Programm von
Spannung bis Wissen.

HEYNE BÜCHER

Allgemeine Reihe mit großen Romanen und Erzählungen berühmter Autoren	**Heyne Biographien**	**Blaue Krimis/ Crime Classics**
	Heyne Lyrik	
	Heyne Ex Libris	**Der große Liebesroman**
Tip des Monats	**Heyne Ratgeber**	**Romantic Thriller**
Heyne Sachbuch	**Heyne Kochbücher**	**Exquisit Bücher**
Heyne Report	**Kompaktwissen**	**Heyne Science Fiction**
Scene	**Heyne Computer Bücher**	**Heyne Fantasy**
Heyne MINI		**Bibliothek der SF-Literatur**
Heyne Filmbibliothek	**Heyne Western**	

Jeden Monat
erscheinen mehr als
40 neue Titel.

**Ausführlich informiert Sie das Gesamtverzeichnis
der Heyne-Taschenbücher.
Bitte mit diesem Coupon oder mit Postkarte anfordern.**

Senden Sie mir bitte kostenlos das neue Gesamtverzeichnis

Name

Straße

PLZ/Ort

**An den Wilhelm Heyne Verlag
Postfach 2012 04 · 8000 München 2**